Ulrich Peltzer

Teil der Lösung

Roman

Ammann Verlag

Die Arbeit wurde mit einem Stipendium der Stiftung
Preußische Seehandlung Berlin gefördert.

Für Kathrin

Erste Auflage

www.ammann.ch
Satz: Gaby Michel, Hamburg
Druck und Bindung: Clausen & Bosse, Leck
ISBN 978-3-250-60113-5

Wir leben, wie wir träumen – allein.

Joseph Conrad

Sony Center

Die Silhouette des Mannes zeichnet sich deutlich vor den Bildschirmen ab. Wie es im Halbdunkeln scheint, hat er seinen Kopf leicht in den Nacken gelegt. Rechts von ihm steigt eine dünne Rauchfahne aus dem Aschenbecher auf der Konsole hoch, ein schmuckloses längliches Pult mit zwei Tastenfeldern. Mentholzigaretten, eine zerlesene Zeitung. Unter dem Pult stehen die Speichergeräte, Empfänger und verkabelte Rechner, deren grüne Dioden wie brennende Augen aus dem Schatten hervortreten. Es ist still, ein Raum ohne Fenster, in dem man jetzt nur sich selbst und entfernt noch das Rauschen einer Klimaanlage hört. Die Monitore sind stumm, kein Ton, nicht einmal Knistern gruppiert die Szenen zu einem Ganzen: all die Leute im Freien, ihre hierher übertragenen Wege an Schaufenstern und dichtgefüllten Caféterrassen vorbei zu diesem großen Brunnen mitten auf der überdachten Piazza. Man sieht sie am Rand des Edelstahlbeckens sitzen, müde Blicke in Reiseführer und Hochglanzprospekte aus der Volkswagen Youth.lounge werfen, durch die Sucher ihrer Kameras schauen, telefonieren. Andere kreuzen durchs Bild und verdecken sie einen Moment lang, Körper und Gesten. Im Wasser planschen zwei kleine Jungen, spritzen sich nass, während eine Frau im Hintergrund sie für ihr digitales Heimkino filmt. Sie schwenkt den Camcorder nach oben zur Spitze der Dachkonstruktion, die wie ein gewaltiges Zirkuszelt aus Fiberglas und weißem Segeltuch über dem Rund der Gebäude aufgespannt ist, zehn oder zwölf Stockwerke hoch. Spektakulär, heißt es, auch schwindelerregend, wenn man vom Boden ein paar Wimpernschläge in die Leere hinaufspäht, umschlossen von den gläsernen Fassaden des Atriums, Neonschriften, einem gedämpft federnden Hall aus Gesprächsfetzen, leiser Musik, Informationen.

Da hängt Spiderman. Überlebensgroß an der Front des Multiplexkinos, in seinem rotblauen Kostüm mit dem Liniennetz bereit, jede Sekunde loszuspringen. In die Luft zu schnellen, um das Universum zu retten. Schrecknisse allenthalben. Auf einer Bühne neben der Youth.lounge wird eine Präsentation vorbereitet, immer wieder flackern bunte Scheinwerfer über eine glänzende Plane, die ein Auto verhüllt, drei, vier junge Frauen in identischen Hosenanzügen stehen zusammen und notieren letzte Ideen. Erwartungsvoll treten schon Schaulustige näher, Prospekte in der Hand, die eine Reihe emsiger Helfer verteilen. Indes ein Pulk Touristen den Megastore im Durchgang zur Potsdamer Straße verlässt, eine halbe Busladung, die von Etage zu Etage an den Zerbrechlichkeiten in den Vitrinen vorbeigeschlendert ist, auf grellrosa Plastikkissen ausgestellte Miniaturen von Technik, die niemand für möglich hielt, Notebooks verkleinert zu Schulheften, und Mobiltelefone kaum größer als ein Salzstreuer. Man raunt sich Zahlen zu, erstaunliche Details, die ein unbeholfener Witz von ihrer magischen Ausstrahlungskraft zu befreien versucht. Dann verliert man sich in der Menge, hin zu etwas Historischem unter einem widerstandsfähigen Glassturz, dem Parterre eines im Krieg demolierten Hotels, wie es auf der blankgeputzten Tafel seitlich erläutert wird, und weiter in einem ziellosen Treiben von da nach dort und zurück, von nichts angezogen und von allem zugleich. Einer leert Müllkörbe, ein anderer sammelt mit einem Scherenarm Kippen und Papierschnipsel auf, gepflegt gekleidet, sauber rasiert, als gehörten sie zu den Gästen in ihren Freizeitsachen dazu. Nirgends ein Bettler zu entdecken, oder Betrunkene, nur Standard auf sämtlichen Schirmen, keine Hektik und keine irreguläre Geschwindigkeit.

Der Mann beugt sich auf seinem Drehstuhl vor und drückt die Zigarette aus. Verschwenderisch, sie in den Aschenbecher zu klemmen und brennen zu lassen, beschäftigt mit sonstwas, Gedanken, die man irgendwie nicht zu fassen bekommt. Vielleicht, weil man hier doch nicht die Konzentration für andere Dinge findet, nicht richtig, obwohl das Beobachten wie von selbst funktioniert. Man gerät da hinein, eine Art Automatik, die pünktlich mit Dienstbeginn einsetzt, dem Öffnen der Tür, wenn der Blick auf die Mattscheiben fällt, die man für den Rest des Tages nicht aus den Augen verliert. Sich anhäufendes Wissen, das man Erfahrung nennt, Übung in meditativer Erkenntnis. Langsame Zooms und Schwenks, um einer Person quer durch das Atrium zu folgen, bis sie ins Sonnenlicht tritt, ein Gesicht heranholen, eine Szene, deren Auflösung von Interesse scheint. Die Kellnerin im Café Josty. Ein älteres Paar, das sich küsst. Kleines Mädchen mit ulkiger Brille dreht sich tanzend im Kreis. Ein Bobtail zieht sein Herrchen an der straff gespannten Leine vorwärts, verschwindet mit ihm aus dem Bild und taucht in einem anderen in der Reihe darüber wieder auf, noch in derselben Bewegung begriffen, doch jetzt vor der Kulisse des Brunnens. Zerteilter Raum – ein großes Puzzle, das sich auf fünf mal fünf Feldern beständig neu figuriert, wechselnde Perspektiven ohne Anfang und Ende, von links oben nach rechts unten in einer computergesteuerten Serie von Brennweiten und Ausschnitten.

Leicht gekippt hangen die Monitore in einem Metallregal, das die Wand über der Konsole bis zur Decke einnimmt. Der Schatten des Mannes, auf den ihr Licht fällt, dehnt sich hinter seinem Rücken lang aus, Kopf und Schultern als randlose Dunkelheit auf der feuersicheren Stahltür. Mit Zahlen beschriftete Sticker kleben an den Regalleisten, zuletzt Nummer 25 unter einer Totalansicht der Piazza im Miniaturformat, von hoch oben gefilmt, so dass alles wie Spielzeug wirkt, ein animiertes Puppenhaus. Nicht ganz real, auch weil die Bilder flach sind, keine Tiefenschärfe haben, als würde es nur um den Vordergrund gehen. Vordergründe im Quadrat, die sich staffeln, überlagern, ergänzen, ohne einen blinden Fleck zu lassen, Raum für Spekulation. Er reibt sich die Augen, die wie immer nach zwei oder drei Stunden zu brennen beginnen, selbst wenn man die vorgeschriebene Pause macht. Aufstehen, sich recken, den Speicher im Hirn von Ballast befreien. Um nicht abzuschalten und das Wichtigste zu verpassen. Auf was es ankommt im verschwiegenen Kern des Wartens, eine aufblitzende Irritation, die plötzlich die Aufmerksamkeit fesselt, ein Impuls von Gefahr, der wie aus dem Nichts den Geist elektrisiert. Als hätte man es Sekunden zuvor schon geahnt, ein mulmiges Gefühl, das sich abrupt zu einer Gewissheit verdichtet, der Typ mit Melone auf Monitor 12. Jetzt lüftet er zum Gruß seinen Hut und verneigt sich mit einem Kratzfuß in Richtung Kamera. Einem Zirkusdirektor gleich, breitet er seine Arme aus, grinst, während zwei Ballerinas ins Bild treten, die Pappschilder hochhalten, auf denen etwas geschrieben steht, in fetten schwarzen Buchstaben: *Alles nur ein Spiel!* und: *Ist die Welt nicht schön?* Sie räumen ihren Platz für einen Clown, der Leute heranwinkt mit einem Paar überdimensionaler Gummihände, hin- und hertorkelnd, als befände er sich auf einem schwankenden Schiff. Im Gang sind Geräusche, die Tür wird aufgesperrt, und ein Streifen Flurlicht erhellt kurz die unverputzten Wände. Es ist Fiedler, der Kaffee holen war, wortlos stellt er den Styroporbecher neben

Zeitung und Tastenfeld ab. Unterdessen postiert der Clown die sich sammelnden Zuschauer im Halbkreis, Kinder nach vorn. Die Ballerinas helfen ihm dabei, nicht sehr geschickt auf ihren Zehenspitzen balancierend. Was allen Vergnügen zu bereiten scheint, die ersten Kinder versuchen es auch schon, Arme gebogen in der Luft. Der vierte hat seine Melone wieder aufgesetzt, als er sich einmal umdreht, sieht man die Schrift hinten auf seinem weißen Hemd: *Du darfst nicht lachen*.

»Was läuft da?«

Keine Antwort.

»Eh, Kremer, ich red mit dir.«

Kremer deutet mit ausgestrecktem Zeigefinger auf einen Monitor in der dritten Reihe, Fiedler beugt sich über das Pult und kneift die Augen zusammen.

»Die Zwölf.«

»Sehe ich selber.«

»Dann frag nicht.«

Der Clown öffnet einen alten Koffer, den die Ballerinas dem Publikum wie eine Schatztruhe präsentiert haben, und zieht grimassierend das obere einer ganzen Lage von Pappschildern hervor.

»Näher ran«, sagt Fiedler. Sich durch Glasfasern fortpflanzender Tastendruck rückt den Geschehnissen auf den Leib, Gesichtszüge werden deutlicher, die albernen Flecken von roter Schminke auf den Wangen der Frauen – in ihrer Kostümierung mit Tüllröckchen über normalen Hosen. Bestimmte, in Gang zu setzende Maßnahmen, die Abläufe sind bekannt. Es gibt Handbücher und Seminare, Befehlsketten und Rechtssicherheit, komplexe Ebenen des Vertrauens.

»Was weißt du davon?«

»Nichts«, sagt Kremer, unverwandt geradeaus starrend. »Ich weiß nichts.«

Das neue Schild ist auf beiden Seiten beschrieben; während der Clown es herumzeigt und wendet und wieder wendet, klatschen die Ballerinas geziert in ihre Hände. Vorne liest man: *Schutz für jeden* und hinten: *Danke-danke-danke,* Zeile für Zeile umrahmt von Augen, die mit einem dicken Pinsel gemalt sind. Einer Comicfigur nicht unähnlich, beginnt der Melonenmann jetzt, Flyer zu verteilen, die ihm bereitwillig abgenommen werden. Macht seine Kratzfüße und linst mit einem merkwürdigen Ausdruck nach oben. Hämisch, das ist das Wort.

»Ich geb Bescheid«, sagt Fiedler und richtet sich auf. Zwei Etuis mit Mobiltelefonen sind an seinem Gürtel befestigt, er holt eins heraus und wählt. *Ihr seid im Blick.* Als es dauert, knabbert er an seinem Daumennagel, was unangenehm klingt. Aber Kremer hat aufgehört, sich zu beschweren, der andere hatte sich wie so viele nicht ganz im Griff.

»Wer? Ja, ich. Geh mal zu den Arkaden ... was? Nein, da sind welche, siehst du? Nein ... liegt nicht vor. Gut.«

Schilder, Papptafeln, die in immer schnellerer Folge aus dem Koffer geholt und geschwenkt werden, große Eurozeichen sind darauf zu sehen, daneben noch Piktogramme, Kameras und Zielscheiben, in deren Mitte *Armut* steht, dann wieder nur Schrift, *Danke für die Gnade, Ich will mein Bild,* oder *Schöner Filmen* in einer Sprechblase über einem Kopf mit Uniformmütze, schließlich sinken die drei auf ihre Knie, falten wie zum Beten ihre Hände und verneigen sich mehrfach, bevor sie alle den rechten Arm ausstrecken und hoch deuten, direkt in den Monitor hinein.

»Warnruf«, sagt Kremer tonlos.

»Ich mach das«, sagt Fiedler und drückt eine Taste seines Telefons. »Ich bin schon weg.«

Als die Tür ins Schloss fällt, schneidet sie seine Stimme ab, die Anweisungen gibt, umstellt, herbeizitiert, ein sich abspulendes Programm, das trainiert worden ist, Unwägbarkeiten und Psychologie. Männer, die sich am Brunnenrand waschen, selbst im Sommer mit Mänteln bekleidet, deren Taschen prall gefüllt sind, andere Habseligkeiten in Plastiktüten verstaut, Gruppen von Jugendlichen, die Passanten anrempeln, durch die Menge streifende Gestalten in schlechtsitzenden Sakkos, zu zweit, zu dritt auf der Suche nach unbewachten Dingen, sorglos deponierten Geräten, Einkäufen, Rucksäcken, ein in Europa zerstreutes Heer, mit dessen stammesartiger Verstohlenheit man zu rechnen hat, zu jeder Zeit und an jedem Ort. Mit ausgreifenden Armbewegungen dirigiert der Melonenmann Zuschauer und Akteure aus dem Bild, dann verschwindet er selbst, um zuvorderst plötzlich auf Schirm 16 zu erscheinen, an der Spitze eines Zuges mit dem Clown, den Ballerinas, Erwachsenen und Kindern, die eine dichte Traube um sie bilden. Weitere Schilder werden aus dem Koffer gezogen: *Hallo, wir sind hier* und: *Alles klar, Herr Kommissar?,* überdies weitere Faxen und Pantomimen. Die Kollegen müssten schon in der Nähe sein, denkt Kremer, müssten sich durch die Leute ins Zentrum des Kreises zu drängen versuchen, um dem Auftritt ein Ende zu machen. Was geht, ist vorgeschrieben, erste Frage immer die nach einer Genehmigung, Antwort stets, man habe keine, fliegende Schmuckhändler und Sandwichverkäufer. Der mit Verweis auf die Hausordnung, manchmal mit etwas Handgreiflichkeit ausgesprochenen Bitte, das Gelände zu verlassen, kommen sie meist sofort nach, die wenigsten leisten Widerstand. Einer im März mit einem Messer, den eine Ladung Pfefferspray außer Gefecht setzte. Es gibt Befugnisse, es gibt Grenzen, es gibt Kooperation. Das nächste Revier ist das auf der Friedrichstraße.

Aus der Luft erinnert alles an ein Modell, Häuser und Bäume aus Plexiglas und Kunststoff, aus Balsaholz und silbrig glänzender Folie. Mit einem Fesselballon kann man hochsteigen und sich einen Überblick verschaffen, in der Gondel erklären Touristenführer die Lage, Geschichte und Investitionen. Jahrzehnte war hier nichts als sandige Steppe, die eine im Zickzack verlaufende Mauer halbierte. Staubfahnen wehten im Sommer über das weite Terrain, bei Regen verwandelte es sich in eine sumpfige Brache. Seltene Kleinstlebewesen und Flechten, wie für die Ewigkeit, ein ausgeglühter Planet am Rand des Universums. Und dann dieser Riss, dieser Blitzschlag, vom Fernsehen millionenfach in die Welt gesendete Tränen. Eine kosmische Implosion, durch die hier Gegenwart wieder hereinbrach. Visionen von Zukunft, das Neue, ein Traum. Im Dunkeln festlich illuminierte Kräne, die über gewaltigen Baugruben wie Skulpturen in den Himmel ragten, umzingelt von Containerdörfern für die Arbeiter und windgeschützten Plattformen für die Zaungäste von überall her. Bagger und Planierraupen, Wassereinbrüche und Trockenlegungen in Schichten rund um die Uhr. Betongerippe wuchsen in die Höhe, enorme Strukturen einer Phantasie von Bedeutung und Größe. Solange sie noch nicht verkleidet waren, ohne gläserne Fronten und Rückseiten, ohne Backsteinsimulationen und Metallkanten, Ausbuchtungen wie Raumschiffe oder vorspringende Ecken wie in den Kulissen expressionistischer Filme, konnte man sie für bloße Monumente, für abstrakte Denkmäler halten, wie die Pyramiden durch eine bestimmte metaphysische Schönheit erhaben. Später änderte sich das, sah man nur noch ein prunkendes, in Rekordzeit aus dem Boden gestampftes Viertel im Herzen der Stadt, Shopping-Malls und Hotels neben sich türmenden Verwaltungszentralen. Parkdecks, aus denen zahlreiche Aufzüge lautlos nach oben zum Einkaufen gleiten. Wo Kunstobjekte und Wasserspiele sind, ein die Atmosphäre beständig durchdringendes Summen, das man aber nach ein paar Schritten schon nicht mehr hört.

Im Sommer sind viele der Wege und kleinen Straßen zwischen den hohen Häusern verschattet, so dass man erst auf der weiten Fläche des Potsdamer Platzes oder am anderen Ende, bei der Staatsbibliothek, wieder das Gefühl hat, unter freiem Himmel zu sein, im gleißenden Licht eines Junitages, das keine einzige Wolke trübt. Sich tausendfach spiegelnd in den Fenstern des halbrunden Turms, der dem Atrium mit seinem Zeltdach zur Seite steht, sticht es in den Augen, wenn der interessierte Blick über die Fassaden schweift. Über die Kühnheiten einer vom Computer errechneten Statik, elektronische Fleißarbeit auf Siliziumchips. Fortwährend strömen Besucher der Piazza zu, der Hauptattraktion, wie es in einer an Hotelrezeptionen ausliegenden Broschüre heißt, schlendern am unterkühlten Foyer der sanofi~synthelabo vorbei, einer Dunkin'-Donuts-Filiale und einem Easy Internetcafé, knipsen noch einmal schnell in die sich Richtung Fernsehturm öffnende Straßenflucht hinein. Ein Menschenknäuel erregt Aufmerksamkeit. Wortgefechte dringen verstümmelt nach außen, wo immer mehr Neugierige zusammenlaufen, deren Fragen mit einem Schulterzucken beantwortet werden. Ein Mädchen im Vorschulalter auf dem Arm seiner im Nacken tätowierten Mutter kräht über die Köpfe hinweg, es wolle zu dem Clown, da sei ein Clown, Mama, ein lustiger Clown.

»Lassen Sie mich bitte durch«, sagt ein Mann in einer schwarzen, hüftlangen Nylonjacke, auf deren Rücken ein goldfarbenes Rechteck mit dem Schriftzug PROTECTAS ist, sich eine Gasse ins Innere der Menge bahnend, »jetzt lassen Sie mich doch durch.«

Kinder an der Hand, drehen die Ballerinas Pirouetten,

während ihre Begleiter mit Fiedler und einem anderen, der auch so eine Jacke trägt, Argumente austauschen. Wenigstens versuchen sie es. Einige der Umstehenden lesen die Flyer und schauen dann hoch, als gäbe es etwas Besonderes zu entdecken.

»Öffentlicher Raum«, sagt der Clown. »Man hat Rechte.«

»Hier ist kein öffentlicher Raum«, sagt Fiedler und zeigt auf den Boden. »Hier ist Privatgelände.«

»Und wo sind wir?«

»Hier, überall«, sagt Fiedler kurz angebunden, »hören Sie mir nicht zu?«

»Wir sind in Berlin«, sagt der junge Mann mit der Melone, seine Arme wie ein Prediger ausbreitend. »Hauptstadt der Bundesrepublik Deutschland.«

»Zum letzten Mal, gehen Sie.«

Von irgendwoher haben die Ballerinas plötzlich Digitalkameras, mit denen sie die Ereignisse aufnehmen, zierlich wirkende Geräte, die sie in Brusthöhe leicht von sich gestreckt halten. Als betrachteten sie auf den Displays schon den Film, der sich vor ihren Augen gerade erst abspielt.

»Kennen Sie diese Geschichte?« fragt der Clown und wendet sich dem Publikum zu.

»Sofort Schluss«, sagt Fiedler, während zwei andere Wachschützer, beide in Jacken mit dem Aufdruck, sich vor die Mädchen stellen, um sie am Filmen zu hindern.

»Nicht anfassen«, ruft eine laut.

»Keine Sorge, Sie fasst niemand an«, sagt Fiedler in einem Ton, der zwischen Verachtung und unterdrückter Wut hängt. Zeugen im Dutzend, eine konfuse Situation. Die Leute erwarten sich was, Material für ihre gefräßigen Objektive. Um es in Endlosschleifen durch ihre Player zu jagen, Stoptrick und Zeitlupe, auf der Suche nach einem bezwingenden Moment, in dem sich Einzigartiges offenbart.

Fiedler telefoniert. Er sagt wenig, es hört sich an, als gebe er lediglich einen Code durch. Als eine der filmenden Ballerinas sich ihm nähert, wehrt er sie mit ausgestrecktem Arm ab, ihr möglichst keinen Vorwand liefernd, sich als Opfer zu produzieren. Man kennt das, hysterische Ausbrüche, Geschrei, Verletzungen, die mitleidheischend vorgetäuscht werden. Penner, der sich auf der Erde wälzt, nachdem man ihn scharf angeguckt hat.

»Und deshalb, meine Damen und Herren«, sagt der Clown, »sehen Sie sich ohne Hemmungen um, unter der Kamera sind wir alle gleich.«

»Gleich«, pflichtet ihm der Melonenmann bei, »das ist Demokratie.«

Sie scheinen es bis zum Äußersten treiben zu wollen, rechnen mit den Zuschauern, die sie in spontanem Einverständnis auf ihrer Seite wähnen. Als es am Rand zu Gerangel zwischen einer der Ballerinas und einem der Kollegen von PROTECTAS kommt, schreitet Fiedler ein, um die Lage unter Kontrolle zu halten.

»Wir bleiben ruhig«, sagt er und stellt sich zwischen die beiden. »Wir bringen das hier ruhig zu Ende.«

»Da oben«, sagt eine Frau, nachdem sie den Flyer gelesen hat, und tippt ihre Begleiterin an, während sie die Hand zum Schutz vor den Reflexionen der Sonne an die Stirn legt. »Das Ding da muss eine sein.«

Andere verhalten sich ähnlich, wie bei einer Kettenreaktion. Mit dem Lageplan auf dem Flyer ist es nicht schwer, die Kameras auszumachen, längliche viereckige Zylinder, die unter Vordächern befestigt sind, an Säulen, über Drehtüren oder einfach auf einem Metallgestänge an einer Gebäudewand, meist in fünf, vielleicht sechs Metern Höhe. Kleine Strahlenkanonen, die sich abrupt und geräuschlos um ihre Achsen bewegen, wie Roboter in vollautomatisierten

Fabriken. Man beginnt sie zu zählen, erkennt die verschiedenen Perspektiven und Aufnahmewinkel, die der Plan als Kegelschnitte verzeichnet. Der Kreis lockert sich ein wenig auf, auch weil einige jetzt mit Hilfe des fotokopierten Zettels entferntere Kameras suchen, als seien sie auf einer Schnitzeljagd durch das Center. Als hätten sie nur darauf gewartet, dass etwas passiert, was sie aus ihrer touristischen Routine herausreißt, großstädtische Erfahrungen, brandneues Wissen. Auf den Monitoren sind die Leute zu sehen, wie sie herumgehen, stehenbleiben, nach oben deuten und sich gestisch über die Koordinaten ihres Standorts verständigen: da die Passage zur Bellevuestraße, dort der Brunnen mit seinem glatten Edelstahlrand, weiter hinten die Youth.lounge und ein Aufzug ins Parkhaus. Es gibt sogar welche, die filmen die Kameras, um dann zu der Stelle hinüberzuschwenken, an der sich das loser gewordene Menschenknäuel befindet, Fiedler und die anderen.

»Wir dürften uns einig sein«, sagt der kräftige Polizist, auf dessen Stirn einzelne Schweißtropfen glänzen. Wie seine Kollegin, unter deren Mütze ein lockiger Pferdeschwanz hervorschaut, trägt er ein kurzärmliges, grünlichbeiges Hemd, einen breiten Ledergürtel mit Pistolentasche, Handschellen, Notizblock, Patronenreserve.

»Durchaus nicht«, sagt der Clown und hebt abwehrend seine Gummihände. »Bis da vorne ist privat, hier sind wir jenseits der Grundstücksgrenze.«

»Der Bürgersteig gehört dazu«, sagt Fiedler im Ton eines Mannes, der es besser weiß und nicht gewillt ist, zu diskutieren. »Ende der Durchsage.«

»Haben Sie denn ’ne Anmeldung für Ihre Aktion? Oder Demonstration, oder wie wir das jetzt nennen wollen.«

»Und außerdem«, sagt Fiedler, näherrückend, »wart ihr drinnen, genau am Kaisersaal.«

»Seit wann duzen wir uns?« fragt der junge Mann mit der Melone. »Aber gut«, ihm die Hand hinstreckend, »ich bin Robert Bresson, du kannst Robbie zu mir sagen.«

»Ich würde vorschlagen, ihr packt euren Krempel zusammen, und die Sache ist für mich erledigt.«

Kaum älter als die vier, die ihr Spiel getrieben haben, lächelt der Polizist entgegenkommend, größerer Aufwand wäre fehl am Platz. Irgendwelche Aktivisten für oder gegen dies oder das, die nicht aussehen, als würden sie es auf eine Konfrontation anlegen. Ihre Verkleidung deutet darauf hin, dass es ihnen nur um das Publikum ging, Aufklärungsarbeit, die jetzt getan ist. Er blickt zu den Ballerinas, dann mit versöhnlich gehobenen Brauen in die Augen des Clowns.

»Was meinen Sie?«

»Ich meine, dass Sie unrecht haben, aber wir beugen uns der Macht des Gesetzes. Es lebe das Gesetz, das uns schützt und bewahrt.«

»Schön zu hören.«

Der Clown ergreift die rechte Hand des Polizeibeamten und schüttelt sie unter tiefen Verneigungen, die Zuschauer applaudieren. Die Ballerinas machen Knickse nach allen Seiten. Den alten Koffer unter seinen Arm geklemmt, tritt Robert Bresson, wie er sich vorgestellt hat, melonenbehütet zwischen die beiden.

»Bleiben Sie wachsam, meine Damen und Herren, und kümmern Sie sich um Ihre Aufnahmen.«

Zu Fiedler gewandt, sagt er so laut, dass ihn wirklich jeder versteht: »Schicken Sie uns bitte eine Kopie von dem Band, nicht wieder heimlich verkaufen wie sonst.«

»Hau ab«, erwidert Fiedler, »sonst gibt's 'ne Anzeige.«

Im Gänsemarsch, der Clown als erster, schreiten sie winkend durch die Leute davon, eine der Ballerinas wirft Kusshändchen in sämtliche Richtungen. Am Straßenrand steht der silbergrüne Polizei-BMW, dessen stumm rotierendes Blaulicht in der flimmernden Luft ganz matt erscheint, wie von der Mittagshitze gebleicht. Das flache dunkle Stahldach der S-Bahnstation, auf die sie zugehen, verschwimmt in der Ferne, als lösten sich die unscharf gewordenen Kanten langsam von ihren Trägern ab. Steil aufragend rechts ein Hochhaus mit rostroter Backsteinfassade, das an amerikanische Wolkenkratzer aus den zwanziger Jahren erinnert, aus der heroischen Epoche von Fließband und Gangsterfilm, gegenüber der gläserne halbrunde Turm, dahinter ein Luxushotel in der Manier eines doppelten, sich sprunghaft nach oben verjüngenden Zikkurats. Bankautomaten, Modegeschäfte und Snackbars. Edellimousinen in raffiniert beleuchteten Showrooms und Pizza auf die Hand, Pralinen und Computerspiele, Büros über Büros in den Etagen bis zum Himmel. Einige Besucher sind noch immer mit den Kameras beschäftigt, versuchen sie an ihren Positionen aufzuspüren, mit akribischer Begeisterung die numerierte Liste auf dem Flyer abzuhaken. Die meisten haben den Vorfall fast schon vergessen und streben der nächsten, irgendwo auf sie wartenden Aufregung zu. Lediglich ein paar Jugendliche, halbe Kinder, von der Langeweile eines Klassenausflugs befreit, schneiden Fratzen in ein Objektiv hinein, posieren wie Models, nehmen sich gegenseitig auf die Schultern. Zeigen ihre Muskeln und wackeln mit den Hüften in einem imaginären Castingwettbewerb. Ein Lehrer ist natürlich nicht zu sehen. Idioten, denkt Kremer.

Erster Teil

Und?«

»Basisinformationen.«

Ohne ihn anzuschauen, wusste Christian, dass Jakob jetzt die Stirn runzelte und kurz zur Decke blickte. Dabei noch leicht seinen Kopf schüttelte, skeptisch, wie er von Anfang an gewesen war. Schon am Telefon hatte er behauptet, es handele sich wohl eher um ein Hirngespinst, hatte spöttisch Phantasma gesagt, um ihn herauszufordern. Akademische Übertreibungen, auf die man am besten nicht reagierte, auch in diesem Fall nicht.

»Wann ist das gewesen?«

»Frühjahr achtundsiebzig.«

»Bei dir irgendeine Erinnerung daran?«

»Waren wir elf.«

»Zwölf«, sagte Jakob und trank einen Schluck Bier. »Lass mal weiterlaufen.«

Christian beugte sich vor und tastete mit der Handfläche über das wellige Parkett. Einzelne Dielen hatten sich daraus hochgewölbt, ein älterer Wasserschaden, für den er nicht die Verantwortung trug. Carolin würde es vor ihrem Einzug in Auftrag geben, September, Oktober, wenigstens kündigte sie bei jeder Stippvisite umfänglichste Renovierungsarbeiten an, die Böden, die pfeifende Therme im Bad, alle elektrischen Leitungen. Maler, Fliesenleger und Stukkateure, das gesamte Spektrum polnisch-rumänischer Handwerkskunst.

»Hast du die Fernbedienung?«

»Bekanntlich sammle ich die Dinger.«

Christian rutschte von dem Futonsofa, das man zum Schlafen ausklappen konnte, und spähte unter den Lattenrost, dann unter einen dreibeinigen, buntgekachelten Tisch, um sich (leise fluchend) schließlich zu erheben und mit seinem Fuß einen Stapel Tageszeitungen beiseite zu schieben – was jedoch mehr wie eine Übersprungshandlung aussah, als wirklich Element einer erfolgversprechenden Suche zu sein.

»Jackentasche«, sagte er plötzlich. »Un. Fass. Bar.«

»Es ist viel zu warm für eine Jacke. Warum hast du die Jacke an?«

Christian nahm wieder Platz. Während in flackernden Streifen Bewegung auf den Bildschirm zurückkehrte, lehnte er sich über Jakobs Knie hinweg zum Tisch und angelte sich die letzte, noch ungeöffnete Flasche Budweiser. Ein Hebelgriff mit seinem Feuerzeug, und der Kronkorken sprang im Bogen davon; trudelte übers ramponierte Parkett bis in den Erker, wo an einem der Fensterbretter ein Strahler festgeklemmt war, dessen Halogenlicht ein grelles Oval auf die rubinrotlackierte Decke warf. Ununterbrochen nun das Geheul von Sirenen, kurzatmig hupende Töne in jedem Winkel des beinahe leeren Zimmers. Polizeiwagen und Ambulanzen, die mit Blaulicht durch eine Großstadt jagen, verstopfte Straßen, in denen sie auf dem Bürgersteig weiterfahren, Passanten in Panik, Gerenne und Gestikulieren. Ein-, zweimal huschen Sehenswürdigkeiten aus der Baedekerwelt am Betrachter vorbei, flüchtige Monumente auf den Bildern eines verschrammten Videofilms. Reportermeute vor den verschlossenen Türen eines Sitzungssaals, Deputierte stürmen heraus, die zu keiner Stellungnahme bereit sind, Tumulte im Parlament, Demonstrationen. Steine und Tränengas, Polizisten mit Maschinenpistolen und schusssicheren Westen kontrollieren eine lange Reihe Autos, Verhaftete, die ihre Hände im Nacken haben, wie Börsenkurse unten über den Monitor laufende Schlagzeilen.

»Sprichst du italienisch?«

»Kein Wort.«

»Na denn«, sagte Jakob leise, was sich für Christian aber nicht anhörte wie der Kommentar zu einem aussichtslosen Plan. Als könnte an der Sache doch etwas dran sein, man weiß nie.

Das Foto eines grauhaarigen Mannes, der sich ein Schild vor die Brust hält, eckig zusammengeklebte Buchstaben und ein fünfzackiger Stern. Es folgen unruhige Bilder, die vom Rücksitz eines Motorrads aufgenommen sind, halsbrecherische Kurvenfahrten, in höllischer Geschwindigkeit durch sich stauenden Verkehr hindurch, bis nach einem abrupten Bremsmanöver in eine Gasse geschwenkt wird, die vor Menschen wimmelt, Plakate an den verwitterten Hauswänden, Schreie, panische Stimmen. Ein ausgestreckter Arm bahnt der Kamera den Weg zum Schwerpunkt des Gedränges, um den die ganze Aufregung kreist, ein Kleinwagen mit sperrangelweit geöffneter Heckklappe. In Zeitlupe sich dehnende Augenblicke qualvoller Erkenntnis.

»Ministerpräsident?«

»Parteivorsitzender. Aber der Strippenzieher im Hintergrund.«

Der Kopf des Mannes, der mit angezogenen Beinen in dem engen Hohlraum hinter der Rückbank liegt, ist schlaff zur Seite gerutscht, sein Gesicht halb weggedreht. Als empfinde er Scham, sich in diesem Zustand der Öffentlichkeit zu zeigen. Er trägt einen dunklen Mantel, aus dessen Kragen ein Stück weißes Hemd hervorschaut, in Hüfthöhe auf dem Mantel ruht seine rechte Hand, die Finger sind eingeknickt. Der erste Schuss, berichtet eine das italienische Original überlagernde Synchronstimme, riss den Daumennagel ab, bevor die Kugel in den linken Lungenflügel eindrang, danach weitere Schüsse aus einer Skorpio-Maschinenpistole und einer Beretta des Kalibers 9-Millimeter. Wahrscheinlich sei der Tod durch Blutsturz unmittelbar eingetreten, wahrscheinlich schon in der Tiefgarage, die man für die Exekution gewählt hatte. Dann wurde der Wagen, ein Renault der Baureihe 4, ins Zentrum gebracht und in einer Seitenstraße geparkt, nur ein paar Schritte vom Hauptquartier der Kommunistischen Partei entfernt. Terroristischer Zynismus, sagt der Sprecher, das Fahrzeug mit der Leiche genau hier abzustellen, in fast gleicher Distanz zum Sitz der Christdemokraten, jener anderen, das Land beherrschenden Kraft. Zwei Fotografen, die von der Menge umringt werden, haben begonnen, ihre Aufnahmen zu machen, Blitze zucken über die Szene, den Mann im Kofferraum, die zurückgeschlagene Wolldecke, in die sie ihn eingewickelt hatten, Schneeketten, eine Plastiktüte. Als immer mehr Leute von hinten nachdrängen, bilden Carabinieri und Soldaten untergehakt einen Kreis, um sie abzuhalten, das Entsetzen, die Neugier. Wie ein Lauffeuer verbreitete sich die Nachricht, man habe den Ehrenwerten gefunden, durch die Stadt, die Provinzen, Europa, ein Schrecken mit dem Namen Rote Brigaden, überall Fahndungsplakate, Hausdurchsuchungen, Schusswechsel.

»Narrative, die mit der Tür ins Haus fallen«, sagte Jakob. »Als Dreh- und Angelpunkt.«

»Was passt dir nicht?«

»Wenn man von Anfang an weiß, worauf es hinausläuft.«

»Bitte, ja, das ist eine Doku, erstens kennt jeder das Ende der Geschichte, zumindest jeder, der einigermaßen informiert ist, und zweitens, hör mal zu, das Wort Narrative, damit machst du Punkte bei mir.«

»Vielen Dank«, sagte Jakob und zündete sich eine von

Christians Zigaretten an, die er zuvor, ohne ihn zu fragen, mit spitzen Fingern aus der Brusttasche seines Jacketts gezogen hatte. »Sehr aufmerksam.«

Auf dem Bildschirm zerfetzte Körper, über die Datum und Ort eingeblendet werden, Blutspuren im Schalterraum einer Bank, aus dem Dezembernebel Mailands gespenstisch auftauchende Transparente und Tausende von Nebel umflossene Demonstranten, auf die mit Schutzschildern und Schlagstöcken ausgerüstete Polizeitruppen warten. Die frühen siebziger Jahre, rapportiert die Stimme des Sprechers, hätten im Zeichen dieses Bombenattentats gestanden, für das man Anarchisten verantwortlich machte, obwohl es in Wirklichkeit von einer rechtsradikalen Gruppe verübt worden sei, um den Staat in seinen Grundfesten zu erschüttern. Als Folge der Ereignisse bildeten sich in den Fabriken Norditaliens, bei Fiat und Pirelli, militante linke Zellen, die erste Sabotageakte begingen.

Man erkennt ein Werkstor, das von Arbeitern bewacht wird, am Gitterzaun um das Gelände hängen Flugblätter, beschriftete Bettlaken, Blumensträuße, dann folgen Schlägereien und Diskussionen, völlig verrauchte und überfüllte Räume, ihre Fäuste ballende Männer und Frauen, Graffiti an den Wänden, Hammer und Sichel, Parolen. Redner erkennt man und Massen, die sich durch die Straßen bewegen, darüber Blätter, die sich nacheinander von einem Abreißkalender lösen und durchs Bild segeln, bis das Jahr 1978 erreicht ist.

»Um das Land zu retten«, sagte Christian, »denken Christdemokraten und Kommunisten über eine gemeinsame Regierung nach, uns Eingeweihten auch als historischer Kompromiss bekannt.«

»Nehmt ihr noch Mitglieder auf? Oder handelt es sich eher um eine geschlossene Gesellschaft?«

»Initiationsriten«, sagte Christian, auf dem Futon halb sitzend, halb liegend. »Man hat Prüfungen zu bestehen.«

»Wochenlang allein im Dschungel, Enthaltsamkeit, einen Draht zu den Göttern finden.«

»Niemand könnte es besser formulieren. Jedenfalls regt sich Widerstand gegen die geplante Koalition, die Idee, dass Kommunisten plötzlich mitregieren sollen. USA dagegen, Nato dagegen, die Ultrakonservativen in Italien sowieso. Andererseits drohte aber gerade das ganze System umzukippen, Bürgerkrieg, Revolution. Frage ist folglich die nach dem kleineren Übel, zumal, sehr wichtig, die Partei, die Kommunistische, längst ihren Frieden mit dem Kapitalismus geschlossen hatte. Eigentlich waren das damals schon Dings, ähm, Sozialdemokraten.«

»Wölfe im Schafspelz.«

»Unsinn. Wahre Patrioten, wenn du überhaupt weißt, was das ist. Wichtigster Befürworter der Koalition ist nun Aldo Moro ...«

»Der Mann im Kofferraum.«

»Genau der, die graue Eminenz der Christdemokratie und in echter Sorge um die Republik. Die Verhandlungen laufen gut, man steht praktisch vor einem Abschluss, und paff, die greifen sich ihn. Guck dir das an.«

Auf den ersten Blick ein Auffahrunfall, das Pflaster übersät mit Glassplittern, mehrere Limousinen haben sich vor einer Kreuzung ineinander verkeilt. Ungewöhnlich ist nur die Menge der Schaulustigen, Trauben von Menschen hinter Polizeiwagen und eilig herbeigeeilten Zivilstreifen, die den Ort des Geschehens blockieren. Dutzende Uniformierte im Innern dieser Wagenburg, Sanitäter, verloren wirkende Männer in Trenchcoats, die den Zusammenstoß umkreisen, auf dies und das deuten, in die Hocke gehen, um ein Detail zu begutachten. Über einen Körper gebreitet ein weißes

Tuch, das eine Hand freilässt und zwei Schuhe, Füße in Schuhen, die glänzen, als seien sie vor nicht allzulanger Zeit gewissenhaft poliert worden. Die meisten Scheiben der Limousinen sind geborsten, Glasreste in den Fenster- und Türrahmen, die bizarre Muster abgeben, Zackenlinien wie bei Eisschollen, eine Nahaufnahme rückt sie jetzt in den Vordergrund, bewegt sich um eine verzogene Tür herum, Löcher im Blech, zerrissene Polster, ein Arm, der reglos an einem Mann hängt. Reglos wie der Mann selber, auf dessen Brust der Kopf eines anderen Mannes gesunken ist, während sein eigener, es war der Fahrer, zur Seite geknickt darüberliegt. Beiden rinnt Blut durchs Gesicht, Blutfäden, die aus den Haaren kommen, aus der Nase, aus kleinen dunklen Öffnungen auf Wangen und Schläfen. Sie seien sofort tot gewesen, hört man den Sprecher sagen, wie ein Beamter der Eskorte im vorderen Wagen, der zweite habe noch zurückfeuern können, der dritte starb mittags im Krankenhaus, ohne sein Bewusstsein wiederzuerlangen. Insgesamt mehr als neunzig Schüsse aus automatischen Waffen, ein jugendlicher Ohrenzeuge gab später zu Protokoll, er habe geglaubt, an der Kreuzung seien Arbeiten mit Presslufthämmern im Gange. Eigentlich unfassbar, dass Moro, den man im Kugelhagel vom Rücksitz seines Fiat 130 zerrte, nicht die geringste Schramme davontrug. Auf dem Asphalt liegt eine Aktentasche, die ein Kreidekreis umrahmt, eine Dienstmütze, ebenfalls in einem Kreidekreis, ein Haufen Patronenhülsen, Flecken von Öl und Blut, die auf dem Monitor nicht auseinanderzuhalten sind.

»Die haben ganz schön zugelangt.«

»Vier Täter in Pilotenoutfits von Alitalia.«

»Auch pleite, oder?«

»Weiß nicht.«

»Meinetwegen mach aus. Der Schluss ist mir bekannt.«

Leise knirschend hielt der Videorekorder an und fror die letzte Szene ein, dann wurde es schwarz, durchbrochen von einem Geflimmer weißer Pünktchen, die zwischen den Bildzeilen hin- und hersprangen. Codes und Gegencodes.

»Fünfzig Tage hatten sie ihn«, sagte Christian. »Alles spricht mittlerweile dafür, dass keiner ernstlich an einen Austausch dachte.«

»Dasselbe Spiel wie in Deutschland damals.«

»Auf den Kommentar hatte ich schon gewartet«, sagte Christian. »Wo muss ich anfangen?«

»Vielleicht kommen wir umständelos zum Wesentlichen.«

»Bist du eigentlich beliebt bei deinen Studenten? Ich vermute, die schlagen sich darum, von dir unterrichtet zu werden.«

Jakob blies Rauchkringel in die Luft.

»Mit denen, die nicht abspringen, treffe ich mich gleich im Café.«

Christian richtete sich auf und schlug ein Bein unters andere. Dass er nackte Füße hatte, aber ein Jackett trug, ließ ihn aussehen, als sei er durch Jakobs Ankunft bei einer Heimlichkeit überrascht worden und habe die Form wahren wollen in den zehn Sekunden von der Gegensprechanlage bis zur Wohnungstür in der ersten Etage. Ein Allianz-Vertreter, der Forderungen eintreiben wollte, Hausverwaltung oder abgelegte Affären, die hereinschneien im unpassendsten Moment: bin ganz zufällig in der Gegend.

»Vergleiche hinken immer, insbesondere, was den Terrorismus betrifft.«

»Die Dimension«, sagte Jakob. »Mir ist schon klar, worauf du hinauswillst.«

»Als Ansatzpunkt nicht schlecht. Größenordnung und Turbulenzen. Es gab einen Aufnahmestop bei den Roten

Brigaden, weil zu viele Bewerber. Ein organisatorisches Problem, von dem andere Gruppen profitierten, die Konkurrenz auf dem Markt Bewaffneter Umsturz. Durchaus blühender Markt Ende der siebziger, Anfang der achtziger Jahre. Wir haben es hier mit Hunderten von Leuten zu tun und fließenden Grenzen zwischen normalem Leben und illegaler Aktion. Abgefackelte Autos, Plünderungen, Knieschüsse für den regionalen Volksfeind.«

»Und die trägen Massen wollen es einfach nicht kapieren, dabei werden wir Revolutionäre von Tag zu Tag mehr.«

»Martialische Abkürzungen und dubiose Schattenarmeen wetteifern um die Gunst des Publikums. Ständig neue Angriffsziele, seitenlange Pamphlete. Daneben noch die einigermaßen legalen Gruppen, Grüppchen, Cliquen, aus denen mancher, beziehungsweise manche, extrem hoher Frauenanteil, irgendwann in die Klandestinität wechselt, zurückkehrt, weitermacht wie zuvor. Viele sind nie auf Fahndungslisten erschienen, weil unerkannt geblieben, andere wurden wegen allem möglichen verurteilt, von Diebstahl bis Mord, von Kidnapping bis Bandenbildung.«

»Läuft mitunter dumm«, sagte Jakob und entsorgte seine Kippe in einem ertrödelten Aschenbecher, der kleine Fächer wie ein Roulettekessel hatte. Modell Hausfrauenglück.

»Dass die Prozesse, die Kronzeugen, die Indizien bei der Fülle der Delikte oft zweifelhaft waren, kann als gesichert gelten, ich meine jetzt nicht die Haupttäter, sondern den ganzen Rattenschwanz an Sympathisanten, Unterstützern, minder Belasteten. Nicht wenige noch sehr jung, vielleicht acht oder zehn Jahre älter als wir, akuter Oberschülerwahnsinn.«

Ein lautes metallisches Quietschen bohrte sich in die Ohren, Funkenflug vor den Erkerfenstern, dann rumpelte es kurz, als würde ein Felsbrocken in ein Schotterbett plumpsen. Ächzendes Geräusch einer strapazierten Hydraulik, dem unvermittelt Stimmengewirr folgte, das deutlich aus dem schwindenden Verkehrslärm eines vorgerückten Abends herauszuhören war. Jakob sah Christian verkniffen an.

»Kurpark ist das gerade nicht.«

»Dafür war die Wohnung günstig. Sagt Carolin, obwohl sie mir den Preis verschwiegen hat. Außerdem gehen zwei Zimmer auf den Hof raus. Zum Schlafen und so weiter.«

»Quadratmeter?«

»Hundertdreißig, hundertvierzig, ich hab's nicht gemessen. Ein bisschen runter, diese perverse rote Decke hier, aber die Aufträge sind praktisch vergeben.«

»Und du?«

»Was ich?« fragte Christian, während die Tram wieder losfuhr, fragte es angriffslustig, denn der Ton von Jakobs Stimme war ihm vertraut. Als wüsste er nicht, was er wusste, und würde sich aus alter Freundschaft nach seinem Befinden erkundigen, seinen Absichten und Plänen. Eine Spur Scheinheiligkeit, die sich als Mitgefühl tarnte.

»Dein Aufenthalt in diesen Hallen ist ja nun befristet«, sagte Jakob und kreuzte ungezwungen die Arme vor seiner Brust. »Spätestens wenn Carolin nach Berlin zurückkommt, brauchst du eine Wohnung. Also demnächst.«

»Demnächst ist ein großes Wort. Sagen wir … bis September.«

»Suchst du?«

»Jedenfalls ziehe ich nicht noch mal ins Büro. Ich kümmere mich darum, ernsthaft.«

»Immobilienscout 24 macht das Rennen.«

»Danke. Wäre mir von allein nie eingefallen.«

»Keine Ursache.«

Für einen Moment geistesabwesend, so erschien es Jakob, starrte Christian in den Erker, wo sich auf dem nachtdunklen Glas der fast deckenhohen Fenster weiße und gelbe Lichter abzeichneten, ein verschwommener Strich Grün von der Neonreklame des Imbiss-Restaurants auf der anderen Straßenseite, in Rot ein zerfasernder Klecks, den die Leuchtschrift der Sparkassenfiliale hochwarf, Schönhauser Ecke Kastanienallee. Ab und zu ein blaues, über die Scheiben wanderndes Flackern, das Polizeisirenen hektisch untermalten. Irgendwo in der Nähe war eine Wache, man hätte die Uhr danach stellen können, Schlägereien und Verkehrsunfälle im Halbstundentakt. Als Christian keine Anstalten machte, ihr Gespräch fortzusetzen, sagte Jakob: Wir waren noch nicht fertig, ich höre. Christian zuckte zusammen und drehte sich mit leicht irritierter Mienezu Jakob, der auf den erloschenen Bildschirm wies: zweite Halbzeit.

»Um was ging's?«

»Zweifelhafte Indizien.«

»Ja, genau. Fragwürdige Verfahren, die meist mit drakonischen Strafen endeten, keine Justizirrtümer, aber doch politische Urteile. Zehn Jahre Haft für Mitgliedschaft, ohne dass im einzelnen mehr hätte bewiesen werden können. Zumal es ja nicht alles Mordprozesse waren.«

»Dem entzieht man sich.«

»Auf nach Frankreich. Insgesamt zweihundertfünfzig bis dreihundert Verdächtige, die sich auf die Socken machen. Einigen gelingt es sogar, aus dem Gefängnis abzuhauen.«

»Und die Franzosen haben sie genommen?«

»Bedingung war, nicht in tödliche Anschläge verwickelt gewesen zu sein.«

Vernehmlich glucksend trank Christian seine Flasche Bier aus, hielt sie prüfend gegens Licht, um dann laut und anhaltend zu rülpsen.

»Enchantant«, sagte Jakob und rückte symbolisch ein

Stück von ihm ab. »Ein paar von deinen Problemen erhellen sich mir schlagartig. Besonders Frauen mögen das.«

»Ein Riesenschock, die Welt in Scherben.«

»Misskalkulationen, die das Leben erheblich erschweren. Man hat sich mal wieder täuschen lassen, Hagelschauer an Vorwürfen und Verzweiflung. Mutter wusste es von Anfang an.«

»Bist du dir sicher?«

Jakob lachte. Wie er auf dem Futon saß, groß und selbstbewusst, vermittelte er den Eindruck, seinen Aufgaben gewachsen zu sein, sich einmal entschieden und diese Wahl bis heute nicht bereut zu haben. Es gab Severine und die beiden Kinder, das Institut, Freunde und Reisen, es gab ein Ziel, auf das er hinarbeitete. Sich Jakob in Begleitung einer anderen Frau vorzustellen war ebenso unmöglich wie der Gedanke, er würde nicht mehr unterrichten, Konferenzen besuchen, Monografien über Foucault und die deutsche Romantik schreiben. Verbindlichkeit, die beunruhigen konnte und Widerspruch hervorrief, beinahe gegenstandslose Streitereien. Dass die Welt ein Fremdkörper sein kann.

»Die sogenannte Mitterrand-Doktrin«, fuhr Christian fort. »Man duldet ihren Aufenthalt, weil irgendwie politisch verfolgt. Eine Grauzone, in der man sich einrichtet, dazu die Verpflichtung, dem bewaffneten Kampf zu entsagen. Woran man sich hält, zwanzig Jahre Unauffälligkeit im bürgerlichen Leben, Berufe, Familien.«

»Wir sprechen von Resozialisierung, beliebt bei den Nachbarn, engagierte Naturschützer.«

»Bis die Regierung wechselt, Berlusconi in Italien, Chirac in Frankreich. Berlusconi verlangt ihre Auslieferung, und Chirac, der sich an Vereinbarungen Mitterrands nicht gebunden fühlt, beginnt die Leute abzuschieben.«

»Und?«

»Was und?«

»Dein Interesse an der Geschichte in allen Ehren … aber worauf willst du eigentlich hinaus?«

»Erstens. In Italien hat es neue Attentate gegeben, gezeichnet Rote Brigaden. Wer sind die? Zweitens. Massendemonstrationen, Kritik am neoliberalen Kurs der Regierung. Drittens. Man versucht, Zusammenhänge herzustellen, wo keine sind, etwa, dass die Linke aus Paris ferngesteuert wird. Viertens. Bei jedem, den sie zurückbringen, kann sich der Ministerpräsident in seinen Medien feiern lassen, als der einzige, der dem drohenden Chaos die Stirn bietet. Dauerwahlkampf. Und fünftens …«

»Hört sich das nach einem dieser Texte an, die Koinzidenzen für Kausalität halten.« Jakob schüttelte den Kopf. »In New York kippt ein Hochhaus um, während in Israel Kabinettssitzung ist. In dem einen Hotel am Genfer See steigt jemand in die Badewanne, während in dem nebenan gerade eine Konferenz von Waffenschiebern stattfindet. Warum gehen X und Y ausgerechnet am selben Tag in die Oper, obwohl sie beide Opern zum Kotzen finden? Muss ich deutlicher werden? Im Labor von X wird ein Serum entwickelt, das den amerikanischen oder chinesischen Geheimdienst interessiert, und Y war geschäftlich schon einmal in Schanghai. Natürlich auch schon einmal in Amerika, wo er einen Massagesalon besucht hat, in dem eine Frau arbeitet, deren Schwester mit einem CIA-Agenten verheiratet ist. Zufall? Ja, lockere Verteilungen im Raum ohne gesetzliche Notwendigkeit. Ziehe eine Linie von da nach dort, und das Rätsel entschlüsselt sich. Endlich verstehst du, wer in den schäbigen Kulissen am Regiehebel sitzt.«

»Das weiß ich sowieso«, sagte Christian. »Trotzdem bleiben verschiedene Fragen offen. Warum jetzt, und warum mit dieser Härte? Außerdem gibt es Gerüchte, die sich um die Hintermänner der Moro-Entführung drehen.«

»Und du sollst derjenige sein, dem man sein Herz ausschüttet, reinen Tisch machen, bevor man in den Kerkern des Regimes verschimmelt?«

»Quatsch. Aber ein großes Interview, das sich mit der Vorgeschichte beschäftigt, dann die Gegenwart, würde ich ziemlich prickelnd finden. Hässliches Zeitloch, das einen zu verschlingen droht. Lehrer, Sozialarbeiter, Ärztinnen tauchen nach zwei Jahrzehnten wieder ab in den Untergrund, aus dem sie einst gekommen sind. Verstecke bei Freunden, Freunden von Freunden, alte Netzwerke, die aktiviert werden. Keiner geht freiwillig ins Gefängnis zurück oder lässt sich von einem Politclown als Trophäe vorführen. Ungeschriebene Kapitel der Vergangenheit, die einen plötzlich mit dem eigenen Schatten konfrontieren, mit etwas, das man gründlich verdrängt hatte. Und die Komplizen von damals im Parlament, Chefredakteure, Unternehmer. Richtig aufgezogen, kann man eine schöne Story daraus basteln, da ist doch alles drin, ungeklärte Vorkommnisse, aktuelle Politik, menschliche Verstrickungen. Guck mal, hier sollen einige stellvertretend für ihre Generation büßen, für Irrtümer, die fast schon Konsens gewesen sind. Man muss die Sache für Deutschland nur richtig verpacken.«

Er strich sich die Haare aus der Stirn und schob seine Brille zurück auf die Nasenwurzel, nervöse, ihm zur zweiten Natur gewordene Gesten, die ihre eigene Choreographie hatten. Eine bestimmte Art, kommentierend zu nicken, bevor er sich wieder zu Wort meldete, der automatische Griff zur Zigarette beim Warten auf eine Verbindung. Am Telefon.

»Europäische Öffentlichkeit«, sagte Jakob, »das könnte sie interessieren. Exempel am Sündenbock, statt einer Versöhnung mit Schlussstrich. Eventuell noch Kinder, die es betrifft, auf der Schiene ließe sich vielleicht was machen.«

»Paris«, sagte Christian, während er begann, sich ein Paar Sportschuhe anzuziehen, die er unter dem Futon hervorgeholt hatte. »Wenn sie überhaupt noch da sind.«

Blaulicht und Sirenen, die Richtung Osten, Richtung Danziger Straße verwehten, verschiedene Hupgeräusche drangen in die Wohnung. Irgendwer versperrte irgendwem die Fahrbahn. Im Wedding hatte letzte Woche einer die Nerven verloren und eine Pistole gezückt, sein Kontrahent ihn kaltblütig mit dem Handy fotografiert, ein unscharfes Bild im Lokalteil.

»Ob du vertrauenswürdig genug bist, um an sie ranzukommen«, sagte Jakob, »damit steht und fällt die ganze Sache. Von der Praktikabilität der Geschichte, ihrem ökonomischen Sinn, Medien, die sich anbieten, will ich gar nicht erst reden. Was macht eigentlich dein Roman?«

»Den Punkt erreichen, an dem man nicht mehr ich sagt. Sätze, in denen das Ego sich auflöst. Soll ich konkreter werden?«

»Mir fehlt im Augenblick der Bezug. Wo waren wir stehengeblieben?«

»Ein Bote dringt in ihr Labyrinth ein, kommt nah an sie ran. Es baut sich eine Verbindung auf, deren Tragfähigkeit ausgeleuchtet wird. Ich habe nichts zu verbergen, kein Hindernis für einen direkten Kontakt. Ich verbürge mich dafür, alle Hinweise auf ihr Versteck zu verwischen, kein Wort zu Stadt, Straße, Haus, Wohnung. Meine journalistischen Referenzen sind einwandfrei, nichts, was anrüchig wäre. Ich gebe euch eine Chance, ihr gebt mir eine.«

»Und wer ist der Bote? Der Bote des Boten?«

Christian zögerte. Dann sagte er: »Brenner.«

»Das ist nicht dein Ernst.«

»Doch.«

Die beiden sahen sich schweigend an, Jakob mit einem

Ausdruck, der seinen Zügen etwas Starres verlieh. Eine unausgesprochene Grenze, die Christian mit der Nennung des Namens übertreten hatte, nächtliche Erzählungen Carls in einer Bar, die nicht dazu bestimmt waren, ans Tageslicht gezerrt zu werden. *Entre nous,* so war es damals.

Christian hob beschwichtigend die Hände.

»Keine Sorge, meine Diskretion ist garantiert.«

Jakob seufzte. Ob aus Bedauern, sie vorgestellt zu haben, oder weil er Christian zu gut und zu lange kannte, seine Hartnäckigkeit, seine unerschöpfliche Gabe, sich von den eigenen Ideen fesseln zu lassen, seine Erfolge und sein glorioses Scheitern, war unklar. Er wandte den Kopf ab und blickte in den Erker, wie Christian es vor einigen Minuten getan hatte.

»Ich werde ihn etwas fragen, und er kann antworten, wie er will, ich bin kein Bulle.«

Jakob sagte nichts. Wahrscheinlich dachte er über sein Verhältnis zu Brenner nach, Schwierigkeiten, die er sich aufhalsen könnte, Aspekte von Moral und enttäuschtem Vertrauen. Wäre das Gegenteil möglich? Zumindest vorstellbar, auch vorstellbar, dass Carl positiv reagiert, mit Neugier und dezenter Unterstützung. Die Angelegenheit einfach aus einer wohlwollenderen Perspektive betrachten. Er stand auf und ging ein paar Schritte in den Raum.

»Es darf nicht so aussehen, als würdest du Wissen verwenden, das in fremden Ohren nichts zu suchen hat.« Die Hände in den Taschen seiner schwarzen Jeans, drehte er sich zu Christian um. »Ein Wissen, das unter Umständen ruinös ist, nicht nur für einen Hochschullehrer. Wie so etwas funktioniert, sollte dir bekannt sein. Irgendein Detail, das durchsickert und dann hemmungslos aufgeblasen wird, egal, ob's stimmt oder nicht. Vorsicht, falls du das Wörtchen schon einmal gehört haben solltest, spielt in diesem Zusammenhang eine gewisse Rolle, man könnte es auch Fingerspitzengefühl nennen. Mehr als dich darum zu bitten bleibt mir im Augenblick kaum übrig.«

Christian stand auch auf. Er nahm sein Feuerzeug vom Tisch und einen Schlüsselbund.

»Ehrensache, glaub mir.«

»Das sagt sich schnell.«

»Ah, Schüssler, hör mal. Warum weihe ich dich in alles ein?«

»Keine Ahnung. Man macht Erfahrungen. Man lernt. Vor allen Dingen lernt man nie aus.«

»Du sprichst mir aus dem Herzen. Wolken ziehen über den Himmel, das Meer glitzert in tausend Facetten. Sind wir jetzt wieder Freunde?«

»Arschloch.«

»Wollen wir noch irgendwo etwas trinken? Nette Leute, nette Musik, bequeme Sessel.«

Jakob schüttelte den Kopf. Vielleicht wäre es das beste, Carl umgehend zu unterrichten. Ein Erklärungsversuch, Schulterzucken. *Sub sigillo confessionis.* Er kramte eine Uhr ohne Band aus seiner Hosentasche, sah kurz aufs Zifferblatt und schüttelte abermals den Kopf.

»Für mich schon zu spät.«

»Eine halbe Stunde.«

»Ich steige in die U-Bahn. Ich fahre sieben Stationen, ich laufe fünfhundert Meter, ich lege mich ins Bett. Ein Kind, das schreit, ein Kind, das in die Kita muss. Eine Prüfung. Ein Colloquium. Im Penny-Markt fast den Verstand verlieren, Amok an der Schnäppchentheke. Deine durchgeknallten Geschichten verdauen.«

»Fernet auf Eis, ich hab' meine Spendierhosen an.«

»Das weiß ich zu schätzen. Ich werde darauf zurückkommen.«

»Wie du willst«, sagte Christian und knipste den Halogenstrahler im Erker aus. Die bunten Lichter von draußen, die Peitschenmasten über der Kreuzung, Straßenlaternen erhellten das Zimmer bei weitem genug, um ohne Stolpern und Tasten den Weg in den Flur zu finden.

»Wo ist der Schalter?« fragte Jakob, nachdem er ins Treppenhaus getreten war.

In der vor ein paar Tagen eröffneten Boutique im Nachbarhaus warfen grüne und blaue Neonröhren einen spukhaften Schein über Kleiderstangen mit Hemdchen und Bikinis, im Innern von zwei amerikanischen Kühlschränken lag Wäsche, in die Eisfächer waren Flipflops und Bastlatschen gestopft. Aus TetraPak zusammengeleimte Handtaschen und T-Shirts mit alten Markenlogos auf der Brust. Namen wurden gerufen, man hörte eine Flasche zersplittern, Gelächter und laute Stimmen, Musik. Vom Biergarten im Prater bis zu den Terrassen der indischen Restaurants, die ihre Currys zu Dumpingpreisen anboten, Hot dogs, Thai-Food, frische Croissants fast rund um die Uhr. Punks bettelten vor der Sparkassenfiliale, einer spielte Gitarre, während seine Freundin mit ausgestreckter Hand ein paar Meter neben jedem Passanten herlief. An der Fußgängerampel blieben Jakob und Christian stehen.

»Wo willst du hin?«

»Die Schönhauser runter«, sagte Christian. »Weg aus diesem Wahnsinn.«

»Kenn ich den Laden?«

»Waren wir beide noch nie.«

»Fernet auf Eis, du erinnerst dich.«

»Du kannst dich auf mich verlassen.«

»Deine Worte«, sagte Jakob und ergriff die ihm entgegengestreckte Hand. »Ich kann mich auf dich verlassen.«

Dann ging er über die Straße und verschwand im Eingang des Bahnhofs.

Schritt für Schritt ließ der Ansturm der Dinge nach, diese blinkende Flut aus Vergnügungen und Geschäftssinn, Drehbuchentwürfen und Modelkarrieren verebbte in Christians Rücken, bis nur noch Dunkelheit da war, zuweilen durchbrochen von Autoscheinwerfern und einmal den gleißend hellen Fenstern eines Hochbahnzuges, der auf dem Mittelstreifen der breiten Allee wieder in den Untergrund tauchte. Während in Gegenrichtung ein anderer aus der Versenkung stieg, die beinahe greifbare Schönheit der mechanischen Welt. Ratternde Filmprojektoren oder das Knistern der Nadel am Ende einer Platte. Auf Vinyl hatte man sich damals noch Hüsker Dü und Gunclub gekauft, wenig später als CD dann schon die erste Public Enemy und *Daydream Nation* von Sonic Youth – Monate, wenn nicht Jahre, die aus Drogen und Nichtstun bestanden, Theorien der Geschwindigkeit und des Sinns, grammatologische Prüfungen. Wodkaräusche und Speed in Behausungen unterhalb jeden Standards. Erst zehn Jahre her, und es kommt einem vor, als seien es hundert gewesen. Seltsame Gegenwart.

Eine Reihe ausgetretener Stufen führte zu einem Souterrain, über dessen Tür ein schwächlich erleuchteter Glaskasten mit der Aufschrift *Bierbar* hing, die Holzjalousien vor den beiden Fenstern waren heruntergelassen, kein Ton drang nach draußen. Als wollte sich die Kneipe verstecken, um nicht geräumt zu werden, letztes Exemplar einer vom Aussterben bedrohten Spezies, die eigentlich unter Naturschutz gehörte. Wo man Soleier aß und Bier mit Korn an Stehtischen trank, die auf Fässer montiert waren, hinterm Tresen eine Bedienung in einem golddurchwirkten Lurexpullover, der ihre üppigen Formen kaum in den Maschen hielt. Christian musste grinsen, als er im Schatten der hohen Bäume an dem Lokal vorbeiging, vielleicht war es sogar die Tour mit Jakob und Carl gewesen, als sie zum Schluss in dieser *Bierbar* landeten, er zwischen lauter Betrunkenen schon im Clinch mit der Frau, bevor Jakob ihn raus auf die Straße zog, Jakob Schüssler, der nie die Übersicht verlor, selbst in den letzten Minuten eines in Springfluten von Alkohol abgesoffenen Abends.

Es war noch sehr warm, die Jacke so überflüssig wie sonstwas. Als Christian sie ausziehen wollte und sich um die Hüften binden, spürte er die Fernbedienung des Rekorders in einer Tasche, er schüttelte den Kopf, möglicherweise eine Krankheit, von der man noch nichts wusste. Eines Tages wird man aufgegriffen und hat vergessen, wo man wohnt, wie man heißt, warum man sich auf den Weg gemacht hat. Das Schicksal von Millionen, am besten trägt man immer alle lebenswichtigen Daten in einer kleinen Kapsel um den Hals, Blutgruppe und Geschlecht, die Einwilligung zum Organspenden. Memento. Er trat gegen eine Dose, die scheppernd übers Pflaster rollte, bis sie von einem Mann, der ihm entgegenkam, gestoppt und zurückgespielt wurde. Zu ungenau, sprang in den Rinnstein.

»Üben.«

»Bin lange verletzt gewesen«, sagte der Mann, der struppige Rastalocken und einen Goldring im Nasenflügel hatte. »Mauerpark.«

»Ja denn«, sagte Christian. Wer spielt da Fußball? Die Hunde mit den Maulwürfen? Er zündete sich eine Zigarette an, suchte in seiner Hose nach Geld. Münzen und zwei Zehner, das reichte für heute, Jakob erneut anzupumpen hätte keinen guten Eindruck gemacht, auch wenn bis auf einen unbedeutenden Restbetrag inzwischen alles getilgt war. Die Zahlungsmoral ließ immer mehr zu wünschen übrig, spätestens morgen müssten die Mahnmails rausgehen: *liebe, lieber – leider ist noch kein geld bei mir für den artikel am 12., die besprechung am 14., das gespräch am 26. eingegangen. kann eure buchhaltung nicht einen tick pünktlicher sein? die krise ist schlimm. dein c.* Vor ihm auf dem Bürgersteig verteilte sich eine Menschentraube, eine schwirrende Wolke von Stimmen, die jazzige (Bebop), durch die Tür des Clubs ins Freie ziehende Musik untermalte. Wer nicht biertrinkend herumstand, saß auf Campingstühlen, Kotflügeln, zwei, drei aufgebockten Motorrollern, ein Kellner sammelte gebückt Flaschen ein. Christian schob sich durch die Menge zum Eingang, an der Tür klebte ein Plakat, offenkundig hatte ein Konzert stattgefunden oder würde noch stattfinden. Abgebildet waren ein Keyborder in weißer Smokingjacke und eine Sängerin in einem paillettenbesetzten Cocktailkleid, ten (links) bucks (rechts) hatte ein Grafikgenie mit schwarzem Filzstift auf die Revers des Mannes geschrieben. Bevor Christian drinnen fragen konnte, packte ihn jemand beim Arm und drehte ihn zu sich.

»Was ist?«

»Wach ich oder träum ich?«

»Keine Ahnung«, sagte Christian, unfreundlich, und befreite sich aus dem Griff des anderen, der ungefähr einen Kopf größer war und durchaus muskulös in seinem kurzärmligen, türkisfarbenen Hemd, in dessen Brusttasche gleich drei Kulis steckten, dazu Cordhosen und Badeschuhe aus Plastik. Lachend fasste er Christian bei den Schultern und schüttelte ihn leicht; als müsse der Groschen dann fallen. Und er fiel, langsam, aber doch.

»... Jens!«

»Schillings. Sofern du noch einen Hinweis brauchst.«

Während sie sich die Hände gaben (Schillings Pratzen), sagte Christian: »Ich dachte, du bist in Chicago.«

»Ich bin fertig.«

»Glückwunsch, oder?«

Jens nickte, als vergewissere er sich selber, seine Promotion abgeschlossen zu haben und nicht mehr in den USA zu sein, Abreisen, Ankommen, etwas Neues unternehmen. Bewerbungen verschicken, am Telefon hängen. Durststrecken und Ambitionen. Christian versuchte sich zu erinnern, wann und wo sie sich zum letzten Mal gesehen hatten, und welchen Aspekten der Emigration Schillings in den Archiven nachgeforscht hatte, und warum ausgerechnet in Chicago. Brecht am Santa Monica Boulevard, Oskar Maria Graf in den Bierschwemmen der Bowery, es gab ein groteskes Bild, auf dem die beiden vor riesigen Maßkrügen sitzen, der hagere Brecht in seiner Arbeiteruniform und der bullige Graf im Trachtenjanker, zwei verlorene Seelen im Hofbräuhaus Amerika.

»Dir geht's gut?«

Christian reckte sein Kinn vor und hob flüchtig die Schultern, dann machte er eine Bewegung mit seinem schräggehaltenen Kopf, die man als Nicken durchgehen lassen konnte.

»Ich hab' was von dir gelesen«, sagte Jens. »Vor ein paar Tagen.«

»Und?«

»Kongress oder so. Mutanten in der Populärkultur.«

»Scheiße«, sagte Christian und lachte leise. »Die hatten Filme aus den sechziger Jahren ausgegraben, Perlen des italienischen Bahnhofskinos. Gladiatoren in Sandalen und Röckchen, die gegen Eindringlinge vom Mars kämpfen, Pappmaché und halbnackte Sklavinnen. Ganz großer Trash.«

»Halbnackte Sklavinnen hört sich gut an.«

»Schleiertanz. Und die Kerle alle Bodybuilder aus der Vorstadt, denen dauernd die Perücken verrutscht sind. So was Phantastisches kriegt man nur noch selten zu sehen. Au…«

Um nicht das Gleichgewicht zu verlieren, machte Christian unwillkürlich einen Schritt nach vorne, das war eine Faust in den Rücken. Als er sich verärgert umdrehte, sah er, dass es sich um einen angewinkelten Ellbogen gehandelt hatte, den sich die junge Frau mit ihrer anderen Hand rieb, ihm einen Blick zuwerfend, der Schmerz und Verwunderung zugleich ausdrückte. Als ob *sie* sich gerade weh getan hätte.

»Sag mal, bist du verrückt?«

Fragen, auf die es keine Antwort gibt, sie rührte sich nicht.

»Entschuldigung«, sagte Christian. »Hoffentlich habe ich dich mit meinem Rücken nicht verletzt.«

»Steh nicht in der Tür rum«, sagte sie und schüttelte ihren Arm aus. Ihre blonden Haare hatte sie zu einem Pferdeschwanz gebunden, im Gesicht eine randlose Brille, die man fast nicht wahrnahm, ein volles rundes Gesicht mit weichen Lippen, tief auf ihren Hüften ein Paar grüngesprenkelter Camouflagehosen, über denen sie ein enges weißes T-Shirt trug, dessen Aufdruck in roten Buchstaben vom Trageriemen ihrer Tasche zwischen die Brust gequetscht wurde. Anscheinend war sie allein unterwegs, niemand, der sich zu ihr gesellt oder sich mit einem ›Was is'n los hier?‹ eingeschaltet hätte.

»Ist doch nichts passiert«, sagte Christian, der sich auf einmal für den Zusammenprall mitverantwortlich fühlte. Ohne ihre Augen von ihm abzuwenden, rückte sie energisch den Riemen ihrer Tasche zurecht, dann bückte sie sich, um ihr rechtes Hosenbein bis zur Wade hochzurollen.

»Was trinken auf den Schreck?« fragte Christian, nachdem sie sich wieder aufgerichtet hatte.

»Danke für die Blumen«, sagte sie in einem unmissverständlichen Ton und ging zu ihrem Fahrrad, ohne ihn eines weiteren Blickes zu würdigen.

Grantig, dachte Christian, das nennt man grantig, zu Studienzwecken in Reinform kultiviert. So kommt man prima durchs Leben.

Neben Schillings stand inzwischen eine Frau, um die er den Arm gelegt hatte und die genauso groß war wie er, sicher über eins fünfundneunzig. Beide schmunzelten, als bestätige der Vorfall eine Theorie, die sie in einer intimen Stunde geschmiedet hatten, alle sonst betreffend, nur sie nicht.

»Das ist Britta, das ist Christian, du weißt schon.«

Was sie wusste, hätte er jetzt gern erfahren, Erzählungen, in denen er irgendeine Rolle gespielt haben muss. Eine Vollversammlung organisieren gegen dies, Flugblätter verteilen für das, Geschichte und Literaturwissenschaft Hand in Hand. Eure Interessen sind unsere Interessen.

»Wir haben nicht mehr soviel Zeit«, sagte Jens und drückte Britta an sich. »Kannst du morgen?«

Christian musste einen unschlüssigen Eindruck gemacht haben, denn Jens fuhr fort: »Schon mal was von Lucias Gastroführer gehört? Gut bezahlt und praktisch ohne Aufwand.«

Christian schüttelte den Kopf.

»Kinderleicht. Zwanzig Zeilen pro Lokal, die Hauptsache ist, die Wirte sind mit dem Text zufrieden. Was hältst du von dem einen Café auf der Schwedter Straße?«

»Ecke Kastanien?«

»Genau. Sagen wir um fünf. Ich schaff' das allein nicht mehr.«

»Einverstanden«, sagte Christian. ›Gut bezahlt‹ klang in Verbindung mit ›praktisch kein Aufwand‹ verlockend. Nur die persönliche Haftung wäre wie immer ein kleines Problem. Etwas, bei dem man lieber nicht gesehen wurde, Standesehre im Härtetest. Die Glücklichen verabschiedeten sich, und er betrat den Club, Sofas und niedrige Marmortische und rote Stehlampen. Obwohl fast ganz leer, war die Luft stickig, buchstäblich zum Schneiden, offenbar hatte das Konzert schon stattgefunden, hinten vor der Theke im zweiten Raum ein elektrisches Piano und ein Mikrophonständer, daneben ein Barhocker für die Sängerin, Mineralwasser, Plastikbecher. Ein Mann, der in seinem Rüschenhemd und der Smokinghose unschwer als Keyboarder des Duos zu identifizieren war, wickelte Kabel auf eine Drehtrommel, dann riss er mit den Zähnen Tape von einer Rolle, um die Stecker zusammenzubinden. Es gab keinen Grund, aber Christian kam sich deplaziert vor, am falschen Ort zur falschen Zeit, als sei er in ein Stück geraten, dessen Text ihm nicht mehr einfiel, in Kulissen, die für eine Aufführung ohne ihn gedacht waren. Er kaufte sich am Tresen ein Bier, grüßte kopfnickend beim Rausgehen einen Exkollegen, der heute als Pressesprecher arbeitete (Senat? Die Grünen? Schering? – such dir sonstwen, dem du mit deinem Schicksal ein Ohr abkauen kannst), und wandte sich draußen nach rechts, um einen Bogen durchs Viertel zurück auf die Eberswalder Straße zu schlagen, noch ein paar Zeilen in den Computer, Material für seinen Roman.

Schatten, dachte er, der sich beim Gehen über die reglosen Schatten von Häusern und Bäumen und parkenden Autos schiebt, man hört die eigenen Schritte, unentwegt im Hintergrund das nächtliche Tosen der Stadt. Dann schrieb er den Satz auf und einen nächsten, der ihm sofort im Anschluss einfiel, was – für seinen Geschmack – viel zu selten geschah. Ein feiner Schweißfilm, las er sich laut vor, klebt auf der

Haut, den ein unerwarteter Luftzug aus einer Toreinfahrt erst spürbar macht, in dem düsteren, von Backsteingemäuer umschlossenen Hof erkennt man ein spitz zulaufendes Kirchenportal, das mit einer schweren Kette gesichert ist. Ganz richtig, und was war da noch? Metallschilder an der Fassade, die zum Teil übersprayt sind, Suppenküche und Kleiderausgabe, Obdachlosenhilfe und Familienberatung. Unebenes Pflaster danach auf dem leicht abschüssigen Weg Richtung Alexanderplatz, rechts ein großes, u-förmiges Gebäude aus den fünfziger Jahren, das eine Schule und einen Kindergarten beherbergt, in beigefarbenem, nie erneuertem Einheitsverputz. Ein Stück weiter steckt vor einem halb verfallenen Seitenflügel ein Schild im Boden, auf dem das computergenerierte Bild eines Bürokomplexes zu sehen ist, schon seit Jahren, ein synthetischer, vom Wetter ausgewaschener Traum. Stadteinwärts zeichnet sich die Silhouette des Fernsehturms vor dem schwarzblauen Himmel ab, hoch über den Dächern blitzen weiße Signale auf, als seien es verschlüsselte Botschaften aus dem All.

Christian beugte sich zur Seite, um einen Stapel CDs durchzusehen, der neben seinem Notebook auf dem langen Tapeziertisch lag, den er in einem der beiden hinteren Zimmer vor die Fenster zum Hof gestellt hatte. Lennie Tristano, Kimya Dawson, Beck. Marilyn Manson, Björk, Vincent Gallo. Vielleicht Tristano, vielleicht besser Andrea Parker. Als die ersten Klänge aus dem Rechner kamen, tippte er einen Pfeil des Volume beschrifteten Feldes so lange an, bis das leise Klacken der Tastatur gerade eben übertönt wurde, *Melodious Thunk*. In einer warmen Sommernacht durch die Straßen zu laufen mit einer Musik im Kopf, die aus allem dringt, was die Stadt ist, aus ihren Häusern und Kellern und Parks, finsteren Ecken und Blöcken von gleißendem Licht, ein Ton aus Schlaf und Gewisper und Schreien und Stöhnen, drei, vier Pünktchen, auf der Suche nach nichts ihren Körper durchstreifend, mehrmals die Leertaste, vier, fünf, sechs Pünktchen. Er klammerte den Satz ein und verschob ihn an den unteren Rand des Bildschirms zur späteren Bearbeitung. Dann wechselte er die Platte, zu soft, zu plingpling, und legte Marilyn Manson ein, der die aufkommende Müdigkeit wieder verscheuchte. Eigentlich eine Schande, zu Hause zu sein, ein Sog nach draußen, den er jetzt in sich spürte, sehr deutlich. Endlose Möglichkeiten und Kombinationen, Unwahrscheinliches, das plötzlich eintritt, ein Blick, eine Geste, die zu der schweigenden Übereinkunft führen, dass man für einige Stunden zusammenbleibt, kein nächster Tag, nur eine Umarmung im Morgengrauen. Vor der Ankerklause damals nichts weiter als die Frage: Wollen wir ins Prinzenbad gehen? und nach kurzem Zögern ein Nicken zur Antwort, die Spur eines Lächelns, das ihr Gesicht im Schatten der Bäume am Kanal noch verführerischer machte. *Personal Jesus* hämmerte aus den Lautsprechern des Computers, gecovert eindeutig besser als das Original, Hundegebell in der Ferne, Gitarrenechos und heiser die alle Silben verschleifende Stimme des kostümierten Elternschrecks. *Take the oxygen mask and close your eyes.* Obwohl ein massiver Gitterzaun das Bad einschloss wie ein jederzeit vor unbefugtem Zutritt zu schützendes Objekt, gelangte man mit ein bisschen Strampelei und gegenseitiger Hilfe trotzdem leicht auf das Gelände (ein windschiefer Baum, der beim Klettern als Stütze diente), lief halb gebückt zu dem Fünfzigmeterbecken, das ein Mäuerchen von der Liegewiese, vom Kiosk und den verlassenen Umkleidekabinen abgrenzte, um im Schutz dieses Mäuerchens erst noch gemeinsam eine Zigarette zu rauchen *reach out and touch faith,* als hätte man sich sonst nicht voreinander entblößen können, ohne so ein Ritual, zwei Namenlose, die sich bisher nie begegnet waren.

Christian stand auf und ging ans Fenster. Kein Licht mehr im Hof, allein das gelbliche Plastikdach über den Fahrrädern spendete etwas Helligkeit in einem Raum aus dunklen Flecken und Strichen, Kanten und Höhlungen. Er fuhr sich durch die Haare und steckte seine geballten Fäuste in die tiefen Taschen der Anzughose. Er wusste, was er zu tun hatte in den nächsten Tagen, schon morgen, doch glückte es ihm nicht, die Sachen in eine praktische Reihenfolge zu bringen, wo anfangen und wie fortfahren. Mails lesen, Mails schicken. Bei Jakob im Büro vorbeischauen. Auf dem Weg zu ihm bei Constanze, oder auf dem Rückweg. Und dann Jens und sein Restaurantführer, die Vernissage und nachts den Artikel. Im Netz nach Informationen suchen. Was prinzipiell auch vormittags erledigt werden könnte. Er ging zum Tisch zurück, schloss die Datei und schaltete den Rechner aus. Die Musik brach ab, das Laufwerk der CD sirrte in den Stillstand. Als er in den langen Flur trat, erhob sich in der oberen Wohnung das Getrappel von Füßen, als liefe ein Kind hin und her. Er blieb stehen und lauschte. Das Geräusch erstarb wieder, ziemlich merkwürdig, denn dort lebte nur ein uraltes Rentnerpaar, das sie noch nicht vertrieben hatten. Durch die Stadt, durch die Nacht. Dass die Badezimmertür offenstand, bemerkte er erst, als es schon zu spät war und ein Schmerz über seinem linken Auge aufglühte. Davorgerannt, im Spiegel ein kleiner senkrechter Schnitt, der blutete, nicht sehr stark, aber stark genug; die Brille war glücklicherweise heil geblieben. Er riss ein Blatt Toilettenpapier von der Rolle und presste es gefaltet auf die Wunde, ein zweites und drittes, bis die Blutung so gut wie gestoppt war. In einer Lidl-Tüte, die auf der Waschmaschine stand, fand er neben Wattestäbchen, Rasierklingen, Kondomen, Haarbürste, Zahngel und Nagelfeile eine zerknickte Packung mit Heftpflastern, von denen eines hinkam, fest draufgeklebt. Zweifelsfrei ein Zeichen, nicht mehr auf die Straße zu gehen, hock dich vor den Fernseher, dachte Christian, bis du schlafen kannst, irgendwo im elektronischen Nirwana wird sich ein Film auftreiben lassen.

Kurz vor Sonnenaufgang war niemand auf dem Kottbusser Damm unterwegs, ab und zu ein Auto, ein, zwei leere Taxis, eine Kehrmaschine mit rotierenden Bürsten. Schabendes Geräusch auf dem Asphalt, das sich langsam Richtung Süden entfernte. Die meisten Ladenschilder waren erloschen, einzig die Neontafel an der Fassade des Reisebüros brannte noch feurig rot: Türk Hava Yolları, und auf der anderen Straßenseite in Blau der Schriftzug eines Tag und Nacht geöffneten Buchmachers: Megabet.de. Ein Schaufenster war zugekleistert mit Lagen von Papier, abgeschabt und neuerlich beklebt, und überall Flugblätter, die zu einer Demonstration gegen einen Naziaufmarsch in Lichtenberg aufriefen, türkisch und deutsch, ein Blitz, der eine Swastika in mehrere Teile sprengt. Das versteht jeder, der noch bei Groschen ist, Interpretationsspielraum gleich Null. Sie versuchte, ruhig zu bleiben, ruhig zu atmen, ging die Aktion in ihrem Kopf ein letztes Mal durch. Kein großes Aufsehen, keine Schlagzeilen, aber immerhin, es war ein Anfang. Sie trat aus dem Eingang neben dem Schaufenster und sah sich flüchtig um. Ob jemand schon auf dem Weg zur Arbeit war, Müll recyceln und putzen, Briefe in Fächer sortieren. Ein Windhauch bewegte raschelnd die Seiten einer Zeitung, die zu ihren Füßen auf dem Bürgersteig lag, strich kühlend durch ihr erhitztes Gesicht. Weit und breit keine Menschenseele, nicht einmal ein Betrunkener, der aus der Ankerklause nach Hause wankt. Sie verrückte ein wenig den Riemen ihrer Tasche, der sie plötzlich zu kneifen begonnen hatte, dann wickelte sie sich das dünne Baumwolltuch neu um den Hals und steckte seine Enden in den Kragen ihrer alten zerfransten Jeansjacke; in der mit Plunder vollgestopften Kiste im Flur entdeckt, als sie gestern nach einem unverfänglichen Kleidungsstück suchte, eine Levis unter Millionen. Nicht zu langsam und nicht zu schnell gehend, behielt sie ihre Umgebung aus den Augenwinkeln im Blick – doch gab es da nichts, was einen irritieren müsste, nirgendwo ein Zeitungsbote, kein Schlafloser mit seinem schlaflosen Hund. Sie schaute auf ihre Uhr, deren Datumsanzeige noch nicht ganz umgesprungen war, zwei Minuten vor voll, wie besprochen und durchgespielt. Die beiden anderen würden hinten auf dem Bahnsteig sein, mit seitenverkehrten Handgriffen die gleiche Operation ausführen, sich wieder trennen nach weniger als hundert gestoppten Sekunden. Je näher sie der Treppe zur U-Bahn an der Schinkestraße kam, desto stärker fühlte sie ihr Herz schlagen, ihre Schritte wurden schwerer. Nicht stehenbleiben, dachte sie, weiterlaufen wie normal, das ist Einbildung. Es gibt Verpflichtungen, denen man sich nicht mehr entziehen darf, übergeordnete Interessen und Ziele. Sie holte tief Luft und setzte ihren eingeschlagenen Weg fort, bis sie im Zwischengeschoss war, dessen niedrige Decke vier Pfeiler abstützten. Alles gekachelt, ein trübes Grün, das durch die grauen Wände, das fade Licht aus eckigen Milchglasgehäusen nicht wesentlich aufgehellt wurde. Plakattafeln ohne Plakate, Graffiti, ein beschmiertes Münztelefon. Stille, in der man die eigenen Gedanken zu hören vermeint, Stimmen, die leise durcheinandersprechen, Heerscharen im Kopf. Als jemand die Treppe zum Bahnsteig hochkam, zuckte sie zusammen, um dann erleichtert festzustellen, dass es Holger in seinem schwarzen Nylonanorak war, einen Rucksack in der Hand, den er im Gehen hastig aufzurrte. Ohne Worte ein Kuss, eine schnelle Umarmung. Sie öffnete ihre Tasche mit dem Kleber und der Schablone aus festem Karton.

»Eins a«, sagte Holger. »Ist keiner unten.«

»Bist du schon länger hier?«

»Seit dem ersten Zug vorhin.«

Er griff in den Rucksack und zog ein Handy hervor, wählte, lauschte mit halbgeöffnetem Mund. Dann murmelte er etwas und nickte ihr zu. Ließ das Gerät wieder verschwinden, wie das andere verschwand auf der gegenüberliegenden Seite des Bahnhofs. Synchrone Bewegungen.

»Wir sind soweit«, sagte sie, wobei unklar blieb, ob es sich um eine Frage oder eine Aufforderung handelte.

»Geh vor«, sagte Holger, während er ihr eine Spraydose aushändigte und den Rucksack wieder schulterte. »Auf der letzten Stufe heb' ich dich hoch.«

Ein hämmernder, pulsierender Stein in der Brust, dessen Schläge ihr fast den Atem nahmen. Es ist nur symbolisch, dachte sie, Zeichen an Apparaturen. Als eine Art von Beweis, ein Nadelstich mit Bewandtnis. Sie streckte den linken Arm aus, bis sie mit ihren Fingerspitzen die Kante erreichte, wo es ums Eck ging zu den Gleisen. Sie umfasste die Kante, als wollte sie springen, sich abdrücken für einen weiten Satz auf den Bahnsteig.

»Fertig?«

»Fertig«, sagte sie leise, Holger packte ihre Hüften, sie zog den Deckel von der Dose. Dann war sie schon in der Luft, drückte fest auf das Ventil, das sie auf die Kamera in der Tunneleinfahrt richtete. Die von dort oben lückenlos jeden erfasste, der den Touchscreen des Fahrkartenautomaten für ein Ticket berührte. Zischend nebelte sie das Objektiv ein, bis eine tropfende Farbschicht die Linse undurchlässig überzog, auf dem Videoband wäre nichts mehr zu erkennen, nur noch Chaos im Speicher. Sie sprang zu Boden und reichte Holger die Schablone aus ihrer Tasche, schraubte selbst die Tube mit dem Sekundenkleber auf. Ihre Nervosität war mit einem Schlag von ihr abgefallen. Am Automaten schob sie die Spitze der Tube in den Münzschlitz und drückte sie halb aus, der Rest kam in das Fach für die Scheine, die flachgepresste Tube zurück in ihre Tasche. Während ihr Begleiter die Schablone mit gespreizten Fingern gegen das Metall hielt, sprayte sie die Leerstellen im Karton aus, eine mit scharfer Klinge sauber in die Pappe geschnittene Folge von Buchstaben: *Fährst du noch oder läufst du schon? BVG zum Nulltarif!,* anschließend zwei dicke rote Striche als Diagonalen über den Monitor.

Am anderen Ende müssten sie genauso weit sein, man sah nichts, gähnende Leere auf dem öden, langen Bahnsteig zwischen den Gleisen. Niemand, der von der Straße herunterkam.

»Und tschüss«, sagte Holger.

Auf der Treppe verstaute sie Schablone und Spraydose in ihrer Umhängetasche, schnürte sie gut zu, grinste ihn an. Ihrem Hochgefühl nach einfach perfekt, wie am Schnürchen. Zweiter Streich, folgt sogleich. Im Zwischengeschoss deutete er auf die beiden Ausgänge links und rechts, als hätten sie noch die Wahl. Als hätten sie nicht jedes Detail sorgsam geplant, er da und sie dort, sie auf ihrem Fahrrad über die Schinkestraße bis zum Kanal, er mit seinem Roller in die andere Richtung, Hasenheide und Südstern.

»Heute abend«, sagte sie. »Getränke.«

»Viele Getränke. Um acht« – und schon war er verschwunden.

Als sie die Stufen nach draußen hochlief, stieg ihr der Geruch von Lösungsmittel in die Nase, an ihren Händen klebte Farbe, rote Spritzer auf ihrer Jacke. Die würde sie sowieso wegschmeißen, zu Hause mit Nitroverdünner und

Watte alle Spuren beseitigen. Ausgiebig duschen, mittags zur Arbeit. Trotz des Kopfsteinpflasters fuhr sie mit ihrem Rad nicht über den Bürgersteig, sondern blieb auf der Fahrbahn, man weiß letztlich nie, zwei, die in ihrem Streifenwagen von der Langeweile geplagt werden. Musik hätte sie jetzt gern gehört, den *Song for the deaf* von den Queens Of The Stone Age oder irgend etwas Lautes von Skunk Anansie. Auf der Ohlauer Brücke sah man im Osten über den Baumkronen einen zerfasernden rosa Balken am Himmel, die Sonne war jetzt knapp unterm Horizont, jeden Augenblick müsste sie da sein. Hitze und blendendes Licht, wie sie das liebte. Das Meer, die Seen in ihrer Heimat.

Die Espressodose war leer, und natürlich war auch keine Milch im Kühlschrank. Christian hatte gestern schon geahnt, dass es heute so kommen würde, unberührt lag der Einkaufszettel auf dem Küchentisch. Espresso, Eier, Milch, Salami und Vollkorntoast – mehr als lächerlich, sich das aufschreiben zu müssen, um es dann doch zu vergessen. Er ging ins Bad und sah sich die Wunde über seiner Augenbraue an, ein kleiner Schnitt, der in drei oder vier Tagen verheilt sein würde. Ob's jemand glaubt, dass man in der eigenen Wohnung, und zwar nüchtern, gegen eine offenstehende Tür gerannt ist? Genausowenig als erzählte er, er habe am Bahnhof von Fürstenwalde den Skins gezeigt, wo der Hammer hängt, oder eine vergleichbare Heldentat auf dem Sektor ultimative Herausforderungen. Er duschte, rasierte sich, klebte das Pflaster wieder auf die Verletzung an seiner Stirn. Dann lief er eine Zeitlang rauchend von Zimmer zu Zimmer, als suche er etwas, bis er schließlich seine überall verstreuten Sachen einsammelte, Notizbuch, Handy, Geld, sich das frische weiße Hemd in die Anzughose steckte und ging, Jacke überm Arm, mit noch nassen Haaren.

Morgens kam einem das Viertel fast leer vor, nichts mehr zu ahnen von dem Aufruhr, der hier bis tief in die Nacht hinein herrschte. Als gäbe es keinen anderen Ort in der Stadt, wo die Sehnsucht nach Berühmtsein gestillt werden kann, nach diesen vergänglichen fünfzehn Minuten. Christian schob sein Fahrrad über die Eberswalder Straße, um sich hinter der Kreuzung in den Sattel zu schwingen, freihändig zwischen Straßenbahnschienen und parkenden Autos die Kastanienallee herunter jonglierend. Vor den Cafés wurden die Tische gewischt, wurde Unrat zusammengekehrt, die Verkäuferin des Blume 2000 arrangierte im Fenster Gestecke. Guck auf die Straße, sagte ihm eine Stimme, wenigstens das, wenn du schon ohne Lenker fährst. Simone hatte sich einen Schneidezahn abgebrochen, als sie mit ihrem Vorderreifen am Hackeschen Markt in die Schienen geriet und stürzte, hatte ihn heulend angerufen, und er war nicht gekommen. Er konnte damals nicht weg, weil er eine Besprechung mit einem Auftraggeber hatte, der gerade ein unablehnbares Angebot machte, 2500 Euro für eine Tourismus-Broschüre über die Uckermark. Ein paarmal war Christian in Begleitung von Jakob und Severine rausgefahren, um sich die Gegend anzuschauen, einige Fotos zu knipsen und in einem Dorfkrug zu essen, beim Schreiben hatte er sich an Reiseführer und älteres Material aus der Berliner Stadtbibliothek gehalten, kunstvoll umformuliert, bis etwas fertig war, das der Chef des Fremdenverkehrsverbands eine runde Sache nannte. Wahrscheinlich erkannte er seinen Landstrich selbst nicht wieder, *das Wellness-Paradies vor den Toren der Metropole.*

Das Letscho lag im Hochparterre, eine winzige Cafébar mit einer balkongroßen Terrasse, auf deren moosgrünes Geländer jemand in weiß LOVE GANG gesprüht hatte. Christian schien einer der ersten Gäste zu sein, die Zeitungen waren noch unberührt, keine Krümel auf den beiden Stehtischen draußen. Doppelter Espresso, Sesamcroissant und die Meldungen des Tages überfliegen. Massen ohne Motivation, die Industrie sah die Reiter der Apokalypse schon am Horizont. Um sich das Frühstück nicht zu verderben, schlug er den Sportteil auf und gab sich der Faktizität der Tabellen hin, der Wohltat von Spielergebnissen, geschossenen Toren, Mannschaftsaufstellungen.

»He ...«

Wer in welcher Minute eingewechselt worden ist und wer dafür vom Platz musste, wer getroffen hat und wer nicht. Das Drama einer Begegnung in nackten Zahlen, numerisches Sein. Sich in Eckbällen ausdrückende Feldüberlegenheit.

»He, Sie«, hörte er aufs neue die Stimme einer Frau, die unten in verwaschener schwarzer Kleidung auf dem Bürgersteig stand und eine mit kantigen Gegenständen gefüllte Plastiktüte in der Hand hielt. »Brauchen Sie Bücher?«

Christian schüttelte den Kopf. Wo hat sie die geklaut?

»Alle ungelesen«, fuhr sie im nölenden Ton einer akuten Drogensucht fort und machte Anstalten, sie schwankte, eins aus der Tüte herauszuholen.

»Lass mal, ich bin im Moment gut versorgt.«

Als würden seine Worte sie nur verzögert erreichen, beugte sie sich erst noch ganz herunter, bevor sie langsam wieder hochkam. Blickte ihn verschleiert an, er hob die Schultern.

»Tut mir jetzt leid.«

»Und was zu essen?«

Wie soll man darauf antworten, ihr den Rest des Croissants über das Geländer reichen?

»Oder ein paar Pfennige, die könnten mir auch megafett weiterhelfen.«

Pfennige, hatte sie Pfennige gesagt? Möglicherweise war sie in einer Zeitschleife hängengeblieben, aus der sie keinen Ausweg mehr fand. Nachdem er der Frau einen Euro gegeben hatte, bedankte sie sich mit einer fahrigen Geste und schlurfte zur Oderberger Straße davon.

Sah nach einem Tag voller Hitze aus, kein Wölkchen am Himmel.

Griebnitzsee, dachte Christian, eine lauschige Bucht, Schilf, kühle Getränke.

Mit einer Frau an einem See auf einer Decke, dieser Geruch von Sonnenöl und Schweiß und Haut und Wasser. Etwas in der Art. Er versuchte sich zu erinnern, wann er zum letzten Mal am Meer war, es könnte tatsächlich mit Carolin gewesen sein, eine halb verregnete Woche auf Hiddensee, die das Ende ihrer Beziehung nur beschleunigt hatte. Von Anfang an fehlkalkuliert, selbst bei idealem Wetter wie heute. Lebensvorstellungen inkompatibel, Freundschaft möglich, darauf läuft es im besten Fall dann hinaus. Er schob sich den Rest des Croissants in den Mund und trank die Tasse leer, nachdem er sie hin- und hergeschwenkt hatte, um die Zuckerklümpchen vom Boden zu lösen. Zigarette an, arbeiten gehen.

Schreibtische, Drucker, Rechner, Metallregale mit Papieren, Broschüren, Krimskrams, zwei, drei Poster an den weißgetünchten Wänden, eine Sitzecke aus dem Palast der Republik. Auf einer Holzplatte auf Böcken stand eine Kaffeemaschine, ein kleines tragbares Fernsehgerät neben einem vorsintflutlichen C 64, an dem herumgeschraubt worden war. Klappstühle, so ein überdimensionaler Plastikball für Leute, die es mit dem Rücken haben, Plattenspieler und Anlage, die sich die Fläche auf einem geräumigen Büro-Sideboard teilten, das David oder Vera bei einer Auktion für wenig Geld ersteigert hatten, Liquidationsmasse. Christian ging ins Hinterzimmer des großen Ladens, wo er unter den vergitterten Fenstern zum Hof einen Platz besaß, ein verschließbares Rollschränkchen und übereinandergestapelte Plastikablagen mit Ausdrucken, Artikeln, Visitenkarten, Kopien von Texten, die ihm einmal bedeutungsvoll genug erschienen, um sie für die eigene Arbeit verwenden zu wollen. Als er in der Schublade seines Tisches nach einem Stift suchte (da sind doch Kugelschreiber drin gewesen, verdammt), hörte er jemanden von der Toilette im Gang kommen, dessen Anwesenheit der Grund dafür sein musste, dass die Eingangstür offen war, das Equipment eine einzige Einladung für den beweglichen Zwischenhandel.

Musik jetzt, die leise aus dem vorderen Raum an sein Ohr drang, elektronisches Gefrickel, das sich tonnenweise in Davids Speichern befand, es knirschte und ziepte über seltsamen Beats – als sei er noch allein im Büro, um ungestört an seinen Websites zu basteln. Onlineauftritte für Galerien, Masken für den Kundenverkehr von Banken, Vertrauenssachen. Während Christians Computer hochfuhr, riss er Briefe auf, die man ihm ins Büro geschickt hatte, eine Partyeinladung, Werbebroschüren und erneut eines dieser unverschämten Schreiben der Gebühreneinzugszentrale. Ab in den Papierkorb. Username: *Carpenter's Gothic,* klick, dingdong, Mails angucken. Aber dazu kam es vorerst nicht.

»Ich könnte mich zum Beispiel erschrecken.«

»Morgens um halb zehn?«

»De- und Rematerialisierungs...«, David im Türrahmen schraubte eine Flasche Evian auf, »nennen wir es -prozesse, in denen du zu stecken scheinst.«

»Du hast dir gerade die Hände gewaschen.«

»Ich habe geschissen.«

»Auch gut«, sagte Christian und lehnte sich in seinem

Drehstuhl zurück, ein schönes einfaches Holzmodell ohne Hydraulik. »Danach möglicherweise, die Hände.«

David trank, wischte sich mit dem Handballen die Lippen, verschloss die Flasche wieder, bedächtig, als handele es sich um eine Übung zum Bewusstwerden alltäglicher Vorgänge. Christian machte das nervös.

»Du weißt schon, der wievielte heute ist?«

»Ich bin zeitlich und räumlich voll orientiert. Soll ich über eine weiße Linie laufen?«

»Wäre vielleicht einen Versuch wert.«

Er trat in den Raum und ließ sich in einen niedrigen Clubsessel fallen, dessen Sprungfedern quietschende Geräusche von sich gaben. Auf seinem blauen T-Shirt die abgeflachte Weltkugel der UNESCO mit dem Schriftzug Weltkulturerbe Pankow drum herum. Schlaksig, dachte Christian, früher hätte man so eine Figur schlaksig genannt.

»Wir haben«, David räusperte sich, »lange und oft genug darüber diskutiert, dass der Verein nur läuft, wenn sich alle an die Regeln halten. An die Basisregeln, das war Konsens. Sonst geht die Geschichte den Bach runter, und zwar mit einem Riesenkrach.«

»Nicht unbedingt mein Interesse.«

»Schön, meins auch nicht. Ich habe aber keine Lust mehr, verstehst du, absolut keine Lust, euch Monat für Monat wie mit der Sammelbüchse hinterherzurennen, eine kleine Spende für die Bewag bitte, vielleicht was übrig für die Wohnungsbaugesellschaft Mitte, eventuell noch ein paar Cent fürs Gas. Ich hatte das in Karlsbad schon angesprochen, Effekt, na, keiner.«

Du übertreibst, dachte Christian, Verzögerungen, die normal sind. Und außerdem war ein gewisser Spielraum auf dem Konto, deine große Karlsbader Rede, lieber David. Ein zerfaserndes Projekt auf der Suche nach sich selbst, Karlovy

Vary im März, verharschter Schnee, opulente Essen im verspiegelten Speisesaals eines Hotels von imperialer Pracht und erfreulich ziviler Preisgestaltung, endlose Gespräche in der Bar, auf den Zimmern. Das Besäufnis am letzten Abend, Migräneanfall im Ostbahnhof.

»Ich meine«, sagte David kopfschüttelnd (wobei er zugleich die Schultern hob und seine Hände öffnete), »so was untergräbt die Motivation. So ein Nerv. Für Katja gilt das auch, die, ähm, die ich schon seit Tagen nicht mehr gesehen habe.«

»Stuttgart.«

»Ach, dieses Festival ...«

»Frag mich. Kürzestfilme, sie sitzt da in der Auswahlkommission.«

»Jury«, sagte David. »Das heißt Jury.«

»Vorauswahljury. Würde ich jetzt als Kompromiss vorschlagen.«

Zurückrudern, eine Offerte machen, Zeitfenster, die zu bedenken sind. Christian überschlug seine Außenstände, summierte sie mit dem aktuellen Bestand – abzüglich der kleinen, eher symbolischen Miete für Carolins Wohnung–, zählte in Aussicht stehende Jobs hinzu und rief sich – aber das geschah automatisch – ein Gespräch ins Bewusstsein, das er mit einem Berater der Volksbank in dessen Glasverhau geführt hatte, Tilgungspläne und Zinssätze in grafischer Aufbereitung vor Augen, Treppen, die man heruntersteigt.

»Ich kümmere mich darum.«

»Wann?«

»Kümmern bedeutet, sich umgehend zu kümmern.«

»Auf die Beiwörter kommt es an.«

»Natürlich«, sagte Christian. Immer die Wahrheit, doch die Wahrheit nicht immer. »Ich füll' heute noch eine Überweisung aus.«

»Schon mal was von einem Dauerauftrag gehört? Einundzwanzigstes Jahrhundert, der Weltraum ist praktisch erobert.«

»Ich weiß, Shuttle-Verkehr zum Mars.«

»Demnächst wöchentlich«, sagte David und stand mit seiner Flasche Evian auf. Knochig, dachte Christian, das passt auch. Weite Jeans, in denen er zu verschwinden drohte, das blaue T-Shirt eine Nummer zu groß.

»Stört dich die Musik?«

»Ist o.k., ich bin nicht Stefan.«

»Stimmt«, sagte David (mit dem Anflug eines Lächelns im Gesicht) und ging an seinen Rechner im vorderen Raum zurück.

Effizienz gleich Kostenminimierung, die Frage war nur, bis wohin sich die Kosten noch minimieren ließen. Ohne auf das Wesentliche verzichten zu müssen, ein Büro, in dem es sich einfach besser arbeitete als zu Hause.

Außer den üblichen Newslettern, Rundschreiben, Programmhinweisen waren zwei elektronische Briefe im Postfach, deren Absender, aus sehr unterschiedlichen Gründen, Christians Neugier weckten, er öffnete den ersten und las: *Mein Lieber, Chantal Akerman hat Proust verfilmt* (ausgerechnet), *ein Buch aus der Recherche* (Gott sei Dank nur eins), *ich denke, das könnte Dich interessieren* (wie kommt sie auf die Idee?). *Nächste Woche Dienstag um 14 Uhr ist die Berliner Pressevorführung im Central, wie wär's?* (natürlich, natürlich) *Ich würde mich freuen, wenn Du für uns in Hamburg mal wieder was schreiben würdest* (hast du schon), *max. 9000 Z.* (kein Problem), *gib mir bitte bis übermorgen Bescheid. Viele Grüße aus dem Pressehaus sendet Dir Antje.* Perfekt, punktgenaues Honorar bei berechenbarem Aufwand, ein Tusch aufs Bürgertum, das sich den Film nie im Leben ansehen wird. Seine Sorge war das nicht, er hatte andere. Christian sagte ihr rasch zu, dann klickte er *Martin.Pretzel* bei *aol.com* an, Überschrift: *Endspiel,* in der Nacht geschickt um vier Uhr achtundzwanzig: *Lass dir gesagt sein, dass ich diesen Dreck anschaue, weil du es befiehlst. Aber es ist bestimmt das letzte Mal. Eine Leiter wird näher ans Fenster gerückt, ich nehme das Fernglas zur Hand, und die Bühne wird schwarz. Oder grün. Warum nicht grün? Es handelt sich um Signale, die sie verabredet haben* (was ist los, säuft er wieder?). *Bin ich denn wirklich eine dieser Figuren, steifen und wankenden Schrittes in einer zusammengebrochenen Kulisse, Klotzkopf, der seinen Text vergisst, zittrig vor soviel Übermacht ...* (keine Ahnung, Martin, du verlangst wie immer Auskünfte, die ich dir nicht geben kann). *Bald sind wir alt, Gespenster, die unerkannt durch die Straßen ziehen, erlösungsbedürftige Seelen auf Wanderschaft* (mach Pause, setz einfach mal für eine ganze Spielzeit aus). *Wer wird mich begleiten? Selbst mein Hund wendet sich ab, das kluge Tier* (ah, Martin, echt), *der gescheite kleine Bastard. Wenn du mich schon schlagen musst, schlag mich mit dem Hammer. Ich werde darüber lachen. M.* Ohne lange nachzudenken, tippte Christian als Antwort: *lieber martin, noch sind wir nicht alt, noch nicht so richtig, und ob wir eine erlösung nötig haben, sei dahingestellt. den hammer kriegst du von mir keinesfalls auf deinen kopf, das solltest du wissen, du kommst in den schwitzkasten, bis du mit der flachen hand auf die erde klopfst, unsere alte regel. schiefzuliegen ist normal, die verhältnisse erfordern das geradezu. irgendwann hat man sich so daran gewöhnt, dass einem alles andere schräg erscheint. das ist nicht weiter tragisch, finde ich. ruf mich doch an, wenn du magst, ich bin und bleibe dein guter alter christian. take care. ps: ich habe platz im augenblick, & vier stunden speisewagen sind auszuhalten. c.*

Das Theater, das sein Traum gewesen war, seitdem er in der Turnhalle des Schulzentrums auf der Bühne gestanden hatte, Romeo als Punk in einer Band, die der Schrecken der Stadt war. Aber schon damals konnte er das nicht genießen,

Kritik, die er prinzipiell als nicht gerecht oder als persönliche Demütigung empfand. Sich betäuben und verkriechen, heillos einem Betrieb ausgeliefert, der von Subventionen und übler Nachrede lebt, Martins eigene Worte. Rollen im Tatort und in diversen TV-Events, der Prinz von Homburg in Göttingen, völlig wahnsinnig als Titus Andronicus.

Nebenan erklang lautes weibliches Lachen, das den Namen Vera Sellmann trug. Denkgeschwindigkeit beängstigend, zumindest für viele Männer, die bei ihr einen Versuch starteten. Wirklich unschöne Erfahrung, intellektuell nicht mithalten zu können, um am Ende des Abends dann auch noch aufgefordert zu werden, sie nach Hause zu begleiten. So was macht doppelt impotent, hatte Christian ihr gesagt, als sie einmal darüber sprachen, du musst den Kerlen die Vorstellung lassen, sie seien diejenigen, welche. Und du, hatte ihn daraufhin Vera gefragt, brauchst *du* die Vorstellung? Nö, hatte er geantwortet und sich die Bettdecke ans Kinn hochgezogen, ich habe inzwischen einigermaßen gelernt, mit meinen multiplen Behinderungen zu leben. Und bekam eine Kopfnuss verpasst.

Mit zwei vollen Tüten, einer Umhängetasche, einem Notebook bepackt, rauschte sie herein und lud die Sachen auf einem Seminartisch in der Mitte des Zimmers ab. Seufzte vor Erleichterung, während sie sich Christian zuwandte, Selbstbewusstsein und Energie, die halbjährlich durch kurze, aber intensive Phasen des Zweifels und des nächtelangen Versumpfens kontaminiert wurden. Als gäbe es das eine auf Dauer für sie nur um den Preis des anderen, psychoökonomische Verfahrensweisen.

»Warum haben wir hier keine Dusche?«

»Du siehst großartig aus.«

»Weißt du, wann ich aufgestanden bin?«

»Der Rock ist neu, die Bluse ist neu.«

Vera lehnte sich gegen die Tischkante, stützte sich nach hinten auf ihren ausgestreckten Armen ab. Ihre glatten braunen Haare hatte sie seitlich gescheitelt und in die Stirn gekämmt, die buntgemusterte Bluse war so eng, dass sie Luftlöcher warf. Lackierte Nägel in offenen Schuhen, ein sehr helles Rot.

»Bist du vor eine Tür gerannt?«

»Ja.«

»Glaub' ich nicht.«

»Im Rijksmuseum habe ich mir mal den Kopf an so einer Panzerglasscheibe gestoßen, die vor den Bildern ist, ein lautes dumpfes Geräusch, das man im ganzen Saal hörte. Alle starrten mich an. Die dachten wahrscheinlich, einer dieser Verrückten, der es auf ein Meisterwerk abgesehen hat, nur dass ich mit bloßen Händen dastand. Fläschchen Säure oder Messer sind in solchen Fällen ja obligatorisch. Ich bin dann aufs Klo, um mir die Beule anzugucken, zum Glück mehr ein roter Fleck als ein richtiges Horn. Ich meine, ich hatte das nicht gesehen, als ich mich nach vorne beugte, die Lichtverhältnisse, meine Ergriffenheit.«

»Du warst gestern nacht aber nicht im Rijksmuseum, oder?«

»Nicht, dass ich wüsste. Die Badezimmertüre.«

Vera lächelte. Geschichten, die Christian zu erzählen verstand, seine weitschweifigen Vorhaben, Missgeschick, das ihm widerfährt.

»Es war im Flur einfach zu dunkel für mich.«

»Man kann Licht machen.«

»Wenn's funktioniert.«

»Eine Dusche hier wäre wirklich nicht schlecht«, sie fing an, ihre Tüten auszupacken, »weil ich nämlich seit halb acht rumrenne, Druckerei, Post, Kommunikationsschwierigkeiten im Geschäftsverkehr.«

»Sind das die Fahnen?«

»Die sie an die falsche Adresse geschickt hatten, man glaubt es nicht.«

Vera als Redakteurin eines umfangreichen Katalogs zu Positionen zeitgenössischer Kunst hatte dafür gesorgt, dass auch Christian mit einem Text vertreten war, in dem er sich mit einer Reihe von Installationen im ehemaligen Kabelwerk Oberschöneweide beschäftigte. Sie sortierte die Papierbögen auf dem Tisch zu einzelnen Stapeln und beschwerte jeden mit einem Gegenstand aus ihrer Reichweite, Locher, Duden, Aschenbecher, dann ging sie an ihren Platz und hörte den Anrufbeantworter ab. Eine synthetische Frauenstimme vermeldete drei neue Nachrichten, deren erste aus lautem Knistern und Fiepen bestand, das Vera mit einem schnellen Tastendruck beendete, die nächste war eine Namensnennung mit der knappen Aufforderung, wegen einer offenen Rechnung Rücksprache zu halten (»Rücksprache halten« sagte der Mann tatsächlich), Wichser, murmelte Vera und löschte die Ansage, bevor sie dem Gerät gestattete, seine letzte Botschaft loszuwerden, ein gewisser Thomas, der ihr in unverkennbar bayrischem Tonfall einen Ausflug nach Wolfsburg vorschlug, in das neue Museum da, na ja, so neu ist das auch nicht mehr, sagte er, selten gezeigte Videos von Bruce Nauman, hast du Lust?

»Störgeräusche, Gläubiger, Affären, mögliche Affären und laufende Affären, das Hamsterrad unseres Lebens.«

»Bitte, Christian, soviel Poesie vertrage ich morgens um zehn Uhr noch nicht. Im übrigen solltest du von deinem nicht auf das Leben anderer Leute schließen, drittens hört man weg.«

»Schwierig, weil die Herren laut genug gesprochen haben.«

»Bist du ohne Beschäftigung?«

»Also ein Thomas.«

Vera drehte sich langsam um und sah ihn mit einem Ausdruck an, den man als indigniert bezeichnen könnte, sichtlich angefressen – was die eingeknickte Hand auf ihrer Hüfte mustergültig unterstrich. Wie Mae West 1932, dachte Christian, allein weniger voluminös.

»Und wenn es ein Bruno wäre, ein Leo oder Florian, das geht dich nichts an. Aber so was von nichts an. Deine Übergriffigkeit, ja, du weißt, wovon ich rede, ist auch mit sehr viel Wohlwollen nur schwer zu ertragen. Es gibt Grenzen im persönlichen Umgang, speziell zwischen uns, hörst du, die zu respektieren und einzuhalten sind, sonst läuft gar nichts. Ich hoffe, wir beide haben gerade denselben Kanal eingeschaltet und du bist auf Empfang, die Sendung heißt Taktgefühl, oder Manieren, im Augenblick brisanter denn je.«

»Absolut«, sagte Christian. »Allerdings sollte meine Frage, nennen wir es Frage, bloß, wie lässt sich das formulieren, bescheidener Ausdruck des Anteils sein, den ich als Freund und Kollege an deinem Leben zu nehmen (kurze Pause) mir glaubte gestatten zu dürfen. Okay?«

Sie schüttelte kaum merklich ihren Kopf. »Den du dir glaubtest gestatten zu dürfen, ehrlich, Christian, ich befürchte, du lernst es nie.«

»Ich versuch' es, in Ordnung?«

Nicht willens, das Gespräch fortzusetzen, wandte sich Vera schweigend ihrer Arbeit zu, mit einem frischgespitzten Bleistift in der Hand begann sie, einen ersten Papierstapel Seite für Seite durchzusehen, letzte Gelegenheit für Korrekturen. Christian schrieb ein paar Mails, in denen er auf ausstehende Honorare hinwies, Vorschläge machte *(ich glaube, das könnte ziemlich spannend werden/scheint mir hochaktuell zu sein),* sich überhaupt wieder in Erinnerung rief. Dann überflog er die Magazinrundschau im *Perlentaucher,* klickte dies und jenes an, bis er bei einem Artikel in der *New York Review of Books* zum Thema Geheimdienste landete, *The Secret History of American Counterinformation.* Vera gab keinen Mucks von sich, David hatte die Musik mittlerweile abgestellt. Oder auf ganz leise gedreht. Seines Bleibens war hier nicht mehr lange, sonnenklar, zuerst Constanze und dann Jakob, vielleicht in der Cafeteria bei ihm was essen. Ihn fragen, wie man am besten an Carl Brenner rankommt. Wo dessen Büro ist. Oder Jakob vorschicken zu einer generellen Sondierung. Keine Unsittlichkeit, nichts, was Carl in irgendeiner Weise beunruhigen müsste. Nachdem er seinen Computer heruntergefahren hatte, drückte Christian die halbgerauchte Zigarette aus und rollte den Stuhl zurück. Noch was sagen? Aber es tat ihm nichts leid, folglich substanzlos.

Er nahm seine Jacke von der Lehne und wandte sich zur Tür. Wahrscheinlich eine ernstere Sache, daher ihre Dünnhäutigkeit. Zartes, vor dem geringsten Luftzug zu schützendes Pflänzchen, das täglich Wasser braucht und einmal die Woche Spezialdünger. Gemeinsame Erlebnisse als exklusives Wurzelwerk, Bewährungsproben, die zu den Zweigen einer unvergleichlichen Geschichte werden, Ende der Entwicklung immer offen.

»Warte«, sagte Vera, als er hinter ihr vorbeiging, und beugte sich nach unten, um etwas aus ihrer Tasche zu holen. Einen karierten, wohl aus einem Notizbuch gerissenen Zettel mit einem Namen und einer Telefonnummer darauf. Nicht gänzlich fremd, aber im Moment für ihn unmöglich einzuordnen.

»Er sucht einen Mitbewohner. Schöne Wohnung auf der Metzer Straße, so ein bisschen loftartig.«

Bevor Christian das *loftartig* kommentieren konnte, fügte

sie hinzu: »Riesengroßer Raum mit Küchenzeile, eine Etage tiefer zwei Schlafzimmer und Bad, korrekte Hausverwaltung.«

»Was bedeutet?«

»Dreihundertachtzig kalt.«

»Woher kenne ich den?«

Vera zuckte mit den Achseln; als sei jetzt auf keinen Fall mehr drin.

»Der arbeitet bei dieser Netzzeitung, brauchen die noch jemanden in der Redaktion?«

»Das fragst du ihn selbst«, sagte Vera und drehte sich wieder um. Mehr war jetzt wirklich nicht drin.

Christian steckte den Zettel ein und ging.

Auf der kürzlich veröffentlichten Liste eines Stadtmagazins rangierte der Imbiss weit oben. Schnitzel, Bratwürste, Pommes frites, Fleischspieße, Saucen – fast alles hatte Bestnoten erhalten, Frittieröl und Sauberkeit, der herbe Charme des Verkaufspersonals. Vor den beiden Schiebefenstern stand zu jeder Tageszeit Kundschaft an, drängte sich um die Stehtische unter der bedruckten Markise (Curry 36), ließ sich die Pappschalen zum Mitnehmen in Alufolie verpacken. Die meisten pickten mit leicht vorgebeugtem Oberkörper stumm und hastig das Essen in sich hinein, da und dort ein Gespräch, das sich schon allein durch das Gedränge ergab, weniger Hunger, vielmehr eine Gier, die sie auf höchst eigentümliche Art für einige Minuten in einer Wolke aus Fett und Salz und Verlangen, Mayonnaise und Ketchup zusammenführte. Distanzen wurden eingeebnet, Schichten verloren ihre trennende Kraft.

»Darf ich?« sagte der Mann und schob, als sein Nachbar ihm das nickend bestätigte, eine halb getrunkene Flasche Bier ein Stück beiseite, um seine Schale mit zwei kleingeschnittenen Thüringern, mit Senf und Brötchen auf einem der Tische abzustellen. Der andere aß Currywurst und Pommes mit einem Berg gedünsteter Zwiebeln darüber. So was muss auch erst gelernt sein.

»Heiß«, sagte er und fächelte sich kauend Luft zu.

»Gut heiß.«

»Ich glaube, ich hole mir... was trinken Sie?«

»Die Flasche gehört mir nicht«, antwortete sein Nebenmann, ohne hochzublicken. Er war jünger als Klosters, nicht deutlich, aber erkennbar. Beide in kurzärmligen Hemden, die sie über den Jeans trugen. Klosters hatte eine Narbe auf dem Handrücken, ein hellerer breiter Strich von den Knöcheln bis zum Zifferblatt seiner Uhr.

»Wie läuft's?« sagte er leise.

»Läuft so«, sagte der andere, der von ihm unter dem Namen Indio geführt wurde, obwohl er einem Indio in keiner Weise ähnlich sah. Gereizt, dachte Klosters. Wie er sprach.

»Alles«, langsam, entspannt, »im grünen Bereich.«

Schweigen. Stimmengewirr um sie herum, Verkehrsgeräusche.

»Dass es nicht um Schnellschüsse geht, ist uns klar«, begann er aufs neue, »ich bin der letzte, der irgendwie auf die Tube drücken würde. Das wird nie das Thema sein, jedenfalls nicht von meiner Seite aus. Wir sind uns da grundsätzlich einig gewesen.«

Eine zögerliche Kopfbewegung, die Klosters als Form der Zustimmung interpretierte. Der Indio war jemand, der immer aufgebaut werden musste, überzeugt, aus moralischem Antrieb zu handeln, einem tiefempfundenen Verantwortungsgefühl heraus, und nicht aus unlauteren, doch eher persönlichen Motiven. Druck war hier das falsche Mittel, die in einem Umschlag regelmäßig hinterlegten Scheine zu erwähnen völlig kontraproduktiv.

»Was Sie geschafft haben, kann man gar nicht hoch genug bewerten. Ich tu' das, glauben Sie mir. Vor allem deshalb, weil wir uns nicht erst seit gestern kennen, weil ich weiß, wieviel Zeit es braucht und Nerven und alles, um da hinzukommen, wo wir jetzt sind. Nämlich ganz nah dran.« Er spießte ein Stück Wurst auf und stippte es in den Klacks Senf am Rand seiner Schale. »Nur noch einen Schritt von der Stelle entfernt, wo wir hinwollten.« Und steckte sich den Bissen in den Mund.

»Irgendwas geht gerade ab«, sagte der Indio und hob seinen Kopf. Er sah starr geradeaus, als stünde niemand neben ihm, mit dem er sich unterhielt. Kauen und Schlucken.

»Ich bin mir nicht hundertpro sicher, aber die planen was in den nächsten Tagen.«

Nächste Tage ist gut, dachte Klosters, nächste Tage war heute. Sofern es eine Schnittmenge gab, Identitäten. Seine Infos deuteten darauf hin. Was der Indio bisher von den Treffen der Gruppe berichtet hatte, klang vielversprechend, ein erweiterter Kreis, dem er angehörte. Zirkel und Hierarchien, die es zu entschlüsseln galt, ihre Bereitschaft, eine bestimmte Grenze zu überschreiten. Er sollte sich unentbehrlich machen, Vertrauen gewinnen, eindringen ins Innere des Zusammenhangs. Zeichen setzen, die eine neue Stufe des Widerstands zum Ausdruck bringen, sonst sei es nichts anderes als das ewige Diskutieren. Gegen die Tarife im öffentlichen Nahverkehr, gegen die Kürzungen überall, echt, die Reichen pissen sich doch vor Lachen in die Hosen.

»Ein paar, vier oder fünf, haben engeren Kontakt«, sagte er und zog mehrfach kurz hintereinander die Nase hoch. »Irgendwie auch beziehungsmäßig, die verabreden sich extra.«

Klosters ahnte, worauf der Indio hinauswollte, verkniff sich aber eine Nachfrage. Genau darum drehte es sich, dachte er, das *extra.* Zu was man sich da entschließt, der Schritt vom Flugblatt, von der zwanzigsten Demonstration zum Brandsatz. Ihnen diskret unter die Arme greifen, eine Option, die Selbstverständlichkeit gewinnen muss. Er ließ seinen Blick über die Essenden schweifen, scannte die Gesichter in der Schlange vor den Imbissfenstern. Eine schnelle Prüfung, die keinerlei Folgen hatte, nichts, was ihm ein genaueres Hinsehen abverlangt hätte. Arbeitsroutine.

»Einer von denen hat vorgestern zuerst nicht mitgekriegt, dass ich schon im Flur war.«

»Und?«

»Es ging um 'ne ziemlich frühe Sache«, der Indio neigte seinen Kopf, als schäme er sich, »ich meine die Zeit, die er nannte. Mir schien das super ... ehm ... unnormal zu sein.«

Ist vielleicht ein wenig mehr Präzision möglich? Wir wären dankbar.

Klosters blickte verstohlen auf seine Uhr. Wie lange man auf dem Weg zwischen A und B für eine Wurst mit Pommes frites braucht, fünf, maximal sieben oder acht Minuten.

»Ich habe einige Vorschläge gemacht, also angedeutet, wo's meiner Ansicht nach drauf rauslaufen muss. Ich vermute mal, dass die einsteigen, dass die mich noch ein bisschen ableuchten werden, und dann bin ich drin.«

Der Indio wischte sich den Mund mit einer der dünnen Servietten, die man aus einer Metallbox am Tresen ziehen konnte, sah dabei im Rhythmus der Geste flüchtig nach links und rechts. Sie im Gefühl wiegen, wirklich etwas getan zu haben, selbst wenn der Schaden gering bleibt. Hier existiert jemand, der die Herausforderung annimmt. Der sich nicht einschüchtern lässt und agiert, der: bis hierher und nicht weiter sagt. Logistik und Mut. Der Indio warf seine Pappschale in den Müllbehälter unter der Tischplatte, dann die zerknüllte Serviette und den Plastikpieker, mit dem er sich noch die Zähne gereinigt hatte. Eine erste gemeinsame Aktion, und der Stein gerät unweigerlich ins Rollen.

»Wieder heiß heute«, sagte Klosters.

»Total«, sagte der andere und zupfte an seinem Hemdkragen. »Für mich schon zuviel des Guten.«

»Geht mir auch so. Meinetwegen könnte es mal ordentlich gewittern.«

»Ein Gewitter, das wär's.«

»Wir hören von uns.«

»Ich denke, ja.«

»Ich melde mich«, sagte Klosters und machte sich Richtung U-Bahn davon. Dichtes Menschentreiben auf dem Bürgersteig, bettelnde Jugendliche oben an der Treppe. Einen Hund haben sie immer dabei, dachte er, eine von diesen Wagenburgmischungen. Herrchen und Frauchen mit buntgefärbten Haaren und Stachelhalsbändern, zwei richtige Milchgesichter, für die er fast Mitleid verspürte. Kümmert sich denn keiner um die, Polizei oder Sozialamt? Irgendwer müsste doch zuständig sein.

Nomaden, das sind die, die sich eigentlich nicht bewegen. Sich nicht von der Stelle rühren. Vielmehr ist es der Raum, der sie durchquert, ihre Zelte, Lagerplätze und Legenden. Gottheiten des Windes, des Wassers, der Gräser, denen sie Wort für Wort nachreisen in Geschichten, die nie zu einer Geschichte werden. Häuptlinge, die der Stamm daran hindert, Häuptling zu sein, Fürsten, die man stürzt im Augenblick ihres größten Triumphs. Reiter, Pferd und Steigbügel als Teile einer sich selbst genügenden Maschine jenseits des Staates, noch jenseits von Epos und Krieg. Schriftloses Glück. Gesang, der unter freiem nächtlichen Himmel verweht, Stammbäume ohne Väter und bevorzugte Söhne, Amazonen, Penthesilea. Unter Umständen könnte man den

Vortrag auf dieser Linie beginnen lassen, fraglich blieb nur, wie man dann wieder die Kurve kriegte, zurück zu Kleist und dem Stück. Bliebe in der Tat erst mal offen, aber der Anfang war gut. Ein Satz, den man so nicht erwartet, ein zweiter, der sie wirklich aufhorchen lässt. Die Gesellschaft der Freunde des Toten, die ihn eingeladen hatte, bei ihrer Jahrestagung die Eröffnungsrede zu halten; und 500 Euro waren nichts, was Jakob Schüssler leichtfertig hätte ausschlagen können, Zimmer im Hotel am Schloss, Büffet und Oderfahrt inklusive.

Er nahm den Wasserkocher von der Platte und leerte ihn in eine bauchige Porzellankanne, in der drei Teebeutel hingen. Die Kanne hatte einen langen, inzwischen eingedunkelten Sprung, und jedesmal, wenn er kochendes Wasser eingoss, fragte er sich, wann sie kaputtgehen würde und wie einfach auseinanderfallen, oder zuerst undicht werden längs dieses meridianartigen Gebildes. Aber sie hielt, ein von Severine beim letzten Umzug ausgemustertes Fundstück, das sie während ihres Studentenlebens begleitet hatte, Grenoble, Paris, Berlin. Wollte sie nicht mehr sehen, weiß Gott, warum. Als er die Teeküche verließ, einen fensterlosen schmalen Raum am Ende des Flurs, kam ihm derselbe Gedanke wie immer (also alle zwei Stunden etwa), nämlich die Birne unter der Decke zu wechseln, wenn es schon sonst keiner tat, keiner der werten Kollegen, denen es offenbar nichts ausmachte, sich im Dämmerlicht einer Vierzig-Watt-Funzel Brote zu schmieren und Dosensuppen zu wärmen, gelegentlich sogar Gespräche zu führen, ausführliche Gespräche, als sei das Sparprogramm der Universitätsverwaltung solchen Aktivitäten dienlich, um nicht zu sagen, als fördere es geradezu private Kontakte. Jakob fühlte sich dort nicht wohl, wie in eine Knastzelle gesperrt, zumal sein eigenes Büro kaum größer war. Wenn auch heller, wenigstens das.

Links und rechts Türen mit Namensschildern, manche geöffnet, manche geschlossen, Pinnwände, an denen Ausdrucke hingen, Seminartermine, Klausurresultate, dazwischen Wohnungsgesuche und die Zettel diverser studentischer AGs, Postfordismus und Tobin-Steuer, Plakate des Erasmusprogramms und verlockende Werbung für Sprachkurse jeden Niveaus in den romanischen Ländern. Was man da lernt, ist bekannt, man lernt wen kennen, und darin besteht der Zweck. Severine in der Cité Universitaire, ein atmosphärisches Muss. Gattungen, die sich von selbst reproduzieren, ähnliche Interessen und ein Gleichklang der Meinungen. Was man für die Zukunft erhofft. Wissenschaft, in der man sich einen Platz zu erobern gedenkt.

Vor dem Sekretariat warteten Studenten, andere vor dem Raum von Harloff, um sich zur Zwischenprüfung anzumelden, saßen auf drei Stühlen, auf dem Boden, lehnten sich zeitunglesend gegen die Wand... *Le monde diplomatique!* Wie schon auf dem Hinweg rückten sie nur zögernd beiseite, um ihn durchzulassen, ist wohl zuviel verlangt, dachte Jakob, als er mit seiner Kanne in der Hand über eine junge Frau stieg, der es unmöglich war, ihre Beine einzuziehen, akute Lähmungserscheinungen in Gegenwart eines Dozenten, spinale Erstarrung. Und in der Lehrveranstaltung vor sich hin dösen, darauf bauen, dass man's nicht merkt. Er betrat sein Büro und stellte die Kanne auf dem Tisch vor den Fenstern ab, neben Laptop und aufgeschlagenen, in Stufen übereinandergeschichteten Büchern. Er stützte sich mit ausgestreckten Armen auf die Tischplatte und las im Stehen die letzten Zeilen, die er geschrieben hatte: *Der Nomade ist immer an seinem Ort. Seine vermeintliche Geschwindigkeit erklärt sich aus der Perspektive der Sesshaften, die den Raum einnehmen wollen, um im Namen des Vaters Herrschaft und Schuld zu errichten, ein System von H. und S. zu errichten, etablieren, Etablierung von etc.*

Das Etcetera war das Problem, war es schon vor seinem Gang in die Teeküche gewesen, und die kurze Pause hatte es nicht gelöst, nicht mal im Ansatz. Das Nomadische der Amazonenkriegerinnen, deren natürliche Feinde die Stadtstaaten sind. Eine archaische Verpflichtung den Troern gegenüber, Begräbnis- und Reinigungsrituale, Staub aus der Steppe, der ihre nackten Körper rötet. So nicht, dachte er, Amazonen *sind* Kriegerinnen, du machst gerade Fehler. Poetisierender Firlefanz, weich wie Ricotta.

Er richtete sich auf und steckte die Hände in die Taschen seiner Jeans. Legte seinen Kopf in den Nacken und schloss die Augen. Er war erschöpft, brennende Müdigkeit hinter den Lidern. Mathieu hatte die halbe Nacht geschrien, er wurde von Koliken geplagt, gegen die es kein anderes Mittel gab, als mit ihm Stunde um Stunde durch die Wohnung zu laufen, erst Severine und dann er. Unbegreiflich die Energie dieses Brüllens, dieses winzigen gepeinigten Körpers, ihm war es zeitweilig so vorgekommen, als würde das Kind gar nicht mehr Luft holen. Schon Catherine hatte unter Koliken gelitten, sie hatten beide gehofft, Mathieu würde es ihnen ersparen. Gereiztheit am Morgen, Ehe im Stress.

Jakob ließ die Rede Rede sein und wandte sich nach links, wo auf einem weiteren Tisch sein Bürocomputer stand, ein Tastendruck, und das bunte Mobile des Bildschirmschoners wurde durch Text ersetzt, eine Stellenbeschreibung, ein Brief. Seine Qualifikation war erwiesen, in Regensburg würde er sich ein kleines Apartment mieten, spätestens freitags säße er um zwei im Zug. Anfangs, dachte er sich, im Fall der Fälle. *Mit freundlichem Gruß* und *Print.* Nachdem er das Schreiben noch einmal gelesen hatte, tütete Jakob es ein und warf das Couvert in eine Ablage, auf ein anderes, gleichartiges, das an den Fachbereich ›Neuere deutsche Philologie‹ in Mannheim adressiert war. Porto zahlte

Herr Humboldt, zwei Euro achtundachtzig gespart. Und was nun? Musik runterladen, sich um das Seminar kümmern, in das neue Buch von Žižek über Lenin gucken? Als er es auf seinem Schreibtisch zu suchen begann, irgendwo musste es hier sein, fiel ein kleiner gelber Zettel mit Name und Uhrzeit in seine Hände, *Nele 12:00,* der ihm klarmachte, dass sie heute, folglich in wenigen Minuten, ihre Magisterarbeit mit ihm besprechen wollte, das Konzept, das sie ihm vor zwei oder drei Wochen gebracht und kurz erläutert hatte. Und wo war das hin verschwunden? Jakob ging zu dem Wandregal neben der Tür und sah verschiedene lose Blätter durch, die ungeordnet auf einem der Metallborde lagen, fand es auch relativ schnell; seine beste Studentin mochte er nicht enttäuschen.

»Hallo, Constanze.«

»Ah ja, was ist?«

»Hallo, Constanze.«

»Wenn du was kaufen willst, auf der Fensterbank liegen die Preise.«

»Hast du mich vermisst?«

»Mein Gott, ich bin taub geworden, ich muss sofort zum Arzt.«

»Soll ich auf dich warten?«

»Ist da jemand?«

»Nein, glaub' ich nicht«, sagte Christian und holte sich die Preisliste.

In den beiden Räumen der Galerie hingen sechs großformatige Fotografien, Badende in einem türkisgrünen See, um sie herum Sandhügel, die Förderbänder und Raupenbagger einer gewaltigen, außerirdisch anmutenden Kiesgrubenlandschaft. Die Bilder wirkten ausgebleicht, wie die Aufnahmen einer künstlichen, aus Resten von Natur und monströsen Maschinen zusammengebauten Welt. Der italienische Fotograf war ihm bekannt, doch konnte er sich seinen Namen nie merken, kaum gelesen, hatte Christian ihn auch jetzt schon wieder vergessen. Das nimmt aber Dimensionen an. Constanze telefonierte vorne, sie sprach auf französisch mit jemandem, der anscheinend Preise wissen wollte, sie nannte Zahlen, drei- und viertausend Euro, einmal sechstausend. Den Sachen Bedeutung und Marktwert zuzuschreiben, dafür fand sich immer einer, das Honorar für Katalogtexte vor der Vernissage bar zu kassieren, nicht der schlechteste Rat, den Christian einem Novizen in diesem Gewerbe hätte erteilen können.

Während sie den schnurlosen Hörer zwischen Wange und Schulter hielt, blätterte Constanze in einem Nebenraum voller Bücher und Kataloge in einer Art Prospekt, um schließlich etwas daraus vorzulesen, was, konnte man allerdings nicht verstehen. Als würde sie vorsätzlich mit gedämpfter Stimme reden, geschlossene Gesellschaft, wichtig, wichtig. Sie war attraktiv, um nicht zu sagen, sexy, auf einen ersten, vor allem aber auf einen zweiten Blick. Sehr schlank, fast mager, trug sie meist (wie auch heute) zu eng geschnittenen, knielangen Röcken ein dunkles, auf der Haut sitzendes Teil, das ihre Oberweite weniger verhüllte als vielmehr auf semidiskrete Weise zur Schau stellte, so dass man sich irgendwann beim Starren ertappte. Vermutungen und Gelüste, denen ihr aufgekratztes Verhalten (nach zwei Gläsern Wein und einem Cocktail) reichlich Nahrung bot – ich habe sie nicht gezwungen, dachte Christian, mitzukommen, weder ins Schönbrunn noch zu mir, und die Frage, wie man wegen der Kohle für den Text verfahren solle, war vielleicht unpassend beim ersten (und letzten) gemeinsamen Frühstück, jedoch in seinen Augen kein Grund, auszurasten wie eine Furie, rumzubrüllen, als hätte man sich gerade als der mieseste Typ im Kosmos entpuppt, so eine Mischung aus Vergewaltiger und Kredithai.

Als sie das Gespräch beendet hatte, kehrte Constanze an ihren Platz in der Nähe des Eingangs zurück, auf dem Acrylglas des Tisches nichts weiter als eine dünne braune Aktenmappe und ein Adressbuch, neben das sie den Hörer legte.

»Mir geht's richtig gut«, sagte er.

Programmoptionen: wie Luft behandeln, geflissentlich übersehen. Interessiert mich nicht das Schwarze unterm Fingernagel.

»Dir auch, hoffe ich.«

Man könnte zum Beispiel die Mappe aufschlagen und einen Brief zu lesen beginnen.

»Wenn du dieses Jahr zur Biennale fährst, sollten wir einen todsicheren Treffpunkt verabreden. Man läuft da sehr schnell aneinander vorbei.«

Auf der Rückseite des Briefes in groben Zügen eine Antwort skizzieren.

»Darf ich ehrlich sein?«

Dürfen war hier nicht das Problem.

»Ich fände das ziemlich cool, wir beide in Venedig.«

»Hast du 'ne Schraube locker?« Kann man sagen, ohne seine Tätigkeit zu unterbrechen, durchstreichen, neu ansetzen. Obwohl es vermutlich ein Fehler ist.

»Ich würde mit dir sogar Gondel fahren. Nachts auf dem Canale grande, und der Mann im Ringelpulli hinten singt uns was vor.«

»Mein Traum seit langem«, wie klingt man beiläufig, ironisch und abweisend zugleich? »aber eher doch mit jemand anders.« Nächster Fehler.

Christian holte das Päckchen Zigaretten aus seiner Jackentasche und bot ihr eine an.

»Hier wird nicht geraucht.«

Er steckte es wieder weg.

Tägliche Geschäfte, die erledigt werden müssen. Terminabsprachen und persönliche Anschreiben.

»Als würde es nur noch Wiederholungen geben. Zitate von Zitaten, selbst wenn man die Originalversion gar nicht kennt. Weißt du, was ich meine?«

Sie hob den Kopf und stellte eine Miene zur Schau, der bei aller Liebe keine Regung abzulesen war, kein Gefühl, kein Gedanke. Aus den aufgesteckten aschblonden Haaren fielen ihr von links und rechts wie absichtslos zwei krause Strähnen ins Gesicht, die gleichwohl nie ihre Wirkung verfehlten, höchstwahrscheinlich entkam man dem nicht, man war so geeicht. Irgendwelche Synapsenkombinationen.

»Eigentlich geht es darum, über seinen eigenen Schatten zu springen.«

»Dafür muss man erst mal einen haben.«

»Du bringst es auf den Punkt, wie immer. Gondel in Venedig ist dasselbe wie in der Kutsche durch Wien, man traut sich bloß nicht.«

»Such dir einfach jemanden dafür, ich glaube, das schaffst du.«

»Nicht mein Verlangen«, sagte Christian und blickte sie ernst an. »Nur mit dir.«

Es gibt eine Art, den Kopf zu schütteln, die man fast nicht wahrnimmt, aber um so deutlicher spürt, Constanze beherrschte sie. Und?

»Vielleicht warten wir einen Tag mit der Entscheidung, so was sollte aus ganzem Herzen kommen.«

»Vielleicht warten wir fünf Jahre, um ganz sicher zu sein.«

»Oder sechs. Sonst könnte man einem Irrtum aufsitzen, der beiden das spätere Leben vergällt. Nicht enden wollender Streit und Gemeinheiten. Sehr, sehr schlimm.«

»Du sprichst mir aus der Seele«, sagte Constanze und schenkte ihm einen Augenaufschlag, der Wünsche zweifelsohne offenließ. Man wird weitersehen, am besten, jetzt geht man.

»Bis bald, es wäre mir ein Vergnügen.«

Sie schwieg.

Als er sich an der Tür noch einmal zu ihr umdrehte, sagte sie: »Das Pflaster steht dir übrigens.«

Christian trat nach draußen.

Touristen mit geschulterten Rucksäcken und Stadtplänen in der Hand kamen ihm am Ende der Monbijoustraße auf dem schmalen Betonsteg über die Spree entgegen, es ging nicht anders, er musste vom Rad steigen und schieben. Einer fragte ihn, wo die Synagoge sei, Christian wies dem rotgesichtigen, schwitzenden Mann und seiner Gruppe die Richtung, immer geradeaus and *you'll find it behind the second corner.* Metalldetektoren, durch die man durchmuss, eines Tages wird man auch in Städte nur noch reingelassen, wenn man vorher geröntgt worden ist, Achtung, da ist ein komischer Schatten auf dem Monitor: Herzschrittmacher oder Zeitzünder? Wieder im Sattel, bog er in den Kupfergraben, der leichte Fahrtwind wie Luft aus einem Fön auf Stufe eins, am Himmel hingen zerrissene mattweiße Dunstschleier.

Bodemuseum, Pergamonmuseum, Altes Museum. Als er die Karl-Liebknecht-Straße erreichte, fuhr er langsam, den Rücklauf tretend, die Busspur entlang, bis sich eine Lücke im Verkehr auftat – um das Spiel dann auf dem toten Streifen zwischen den sechs Fahrbahnen zu wiederholen, nicht die Füße von den Pedalen, während man rüberzukommen versucht. Großes Los, Sie haben freie Auswahl. Ich nehme den violetten Plüschelefanten.

Der Werdersche Markt vor dem Außenministerium war mit rotweißen Gittern für Autos gesperrt, ein kleiner Panzer des Bundesgrenzschutzes stand da, ein grüner VW-Bus und überall Uniformierte in Kampfanzügen und kugelsicheren Westen, die Maschinenpistolen im Anschlag hielten. Handliche deutsche Wertarbeit. Zum Gendarmenmarkt hin parkte eine Kolonne schwarzer Limousinen, lauter Audis, deren Chauffeure sich auf der breiten leeren Straße die Beine vertraten, rauchten, miteinander ein Schwätzchen hielten. Was findet hier statt, eine Konferenz, die von der Automarke gesponsert wird? Catering vom KaDeWe und Prostituierte vom Escort Service Government, Rabatt bei Abnahme größerer Mengen? Wenigstens ließen sie einen am Ufer durch bis zur Leipziger, Wagen, die aus dem Tunnel unter dem Alexanderplatz hervorschossen, in Gegenrichtung mehrspurig auf die Röhre zurasten.

Geschafft. Links säumten Hochhäuser die Rennstrecke (rechts die Bauten mehr so riegelartig), Vorzeigeobjekte noch aus DDR-Zeiten. Lukas hatte letztes Jahr ein Apartment in der fünfzehnten Etage ergattert, das Silvesterfeuerzeug von seinem Balkon aus wie eine blitzende himmlische Erscheinung über der ganzen Stadt. Sozialistische Halb-Wolkenkratzer, die den Turm des Springerkonzerns auf der anderen Seite der Welt überragten. Kapitalismus, den man locker toppt, Sieg unserer zutiefst humanistischen Ingenieurswissenschaft. Brachland schloss sich an, Straßen, die nicht genau wussten, wohin und warum, von einzelnen Bürogebäuden und teuren Wohnanlagen flankiert, die keinen Zusammenhang bildeten, so etwas wie Stadt, sondern eher Ähnlichkeit mit den Komponenten eines Modells hatten, dessen endgültige Gestalt sich noch nicht absehen ließ.

Das im Krieg lädierte Mossehaus Ecke Jerusalemer Straße hatte man inzwischen rekonstruiert, das Drumherum war

Gegenwart, drei- und viergeschossige Plattenbauten, eine Turnhalle mit Eternitdach in kantigen Wellen, eine rostbraun gestrichene Baracke, in der ein verranzter Club war. Gegenüber zahllose Fahrräder vor der für die Universität angemieteten Immobilie, eine Rampe für Rollstühle, Glastüren voller Fettspuren, die man vernünftigerweise mit einem Fußtritt öffnete. Zielstrebig bewegten sich Studenten an Christian vorbei und um ihn herum, die meisten trugen etwas unter ihrem Arm, Bücher, Papiere, Schnellhefter, Aktenordner; als seien es Beweisstücke, dachte er, Dinge, an denen man sich in kritischen Momenten festhalten kann. Die Mitschreiber und die Kringelmaler, die Stammler und diejenigen, die jede Wortmeldung zu einem ausufernden Vortrag nutzen, hab' ich fleißig gelesen, muss ich unbedingt loswerden. Dass er sein Studium überhaupt beendet hatte, war Jakob zu verdanken, der ihm tatkräftig half, auf den letzten Drücker eine Arbeit zusammenzuflicken, für die er einen akademischen Titel einheimste, mit dem er nichts anfangen konnte. Oder wollte, ein Magister war das letzte, was er benötigte bei seinen Aktivitäten und Vorhaben, nichts alberner als ein M. A. auf der Visitenkarte hinter dem eigenen Namen.

In den Spiegelwänden des Aufzugs sah man sich von allen Seiten, sie schienen zur Rundumkontrolle vor wichtigen Geschäftsterminen gedacht, sitzen die Haare, sind da etwa Flecken auf dem Revers? Das Pflaster war nicht schön, aber heute noch unumgänglich. Er schnitt sich selbst eine Grimasse, als in der dritten Etage die Türen aufgingen. Man saß und stand im Flur, las Zeitung, döste über Büchern und Handys. Die Szene erinnerte ihn ans Arbeitsamt, Abteilung Presseberufe, die er einmal besucht hatte, um nicht wiederzukommen, ein Berater hinter einem Klotz von Computer, der ihn ernsthaft fragte, ob er nicht an einer Fördermaßnahme teilnehmen wolle, wär' gar nicht schlecht für eine weitere Qualifikation. Chefredakteur der Bäckerblume. Chefreporter beim AOK-Magazin. Freiwillig machten sie keinen Platz, die Damen und Herren von Germanistik und Sprachwissenschaft, Blickkontakt erst nach leichter Berührung. Gestatten Sie, dürfte ich mal bitte? Die Form zu wahren erhebt, Distanzen, die sie betont. Es gibt Situationen, in denen man sich dadurch irgendwie besser fühlt. Vor Jakobs Büro blieb er stehen und hob die Hand, den Zeigefinger eingeknickt wie am Abzug einer Pistole. Nein, er würde nicht klopfen, sondern die Tür aufstoßen und ihn überraschen, bei was, sähe man dann.

Von der Baruther Straße, wo er sein Auto im Schatten der hohen alten Friedhofsmauer abgestellt hatte (nur ein paar Schritte über den Mehringdamm bis zum Imbiss), war Klosters längs des Kanals nach Schöneberg gefahren, er stand auf dem belebten Parkplatz eines Möbelhauses, an dessen Fassade ein überdimensionales Transparent hing: *Brauchst Du Küche? Kannst Du haben!* Er nahm sein Telefon zur Hand und aktivierte den Rekorder. Memo. Wenn ihm irgend etwas bei seiner Arbeit zuwider war, dann die Berichte, die geschrieben werden mussten. Er hatte alles im Kopf, es schriftlich festzuhalten bereitete ihm Probleme, das heißt, ›Probleme bereiten‹ war eigentlich nicht der richtige Ausdruck, eher handelte es sich um eine Art Unwilligkeit, die gründliche Abneigung, seinen Quellen, seinem Geschick, der Psychologie seiner Einflussnahme bürokratische oder administrative Gestalt zu verleihen. Wie ein Buchhalter jedes Detail zu fixieren. Es fiel ihm unverhältnismäßig leichter, wenn er nach den Treffen das Wesentliche schon in Stichworten aufs Handy sprach, stop, weiter, stop, weiter, Uhrzeit und Zweck, Ort und Dauer der Begegnung. Aus einer

Reihe einzelner Worte am Computer später ganze Sätze machen, Zusammenhänge, Verweise. Ob eine Linie, der man folgt, sich über kurz oder lang ihrem Zielpunkt nähert, noch auszuräumende Hindernisse, die mentale Verfassung seiner Gewährsleute. Stop, weiter, stop. Indio, Curry 36, rohes Ei. Speicherelement löschen? Ja/nein.

Er verließ seinen Wagen, um sich an der nächsten Bude eine Cola zu kaufen, Tag für Tag diese barbarische Hitze, Jahrhundertsommer, hatten sie in den Nachrichten gesagt.

Man öffnet keine geschlossene Tür, ohne anzuklopfen. Man stößt sie nicht auf wie ein Einsatzkommando, Hände in den Nacken, niemand rührt sich. Da kann was passieren, da passiert was.

Zum Glück trug Nele schon wieder ihre Tasche über der Hüfte, als sie mit gekreuzten Armen vor Jakob stand. Der sie, höflich wie er war, nach ihrem Gespräch bis zur Tür begleitet hatte, sie würde die Arbeit glänzend hinkriegen, ich hab' nicht den geringsten Zweifel. Soll ich dir das glauben oder muss ich? Dozenten *muss* man glauben, deshalb sind sie ja Dozenten. Entschuldigung, war mir gerade entfallen, kommt vor. Leider viel zu oft, aber wem sage ich das? Wem sagst du das …

Ihre schwarze Leinentasche, zum Glück, denn das Metall der abgerundeten Klinke traf Nele mit voller Wucht in die Seite – was sehr schmerzhaft geworden wäre, hätten nicht *Différence et répétition,* gut hundert Fotokopien aus dem *Titan,* Kladde und Federmäppchen die Energie des Stoßes aufgefangen und sie vor einer wirklich schweren Prellung bewahrt.

Sich aus Jakobs Armen zu befreien, in die sie gestolpert war, den Kopf herumzureißen und Christian einen Idioten zu nennen, geschah in einem. »Bist du bescheuert?«

Passiert, dachte Christian, will sie mir deswegen jetzt an die Kehle gehen? Eine zufällige Verkettung unvorhersehbarer Ereignisse.

»Tut mir leid«, sagte er und strich sich verlegen sein Haar zurück. »Ich wusste nicht ...«

»Was wusstest du nicht?«

Sie machte einen Schritt auf ihn zu und blickte ihn erzürnt an. Christian verschlug es für einen Moment die Sprache, er fühlte sich ihrer Empörung ausgeliefert, als habe sie ihn und sich in einen Raum gesperrt, der von innen nicht mehr zu öffnen war, den Schlüssel aus einem Fenster im achten Stock geworfen. Jede Erklärung hätte ihre Wut nur weiter angestachelt. Zusammengezogene Augenbrauen, die auf ihrer Stirn eine senkrechte Falte hervorriefen, schmale Brauen über einem Paar grüner Augen. Davor eine randlose Brille, die man fast nicht wahrnahm, grün, dachte er, das sind extrem grüne Augen. Und hob die Schultern, weil ihm nichts Besseres einfiel.

»Na großartig«, sagte sie, warf die Tasche auf ihren Rükken. »Kein Wissen, kein gar nichts.«

»Reste«, sagte er leise, »das Allernotwendigste.«

Die Szene war ihm seltsam vertraut, ein Bild auf einem doppelt belichteten Film, ein erstes, das unter einem zweiten hindurchscheint. Andere Zeit, anderer Ort, identische Konstellation.

»Die Kulturtechnik des Anklopfens«, sagte Jakob, beschwichtigend, wie er ein gewisses Amüsement nicht verbergen konnte, »will ständig geübt sein, einmal klopft man nicht, und schon ist der Fall da.«

»Kompromissler«, sagte Christian, was selbst ihr die Spur eines Lächelns entlockte.

Sie hatte blonde, zu einem Pferdeschwanz gebundene Haare, in denen braune Strähnen waren, hellbraune, dunkelbraune, die wie verbrannt wirken. Eine schwarze Bluse und ein enger orangefarbener Wickelrock, der fast bis zu ihren Füßen herunterging, Sandalen mit dünnen Lederriemen. Das Gesicht kenne ich, dachte er, den breiten nervösen Mund und die flachen Wangenknochen, wir leben in einer Stadt, die kleiner ist, als man meint.

»Hast du dir weh getan?« fragte Jakob.

Sie schüttelte mit geschlossenen Augen den Kopf.

»Die Tasche«, sagte sie, um ihn dann unvermittelt anzuschauen. »Papier und Bücher.«

»Sind sie wenigstens zu was nützlich.«

Erneut dieser Raum ohne Schlupfloch und Fluchtweg, als sich ihr Blick auf Christian richtete, ein abschätziger, beinahe verächtlicher Blick.

»Ja«, sagte sie schroff, »wenigstens dazu.«

Thema mit Variation, nur ihre Stimmung hatte sich nicht verändert – ob sie einem den Ellbogen in den Rücken haut oder selber getroffen wird, unwirsch und angriffslustig. Deren Freund möchte man nicht sein, sich dem aussetzen von morgens bis abends, raunzt einfach: *Steh nicht in der Tür rum,* statt sich für ihre Dreistigkeit zu entschuldigen. Und dabei noch das Gesicht verziehen, als hätte man *ihr* absichtlich einen Schaden zugefügt. Gleicht sich alles aus, mal schneller und mal langsamer. Erinnert sich die Person?

Sie wandte sich Jakob zu und sagte: »Ich geh' denn.«

Er gab ihr die Hand und sagte: »Wir schaukeln das.«

Sie lachte. Drehte sich auf dem Absatz um und verschwand durch die offenstehende Tür, die sie behutsam hinter sich schloss. Entweder kann sie sich nicht erinnern oder sie will nicht, täglich Zusammenstöße, eine Welt aus Kollisionen.

»Wenn die Tasche nicht gewesen wäre, auweia.«

»Nele«, sagte Jakob. Er hatte die Bücher gesehen, als sie

neben ihm saß und zwischen den Fotokopien das Blatt suchte, auf dem sie ihre neue Gliederung skizziert hatte, den großformatigen Deleuze und ein anderes Buch in einem himmelblauen Einband. *Jean Paul als Textkatapult, Einbildungskraft und Maßlosigkeit am Beispiel einer titanischen Dichtung.*

»Studentin?«

»Sie hat angefangen zu schreiben, das wird sehr gut.«

»Natürlich. Bei Doktor Schüssler nur die Krone der Wissenschaft.«

»Normal.«

Christian ging zum Schreibtisch und beugte sich über den Bildschirm.

»Magst du einen Tee? Mineralwasser, Espresso?«

»Ist das der Kleistaufsatz?«

»Trümmer. Bruchstücke. Nennen wir es Verzweiflung.«

»Wenn du ein Mineralwasser hast«, sagte Christian und ließ sich auf dem gepolsterten Drehstuhl vor Jakobs Bürocomputer nieder. An der gegenüberliegenden Wand hing ein Poster, auf dem eine junge Frau in weißen Shorts zu sehen war, die einen großkalibrigen Revolver in den Händen hielt, ein riesiger Sonnenball im Hintergrund, Strand, Wellen und vorne das Wort *KinderBrei* hineinkopiert anstelle des Filmtitels, Uschi Obermaier in *Rote Sonne.* Während Jakob zwei Gläser füllte, drehte sich Christian mit dem Stuhl langsam im Kreis herum, keine Veränderung zu erkennen seit seinem letzten Besuch, der anthrazitfarbene Teppichboden fleckig wie eh und je (was treibt der eigentlich hier?), das Regal neben der Tür voller Bücher, in denen Zettel steckten, Ordner, Papierberge und über dem klobigen Uni-Drucker dieses grüne Plakat der Volksbühne vom Fall-Konzert letzten Dezember, bei dem Mark E. Smith so dicht wie immer gewesen war, nichtsdestotrotz phantastisch, der Saal außer Rand und Band.

»Danke«, sagte er, »sehr freundlich«, als ihm Jakob ein Glas reichte und sich an seinen Schreibtisch setzte. »Du siehst ziemlich fertig aus.«

»Mathieu hat die halbe Nacht geschrien. Gebrüllt. Gibt es eine Steigerung?«

»Zeter und Mordio. Wie am Spieß.«

»Wie am Spieß, ja, wahrscheinlich hat er sich auch so gefühlt.«

»Kann man da nichts gegen machen? Gegen die Koliken oder was das ist.«

»Doppelten Jim Beam trinken, ich war kurz davor.«

»Sollen wir in die Cafeteria gehen?«

»Hier wird kein Alkohol mehr ausgeschenkt.«

»Hatte ich vergessen, man vergisst ständig alles. Ich.«

Jakob deutete mit zwei Fingern vor seinem Mund an, dass er gerne rauchen würde. Christian holte die Packung aus der Jackentasche und gab sie ihm, »Feuerzeug ist drin«.

Weit im Stuhl zurückgelehnt, versuchte Jakob nach zwei, drei tiefen Zügen Ringe zu blasen, sah den zur Decke wirbelnden Rauchfäden hinterher, schwieg. Seine Arbeit, sein Raum, seine Sorgen. Dienstcomputer und Laptop, Merkzettel, Strukturpläne, Bücher mit Randnotizen und Post-its. Durchs Fenster die Aussicht auf ein anderes Bürogebäude jenseits der Straße, Reihen von Fenstern, ein Spruchband der Firma PRICE WATERHOUSE, auf dem unter einer Telefonnummer die provisionsfreie Vermietung ganzer Etagen angeboten wurde. Aufsätze, die er hier schrieb, Lexikoneinträge, Rezensionen. Seine Habilitation in eine Form bringen, die man veröffentlichen konnte, ein neues Projekt über minoritäre Literaturen des 19. Jahrhunderts, Fleiß und Genialität. Für Christian stand fest, dass Jakob ein Genie war, oder wenn kein Genie, dann etwas ähnliches, jemand, der aus dem Stegreif verwickelte philosophische Zusammenhänge darzustellen vermochte, ohne Gestotter und Ähs und Ähms und in der Luft hängende Satzteile. Spinoza und Hume, Marx und die *Mille plateaux,* als befände sich in seinem Kopf ein geräumiger Datenspeicher, auf den er jederzeit zurückgreifen konnte. Bereits in der Schule das unersättliche Verschlingen von allem, was ihm gedruckt unter die Augen kam, Booklets, die er einmal kurz überflog, um bei jedem Stück auf Nachfrage die Namen der beteiligten Musiker parat zu haben. Bass? Greg Cohen. Sogar im Sportunterricht war er nicht schlecht, der Jakob Schüssler, nicht glänzend, aber ein akzeptabler Mitspieler. Wer, wenn nicht er, sollte es auf eine Professur schaffen?

»Ich bin im Prinzip …«

»Schon klar, warum du gekommen bist.«

»Darf ich vielleicht ausreden?«

»Lass hören«, sagte Jakob und klopfte die Zigarettenasche in einen benutzten Kaffeebecher ab; schob ihn zu Christian rüber, der sich inzwischen auch eine angesteckt hatte.

»Die Sache braucht einen kleinen Anstoß. Eine Geste, einen beiläufigen Hinweis, der sie in Gang setzt. Die Motive sind wichtig. Sie verstehen, dass es sich nicht um Sensationsgier handelt, sondern um das profunde Interesse an einer Situation. Ernsthaft, mir liegt die Geschichte am Herzen, frag mich wieso, frag mich weshalb, akzeptier es einfach mal.«

»Du wiederholst dich. Ich erinnere mich durchaus an den gestrigen Abend. Wir haben Bier getrunken und ein Video geguckt. Du hast mir von einer Idee erzählt, einem Plan, der dich im Augenblick beschäftigt. Darin spiele ich am Rand eine Rolle, weil du durch mich jemanden kennengelernt hast, von dem du etwas Bestimmtes willst. Dieses Bestimmte ist mehr oder weniger heikel. Berührt einen Bereich, der für meinen Bekannten, einen älteren Kollegen, wie wir beide wissen, unerfreuliche, unter Umständen dienstrechtliche Konsequenzen haben könnte. Äußerst spärliche Informationen, über die wir verfügen und die zudem aus einem alkoholumnebelten Gehirn stammen. Erinnerungen an die siebziger Jahre, längere Studienaufenthalte in Italien, man kommt mit Gruppen in Berührung, die ein Ziel verfolgen, das man guten Gewissens unterstützt. Linkssein als quasi ontologische Kategorie, auch die Romanistik eine Disziplin im Klassenkampf. Einer aus der Arbeitsgruppe Dante ist irgendwo dabei, man selbst versteckt für ihn dies und das, vergräbt Knarren und Munition im Gemüsegarten der nichtsahnenden Herzallerliebsten vor den Toren Perugias. Gräbt sie nachts wieder aus, gibt sie weiter und basta. Wahnsinn, Leichtsinn, Überzeugung in einem variablen Mischungsverhältnis, eine Posse, jedoch eine für sämtliche Beteiligten lebensgefährliche. Manche Bindungen lösen sich auf, andere verfestigen sich, dieser im Knast, jener die Zierde der Fakultät. Handfeste Beweise sind Fehlanzeige, was wir haben, ist anekdotisches Gerede mit Potential nach verschiedenen Seiten. Wie weit und wie tief Carl wirklich dazugehört hat, weiß nur er. Ideell, materiell, von juristischer Bedeutsamkeit.«

Jakob schmiss die heruntergequalmte Zigarette in den Kaffeebecher, wo sie zischend erlosch.

»Das, was ich gestern zu dem Thema gesagt habe, gilt immer noch, ich muss da keine Einschränkung machen.«

»Du sprachst von Diskretion.«

»Ich sprach von Fingerspitzengefühl.«

»Traust du mir das nicht zu?« sagte Christian und schmiss seine Kippe hinterher. Wieder ein Zischen.

»Ich glaube nicht, dass ich dir behilflich sein kann.«

»Davon hab' ich nicht geredet, und darum geht es auch nicht. In der Substanz.«

Jakob schlug die Beine übereinander und kreuzte die Arme vor seiner Brust. Carls Sekretärin hatte ihm am Telefon gesagt, er sei bis Donnerstag in Bordeaux, seine Nachfrage mit dem Hinweis auf eine Konferenz beantwortet. Misshelligkeiten, die man vermeiden wollte, Irritationen im persönlichen, im universitären Verkehr. Die Sache niedriger hängen, dachte er, letzten Endes werden sich alle Bedenken als gegenstandslos erweisen, wie bisher stets. Übertriebene Verantwortung, ein neurotisches Absicherungsbedürfnis.

»Was willst du eigentlich?«

»Ich will dich auf dem laufenden halten.«

»Du informierst mich über jeden deiner Schritte.«

»Ich habe dir erklärt, um was es sich handelt.«

»Und ich habe es offenkundig nicht ganz verstanden.«

Christian trank sein Glas aus und drehte es hin und her. Ein Tropfen löste sich vom Rand und fiel auf seine Hose. Er strich nachlässig über den Fleck, sah dann Jakob an, der in unveränderter Pose vor ihm saß.

»Hast du mit Carl gesprochen?«

»Wie komm ich dazu?«

»Hätte ja sein können.«

»Wir sollten die Zuständigkeitsbereiche trennen. Ein für allemal. Du bist hinter einer Geschichte her, die mich nichts angeht. Oder fast nichts. Ich habe dir gesagt, was von meiner Seite aus zu sagen war, und dich im gleichen Atemzug um Diskretion ...«

»Fingerspitzengefühl.«

»Um Fingerspitzengefühl gebeten. Ich werde diesbezüglich nichts unternehmen, also frag mich nicht Dinge, die als Antwort nur eine Verneinung haben. Carls Büro ist bei den Romanisten, seine Nummer steht im Telefonbuch, die Mailadresse im Vorlesungsverzeichnis, folglich keine Geheimnisse, die ich dir verschweigen muss oder will oder kann. Wenn du eine Art Rückversicherung brauchst, ein *Te absolvo* für deine Aktivitäten, bin ich weder theologisch noch weltlich die richtige Instanz. *Just be careful, that's all.*«

»Ein Anruf, ein Treffen. Wenn er sich überzeugen lässt und noch Verbindungen hat. Man führt Gespräche. Niemand ist in diesem Stadium an Öffentlichkeit interessiert, an Aufmerksamkeit von der falschen Seite. Wer bin ich denn, um Misstrauen zu erregen, etwa der hiesige Resident italienischer oder französischer Behörden? Sehe ich in deinen Augen so aus? Sehe ich in deren Augen so aus? Ich bin Journalist und schlage einen gleichberechtigten Handel vor, von dem jede Partei auf ihre Weise profitieren wird. Im besten Fall, und einen anderen gibt es nicht. Wenn wir überhaupt den zur Debatte stehenden Punkt erreichen, ein langes Interview mit einem der Untergetauchten. Oder meinetwegen auch mit mehreren. In einem Hinterzimmer, in einem Ferienhaus in der Normandie, in einer leeren Garage. Ob man damit Geld verdient, geschenkt. Ich werd's natürlich versuchen, klar, aber für mich steht Geld hier nicht im Vordergrund, das ist erledigt. Wie die Story sowieso erledigt ist, wenn Carl nein sagt. Wenn er sagt, ich erinnere mich an nichts, wovon redest du überhaupt?«

Christian stand auf und zog die Nase hoch.

»Bevor wir uns jetzt anfangen zu langweilen, mach' ich den Abflug.«

»Würdest du runterkommen, bitte.«

»Ich muss nirgendwo runterkommen.«

»Du bist auf hundertvierzig.«

»Ich bin die Ruhe selbst.«

»Auf hundertfünfzig.«

»Ich bin völlig ruhig, ich bleibe völlig ruhig.«

»Das ist gut, wir sind erwachsene Menschen.«

»Sicher, wir stehen mitten im Leben.«

»Wir schon.« Jakob streckte die Beine aus, Christian schob seine Brille zurück auf die Nase.

»Hast du noch eine Zigarette für mich?«

»Rauchen kann tödlich sein.«

»Trotzdem.«

Als Christian ihm die halbzerknüllte Packung gab, Marlboro light in der Softbox, sagte Jakob: »Ich vermute stark, dass es Martin wieder schlecht geht.«

»Was stand in deinem Brief?«

»Irgendwas von Exerzitien, denen er sich gerade unterwirft. Garniert mit ein paar Beckettzitaten. Willst du mal lesen?«

Christian schüttelte den Kopf. Mürrisch. Gereizt. Und nicht unbesorgt, das sah man. Er war es gewesen, der sich vor zwei Jahren um Martin gekümmert und für ihn mit dem Arzt eine Klinik gesucht hatte. Mit der Intendanz gesprochen hatte, Schriftverkehr mit der Krankenkasse – gravierende psychische Erschöpfung in Kombination mit Alkohol, erst die stationäre Entgiftung, dann die Entwöhnung. Wie neugeboren, sagte Martin später, fühle er sich, seine Ängste seien praktisch verschwunden, sein Horror vor der Bühne, doch, er freue sich darauf, bald wieder aufzutreten.

»Muss nichts zu bedeuten haben. Kleiner Aussetzer ohne Folgen, man ist allein, es ist Nacht. Hoffe ich jedenfalls, hoffe ich für ihn sehr, sonst kann er das Theater nämlich vergessen. Diesen Zirkus. Oder er wandert endgültig in die Psychiatrie.«

»Vielleicht sollte er Dramaturgie machen. So was. Als Regisseur arbeiten.«

»Nie im Leben. Der braucht das Publikum wie ein Politiker die Kamera, das ist ja das Kranke. Ich hab' ihm vorgeschlagen, mich zu besuchen, auszuspannen. Mehr kann ich auch nicht tun, ich meine, ich habe selber genug am Hals.«

Stimmt, dachte Jakob, *du* brauchst eine Wohnung, und zwar dringend. Eine nette Freundin statt dieser ewigen Geschichten, dazu für eine gewisse Zeit mal einen regulären Job, der dir ein festes Einkommen beschert. Längere Fristen. Die dir aber bekanntlich ein Greuel sind. Heute zu wissen, was morgen anliegt, ein Programm, ein Ziel, eine Perspektive. Ehrgeiz in normalen Bahnen. Selbst wenn Leute wie du irgendwo händeringend gesucht würden, brächtest du es wahrscheinlich nicht übers Herz, dich dort zu installieren, das wäre zuviel verlangt. Oder täusche ich mich, haben sie dich weichgekocht inzwischen? Wovon träumst du? Was soll in zehn Jahren sein, in fünfzehn, in zwanzig? Schreibst du dann Romane? Wenn du schon deinen ersten nicht fertigkriegst, weil du das, was du hast, jedes halbe Jahr in den Papierkorb wirfst. Kann man dauernd von vorne beginnen?

»Was ist los?«

»Entschuldige, ich bin einfach müde.«

»Einen Rat?«

Jakob hob die Schultern und warf ihm die Zigaretten zu.

»Du weißt doch sonst immer alles.«

»Lass stecken.«

»Ich kann jetzt nicht zu Martin fahren.«

»Ich etwa?«

»Richte ihn ein bisschen auf, schick ihm 'ne Mail, irgendwas.«

»Mach ich«, sagte Jakob, »heute nachmittag.«

»Hast du Hunger?«

»Ich hab' Hunger.«

Die beiden blickten sich länger an, bis der erste schmunzelte, Christian.

»Vorschläge?«

»Hier ums Eck ist ein Billigitaliener. Happy hour den ganzen Tag, keine Nudel teurer als fünf Euro.«

»Das ist ein Wort.«

Jakob erhob sich und steckte sein Portemonnaie ein, das neben dem Laptop lag. Als sie an der Tür waren, sagte er: »Freitag ist bei mir Party. Du erinnerst dich?«

»Schwach. Du kennst meine Probleme.«

»Tai Ginseng«, sagte Jakob. »Versuch es mal damit. Als Tinktur oder Pille erhältlich.«

»Geburtstag, oder?«

»Scheiße, der bricht demnächst ab.«

»Du hast Geburtstag.«

»Stell dir vor.«

»Du gibst eine Geburtstagsparty. Coole Musik, coole Drinks, coole Girls, super.«

Jakob sah ihn von schräg unten an und tippte an seine Stirn. Dann rüttelte er weiter an dem Schlüssel, der im Zylinder festzustecken schien.

Weiter in den Westen der Stadt fuhr sie sonst nie. Wenn ein größeres Paket gekommen war, auch noch einen dritten Nachmittag in der Woche, allein das Auspacken und Sortieren des Materials dauerte manchmal schon Stunden. Was so eine Leidenschaft kosten kann, beinahe ein Zwang. Außer Walter Zechbauer kannte sie niemanden, der in Berlin eine Villa bewohnte, und Villa war für sein Haus der richtige Ausdruck. Ein Klotz aus der Gründerzeit in einem Viertel, dessen lauschige Straßen dicht an dicht von alten Bäumen gesäumt waren, ein geschlossenes grünes Gewölbe hoch über dem buckligen Pflaster. Wie man soviel Reichtum anhäufen konnte, war ihr kein Rätsel, wie man es aber schaffte, ihn unbeschwert zu genießen, dafür um so mehr. Außer vielleicht, man hat im Lotto gewonnen oder wie Zechbauer sein Geld in Hollywood verdient, wo er den Deutschen gemimt hatte in Filmen und TV-Produktionen. Streifen, die in der Regel nicht das Licht zentraleuropäischer Kinosäle erblickt hatten – wie er ihr einmal erzählte, zum Wohl der Menschheit. Und nie einen Nazi dargestellt, fügte er hinzu, all der verführerischen Dollars zum Trotz. Heute sah man ihn gelegentlich beim Zappen im Fernsehen, irgendein Schund auf Sat 1, mit dem er sich die laufenden Kosten einspielte.

Das Archiv war im vergitterten Souterrain des Hauses, seit ein paar Wochen hatte sie einen eigenen Schlüssel, um unabhängig arbeiten zu können. Wenn er zum Drehen war oder seine Frau in ihrer Kanzlei in der Stadt. Nele empfand Wertschätzung, als Zechbauer eines Nachmittags neben sie trat und ihr den Schlüssel aushändigte, letzten Endes hatte die Sammlung einen beträchtlichen Wert, auch seine Bibliothek mit den signierten Erstausgaben und Sonderdrucken. Im ersten Raum die Zeitschriften und Comics, im zweiten die Langspielplatten, CDs, DVDs und Videos, in den anderen Bücher und noch mehr Bücher in teuren Holzregalen bis unter die Decke, das Kostbarste oben in einem Tresor, Handschriften von Robert Walser und Max Holz, von Robert Desnos und E. E. Cummings. Das alles alphabetisch neu zu erfassen und zu digitalisieren, in eine elektronische Ordnung zu überführen, die aufs eingetippte Stichwort Kollationsvermerke und Erscheinungsdaten ausspuckt, Bandbesetzungen und Aufnahmestudios, Inhaltsverzeichnisse und Druckorte, hatte vor ihr eine Freundin beschäftigt, würde nach ihr jemand anderes tun müssen, und nur sein Tod könnte die Arbeit beenden. Oder er verlöre plötzlich die Lust daran, Dutzende von Abonnements zu halten, fuhrenweise Platten, Bücher, Heftchen zu bestellen, in deutschen, französischen, amerikanischen Antiquariaten zu kaufen, was ihm gefiel. Sachen für zwanzig- bis dreißigtausend Euro im Jahr, Minimum. Gesünder, man rechnete nicht zu genau nach, dachte Nele immer, aber andere steckten ihr Geld in Autos. Dann besser so.

Sie klappte ein Fenster auf und schaltete den Computer ein, Standardprogramm Allegro C in einer Modifikation für Zechbauers Bedürfnisse. Ein Hitzeschwall drang aus dem Vorgarten herein, in Abständen das müde Gezwitscher einzelner Vögel, eine Amselstimme, die sie erkannte. Auf einem fahrbaren Tischchen neben ihrem Stuhl lagen zwei Stapel Alben von Chris Ware und Matt Groening, die erfasst werden wollten. Nachher würde sie in der Bibliothek weitermachen, mit einer ausgedruckten Liste in der Hand die Daten vergleichen. Wie sie inzwischen wusste, begann Zechbauers Geschichte mit der Geschichte der anderen, die damals auch im Kino das Neue wollten. Studenten mit Handkameras, die ihre eigene Wochenschau filmten, Wasserwerfer, Fabriktore. Dass ein Liebhaber Valérys (den er selbstverständlich auf französisch las) an solchen Aktionen teilgenommen haben sollte, war schwer zu glauben, bald tauchte er als Darsteller in den Filmen von Freunden auf, die ihn als Typen schätzten, den man nicht auf Anhieb durchschaute. Mit unklarer Herkunft und seltsamen Neigungen. Dann nahm er ein nie erwartetes Angebot aus Amerika an, weitere folgten. Als Stasioberst, der einen Agentenring in Washington leitet. Als russischer Komponist im Zwielicht, als jüdischer Wissenschaftler auf der Flucht. Dass Zechbauer nebenher Vorworte zu ambitionierten Editionen schrieb und mit den Texten schwieriger Autoren durch die Lande zog, verlieh ihm eine Unangreifbarkeit, die jeden Mist, in dem er mitspielte, zu ignorieren gestattete. Und natürlich, Susan Sontag hatte bei ihm auch schon Kaffee getrunken.

Nele hob die Arme über den Kopf und streckte sich. Ihr Rücken tat weh, sie war müde, es war sehr warm. Der Gedanke, erneut zur Gymnastik zu müssen, nervte sie, aber die

Schmerzen kamen in letzter Zeit wieder häufiger. Wenn sie zu lange an einem Fleck saß, obwohl, sie saß gerade erst eine halbe Stunde und würde noch bis fünf oder sechs bleiben, die Comics erledigen und dann mit den Büchern fortfahren. Doch dabei würde sie stehen, das wäre gut. Auch gut, weil man seine Müdigkeit im Stehen nicht so spürt, im Herumgehen, das Bedürfnis, sich jetzt hinzulegen und zu schlafen. Sie hatte vor Anspannung fast kein Auge zugemacht, bis sie sich schließlich angezogen und in der Küche aufs Summen des Weckers gewartet hatte. Ein Glas kalte Milch getrunken, ein paar Kekse gegessen. Sich mit Jean Paul abzulenken war unmöglich gewesen, mit einer Zeitung von gestern, leise Musik zu hören, immerhin hatte Kimya Dawson sie ein wenig beruhigt. *Wandering daughter, talking earnest.* Später hatte sie gefrühstückt und sich auf die Sprechstunde bei Jakob vorbereitet, war Punkt für Punkt die neue Gliederung durchgegangen, die sie ihm präsentieren wollte. Ein Unterabschnitt zu Kleist, das Wüten des Körpers und das Wuchern der Schrift, in dem Parallelen und Verschiebungen zur Programmatik des *Titan* auszuführen wären. Zumindest anzudeuten, das Umherirrende, der Furor. Heb dir das lieber auf, hatte Jakob bei einer Tasse Tee in seinem Büro gesagt, ich glaube, du würdest sonst zu weit vom ursprünglichen Konzept abkommen, verstehst du, rein vom Umfang her. Er hatte sich nicht weiter auf eine Diskussion eingelassen, und sie hatte seine Einwände (zähneknirschend) geschluckt. Sie wusste, dass er im Recht war, trotzdem fühlte sie sich einen Moment lang zurückgestoßen, ihr schien der Exkurs plausibel zu sein. Schriebe sie ihn eben für sich, jedenfalls nicht damit zu Jakob und ihn um seine Meinung bitten, jetzt nicht mehr.

Sie beugte sich zur Seite und holte eine Flasche Wasser aus ihrer Tasche. Schon der zweite Liter heute, für zu Hause müsste sie Nachschub kaufen, das Leergut endlich mal wegbringen. Den Schreibtisch aufräumen, in den Waschsalon, dringendst. Außerdem wurde es höchste Eisenbahn, Marcello anzurufen und ihm klipp und klar zu sagen, dass er aufhören soll, Briefe zu schicken, Telegramme, Mails, es ist sinnlos, ich lese keine Zeile von dem Zeug. Reich ihnen den kleinen Finger, und du hast sie am Wickel, bilden sich ein, es sei Liebe, schlimmer denn je. Klammeraffen oder Durch-die-Wand-Geher, als schlösse sich irgend etwas dazwischen aus.

Die Tasche, kam ihr in den Sinn, hätte ich die Tasche nicht umgehabt.

Sie trank einen Schluck, hielt inne, dann setzte sie die Flasche wieder an.

Bin ich erledigt, meine Güte. Und heute abend noch das Treffen.

Als ihr Wasser aus dem Mundwinkel lief, knickte sie zusammen und fing es mit ihrer freien Hand auf.

Was auf den Tisch getropft, den Comic? Nichts.

Sie schraubte die Flasche zu und stellte sie nach unten.

Work is hell von Matt Groening, 1985 bei Pantheon Books erschienen, ein Titel, der genauer nicht sein konnte, Akbar und Jeff, die jede *business opportunity* in den Sand setzen, andere Strichmännchen mit komischen Frisuren, wie sie später die Simpsons tragen werden, sprechende Kaninchen, glupschäugige Bürovorsteher.

Der hätte mir die Tür voll reingehauen, der Schwachkopf. War wohl als Überraschung für Jakob gedacht, furchtbar originell, ganz toll.

Von hinten hörte sie Schritte, jemand machte sich an den Regalen zu schaffen.

Und dann bei der Hitze einen Anzug, einen schwarzen, und das weiße Hemd drei Knöpfe offen. Wie gestern abend, als sei er direkt von da nach dort. Blockieren den Ausgang, die Vögel, ohne sich darum zu scheren, ob man's vielleicht eilig hat. Wo wir sind, ist die Mitte der Welt.

»Nicht erschrecken«, hörte sie Walter Zechbauers Stimme aus dem Nebenraum, dem Raum der Bild- und Tonträger (seine Formulierung, als sie sich auf Evas Empfehlung hin bei ihm vorstellte), »ich bin das.«

Nele drehte sich um, den linken Arm über der gepolsterten Stuhllehne. Er blieb auf der Schwelle stehen und winkte ihr mit einem Notizbuch zu. An einer Schnur hing eine Sonnenbrille vor seiner Brust, er kam aus dem Garten. Nackte Füße in Espadrilles, eine weite legere Hose, im offenen Kragen des dezent gestreiften Hemds steckte ein Seidentuch.

»Ich suche«, sagte er lächelnd. »Seit heute morgen. Da, wo es sein sollte, ist es nicht. Wo es im Augenblick sein könnte, ist mir schleierhaft. Eine Vermutung geht dahin, dass ich es liegengelassen habe. Eine sich in den letzten Stunden irgendwie verdichtende Vermutung, ich frage mich nur, warum das Hotel nicht mal angerufen hat.«

»Verraten Sie mir, was Sie suchen?«

»Entschuldigen Sie, Nele, guten Tag.«

»Ein sehr schöner Tag.«

»Haben Sie zu trinken? In der Küche ist frischer Eistee, holen Sie sich ein Glas.«

»Danke.«

»Seien Sie nicht so schüchtern. Nehmen Sie sich, was Sie brauchen.«

Sie nickte. Sie fuhr hierher, um zu arbeiten, und nicht, um jemandem Gesellschaft zu leisten. Das eine vom anderen sorgsam zu trennen war ihr wichtig, zwei Bereiche, die sich oft unerquicklich berührten. Auch wenn er es sicher nicht so meinte.

»Die Fakten hinter der Fälschung«, sagte Zechbauer und trat näher. »Ein Band mit Anmerkungen zu den *Recognitions*. Die deutsche wie die amerikanische Ausgabe – vom Erdboden verschluckt. Zumindest eine müsste an ihrem Platz stehen, ich habe bestimmt nicht beide im Koffer gehabt.«

»Wer weiß.«

»Sollten Sie gerade auf mein vorgerücktes Alter anspielen und damit verbundene Gebresten, wäre das nicht sehr charmant.«

»Niemals.«

»Sie hätten wirklich jedes Recht dazu, aber ich glaube, in diesem Fall handelt es sich noch um normale Schusseligkeit. Dinge, die man eines Tages hinter der Heizung entdeckt oder die vor einem liegen, und man ist blind. Wie der kompromittierende Brief in Poes Geschichte, den der König nicht findet, weil die Königin ihn erst gar nicht versteckt hat. Perfekt getarnt in seiner Sichtbarkeit auf dem Tisch. Darüber hat Lacan ein ganzes Seminar gehalten.«

Sie hob die Schultern.

»Pardon, dass ich den Namen in Ihrer Gegenwart erwähne, wie konnte ich das vergessen, Sie sind ja Anti-Lacanianerin reinsten Wassers. Sehen Sie, ist vielleicht doch eine Frage des Alters.«

»Normale Schusseligkeit«, sagte Nele und erwiderte sein Lächeln. »Soll ich die Maschine befragen?«

»Ach, wieso? Erstens wissen wir, wo die Bücher waren, und zweitens sind sie weg. Und sie sind weg, weil ich sie rausgenommen haben muss, und zwar offenkundig alle beide. Was ich nur bedingt verstehe, da die deutsche Fassung bis aufs Vorwort ein Reprint der amerikanischen ist. Haben Sie meine Empfehlung wenigstens mal in Erwägung gezogen?«

»Sie meinen Gaddis?«

»Ich werde ihn fürs Radio lesen«, sagte Zechbauer und schwang kurz und energisch sein Notizbuch durch die Luft. »Jeden Morgen eine halbe Stunde *fabulous William,* die *Letzte Instanz*.«

Er blickte sie mit einer Miene an, als erwarte er umgehend eine Reaktion, Begeisterung, Dankbarkeit. Eva hatte sie darauf vorbereitet, dass er seine Säulenheiligen zu preisen nicht müde wurde, sie ans Herz legte, auch verschenkte, sei es Roussel, sei es Alberto Savinio, um im Fall des Alten von Long Island zu kleinen Referaten auszuholen, denen man nur durch das Vorschützen von Arbeit entkam. Hält sich aber alles in vertretbaren Grenzen, hatte Eva gesagt, und ein Anmacher ist er echt nicht; womit sie recht hatte.

»Eine Justizfarce, ein Grand guignol des Gerechtigkeitssinns. Jeder verklagt jeden, bis man zum Schluss mit sich selbst vor Gericht steht. Als Folge von Ansprüchen, die überhaupt nicht einzulösen sind, nicht in dieser Welt. Weil das Leben etwas anderes ist als eine Funktion von Paragraphen, die dessen Risiken absichern. Nicht immer hat die Treppe schuld, die man herunterfällt. Eigentlich nie, inwiefern man von ihr keinen Schadensersatz fordern sollte.«

»Außerdem haben Treppen meistens gute Anwälte, das überlegt man sich vorher oft nicht.«

»Und dann ist man dran, muss der Treppe eine Rente bezahlen, die sie genüsslich auf den Bahamas aufzehrt.«

»Ein Paradies für Treppen da unten.«

»Ja«, sagte Zechbauer, »ist hierzulande wenig bekannt.«

Eine Hand in der Hosentasche, klopfte er sich mit seinem Notizbuch leicht vor die Brust. Was jetzt? Will er noch einen Spruch loswerden, will er quatschen? Hoffentlich nicht, nicht heute. Sie nahm ihren Arm von der Rückenlehne und drehte sich halb zum Tisch mit den Comics zurück. Verstanden?

»Am besten lasse ich Sie wieder allein«, er hat's kapiert, »ich sehe, Sie sind schwer beschäftigt.«

»Frühe Sachen von Groening und Ware«, sagte Nele und deutete auf die Alben.

»Nächste Woche müsste die Lieferung von Dalkey Archives kommen, Sie wissen Bescheid?«

Nele nickte. Sie hatte die Bestellung im Netz für ihn aufgegeben, gemäß seiner Liste die Bücher auf der Homepage des Verlages angeklickt: *hundred for fivehundred – take your choice.* Und sie würde mit einem Taxi zum Zollamt fahren und den Krempel holen, Bevollmächtigung liegt vor.

»Bill Gaddis«, sagte Zechbauer und setzte sich die Sonnenbrille auf. »Sie werden keine Zeile bereuen.«

»Bestimmt nicht.«

»Machen Sie's gut, bis bald, bis übermorgen.«

»Bis Donnerstag.«

Sie hörte, wie er sich nach hinten entfernte, durch die Bibliothek zu einer Tür, die Bücherregale fast ganz verdeckten. Wie eine dieser Geheimtüren in alten Krimis, die sich geräuschlos öffnen. Mysteriöse Kammern, in denen Schätze sind, Truhen voll Gold. Oder Gerippe, irgend etwas Schreckliches. Aber da oben gab es nichts Schreckliches, sondern nur gediegene, von ihm und seiner Frau sorgsam ausgewählte Sachen. In der Diele ein wunderschöner chinesischer Schrank mit Kupferbeschlägen, im Wohnzimmer und im Esszimmer Bilder aus den letzten zwei, drei Jahrzehnten. Ein großes Gemälde der Mauer im Schwefellicht der Peitschenmasten, ein anderes mit nackten Schwimmern in einem glitzernden Pool. Wie es sich lebte zwischen diesen Dingen, vermochte sie sich nicht vorzustellen, sie hatte es versucht, aber ohne Erfolg. Irgendwann, dachte Nele, wird man sich an den Luxus gewöhnt haben, wird es alltäglich geworden sein, so viel zu besitzen, genug Platz zu haben, um sich frei zu bewegen. Nicht mehr vom Bett an den Schreibtisch fallen, vier Meter fünfzig im Quadrat. Wieder einen Garten haben, einen mit Obstbäumen und Brombeerhecken, Gras, das sie wild wachsen lassen würde. Mohnblumen und Hasenfuß, Pechnelken und Salbei. Wie man überhaupt auf die Idee kommen kann, seinen Rasen zu mähen, jeder kleinen Distel mit Unkraut-Ex zu Leibe zu rücken, alle reif für die Anstalt. Ein ganzes Land, das nicht erträgt, wenn etwas auch nur einen Millimeter vom Weg abweicht. Aber sich die Turnschuhe in Vietnam für Hungerlöhne zusammennähen lassen, in solchen Fabriken ohne Lüftung und Licht, damit haben sie kein Problem.

Sie legte ihren Kopf in den Nacken und schloss die Augen. Das Gebläse des Computers rauschte leise vor sich hin, von draußen die Amsel. Sie stützte ihre Hände in die Hüften und beugte sich erst nach links, dann nach rechts. Und noch einmal, sehr gut für den Rücken, Nele spürte, wie der Schmerz nachließ. Auf keinen Fall eine Operation, dieser Ganove von Orthopäde, der sofort davon anfing, kaum dass sie sich gesetzt hatte. Sie ließ den Kopf hängen, hob ihn, ließ ihn wieder hängen. Die Übungen müsste sie regelmäßiger machen, jeden Morgen gleich nach dem Aufstehen und zwischendurch. Öfter schwimmen gehen, die Halle ums Eck hat den ganzen Tag geöffnet, und gegen Mittag ist praktisch niemand im Becken. *Domani,* dachte sie, *domani vado in piscina,* fünfzig lockere Bahnen, eine halbe Stunde reicht schon. Telefon, *telefonino.* Als sie das Handy aus ihrer Tasche geholt hatte, sah Nele aufs Display – ob sie sich melden würde. Marcello Gattuso schien es zum Glück nicht zu sein.

Christian drückte die 200-Euro-Taste. *Ihr Vorgang wird bearbeitet.* Tonlos, als sei die Maschine ins Denken geraten. In ein stummes Zählen – einen hoch, drei im Sinn. Realistisch wäre die 20-Euro-Taste gewesen, wäre es gewesen, vorher einen Blick auf den Kontostand geworfen zu haben. Sich den Gegebenheiten zu stellen. Ihm fiel ein indischer Schlangenexperte ein, der im TV auf die Frage, wie man den Biss einer Königskobra behandeln soll, geantwortet hatte: Lehnen Sie sich an einen Baum und sterben Sie aufrecht wie ein Mann. Plötzlich begann der Geldautomat zu rattern, ein äußerst vielversprechendes Rattern in seinem Innern. Wieso auch nicht, warum Möglichkeiten immer ausschließen? Dass endlich einer überwiesen hat, dass es verbucht ist, dass jetzt ein paar größere Scheine durch die Klappe ans Tageslicht befördert werden. Und da sind sie, druckfrisch, glatt, fast nicht zu greifen. *Believe it or not.* Sich in Zukunft wie eine Nutte bar bezahlen zu lassen würde auf keine Gegenliebe stoßen, wäre aber eine Lösung. Rückkehr zur Naturalwirtschaft, alles andere verschleiert nur und dient dem Beschiss. Allein schon die Zinsen, die man verliert, drei Euro achtzig im Jahr.

Das Fernsehen war die Verbindung nach draußen, es gab dem Büro eine Note von Weltläufigkeit und Bedeutung. Um so mehr, als es ohne Ton lief, nur Bilder mit einem blau flackernden Streifen am unteren Rand: Börsenkurse und Sportnachrichten, aktuellste Meldungen. Man hätte sich jederzeit zu einem Korrespondenten vor dem Weißen Haus dazuschalten können, zu verwackelten Amateuraufnahmen aus dem Sudan. Dann Werbung für automatische Garagentore, ein Redner im Bundestag. Vielleicht beschreibt das Wort kräftigend die Wirkung, die es hatte, wenn Eberhard Seidenhut manchmal einen kurzen Blick auf den Monitor in der Ecke warf. Dass ein Fernsehapparat in seinem Raum stand, den er auch bei Besprechungen anließ, die Notwendigkeit, absolut informiert zu sein. Um nicht von politischen

Ereignissen überrascht zu werden, die man ihm am Telefon mitteilen musste, die er in hausinternen E-Mails von Referenten und Analysten erfuhr.

»Nichts weiter gefunden?«

»Keinen Zettel, kein Flugblatt. Nur die Parole.«

»Die haben mit so einer Schablone gearbeitet«, sagte der dritte Mann im Raum, der ein grünes Polohemd von Fred Perry trug, ein Tennisspieler.

»Also mindestens zwei«, sagte Seidenhut, der neben seinem Schreibtisch stand. »Einer vorne und einer hinten.« Mit einer Handbewegung forderte er seine Gäste auf, Platz zu nehmen.

»Eher zwei Gruppen, also mindestens vier. Die Kameras sind zur selben Zeit ausgefallen.«

Der in dem Polohemd sah den anderen an, als verstünde er nicht den Zusammenhang. Welche Beziehung die Zahl möglicher Täter zu der dokumentierten Tatsache hat, dass die Bilder vom Bahnsteig synchron schwarz wurden. Die Objektive beinahe synchron zugesprayt wurden.

»Ohne Leiter kommt man da nicht hoch. Niemand läuft nachts mit einer Leiter durch die Stadt, man wird sich gegenseitig geholfen haben, an die Kameras ranzukommen.«

»Wie hieß das früher?« sagte Seidenhut. »Füßchen geben, was?«

»Ich weiß nicht, ja, wahrscheinlich.«

Fred Perry, dessen bürgerlicher Name Witzke war, Klaus, wandte sich flüchtig dem jungen Kollegen zu. Hätte man seine Miene einfrieren können, hätte man sie missmutig nennen müssen, Zeichen von Ärger in seinem länglichen Gesicht. Von Praxis hat der nicht so viel Ahnung, ein Computerhengst, der glaubt, alles sei nur eine Frage des Datenmaterials, trockener Kombinatorik. Oliver Damm, der Superchecker.

»Vier sind schon eine ganze Menge«, sagte Seidenhut. »Konzeptionell.«

»Der Bahnhof ist so gut wie tot um die Zeit«, sagte Damm. »Vor halb fünf. Der erste Zug war gerade durch.«

Ach nein, dachte Witzke. Warten die etwa sonst den Stoßverkehr ab?

»Man darf davon ausgehen, dass es sich um keine spontane Aktion gehandelt hat.«

Für Trunkenheitsdelikte sind wir hier auch nicht zuständig.

»Die Aufschrift, diese Schablone, war an beiden Automaten identisch, vielleicht kennen Sie den Spruch aus der Werbung.«

Seidenhut nahm ein Blatt Papier entgegen, das er mit einem routinierten Blick überflog.

»Unorthodox«, fuhr Damm fort, »der Spaßfaktor. Nichts von Machenschaften und so weiter, einfach und knackig formuliert.«

»Was meinen Sie mit Machenschaften?«

»Womit sie üblicherweise ihre Anschläge begründen, die große Verschwörung in den Chefetagen, seitenlang. Konzerne, Ämter und Politik organisieren Hand in Hand die Repression des Volkes.«

Bist ein Kluger, dachte Witzke und nickte zustimmend.

»Dass es die letzten Jahre ruhiger war, hat meines Erachtens etwas mit dem Umbruch in den Generationen zu tun, einer Neudefinition der globalen Lage, von Angriffszielen und Hemmschwellen, die sie mental überwinden müssen. Bis die Einsicht, militant zu werden, nicht mehr abzuweisen ist. Für die gegenwärtige Situation ist die Namenlosigkeit der Gruppe bezeichnend, die Weigerung, sich irgendwie eine Identität zu geben.«

»Vergessen«, murmelte Witzke.

»Was haben Sie gesagt?«

»Durchaus nicht«, sagte Damm. »Sondern als Prinzip von dezentralen Strukturen, die keine Organisierung anstreben. Streng antihierarchisch und meist ohne engeren Kontakt zu Gleichgesinnten. Der Vorteil ist die Abschottung, negativ, dass man spektakulärere Geschichten logistisch kaum bewältigen kann. Sofern man überhaupt in die Größenordnung reinwill. Ich glaube, im Augenblick geht es eher darum, sich bemerkbar zu machen, auf der Ebene der Nadelstiche zu bleiben. Sie verstehen das als gerechtfertigten Widerstand, Aktivitäten, die man unmittelbar einsieht. Und die nichts anderes sind, sein sollen, als eine geringfügige Ausdehnung ihrer legalen Arbeit. Man muss mal abwarten, bis wohin sie sich vortrauen.«

»Muss man nicht«, sagte Seidenhut. »Haben Sie neue Zahlen?«

»Die Bewegung ist nach wie vor ziemlich diffus, von Klimaschutz bis Frauenrechte, Schuldenerlass für den Trikont, Initiativen gegen Genmanipulation und dazwischen immer noch unsere alten Bekannten aus dem Westen, Knasthilfen et cetera. Punktuell vernetzt, jedoch schwer unter einen ideologischen Hut zu bringen. Was bedeutet, dass die Gewaltbereitschaft variiert, insbesondere weil eine Stelle, ähm, eine Koordinierungsstelle fehlt, die eine gewisse Abstimmung vornehmen würde. An die man unsererseits leicht rankäme.«

»Die sind jung«, sagte Witzke wie nebenbei; als redete er mit sich selbst. »Das sind die Kinder.«

»Wir hatten im April ein paar abgefackelte Autos«, sagte Seidenhut und sah von dem Papier in seiner Hand hoch.

»Ein Sicherheitsdienst, der das Tierlabor in Dahlem bewacht«, sagte Witzke. »Nicht unüberschaubarer Täterkreis, man observiert.«

»Hast du Erkenntnisse?«

Selbst wenn er welche gehabt hätte, nicht in Anwesenheit von Damm. Das weißt du genau, Eberhard, Infos aus dem operativen Sektor sind nichts für seine Ohren, für niemandes Ohren, eine Zone gesteigerter Sensibilität, die wir schön unter der Decke halten. Trübe Details aus den Untiefen des menschlichen Lebens. Quellen werden so lange wie möglich geschützt, Methoden im einzelnen nie debattiert, was zählt, ist das Ergebnis. Ein Tisch mit Waffen und Sprengstoff, eine Mappe mit Fotos und Diagrammen für die Reporter und den beunruhigten Bürger. Darüber hinaus schweigen wir, ein Stillschweigen über unsere Leute, von dem nicht zuletzt du profitierst, von den Vagheiten, auf die sich ein Amtsleiter in irgendwelchen Ausschüssen herausreden kann. Die ihm das Leben erleichtern, ein Nicht-Wissen, ein Viertel-Wissen, das abzuleugnen keine Lüge ist. Auf das sich Eide schwören lassen.

»Ich lese Berichte. Ich versuche, mir einen Überblick über die Szene zu verschaffen, Figuren näher zu beleuchten. Allerdings handelt es sich bei den meisten um völlig unbeschriebene Blätter. Jungfrauen, Anfänger.«

Du sagst mir nicht alles, dachte Seidenhut, während Oliver Damm wieder das Wort ergriff, strategische Überlegungen betreffend, sein Thema. Du verheimlichst mir Fakten, du glaubst, auf eigene Rechnung arbeiten zu können. Meinst du etwa, mein lieber Klaus Witzke, ich würde das nicht mitkriegen? Dass du auch unter vier Augen nicht mit der Sprache rausrückst und dich statt dessen in Andeutungen ergehst. Wo du deine Finger drin hast, wo deine Informanten plaziert sind, was die abschöpfen und vorantreiben. Welche Ideen sie in die Köpfe der Kids pflanzen. Erzählst mir nur Bruchstücke, als sei ich so fungibel wie jeder andere Politiker. Ein Dienst im Dienst, den du seit Jahren beherrschst, den du beherrschen willst, ob ich oder sonstwer ganz oben sitzt. Du musst aufpassen, Klaus, pass auf, dass man dir nicht eines Tages die schützende Hand entzieht, dann bist du nämlich geliefert.

»... Objekte und Personen«, schloss Damm sein Resümee, »die demzufolge über kurz oder lang als anschlagsrelevant in Frage kämen.«

»Danke«, sagte Seidenhut. »Ich wäre Ihnen sehr verbunden, wenn Sie mir das schriftlich knapp zusammenfassen.«

Damm nickte und machte sich eine Notiz.

»Es gibt Gerüchte«, sagte Witzke plötzlich, und man sah ihn überrascht an. »Dinge, die auf Plena zu hören sind. Man spricht offen von Ohnmachtsgefühlen, davon, dass es keinen Zweck hat, so wie bisher zu verfahren, dass das nichts bringt.«

»Zu identifizieren?«

»Stimmen, die sich wiederholt verlauten lassen. Wir beobachten das.«

Ihr macht mehr, dachte Seidenhut, ihr gebt Ratschläge, ihr seid mittendrin. Und pokert damit, dass ich euch in jedem Fall decke, aus schnödem Selbsterhaltungstrieb. Auf Pressekonferenzen, in der Kontrollkommission. *Inwieweit waren Angehörige Ihrer Behörde an den Aktionen beteiligt?* Fragen, die Unterstellungen sind, von Leuten, die keinen blassen Schimmer haben, wie so etwas funktioniert. Wie man schon im Vorfeld reale Gefahren erkennt und verhindert.

»Wir beobachten das sehr intensiv«, sagte Witzke in einem Ton, als sei dem im Augenblick, in der momentanen Konstellation, nichts weiter hinzuzufügen. Wenn die Zeit gekommen ist, Eberhard, wir kennen uns doch.

Also, dachte Seidenhut, bitte. Ich nehme auf meine Kappe, was da draufpasst, aber einen Freibrief habt ihr nicht. Keinen Freibrief ohne mein Wissen. Er sah gedankenverloren zum Bildschirm, der sich rechts hinter den beiden befand. Eine bunte Wetterkarte der Karibik mit einem spiralförmigen weißen Gewölk, das sich ruckend über den Golf von Mexiko bewegt, Szenen von einer Mole, an der sich riesige Wellen brechen, Gischtfahnen vernebeln die Kamera. Ein kahlköpfiger Experte in einem Raum voller Computer, ein Professor, ein Meteorologe.

Dr. Fred Kariaki, wie es in der Einblendung heißt, *Fort Worth, Texas.* Seine Stimme klingt hohl, elektronisch verzerrt, wie sie über die Köpfe der Besucher hinwegschallt. Ebenso eine zweite Stimme, die ihn auf deutsch wiedergibt, *ist damit ... a few years ... zu rechnen.* Der flache Monitor an einer Fassade im ersten Stock hat die Ausmaße einer Kinoleinwand, ein Geflimmer aus Nachrichten und Reklame. Schräg gegenüber hängt Spiderman, zum Sprung bereit, seinen Kopf nach hinten der Gefahr zugewandt. Gruppen von Menschen treiben über die Piazza unter der Zeltkonstruktion, sitzen in Restaurants und Cafés, am Rand des Brunnenbeckens aus poliertem Edelstahl, fotografieren, filmen mit ihren Digitalkameras. Bewegliche Bilder auf den Anzeigen ihrer neuen Mobiltelefone, Dokumente des Jetzt, die man in Windeseile verschicken kann. Nur wenige blicken zu dem Monitor hoch, dessen Geräusche man binnen kürzester Zeit nicht mehr wahrnimmt; als gehörten diese Töne von oben organisch zur Architektur des Raumes dazu, eine fünfte Dimension, die eingeplant war von vorneherein. Eine jeden menschlichen Sinn berührende Erfahrung, die Höhe des Daches, die verschiedenen Geschäfte, die Ausstellungen und Präsentationen, an denen man vorbeischlendert. Rennwagen und Sojuskapseln, Stellwände mit Satellitenfotos von spektakulären Landschaften. Der Grand Canyon, die Amazonasmündung. Das Wasser im Becken ist lauwarm, taucht man die Hand hinein, fühlt es sich unangenehm an, man denkt, wie gebraucht, zu warm, um das Gesicht, den Hals, die nackten Arme zu kühlen, vielleicht, um die von einer Eiswaffel klebrigen Hände zu waschen, von Cola und Crêpes. Man lässt es sich gutgehen, man döst, man ist müde. Telefoniert mit einem, der zu Hause bleiben musste, tippt Kurznachrichten an Freunde und Freundinnen, guckt immer wieder, ob welche gekommen sind. Anrufe, die man verpasst hat. Von hier unten sieht es so aus, als würde Spiderman zu dem riesigen Bildschirm schauen, als empfinge er von dort seine Weisungen. Ein Augenzwinkern des Moderators, ein Stichwort, auf das hin er losspringen würde. Draußen ein Chaos, im Center alles normal. Keine Hektik und keine irreguläre Geschwindigkeit.

»Nur der Winter in Chicago ist furchtbar.«

»Wo nicht.«

»Der See«, sagte Schillings. »Über den bläst ständig ein eiskalter Wind aus Kanada runter, der geht dir durch und durch.«

»Thermounterwäsche.«

»Du ziehst die Mütze nicht mehr ab.«

»Ich nehme einen Kaffee«, sagte Christian zu der Kellnerin, die an ihren Tisch getreten war.

»Und ich ein kleines Bier. Was habt ihr?«

»Jever, Radeberger, Beck's«, kam es wie aus der Pistole geschossen. »Beck's aus der Flasche.«

Als hätte ihre Antwort im Stakkato ihn verwirrt, zögerte Schillings.

»Jever und Radeberger vom Fass. Und Weizenbier, hell oder dunkel.«

Er nahm die Karte zur Hand, als müsse er vor einer Entscheidung ihre Angaben überprüfen.

»Außerdem noch Corona«, setzte sie entschieden einen Schlusspunkt.

Jens Schillings sah zu ihr hoch. »Das erste«, sagte er. »Das war Jever, oder?«

Sie nickte und ging.

»Hatte ich schon bestellt?«

»Im großen und ganzen, ja«, sagte Christian. »Obwohl es hier sicher einen hermeneutischen Spielraum gibt.«

»Einen kleinen. Aber nicht unwesentlich.«

»Sind Spielräume nie. Wo hast du gewohnt?«

»Südlich. Ein paar Blocks unterhalb der South Side.«

»Drogen, Waffen, Armut. Falsch?«

»Freiwillig steigst du da nicht aus dem Bus. Ohne jetzt zu übertreiben, ein bisschen ist es so wie in diesem Carpenter-Film.«

»*Escape from New York*. Ein Fall für Snake Plissken.«

»Genau«, sagte Jens. »Kurt the muscle Russell.«

»Bietet der Apokalypse die Eisenstirn.«

»Übrigens ein weithin unterschätzter Darsteller.«

»Fraglos. Wer das nicht weiß, weiß gar nichts.«

»Ich hab' nachts Geballer gehört, und zwar des öfteren.«

»Aber du bist gelassen geblieben.«

»Ohropax. Du stehst wirklich im Bett, wenn's in der Nähe knallt.«

»Als Pazifist, der man nun mal ist. Warum bist du nicht weggezogen?«

»Ich hatte die Wohnung über die Universität. Extrem billig für die Verhältnisse, und zur Bibliothek zehn Minuten zu Fuß.«

»Deine Arbeit, das war irgendwas mit Emigration, oder?«

»Halb und halb. In US-Archiven lagern viele Sachen, die man braucht, wenn es um Kantorowicz geht, um Baron, um

Arendt. Manuskripte, Tagebücher, Briefe, schlicht und ergreifend, weil sie sich dahin retten konnten. Der Nachlass von Hans Baron in Chicago, ein Renaissance-Forscher. Kennst du?«

»Sollte ich?«

Schillings grinste, dann schüttelte er den Kopf. Nachsichtig.

»Humanistische Gegenwelten, das war das Thema. Leitbilder der Gelehrsamkeit in Zeiten der Barbarei. Willst du's genauer wissen?«

»Mach mir doch bis zum nächsten Mal ein Paper.«

»Hast du'n Stift?«

»Hab' ich keinen Stift, krieg' ich kein Paper.«

»So ist es wohl.«

Die Kellnerin stellte ein Tablett voller Getränke auf ihrem Tisch ab, einem dunkelgrünen Gartentisch mit gekreuzten, gusseisernen Beinen.

»Du den Kaffee«, sagte sie und balancierte eine übergeschwappte Tasse vor Christians Nase, »und du das Bier.«

»Jever«, sagte Jens.

»Jever?«

»Kein Corona, kein Radeberger, kein Beck's.«

»Ist was?«

»Nichts«, sagte er und nahm ihr das Glas aus der Hand. Hob es grüßend in Christians Richtung und trank es halb aus. Das war dringend notwendig – seine ganze Person, seine zwei Meter nun die Verkörperung von Wohlbefinden, von Behagen an einem heißen Sommernachmittag. Sie saßen auf dem Bürgersteig vor dem Café im Schatten eines Sonnenschirms, der wie die drei anderen das Markenzeichen von Pepsi trug, ein blauweißrotes Wellenband. Um sie herum wurden Magazine gelesen, Salate gegessen, Projekte geschmiedet, ein Mann und eine Frau blätterten in einer

Präsentationsmappe und kommentierten abwechselnd großformatige Fotografien – anscheinend Modeaufnahmen.

»Empfiehlt uns Lucia diesen Ort überhaupt?«

»Möglich, ich betreue die Restaurant-Sektion.«

»Das Wort betreuen klingt phantastisch«, sagte Christian.

»Stell es dir als kompakten Service vor, Lucias Gastroführer ist nicht der Guide Bleu. Will es auch nicht sein, eher eine Dienstleistung für Kurzentschlossene. Etwas, das man im Auto liegen hat, du guckst schnell rein und bist halbwegs orientiert. Stil, Preise, Lage. Und Schrott wird nicht aufgenommen.«

»Die hygienische Situation in der Küche ...«

»Zu jedem Lokal ein kleiner Text und ein, zwei Gästemeinungen, die sich naturgemäß nicht zu ähnlich sehen sollten. Die Daten kommen von den Wirten, und wir machen daraus fünfzehn bis zwanzig appetitanregende Zeilen. Bild kostet extra.«

»Tritt man über die Schwelle der Bodega El Sol, spürt man das Brennen der spanischen Sonne auf seiner Haut. Verführerische Düfte lassen die Erinnerung an unbeschwerte Tage mit Sangria und Paella wach werden. Dass die Gitarre hier live gespielt wird, versteht sich bei Pepe und seinem temperamentvollen Kellnerteam von selbst ...«

»Binnenreime und Alliterationen versuchen wir zu vermeiden, ansonsten könnte man damit schon anfangen zu arbeiten. Ich hab' einen Büroraum gemietet, in dem die Fachredaktion sitzt, also ich und gegebenenfalls du. Wenn du einsteigst. Das ist einfach praktischer beim Abgleich der Texte, die nach, ähm, nach Herkunftsländern sortiert sind, französisch, italienisch, was weiß ich, mongolische Spezialitäten.«

»Ich kenn mich in der Mongolei nicht aus, das müsstest du übernehmen.«

»Hab' ich fertig, keine Sorge.«

»Stundenlohn oder Honorar? Aufwand? Zeitrahmen?«

»Redaktionsschluss ist Ende August, erstens, zweitens, es fehlt noch einiges, drittens, pro Restaurantkritik plus Gästewertung gibt's dreißig Euro.«

»Die Gäste sind wir«, sagte Christian, die Ellbogen auf den Tisch gestützt, die Hände locker herunterhängend. »Das verstehe ich doch richtig?«

»Nach der letzten Ausgabe haben Leute an den Verlag geschrieben, haben Vorschläge gemacht, was noch reinmüsste und warum... da ist also im Prinzip einiges an Stoff vorhanden, der nur ein wenig der Bearbeitung bedarf... mit einem gewissen Fingerspitzengefühl.«

»Das hat man mir heute schon einmal ans Herz gelegt, ich bin Experte.«

»Na bestens.«

Jens trank sein Bier aus und sah sich nach der Kellnerin um, Christian schlug die Beine übereinander und lehnte sich zurück. Sagen wir fünfzig kleine Artikel, das wären eins fünf. Nach Adam Riese, und hundert das Doppelte. Für einen bräuchte man eine halbe Stunde, wahrscheinlich aber eher mehr, da es zwangsläufig zu Wiederholungen kommt. Obwohl natürlich niemand das Ding von vorne bis hinten durchlesen wird, folglich egal. *Eine geschichtsträchtige Landschaft, wie geschaffen für entspannte Wanderungen oder Radtouren zu den herrlichsten Zielen.* Worte so gebrauchen, dass sie mit ihren Bedeutungen übereinstimmen. Und nicht, sie an Gegenstände zu heften, für die man andere Ausdrücke finden müsste. Winzige Verschiebungen, die einen neuen Sinn ergeben und Worte in Anti-Materie verwandeln, schwarze Löcher aus Profanität und Ungenauigkeit.

»Willst du auch noch was?«

Christian beugte sich vor, blickte in seine Tasse, dann in

Jens' Gesicht, das trotz des Schattens, in dem sie saßen, gerötet war, verschwitzt, die Haare.

»Vielleicht trinken wir zusammen ein Bier.«

»Hast du Pläne für später?«

»Ich geh' zu Britta«, sagte Schillings und versuchte mit erhobenem Glas die Aufmerksamkeit der Kellnerin auf sich zu lenken. »Wir schreiben für sie 'ne Bewerbung.« Als es ihm gelungen war, streckte er Zeige- und Mittelfinger seiner freien Hand weltmännisch in die Luft, zwei Helle für mich und meinen Freund.

»Geht doch in Ordnung, oder?«

Christian nickte, ging nicht in Ordnung, aber was soll's. Vor neunzehn Uhr Alkohol war nicht gut für ihn, hatte er zuletzt nach einem Abend im Mai befunden und sich (mehr oder weniger) bis heute daran gehalten. Fünf Wochen seit diesem Absturz mit Lukas und Benjamin, der zu allem Übel auch noch Speed besorgte, das sie die ganze Nacht auf Trab hielt. Letzte verschwommene Erinnerung an wüste Szenen vor einer Bar auf der Rykestraße, als Lukas (Benjamin?) und eine Frau (Anka, die Schauspielerin?) in Streit gerieten und anfingen, sich die Sachen zu zerreißen. Oder war das nur der Auftakt gewesen für irgendwie Sex, zumal sie kurz hinterher zusammen verschwanden? Plötzlich waren alle verschwunden, als nächstes Kindergeschrei, das ihn weckte, zusammengerollt auf einer Bank in der Grünanlage am Kollwitzplatz. (»Lasst den Mann in Ruhe, der ist sicher ganz müde.«)

»Wenn du mir bald zusagen könntest, wäre ich glücklich. Hier.«

Jens reichte ihm eine Visitenkarte über den Tisch, auf der mit Bleistift unter seinem betitelten Namen und seiner Profession (Historiker) die Anschrift seines Büros geschrieben stand, Handynummer, Mailadresse.

»Ich denke einen Tag nach. Ich muss das koordinieren.«

Schillings Gesichtsausdruck widersprach ihm stumm, Objekt, über das man mehr weiß als es selbst. Dessen Wahlmöglichkeiten eingeschränkt sind, erzähl mir nichts. Du Arsch, dachte Christian.

»Was liegt denn später an?«

»Hast du nicht schon was vor?«

»Ich bin neugierig.«

Christian holte die Packung Zigaretten aus seiner Jakkentasche. Noch eine drin, Jakob könnte sich mal wieder selbst welche kaufen. Als Severine mit Mathieu schwanger war, hatte er endgültig aufgehört zu rauchen, bei Catherine nur bis zu ihrer Geburt durchgehalten. Jetzt schnorrten sie beide bei ihm, was mitunter lächerliche Züge annahm; gierig am Küchenfenster, mit Raumspray den Geruch neutralisieren. Wie Trinker, die Eukalyptusbonbons lutschen.

»Eine Galerie hat umgebaut. Heute ist die offizielle Eröffnung.«

»Schreibst du was drüber?«

Christian warf die zerknüllte Packung auf den Tisch. Sah in Jens' Augen und nickte langsam, ja natürlich, was sonst.

»Vielleicht können wir im Anschluss kommen.«

»Hinten auf der Brunnenstraße, fast am Mauerstreifen. Da werden genug Leute draußen herumstehen.«

»Wir haben Schichtwechsel«, sagte die Kellnerin, während sie zwei Bier vor ihnen abstellte. »Ich muss kassieren.« Mit spitzen Fingern löste sie einen feuchten Kassenbon von Schillings' Glas und fragte: »Zusammen?«

»Das geht auf mich«, sagte Jens, warf einen Blick auf den Zettel und gab ihr einen in der Mitte gefalteten Zehner. »Stimmt so.«

Ohne Gruß und Dank drehte sie sich zum Tisch nebenan.

»War das zu wenig?«

»Keine Ahnung«, sagte Christian. »Du bist nicht mehr in Amerika.«

»Hätte ich beinahe vergessen. Aber glücklicherweise wird man immer wieder daran erinnert.« Er hob sein Glas und forderte Christian auf, mit ihm anzustoßen. »Ist 'n guter Job.«

»Klar. Um nicht zu sagen, das große Los.«

»Hör mal, ich hab' schon Schlimmeres gemacht.«

»Ich auch.«

Als Schillings gegangen war, sah Christian auf seine Uhr. Noch mehr als zwei Stunden bis acht. Sich jetzt an seinen Schreibtisch in dem Laden schräg gegenüber zu setzen, würde wahrscheinlich nur zu einer neuerlichen Begegnung mit David führen, der meist erst gegen neun, halb zehn seine Arbeit beendete. Hat der eigentlich wieder eine Freundin? Dann eine, die sich das gefallen lässt, die im gleichen Gewerbe ihr Geld verdient und nicht darauf besteht, zumindest einen Abend in der Woche gemeinsam zu verbringen. Sonntägliche Ausflüge mit Fahrrad und Picknickzeug nach Buckow, nach Rheinsberg, das übliche Beziehungsprogramm. Vorstellungen, die man zum Leben zu erwecken versucht, den Satz, den sie beginnt, führt er zu Ende. Als Beweis einer Behauptung, an der sowieso niemand Zweifel hatte.

Er schob das halb getrunkene Bier in die Tischmitte. Von der Kastanienallee her näherte sich Musik, die wie der gedimmte Soundtrack zu einem Film von Kusturica klang, Akkordeon, eine Trompete, Bass und Geige. Was sind das für Leute, Sinti, Roma, Albaner, Serben? Die während des Sommers unermüdlich mit ihrem balkanischen Geschepper von Café zu Café ziehen, oft sogar im Gehen weiterspielen, als könnten sie nicht aufhören, wenn sie einmal damit angefangen haben. Gute Laune aus Priština, und schon hat man einen Plastikbecher mit klimpernden Münzen unter der Nase. Christian schüttelte den Kopf. In einer halben Stunde kommen die Kollegen vorbei, die kriegen auch nichts. Weil ich eure Musik nämlich ätzend finde, weil die mich deprimiert, weil ich überhaupt keinen Nerv habe für selbstgebrannten Slibowitz und Freudenschüsse in die Luft, diese *ethnic cleansing*-Folklore. Ich bin ungerecht? Ist man halt ab und zu. Nach vier oder fünf Minuten hatte die Gruppe ein Einsehen und entfernte sich Richtung Choriner Straße, quietschfidel.

»Trinkst du das Bier noch?«

»Ich glaube, das ist warm geworden.«

»Soll ich dir ein neues bringen?«

Als er nicht sofort antwortete, zuckte der Kellner mit den Schultern, räumte Schillings' leeres Glas ab und kehrte ihm den Rücken.

Illegale Websites, die nur darauf warteten, aus dem Netz an die Oberfläche geholt zu werden. Bekennerschreiben in verschiedenen Sprachen, Unterweisungen im Bombenbau. Chloratmischungen. Eine dürre Zeitungsnotiz zurückzuverwandeln in ein Gesicht, eine Biographie, Politik. Verwackelte, mit Laufstreifen übersäte Bilder eines alten Films, der im Hintergrund durch unser Gedächtnis rauscht.

Der Wannenkörper war aus Fiberglas, neunzehn Jetdüsen, Fassungsvermögen siebentausendvierhundert Liter. Der Prospekt von Aqua Systems hatte nicht zuviel versprochen: *Der Swim Spa kombiniert die Vorteile eines Pools und eines Spa ideal. Dank dieser Kombination können Sie sich körperlich betätigen und relaxen.* LCD-Display und drei Pumpen, mit denen sich der Gegenstrom regulieren ließ von einfacher Drift bis hoch zu Wildbachstärke. Ein Schwenkkran hatte das Becken vom Lastwagen auf der Straße über das Hausdach gehievt und in die vorbereitete Grube neben dem Zierteich abgesenkt, ein paar schöne Holzstege um den Rand und fertig. Mit kräftigen Armschlägen kraulte Eberhard Seidenhut durch das sprudelnde, ozonreiche Wasser, ohne sich von der Stelle zu bewegen, kein Anschlag und keine Wende, die ihn aus dem Rhythmus bringen konnten. Er war nie ein großer Schwimmer gewesen, aber hier drin machte es ihm Spaß, an manchen Tagen absolvierte er sein selbst auferlegtes Pensum sogar doppelt. Eleganter und diskreter, als zu joggen, oder sich mit zwei Skistöcken im Wald zum Narren zu machen. Nach wenigen Minuten verlor man das Gefühl, sich anstrengen zu müssen, um vorwärtszukommen, wie schwerelos glitt man kraulend auf der künstlichen Strömung dahin. Auch die Gedanken wurden leichter, bis sie sich schließlich ganz auflösten und Raum schufen für eine Folge entspannter Phantasiewelten, weitab von jeder Wirklichkeit.

Seine Frau saß auf der Terrasse und las, irgendein Buch über die Mysterien der Pyramiden, ihre jüngste Tochter, die im nächsten Jahr auf die Uni käme, goss ihre Biobeete im hinteren Teil des Gartens. Ökologische Zucchini, Kürbisse für den Hausgebrauch. Eine dieser Regenbogenfahnen aus dem Fenster zu hängen hatte man ihr während einer langen Diskussion ausreden können – die Mehrheit der Familie ist strikt dagegen –, nicht aber, dass sie ihre beiden Fenster mit Friedenssymbolen dekorierte, Taube und Peacestern als naive Glasmalereien. Keine Nachrichtensendung, kein Bild des amerikanischen Präsidenten, das sie nicht kommentierte. Ihr Freund genauso, Mahnwachen und Schweigemärsche, an denen sie gemeinsam teilnahmen. Staatsschutz war für sie etwas derart Abstraktes, dass es bisher zu keinen Auseinandersetzungen über seine Arbeit gekommen war, wahrscheinlich dachte sie, er sei eine Art von Verwaltungsdirektor. Jenseits ihres Engagements, jenseits dessen, was sie tagtäglich bekämpfte.

Wie sich seine Gedanken langsam verflüchtigten, tauchte Seidenhut in jenen beinahe körperlosen Zustand ein, in dem nichts anderes mehr existierte als ein Treiben im Meer seiner Einbildungskraft, weite leere Strände, die er einsam und glücklich entlanglief, ein seliger Wanderer in der Heideeinsamkeit des schottischen Hochlands. Reiner Geist, zu dem alles wurde. Er hatte Sun Tse gelesen, dessen Kunst des Krieges im Grunde darauf basierte, spirituelle Beweglichkeit anstelle einer lähmenden Härte aus Vorurteilen. Nur noch Schwimmer sein, immer weiterschwimmen, eins mit den Elementen.

Nach einer halben Stunde etwa spürte er, wie einzelne Muskeln sich zu verkrampfen begannen, er schaltete die Anlage herunter und drehte sich paddelnd auf den Rücken. Wohlige Erschöpfung ergriff von ihm Besitz. Der Kauf des Spa war seit dem Einbau der Kellersauna die beste Investition, die sie für das Haus getätigt hatten, nicht zu vergleichen mit dem Schwimmen im Pool. Den man jetzt eigentlich auch zuschütten könnte, um die Rasenfläche zu vergrößern. Aber dagegen sträubte sich seine Frau, sie war eher der Typ, der ein wenig hin und her planschte und das für gesund hielt. So sei es eben, dachte er, jedem Tierchen sein Pläsierchen.

»Was ist mit dir?« fragte Vera Sellmann.

»Keine Lust«, antwortete David, ohne den Blick vom Bildschirm abzuwenden. »Moment.«

Vera trat neben ihn und sah über seine Schulter. Leise Elektrobeats im Raum, irgendwie sphärisch. Er klickte eine schwarz markierte Zeile an, und das Fenster auf dem Monitor schloss sich.

»Wie spät?«

»Halb acht, schätze ich.«

David ließ den Kopf hängen. Dann rollte er seinen Stuhl zurück und kam hoch. Junge, bist du dünn, dachte Vera, dir schlottert ja alles am Leib.

»Die werden heute abend bestimmt auffahren, getränkemäßig.«

»Trotzdem keine Lust. Ich glaube, ich geh' nach Hause.«

»Ich vermute stark, es gibt zur Feier des Tages auch ein Büffet.«

»Sind mir zu viele Leute«, sagte David und steckte seine Hände in die hinteren Hosentaschen. »Außerdem finde ich die Arbeiten von dem nicht gut.«

»Wir trinken was, treffen jemanden, reden über alles mögliche.«

»Du«, sagte er. »Du kannst das.«

Vera lächelte ihn an. David war ehrlich, er konnte gar nicht anders. Er erwiderte ihr Lächeln und schüttelte zugleich entschieden den Kopf.

»Ich finde die Videos auch nicht gut«, sagte sie und hängte sich ihre Tasche um. *Singapore Airlines.* »Ich dachte nur.«

»Bis morgen«, sagte David und gab ihr einen Kuss auf die Wange, bevor er sich wieder an seinen Computer setzte.

Schon von weitem sah man Leute auf dem Bürgersteig vor der Galerie, kleinere Gruppen, zwischen denen hin- und hergewechselt wurde. Jeder und jede eine grüne Flasche Bier in der Hand, ein Glas Wein. Hatte David nicht recht? Vera verlangsamte ihre Schritte, bis sie stehenblieb. Kennt man das nicht bereits zur Genüge, dieses Rumgeschiebe von da nach dort, zu trinken und zu rauchen, weil man immer noch nicht weiß, wohin mit seinen Händen. Muss man sich mit jemandem unterhalten, der einem nützlich sein könnte, obwohl man überhaupt keine Lust dazu hat, muss man das wirklich? Eine hundertfach gestellte und hundertfach nicht beantwortete Frage. Warum nicht ins Kino gehen, warum nicht nach Hause gehen, warum nicht irgendwo sich in aller Ruhe auf eigene Kosten betrinken? Zuerst ins Kino und anschließend ins Odessa. Kurz entschlossen machte sie kehrt und lief Richtung Hackescher Markt, in ihren Augen die vernünftigste Entscheidung seit Tagen.

Walter Zechbauer ging in seinem Arbeitszimmer auf und ab. Er hatte ein Buch in der Hand, in dem er halblaut las. Das heißt, er las sich das Buch halblaut vor, die ersten Seiten, die er morgen fürs Radio einsprechen würde. Ein Stimmengewirr, dem seine Intonation Plastizität verlieh. Harry und Christina auf dem Flur eines Krankenhauses, ihr Vater will nach einem Unfall die Autofirma verklagen. »Ich rede von Faschismus«, Harry (erregt), »dahin führt das nämlich, dieser Ordnungswahn. Alles andere ist bloß Schmierentheater.« Christina (gefasster): »Es geht nicht einfach ums Geld, nein, was die Leute wirklich wollen ...« – »Es geht ums Geld, Christina, es geht immer ums Geld. Alles andere ist nichts als Schmierentheater, du hör mal ...« Mit einem Bleistift markierte er einzelne Wörter, unterstrich Silben, fügte Klammern in den Text ein. Und von vorn. »Gerechtigkeit?« (Harry, höhnisch) »Gerechtigkeit gibt's im Jenseits, hier auf Erden gibt's das Recht.« Er ging zu seinem Stehpult, wo eine Flasche Wasser stand. Trank einen Schluck. Beim »auf Erden« die Stimme senken und eine winzige Pause einlegen – genau das war es, so würde die Szene funktionieren.

Alles wie erwartet. Die beiden Galeristen, ihr neues Zugpferd, ein paar Kuratoren, Journalisten, Intimfeinde und hinten an einer Säule Constanze. Nachdem sie ihn in der Menge erblickt hatte, verwandelte sich ihr Gesprächspartner (irgendein Redakteur) in einen Mann, dem sie gar nicht genug Aufmerksamkeit schenken konnte. Du übertreibst, dachte Christian und sah sich nach etwas zu essen um. Ein langer, weißgedeckter Tisch, der schon weitflächig leergeräumt war, auf mehreren Silberplatten Reste von Kanapees und Käsespießchen. Immerhin hatten sie für ausreichend Getränke gesorgt, gerade füllte eine junge Frau die zwei von innen erleuchteten Imbisskühlschränke auf, die vor einer improvisierten Theke standen. Er ließ sich ein Bier geben und drängte sich durch zu einem Monitor, den sonst niemand beachtete. Tiefgarage in Schwarzweiß, ein Gefangener mit einer Kapuze überm Kopf wird aus einer Aufzugtür gestoßen, ein Wagen, der sich nähert, fährt neben ihm vor eine Wand, Rauch, einer am Boden feuert eine Pistole auf die Kamera ab. Noch mehr Rauch, der Gefangene kriecht aus dem Bild, dann begann das Video von vorn. Sehr retro in seiner Unschärfe und Grobkörnigkeit, als handelte es sich um Found-footage-Material. Er ging zu Mika, einem der Galeristen, um ihn nach einem Katalog zu fragen.

»Und, wie findste?«

»Okay«, sagte Christian. »Wirkt viel größer.«

»*Ist* nach dem Durchbruch viel größer, geh mal nach hinten.«

»Habt ihr was Schriftliches?«

»Komm nächste Woche vorbei.«

»Überhaupt nichts?«

»Ja, Scheiße, ist nicht rechtzeitig fertig geworden.«

»Klasse.«

»Ganz entspannt, ja. Wir machen hier nämlich eine richtig schöne entspannte Party.«

»Bin ich schon«, sagte Christian, »völlig entspannt« und schob sich zur Tür. Soll Constanze Erdinger sich doch vergnügen, mit wem sie will, ich guck da nicht mehr hin.

Er grüßte verschiedene Leute, nippte an seinem Bier. Es war noch hell, keine wesentlichen Spuren von Dämmerung über den Trümmergrundstücken auf der Bernauer Straße. Plakatwände, Sperrmüll, ein Sofa mit herabhängenden Lehnen. Als hätte man ihm die Arme gebrochen. Jenseits der Straße eine Weddinger Großsiedlung im Stil der späten sechziger Jahre, sozialer Bunkerbau um Parkplätze herum, ein Ausblick, der nicht die heitersten Erinnerungen weckte. An unangemeldete Besuche einer Fürsorgerin, die allein der Einschüchterung dienten, an nächtlichen Streit der Mutter mit den Nachbarn, die lautstark ihre Stütze versoffen. Angst, Filzstiftkritzeleien im Treppenhaus. Eine Übergangsperiode.

»Was läuft?« fragte Lukas, der plötzlich vor ihm stand. Unvermeidlich zusammen mit Benjamin, als sei der eine des anderen Schatten.

»Nichts mehr zu essen da«, sagte Christian.

»Ich hab' keinen Hunger«, sagte Benjamin und zog die Nase hoch. »Vielleicht Bedarf?«

Christian hob die Augenbrauen. Käme drauf an, eine Tüte nachher wäre sicher nicht schlecht.

»Ist Gras im Angebot?«

»Kiffen macht dumm«, sagte Lukas und tippte an seine Schläfe. »Das ahnt jeder alte Hippie, wenn er morgens im Spiegel das Gesicht nicht erkennt.«

»Hast du dich gekloppt?« fragte Benjamin.

»Lass die Finger von gesundheitsschädlichen Drogen«, sagte Lukas, »den Rat möchte ich dir heute geben.«

»Guck dir mal den an, meinst du, für mich wäre das immer einfach?«

»Auf keinen Fall. Aber du kümmerst dich vorbildlich um ihn.«

»Ich hoffe, du hast das gehört«, sagte Benjamin und stellte erst jetzt einen schweren Plattenkoffer ab, den er schon die ganze Zeit mit Schlagseite in der Hand hielt; und schüttelte seinen Arm aus.

»Arbeitet ihr hier?«

Er nickte, wie auch Lukas nickte in erstaunlichem Gleichklang.

»Vi rokk se hauß«, sagte er, die Worte vorsätzlich falsch aussprechend.

»Leider ohne mich«, sagte Christian. »Ich bin untröstlich.«

»Das kannst du uns nicht antun.«

»Doch. Ich trinke das Bier noch aus«, er leerte die Flasche und stellte sie aufs Pflaster, »und dann geh ich ins Büro.«

»Ist Constanze etwa da?« fragte Benjamin, grinsend.

»Die schöne Constanze.«

»Wisst ihr was?« (In der Betonung von: es reicht)

»Wir wissen nichts«, sagte Lukas. »Aber wir haben unsere Vermutungen.«

»Macht's gut«, sagte Christian, während er mit einem Lächeln vom einen zum anderen blickte.

»Prügel dich nicht wegen der«, sagte Benjamin und stieß ihm locker die Faust gegen die Brust. »No use.«

»Seh' ich so aus?«

»Du siehst gut aus«, sagte Lukas. »Zum Anknuspern.«

»Brecht euch's Genick. Bis bald, ja?«

»Jederzeit.«

»Nicht vor eins, bitte.«

Blutlachen, verkrümmte Körper in engen Autos, Splitter von Glas und Metall, Leichen in Hauseingängen und auf Treppenstufen, über die Tücher gebreitet waren – man erkannte Bettlaken und hastig heruntergerissene Gardinen. Demonstranten, Hunderte, wenn nicht Tausende von Demonstranten mit maskierten Gesichtern, einer im Vordergrund streckt eine Pistole hoch, andere mit Stöcken, lanzenartigen Dingern, die sie durch die Luft schwenken. Molotowcocktails, Motorradhelme. *La classe operaia va in paradiso* steht auf einem Schild, und auf einem breiten Transparent ist zweizeilig zu lesen: *Avete pagato caro ... non avete pagato tutti!* Die operierende Klasse kommt ins Paradies, oder was sollte das heißen? Nirgendwo Bildunterschriften, selbst auf den deutschen Websites nicht, als würde jeder Italienisch verstehen können. *Guerra al fascismo,* davor und dahinter dieser fünfzackige, merkwürdig asymmetrische Stern, Fotos von Entführten, wieder Freigelassenen, von Ermordeten. Soldaten bewachen das mächtige Portal eines Renaissance-Palastes, davor vergitterte Mannschaftswagen, zwischen denen Männer in schwarzen Roben zu sehen sind, einige tragen zusammengebundene Papierstapel unterm Arm. Angeklagte in einem geräumigen Käfig, den man in den altehrwürdigen Gerichtssaal hineingebaut hat, ballen ihre Fäuste und rufen irgendwelche Parolen, es lebe die Revolution, das Proletariat wird siegen. In einem langen Text, der sich der Aufnahme anschließt, wird erklärt, dass es sich um Gründungsmitglieder der Roten Brigaden im Juni 1976 handelt, Justizpalast Turin. Sich gleichende Bilder von anderen Prozessen in anderen Städten, 1979, 1982, 1986, bei denen die Beschuldigten in den Käfigen immer jünger aussehen, immer näher an das heranrücken, was man für die Gegenwart hält. Genossen der Zeit, dachte Christian, Irrläufer der Geschichte. Die auf ihrer erdabgewandten Seite gelandet sind.

Nach wenigen Minuten Suche fand er eine Art Diagramm, das er sich ausdruckte, einen Stammbaum voller Namen und Abkürzungen, der von einer vertikalen Leiste mit Jahreszahlen flankiert wurde. Anfang und Ende oft kurzlebiger Zusammenschlüsse, ein Scrabble-Spiel möglichst schlagkräftiger Buchstabenkombinationen: BR, UCC (Unione dei Combattenti Comunisti), PL (Prima Linea), NAP (Nuclei Armati Proletari), NTA, NIPR, PCC (Partito Comunista Combattente) und so weiter und so fort, verwinkelte Pfeile, die personelle Überschneidungen, den Wechsel von dieser in jene Gruppe, offenkundige Abspaltungsprozesse deutlich machen sollten. Ganz durchschaubar wohl nur für die Beteiligten, die entweder noch im Gefängnis waren, Freigänger, begnadigt, untergetaucht oder tot. Die Stichworte Paris und Brigaden in deutsch und italienisch lieferten ihm unzählige Sites, die Zeitungsartikel enthielten, Solidaritätsadressen, Fahndungsaufrufe und Interviews, auf französisch dann das Protokoll eines kurzen Telefonats mit einem Exterroristen, der seit mehr als zwanzig Jahren halblegal in Frankreich war. Und den sie jetzt haben wollten in Rom, er wies alle Vorwürfe als absurde Konstruktionen zurück. Lebte inzwischen versteckt, zitierte Lawrence Ferlinghetti, für den Geschichte aus den Lügen der Sieger bestand. Christian notierte sich seinen Namen, andere Namen, klickte einen Link zu *documenti* an. Kopien von Briefen, Flugblättern, Aufrufen, verfasst auf alten elektrischen Schreibmaschinen mit ihren typischen Kugelkopf-Lettern. Sterne, Hammer und Sichel. Als er sich einen Text aus dem Italienischen übersetzen ließ, kam folgendes heraus: *Mitteilung der ersten Frontmilitanten für die bekämpfende Sache der Parteiproletarier, die vor den Gerichten von Venedig und Mailand bewiesen wurde.* Unter Umständen brauchte man jemanden, der die Sprache beherrscht, die in Paris werden natürlich französisch sprechen. In einem Schweizer Forum fand er auf deutsch eine ellenlange Kommandoerklärung zum Mord an einem Staatssekretär im März des vergangenen Jahres, die er auf seine Festplatte verschob. Fünfundzwanzig engbedruckte Seiten, wer liest denn so was ernsthaft von vorne bis hinten? Anscheinend gab es welche, denn verschiedene Pseudonyme kommentierten den Erguss, teils erbost, teils zynisch: *Müsst ihr dieses Delirium hier wirklich veröffentlichen?* stand da und: *wieder mal ein erbärmlicher fake von berlusconi und seinen geheimdiensten.*

Er holte sich aus dem Kasten im Gang eine Flasche Mineralwasser und ging trinkend durch das Schattenreich des vorderen Raums an seinen Rechner unter dem vergitterten Hoffenster zurück. Er öffnete einen Flügel und stützte den Kopf in die Hände. Fernsehgeräusche, Stimmen, das Klappern von Töpfen. Und Musik, die gedämpft an sein Ohr drang, Elvis, tatsächlich, *when fools rush in.* Der Königsweg geht über Brenner, dachte er, sonst verirrt man sich auf Fährten, die bestenfalls im Kreis verlaufen. Wenn sie nicht in Sackgassen enden oder einfach abbrechen. Ein Vertrauensverhältnis herstellen, das die Basis aller weiteren Recherchen ist. Sich fragen, wer möglicherweise etwas Geld dafür rausrückt, zumindest für eine Reise nach Paris. Der vom Spiegel vielleicht, der ihn auf der Sommerparty der SPD gönnerhaft zugeschwallt hatte, was der Idiotie, sich von Jutta eine Einladung für dieses Bockbierfest besorgen zu lassen, im nachhinein doch die Spitze nehmen würde. Dessen Visitenkarte müsste irgendwo in den Ablagen sein, die Tage mal suchen. Erneut wandte sich Christian dem Bildschirm zu, den Artikeln, den Fotos und kryptischen Diskussionen, die Tag und Nacht im Netz geführt wurden, sich bekämpfende Linien, notorische Verdächtigungen, Entlarvungen von Spitzeln und Provokateuren. Zum Wahnsinnigwerden.

Die Liste der Namen, die er in sein Notizbuch schrieb, wuchs stetig an, bis er merkte, dass er sich wiederholte, schon drei, die doppelt auf derselben Seite standen, Ricardo Pagliuca, Elena Brentano, Ettore Andolfi. Als handelte es sich um Rollen in einer Oper, wohlklingende Erfindungen. Ein theatralisches Volk, ein Volk der Geste und des Irrsinns. Warum man da früher nicht häufiger hingefahren ist, war eine Frage, über die es sich lohnte nachzudenken. Mit Jakob immer nur Frankreich, Collioure. Christian schloss das Fenster. Sah noch einmal in seine Post, wo eine neue Nachricht eingegangen war. *Zitternd lauschen wir euren Worten, gebt einem armen Sünder Pardon.* Das ist zuviel, Martin, verstehst du das nicht? Dass ich nicht mehr tun kann, als was ich dir heute schon geschrieben habe? Basta, basta und logout. Er stand auf und zog sich seine Jacke an, die über der Stuhllehne hing. Heimwärts? Angerufen hatte auch keiner, als sei man aus der Welt gefallen. Rutscht mir den Buckel runter, wie ich euch. Und jetzt weg hier.

Walter Zechbauer stand auf der Terrasse seines Hauses und blickte hoch. Das Glühen der Stadt im Osten wie eine gelbliche Kuppel über den Baumkronen. Kaum Sterne am Himmel, als würde diese Glocke aus Dunst und Strahlung ihr Licht fast restlos absorbieren. Vom Mulholland Drive aus die nächtliche Silhouette von Downtown. Eine Raumstation, eine erleuchtete Raffinerie von Menschen und Träumen. Von Geld und Verbrechen, von Dummheit und Gier. Alles auf Breitwand in Fujicolor.

Nele war nicht lange geblieben. Was hatten sie schon zu bereden gehabt, und außerdem schmerzte ihr der Rücken. Ein Haltungsschaden, den das Üben am Cello entweder hervorgerufen oder verstärkt hatte. Stunde um Stunde in ihrem

Dachzimmer, vor dessen Fenstern der See lag, im Winter eine glitzernde Fläche, auf der sich die Sonne spiegelte, dass es in den Augen brannte. Schostakowitsch und Pärt, am liebsten aber Alfred Schnittke. Daher kam das mit der Wirbelsäule, kein Zweifel. Zu Hause hatte sie die Musik im Kopfhörer so laut gedreht, wie es ging, Gitarrengewitter. Bass, Bass, Bass. Mit einer Stahlecke die Saiten anschlagen, Metall auf Metall. Ihr ganzer Körper zitterte, als sie sich die Zähne putzte. Auch noch im Bett, unter dem dünnsten Laken, das sie besaß, sonst hielte man es nicht aus. So nicht und so nicht, selbst nackt.

Christian saß an seinem Tapeziertisch in einem der beiden hinteren Zimmer und versuchte zu schreiben. Im Unterschied zu gestern fand sich heute für jedes Wort ein anderes, das ebensogut war, er löschte und tippte und löschte, ohne den Text vorwärtszubringen. Zum Kotzen, dachte er, was ist das? Eine Zeile am Tag macht für einen Roman zwanzig Jahre. Er öffnete die Datei mit dem ersten Kapitel und las. Zu seiner Erleichterung stimmte es noch, der Groove, die Länge der Sätze, ihre Syntax, das, was er unter Literatur verstand. Was er sich vorstellte unter Raum und Beschleunigung. Er sah zur Wand, wo der Plan des Buches hing, ein postergroßes Stück Packpapier voll mit numerierten Kästchen und Kreisen, in denen stand, was hier gerade geschah, Orte, Figuren und Handlung. Den Punkt erreichen, an dem man nicht mehr ich sagt, erzählt wird von einem ›man‹. Das schwer in den Griff zu bekommen ist, wenigstens schwerer, als er anfangs vermutet hatte. Im tanzenden Staub des Sichtbaren, ein anonymes Gemurmel. Lass sie einfach stehen, die Worte, sagte er sich, vielleicht verwandeln sie sich bis morgen in die passendsten Ausdrücke, die man überhaupt finden kann, wer weiß.

Nie hätte Jakob gedacht, dass es soweit kommen könnte, aber er war am Ende seiner Kraft. Und Severine im Schlafzimmer heulte hemmungslos. Das Bündel auf seinem Arm brüllte ohne Unterlass schon wieder seit zwei Stunden, ein Ende nicht abzusehen. Dass Catherine davon nicht erwachte, war ein Wunder, für ihn nicht zu begreifen. Wie hält man das aus, ohne durchzudrehen? Er ging hin und her, schaukelte den Kleinen sacht, summte, sang, sprach beruhigend auf ihn ein, sprach ihn als Mann an, der er doch sei, spürte den Kloß in seiner Kehle. Ich schütte mir gleich was ein, dachte er verzweifelt, und du kriegst auch einen, trinken wir einen Jim Beam zusammen, Mathieu, irgendwann ist es für jeden das erste Mal. Sich schön zuballern, bis einem alles, alles egal wird, na, Kumpel, wie wär's?

Auch im Liegen die Schmerzen. Du musst etwas unternehmen, dachte sie, so schlimm ist es lange nicht gewesen. Sie knipste die Lampe auf dem Regal über ihrem Bett an und sofort wieder aus. Lesen ginge gar nicht, drück den Rücken durch. Und entspannen. Durchdrücken. Die Beine ans Kinn ziehen, Arme nach hinten. Irgendwann saß sie aufrecht in der Dunkelheit und ließ den Kopf hängen. Es wurde besser, nur schlafen konnte man so nicht. Sie flüsterte ihren Namen, Nele, flüsterte ihn schneller und schneller, bis er sich in zwei sinnlose Silben verwandelte, die mit ihr nichts mehr zu tun hatten. Nele. Nele, Nele, Nele.

Geschepper im Hof, von dem Christian hochschreckte. Er hatte seinen Kopf auf die Tischplatte gelegt und war eingenickt. Gibt's hier Katzen im Haus? Die nachts über die Mülltonnen turnen? Rätsel der Menschheit. Er fuhr sein Notebook herunter und ging nach nebenan. Fiel auf den Futon und schlief weiter, in Hose und Hemd.

Zweiter Teil

Die Eintrittskarte hatte er letzte Woche zufällig beim Rumstöbern in einer Bücherkiste gefunden. Wie sie einmal zwischen die (ungelesenen) Seiten von Canettis *Masse und Macht* geraten sein konnte, war ihm schleierhaft. Aber Christian wusste noch, dass er sie vor fast zwanzig Jahren nicht weggeschmissen, sondern als Andenken behalten hatte, Philipshalle Düsseldorf, The Clash. In Originalbesetzung mit Topper Headon, Mick Jones, Paul Simonon und Joe Strummer, der im Dezember ganz unheroisch an Herzversagen gestorben war. *You can push us, you can shoot us, but aah, the guns of Brixton.* Zusammen mit Jakob in der kochenden, Pogo tanzenden Menge direkt vor der Bühne, *this is a public service announcement with guitar: know your rights.* Dass sie später den Zug verpasst und sich bis vier in der Früh am Hauptbahnhof die Zeit vertrieben hatten, machte das erste Konzert, auf dem sie waren, zu einem denkwürdigen Erlebnis, zwei Fünfzehnjährige im Neonlicht der Kaschemmen und Peepshows, Dosenbier trinkend und selbstgedrehte Zigaretten rauchend in einem Zustand nicht gekannten Glücks. In London, in New York würde es nicht anders sein, in all den großen Städten einer Gesellschaft, die ihre Zukunft schon hinter sich hatte, Straßen ohne Namen, in denen sich der Unrat türmte, und mittendrin sie, Outsider, die wussten, wo's langging, geborene Rebellen. *Oh my corazon.* Die Strafe fürs unentschuldigte, nächtliche Ausbleiben folgte auf dem Fuß, der beste Freund wurde zu einem Monat Reihenhausknast verurteilt, Christians Strafe bekundete sich in moralischen Vorwürfen, die er Erpressung nannte, hör mal, ich bin nicht deine Lebenskrücke. Mir egal, dann erlaub's halt nicht mehr.

Als Geburtstagsgeschenk für Jakob, als Erinnerung an alte Tage, war das Ticket auf dem Küchentisch genau das richtige, dazu die Platte der Mescaleros, die sie vor Strummers überraschendem Abgang gerade noch fertigstellen konnten. Von ihm persönlich autorisiertes Material, keine Leichenfledderei. Christian ging zum Herd, wo die Espressokanne leise vor sich hin blubberte. Weil es keine saubere Tasse gab, nahm er ein kleines Weinglas vom Spülbord und schüttete sich ein, Zucker vorsichtig aus der Packung, ein Messergriff zum Rühren. Sein Hausrat, sofern man jenseits von CDs und Büchern damit Geschirr, Besteck, Quirl und Tauchsieder meinte, lagerte in Veras und Jakobs Kellern, eine Ikea-Kommode in Einzelteilen, Metallregale aus dem Bauhaus, und ihn schauderte bei dem Gedanken, die Sachen wieder hervorholen zu müssen, als seien sie Ballast, den er endlich losgeworden war. Er setzte sich an den Tisch und schlug sein Notizbuch auf. Schillings Visitenkarte fiel ihm entgegen, die er zu anderen in die Tasche des Einbandes steckte, dann der Zettel von Vera aus dem Büro. Gregor Conrad, wer hieß denn so, einer ihrer Verflossenen? Dieser Musikkritiker, mit dem sie auf dem Jazzfestival in Montreux war? Ein ganz netter, ganz umgänglicher Mensch, hatte sie doch nach ihrer Rückkehr berichtet, nur leider ohne jedes Fünkchen von Beziehungspotential. Christian wählte die Nummer auf dem Zettel und zündete sich eine Zigarette an. Als die Mailbox piepte, hinterließ er seinen Namen, woher er wusste, dass ein Zimmer zu vermieten sei, und sagte, er würde es später noch einmal versuchen.

Dreihundertachtzig kalt waren im Augenblick das äußerste, eigentlich schon zu viel. Und auf Repräsentation legte er keinen Wert, er würde niemanden empfangen müssen. Carolin hatte sich für nächste Woche mit einem Architekten angekündigt, der die Wohnung ausmessen und ihr Vorschläge für den Umbau machen sollte. Die Kammer in der Küche verkleinern und eine separate Dusche ins Bad, mit randlosem, leicht trichterförmig gefliestem Boden (Urlaub in Spanien); die hinteren Räume zusammenlegen, wodurch ein Schlafgemach entstehen würde, in das man einen begehbaren Kleiderschrank einbauen könnte. Sie schien präzise Vorstellungen zu haben, als sie vor Pfingsten von Zimmer zu Zimmer ging und ihm ihre Pläne erläuterte. Und ein paarmal mehr zu sich selbst als zu Christian sagte: Wird schön, das wird wirklich schön. Man merkte ihr an, wie froh sie war, von Sindelfingen nach Berlin versetzt worden zu sein – oder nannte man das anders in der Jobklasse, die sie erreicht hatte, versetzen klang so altmodisch –, als Vorstandsassistentin, die Leute von Roland Berger zu einem Gespräch treffen wollten, im Speisewagen zwischen Frankfurt und Leipzig. Ein mittelständisches Unternehmen der metallverarbeitenden Industrie sucht jemanden für die Geschäftsführung, der sich in der Automobilbranche auskennt, internationale Perspektiven, Gewinnbeteiligung. Wenn Sie Fragen haben, melden Sie sich bei uns, wir sind rund um die Uhr für Sie da.

Er schenkte sich eine zweite Tasse Espresso ein und sah aus dem Fenster. Das entmietete Hinterhaus, dessen Eingangstür vernagelt war. Vor einiger Zeit hatten sie ein Gerüst hochgezogen, ohne mit den Arbeiten bis heute begonnen zu haben, Öfen rausreißen, die Rabitzwände. Alles erlebt, Drohbriefe und abgeklemmte Leitungen. *You can push us, you can shoot us, but you have to answer to, ahh, the guns of Brixton.* In der Menge vorne, berauscht, endlos beglückt, während Tausende von Stimmen in den Refrain einfielen. *Know your rights.* Ein Mirakel, dass die Brille damals nicht verlorengegangen war, zertrampelt, als sie plötzlich nach einem Ellbogenstoß durch die Luft flog. Mit Brille Pogo tanzen, was für eine Idee, Milchbärte, die sich von zu Hause davongeschlichen hatten, zwanzig lange Jahre her. Es schellte. Aber Christian reagierte nicht, morgens um zehn kam keine Lottofee, soviel stand fest. Prospektverteiler, Lieferdienste, der Inder mit seiner handgemalten Speisekarte voller Rechtschreibfehler. Selbst in das Wort günstig schaffte er es, ein h reinzubringen, ein h-Besessener. Öffne, wer mag, ich tue es nicht. Auf dem Tisch spielte ein Antennenradio, das er jetzt lauter drehte, um Nachrichten zu hören. *PRIMA BOY 80.* Es schellte erneut... *ist in den Bezirken Mitte und Tiergarten mit Staus und Behinderungen zu rechnen.* Weswegen? *Die Polizei empfiehlt, den öffentlichen Nahverkehr zu benutzen.* Ist das eine Meldung? Er strich sich über seine Stirn, die dünne Kruste über seiner Augenbraue. Als erstes Heftpflaster kaufen, dann die Platte besorgen, beinahe schon ein Programm.

Betonbarrieren sicherten die englische Botschaft, die amerikanische, gepanzerte Fahrzeuge, Polizisten in Splitterschutzhelmen und Kevlar-Westen, Maschinenpistolen. Auf dem Grünstreifen Unter den Linden hatte sich ein Zelt- und Planenlager eingerichtet, das sich Friedenscamp nannte, Peace-Camp, wie in bunter Druckschrift auf einem zwischen die Bäume gespannten Laken zu lesen war. Jugendliche verteilten eifrig Flugblätter an Passanten, Touristen, die sie filmten und fotografierten. Rotweiße Absperrgitter vor dem Hotel Adlon am Pariser Platz, breitschultrige Männer mit Knöpfen im Ohr, bei denen sich jeder, der hier weiterwollte, glaubhaft legitimieren musste. Presseausweise, Chipkarten. Eine Reihe schwarzer Limousinen bewegte sich in hoher

Geschwindigkeit über die Französische Straße, einige mit flackerndem Blaulicht auf dem Dach, schwere Motorräder um sie herum. Das Rotorengedröhn von Hubschraubern hing in der Luft, ein beständiges Knattern am Himmel, das nicht leicht zu lokalisieren war. Immer wieder Sirenen, die durch die Straßen heulten, sich nähernd, ohne sichtbar zu werden, hinter einer Ecke verwehend. Ziepende Funkgeräte, Mannschaftstransporter, auf deren Ladeflächen grün Uniformierte saßen, die ihre Helme in der Hitze abgenommen hatten, nicht wenige junge Frauen darunter. Vor den Absperrgittern ergab sich ein lauter Wortwechsel, weil jemand seine Akkreditierung nicht fand, die Pressekonferenz würde ohne ihn stattfinden. Handliche Metalldetektoren, mit denen die Security-Kolosse an den Körpern der Wartenden entlangtasteten, Aktenmappen und Laptops musste man öffnen. Keinerlei Durchkommen nach Mitte, Störenfriede und Gegendemonstranten waren chancenlos, Alarmstufe eins. Man rechnete mit allem, Planspiele der Einsatzleitung, um die Jahrestagung der OECD ohne größere Zwischenfälle über die Bühne zu bringen. Die wichtigsten Persönlichkeiten der Weltwirtschaft zu Gast in der deutschen Hauptstadt, Verhandlungen und Galadiners, die Entwicklung der Rohstoffpreise. Zu Hause hätte man einiges zu berichten, aussagekräftige Fotos, die als Slide-show über die Bildschirme ziehen.

»Viel ist das nicht«, sagte Witzke, während er in seinem Kaffee rührte. Wie lang braucht ein Stück Würfelzucker, bis es sich spurlos aufgelöst hat? Kein Knirschen des Löffels mehr am Tassengrund.

»Aber man kann eins und eins addieren«, sagte Klosters, der vor einem Glas Tonic saß.

»Wir arbeiten nicht mit Wahrscheinlichkeiten«, sagte

Witzke und hob abrupt seinen Blick. (Dem man standzuhalten hatte.) »Nicht mit Vielleichts und einem vagen *unter Umständen*. Wir interessieren uns ausschließlich für Tatsachen.«

Natürlich, keine läppischen Indizienketten, sondern überprüfbare Fakten. Fakten, mit deren Hilfe man ein berechenbares Szenario entwirft.

»Ein Schritt nach dem anderen, auch Zwerge haben klein angefangen.«

Ein Lächeln auf Klosters Gesicht, er nickte zustimmend. Witzke roch an dem Kaffee, als müsse er sich erst von dessen Aroma überzeugen, dann trank er vorsichtig einen Schluck. War gut so.

»Wo haben Sie eigentlich die Narbe her?«

Klosters sah zu seinem Handrücken herunter und strich mit dem Daumen über die breite helle Linie. Glücklicherweise hatte der Typ damals die Sehnen verfehlt, nur eine Fleischwunde. Auch am Oberarm, zu besoffen gewesen, um ihn ernstlich zu verletzen.

»Widerstand gegen die Staatsgewalt. Ich war völlig überrascht, dass der ein Messer hatte.«

»Darf man nicht sein«, sagte Witzke und nippte wieder an seiner Tasse.

»Ruhestörender Lärm, und ich ein blutiger Anfänger.«

»Ein blutender Anfänger.«

»Man hatte zu wenig Erfahrung.«

»Ihr Indio ... machen Sie mir den ein bisschen plastischer.«

Klosters rückte das Tonicglas zur Seite, als benötige er Platz. Legte die Schachtel Dunhill daneben, sein klassisches Zippo-Feuerzeug, nachdem er sich noch eine Zigarette angezündet hatte.

»Er ist der mit dem Durchblick. Was er einem deutlich zu verstehen gibt, wenn man ihn fragt. Die anderen sind einfach zu naiv, zu blauäugig, um zu kapieren, wie die Dinge hier laufen. Wer von vorne bis hinten alles kontrolliert, Presse, Gewerkschaften, fast als würde es sich um eine Art Geheimorden handeln. Ich denke, mich betrachtet er als jemanden, der ihm Zugang zu denen ganz oben verschaffen könnte, keine Ahnung, was er sich davon verspricht. Vielleicht Aufmerksamkeit für einen, der die Zusammenhänge erkennt. Ärgerlich nur, dass er dauernd Geld braucht, was, ähm, gewisse Unannehmlichkeiten zur Folge hat.«

»Bleibt nicht aus.«

Auch wenn er keine Miene verzog, war der spöttische Ton in Witzkes Stimme nicht zu überhören, die erste Emotion, seitdem Andreas Klosters sich zu ihm gesetzt hatte. Eine belebte Caféterrasse auf dem Kurfürstendamm, die Witzkes Grundsatz, sich nie im Amt zu treffen, dort nie gemeinsam gesehen zu werden, auf ideale Weise entsprach. Unübersichtliches Gedränge an den zahlreichen Tischen, genervte Kellnerinnen in weißen Schürzchen. Mit einer flüchtigen Handbewegung forderte er Klosters auf, fortzufahren, dem Bild jenseits der Akten Umriss und Tiefe zu geben.

»Andererseits bildet er sich ein, aus Verantwortungsgefühl zu handeln, sein Antrieb ist moralischer Natur und nicht der schnöde Mammon. Ich versuche, ihn darin zu bestärken, er liefert uns wichtige Informationen, die an höchster Stelle die entsprechende Resonanz finden. Treibt sich seit Jahren am Rand der Szene herum, ohne irgendwo wirklich dazuzugehören, in irgendeiner Gruppe mal längerfristig verankert gewesen zu sein. Wahrscheinlich stellt seine Besserwisserei ein Problem dar, obwohl er, soweit uns zu Ohren gekommen ist, bislang nie Misstrauen erregt hat. Für sie durchaus eine Figur mit Glaubwürdigkeit, diese acht Monate wegen schweren Landfriedensbruchs in Tegel. Über eine von den Knasthilfen da hat er Kontakt zu den Leuten bekommen, die wir beobachten, nimmt regelmäßig an deren Treffen teil, Hochbetten und selbstgezimmerte Möbel, das Übliche. Hangelt sich mit Sozialhilfe und Gelegenheitsjobs durch, da er nicht mehr der Allerjüngste ist, beschleicht ihn wohl ab und an der Eindruck, dass ihm die Felle wegschwimmen. Dann kriegt er was Kleinlautes, was ausgesprochen Mickriges. Ich bin mir nicht ganz sicher, aber ich glaube, er füttert gern mal einen Rotamint, Klimpermaschinen. Was die Übergabe von Barem betrifft, muss man allerdings aufpassen, er hat seinen Stolz, erwischst du den falschen Moment, ist er eingeschnappt wie eine Prinzessin, der du ein unsittliches Angebot machst. Alles in allem aber zu Größerem ausbaufähig, weil, ähm, meiner Ansicht nach war er in den letzten Tagen dicht dran, jetzt fehlt nur noch der entscheidende kleine Schritt über die Schwelle.«

»Sagten Sie bereits. Ein belauschtes Gespräch, ein Termin, eine Gruppe in der Gruppe. Und ich sagte Ihnen: Viel ist das nicht. Zu erfahren, wer einen U-Bahn-Automaten verklebt hat, ruft bei mir keine Begeisterungsstürme hervor. Um ehrlich zu sein, es ist mir völlig gleichgültig, so gleichgültig wie der berühmte Sack Reis in China. Selbst wenn sich Ihre Vermutungen bestätigen würden, geschenkt. Wir hätten nicht mehr als einen Fuß in der Tür, Sie sagen: immerhin, ich sage: Wir müssen mit unserem Wissen in den Raum hinein, darum geht's. Anknüpfungspunkte schaffen, das Spektrum Ihrer Möglichkeiten, ihres Denkens verdichten, bis es nur noch eine logische Abzweigung gibt. Die Notwendigkeit, das Äußerste zu wagen.«

»Acht Monate JVA sind eigentlich die beste Empfehlung. Waren ursprünglich zwölf, Barrikadenbau am Heinrichplatz, Steinwürfe. Jemand, der es ernst meint, jemand, auf dessen Erfahrungen man zurückgreifen kann, seine Standhaftigkeit vor Gericht. Strafnachlass gegen ein Geständnis hat er abgelehnt, obwohl sie ihm bewaffneten Aufruhr, Rädelsführerschaft, die ganze Palette anhängen wollten. Er aber schüttelt ruhig seinen Kopf und sagt: Nein, Leute, so kommen wir nicht weiter. Es ist doch klar, worauf die Entwicklung hinausläuft, die legalen Spielräume der Opposition werden verengt, bis schon bei Rot über die Ampel als terroristisches Delikt angesehen wird. Widerstand, um als Mensch zu überleben, diese Schiene. Ich bin dazu bereit.«

»Es muss klick machen. Einer geht voran.«

Witzke, der heute ein blaues Polohemd trug, stützte seine Ellbogen auf den Tisch und legte sein Kinn auf die gefalteten Hände. Schalte das Fernsehen ein, und du weißt, was ich meine, hör nur mal ihre Reden an, die jämmerlichen Phrasen, die sie dreschen, als würden sie sich in absoluter Sicherheit wiegen.

»Er hat das Thema auch schon von allein angesprochen«, sagte Klosters und ließ nach einem letzten Zug die Zigarette unter den Tisch fallen, wo er sie (mangels eines Aschenbechers) austrat. »Ihnen etwas vorzuschlagen, das sie beschäftigt. Das ihre Phantasie nicht mehr loslässt, weil es so folgerichtig erscheint. Ein Zeichen mit Außenwirkung, Flammen, die zum Himmel schlagen.«

Keine Regung bei Klaus Witzke. Unbewegt dasitzend in dem Gedränge und Geschiebe um sie herum wie eine Skulptur, den Kopf noch immer auf seine ineinandergelegten Hände gestützt. Mehr als ein Vierteljahrhundert Erfahrung in einem Gewerbe, das seine Mitarbeiter und Zuträger begierig verschlang, ein unstillbarer Hunger nach Opfern auf allen Ebenen, von dem niemand verschont blieb. Sich selbst unter keinen Umständen erpressbar zu machen, die wichtigste Regel des Spiels.

»Ich weiß, dass er über bestimmte Fertigkeiten verfügt.

Chemie, Physik, wie man ein Schloss mit Salpetersäure öffnet. Wie man ein Gelände erkundet, diverse Zündmechanismen. Er hat mir das praktisch angeboten, irgendeine Schulung, die er in den frühen Neunzigern durchlaufen hat.«

»Das ist Ihr Mann«, sagte Witzke und löste sich aus seiner Starre. »Sie haben den an Land gezogen, Sie haben einen Budgetrahmen, zu dem es in nächster Zeit keine Nachfragen geben wird, dafür garantiere ich. Besorgen Sie ihm, was er braucht. Ich sehe hier ein Projekt mit Wachstumschancen, eine Gruppe, die schon sehr bald die Zone der Sekundenkleber verlässt. Echte Ereignisse werfen ihre Schatten voraus. Weil sie sich blind vertrauen, nehmen sie Ziele in Angriff, die unerreichbar schienen, komplizierte Operationen.«

Klosters nickte. Überzeug ihn von seiner Bedeutung, dachte er, überzeug ihn davon, dass er allein dazu fähig ist, eine Aufgabe dieser Größenordnung zu bewältigen. Dass es um noch etwas anderes geht, als eine Sachbeschädigung aufzuklären. Eine politische Dimension, die ihm schmeichelt, unterwegs im Auftrag Ihrer Majestät, der Königin im Dämmerreich der Schatten.

»Gelegenheiten kreieren«, sagte Witzke und zog sein Portemonnaie heraus. »Gelegenheiten, bei denen man seine Aufrichtigkeit unter Beweis stellt.«

Er klemmte einen Fünf-Euro-Schein unter die Tasse. »Zahlen Sie, ja?«

»Mach ich«, sagte Andreas Klosters und blickte dem Chef nach, der sich Richtung Joachimsthaler Straße durch die Tische schlängelte, um in Null Komma nichts zwischen den Passanten zu verschwinden. Eine Begegnung, die nie stattgefunden hatte, nicht einmal in seiner Erinnerung.

Morgen wieder, dachte Nele, als sie mit ihrer Gymnastik fertig war, nur zehn Minuten nach dem Aufstehen, und dein Rücken bedankt sich. Dass man immer einen Anstoß von außen braucht, von selbst wird's nicht besser. Wie schludrig sie mit ihrer Gesundheit umging – bis es endgültig zu spät sein würde und sie unters Messer müsste. Davor hatte sie Angst, Angst vor dem Schnitt, Angst vor der Narbe, davor, sich mit dreiundzwanzig wie ein halber Krüppel zu fühlen. In der Dusche drehte sie sich prüfend vor dem Spiegel hin und her, verbog ihren Oberkörper, um sich ein Bild davon zu machen, was ihr in einigen Jahren vielleicht blühte. Ihr Cello hatte sie schon seit langem nicht mehr angerührt, doch das aus anderen Gründen.

Die Passage hatte drei Ausgänge, Eingänge, dachte er, Ausgänge, während er zugleich seine Schritte zählte. Von wo man kommt, wohin man will, reine Semantik. Fünfzig Schritte gleich vierzig Meter, rennend bräuchte man auf diesem Weg etwa sechs bis sieben Sekunden. Um den Block herum jetzt zurückgehen, die Joachimsthaler hoch bis zum alten Café Kranzler, dessen Rotunde sie in einem nostalgischen Anfall hatten stehen lassen, sich umschauen und dann im Strom der Besucher wieder hinein. Als würde man mitgezogen, einer von denen, die zum Shoppen gekommen sind, zum Gucken, zum Fotografieren – das halbrunde Gebäude auf der gegenüberliegenden Seite der großen Kreuzung, das wirklich wie eine Festung aussah oder wie so ein gewaltiger archaischer Tempel, dessen Kultstätte sich hinter einer monotonen Fassade aus Fenstern und senkrecht abfallenden Steinbändern verbarg. *Swissotel* stand oben in Leuchtschrift an der Dachkante, wahrscheinlich vollklimatisierte Zimmer, in die von außen kein Lärm, kein Straßengeräusch mehr hineindrang. Konferenzsäle und Bars, Geschäftsleute in der Lobby mit ihren Computern auf den Knien, transatlantische Schnittstellen. Auf einer riesigen elektronischen Leinwand an der Vorderfront des Hotels liefen Werbespots, ein synthetisch flammendes Rot, das sich über die Autos und Fußgänger ergoss, Sturzbäche anderer Farben, die genauso künstlich wirkten, sprechende Köpfe, deren Lippen sich stumm öffneten, Urlaubslandschaften, Mobiltelefone, Internetadressen – *ein Klick in Ihre Träume.*

Irgendein junger Mann, der weiter nichts zu tun hatte (würde man glauben), Jeans, bedrucktes T-Shirt, Umhängetasche, wandte seinen Blick von dem neuerrichteten Klotz schräg gegenüber ab, um inmitten zahlloser Passanten über den Kurfürstendamm zu schlendern, bis er zu der Ladenstraße kam, die einen gerade erst fertiggewordenen Komplex aus Glas und Stahl durchquerte. Zwei, drei Hochhäuser als Glaubensbekenntnis von Investoren an die Zukunft des Westens, urbanes Potential, das sträflich brachgelegen hatte. Sich auftürmende Attraktionen, deren Prinzip Transparenz war (keine Gewichte hier, die uns unnötig beschweren), Büro- und Geschäftspaläste mit Patios und Grünflächen, Coffee-shops und Boutiquen.

Er hob den Kopf, als betrachtete er die langgestreckten Fassaden, in denen sich die Sonne spiegelte. Wie ein Schiffsbug das eine Ding da, ein spitz zulaufender Riegel, der aus nichts anderem als Fenstern zu bestehen schien. Völlig leer, ein Potlatsch von Raum und Geld, Mittel, über die man nach Belieben verfügt. Die man verschwendet, wie es einem gefällt, für uns kein Thema. Nein, für euch nicht, neununddreißig, ihr könnt das, vierzig, genau einundvierzig Schritte von diesem Eingang bis zum Foyer der Fluggesellschaft, etwas kürzer als soeben die Strecke, jedoch mit deutlich weniger Optionen beim Abzug; hinten raus wäre man auf Holgers Vespa in Sekundenschnelle im Tiergarten, um sich vor dem Schleusenkrug unter die Gäste zu mischen. Details, die noch gründlich zu prüfen sind, Fragen des Wachschutzes, welche Bilder der Mall sie in ihrer Zentrale empfangen, ob's blinde Flecken gibt. Kamera eins war oben an einer Verstrebung auf die Drehtür gerichtet, Kamera zwei auf die Schaufenster, eine dritte hing gegenüber, neben der e-plus-Reklame, Nummer vier da, wo es durch eine Unterführung in den Innenhof mit den großen Volieren ging. Und natürlich, am letzten Haus der Passage eine Kamera für die Totale, für Aufnahmen des gesamten Bereichs im Miniformat, denen man auf gar keinen Fall entkommen würde.

Das Foyer war mit grauschwarzem Marmor ausgelegt, ein langer Empfangstresen aus demselben Material, ein Geprahle von Licht, das wie eine überirdische Erscheinung die metallisch schimmernden Lifttüren einrahmte. Als würde man gleich zu einer Begegnung der dritten Art hochgebeamt, sie sind da, sie wollen Kontakt. Mitten im Raum eine Stelltafel, auf der handgeschrieben ein sogenanntes Businesspaket angeboten wurde, erste Klasse – letzte Minute. Glänzende Lichtstreifen auf dem polierten Boden, links und rechts standen teure schwarze Lederbänke. Nimmt da jemals jemand Platz? Bitte warten Sie hier, bis man Sie zu Ihrer Abschiebung aufruft, vielleicht dürfen wir Ihnen in der Zwischenzeit einen Kaffee bringen, Tee, gut, wie Sie wünschen. Kein Zweifel, dass die Scheiben bruchsicher waren, ohne Frage eine Alarmanlage, die auf die leiseste Berührung reagierte, nicht mehr als eine, höchstens anderthalb Minuten Zeit, bevor die Security antanzt. Der Kranich Ihres Vertrauens, des Schreckens. Mit einem Knebel im Mund die Leute ins Flugzeug gesteckt und dann ab in die heimatlichen Folterkeller. Er holte sein Handy aus der Tasche und schoss im Gehen ein paar Fotos, im Café nach der Unterführung würde er sich das Wichtigste notieren.

Nachts wird es hier anders aussehen, dachte er bei einem Cappuccino, ohne die Menge der Passanten, die Gäste draußen vor den Lokalen, die ganzen Leute, die auf den Steinbänken des Innenhofs sitzen und den Vögeln in den Volieren zuschauen. Dutzende von flatternden Tieren in den beiden hohen Drahtkegeln, Sittiche und Zierenten, kleine Fasane. Am besten wäre es, abends noch einmal durch die Passage zu schlendern, heute oder morgen, als verliebtes Pärchen vielleicht, um die Standorte der Wachmänner in Erfahrung zu bringen. Falls sie dann überhaupt feste Standorte haben. Skizze. Möglicherweise käme man zur Not auch durch den dritten Ausgang raus, rüber zum Bahnhof Zoo und mit einem Regionalzug weg. Bis auf die Sekunde müssen die Abläufe koordiniert sein, keine Verspätungen und Zögerlichkeiten. Skimützen, weil mindestens drei der Kameras die Schaufenster im Fokus haben, Geschwindigkeit würde bei dieser Aktion so wichtig sein wie bei keiner zuvor. Und das Risiko nicht mit dem der anderen Geschichten zu vergleichen. Aber hier wäre die symbolische Wirkung am größten, im Herzen des städtischen Umbaus, der Vision eines Systems ohne Reibungsverluste. Dem Nervenzentrum ihres neuen Kapitalismus. Selbst wenn sie es totschweigen werden, wir waren da, wir kommen wieder, das Gewissen der Menschheit.

Als Christian am Friedrichstadtpalast vorbeifuhr, klingelte das Telefon in seiner Hosentasche. Ein schnarrender Klingelton, als handelte es sich um einen Apparat aus einem alten Hollywoodfilm, ein Geräusch in Schwarzweiß, Nahaufnahme. Er hielt an und meldete sich:

»Eich.«

Man sei sich schon begegnet, sagte die Stimme am anderen Ende der Verbindung, nachdem sie ihren Namen genannt hatte, bei dieser oder jener Gelegenheit, nur in der Redaktion damals leider nicht.

»Richtig. Und jetzt ist es irgendwie zu spät.«

Der Mann lachte. Eine Art Lachen. Man solle nie zu spät sagen, jedes Ende wäre auch ein neuer Anfang. Ob er ein wenig Luft habe.

»Ich habe um zwölf einen Termin«, sagte Christian und sah auf seine Uhr. Sehr glaubhaft.

Gut, er mache es kurz, ein Magazin, dessen Schwerpunkt auf der bildenden Kunst liege. Wie man wisse, erlebe die Malerei im Augenblick ja eine Renaissance, die Gegenwartskunst überhaupt, die boome beispiellos, und es sei an der Zeit, diesen Trend publizistisch aufzugreifen. Und vom Konzept her an Themen zu binden, die man normalerweise unter, er möge sich jetzt nicht an dem Wort stoßen (welches Wort?), unter Lifestyle verhandele, allerdings, das betone er ihm gegenüber ausdrücklich, immer im Rahmen aktueller Diskurse, Stichwort Bio, Stichwort Jobs im Netz, um nur mal zwei zu nennen (er verlor für einen Moment den Faden), also immer im Rahmen angesagter Debatten, die man monatlich, natürlich mit den entsprechenden Bildstrecken, breit präsentieren werde.

Christian wischte sich mit dem Handrücken Schweiß von der Stirn.

»Sie machen mich neugierig.«

Das höre er gern. Besonders erfreulich sei, dass die Finanzierung stehe, man würde mit Hochdruck der Nullnummer entgegensteuern. Ein neues Bedürfnis nach Orientierung, ein erstaunlich großes Segment, das bisher kein Printmedium abdecken würde, Art and Fashion, Art and Politics. Ob er, Christian Eich, sich nicht vorstellen könne, er komme zum Punkt, sich hier zu engagieren (reizende Formulierung), man sei thematisch absolut offen für Vorschläge, eine Reportage, vielleicht ein Gespräch mit einem Künstler. Er habe schon lange an ihn gedacht, aber er wisse ja selbst, wie das laufe, die Arbeit fresse einen auf.

Ihm zuzustimmen verbot sich. Christian lehnte das Fahrrad an einen Pfosten. Vor dem Revuetheater auf der anderen Straßenseite parkten Reisebusse aus der Provinz, neueste Fahrzeuge mit getönten Scheiben. Mitten in der Woche Matineen? Er hörte seinen Namen.

Ob er noch dran sei, hallo …

»Ich bin hier.«

Man einigte sich auf ein kleines Funkloch.

»Klingt sehr spannend. Wann soll es denn losgehen?«

Man habe, verstand Christian nach einem Räuspern, den mittleren September ins Auge gefasst, was als erstes Erscheinungsdatum, zeitnah zur Messe in Berlin, optimal sei, im Moment beziehe man neue Redaktionsräume, an die gerade letzte Hand gelegt werde. Eventuell könne man sich einmal treffen.

»Gerne.« (Der hat Geld, das ist bekannt.)

Wie es mit nächster Woche sei, Christian möge doch in seinen Terminkalender schauen.

»Sekunde, ich könnte …«, er sah einer Reihe Mannschaftswagen hinterher, die mit rotierenden Blaulichtern, aber ohne Sirenen, in Richtung S-Bahnhof fuhren, irgendwas ging da ab. »Montagmittag?«

Perfekt, sagte der andere, er schlage die Morena-Bar vor, dieses Café am Spreewaldplatz, ob er das kenne?

»Neben dem Schwimmbad, oder?«

Man habe sich nämlich in Kreuzberg niedergelassen, weil man nur dort ideale Arbeitsräume gefunden habe, schon von der Größe her. Sei ein Uhr passend?

»Um eins in der Morena-Bar, ich freu mich.«

Er auch, und dann ein leises Summen im Telefon.

Dekoration, dachte Christian, die man geadelt haben will, Acrylpanoramen über Designersofas. Wie kommt der auf mich, bin ich so runter? Sich eine mobile Eingreiftruppe halten, die man nach Bedarf aktiviert. Die Frage war, bis wohin man ihn hochtreiben konnte, jedes einzelne Wort müsste teuer bezahlt sein. Wenn alles egal geworden ist, kein Ruf, den man noch zu verlieren hätte.

Er stieg auf sein Rad, fuhr über die Weidendammer Brücke, stieg bald wieder ab, weil sich der Verkehr staute, anscheinend hatten sie die Straße vor dem Bahnhof gesperrt. Auf dem Bürgersteig dichtes Gedränge, offenkundig ließ man auch keine Fußgänger durch. Ein paar Autofahrer standen neben ihren Wagen, andere hupten, während weiter vorne die ersten schon wendeten und ihnen entgegenkamen. Zerlumpte Gestalten, die auf dem schmalen Rasenstück am Tränenpalast ihr Lager hatten, schnorrten die Passanten an, Hunde, die überall herumwieselten. Das war eine Gelegenheit, dafür lohnte es sich, kurz aus dem Tran zu erwachen, in dem sie hier ihre Tage und Nächte verbrachten. Wenn ihre Kleidung nicht so abgerissen und sie selbst nicht so schmutzig gewesen wären, hätte man sie Punks nennen können, Punks, die das Leben auf der Straße in Penner verwandelt hatte, manche weit jenseits der dreißig, manche kaum aus den Kinderschuhen heraus. Nietengürtel und bemalte schwarze Schnürstiefel, Jeans, die oft nur noch von Löchern zusammengehalten wurden. Zahllose Flaschen lagen auf dem sandigen Gras verstreut, vor Dreck starrende Schlafsäcke sah man, Plastiktüten, einen Campingkocher. Leere Dosen. Ein paar Gestalten schliefen wie betäubt in dem ganzen Durcheinander, ein Mann mit komisch verdrehten Gliedern unter der grünen Zeltbahn, die sie zwischen den krüppligen Bäumen aufgespannt hatten. Pappkartons, eine Hündin, die ihre Welpen säugte.

»Hab' nichts«, sagte Christian, als ihn jemand anschlauchte. »Eh, lass mich in Ruhe.«

Er schob sein Fahrrad weiter durch die Menge, um schließlich, wie alle anderen, von einer Polizeikette gestoppt zu werden. Ihre Ausrüstung – Schulterpolster und Beinschienen, glänzende Brustpanzer – verlieh den Männern und Frauen hinter den durchsichtigen Plastikschilden etwas Insektenhaftes, Chitinwesen, die hier regungslos stehen, weil es ihnen der Space commander befohlen hat. Es hörte sich plötzlich so an, als würde in der gläsernen Bahnhofshalle über der Friedrichstraße durch ein Megaphon gesprochen, dann ertönten Sprechchöre, von denen man aber keine Silbe verstand, rhythmisches Klatschen. Die müssen aufpassen, dass die Bullen den Sack nicht von unten zumachen, obwohl, der Bahnhof war groß genug, um sich irgendwohin zu verdrücken, Rolltreppen, Ausgänge nach allen Seiten.

Ein Polizist mit einem Funkgerät in der Hand verneinte seine Frage, an dieser Stelle käme man jetzt nicht durch, nein, zurück.

»Ich will in dem Kaufhaus da vorne nur 'ne Platte kaufen.«

»Zurück.«

Scheinbar fiel es ihm schwer, in ganzen Sätzen zu reden, die Anspannung, die Hitze. Ausgerechnet bei dem Wetter zu demonstrieren, unverschämt. Und nützen tut's auch nichts, alter Erfahrungswert. Christian schüttelte den Kopf und drehte sein Fahrrad um, längs der Spree also über den Weidendamm, einfach lächerlich, so viel Aufwand

Morgens wusste Jakob manchmal nicht, welcher Wochentag war, ob er eine Veranstaltung hatte, Catherine in die Kita bringen musste, was überhaupt. Ein dumpfes Gefühl, als würde er Styropor im Kopf haben, der einfachste Gedanke eine Anstrengung, die ihn beinahe überforderte. Todmüde und hellwach zugleich, schon Minuten bevor der Wecker klingelte. Frühstück machen, sich mit Catherine beschäftigen, zusehen, dass sie angezogen war, während Severine im Wohnzimmer auf der Couch saß und den Kleinen stillte. Nach solchen Nächten hatte man Hunger, das blieb nicht aus. Er trank einen Tee, schnitt für Catherine einen Apfel klein, toastete sich zwei Scheiben Weißbrot – die er dann aber doch nicht aß, nicht jetzt. Nein, er würde ihr nichts vorlesen, nein, keine Kassette, ja, guck dir meinetwegen das Buch an, ja, da sind schöne Bilder drin. Der Vortrag, einkaufen für die Party. Würde schon gehen, hatte er zu Severine gesagt, sollen wir wegen Mathieu unser ganzes Leben umkrempeln, Herrgott, ich werde mich im Fall des Falles um ihn kümmern. Außerdem wäre allen klar, dass es dieses Jahr einen zeitlichen Rahmen gebe, sozusagen, écoutes-moi, keine Feier bis tief in die Nacht, kein Schlachtfeld hinterher in sämtlichen Räumen. Er schrieb eine Getränkeliste (für Severine und Corinna alkoholfreien Sekt), eine Liste mit den Zutaten für die Gulaschsuppe und die Salate, überschlug die Kosten, entschied, dass er die Einkäufe besser allein erledigte, am besten, nachdem er Catherine in der Kita abgeliefert hatte. Zwischendurch ein, zwei Espresso und bei Drospa Aspirin kaufen, die große Packung im Bad war schon wieder leer, langsam erschreckend.

Als er zurückkam, lag ein Zettel auf dem Küchentisch: *Ich bin mit Mathieu bei Corinna, wir holen Catherine später ab, Kuss,* er schrieb auf die Rückseite: *Ich bin in der Uni, bis heute abend, fünf Küsse,* dann trug Jakob die Sachen aus dem Auto hoch und verstaute sie, wo Platz war, Bier und Wein, Sekt, Fruchtsäfte, ein Netz voller Knabberzeug. Sechs Mal vier Treppen, Möbelpacker eher ein Beruf für die kühleren Tage.

Nachdem er geduscht hatte, zog er sich ein frisches Hemd an und packte ein paar Bücher ein, den Computer, die ausgedruckten Fragmente des Tagungsvortrags. Der noch ein ziemliches Stück Arbeit wäre, ungeübt in Festreden, wie man war. Was aber keineswegs heißen durfte, auch nur einen Fußbreit Boden preiszugeben, die Höhe der Theorie – für eine Literatur des Krieges. Penthesileas Umherirren über die Schädelstätten des Staates, ein intensives Sprechen aus der Vernichtung gegen die Vernichtung. Jakob steckte eine Flasche Mineralwasser in eine Plastiktüte, zwei Äpfel, ein Briefchen Streichhölzer, das neben dem Herd lag. Er hatte an der Kasse des Getränkemarkts nicht widerstehen können und eine Packung Zigaretten aus dem Regal genommen, Severine bräuchte davon nichts zu erfahren. Doch im Augenblick schien sich alles zu häufen, eine Stressphase, die durchgestanden werden musste. Im Büro schön eine rauchen. Und ausschließlich im Büro.

Drei Zigaretten bis zum späten Nachmittag, das war vertretbar. Zumal, wenn die Arbeit vorangeht, wenn aus Bruchstücken ein Zusammenhang wird, durch den sich ein Sinn zieht. Fluchtbewegungen, scheiternde Fluchtbewegungen, Massaker. Hier könnte man morgen weitermachen. Jakob druckte aus, was er geschrieben hatte, und zündete sich eine letzte Zigarette an, Nummer vier, aber das hatte er im Griff. Unter Kontrolle, dachte er, kein Problem. Bevor er nach Hause ging, schickte er noch eine Literaturliste weg, die er Nele gestern (war das gestern?) versprochen hatte, eine Kopie seiner Datei zu Jean Paul. Aber verzettele dich nicht, riet er ihr, viele Texte dürften dir aus unserem Seminar bekannt sein. *PS: Freitag ist bei mir eine Party, hast Du nicht Lust, zu kommen? Mein Geburtstag, aber bitte keine Geschenke. Ich würde mich freuen, Dich zu sehen, Jakob. PPS: Ab acht.*

Wenigstens eine Person unter dreißig, oder wie alt sind

Corinna und Sven? Sonst bleibt man wieder nur unter sich. Auch so eine Aussicht, die man am liebsten nicht wahrhaben will.

Der Tag war gut gelaufen. Wie sie es sich ausgemalt hatte, genau nach Plan. In sechs Monaten sollte die Arbeit fertig sein, mit der entsprechenden Disziplin ließ sich das schaffen. Was an Material auf ihrem Computer war, an handschriftlichen Entwürfen für die einzelnen Kapitel in verschiedenfarbigen Schnellheftern, die Zitatensammlung in einem Karteikasten, reichte von der Menge her mehr als aus, um hundert Seiten zu füllen – eigentlich handelte es sich eher darum, den ganzen Stoff zu sortieren, das im Moment Brauchbare vom Rest zu trennen. Den man sich aufheben könnte für später, für eine Dissertation oder so etwas. Falls es Jakob mal gelingt, eine Professur zu erobern, irgendwo. Aufstehen, Gymnastik, vier bis fünf Stunden an den Bildschirm, draußen Pause machen, dann weiter. Unterbrechungen vermeiden, das Telefon aus der Wand. Alles andere müsste in den nächsten Wochen zurückstehen, abgesehen von den beiden Nachmittagen in Zechbauers Archiv und den Vorbereitungen für die kurze Reise in die Schweiz, ein paar Treffen, die unumgänglich wären. Wenn sie dafür kein Verständnis haben, bitte, ich bin nicht mit euch verheiratet. Kann auch in die Staatsbibliothek, dachte sie, mich in den Lesesaal setzen, wenn mir zu Hause die Decke auf den Kopf fällt. Wenn es wieder schwierig wird mit der Konzentration und dieser Bedrückung, die ihr manchmal auf den Leib rückte, als würde sie ständig in einem Winkel des Zimmers hocken und nur auf den richtigen Zeitpunkt warten. Um hervorzuspringen. Wie aus heiterem Himmel eines Tages beim Spielen auf ihrem Cello, ein übles Gespinst, das ihr die Luft zum Atmen nahm. Es einigermaßen in Schach zu halten, hatte sie inzwischen gelernt, überwinden ließ es sich nicht. Ins Freie zu gehen half meistens schon, sofort auf die Straße, sobald sich die geringsten Anzeichen bemerkbar machten.

Sie stellte einen Topf Wasser auf den Herd, um Nudeln zu kochen. Taglioni mit Bärlauch-Pesto, das Glas Wein, das ihr heute zustand. Den ersten Abschnitt einer selbstauferlegten Strecke bewältigt zu haben erfüllte Nele mit Genugtuung, mit einem lange vermissten Gefühl von Ruhe und Vollständigkeit. Wie früher, wenn sie beim Üben endlich etwas zuwege brachte, an dem sie scheinbar ewig herumprobiert hatte, eine Tonfolge, einen Bogenstrich, einen Klang, der in ihren Ohren wirklich rein war. Körperlos in einer absoluten Zeit, fast nicht erträglich. Mitunter so beängstigend, dass sie sich fürchtete, in dieser Empfindung gefangen zu bleiben. Es nicht zu übertreiben, warnte sie sich damals selbst, es zu lassen, wenn die Musik sich ihrer Beherrschung entzieht. Ihr die Kehle zuschnürt. Dann besser ganz aufhören, weil der Sinn der Sache ein anderer ist. Das jedenfalls nicht.

Beim Essen blätterte sie durch eine Programmzeitschrift, Musik, Theater, Kinos in alphabetischer Reihenfolge, etwas Besonderes heute? Das fsk hatte den Vorteil, um die Ecke zu liegen, aber sie hatte die Filme bereits gesehen. Im Eiszeit kam nichts, was sie interessierte, auch nicht im Babylon. Bliebe das Arsenal als letztes im Radius ihrer noch vorhandenen Energie, Saal eins lief schon, Saal zwei fing erst in einer Stunde an, und was, ah, ein Film von Gianni Amelio, den sie nicht kannte, zudem auf italienisch, wunderbar, *Porte aperte.* In Rom hatte Francesca aus dem Zimmer nebenan sie spontan zu *Lamerica* ins Azzurro Scipioni mitgenommen, und sie waren beide so aufgewühlt gewesen, dass sie nach der Sperrstunde vor dem geschlossenen Café in der

Via dei Volsci weiterdiskutierten, halb italienisch, halb französisch, weil es nicht denkbar war, einfach so ins Wohnheim zurückzukehren. Zum Schluss die Gesichter der Albaner auf dem haarsträubend überladenen Dampfer, Großaufnahmen von einzelnen Flüchtlingen, die sie aus der Menge heraushoben, sie aus einer Schlagzeile wieder in Menschen verwandelten. Die Werkschau war fast schon vorbei, sonst hätte sie sich alle Filme von Amelio angesehen, ganz klar.

In einem riesenhaften Atrium fuhren ein paar gläserne Aufzugkabinen aus dem Untergeschoss des Sony Centers beinahe geräuschlos nach oben, krank, dachte sie nach der Vorstellung, ausgerechnet hier die besten Filme zu zeigen. In den Katakomben der Hochtechnologie, digitalisierte Bilder. Pachtverträge und Baugenehmigungen gegen ein bisschen Kultur über den Parkdecks. Nele schloss ihr Fahrrad auf, das sie an eine glänzende Metallstange vor dem Foyer der sanofi~synthelabo gekettet hatte, einem jetzt menschenleeren, von kaltem weißen Licht durchfluteten Raum.

Woran erinnerte sie sich? Szenen aus den dreißiger Jahren, ein Richter, der den Mord an einem faschistischen Funktionär aufzuklären hat. Und allein mit seiner Tochter in einer großen Wohnung lebt, deren Jalousien zum Schutz vor der Sommerhitze immer heruntergezogen sind. Eine Atmosphäre, die so dunkel war wie die Zeit der Handlung, von wegen *Porte aperte,* offene Türen, was in ihren Ohren wie ein zynischer Kommentar zu dem Dickicht aus Korruption und Eifersucht klang, in dem sich der Mann bei seinen Ermittlungen immer weiter verfing, bis er es schließlich aufgab, aufgeben musste, die wahren Schuldigen vor Gericht zu bringen. Gian Maria Volonté, so hieß der Schauspieler, kettenrauchend in einem undurchdringlichen Herrschaftsgefüge. Verbrechen, die von ganz oben gedeckt werden, man kennt sich, man krümmt sich kein Haar. Nach dem Hochhaus, das wie ein alter Wolkenkratzer in Chicago aussah, bog Nele in die Stresemannstraße, um ganz ohne Eile nach Hause zu rollen. Knirschender Kies unter ihren Rädern, als sie am Kanal entlangfuhr, auf der Rasenfläche am Urbankrankenhaus saßen und lagen noch einige Dutzend Leute, Musik aus Rekordern, Gelächter, Gewisper, und dann das Aroma von Würstchen und Holzkohle um sie herum in der warmen Luft.

Schön, wenn man jemanden hat, mit dem man in solchen Nächten zusammensein kann. Mit dem man einschläft, in dessen Armen man morgens erwacht, um sich sofort wieder zu lieben. Aber nicht, weil man fälschlicherweise glaubt, dass es zu zweit einfacher ist, dieses groteske Märchen. Oder bloß aus Lust, wie mit Marcello, der es nachher nicht auf die Reihe kriegt und einen nun ohne Ende belästigt. Am Polizeicontainer vor der Kreuzberger Synagoge stieg sie vom Rad und schob es auf den hellerleuchteten Imbiss-Pavillon am Kottbusser Damm zu. Sie hatte kein Mineralwasser mehr zu Hause, und sie war durstig. Als sie vor ihrer Tür stand, hatte sie die Flasche schon halb ausgetrunken.

Es war nicht nur die Leere, die jedes Geräusch zu verstärken schien, auch die Dunkelheit. Alles hörte sich jetzt doppelt so laut an wie gewöhnlich, jeder Schritt, jede Tür, die hinter ihm ins Schloss fiel. Im Saal setzte er sich in die letzte Reihe und lauschte. Manchmal knackte es irgendwo, als würde in den hohen Wänden, in der Decke, im Boden eine Spannung sein, die sich nachts entlud. Ein unerwartetes Ächzen des Balkons, der an seinem eigenen Gewicht schon schwer genug zu tragen hatte. Tonnen von Materie über seinem Kopf, eine Batterie Scheinwerfer, Lautsprecherboxen, aus denen die Stimme bei der Arbeit mit Mikrophonen und Headsets leicht verzerrt zur Bühne zurückhallte wie ein zweites, sich im Hintergrund des Raumes verbergendes Ich. Ein anderes Ich außerhalb des Körpers, das den Bruchteil einer Sekunde später wiederholte, was man gerade gesagt hatte. Du spinnst, war die dumme Antwort Igors gewesen, als er ihn einmal auf diese absolut unbestreitbare Tatsache hinwies. Eine spitze Stimme, nicht wirklich laut, aber mehr als deutlich wahrzunehmen. So ähnlich wie das Notlicht über den Türen, das im Dunkeln kleine flackernde Kränze bildete, die man von weitem sah. Von jedem Platz im Parkett aus, stets in der gleichen Stärke.

Die Vorstellung, allein im Theater zu sein, hatte ihn von Anfang an gefangengenommen, hatte seine Phantasie in Gang gesetzt wie kaum etwas in den Wochen zuvor. Mochten die Kollegen reden, was sie wollten, er wusste Bescheid, über sie und über sich. Das heißt, er wusste, dass sie alles bestreiten würden, seine Erkenntnisse abtun als Einbildung, die man getrost ignorieren könnte. Weil sie unter einer Decke steckten mit den Technikern, mit den Beleuchtern und der Inspizientin, die sie anleitete, zu lügen, zu leugnen, dass es sich nicht um Rückkopplungseffekte oder normale akustische Verzögerungen handelte, sondern um Personifikationen, die einem buchstäblich jede Silbe nachsprachen. Im Mund umdrehten, auf Überwachung und Zersetzung programmiert, praktisch seit Februar, und zwar unabhängig davon, ob sie *Trainspotting* oder *Hedda Gabler* spielten.

Er stand auf und ging langsam zur Bühne, die offen und leer vor ihm lag. Seine Augen hatten sich inzwischen an die Dunkelheit gewöhnt wie in einem übergroßen, von schweren Gardinen verschatteten Zimmer. Heller als das Treppenhaus ohne Fenster, heller auch als die Garderobe, in der er neben dem Schrank gewartet hatte, bis der Pförtner seine Runde beendet hatte und nach Hause gegangen war. Nicht klar, ob er dazugehörte, man müsste ihn beobachten, um keine Möglichkeit leichtfertig auszuschließen. An der Rampe blickte er in den Schnürboden hoch, zu den Metallstegen, auf denen die beiden Lichtleute während der Vorstellung hin und her krochen, wahrscheinlich spezielle Signale an die Stimmen-Ichs sendend. Er holte den Flachmann mit Cognac aus seiner Jacke und trank einen Schluck. Das war die Erklärung für seinen Zusammenbruch, und nicht Überarbeitung oder was sie in der Klinik sonst noch behauptet hatten, die Damen und Herren Experten. Damals schon die Idee, dass es irgendwelche Verabredungen gab, die ihn betrafen, bestimmte Blicke und Handzeichen, die sie dauernd hinter seinem Rücken austauschten. Lachhaft, ihm zu unterstellen, er sei eine Art Alkoholiker, der seine fünf Sinne nicht mehr beisammenhätte und grundlos auszucken würde. Wichtig war vorerst, sie in dem Glauben zu lassen, er habe nicht die geringste Ahnung von den Manövern, die ihn in den Wahnsinn treiben sollten.

Er klopfte Wände ab. Er löste hinten im Saal unter den Sesseln ein Stück Fußleiste vom Boden und stocherte mit seinem Taschenmesser in dem so entstandenen Hohlraum herum. Er stieg auf die Lichtbrücke über der Bühne und tastete einen dicken Kabelstrang entlang, der sich vom Mischpult aus zu den einzelnen Scheinwerfern verzweigte. Auf einer schmalen Leiter kletterte er dann zu der Plattform hoch, wo sich die Steuerung für die Seile befand, eine mit beschriftetem Kreppband versehene Tafel voller Schalter. Er zündete ein Streichholz an und las die Kürzel, *Hydr. 1, Hydr. 2, Hydr. 3, seit.-Kul. I–IV* ... zahlreiche Spuren, die es zu sichern galt, bevor sie wieder verwischt würden, neue Befehle und Frequenzen. Schweiß lief durch sein Gesicht, es war drückend heiß hier oben unter dem Dach. Doch die Arbeit musste getan werden, ein System, das ihr System von innen zerstörte. Und der Kampf hatte gerade erst begonnen, er würde noch manche Nacht brauchen, um sämtliche Winkelzüge ihres Komplotts aufzudecken. Wo sie die Sender und Antennen versteckt hatten.

Seine Uhr zeigte kurz nach vier an, als er zurück in die Garderobe ging. Er war betrunken und hundemüde, die Kletterei hatte ihn nicht wenig Kraft gekostet. Aber sein Gefühl sagte ihm, dass er auf dem richtigen Weg war, ein Weg, der ihn früher oder später ans Ziel bringen würde. Jetzt schon die Presse zu informieren ergab keinen Sinn, die Entlarvung müsste mit einem Paukenschlag erfolgen, der jeden wachrüttelt, der bisher Zweifel daran hatte, dass sie unter uns sind.

Er zog sich das Hemd aus und rubbelte sich mit einem Handtuch trocken, das auf dem Schminktisch lag. Trank die Flasche leer. Um elf war Probe, solang könnte er hier schlafen und sich ausruhen von der Anstrengung der letzten Stunden.

Stimmen hinter der eigenen Stimme, eine elektrische Spannung, die Wellen von Ton als bläulich zitternde Linien hervorruft.

Alles darüber zu wissen war bedeutend. Realität.

In ihre geheimen Schichten einzudringen.

Unabdingbar, um auf dieser verrotteten Welt zu überleben.

Das wird teuer, war Christians erster Gedanke, als beim Frühstück im Letscho die Krone über dem Backenzahn abbrach. Ganz ohne Vorzeichen, ohne sich je durch Wackeln oder Schmerzen bemerkbar gemacht zu haben, es knirschte nur, und dann lag da dieses Porzellanteilchen zwischen zerkautem Schinkenbaguette auf seiner Handfläche. Teuer, selbst wenn er noch krankenversichert gewesen wäre. Zumindest sah man's von außen nicht, wie er später vor dem

Spiegel im Bad zu seiner Erleichterung feststellte. Die Krone provisorisch wieder einzusetzen misslang ihm, er wickelte sie in ein Papiertaschentuch, das er zu den Toilettensachen in die Lidltüte steckte. Vielleicht noch zu verwenden, vielleicht müsste gar keine neue angefertigt werden. Wenn die Dinge in Zukunft ein einziges Mal so liefen, wie es ihm zu wünschen wäre.

An seinem Tapeziertisch nahm er ein Blatt Papier aus dem Drucker und teilte die Fläche mit einem Kulistrich in zwei Hälften. Links schrieb er untereinander hin: Miete (2x), Paris, Zug nach Kassel (sofern sie keinen Vorschuss zahlen), Zahn, und rechts: Katalog Winterthur (700), Honorare für 1. Mutantenkongress, 2. Theatertreffen, 3. Galerieeröffnung, Restaurantführer (?). Absolut schwer zu berechnende Größen. Falls Jens sich auf eine wöchentliche Auszahlung einließe, am besten in bar, hätte die Volksbank keine Chance, mit seinem Geld das Konto auszugleichen. Ihr ständiges Gerede von der Kreditlinie, die nun erreicht sei und keine weiteren Transaktionen erlaube. Überhaupt absurd, bei zweitausend Euro von Kreditlinie anzufangen, allein schon das Wort, das für ganz andere Summen gedacht war. Zwanzigtausend. Oder eine Million. Hast du bei denen Millionenschulden, wirst du zur Privataudienz empfangen, Bedenkenträger unter sich, die aus tiefer Sorge um die Arbeitsplätze nach einer Lösung für die bedauerliche Schieflage suchen. Polo-Kombi statt Mercedes, ein erster Schritt aus der Krise.

Sollte das Treffen in Paris, oder irgendeinem anderen Ort in Frankreich, wirklich klappen, müsste Geld her, ein Auto, womöglich ein französisches Handy. Insbesondere letzteres, um die Verbindung nie abreißen zu lassen. Eine Prepaid-Karte von deren Telefongesellschaft, so was wird es ja wohl geben. Christian faltete das Blatt und steckte es in seine

Hose. Als ob es eine Bedeutung hätte, Notizen, auf die er bei Verhandlungen am Nachmittag zurückgreifen wollte. Dann versuchte er erneut, Gregor Conrad anzurufen, aber wie gestern und vorgestern meldete sich nur die synthetische Frauenstimme, dieses allgegenwärtige Mailbox-Gespenst. Er wiederholte, um was es ging, und sprach dann seine Nummer aufs Band, *wenn das Zimmer noch zu haben ist, würde ich gerne mal vorbeikommen.* Was treibt der den ganzen Tag, Platten hören? Kein Wunder, dass es bei ihm mit Beziehungen mau aussah, wie hatte Vera gesagt, kein Fünkchen Potential, Beziehungspotential? Was sie damit meinte, konnte man sich denken, sie selbst war beziehungstechnisch jedoch nicht unbedingt ein Vorbild. Binnen kurzem Abstoßungsreaktionen wegen Unverträglichkeit der Gewebe, Patient fällt ins Koma. Aber immer noch besser als ein bei vollem Bewusstsein ertragenes Siechtum ohne Aussicht auf Heilung. Und genau darauf würde es auch mit Constanze Erdinger wieder hinauslaufen, du Illusionist. Vergiss es.

Christian schaltete den Computer an und legte eine CD ins Laufwerk, Bright Eyes. Nach dem ersten Stück begann er zu schreiben, er würde den Tisch nicht verlassen, bis das Kapitel fertig war. Oder sagen wir, bis es heute abend Zeit wird, zu gehen.

»Jakob hat noch genug in der Küche zu tun«, sagte Severine und lotste Christian ins Wohnzimmer, wo sie ihn (mit sanftem Druck) auf dem schwarzen Ledersofa Platz zu nehmen hieß.

»Bier?«

»Warum nicht?«

Als sie mit der Flasche zurückkam, setzte sie sich neben ihn und forderte ihn auf, mit ihr anzustoßen.

»Alkoholfrei«, sagte sie und schnitt eine Grimasse in seine

Richtung, bevor sie das Sektglas auf dem niedrigen Glastisch vor ihnen abstellte.

Gegenüber eine ganze Wand mit Büchern, schwarze Holzregale, in denen sie ordentlich in Reih und Glied standen, unten die Kunstbände und Kataloge. Ausstellungen, die sie gemeinsam besucht hatten, Cy Twombly und Paul Klee.

»Geht's dir gut?«

»Soll ich klagen?«

»Darfst du ruhig.«

»Ein bisschen verpeilt«, sagte Christian. »Als hätten sie überall die Straßenschilder vertauscht. Man weiß im Prinzip, wo man ist, aber es heißt plötzlich anders.«

»Ich muss dir jetzt nicht folgen können, oder?«

Sie lehnte sich zurück und wandte ihm ihr Gesicht zu.

»Schön, dich zu sehen.«

»Ich sehe schrecklich aus.«

»Du siehst schrecklich sexy aus.«

»Weil du auf Frauen mit Ringen unter den Augen stehst, die mitten im Gespräch einschlafen.«

»Glaubst du, das passiert mir?«

»Natürlich nicht«, sagte Severine und strich durch seine Haare. »Ich höre so wenig von dir. Ich höre von Jakob immer nur, er ist unterwegs, er schreibt, er treibt sich rum.«

»In Jakobs Augen treibe ich mich also rum.«

»Entschuldige, das war das falsche Wort. Du bist umtriebig, sagte er.«

»Ich treibe mich rum«, sagte Christian, »bleiben wir bei der Wahrheit. Ich dreh mich im Kreis, renn vor die Wand, was gibt es noch ...«

»Du *bist* irgendwo vorgerannt.«

»Das sollten wir aber nicht symbolisch betrachten. Fällt die Narbe eigentlich sehr auf?«

»Man muss schon genau hingucken, keine Sorge.«

»Wenn du es sagst...«

Severine lächelte. Ihr Normandielächeln, wie Christian es für sich nannte, seitdem er sie zum ersten Mal bei Jakob gesehen hatte, sommersprossig, blauäugig, mit rotblonden Locken um ein längliches helles Gesicht herum. Wie Sandrine Kiberlain in *Haben und nicht haben,* hatte er gedacht, keltisch oder so. Frau im Sturm am Meer.

»Ich bin gerade an einer Sache dran, die ich für groß halte, das Problem ist nur, ich bin wahrscheinlich der einzige, der das glaubt. Fasziniert mich aber wie schon lange nichts mehr. Leute, die vor zwanzig oder dreißig Jahren Risiken eingegangen sind, die sie heute wieder verfolgen. Hat Jakob was erzählt?«

Severine schüttelte den Kopf.

»Es ist auch noch gar nichts spruchreif. Eine Reihe von Elementen, die man verknüpfen muss, um zur richtigen Zeit am richtigen Ort zu sein. Nachforschungen, von denen niemand etwas erfahren sollte, bis man eine der gesuchten Personen gefunden hat und sie befragen kann. Wie es ist, mit einer Geschichte zu leben, die jeder sonst vergessen hat. Oder nicht mehr wahrhaben will. Ausradieren und umschreiben, das Übliche.«

»Es handelt sich um Politik.«

»Politik und Psychologie. Um ein System der Verschwiegenheit und des Überdrucks. Vor allem Verschwiegenheit.«

»Ich schweige«, sagte Severine, »über meine Lippen kommt kein Ton.«

»So meinte ich das nicht.«

»Egal.«

Sie küsste ihn auf die Wange, sah ihn aus ihren blauen Augen mit einer Miene voller Zuneigung an, einer Empfindung von Zärtlichkeit, wie sie zwei füreinander haben, die nie ein Paar werden konnten (oder in irgendeiner ungewissen Zukunft noch werden könnten), aus welchen Gründen auch immer. Nicht zum ersten Mal dachte Christian, dass Jakob in Paris das große Los gezogen hatte, als er Severine in der Cité Universitaire begegnet war und sie von einem Tag auf den anderen wussten, dass sie zusammengehören. Ein Kontinent alltäglicher Besorgungen und Erlebnisse, intimer Gemeinschaft. Kinder, für die man wie selbstverständlich Verantwortung trägt, ein Ferienhaus an der Ostsee und Weihnachtsabende mit Geschenkpapier und echten Kerzen. Ob man zu so einem Leben geboren wird? Es Vorsehung ist?

»Im übrigen«, sagte er, »bin ich wieder im Führergeschäft gelandet, erinnerst du dich an unseren Ausflug aufs Land?«

»Wir haben mehr als einen Ausflug aufs Land gemacht.«

»Uckermark, die Bratkartoffelberge in dieser Dorfkneipe, klingelt's bei dir?«

Severine verzog ihr Gesicht und gab ein Geräusch von sich, das nach Stöhnen klang. Dann lachte sie.

»Fast so wie damals. Mit dem wesentlichen Unterschied allerdings, dass ich keins der Lokale betreten muss. Rein virtuell. Wir haben Fotos, die Speisekarte, ein paar Tips von den Wirten. Wie es mit Gutscheinen für Freidrinks steht, muss ich noch aushandeln.«

»Freidrinks hört sich interessant an. Wenn du vorhaben solltest, mit jemandem zu tauschen, ich wäre bereit.«

»Eher nicht«, sagte Christian, Jakobs Erzählungen im Ohr. »Wie geht es Mathieu?«

»Frag mich, wie es mir geht. Ich hoffe sehr, er schläft heute durch. Ich möchte ein bisschen feiern.«

»Wir feiern, keine Bange.«

Sie nahm ihr Glas vom Tisch und nippte. »Ich merke schon, wie mir der Alkohol zu Kopf steigt.«

»Pass bloß auf.«

Severine blickte zu einigen Gästen hinüber, die ins Zimmer gekommen waren. Die Uniblase, dachte Christian, in Begleitung seiner Freundin ein kahlgeschorener Typ, den er durch Jakob flüchtig kannte. Timo aus Klingenthal in Sachsen (»damit du weißt, was ein Schicksal ist«), der ein Buch über DDR-Comics und Animationsfilme geschrieben hatte, vielleicht sogar seine Habilitation. Ein anderer, Jüngerer, auch in Schwarz, der eine Flasche Wein in der Hand hatte und offenbar Gläser suchte.

»Ich helfe ihm mal«, sagte Severine und stand auf. »Bis später.«

Langsam füllte sich der Raum, jemand (war das nicht Thomas Wiegand?) machte sich am CD-Player zu schaffen, dann ertönte leise Musik, Partymusik, Yo La Tengo. In der Tat, es war Wiegand (dem es seit Jahren gelang, für die fragwürdigsten Projekte Geldquellen anzuzapfen, ein Meister in der Kunst des Exposés und darin, jedes Gremium über kurz oder lang in die Tasche zu stecken) – er gab Christian mit einer Handbewegung zu verstehen, dass er ihn gesehen hatte, um sich danach einer Frau zuzuwenden, die sein Bier gehalten hatte, während er mit der Anlage beschäftigt war. Meine Güte, wo gabelt dieser Säufer immer solche Frauen auf? Ein enges grünes Cocktailkleid und ultrakurze, ultrablonde Haare, als sei sie vor einer Minute von der Bühne eines Jazzclubs gestiegen. *Stormy weather, since my man and I ain't together, it's raining all the time.* Mysterien, die sich erst am Ende aller Zeiten lösen werden, himmlische Rätsel.

Man stand in Grüppchen zusammen, zu zweit, zu dritt, redete, trank, nur Christian blieb allein auf der Couch sitzen. Keine Lust, dachte er, als es ihm auffiel, wusste nicht, was er denen zu sagen gehabt hätte. Und niemand schien etwas von ihm zu wollen, niemand, der auf die Idee gekommen wäre, ihm Gesellschaft zu leisten. Nachdem er das Etikett halb von der Flasche gekratzt hatte, entschloss er sich endlich, in die Küche zu gehen, um Jakob, der einfach nicht auftauchte, sein in Alufolie gewickeltes Geschenk zu überreichen. Eine zu rauchen. Außerdem könnte er noch ein Bier vertragen, das war jetzt dringend geboten. So was von dringend.

Im Flur eine Reihe Leute im Gespräch, darunter:

»O nein.«

»O ja.«

Nadja Montanus, die er zuletzt:

»Wann war das?«

»Und wo?«

im vergangenen Jahrhundert getroffen hatte. Ungefähr.

»Ich höre von dir nur das Beste.«

»Bist du dir sicher? Keine Verwechslung?«

»Man weiß es nie. Wir haben uns …«

»Wir denken an denselben Abend.«

»Bei Stopper im Atelier. Es war furchtbar.«

»Die Getränke waren schneller weg …«, Christian hob die Schultern, schob fragend sein Kinn vor, dann umarmten sie sich.

»… als wir es gebraucht hätten, um die Lesung zu verdauen«, sagte Nadja und trat einen Schritt zurück, um ihn von Kopf bis Fuß zu betrachten. »Keine Verwechslung.«

»Ich bin nie mehr dahin gegangen«, sagte Christian. »Wer hatte das organisiert?«

»Man muss Talenten eine Chance geben. Man muss Orte anbieten. Ich glaube, der Einfall kam von Stopper, und ich rechne ihm das noch heute hoch an.«

»Er hatte nur zu wenig Getränke eingekauft. Hätte vielleicht keinen Eintritt verlangen sollen.«

»*Du* hast Eintritt bezahlt? Soweit ich mich erinnern kann, lief alles auf Spendenbasis, der Wein, Käse, Brot.«

»Willst du auf mir rumhacken? Ich bin sowieso in der Stimmung, mach weiter.«

»Dafür fehlt uns der Hintergrund. Ich bedaure aber nichts, sonst hätte ich nämlich viel zu tun.«

»Viel?«

»Einiges. Wie wir alle.«

Ein Vorrat an Bildern, den man teilte, Überschneidungen in Raum und Zeit, Gerüchte, Bewertungen. Was man zufällig aufschnappt, was man sich erzählt, was in irgendeiner Hirnwindung abgespeichert ist. Nadja hat einen Verlag gegründet, sie hat geerbt, sie haut ihr Erspartes auf den Kopf. Genau die, du kennst doch Nadja Montanus, die Exfreundin von Lukas, als Lukas noch studierte, wie bitte, Lukas hat mal studiert, natürlich, da waren ein paar Wochen, in denen man sich häufig sah, ohne ernsthaft verabredet zu sein, ohne Erwartungen, ein Museumsbesuch, ein Abend in der Volksbühne, in Stoppers großem Atelier am Tempelhofer Berg. Mit Jakob und Wiegand damals, der ein alter Kumpel von ihm war. Von Stopper.

Nadjas Art, amüsiert zu lächeln, übers ganze Gesicht, die etwas Begeisterndes an sich hatte. (Restlos aus der Mode gekommene Worte: herzerwärmend, voller Schalk)

»Du bist Verlegerin geworden …«

»Wenn du ein Buch hast, schick es mir.«

»So einfach geht das?«

»Bring's vorbei, ich arbeite am Herbstprogramm.«

»Ich hole mir ein Bier aus der Küche, dann reden wir weiter.«

»Bier ist in der Badewanne.«

»Ich muss rauchen.«

»Wir sehen uns gleich.«

»Unbedingt«, sagte Christian, und Nadja kehrte wieder zu ihrer Unterhaltung zurück.

Woran liegt das? Als befände man sich auf galaktischen Umlaufbahnen, die sich alle vier Jahre für einen Augenblick kreuzen, und nicht in einer Stadt. In ein und derselben Stadt. Die sich sowieso reduziert auf dieses oder jenes Viertel mit einer Handvoll Straßen. Nachbarschaften über Kontinente hinweg, wem begegnet man am ersten Tag in Williamsburg in einem Café auf der Bedford Avenue? Und nur da, nicht in Queens und nicht in Manhattan? Ein Kollege, von dem man schon dachte, der Erdboden hätte ihn verschluckt. Galerien ableuchten. Bei einem wohnen, dessen Artikel, dessen Freundin, dessen Bruder man kennt. Auf Zeitungsränder gekritzelte Mailadressen und Telefonnummern, die nach sechs Wochen zu sinnlosen Zahlenfolgen werden, Namen ohne Gesicht. Wie man täglich den Vorsatz fasst, spätestens morgen anzurufen, um es dann doch nicht hinzukriegen. Was Christian in diesem Moment bereute, er fragte sich, warum der Kontakt zu Nadja so plötzlich abgerissen war, kaum dass sie angefangen hatten, etwas gemeinsam zu unternehmen. Jemanden zu finden, mit dem man sich auf Anhieb versteht, kam selten genug vor, jemanden, mit dem es nicht öde wird. Interesse für alles, das Abseitigste. Mit dem man still sein kann, ohne das Gefühl eines Sturzes ins Leere zu haben, freier Fall durch das Innere der eigenen Beschränktheit. Mehr war im Grunde nicht zu fordern, fast utopisch.

Darf ich durch? Danke, danke. Ausweichmanöver, und jetzt? Wer ist sie hier?

Eine Frau stand neben der Küchentür gegen die Flurwand gelehnt. Im Vorübergehen keinen Seitenblick auf sie zu werfen wäre zuviel verlangt gewesen. Stand da allein mit einer Flasche Bier in der Hand, wie isoliert von den anderen, die sich um sie herum breitmachten. Ihr weißes T-Shirt hatte hinten einen Aufdruck, geschwungene rote Buchstaben im Stil des Coca-Cola-Schriftzugs, die ein Wort bildeten, von dem er noch nie gehört hatte. Phantasiesprache, dachte Christian, äußerst originell. Als die beiden auf einer Höhe waren, diese blonden Haare und diese Brille, sah sie ihn unvermittelt an, sie hatte gespürt, dass ein Blick auf ihr lag. Dass man sich das Recht herausnahm, sie ohne Erlaubnis anzuschauen. Ohne sie vorher gefragt zu haben, was spielt sich in deren Kopf eigentlich ab?

Unfreiwillig blieb er stehen. Die Arglosigkeit selbst, die nachts wildfremden Leuten den Ellbogen ins Kreuz rammt. Weil man ja nicht reden kann, eine simple Frage stellen.

»Hallo«, sagte sie, ungerührt, und trank einen Schluck.

Auch eine merkwürdige Idee von Jakob, zu seinem Geburtstag irgendwelche Studentinnen einzuladen. Frau Vorzugsbehandlung, mit der man sich regelmäßig auf ein Tässchen Tee im Büro verabredet, paar Kekse dazu, und dann den verständnisvollen Privatdozenten raushängen lassen. Die Formulierung war so verboten, dass Christian lächeln musste (eher grinsen) – ob er wollte oder nicht.

Keine Resonanz, kein Anknüpfungspunkt. Nur ihre Augenlider, die leicht flackerten, während sie ihn weiter ansah. Ohne jedes Zeichen von Überraschung.

»In unserer Nähe sind immer Türen.« Er wies mit seinem Daumen nach rechts.

»Ja?«

Worte, die weniger als eine Silbe haben, gibt es nicht. Hast du hallo gesagt oder ich?

»Nur dass wir dieses Mal auf einer Seite stehen.«

»Zum Glück für uns«, sagte sie, löste sich von der Wand und zog das T-Shirt zum Hosenbund herunter. Eine tiefsitzende, schwarze Nadelstreifenhose.

»Wenn man nicht vorsichtig ist, gerät man in Schwierigkeiten.«

»Man bereitet sich selber welche.«

Den Eindruck habe ich auch, dachte Christian, und von einer Sekunde zur nächsten werden die Dinge unkalkulierbar. Er bemerkte, dass die Flasche in ihrer Hand noch beinahe voll war, als hätte sie erst in seiner Gegenwart daraus getrunken. Ihre Augen von einem ungewöhnlichen, irgendwie türkisartigen Grün, das ihm schon in Jakobs Büro aufgefallen war. Auch vorn stand etwas auf dem T-Shirt, dasselbe Wort anscheinend, nach dessen Bedeutung zu fragen er sich aber verkniff. Keine geistreiche Antwort mehr.

»Ich will mal weiter«, sagte er.

»Daran hindert dich niemand.«

Unter all den anderen Stimmen, Fetzen von Konversation, der Musik, die aus dem Wohnzimmer in den Flur drang, klang ihre Stimme eine Spur zu energisch für die Gleichgültigkeit, die sie kundtun sollte. Eine Welt aus Behauptungswillen und Kollisionen.

»Ich muss da vorne …«

»Du musst, was du musst«, unterbrach sie ihn und lehnte sich wieder gegen die Wand. Einen ansehen, ohne ihn anzusehen. Christian hob die Augenbrauen und ging in die Küche. Ausgeschlossen, dass sie ihm nachblickte, nicht sie. Ein völlig verfehlter Gedanke, nichts als Gefallsucht, dumm.

Wenn du mit deinem Teller … einen kleinen Schritt zur Seite, perfekt. Immer ins Gewühl, wo es garantiert am dichtesten ist, das Alpha-Gesetz jeder Party, seitdem der Mensch Partys feiert. Auf dem großen Holztisch Salatschüsseln und Brettchen mit Aufschnitt und Käse, Fladenbrot, Baguette, Weintrauben und zwei jungfräuliche Torten, die von inzwischen geleerten Sektflaschen wild umzingelt wurden. Im Topf auf dem Herd Suppe, Gulasch oder Chili con Carne, soweit sich das aus einer gewissen Entfernung (konsistenzmäßig) erschließen ließ. Jakob war hinten am Fenster und erzählte Storys, bei ihm zwei, drei Männer, die sich über eine gelungene Pointe ausschütteten.

»Wir warten auf dich, wo steckst du die ganze Zeit?«

Holm Reinsdorf und Daniel Porath nickten demonstrativ, um Jakobs Frage den rechten Nachdruck zu verleihen.

»Wie wär's mit was Kaltem zu trinken?«

Jakob machte vor dem Kühlschrank Platz und zog aus einem der Gemüsefächer eine Flasche Budweiser.

»Die hab' ich extra für dich gebunkert, nur mal so.«

Christian öffnete die Flasche mit seinem Feuerzeug, und sie stießen an.

»Auf Doktor Schüssler«, sagte Porath. »Die Zukunft leuchtet.«

»Unbedingt«, sagte Christian und gab Jakob das Päckchen. »Herzlichen Glückwunsch.«

»Da ist etwas anderes drin, als wir vermuten«, sagte Reinsdorf, der an beiden Händen schwere Silberringe trug, die Totenköpfe darstellten, Insignien einer Zeit, da er noch nicht akademischer Rat, sondern Schlagzeuger in einer Band war, die es immerhin bis zu einer kleinen Tour durch englische Clubs brachte. Dass er die Ringe beim Bewerbungsgespräch nicht abgelegt hatte, wurde ihm allgemein hoch angerechnet. Schwarzgefärbte Haare wie von Rattenfraß befallen, der Speedmetal-Philosoph.

Porath beugte sich vor und schnupperte an der Alufolie.

»Oder es ist zollsicher verschweißt.«

»Zuviel Aufwand«, sagte Reinsdorf und tippte auf Poraths Schulter. »Du benimmst dich erschreckend.«

»Ich schlage vor, ich befreie jetzt den Inhalt von euren Spekulationen«, sagte Jakob, und zu Christian meinte er leise: »Das wäre wirklich nicht nötig gewesen, vielen Dank.«

Nachdem er sich die CD angeguckt hatte, super (er ruhe in Frieden, sagte Daniel Porath), klappte Jakob die Lasche des unverschlossenen weißen Umschlags zurück, in dem die Eintrittskarte steckte. Schob sie mit dem Daumen ein Stück heraus und erkannte sofort, um was es sich handelte. Strahlend drehte er sich zu Christian.

»Ist die für mich?«

»Ich sehe sonst keinen.«

»Damit machst du mir echt 'ne Freude«, er drückte Christian kurz an sich, »'ne richtig große. Wo hast du die her?«

»*Masse und Macht.* Unbegreiflich, aber beim Rumräumen ist sie aus dem Buch gefallen.«

»Du hast die Karte aufgehoben.«

»Frag mich nicht, wie sie in den Canetti geraten ist.«

»White riot«, sagte Reinsdorf, »durchaus logisch. Zeigst du mir mal?«

»Das Ding war Charisma«, sagte Jakob, »und wenn es einer hatte, dann Strummer. Der Gesegnete der Revolte. Mir läuft es heute noch kalt den Rücken herunter, wenn ich *Spanish bombs* höre, oder *Sandinista,* und ich schäme mich nicht dafür. Begreift das ruhig als öffentliches Geständnis.«

»Ich verzeihe dir«, sagte Porath, während er die Karte in Holms Händen betrachtete. »Das wird die letzte gemeinsame Tournee gewesen sein.«

»Die Clash waren anschlussfähig, darin bestand ihr Erfolg. Weil sie keinen überforderten. Womit ich nicht gesagt haben will, dass das gefakter Punk war ... aber eben doch, seien wir ehrlich, Mainstream.«

»Wo ist das Problem?« fragte Jakob und nahm Reinsdorf die Karte weg. »Du fasst die nicht mehr an.«

»Haben die Kids aus Brixton die Clash gehört? Oder sind das nicht bloß Phantasmen der Mittelklasse von politischem

Widerstand? Repräsentatives Sprechen, das diejenigen, um die es geht, gar nicht erreicht.«

»Wie nennt man die Theorie, Pariser Schule für Anfänger? Mit einem Schuss Stuart Hall plus dem üblichen Bodensatz aus Cultural studies und Musikjournalismus? Du musst ein bisschen mehr auffahren, um uns zu beeindrukken.«

»Ganz bestimmt nicht. Zumal *Combat Rock* eine der ersten Platten war, die ich mir selber gekauft habe. Wenn wir schon bei Geständnissen sind. Ich besitze zwar nur noch eine schwache Ahnung, wieso, aber es gibt miesere Einstiege in die Populärkultur im Alter von zwölf oder dreizehn. Auch musikalisch, das stellt niemand in Frage. Die Alternativen waren damals grauenerregend, ihr wisst, von was ich rede. Wahrscheinlich sind die Geschmacksverirrungen der achtziger Jahre eines der düstersten Kapitel der Menschheitsgeschichte. Jede Wiederholung von Formel eins in irgendeinem Nachtprogramm deprimiert mich über die Maßen, und vielleicht sollte man in therapeutischen Sitzungen Bänder von solchen Sendungen abspielen, anstatt nach Vati und Mutti zu fragen, vielleicht hätte das kathartische Effekte. Oder nur die Tonspur laufen lassen, und dir fällt plötzlich alles wieder ein, ja, hier hat es angefangen, ab hier fingen die Dinge an, sich merkwürdig zu entwickeln. Ich meine, so ein Verfahren liegt doch auf der Hand, obwohl, es besteht natürlich die Gefahr, dass der Patient kollabiert, weil es zuviel ist, was ein einzelner Mensch ertragen kann. Die Farben und Frisuren, die Synthesizer, diese Alpträume aus wackelnden Kulissen und dumpfestem Pop zum Mitklatschen. Ich glaube, man muss da sehr vorsichtig sein.«

»Völlig klar«, hörte Christian Porath sagen, »mit Shakin' Stevens beginnen und dann ganz langsam steigern.«

Jemanden anschauen, ohne ihn anzuschauen. Sich in der Küchentür die Haare aus dem Gesicht streichen und dabei in die Luft gucken, ein scheinbar ziellos durch den Raum schweifender Blick, der dennoch jede Einzelheit erfasst, alles gesehen, was man sehen wollte. Ein Schluck Bier, ein Nippen an der Flasche, die man auf seinen vor der Brust gekreuzten Armen absetzt. Sie lehnte sich auf der Schwelle gegen den Türrahmen und wandte ihm ihr Gesicht im Halbprofil zu, andere davor, die raus- oder reingingen. Ihre Augenbrauen waren einen Tick dunkler als die braunen Strähnen ihrer schulterlangen Haare – was ziemlich gut aussah, warum eigentlich, dachte Christian, und warum versucht niemand, mit ihr ins Gespräch zu kommen? Steht da rum wie bestellt und nicht abgeholt. Während er sich eine Zigarette anzündete, sagte Jakob:

»Ihr dürft nicht vergessen, das war unser erstes Konzert, das war die Welt, danach war nichts mehr wie zuvor. Im Morgengrauen mit dem Zug …«

»Wieso im Morgengrauen?«

»Weil«, Jakob ließ sich von Reinsdorf das Glas füllen, »wir am Abend den letzten verpasst hatten. Und eine Nacht am Düsseldorfer Hauptbahnhof war schon etwas. Erinnerst du dich? (Eine alte Geschichte) Nicht gleich nach Hause, nicht nach so einem Erlebnis. In der Mediensteinzeit kriegte man die ja sonst nie zu Gesicht, außer auf einem Plattencover oder unter Umständen im Rockpalast. Feix nicht, Porath, du hast auch mit großen Pupillen vor dem Apparat gesessen. Keine anderen elektronischen Oberflächen, keine Displays, keine Monitore, die mir die gewünschten Bilder geliefert hätten. Um nicht von Sounds zu reden, von Verfügbarkeit. Die Kunst der Kassette in ihrer höchsten Blüte, wie sorgfältig man das beschriftete, nachdem man Stunden die richtigen Stücke für den richtigen Zweck zusammengesucht hatte, ausgesteuert und aufgenommen hatte. Wenn sie *das* nicht kapiert, dachtest du, ist sowieso alles zu spät. Ein System in sich geschlossener Speicher, zwischen denen sich Material nicht beliebig hin und her schieben ließ. Alles noch streng ortsgebunden, physisch, dinghaft. Musik und Bilder hatten ein Gewicht, einen bestimmten äußeren Umfang, für den bei ihrer Aufbewahrung Platz zu schaffen war, Regalmeter, die einem auf den ersten Blick signalisierten, hier sind wahrscheinlich Schätze gebunkert, hier hat jemand sein Geld in Geschmack investiert, in ein Wissen und in eine Bandbreite, die heftigste Anerkennung hervorriefen. Sofort hinknien und die Sachen durchsehen.«

»Stolz bist du heute auf die Hardware«, sagte Porath (als Anglist Übersetzer in einer kleinen Spezialfirma für Herzschrittmacher), »auf den Unterschied in den Kapazitäten der Geräte, obwohl, keine Ahnung, in der Beziehung das Ende der Fahnenstange bald erreicht sein könnte.«

»Das Ende der Fahnenstange«, sagte Reinsdorf, die Worte betont auskostend, »wird technisch nie erreicht werden. Eher schon die Absurditätsgrenze, weil irgendwann auf winzigstem Raum so viel gespeichert ist, dass man nicht mehr weiß, wonach man in einem konkreten Augenblick eigentlich suchen soll. Was einem weiterhilft, wenn man nicht saubere Hierarchien, Schwellen, Filter in die Datenunendlichkeit einbaut. Traurig, Weltschmerz, männliche Stimme, sparsame Instrumentierung: und schon ertönt aus deinem iPod der sechsten oder zwölften Generation ein Stück von Bonnie Prince Billy, inklusive Linernotes, künstlerischem Werdegang, Drogen- und Eheproblemen. Das Prinzip der Delegation ersetzt das Monopolprinzip.«

Wie in Zeitlupe (denkt Christian, wenn er sich an den Abend erinnert) drehte sie auf einmal den Kopf in seine Richtung – aber trotzdem zu schnell für ihn, um ihrem Blick auszuweichen. Als würde er sie beobachten. Würde eine Absicht haben, die unlauter war, oder überhaupt eine Absicht. Doch nichts dergleichen, man guckt halt, ohne ein Ziel zu verfolgen. Ein den Raum und seine Koordinaten auslöschender Blick, Distanzen einebnender Blick, als stünde man sich plötzlich unmittelbar gegenüber. Zu ernst (oder zu entschieden), um spontan ein Lächeln aufzusetzen, das ihn von dem Gefühl befreit hätte, ertappt worden zu sein und sich nun erklären zu müssen. War es, weil er nicht bei ihr stehengeblieben war, war es, weil er sie durch irgend etwas in seinem Verhalten verletzt hatte – die eine Begründung erschien ihm für das, was hier ablief, so untauglich wie jede andere, auf die man von selbst kommen konnte; der Situation in keiner Weise angemessene Gedanken, die ihr Blick allerdings mit Leichtigkeit hervorzurufen verstand. Rüberzusehen, als gebe es im Moment nichts Wichtigeres, gebe es eine Art Schuld, die er jetzt auf der Stelle zu tilgen hätte.

Wie hatte Jakob sie ... in seinem Büro ... *Nele* hatte er gesagt, *das wird sehr gut.* Ansprüche, die in seiner Welt zu erfüllen waren, sonst hätte er ihre Arbeit nicht akzeptiert. Die Wissenschaft von der Literatur. Ein nervöses Zucken ihres Mundes, immerhin, das eine Regung in ihr Gesicht zauberte. Wer am längsten aushält, hat gewonnen.

»Ich rede mit dir«, sagte Jakob, der ihn in die Seite gestoßen hatte. »Musst du uns dein Desinteresse so offen zeigen, ausgerechnet an meinem Geburtstag?«

»Er hat jemanden entdeckt«, sagte Daniel und blickte über Christians Schulter zur Küchentür.

»Blödsinn. Kannst du damit bitte aufhören.«

Reinsdorf strich sich durch die Haare, deren Schnitt Erinnerungen an Bert aus der Sesamstraße weckte oder an Don King, den Boxpromoter. Ob er das allein vor dem Spiegel machte, in seinem Alter?

»Wir hatten's mit der Vorgruppe«, sagte er. »Jakob behauptet, es sei Plan B gewesen, aber auf der Karte steht nichts drauf.«

»Ja, völlig unangekündigt.«

»Glaubst du doch selber nicht.«

»Ich bin der Falsche«, sagte Christian, zog ein letztes Mal an seiner Zigarette, die fast ganz heruntergebrannt war, und steckte sie in eine leere Sektflasche. »Wie soll ich so was noch wissen?«

Als keiner der drei anderen darauf einging, fuhr er fort: »Der Mensch neigt zur Vergrößerung, und je länger etwas vorbei ist, desto mehr beginnt es zu schillern. Ich nehme mich davon nicht aus. Der Düsseldorfer Hauptbahnhof als Times Square, Neonreklamen, Hustler, Junkies, und rund um die Uhr dieser höllisch dröhnende Verkehr. Dasselbe gilt für das Konzert, ich sehe mich in einer tobenden Menge Pogo tanzen und die Refrains mitgrölen, wenn du mir heute sagst, es sei nicht die Philipshalle, sondern das CBGBs gewesen, nicht irgendein verschissenes deutsches Gewerbegebiet, sondern die Bowery, antworte ich dir, gebongt, kein Zweifel, eine unvergessliche Nacht in New York.«

»Und?« sagte Reinsdorf. »Was lernt uns das?«

»Frag mich nicht Dinge, die x-undzwanzig Jahre her sind.«

»Hätte ja sein können. Sein können, dass deine Aufmerksamkeit damals noch etwas höher war als nach Dezennien der Abstumpfung durch Substanzenabusus und fehlgeleitete Lektüre. Ich werde das alles morgen im Netz recherchieren.«

»Tu das«, sagte Jakob, »du wirst erstaunt sein.«

Eine Frau bat sie, ein Stück zur Seite zu treten, weil sie an den Kühlschrank wollte. Saft und Mineralwasser, eine Schüssel Fruchtsalat.

»Hast du eine Zigarette?«

Während er Jakob das Päckchen gab, sah Christian nach hinten; so unauffällig, wie es sich bewerkstelligen ließ, als flüchtige Komponente einer Drehung (einer notwendigen Drehung) um seine Achse. Sie war verschwunden, diese Nele in ihrem rotbedruckten T-Shirt. Niemand mehr im Türrahmen, nur Köpfe und halbe Körper im Flur. Vielleicht hat ein Gast sie angesprochen, hat sie aufgefordert, sich irgendwo mit ihm hinzusetzen.

Stimmen, dazwischen Musik, Geschiebe. Ab und an klingelte es, ein gedämpftes Schnarren, als hätte man einen Wattebausch in den Ohren. Reinsdorf setzte zu einem Monolog an, der von seltsamen Websites handelte, wenn ihm keiner ins Wort fiel, würde er in ein bis zwei Minuten bei Throbbing Gristle landen, Geschlechtsumwandlung und Satanismus als Strategien der Subversion, und dem Buch, das er seit langem darüber zu schreiben gedachte. Das kannte man, auch wenn er seine Theorien stets mit neuen Wendungen anreicherte, mit Fundsachen aus obskuren Publikationen und den Newslettern paranoider Sekten, die er abonniert hatte. Der Tod von Brian Jones, der in Wirklichkeit ein Mord war, New Labour als Projekt von Freimaurern, geheime pharmakologische Experimente. Falls man einen Nerv für derlei Unsinn besaß, war man bei Holm gut aufgehoben, man musste bloß in der richtigen Stimmung sein. Nicht abgelenkt von Fragen, die sich einem gerade aufdrängten, beinahe zwanghaft aufdrängten, eine unterschwellige, unerklärliche Nervosität.

Ob sie schon nach Hause gegangen war, angeödet von einer Party, auf der sie niemanden kannte? Wie schon vor der Bar auf der Schönhauser Allee fühlte sich Christian plötzlich für eine Situation mitverantwortlich, die sich seinem Einfluss entzog, die er nicht geschaffen hatte und die ihm egal sein konnte. Zumindest heute abend. Weder ein

Arm ins Kreuz noch eine Klinke in die Seite. Sich nach der Bedeutung des Worts auf ihrem T-Shirt zu erkundigen, dachte er, wäre nicht unlogisch, wäre ein Anknüpfungspunkt, dessen Unverfänglichkeit selbst einer Kratzbürste wie ihr einleuchten könnte.

Am Ende des Flurs, neben der Tür ins Wohnzimmer, stand eine Empire-Kommode, die Severine aus Frankreich mitgebracht hatte. Oder genauer, die ein Erbstück war, das sie zur Hochzeit geschenkt bekommen hatte, aus dem Haus ihrer Urgroßeltern in Evreux. Es ging die Sage, nach dem Abzug der preußischen Truppen habe man den Brotbeutel eines Offiziers in einer der Schubladen gefunden, historische Linien quer durch die Jahrhunderte. Dazu passte es, dass Fotografien in Stehrahmen unterschiedlicher Größe und Herkunft die Kommode bedeckten, Väter und Mütter, Kinder und Kindeskinder über Generationen hinweg, Sommerfrische am Meer und vor Bergkulissen, mehr als ein Dutzend Gruppenaufnahmen und Porträts.

»Familie.«

Nele, über die Bilder gebeugt, schoss hoch. Ein Schreck, Erstaunen, auch Empörung spiegelten sich zu gleichen Teilen in ihrer Miene, da hat sich einer angeschlichen.

»Man wird sie nicht los«, sagte Christian. »Eine echt zähe Masse.«

Man sah es förmlich hinter ihrer Stirn ticken, ein Ansturm von Gedanken, die sich widersprachen.

»Nie eingeladen, aber immer mit am Tisch.«

Flackernde Augenlider und die Andeutung eines Lächelns. Das nach und nach – er schien einen Nerv getroffen zu haben – entgegenkommender wurde, dann ein offenherziges Lächeln in einem schönen, mit einem Mal ganz entspannten Gesicht.

»Onkel und Tanten, die bei Jubiläen und ähnlichen Feiern wie aus dem Nichts auftauchen. Als sei das der Zweck ihres Daseins, einen auf irgendwas zu verpflichten. Blutsbande.«

»Mit der Betonung auf Bande«, sagte sie, strich sich zwei blonde Haarsträhnen hinter die Ohren. »Ansprüche, die nie gerechtfertigt sind.«

Christian nickte zustimmend, nun selber lächelnd. *Razorin,* das Wort auf ihrem T-Shirt, französisch?

»Wenn es keine Städte gäbe, wäre man verloren.«

»Ist Berlin groß genug?«

»Weit genug weg«, sagte er und steckte seine Hände in die Hosentaschen. »Vielleicht existiert eine Formel, mit der sich die nötige Entfernung ausrechnen lässt. So ein Sicherheitsabstand.«

»Falls man die Variablen kennt. Alle Variablen, die bedeutsam sein könnten.«

»Glückliche Kindheit, Horror in der Schule, hebt sich das auf?«

»Hängt von Maßeinheit und Verknüpfungszeichen ab. Von den Gewichtungen, die man vornimmt. Addieren oder multiplizieren?«

»Sowohl als auch.«

»Ist keine Antwort. Außerdem waren wir noch bei der Familie. Als solcher.«

Sie trank einen Schluck Bier, wobei sie ihn nicht aus den Augen ließ. Türkisgrüne Augen hinter Brillengläsern, auf denen sich Lichtpunkte spiegelten, schattenhafte Bewegungen in Christians Rücken. In der Tiefe des Flurs. Es schien sich weiter um dieselbe Flasche zu handeln, garantiert warm geworden inzwischen.

»Meinetwegen, reden wir über Krankheiten. Symptome und Heilungschancen. Ich weiß nicht, ob ich das jetzt will.«

»So schlimm?«

»Hält sich in Grenzen. Übrigens müsste in unsere Formel unbedingt auch ein Zeitfaktor rein, Verweildauer, Ort der Begegnung, alle Anwesenden. Ist es eine Hochzeit, eine Beerdigung, ein achtzigster Geburtstag? Oder trifft man unter Umständen nur auf seine Eltern? Sofern man Eltern hat. Sofern die Eltern noch leben. Und heraus kommt ein Erträglichkeitswert, der zu benennen wäre. Irgendeine gute Bezeichnung.«

»Eine Kennziffer«, sagte Nele, während ihr Blick kurz über seine Schulter in den Flur schweifte, als würde sie jemanden suchen oder auf jemanden warten. Dann sah sie ihn wieder an, abrupt, übergangslos, ohne Vorwarnung.

»Wir machen Tests und lassen uns das Ergebnis patentieren. Keiner bleibt ohne Zahl, genauso wichtig wie die ganzen biometrischen Daten im Ausweis. Radius und maximale Aufenthaltszeit in der Gefahrenzone. Eine Stunde länger, und die Strahlendosis bringt dich um.«

»Das sind aber zwei.«

»Was zwei?«

»Werte. Zahlen. Entweder vereinheitlichen wir die, oder unser Projekt gerät schon am Anfang ins Schlingern.«

»Lass mich nachdenken.« Sie senkte ihre Augen und fixierte eine Stelle in der Höhe von Christians Mund, die Stirn in Falten. Ihre Lippen bewegten sich kaum merklich, eine Art Spannung, angeborene Nervosität. Wie das Blinzeln ihrer Lider, die dünnhäutig waren, leicht gerötet. Am Hals sah man eine Ader pochen, ein schlanker energischer Hals unter einem Gesicht mit breiten flachen Wangenknochen. Ein slawisches Gesicht, dachte Christian, darf man das denken? So, wie sie nun dastand, war das seltsame Wort auf ihrem T-Shirt nicht mehr zu lesen, die Buchstaben verzogen von der Wölbung ihrer Brust. Eine tiefsitzende Nadelstreifenhose, schwarze Converse All Stars. Ihre Blicke trafen sich wieder, wieder aus heiterem Himmel.

»Am besten«, sagte sie, »wir entwickeln ein neues Projekt. Eines mit weniger Unbekannten. Familie interessiert mich auch nicht genug, das Verhältnis von Aufwand und Erfolg.«

»Erfolg«, sagte Christian – kurzatmig, weil ihm für eine Sekunde die Luft weggeblieben war, »woran misst man den?« Sie hob ihre schmalen Augenbrauen, die wie gezupft wirkten, aber es wahrscheinlich nicht waren. Er spürte einen Druck in der Kehle, Schluckbeschwerden, völlig absurd. Als stünde man vor einem Ausschuss, der etwas Bestimmtes hören will. »Was bedeutet überhaupt Erfolg?« Sie zuckte mit den Achseln, trank, stellte die Flasche rückwärts auf der Kommode ab. »Beifall von der richtigen Seite, ein diskutables Vermögen. In unserer Gesellschaft vor allem letzteres. Als Wahrheitskriterium, unbestechlich und objektiv. Wer daran noch zweifelt, ist entweder Revolutionär oder Künstler, sozial unnütz, eine Made. Aber Revolutionäre sind mittlerweile ja auch Mangelware geworden. Bückware, die man unterm Ladentisch hervorholt. Oder nicht einmal das, keine Nachfrage, kein Angebot. Es wäre vielleicht nicht dumm, die Vermarktung immer schon mitzubedenken.«

»Wie heißt du?«

Sie sah ihn herausfordernd an.

Was antwortet man darauf? Name mit drei Silben.

»Ich habe dich nicht verstanden.«

»Christian«, sagte er, genauso tonlos wie zuvor.

Ein Kopfnicken, als sei es eine Bestätigung. Sie kreuzte die Arme über dem Schriftzug auf ihrer Brust, geschwungene Lettern in Rot. Wie *du* heißt, weiß ich, ich muss nicht fragen. Erwarte das nicht von mir, falls du etwas in der Art erwarten solltest.

»Erfolg hat mit Glück zu tun«, sie zögerte, blickte kurz ins Wohnzimmer, *Nele, das wird gut,* bis sie dann ruhig, mit heller fester Stimme weitersprach: »Nicht als Voraussetzung oder Nebeneffekt, sondern als eigentliches Ziel. Ein Glücklichsein, das nicht mehr an Dinge gebunden ist. Sich Anerkennung kaufen kann jeder, so lässt sich Erfolg nicht definieren. Und Glück schon mal gar nicht.«

Das meint sie ernst, der Klang ihrer Stimme, ihr Gesicht. Legst du es darauf an?

»Eins gegen das andere auszuspielen ist billig. Alle streben nach Glück, alle streben nach Erfolg und alle, ohne Ausnahme, nach so viel Geld, wie es die Bedingungen erlauben. Oder darüber hinaus. Nur werden die Bedingungen leider immer schwieriger, um nicht zu sagen, sie sind für viele Leute schlecht wie nie. Was soll das denn sein, Glück? Davon hat doch jeder einen sehr eigenen Begriff, der meist mit dem des Nachbarn unvereinbar ist. Mit dem meiner Nachbarn. Vergiss es.«

Bei seinen letzten Worten hatte sie die Augen geschlossen, ein Zug von Widerwillen, eines leichten Schmerzes, dessen sie überdrüssig war, zeichnete sich auf ihrer angespannten Miene ab; um ihren Mund herum, ihre vollen blassen Lippen, die zu zittern schienen.

»Wenn du zu keiner Abstraktion fähig bist, können wir es tatsächlich vergessen. Aus einer Schwundstufe von Realität machst du einen absoluten Bezugspunkt. Erklärst im Handumdrehen ein paar Wirkungen zu unumstößlichen Fakten. Glück«, sie steckte eine Hand in die Hose, stützte die andere, Daumen nach vorn, mit angewinkeltem Ellbogen auf ihre Hüfte, »markiert die Außenseite eines Gefüges, das die Menschen eisern im Griff hat. Die einzige Politik mit Aussicht auf Erfolg ist heute die, keine Angst vor der Flucht zu haben, den Fluchtlinien zu folgen, und nicht, sich brav in der Warteschlange einzureihen. Aufs große Los zu hoffen. Sechs Richtige, die du eh nie angekreuzt haben wirst.«

»Es gibt keine Außenseite«, sagte Christian (also gut), während er in seiner Anzugjacke nach den Zigaretten suchte. »Ein paradiesisches Außerhalb mit ultimativer Befriedigung . . .«

»Hab' ich nicht behauptet.«

»Reich der Freiheit und Notwendigkeit.«

Ein gewolltes Stöhnen, verdrehte Augen.

»Akzeptiert. Nicht das.«

Sie nickte. Lächelte sie?

»Selbst wenn ich dir recht gebe, hat das Thema, die Glücksfrage, eine praktische Seite, die man nicht unterschlagen sollte. Dinge, die für Abstraktionsunfähige wie mich etwas mehr als Basisprobleme sind.«

»Danke, ich rauche nicht.«

»Wo fangen deine Fluchtlinien an, wo führen sie hin? Manche Leute haben so viel mit ihrem Überleben zu tun, dass die Zeit für ausschweifende Gedanken ans Glück ziemlich knapp wird. Man muss konkret denken, wenn man zu Lösungen kommen will.«

»Ich bin konkret. Abstraktionsfähigkeit bedeutet für mich, im Meer der Gegenwart nicht unterzugehen. Sich nicht blöd machen zu lassen, nicht reflexhaft wie eine Laborratte auf Zumutungen zu reagieren, die jedem mit dem Ende drohen, der sie nicht pflichtschuldigst erfüllt. Sich hinten anstellen, von der Ziehung der Lottozahlen die Rettung erhoffen.«

»Das hatten wir schon«, sagte Christian und pflückte die unangezündete Zigarette von seinen Lippen. Das Feuerzeug musste Jakob eingesteckt haben. »Ich stelle mich auch nicht gern hinten an.«

»Niemand. Du verstehst, wie ich das meine.«

Keine Frage, sondern ein Bescheid vom Amt. Wenn du das nicht verstehst, ist Hopfen und Malz verloren – dann gehörst du zu den anderen. Zu denen gehöre ich in deinen Augen wahrscheinlich sowieso, eine Laborratte, die es nicht besser gelernt und verdient hat. Dabei habe ich gar kein Interesse daran, recht zu behalten, kein Interesse, mich in irgendein Licht zu setzen. Glaubt sie, sie kommt mit solchen Nummern durch, glaubt sie das wirklich? Meine liebe Nele.

»Und falls nicht?«

»Falls nicht was?«

»Verstehen. Nachvollziehen. Sich in die Logik eines Gedankens katapultieren.«

»Ist nicht schwer«, sagte sie, leise, beinahe zärtlich und schaute Christian mit geneigtem Kopf an. »Man muss sich nur ein bisschen Mühe geben.«

Sie lehnte sich vor die Kommode, ihre ausgestreckten Arme seitlich auf das helle Holz gestützt. Spielbein, Standbein.

»Wenn es so einfach ist.«

»Eine Sache des Wollens. Bereitschaft zur Analyse. Entweder nimmst du die Welt, wie sie sich darbietet, oder als Folge von Ereignissen, die Ursachen haben. Die miteinander zusammenhängen und Schieflagen erzeugen. Noch einfacher geht's nicht.«

»Kapitalismus, ja?«

»Sagt nichts aus. Nenn es Empire, nenn es Kasino, nenn es Hölle. Wie es dem Herrn beliebt.«

»Bin ich gemeint?«

»Kein zweiter in der Nähe.«

Als hätte sich die Geschwindigkeit verlangsamt, Lidschläge, die Sekunden dauern. Nicht mehr zu unterscheidende, dumpf klingende Partygeräusche von irgendwo da hinten, ein anderer Raum mit anderen physikalischen Gesetzen. Parallelsysteme ohne Übergang, die Dichte der Tiefsee: Worte kommen verzögert an und Blicke ohne Ende. Du stierst, dachte Christian in einem klaren Moment – aber sie auch, ganz unverblümt. Sag was, Madame *Razorin,* bist doch sonst nicht auf den Mund gefallen, auf deine trotzigen, zittrigen Lippen. Außen ein wenig heruntergezogene Lippen, als hättest du es mit einem Widersacher zu tun, der dir ein Leid zugefügt hat. Oder wirst du jetzt lächeln?

»Hier«, sagte sie plötzlich und zog ein Briefchen Streichhölzer aus ihrer Hosentasche. »Für deine Zigarette.«

»Die Wohnung können wir schlecht anstecken.«

»Höchstens nach der Evakuierung. Wohnungen, in denen Ledersofas stehen.«

»Familienfotos«, sagte Christian in einer brausenden Welle aus Klang, die über ihm hereinbrach. Als hätten sich die Schütze eines Wehrs wieder geöffnet, vielstimmiges Geplauder, das ein Lied von Beth Gibbons durchdrang. *Sand river.* »Keinen Fußbreit Toleranz.«

»Sei nicht so streng.«

»Mit wem sprichst du, mit dir selber?«

»Vielleicht macht man sein Leben lang nichts anderes.«

»Ich schon.«

»Monologe, von denen man gar nicht mitkriegt, dass sie welche sind. Sich mit den eigenen Gedanken unterhalten, kennst du so was nicht?«

Christian entflammte die Zigarette. Gorgonzola Club las er auf dem Briefchen, bevor er es in seiner Anzugjacke verschwinden ließ.

»Fast, als wäre man zwei Personen. Argumente und Gegenargumente, die in deinem Kopf, in deinem Innern, hin- und hergehen. Wie von dir unabhängig.«

Zögerlich sagte sie das, den letzten Satz nach einer kleinen Pause. Mit einem Ausdruck im Gesicht, den man für ihre Verhältnisse scheu nennen könnte; unsicher, ob sie auf Zustimmung stoßen wird.

»Vor dem Einschlafen. Man versucht die Welt von der Richtigkeit seiner Ansichten zu überzeugen, man entlarvt, klagt an. Allerdings sind Widerworte dabei nicht erlaubt, Störer fliegen sofort aus dem Saal.«

»Die wehren sich aber. Schmeißen Zeug Richtung Rednerpult.«

»Sollen sie mal versuchen«, sagte er. »Sollen sie mal wagen, uns zu bewerfen. Wir haben auch Geschosse.«

»Faule Äpfel.«

»Farbeier, Telefone, Stühle. Alles, was gerade zur Hand ist.«

»*Du* wagst mich zu unterbrechen? Da, nimm das!«

»Schurke!«

Nele lachte ihn an. Wie sie zu strahlen vermag, wenn ihr danach ist.

»Die haben keine Chance gegen uns.«

»Nicht die geringste.«

»Wir vertreiben sie.«

»Wen vertreibt ihr?«

Als sei es nicht genug, sich ans Ende des Flurs zu verziehen, um unbehelligt zu bleiben. Jeder und jede konnte bequem vorbei ins Wohnzimmer, ohne sich dünn machen zu müssen.

»Verratet mir euer Geheimnis.«

Nachdem weder Christian noch Nele antworteten, sagte Nadja: »Stör' ich etwa?«

Nele schüttelte stumm den Kopf. Die Frage beantwortet sich von allein, dachte Christian, nicht unhöflich werden.

»Du störst doch nie.«

»Glaubt man gern, entspricht aber nicht immer den Tatsachen.«

»Die betrachten wir fallweise, kennt ihr euch?«

Schon hätte er sich am liebsten die Zunge abgebissen.

Die beiden Frauen wechselten Blicke, die auf seiten Neles an Deutlichkeit nichts zu wünschen übrigließen. Keine Spielerin. Sie schüttelte erneut den Kopf, ohne ein Wort zu sagen.

»Du wirst uns bestimmt vorstellen.«

In Nadjas Augen der für sie typische Schalk. Den Christian jetzt als weniger herzerwärmend empfand, Konkurrenz aus dem Dunkel der Geschlechter. Einmal erobertes Territorium behaupten.

»Ich bin Nele.«

Während sie die Hand ausstreckte, zog sie sich ihr enges T-Shirt, das hochgerutscht war, zurück über den Bauchnabel. Nadja, die nun keine Wahl mehr hatte, schlug ein und nannte ihren Namen, wobei sie Christian schmunzelnd ansah. Als würde sie die Geste belustigen, so formell sie war und so hinreißend altmodisch. Er reagierte nicht. Er wusste, was ihr auf der Zunge lag, wusste, wie spöttisch (bis zur Unbarmherzigkeit) Nadja manchmal sein konnte. Umstände, Dinge, Redeweisen, die aus der Zeit gefallen waren und in ihrer Gesellschaft keine Nachsicht verdienten. Sich selbst nicht schonend bei eklatanten Missgriffen.

»Arbeitest du mit Jakob zusammen?«

»Er ist mein Dozent.«

Entwaffnend. Nur durch eine offene Kriegserklärung zu überbieten.

»Die Erfahrung teilen wir«, sagte Nadja. »Eine Veranstaltung mit Jakob als Tutor, zweites oder drittes Semester. Und ich muss zugeben, ich habe ihn sehr bewundert, obwohl er damals nicht wesentlich älter gewesen sein kann als ich.«

»Heute auch noch«, sagte Christian.

»Sprachlich verkürzt, aber trotzdem Dank für den Hinweis.«

»Was für eine Veranstaltung?«

»Frag mich nicht nach Details, *Überwachen und Strafen* oder etwas Ähnliches. Du wirst Jakob gut genug kennen, um zu verstehen, warum ich von ihm begeistert war.«

Sie sprach mit Nele, als wären sie unter sich, kein Mann, kein Christian anwesend. Das Gesetz des Schulterschlusses auf Kosten eines Dritten, das zur Anwendung kommt, wenn der aktuelle Preis für eine Konfrontation zu hoch ist. Umschwenken von einem Moment zum nächsten, Umgarnen und Verbünden, bis der Anlass vergessen ist. So eine Schlangenbrut.

»Lange her«, sagte Nadja. »Ich hab' später Kunstgeschichte gemacht.«

Erzählen wir uns jetzt unsere Leben? Wie spannend.

»Ich bin fast fertig«, sagte Nele. (Geht ihr echt auf den Leim.)

»Schreibst du bei Jakob?«

Sie nickte, ein bejahendes Mmhh, ein überaus freudiges Lächeln, das nicht ihm galt, nicht Nadja. Sondern einer Stimme im Flur, ohne Zweifel, die italienisch gesprochen hatte, ihr anscheinend auf italienisch – das ist doch italienisch – eine Frage gestellt hatte.

»Sto bene«, antwortete sie, *»grazie. E tu, come stai?«*

Hocherfreut, was für ein Zufall! Unweigerlich drehte Christian sich um. Und stand vor Carl, der in Begleitung Jakobs war, Professor Brenner vom Institut für Romanische Philologie.

»Benissimo«, sagte er und gab ihr die Hand, wie verjüngt, der Mann auf den Spuren Dantes, der Waffenverstecker.

»Sono contenta.«

Mit dem Lehrkörper aller Lehrstühle auf vertrautem Fuß, in jedem Büro ein gerngesehener Gast. Was für eine vielsprachige Person.

»Komm mal wieder vorbei«, sagte Brenner, während sein Blick Christian streifte.

Kein Sterbenswörtchen von Jakob, so dachte er sich das also.

»Versprochen. Ganz sicher.«

»Lass mich nicht warten, bis bald.«

Bevor er sich zum Gehen wandte, sagte er zu Christian: »Wir haben gar nicht geredet, schade.«

»Bist du jetzt weg?«

»Es ist Zeit für mich, ich muss heim.«

Carl Brenner hob bedauernd die Schultern und ging mit Jakob, der ihn am Arm hielt (der zieht ihn regelrecht mit sich fort) zur Wohnungstür.

Warum habe ich den nicht gesehen? Weil ich mit Studentinnen in der Ecke stehe, mit ein paar notorischen Schwätzern in der Küche. Absolut nicht dran gedacht, dass er hier einlaufen könnte, um einem Kollegen, der auch sein Freund ist, zu gratulieren. Kopf an Kopf schoben die beiden sich hinten durch die Menge, miteinander tuschelnd wie zwei alte Jungfern.

»Entschuldigung«, sagte Christian zu den Frauen, zu Nele und Nadja, und folgte ihnen. (Menschen, die Schwänze haben. Mesozoikum.)

Carl und Jakob standen auf der Türschwelle, aus der Wohnung fielen Schatten ins dunkle Treppenhaus. Als Christian sich ihnen näherte, riss ihr Gespräch ab. Wenigstens erschien es ihm so, Objekt einer Übereinkunft, lächerlicher Geheimniskrämerei. Eine Mücke in einen Elefanten verwandeln. Jakob bot das Bild eines Mannes, dem mit Vorsatz auf den

Schlips getreten worden ist, Carl indifferent – ob man will oder nicht, die Dinge kommen auf einen zu.

»Was guckt ihr?«

»Niemand guckt.«

»In Ordnung, kein Problem.«

»Niemand«, wiederholte Jakob, der sich zu Recht gemeint fühlte.

Carl legte eine Hand auf Christians Arm. »Ich hab' nur kurz reingeschaut«, sagte er freundlich, freundlich und verbindlich. »Vielleicht meldest du dich die Tage bei mir.«

Nichts einfacher als das, Aufhebung jeden Erklärungsnotstands. Informationen, die ihn in der Zwischenzeit erreicht haben müssen.

»Ich würde anrufen«, sagte Christian. »Montag oder Dienstag.«

»Ich bin im Büro. Lass dich durchstellen.«

»Montag.«

»Die Nummer hast du.«

»Hab' ich irgendwo«, sagte Christian. »Dann ...«

»Wir sprechen uns«, sagte Carl, die ergrauten langen Haare im Nacken zusammengebunden, den massigen Körper leicht nach vorn gebeugt. »Mach's gut.«

Er sah erschöpft aus, eine anstrengende Reise, von der er gerade erst zurückgekehrt war. Kongress in Bordeaux, dachte Christian, als er ging, oder seine Sekretärin hat mich angeschwindelt. Oder Carl sie, weil er heimlich in einer anderen Stadt gewesen ist. Sich die nächsten Schritte überlegen, ihre Bereitschaft, der Öffentlichkeit Auskünfte zu erteilen. Könnte sein, könnte nicht sein. Das einzige Faktum war, dass Jakob ihn unterrichtet hatte, alles ausgeplaudert hatte in universitärer Schissigkeit. Denn sonst hätte Carl nicht vom Telefonieren angefangen, davon, mit ihm Kontakt aufzunehmen, mehr oder weniger umgehend. Was für Schlüsse auch immer aus dieser Aufforderung zu ziehen sind.

Als Christian an der Küche vorbeikam, gab ihm Reinsdorf durch übertriebene, seiner mittelschweren Trunkenheit geschuldete Armbewegungen zu verstehen, er möge sich ihnen wieder anschließen, Daniel Porath schwenkte eine Flasche Bier durch die Luft. Wir verteidigen hier tapfer den Platz vorm Kühlschrank, und die Freunde hauen ab. Schöne Freunde.

»Später«, rief Christian und deutete zur Kommode. Hab' vorher noch etwas Wichtiges zu erledigen, übt euch in Geduld. Worin die Wichtigkeit genau bestand, wusste er nicht, das heißt, wagte er nicht, sich einzugestehen, als allererstes hätte man Nadja loszuwerden. Doch war Nadja am Ende des Flurs in eine Unterhaltung mit Nele versponnen, die sie beide augenscheinlich amüsierte, kicherten da rum wie im Jugendheim. Kein Blick, der ihn suchte, kein Zeichen. Muss ich mir eigentlich nicht antun, dachte Christian, irgend jemandem auf gut Glück nachzulaufen. Ins Wohnzimmer, wohin die zwei Frauen sich jetzt aufmachten, Hand in Hand, es ist nicht zu fassen. Er ging ihnen bis zur Tür nach. Bis er plötzlich am Oberarm zurückgehalten wurde.

»Spinnst du?«

»Du hättest einen Ton sagen können.«

»Ich?«

»Dass Carl heute ...«

»Ich hätte einen Ton sagen sollen?«

»Können. Möglichkeitsform.«

Sprachlos starrte Jakob die Wand an. Asymmetrien, Lösungsvorschläge.

»Wäre das zuviel verlangt gewesen?«

»Hör mal, ja«, er stockte. Wie weiter, ohne vollends zu übertreiben?

Nele und Nadja setzten sich auf die Ledercouch. Einige tanzten.

»Ich bin dir keine Rechenschaft über meine Gäste schuldig. Carl war auf einer Konferenz.«

Alter Hut, dachte Christian.

»Und?«

»Ich wusste nicht«, Jakob zögerte, sein Unbehagen hatte ihn in eine lästige Situation manövriert. »Es war nicht klar, ob er noch kommen würde.«

»Sprechen wir nicht mehr davon.«

»Du machst es dir immer einfach, du drehst die Dinge so hin, wie sie dir in den Kram passen.«

»Ich gebe zu, ich bitte zu bedenken, es war ein bisschen überstürzt.«

»Verarsch mich nicht.«

Ungeahnter Treueschwund. Wird man zwangsläufig so auf dem dornenreichen Weg zur Vereidigung?

Nadja wandte ihm den Rücken zu. Sie war es, die das Wort führte, indes Nele in die Gegend guckte, hin und wieder nickte (diese Art Nicken, um Aufmerksamkeit zu bekunden), an ihrem Daumennagel knabberte. Einmal strich sie sich mit einer achtlosen Geste eine Haarsträhne von der Wange.

Jakob sagte etwas, Christian sagte etwas.

Nadja redete weiter auf sie ein.

»Ist das verboten?«

Natürlich war es nicht verboten, mit irgend jemandem in Verbindung zu treten, und natürlich gab es dafür keine Meldepflicht.

Nele rutschte an den Rand der Couch, kreuzte die Unterarme auf ihren Beinen. Bestellt und nicht abgeholt. Nadja zeichnete zur Erläuterung kleine Kreise in den Raum, eine Wellenlinie.

»Versteh mich«, sagte Jakob. »Ich bin überhaupt nicht argwöhnisch.«

Wie Nele ihn jetzt ansah... sämtliche Worte, mit denen Christian später ihren Blick zu beschreiben versuchte, empfand er als unzulänglich, zu schwach, verkürzend, als ihm nichts mehr einfiel, blätterte er im Duden, stieß auf sehnsuchtsvoll, brennend, bittend, fordernd, alles Adjektive, die sowieso schon auf seiner Liste standen, überwältigend, bezwingend, seinen Atem raubend, wie in diesem einen kitschigen Lied, wo es heißt, dass sie über ihn kam wie der vierzehnte Juli über Paris, diese eine Frau, die er verloren hat, kein Lächeln, rein gar nichts, was Schutz geboten hätte, nimm dich in acht, geh sofort zu ihr hin, lass es bleiben.

»Was ist?« fragte Jakob.

Christian schien ratlos.

»Augenmaß.«

Nele lehnte sich zurück, so dass Nadjas Rücken sie verbarg. Geh zu ihr hin, lass es bleiben. Er spürte sein Herz schlagen, die Beine wie gelähmt. Taub.

»Könnten wir uns darauf einigen?«

»Worauf?«

Als sei es ein anderer, der für ihn sprach. Nicht antwortete.

»Bist du schwerhörig?«

»Vermutlich.«

»Mann, eh«, rief Jakob. »Hältst du mich für beschränkt?«

Severine trat mit einem Sektglas in der Hand an Christians Seite.

»Streitet euch nicht.«

Jakob winkte ab, sich mit dem zu streiten ist ja für die Katz. Peinigende Halsstarrigkeit. Doch Severines Absicht war es keineswegs, schlichtend einzugreifen, sie hatte sich in den Kopf gesetzt, Christian eine alte Freundin aus Evreux vorzustellen, und er ließ es ohne Widerstand mit sich geschehen. Unfähig, sich ihrer Entschiedenheit zu erwehren, ihr zu sagen, dass er niemanden kennenlernen wollte, trottete er neben Severine zu einer Frau, die unter anderen Bedingungen seine Neugier geweckt hätte. Reinsdorf, der Idiot, machte im Hintergrund Zeichen, sollte das lustig sein?

Für Minuten kam er nicht von ihr los (Babette, Christian – Christian, Babette), schaffte es nicht, sich mit einer nachvollziehbaren, fadenscheinigen, mit irgendeiner Begründung von ihr loszueisen. Die Zeit verrann. Bis endlich Rettung im Doppelpack am Horizont des Flurs auftauchte, Holm und Daniel, die sich ungebeten (Gott sei Dank) zu ihnen gesellten, hallo, das ist Babette, Holm, Daniel, ihr entschuldigt mich mal eben, logisch, sagte Reinsdorf, wir entschuldigen heute alles, lass dir ruhig Zeit, aber ausgerechnet die, die hatte Christian nicht mehr, es war zu spät, zu spät, zu spät, sie war verschwunden.

Nadja saß allein auf der Couch, und Nele nicht unter den Tanzenden, nirgendwo sonst im Wohnzimmer, keine Nele im Gedränge der Küche, im Gang, in Jakobs Arbeitszimmer, in das sich ein paar Figuren zurückgezogen hatten, um am weitgeöffneten Fenster zu kiffen, Nele nicht vor der Kommode mit den Familienfotos, nicht im hinteren Teil der Wohnung, wo die Kinder schliefen, nein, Catherine war bei den Nachbarn, Mathieu gab keinen Mucks von sich – er schloss leise die Tür und schlich auf Zehenspitzen zurück ins Wohnzimmer, unstete Blicke, wieder in die Küche, durch den Flur, die Kiffer am Fenster zum Hof, doch keine Spur, nicht die geringste, kein weißes T-Shirt mit Aufdruck, keine Nadelstreifenhose, keine Leinenturnschuhe, dies Lächeln. Fuck und noch mal fuck und dreimal fuck.

»Weißt du, wo sie hin ist?«

»Auf dem Rad nach Hause«, sagte Nadja. Und es hörte

sich an wie: Du holst sie nicht mehr ein. Und wie: Glaubst du, du bist unwiderstehlich? Und genau so war es von ihr gemeint.

Christian kratzte sich im Nacken. Nicht meine Woche, mein Monat, mein Jahr. Er atmete tief durch.

»Freut dich das?«

»Fick dich ins Knie.«

»Ich werd's versuchen«, sagte er, »wird schon werden«, und verdrückte sich. *Bad luck and good night.* Er war wacklig, als hätte er zuviel getrunken, zuwenig geschlafen. So geht es. Reinsdorf und Babette derweil im Flur auf einer Wellenlänge, Daniel hatte das Feld geräumt. Hockte mit einem Bier in der Küche. Partyphysik. Schwestern der Barmherzigkeit, auf und davon, wenn man sie am meisten braucht. Von wegen. Jakob stand an der Eingangstür und verabschiedete einen Gast, den Christian nicht kannte. Er sah sich nach Severine um, nicht zu entdecken.

»Schön, dass du da warst«, sagte Jakob, bevor der Mann ins Treppenhaus trat.

»Ich bin auch weg«, sagte Christian.

»Bist du sauer?«

Das falsche Wort für die falsche Verfassung.

Er schüttelte den Kopf.

»Ich bin weg.«

»Wir reden in Ruhe noch mal.«

»Klar«, sagte Christian, »kein Stress.«

»Pass auf dich auf.«

»Selber.«

Und Jakob schloss hinter ihm die Tür.

Am nächtlichen Himmel blinkte der Fernsehturm, weiße Signallampen, die aufleuchteten und erloschen. Aufleuchteten und erloschen. Touchdown Houston, unsere Fähre ist sicher gelandet. Christian lief über die Köpenicker Straße fast direkt auf das Gebilde zu, vollkommen undenkbar, sich in seiner Stimmung in die U-Bahn zu setzen. Horden von Besoffenen, die in Kreuzberg einen grandiosen Abend hatten, engumschlungene Pärchen, Taschendiebe. Zu Fuß würde der Heimweg mindestens eine Stunde dauern, eine Stunde Marsch, um sich mit der Niederlage abzufinden. Die Geschichte schnell zu vergessen.

Er war allein auf der Straße unter den Bäumen, rechts Gewerbehöfe und Lagerplätze, dahinter das moorig dunkle Band der Spree. Eine Mauer aus Containern mit der Aufschrift: Zapf Umzüge, reihenweise Lastwagen im diffusen gelblichen Schein verstreuter Lichtmasten. Kopfsteinpflaster, das zwischen flachen Verwaltungsgebäuden ans Flussufer führte, eine rotweiße Schranke, ein leeres Pförtnerhäuschen. Was hat Nadja ihr erzählt? Sie muss ihr irgendwas erzählt haben, andernfalls wäre sie nicht einfach abgehauen. Oder war sie eingeschnappt, weil ich ohne Erklärung zu Jakob und Carl gegangen bin? Prinzessin auf der Erbse, die sich plötzlich im Stich gelassen fühlt. Hätte sie sich erst nicht mit Nadja auf die Couch setzen müssen. Beginnt mich zu suchen, um mich im Gespräch mit einer Frau zu entdecken, die ich ihrer Gesellschaft offenkundig vorziehe.

Ein weitläufiges Fabrikgelände erstreckte sich längs der Straße, ockerfarbener Sandstein, umzäunt von schmiedeeisernen Gittern. Die alte Heeresbäckerei, Brot für die kaiserlichen Armeen in Tannenberg und Verdun. Pickelhaubenökonomie. In einem der Mietshäuser auf der anderen Seite war ein Lokal, wildes Geflacker in Rot und Blau beleuchtete ein großes Schild an der Fassade: Table Dance Bar Josie. Echt einladend hier, zahlungsunfähige Kundschaft wird gleich im Wasser gegenüber entsorgt. Das Prinzip der kurzen Wege, ein Tip von McKinsey. Langsam ging es ihm besser, seine Gedanken hörten auf, immer wieder um die Begegnung auf der Party zu kreisen. Bringt ja auch nichts, außer sich selber fertigzumachen. Obwohl man keine Schuld hat, weil die Verhältnisse einem keine Wahl lassen. Sich zu entziehen, war Programm und Verpflichtung, nichts und niemandem Macht über sich zu gestatten. Um nicht Sklave der eigenen Angst zu werden wie der Rest der Menschheit.

Während er an den Baracken einer Baustoffirma vorbeilief, zog er sich die Anzugjacke aus und krempelte die Ärmel seines weißen Hemds hoch. Dass der Straßenteer tagsüber nicht wegschmolz, war ein Wunder. So was von Sommer hatte es noch nie gegeben, Hitze, die wie in New York selbst nachts kaum abnahm, schweißtreibende Schwüle. Nur mit Klimaanlage zu ertragen oder draußen auf der Feuertreppe, eingehüllt in die aus der Ferne heranwehenden Töne der Sirenen.

»He, wo ist denn diese Strandbar?«

Die Frauenstimme kam aus einem Auto, das gewendet hatte und jetzt in Schrittempo neben ihm herfuhr, innen laute Musik.

»Ihr seid schon vorbei«, sagte Christian und deutete nach vorn. »Hinter der Kreuzung rechts.«

»Danke«, rief man ihm zu, und das Auto beschleunigte, jagte mit quietschenden Reifen davon, als handele es sich um eine Sache auf Leben und Tod. Über die Ampel, obwohl seit Sekunden rot. Tiefste Röte. Freitagabend.

An der Ecke erhob sich die neue riesige Gewerkschaftszentrale wie ein geklinkertes Superministerium, die Chefbüros ganz oben wahrscheinlich alle mit Spreeblick. Mit Blick hinüber zum Ostbahnhof in die Straße der Pariser Commune, was für ein gelungener baulicher Scherz. Haben wir gelacht. Einige Fußgänger und Radfahrer kamen über die Schillingbrücke und bogen in Christians Richtung ab.

Zielortung eingestellt, den Weg neben dem Parkplatz am Architekturzentrum einschlagen und rein ins Vergnügen. Ein ehemaliger Wasserbunker für die Boote der Grenztruppen, in dem getanzt wurde, auf dem Betondach Sitzgruppen und Liegestühle, drum herum dichtes Gestrüpp, Büsche, Bäume, und Trampelpfade ans Ufer, wo sie Sand aufgeschüttet hatten als Beachersatz. *But not for me.* Als er sich eine Zigarette anzünden wollte und in seiner Jacke nach dem Feuerzeug suchte, fiel ihm wieder ein, dass Jakob es haben musste, Jakob Schüssler, der Feuerzeugdieb. Aber da waren noch ihre Streichhölzer, Gorgonzola Club, die taten es auch. Eine Pizzeria auf der Dresdener Straße, vielleicht wohnte *Razorin* in der Nähe. Hat dich nicht zu kümmern, dachte Christian, und warf das Briefchen über den Zaun des Parkplatzes, nachdem die Zigarette endlich brannte.

Sein Ärger, seine Enttäuschung über die Abfuhr – oder als was man das bezeichnen sollte – waren so gut wie verschwunden, er könnte auch in den nächsten Bus steigen. Zum Alexanderplatz und dann mit der Linie zwei nach Hause. Schlafen wäre nicht drin, das wusste er. Allein im Bett zu liegen und sich hin und her zu wälzen – eine verzichtbare Erfahrung, die sich in letzter Zeit aber unerfreulicherweise häufte. Geld auftreiben, Wohnung. Wenn der Typ mal ans Telefon ginge, würden die Dinge etwas konkreter werden, würde man deutlicher sehen, worauf man sich in Zukunft einzurichten hätte. Praktisch betrachtet. Genauso praktisch betrachtet, war jede höhere Miete im Augenblick utopisch, so utopisch wie die Weltrevolution. Spinnerin. Kauf dir zwei Büchsen Bier und geh ins Netz, dachte er, was zu rauchen und ein Feuerzeug. Diese grotesken Maskeraden. Und dazu Lambchop hören, bis dir der Kopf auf die Tasten fällt.

Männer in Uniformen und Regenjacken hieven einen Zinksarg über Bahngleise. Blaue und grüne Uniformen, neongelbe Anoraks, Parkas. Einer, der den Sarg vorne trägt, hat ein Basecap auf. *Due brigatisti arrestati* steht über dem Bild, über einem anderen, das eine junge blonde Frau und einen älteren Beamten unter einem Regenschirm zeigt: *La moglie di uno degli agenti*. Fahndungsfotos, Fotos von Polizisten, die aus einem Zug steigen, ein Großraumabteil durchsuchen, Passanten befragen. Zwei Brigadisten sind geschnappt worden, soviel lässt sich zusammenreimen. Und: *Morti un agente e un terrorista* müsste allem Sprachgefühl nach heißen, dass ein Agent und ein Terrorist ums Leben kamen. Agent? Bei was?

Zwei, drei Klicks, und Christian war auf einer Seite mit mehreren Zeichnungen, einer fortlaufenden Serie von Zeichnungen im Stil eines realistischen Comics, der im Innern eines Eisenbahnwaggons spielte. Einer Totale des Schauplatzes (Sitzreihen, Passagiere) folgten halbnahe Darstellungen der Ereignisse und als Höhepunkt der Showdown in Großaufnahme. Am Rand des Monitors verschiedene Kästchen mit der Fahrtroute des Zuges, einer Uhr auf halb neun, dem Schattenriss einer Pistole. Wir befinden uns kurz vor Arezzo, einer Station des Interregionale 2304 zwischen Rom und Florenz. Drei Uniformierte führen eine Personenkontrolle durch, *un controllo di routine,* weiße Biesen an den Hosen, weiße Gürtel und Schulterriemen. Sie wollen die Ausweise sehen, wollen die *documenti* auf einem mobilen Terminal überprüfen. Ist das normal in bella Italia? Dass Reisende in rollenden Zügen jederzeit ihre Papiere vorzuzeigen haben? Sag mir, wer du bist, und ich sage dir, ob du weiter mitfahren darfst. Mann und Frau, die auf dieser Zeichnung hell eingekreist sind, als seien sie von einem Scheinwerfer erfasst worden, warten stehend auf die Rückgabe ihrer *carte di identitá*. Zartgrün wickelt sich das hier und da noch dunstverhangene Panorama eines toskanischen Märzmorgens im Fenster hinter ihren Rücken ab. Es dauert, der Polizist mit dem Terminal dreht sich zu einem seiner Kollegen, eine Unregelmäßigkeit, ein Alarmsignal auf dem Display des Geräts. Seriennummer und eingetragener Name, ausstellende Behörde und Wohnort, falsch, Diebstahl, existiert nicht. Glaubten sie, sie könnten die Technik überlisten? Eine Myriade Daten auf einem Silikonplättchen, das schneller reagiert und rechnet als Vater, Sohn und heiliger Geist zusammen. Aber nicht im Ernst. Blickkontakt, Dienstvorschriften. Den Verdächtigen sind Handschellen anzulegen, wenn die Gefahr der Flucht besteht. Sonntags in einem Regionalzug, selbstverständlich. Die anderen Beamten verlassen ihre Positionen, Mitreisende werden als Zeugen in spe auf die Szene aufmerksam. Noch ist kein Wort gefallen. Es wird auch keins fallen, statt dessen …

Der Mann zieht eine Schusswaffe und feuert sofort los, Kaliber 7.65. Er trifft. Die Kugel dringt in die Kehle des Polizisten ein, der wegknickt und zu Boden stürzt. Schreie, graublauer Pulverdampf steigt hoch, die herbeigeeilten Kollegen des (letal) Verletzten erwidern das Feuer. Auch die Frau versucht zu schießen. Man wirft sich schutzsuchend unter die Sitze, weitere Detonationen, zerfetzte Organe, Querschläger. Leber und Lunge, etwa ein Dutzend Projektile aus drei Pistolen. Dann für Sekunden die Implosion aller Geräusche in einem Vakuum aus Schock und Entsetzen, eine Folge tonloser Bilder, an die man sich später erinnert. Dass die Frau überwältigt worden ist, bevor sie abdrücken kann, dass sich Blutlachen unter den Körpern der Liegenden ausbreiten. Der ratternde Gleichklang der Räder und Schwellen kehrt zurück, Stimmen sind wieder zu hören, einer der überlebenden Polizisten informiert über Funk die Leute im nächsten Bahnhof. Notärzte, Plasma, Sauerstoff. Dem gestrichelten Verlauf der Strecke nach wird man in wenigen Minuten die kleine Ortschaft Castiglion Fiorentino erreichen.

Christian wechselte vom Corriere della Sera zur elektronischen Ausgabe der Repubblica. Zu anderen Zeitungen, die ihm Google auf seine Suchbegriffe hin ausgespuckt hatte. Die letzte Schießerei, vor nicht einmal drei Monaten. *Le Br tornano a uccidere* lautete eine der Schlagzeilen. *Br* mit Sicherheit die Abkürzung für Rote Brigaden, der Rest des Satzes unbegreiflich. Sind das dieselben wie früher? Und wieso bin ich bis jetzt nicht darauf gestoßen? Als er sich den Artikel übersetzen ließ, erschien der übliche Nonsens, Hirnrissigkeit in höchster Potenz. Dieses oder jenes Wort nachzuschlagen war Quatsch, würde zu keinem Ganzen führen, ohne Grammatik. *Back.* Passfotos der Getöteten poppten auf, des Polizeibeamten und des Terroristen, 49 und 37 Jahre alt, der verhafteten Frau, 43 und *esponente dei nuclei comunisti combattenti.* NCC, die hatten wir schon in Verbindung mit Angriffen gegen das Haus des italienischen Industriellenverbands und das Nato Defense College. Schlechte Karten für jemanden, der in Paris hockt und mit Geschichten wie dieser nichts mehr zu tun hat. Zu tun haben will.

Die erste CD von Lambchop war zu Ende, er legte *what another man spills* ins Laufwerk ein. Fünfundfünfzig Minuten und vier Sekunden. Entspannter geht gar nicht, Massagemusik.

Und diese Grafik? Schematische Abbildungen von Gegenständen, die aus einer Reisetasche zu stammen schienen, die man daneben sah, *nel bagaglio dei brigatisti* (Bagaglio bedeutet Bagage, das weiß man). Glaubst du's? Eine Mikrokamera in einer Zigarettenschachtel. Einen Palm. Zwei Telefone. Zehn Floppy disks. Ausgeschnittene Zeitungsartikel.

Eine Touristenkarte von Mittelitalien. Pistolen. Ringbuchblätter mit Namen, Telefonnummern und politischen Analysen, *analisi politiche.* Wer's glaubt, wird selig. Der Website zufolge hatten die ihr komplettes Büro bei sich, ausgestattet wie Figuren aus C-Klasse-Thrillern. Floppy disks aus der Belle Époque der Bewegung und ein Verzeichnis von Klarnamen, die nun abgepflückt werden oder unter erheblichen Druck kommen. Steh ich auch auf der Liste? So einen Dilettantismus traut man ja keinem Vollidioten zu, Intelligenzquotient knapp oberhalb der Zimmertemperatur. Hier lag die Wahrheit nicht in der Mitte, sondern jwd. Extrem spannend. Für wen ist die Geschichte gedacht, eine Frage, die sich ihm unweigerlich aufdrängte. Ein Bedrohungsszenario, ein Popanz, dem eine Logistik angehängt wurde, aus der sich alles herauslesen ließ. Okay, eine Schießerei hatte stattgefunden, aber sonst stank es. Stank nach Übertreibung, nach *too much,* nach Theater, das irgendwer fabriziert hatte. Die Politik der Intrige. Einmal den Faden durchs Öhr, und es näht sich von selbst, obwohl die Stoffe nicht zusammenpassen, Farben und Gewebestruktur. Das müsste doch inzwischen jemand recherchieren, Auskünfte einholen bei denen, die zu dem Komplex etwas aus ihrer Erfahrung zu sagen haben.

Stichworte Geheimdienste und Counterinsurgency und Italien. Ein Plot jagte den anderen, Entführungen, Bombenanschläge, Attentate, deren wahre Urheber nie ermittelt werden konnten, alle mit im Spiel. Ein Wirbel von Personen und Funktionen und Akronymen, für die man ein Lexikon des ideologischen Irrsinns benötigt hätte, Irrsinn des Staates und seiner Feinde. SISMI, SISDE, CESIS, Centro Intelligence Interforze und Propaganda 2, SID und CIIS, Abgeordnete und Militärs, linksradikale Studenten und Arbeiter, Altfaschisten und Neofaschisten, Parteiführer, Industrielle, die Mafia, Journalisten und Kirche, einfach zum Haareraufen. Dass die Infoseite des SISDE, des römischen Verfassungsschutzes, den Titel *Gnosis* trug, war entweder ein Scherz oder reinster Zynismus – Irrtum ausgeschlossen. Die Gnostiker von der Gegenspionage, die Eingeweihten des Lichts. Sieben Stufen bis zur obersten Weisheit, und unsere Welt nur ein schäbiger Abklatsch der himmlischen Herrlichkeit. Es gibt viel zu tun, packen wir's an. Nächste Woche.

Die Musik lief aus, kein Geräusch mehr im Zimmer als das leise Summen des Computers. Strom in Speichern und Prozessoren. Christian sah sich in der schwarzen Fensterscheibe, den Umriss seiner Schultern, die Brille im mattgelben Oval seines Gesichts. Kaum müder geworden, kurz vor halb drei. Er tippte ein paar neue Begriffe in die Suchmaske, und: Enter.

Klaus Witzke war außer Haus, er hatte sich einen Tag freigenommen, das wussten sie beide. Als sei ihnen dieses Wissen nützlich, als würde es einen Raum eröffnen, der in Witzkes Gegenwart verschlossen blieb; selbst wenn er sich im entferntesten Teil des Gebäudes aufhielt. Interne Gespräche, die durch die dicksten Wände zu ihm vordrangen, eine Schwingung in der Atmosphäre, für die er empfindliche Fühler besaß.

Auf dem Couchtisch in Seidenhuts Büro stand eine Thermoskanne, ein Teller mit eingeschweißten Keksen, ein Stapel Tassen, Gläser, Mineralwasser und Orangensaft.

»Bedienen Sie sich«, sagte er zu Damm und bot ihm den Sessel vor dem laufenden Fernseher an. »Kaffee?«

»Bei dem Wetter lieber was Kaltes«, sagte Damm, der eine Aktenmappe in der Hand hatte. Er setzte sich.

»Ich trinke Kaffee«, sagte Seidenhut. »Bitte, Wasser ... Saft.«

Oliver Damm legte die Mappe ab und griff zu einer Flasche Spreequell. Wenigstens gekühlt.

Seidenhut verrührte Milch und Zucker, dann lehnte er sich zurück, ohne die Tasse zum Mund zu führen.

»Wie das technisch geht, brauchen Sie mir nicht zu erklären.« Er trug einen Kupferreif am Armgelenk, der gegen rheumatische Beschwerden vorbeugen sollte. Oder Arthritis. »Nicht meine Baustelle.«

»Man geht von einem Account aus.«

»Also eine Mailadresse?«

»Man muss eine am Haken haben.«

»Wir haben die?«

»Adressen sind noch kein Geheimnis.«

»Wir wussten, wo wir zu gucken hatten.«

Damm rutschte vor, um die Mappe aufzuschlagen.

»In etwa. Man checkt die Server, bis man einen Link kriegt.«

»Von wem?«

»Ich meine, bis man an den Punkt kommt, der uns unter Umständen interessiert.«

Seidenhut, in einem weißen Hemd, dessen kurze Ärmel scharfe Bügelfalten hatten, beugte sich nach vorne und trank einen Schluck. Hielt seine Krawatte fest, als befürchte er, sie könne in die Tasse geraten.

»Sie haben mit niemand über die Sache gesprochen.«

»Wir sind erst seit Samstag soweit.«

»Das eine schließt das andere nicht aus.«

»Berghain ist nur für das System da.«

»Groß Beh hat kein Gespür für Inhalte.«

»Der Dicke arbeitet an den Programmen, weiter nichts.«

Die Auskunft muss ihn zufriedenstellen, dachte Oliver Damm, Blätter sortierend, ich werde den Teufel tun und mit jemandem darüber sprechen.

Damm wird den Teufel tun, dachte Seidenhut, sich das Projekt nicht entreißen lassen.

»Kennt man die?«

»Ob die Mails schon Klarnamen haben?«

Seidenhut nickte, um das dreht es sich doch, letztendlich. Identität.

»Beh sagt, eine Frage von Stunden.«

Etwas, das unverwechselbar ist an jedem, ein absolutes Kriterium.

»Wir hatten verschiedene Mailinglisten als Ausgangsmaterial«, sagte Damm, während er die Blätter schön ordentlich auf Kante klopfte. »Wir sind relativ systematisch von Empfänger zu Empfänger und haben deren Postfächer durchgesehen. Diese Listen, die in der Szene kursieren, mit den üblichen Themen, den üblichen Szenarios. WTO, Gatt-Verhandlungen, Afghanistan, Palästina, Irak, alles ein einziger Zusammenhang. Wissen wir, macht uns nicht heiß. Aber dann, Bingo.«

An Seidenhuts Gesicht konnte er ablesen, dass der Sprung zu groß war. Dass der Chef nicht mitkam, *digitally challenged*. Bereits am Telefon.

»Weltbanktagung in Zürich, in einem Forum wird über Gegenmaßnahmen, Störaktionen, et cetera diskutiert. Noch im grünen Bereich, nichts Aufregendes. Wir folgen einer Stimme, die ein bisschen schriller ist als die der Genossen. Kein Problem für Berghain, traumhaft. Im Postfach der Stimme kristallisiert sich schnell ein Pool von fünf Leuten heraus, die intensiv miteinander kommunizieren und die ganz ungeniert Klartext reden, wenn sie glauben, unter sich zu sein. Schieben sich in ihren Mails, ihren in der Mehrzahl dilettantisch chiffrierten Mails, Rezepte von Brandsätzen, Rohrbomben, Zeitschaltern zu. Konstruktionspläne, Bezugsquellen für die Chemikalien. Allerdings, das muss ich einschränken, ohne den geringsten Hinweis auf eine konkrete Tat, also, ob sie in Zürich was vorhaben, in Berlin oder sonstwo.«

»Sind die von hier?«

»Darauf deutet alles hin.«

»Was?«

»Straßen, die erwähnt werden, ein als Schwein bezeichneter Immobilienkaufmann aus Friedenau, das Kino Arsenal.«

»Die gehen gemeinsam ins Kino?«

»Vielleicht. Zweite Einschränkung ist, dass sie sich nie übers Netz verabreden, bis dato nie offen einen Treffpunkt ausgemacht haben, an dem wir sie mal in Augenschein nehmen könnten.«

»Aber man plant etwas«, sagte Seidenhut, nüchtern, für Damm hörte es sich wie eine Frage an.

»Ich glaube, es handelt sich nicht bloß um Wichtigtuerei. Es gibt einen Hintergrund, es gibt einen Ton in den Briefen, der bestimmte Vermutungen gestattet. Präziser formuliert, der sie einem geradezu aufdrängt. Für mich steht die Gruppe unmittelbar vor dem Abflug in eine neue Dimension, sofern sie nicht schon längst drin ist. Kleinere Sachbeschädigungen, die man begangen hat und als nicht ausreichend betrachtet. Zwei der Autoren recht massiv, übrigens, was ich vergessen hatte, die Decknamen, die sie verwenden, reine Phantasieprodukte, Lord Jim, Lady Di, Jabberwocky, ja, ähm, genau, zwei der Briefautoren fordern, ich zitiere, *maximale Wirkung,* beziehungsweise (er las vor), *ein Ding, das sich öffentlich nicht mehr verschweigen lässt,* während die anderen noch ein wenig unentschiedener sind, noch nicht hundertprozentig auf Linie. Prinzipiell einverstanden, aber im Detail kritisch.«

»Dürfte ich?«

Keine Frage. Damm händigte Seidenhut die Blätter aus, Kopien der entschlüsselten Korrespondenz, die an einigen Stellen mit grünem Leuchtstift markiert war.

»Ein Signal senden, das auch medienmäßig gewürdigt wird. Multiplikation des Widerstands auf die anschaulichste Art. Wer sollte Einspruch erheben, wenn man ein Finanzamt, eine besonders üble Hausverwaltung attackiert? Um nicht zu sagen, in die Luft bläst. Dissens herrscht darüber, wie man es mit Sicherheit vermeiden kann, dass irgend jemand zu Schaden kommt, soviel haben sie gelernt.«

Seidenhut blickte über den Rand seiner Halbbrille. Was irritierte ihn, war es Damms Ton, seine Wortwahl?

»Global denken, lokal agieren.«

Alles verstehen heißt alles verzeihen.

»Ist das französisch?« Er reichte Damm ein Blatt. »Diese Adresse.«

»Haben wir in keinem Lexikon gefunden«, sagte Damm. »Als Ausdruck oder Name bisher nicht geführt.«

Er gab Seidenhut das Blatt zurück. Trank von seinem Glas Spreequell, wirklich, Leitungswasser mit Kohlensäure.

»Anschläge, für deren symbolische Bedeutung jeder eine Ader hat. Der Nachbar nebenan wie die Gleichgesinnten in allen Erdteilen. Sie müssen nur davon erfahren. Einerseits über das Netz, andererseits die Schlagzeilen der Massenpresse. Als Nachricht des Tages, die man im Kopf behält. Da sind welche, die lassen sich das nicht mehr bieten. Preiserhöhungen, Miete, Lohndumping. Und getroffen werden ausschließlich die Profiteure und ihre Agenturen, die Bevölkerung weiß, man ist auf ihrer Seite.«

Als wollte er ein Auditorium überzeugen. Analystenjargon, der uns missfällt.

»Was stellen die Zahlen dar? Hier … und hier, in fast

sämtlichen Mails«, sagte Seidenhut, während er mit dem Zeigefinger auf das Blatt in seiner Hand tippte. »12,4. 632,81. 95,2,3.«

»Sieht wie ein Extracode aus«, sagte Damm. »Mit dem sie noch einmal verschlüsseln, was ihnen fundamental erscheint. Nicht nur dieses oder jenes Wort, sondern ganze Zeilen, die so geschrieben sind. Manche Zahlen haben ein Komma, manche zwei, keine hat drei. Und nie ohne Komma, als einfache natürliche Zahl.«

»Natürlich?«

»Acht, vierzehn, hundertfünf. Natürliche Zahlen.«

Rational, irrational, Arithmetik – Seidenhut erinnerte sich.

»Keine Wiederholungen, keine Häufigkeiten, jede Ziffer ist singulär«, kapiert er's? »Ich will sagen, jede Kommazahl taucht ein einziges Mal auf und wird dann bei gleichen Buchstaben oder Worten völlig regellos durch eine andere ersetzt. Für die Software im Haus definitiv nicht zu knakken, um das lesen zu können, bräuchten wir den Schlüssel, den sie gewählt haben.«

Ungläubigkeit bei Seidenhut, unsere Computer, wozu das Geld?

»Nichts zu machen, solange man den nicht hat.«

»Und warum verschlüsseln die ihre Post nicht gänzlich auf diese Weise?«

»Zu kompliziert, denke ich. Zu großer Zeitaufwand.«

Hinter Damms Schulter die ewigen News, das nie abreißende Band von Aktienkursen und Eilmeldungen, Indizes, Fußballergebnissen. Haarshampoo. Autoreifen. Ein sprechender Kopf vor einem sprechenden Bildschirmkopf.

»Mein Vorschlag wäre, die Gruppe zu observieren.«

»Wenn wir sie aufgeklärt haben. Was sagte Berghain?«

»Berghain sagte, Stunden.«

»Das kann er.«

»Unermüdlich.«

»Wir händeln die Geschichte diskret. Wir wissen nichts Essentielles.«

»Eine elektronische Spur.«

»So sehe ich das auch.«

Erneut Haarshampoo, dieselbe Marke. Der Mann unter der Dusche war ein Boxer aus dem Osten, wie alle Boxer mit verbeultem Gesicht. Für immer.

»Halten Sie mich auf dem laufenden.«

Sie allein, dachte Oliver Damm.

Nur mich, dachte Seidenhut, er wird es begriffen haben.

Damm packte die Blätter zusammen und steckte sie in seine Plastikmappe.

»Ich habe noch den Bericht für sie.«

»Gut«, sagte der Leiter der Behörde, ein neutrales ›gut‹, mit dem er Gedächtnislücken zu kaschieren pflegte.

»Anschlagsrelevante Objekte und Personen«, sagte Damm, »wir hatten letzte Woche darüber gesprochen.«

Als es um die U-Bahn-Automaten ging.

»Schicken Sie mir die Datei«, sagte Seidenhut und stand auf. Ebenso Oliver Damm, äußerst zufrieden. In den Job funkt mir niemand mehr rein, dachte er, den zieh' ich solo durch bis zum Schluss. SEK und Razzia, ein fetter Doppelstern in der Personalakte.

Brenner hatte ihn am Telefon vertröstet, er hatte erst Mittwoch Zeit für ein Gespräch. Ich kann ihn nicht zwingen, dachte Christian, die Sache beruht auf Freiwilligkeit. Beruht auf Carls Einsicht, den Exgenossen helfen zu können, wenn er mich an sie vermittelt. Wenn er Kontakt zu ihnen hat, sich rückversichert hat, dass alles o.k. ist.

Die Tür ging auf, und Vera Sellmann betrat das Hinterzimmer des Ladenbüros, kam mit Briefen in der Hand an seinen Schreibtisch.

»Die Post war da.«

»Für mich etwas?«

»Selbst für dich«, sagte sie und legte zwei Umschläge auf die Tastatur des Notebooks. Wie nachtragend kann man eigentlich sein, ohne sich lächerlich zu machen, erwartet sie von mir einen Kniefall, vor Publikum?

Frau Oberschwester, *it would still be alright.*

Schweigend – wie den ganzen Morgen – fuhr sie mit ihrer Arbeit fort.

Berliner Volksbank. Christian öffnete die Schublade des alten Esstisches und warf den Brief ungelesen hinein. Der andere war außen bedruckt: happyCredit® und: DAS kann ich auch! (weiße Buchstaben auf blauem Grund), das Anschreiben im Innern begann persönlich: Sehr geehrter Herr Eich, der happyCredit® ist der *sichere und faire Kredit* für Deutschland. Was für eine Kombination, welch' phänomenales Gespür. Mit unserem Angebot erweitern Sie Ihren finanziellen Spielraum, und zugleich können Sie sich gegen unvorhersehbare Ereignisse wie Arbeitslosigkeit und Arbeitsunfähigkeit schützen. Sich dagegen zu schützen, das wär's. Nachts um zwölf bei der Hotline anrufen und einer freundlichen Person mitteilen, dass es nicht läuft, dass sich der Text wieder gegen einen verschworen hat und man kurz vor der Verzweiflung steht. Bitte frisches Geld überweisen, Kontonummer ha'm Sie ja.

Per Mausklick sollte man sich die Monatsraten für seinen Wunschbetrag ausrechnen lassen und online bestellen. Unter den Berufsgruppen zum Ankreuzen die Kästchen Provisionsvertreter und Kellner/Taxifahrer, als seien Kellner und Taxifahrer eine Kategorie, wenn nicht menschlich, dann von ihrer Bonität her. Leben Sie *jetzt,* Herr Eich! Erfüllen Sie sich Ihre Wünsche noch heute mit happyCredit. Wird gemacht, dachte Christian und deponierte den Brief in der Schublade. Wer weiß, was morgen ist. Arbeitslosigkeit, die mit bleicher Faust ans Dachgebälk des Eigenheims klopft, vor dem der nicht bezahlte Kombi parkt. Wir sind das Volk. Lauter Volkers.

Neue Mails waren eingetroffen. Antje schrieb, dass die Pressevorführung um 13 und nicht um 14 Uhr stattfinde (hoffentlich hat der Film keine Überlänge), eine Einladung zu einer Lesung mit DJ (Bart bis zum Äquator) und etwas, das unverzüglich zu löschen ihm alte Freundschaft verbot: *Bald hab' ich sie. Der Kampf ist entbrannt, und glorreiche Schlachten werden uns zum Sieg führen. Nicht ich bin der erzitternde Sünder, dessen Hund sich von ihm abwendet, sie sind es, die Mächte der Stimmen, in deren Verstecke ich eindringe. Als ob ein paar Drähte genug seien, als ob sie glauben, uns damit ausschalten zu können. Seid ohne Sorge, das Blatt hat sich gewendet, zuversichtlich wie nie.* Er kennt keine Grenzen, dachte Christian, hält keine ein, ob er nun abdreht oder nicht. Schwer zu entscheiden, aber ich bin nicht sein Therapeut. Ich bin kein Mülleimer, in den man reinpfeffern kann, was einem gerade durch den Kopf geht, nächtliche Telefonate, um zu melden, dass man sich in eine Frau verliebt habe, und zwar unsterblich, die vor fünf Minuten im Auto am Kneipenfenster vorbeigefahren ist. *Lieber Martin, steig in den Zug und komm mich besuchen. Lass dich meinetwegen krank schreiben. Bleib in Berlin, solange du willst, nur traktiere mich nicht mehr mit solchen Briefen. And I mean it. Dein Christian.*

Kaum gesendet, verspürte er ein und einen halben Gewissensbiss. Zu hart, zu wenig Verständnis für jemanden, der nichts leichtnimmt? Er wählte Martins Nummer, doch keiner hob ab. Auch kein Anrufbeantworter, auf den er hätte sprechen können. Aus der Wand gezogen? Er rief im Theater an, der Pförtner (oder wer das war) sagte, Herr Pretzel habe probenfrei, nein, er wisse nicht, wo er sich aufhalte. Martins Handy war außer Betrieb, nicht einmal eine Mailbox. Gibt's das? Offenbar. Versuchen wir es später, dachte Christian, irgendwann werden wir ihn schon an den Apparat kriegen.

Er wandte sich um, Vera las in einem Kunstkatalog. Notierte sich etwas, schlug die nächste Seite auf.

We weren't lovers like that and besides.

It would still be alright.

War eine Frage nach dem Verbleib von Gregor Conrad angebracht? Oder berührte sie einen anderen wunden Punkt? Sah so aus, als seien im Augenblick alle von der Bildfläche verschwunden, nicht erreichbar, in geheimer Mission unterwegs. Und der Rest ohne Belang.

David erschien im Türrahmen.

»Habt ihr Hunger?«

»Holst du was?«

»Für mich nichts«, sagte Christian. Lasagne aus Alufolie.

»Ich wollte mich irgendwo hinsetzen.«

»Einen Moment«, sagte Vera, »dann bin ich fertig.«

»Ich muss arbeiten«, sagte Christian. Von David in ihrer Gegenwart auf die Miete angesprochen zu werden wäre unangenehm, hätte eine Diskussion zur Folge, die sofort ins Grundsätzliche abgleiten würde. Davids Blick genügte ihm. Tut mir leid, Alter, nicht zu ändern.

Vera klemmte sich ihre Airline-Tasche unter den Arm, und die beiden gingen. Klar, was sie zu bereden haben, David wird die Gelegenheit nutzen. Als hätte ich sein Privatkonto geplündert, Ersparnisse für den Lebensabend. Als hätte er selbst noch nie eine Durststrecke durchlitten, der Knochenmann. Keine Luft, keine Liebe. Wie existieren diese Menschen?

»Problem eins ist die Entfernung«, sagte sie, »bis zu jedem Ausgang sind es mindestens vierzig oder fünfzig Meter.«

»Ich würde von hier geradeaus, nach meiner Schätzung ist der Weg am kürzesten.«

»Problem zwei sind die Kameras, an die kommen wir auf keinen Fall heran.«

»Ich habe alle fotografiert«, ein junger Mann in T-Shirt und Jeans sagte das, »ich glaube, es gibt einen toten Winkel.«

»Lass uns vorbeilaufen, durch die Unterführung.«

Hand in Hand bogen sie im Strom der Passanten um die Ecke des Foyers und schlenderten auf die pyramidenförmigen Volieren zu. Elende Sadisten, dachte sie, meterhohe Vogelkäfige in einer Shopping-Mall.

»Wo sind nachts die Wachleute?«

»Keine festen Standorte, gestern war es einer.«

»Ein Wachmann für die ganze Passage?«

»Der sich zudem mit seinem Handy beschäftigte, da hinten.«

Der junge Mann deutete mit einer flüchtigen Kopfbewegung in Richtung Joachimsthaler Straße. Baukräne über den Flachdächern aus den fünfziger Jahren, Völ-höl-hölker der Welt. Schau-hau-haut auf diese Stadt.

In einer Cafébar stellten sie sich mit ihren Frappé-Bechern an das Thekenbrett am Fenster.

»Sehr viel Zeit werden wir nicht haben.«

»Maximal eine Minute.«

»In dem Gebäude sind ausschließlich Büros.«

»Fragst du mich?«

»Frage ich dich.«

»Spielt keine Rolle.«

Er hatte recht, trotzdem empfand sie ein Unbehagen. Wie beim ersten Sprung vom Zehn-Meter-Turm, wenn man nicht mehr zurückkann.

»Du mit Holger vom Kurfürstendamm, ich mit Jenny vom Zoo aus.«

»Ist es nicht besser, wir würden zusammen reingehen?«

»Willst du von vorn anfangen?«

Nein, das wollte sie nicht, es war nur so ein Gefühl, ungenau, undifferenziert.

»In der Sekunde, in der Paul anruft, traben wir von beiden Seiten los.«

Sie nickte, den Strohhalm im Mund.

»Du denkst, das Risiko lohnt nicht. Nummer eins, Nummer zwei, Nummer drei. Du denkst, die Schwierigkeiten stehen in keinem Verhältnis zur Resonanz.«

Sie strich sich ihre blonden Haare hinter die Ohren, ohne den Strohhalm aus dem Mund zu nehmen. Starrte nach draußen.

»Du plädierst dafür, gleich Treptow zu machen. Soweit ist die Gruppe noch nicht. Ich hab' keine Lust, unsere Diskussionen zu rekapitulieren. Wir waren uns einig, dass wir sie nirgendwo anders angreifen als im Zentrum, in ihrer High-Tech-Security. Wenn wir schnell sind, und wir werden schnell sein, sitzen wir im Zug, bevor die Typen an ihren Monitoren aufwachen.«

Sie sagte nichts.

»Ce n'est pas une image juste, c'est juste une image.«

»Umgekehrt.«

»Juste une image juste.«

»Du zitierst nicht richtig.«

»Guck mich an.«

Sie schüttelte den Kopf. Eine junge Frau hinter den großen Fensterscheiben einer Cafébar, die ihr Gesicht verspiegeln, Körper, Farben, blitzende Streifen von Sonnenlicht, das zwischen dem Glas der neuen Geschäftshäuser auf die Piazza mit den Volieren stürzt. Man saß herum, aß, trank, fotografierte. Verschickte die Fotos, lachte, staunte. Ein Miniaturfasan spreizte sein Gefieder, wurde von links und rechts gefilmt. Schwenk nach oben, um der Örtlichkeit einen Raum zu geben. Eine Geschichte. Menschen und Bewegungen, durch die sie hindurchzusehen scheint.

Sieht er mich? Er sieht mich nicht, dachte Nele, während sie vom Rad stieg. Stiefelt gedankenverloren über den Spreewaldplatz und geht wohin? Sie befreite die Tüte mit ihren Badesachen vom Gepäckträger und warf sie auf die Rampe, die zum Eingang der Schwimmhalle führte, dann schloss sie das Fahrrad ans Geländer; ihn fortgesetzt beobachtend, wie er – Hände in den Hosentaschen – sich unter den Bäumen langsam der Wiener Straße näherte. Als hätte er Zeit, der Tagedieb, in Hülle und Fülle. Ein Schlaumeier, der sich auf Partys nicht entscheiden kann, was ihm wichtig ist, ohne Erklärung, eine kleine Geste. Herzlichen Dank.

Schritt für Schritt zog sie sich am Geländer die Schräge hoch, hundert Bahnen würde sie heute schaffen – und nicht eher aus dem Becken steigen. In der Doppeltür eine lärmende Schulklasse mit poppigen Ranzen, gescheiter, man übt sich in Geduld, sonst zermalmt einen die Bande. Weißes Hemd und schwarze Hose, die Jacke über der Schulter, ohne Jacke verlässt der Mann nicht das Haus. Und sei es bei dreißig Grad im Schatten. Vor dem Reisebüro (Palatia-Travel) blieb er stehen und was, natürlich, zündete sich eine Zigarette an. Kein schweifender Blick in die Runde, so wird man auf mich nicht aufmerksam. War es Zufall, hatte er sich nach Kreuzberg verirrt oder wohnte er in [illegible]? Nicht er, ausgeschlossen. Ausgeschlossen wie Zufall, man läuft sich in einer Woche nicht mehrere Male zufällig über den Weg. Das Kontingenzproblem in der Praxis. Da er laut Nadja aber ein alter Freund von Jakob war, würden die Begegnungen im Institut und auf der Geburtstagsfeier noch eben in den Bereich der Wahrscheinlichkeit fallen, eine Kette möglicher Faktoren. Früher oder später.

Ah ja, die Morena-Bar war sein Ziel. Wo die Oberhippen verkehren, jeder ein Webdesigner oder DJ. Oder VJ oder Schauspielerin. Keine zehn Pferde brächten sie in das Lokal, zehn Hornochsen. Dass er nicht sonderlich heiter wirkte, hatte sie nicht zu interessieren, nicht die Bohne. Als das letzte Kind aus der Tür sprang, nahm sie ihre Penny-Tüte vor die Brust und schlüpfte hinein, Dauerkarte in den Schlitz und ab in die Umkleide. Nach dem Schwimmen in den warmen Massagepool, sich von einer der stark sprudelnden Düsen den Rücken durchkneten lassen, bis die Muskeln ganz entspannt sind. Arme, Beine, Hintern. Wunderbar fühlt sich das an, man muss sich regelrecht zwingen, aus dem Bassin wieder rauszukommen.

Ein Scheißdreck, dachte Christian, ich wusste es. Popkultur mit Ziertüchlein, zeitgenössische Kunst der unstrittigsten Art und Theoriesimulationen für Leser, denen ihr Auf-Partys-und-Vernissagen-Mitredenwollen sechs Euro im Monat wert ist. Feel-good-Journalismus, der Kompetenz vortäuscht, um einem geschmacksfreien Publikum das Wochenende zu veredeln, Atelierstorys und Kaufempfehlungen, junge Malerfürsten im Pinselrausch. Dazu Fotografie als Design, Inneneinrichtung als Gemütsdekoration. Und gezahlt wird nur der Durchschnitt, die Anlaufphase, Kalkulationsprozesse. Für einen Apple und ein Ei verkaufe sich, wer mag, das geht doch nicht.

Er setzte sich vor dem Café auf einen Poller und holte sein Notizbuch aus der Jackentasche. Der kryptoreligiöse Kunstglaube des universellen Kleinbürgers, schrieb er hastig, Erhabenheitsapostel, die seit jeher Format und Ausdruck verwechseln. Mit einem bildenden Künstler befreundet zu sein, das Mantra ihrer aufgeklärten Sensibilität. Er strich ›aufgeklärten‹ durch, dann auch ›Mantra ihrer Sensibilität‹, und schrieb: ihrer trotz Business von morgens bis abends voll entfalteten Kunstsinnigkeit. Meint was? Stichworte, die man irgendwann irgendwo einbauen kann.

Wenn ihm der Herausgeber wenigstens sympathisch gewesen wäre. Ein flotter Poser, dem das Muster der Sitzbezüge in seinem Auto so sehr am Herzen liegt wie die Menükarte beim Presseball, immer für eine Glosse gut. Die Hose des Artisten, Brillenmodelle und Haarschnitte. Was regst du dich auf, war dir alles vorher bekannt, Christian schlug das Notizbuch zu und steckte es zurück in die Jacke. Sah den Ähditter in Schief mit seinem Computer die Wiener Straße überqueren und in einer Hofeinfahrt verschwinden: Gewerbelofts, direkt vom Eigentümer. Paul Schulze, Bandagen/Rollstühle. Antiquariat. Futon Paradies, vegetarische Burger. Ein türkischer Imbiss, ein vietnamesischer, ein thailändischer; auf der anderen Seite, wo er saß, das Schwimmbad, der dreieckige, von Pollern gesäumte Platz, Cafés, ein Reisebüro. Als hätten Demonstranten Farbeier geworfen, sprenkelten bunte Kleckse die zartblaue Fassade über dem Eingang des Bades, bekämpft den Schmetterlingsstil. Links davon war eine Front verschatteter Scheiben, hinter denen sich eine dieser Ruhezonen erahnen ließ, Grünzeug, weiße Plastikliegen. Wer schwimmt denn bei dem Wetter in einer Halle, schließen die nicht während der Sommermonate? Er selbst ging nie, Kondition pumpen, unter Wasser ausatmen wie im Lehrbuch. Alles mal draufgehabt

Im Umkreis der Rampe standen acht Fahrräder, die meisten an das Geländer gekettet, insgesamt also vielleicht zwanzig Besucher, die sich hier tummelten statt im Prinzenbad. Schwachsinnige Zählerei, die ihn nicht darüber hinwegtäuschen konnte, dass er einen Fehler gemacht hatte, schlimmer, einen vermeidbaren, weil, man darf sich nicht mit jemandem treffen, den man widerwärtig findet, politisch haltlos vom ersten Artikel an, den das Großfeuilleton von ihm veröffentlichte. Restauration pur, weder gerührt noch geschüttelt. Wenn Christian es sich nicht geschworen hätte (keinen Alkohol vor sieben), wäre jetzt ein Cognac fällig gewesen, um seinen Ärger herunterzuspülen. Und ein paar Bier. Müßige Gedanken, fruchtlose Selbstbeschuldigungen, die jedoch der Grund dafür waren, dass er sie erblickte, überhaupt erblicken konnte, und sich nicht schon längst wieder auf dem Weg zum Görlitzer Bahnhof befand.

Unter dem Laubdach der Bäume schob eine Frau ihr Rad quer über den Platz. Ohne Brille, mit nassen, zerzausten Haaren, an der Lenkstange eine Penny-Tüte. Würde sie eine Brille tragen. Irgendwie im Zustand der Geistesabwesenheit, als führe sie ein Selbstgespräch, blond, mit hoher Stirn. Sah nicht nach links und nicht nach rechts, dieser Mund, dieses Gesicht, aber das war sie, Madame *Razorin,* das war unbezweifelbar Nele. Die sich am Freitagabend so plötzlich aus dem Staub gemacht, sich auf französisch verabschiedet hatte, die Kröte. Unausweichlichkeit, ein ums andere Mal. Christian sprang auf und lief zu ihr hin, stellte sich vor sie. Das heißt, stoppte sie, indem er mit der Fußspitze ihren Reifen berührte.

»Geht's noch?«

»Ich lad' dich ein.«

Sie starrte ihn an, blinzelte, kurzsichtig.

»Einen Kaffee«, sagte er, sagte das in einem höchst ruppigen Ton, »ein Mineralwasser, was du willst.«

Du Arsch, dachte sie, du Grobian, und entgegnete: »Nicht ins Morena.«

»Dann das Café daneben.«

Sie nickte und ging los, ihn im Handumdrehen in die Rolle ihres Begleiters versetzend.

»Du bist schwimmen gewesen?«

»Sieht so aus.«

»Ja.«

Nach einigen Schritten sagte sie: »Hundertvier Bahnen.«

Er rechnete.

»Zweieinhalb Kilometer.«

»Mehr.«

»Mit Schwimmbrille?«

»Natürlich.«

»Flossen?«

Sie lachte. Schüttelte lachend den Kopf, ohne ihn anzuschauen.

»Flossen sind verboten«, sagte Christian. »Unlauterer Wettbewerb.«

»Betrug.«

Ein nächster Seitenblick, der ihm enthüllte, dass sie keinen BH anhatte, dass Brüste unter dem T-Shirt schaukelten, nicht gerade kleine, und er sah wieder nach vorn. Schwimmen gewesen, dachte er, keine Lust aufs Anziehen gehabt, Frauen ohne Büstenhalter gab es in der Öffentlichkeit seit zwanzig Jahren nicht mehr.

Vor dem Café holte sie ein Etui aus der Tüte mit ihren Badesachen, aus dem Etui ihre Brille, und schob die Bügel vorsichtig über ihre Ohren. Kämmte sich mit gespreizten Fingern durch die strubbligen Haare.

Eine Kellnerin brachte zwei Espresso und zwei Apfelsaftschorlen.

Ein schnüffelnder Pitbull wurde von seinem Besitzer ins Innere des Lokals zurückgezerrt.

Sie zogen beide die Augenbrauen hoch, eine erste Gemeinsamkeit, diese furchtbaren Hunde.

Nele wohnte in der Nähe, Christian nicht, das hatte sie sich ja schon gedacht.

Er hatte sich in der Morena-Bar mit jemandem von einer neuen Zeitschrift getroffen, inkompatibel.

Sie versuchte, regelmäßig schwimmen zu gehen, nur am Schreibtisch sitzen war nicht gut.

Er trieb keinen Sport, also … im Moment.

»Sollte man aber.«

»Ich weiß.«

Ob er Journalist sei?

Er sei Journalist, er schreibe viel über Kunst. Über Kino, alles mögliche.

Und Musik?

Dazu verstehe er zu wenig davon, von klassischer Musik nichts, bei ihm zu Hause habe man keine klassische Musik gehört. Er könne auch kein Instrument spielen.

Sie zierte sich, als würde man sie zur Preisgabe eines Geheimnisses drängen, doch Christian ließ nicht locker.

»Ich habe Cello gelernt. Zufrieden?«

»Erzähl.«

Ihr nervöser Mund, ihre grünen, auf eine Stelle an seinem Hals gerichteten Augen.

»Man muss sich für ein Instrument entscheiden. Und Klavier hat mir nie wirklich gefallen, Klaviere haben so etwas Maschinenhaftes, während ein Cello … ein Cello lebendig ist. Das bedient man nicht einfach nach Anweisung.«

»Spielst du noch?«

Als hätte seine Neugier unliebsame Erinnerungen geweckt, verdüsterte sich – mangels eines moderateren Wortes – ihre Miene. Himmel, der sich bewölkt.

»Nein.«

Das war endgültig, zumindest für jetzt.

Er zündete sich eine Zigarette an.

»Du rauchst ganz schön.«

»Zählst du mit?«

»Vielleicht.«

Er nahm das Päckchen und las ihr vor: »Rauchen kann zu einem langsamen und schmerzhaften Tod führen.«

»Das wollen wir nicht.«

»Wir?«

Nele kreuzte die Arme, blitzte ihn unvermittelt an, und Christian, ihm stockte der Atem, ein Kloß in der Kehle wie schon auf Jakobs Party, die sie dann fluchtartig verlassen hatte. Eingeschnappt wegen einer absurden Kleinigkeit. Er schmiss die Zigarette hinter sich auf den Platz.

»Ich brauch' keine Beweise.«

»Das war kein Beweis, sondern eine Demonstration meines Willens.«

»Phantastisch.«

»Hab' ich Erfolg gehabt?«

»Du beeindruckst mich. Sehr.«

Darum handelt es sich am wenigsten, dachte Christian, du kannst dir deine Ironie sparen, den Panzer, den du dauernd anlegst, als müsstest du dich vor mir schützen, vor der Welt, vor dem Leben. Das ist Unsinn.

Mit den Augen lächeln, wenn es zu ernst wird, alle beide.

»Du sprichst italienisch.«

Ein Schulterzucken, das ihm lässig vorkam.

»Du hast mit Carl italienisch gesprochen.«

»Ich war ein Jahr in Rom. Vorher hab' ich bei Brenner Romanistik studiert, Literatur.«

»Und bei Jakob.«

»Wenn ich es mir heute aussuchen könnte, würde ich nach Mailand oder nach Turin. Oder Bologna. Außer man steht auf Touristen und Denkmäler, Rom ist voll davon. Und wo sie nicht sind, ist geschlossene Gesellschaft. Ich übertreibe, aber ungefähr so sieht es aus. Selbst in San Lorenzo, hinterm Bahnhof, da waren mal besetzte Häuser und ein Piratensender. Ist vorbei, die haben die Stadt inzwischen richtig kleingekriegt.«

»Bist du allein in Rom gewesen?«

Das sage ich dir nicht, dachte sie, gleichgültig, auf was deine Frage hinausläuft. Ob ich einen Freund hatte, eine Freundin, einen Lover, was geht es dich an. Zehn Minuten Bekanntschaft sind dafür nicht genug.

Ab wann kann man von Eifersucht reden, von aufkeimender Eifersucht? Das seltsame, oft ungesunde Bedürfnis, alles über eine Person zu erfahren, für die man bestimmte Gefühle hegt, etwas mehr empfindet als gewöhnliche Zuneigung. Noch in einem Stadium vor dem Bewusstsein, vor einer Sprache, in der es sich ausdrücken ließe.

»Ich hatte ein Zimmer in einem Wohnheim, nicht besonders toll, aber«, sie biss sich auf ihre Unterlippe, »die Zeit war ja begrenzt.«

Bruchstücke einer Grammatik des Herzens.

»Kennst du Rom?«

Christian verneinte, er habe es einmal bis Verona geschafft, einmal an den Lago Maggiore, südlicher nie. Er könne auch kein Italienisch, inwiefern das Land für ihn in jeder Beziehung ein Buch mit sieben Siegeln sei.

Was er damit sagen wolle?

Dass es ihm fremd sei, fremder als vorher gedacht.

»Als wovor?«

Eine Geschichte, die er recherchiere, er stoße jeden Tag auf Unbegreifliches, Merkwürdigkeiten in einem Ausmaß, das ihn echt erstaune.

»Italienische Kunst?«

Er stutzte, nickte bestätigend, doch, im weitesten Sinn dürfe man von einer Form italienischer Kunst sprechen, der

Kunst nämlich, etwas erst dann zu beenden, wenn niemand mehr lebe, auf der einen oder der anderen Seite.

Er sah sie an, Nele sah zurück, ob mit ähnlich rasendem Puls (die Temperatur), man kann nur spekulieren.

Unerträgliche Hitze. Und keine Sonnenschirme.

Sie spürte, wie ihr der Schweiß am Körper herunterlief.

Glitzernde Perlen an ihrem Hals.

»Ich muss bald los.«

»Wir sitzen fünf Minuten.«

»Ich . . .«

»Sollen wir unter die Markise?«

»Ich muss arbeiten.«

Ornamente aus Fußnoten und alphabetischen Listen, dachte Christian, durchnumeriert vom Jugendwerk bis zum letzten gekrakelten Brief. Büchner mit dreiundzwanzig tot, Kafka mit vierzig und Virginia Woolf nicht so viel älter geworden. Tuberkulöse Leben, die man aufbereitet und interpretiert, Randnotizen, Sektionsprotokolle.

»Da kann man nichts machen«, sagte er. »Arbeit geht vor.«

Im Ton seiner Stimme lag etwas Schneidendes, ungewollt Strenges, das auf ihrem Gesicht Züge von Entgeisterung hervorrief. Einer Verletzung, die so peinigend war, weil man sie (aus irgendeiner Annahme heraus) erwartete. Zwischen Neles Augen eine tiefe Falte, ihre Mundwinkel zitterten.

»Woran schreibst du?«

Sie hob ihre Hand, kopfschüttelnd, als wehre sie eine Zumutung ab, ein durchsichtiges Interesse.

»Wenn du mir keine Chance gibst, hab' ich von vornherein verloren.«

Logiken, die sich kreuzen, Sprünge vom Stammhirn zu den Ebenen der Theorie.

»Mir sind wissenschaftliche Texte immer schwergefallen, war nicht mein Feld. Und obwohl ich das von Anfang an wusste, hab' ich etliche Semester gebraucht, bis ich es mir eingestehen konnte, diese Unfähigkeit zur Systematik. Ganz im Gegensatz zu Jakob, der alles aus dem Ärmel schüttelte, Konzeptpapiere, Referate. Ohne seine Hilfe hätte ich das Studium nie zu Ende gebracht.«

Was ist das nur für ein Mensch? Der von einem Extrem ins andere kippt. Ihre Wangen brannten, ultraviolette Strahlung.

»Ehrlich gesagt, stammt meine Magisterarbeit von ihm, den größten Teil hat er geschrieben.«

»Dann wird sie gut sein.«

»Das steht außer Zweifel. Jakob und ich sind zusammen zur Schule gegangen, daher kennen wir uns.«

Ein Lächeln huschte über ihre Lippen, ihre Miene entspannte sich wieder. Gelöst, als sei nichts gewesen.

»Deutsch und Sozialkunde.«

»Französisch und Musik.«

»In der Dunkelheit des Rheinlandes.«

»Ich ...«

»Musik hätte mein Abitur noch ernsthafter gefährdet.«

»Ich komme aus Waren.«

Die Frage, in welcher Dunkelheit Waren beheimatet sei, schluckte Christian herunter, die Gefahr eines erneuten Missverständnisses erschien ihm zu groß.

»An der Müritz?«

Stell dich nicht dumm, dachte sie, oder guck in den Atlas.

»Mecklenburger Seenplatte«, sagte Christian, wie auf Knopfdruck die Worte eines dieser Prospekte im Ohr, *Wandern und Wassersport, lassen Sie für ein paar Tage Ihre Seele baumeln* (bevor Sie sich an selbiger aufknüpfen).

»Landschaftlich kann man nicht klagen, es ist schön.«

»Glaube ich unbesehen. Ich war nie in der Gegend.«

»Kauf dir eine Fahrkarte und fahr hin.«

»Allein hab' ich keine Lust.«

»Pech«, sagte Nele und winkte der Kellnerin (leuchtend tätowierte Schultern und Oberarme), die an einem der Nebentische Cocktails mit halbierten Ananasscheiben und Melonenschnitzen servierte (wo soll das enden, es ist kurz nach zwei?). »Wir möchten zahlen.«

»Er«, Christian deutete mit dem Mittelfinger auf seine Brust, »er möchte zahlen.«

»Wenn dir danach ist«, sagte die Kellnerin, »ich hol' den Bon.«

»Bist du ehrpusselig?«

»Wie bitte?«

Ein vergessenes Wort, ein Wort aus der Mottenkiste, und sie grinste (breit, spitzbübisch).

»Selbstverständlich zahlst du.«

»Du willst ja nichts mehr.«

»Ich muss arbeiten.«

»Jetzt gleich?«

»Praktisch.«

Auf leisen Pfoten hatte sich der Pitbull ihrem Tisch genähert, die Nietenleine im Schlepptau, von seinen Lefzen hingen weiße schaumige Fäden herab. Hechelnd, als würde er jeden Moment ersticken, stumpfer Blick. Nele rückte mit ihrem Stuhl ein wenig nach hinten. Kein Maulkorb, als sei das ein Schoßhündchen. Unverantwortlich, dachte Christian, aber ohne Idee, wie sich dem Tier gegenüber zu verhalten, der ist lieb, der will nur spielen.

»Mach was«, sagte Nele.

»Kusch«, sagte er, nicht besonders laut oder energisch, auch ein Wedeln seiner Hand blieb folgenlos. Verpiss dich, du Monster.

»Sorry«, sagte die Kellnerin, die zum Kassieren gekommen war, packte den Pitbull beim Halsband und zog ihn (ein Steiftier) mit einem kratzenden Geräusch übers Pflaster zu einem Wassernapf. Doch statt zu trinken, trollte er sich gähnend durch die geöffnete Tür ins Café.

»Neun bitte.«

»Stimmt so«, sagte Christian und steckte seine Zigaretten ein.

»Danke. Schönen Tag für euch.«

Nele stand auf.

»Hier war ich zum letzten Mal«, sagte sie. »Schlimm, oder?«

»Absolut.«

Er begleitete sie zu ihrem Fahrrad, einem älteren schwarzen Tourenrad mit Nabenschaltung, dem das Schutzblech an der Kette fehlte. Zwischen die Sattelfedern war eine Plastiktüte gestopft, die Klingel übergroß und verrostet. Mehr Glocke als Klingel – sofern sie überhaupt einen Ton von sich gab.

»Wo musst du hin?«

»Wo musst *du* hin?«

»U-Bahn.«

»Dann lass uns gehen«, sagte Nele.

Als er zögerte (wie hab' ich das aufzufassen?), wies sie stumm zur Skalitzer Straße (welchen Weg sonst, wenn wir schon an der Ecke sind?) und klappte den Ständer hoch.

Eine Zeitlang liefen die beiden schweigend nebeneinanderher. Als hätte Neles Entscheidung, Christian zur U-Bahn zu bringen, eine neue Situation geschaffen, die zu ungewohnlich, zu überraschend war, um einfach weiterreden zu können. Eine Situation, für die ihnen noch die richtigen Worte fehlten, Unbefangenheit, Normalität. Er versuchte, mit einem Blick aus den Augenwinkeln ihre Stimmung zu erkunden, doch Nele sah starr geradeaus, mit der linken Hand am Lenkerknauf das Rad schiebend, T-Shirt über der Hose. Die blonden ungekämmten Haare verdeckten ein Gutteil ihres Gesichts, der Hälfte, die sie ihm zuwandte, Brille, Nasenspitze, der Umriss ihrer geschwungenen Lippen wie ein Scherenschnitt. Ihm war nach einer Zigarette, aber er steckte sich keine an. Das Bild, das man von sich vermittelt, ein Kettenraucher ohne Selbstkontrolle, Teerlunge. Kontaminiertes, verschattetes Bild. Als sie an ein indisches Restaurant kamen, wurde es eng auf dem Bürgersteig, Tische und Stühle fast bis zum Bordstein. Beide blieben stehen. Und guckten sich an. Und lachten.

»Du zuerst«, sagte Christian.

»Hast du eine plausible Begründung?«

»Nein.«

»Also reine Intuition.«

Breitbeinig, rechte Hand auf der Hüfte. Ihre Haltung, wenn sie angriffslustig ist, Daumen nach vorn.

»Ist es nicht höflich, wenn man einer Dame den Vortritt lässt?«

»Unbedingt«, sagte Nele. Als sie das Ende der Tische erreichte, drehte sie sich zu Christian, über ihrem Kopf ratterte ein langer gelber Zug zum Görlitzer Bahnhof. Ein dichter Strom von Fahrzeugen wälzte sich in ihrem Rücken ostwärts, zu den Backsteintürmen der Oberbaumbrücke, einstmals die unpassierbare Grenze zweier Welten, Welt der Freiheit und Welt der Notwendigkeit.

»Verrätst du mir, über was du nachgedacht hast?«

»Nichts Spezielles.«

»Stimmt nicht«, sagte sie und ging weiter.

»Du weißt Bescheid«, sagte er, einen Schritt zurück.

Sie trug dieselben Hosen wie an dem Abend, als sie in

der Bar gewesen war, Bagpants in einem zerfließenden Muster ausgebleichter Grüntöne, eine Art von Militärdesign für unwegsames, waldiges Gelände. Flipflops mit orangefarbenen Riemchen, orange lackierte Nägel. Ob ihr bewusst ist, wie sie beim Gehen ihren Hintern schwenkt? Ein Seitenblick Neles signalisierte ihm, sofort wieder zu ihr aufzuschließen.

»Man merkt es nicht, du hast mir selber davon erzählt.«

»Dass man sich mit seinen Gedanken unterhält?«

»Reden an die Nation vor dem Einschlafen.«

»Die Nation«, sagte Nele und schenkte ihm ein mildes, leicht spöttisches, ein bestrickendes Lächeln, »die Nation ist das letzte, woran ich vor dem Einschlafen denke, seh' ich so aus?«

»Weniger«, erwiderte Christian. »Bis gar nicht.«

»Der Herr etwa?«

»Ich hoffe, du erwartest keine Antwort von mir.«

Ihre Miene wurde plötzlich ernst, und sie versanken (beide) aufs neue in Schweigen. Das Rumpeln und Rattern der Hochbahn über dem Mittelstreifen, in der Fassadenschlucht der Skalitzer nichts als rauschender Motorenlärm. Wie kann ich mich mit ihr verabreden, dachte Christian, ohne dass sie da eine Zwangsläufigkeit raushört? Dass sie glaubt, ich würde bei ihr eine Zuneigung vermuten, die bloß ein männliches Hirngespinst ist. Eine nebensächliche Frage, ein Angebot, ein Thema. Doch fiel ihm nichts ein, wie immer, wenn er eine entsprechende Absicht hatte. Gefühle. Und Nele, Nele machte keine Anstalten, ihm die Sache zu erleichtern, als hätte es ausgerechnet ihr, ausgerechnet jetzt, die Sprache verschlagen. Weiter als eine Minute hatten sie nicht mehr zu gehen, er wurde langsamer, sie wurde langsamer. Ein Großraumcafé, das Hannibal hieß, eckige Letraset-Buchstaben an den Schaufenstern, in denen sich dunkel ihre Silhouetten spiegelten, Mann und Frau und Fahrrad. Christian kramte in seiner Hosentasche, als sei dort die Lösung zu finden. Münzen, Zettel. Ein Krankenwagen verließ blaulichternd die Feuerwache auf der Wiener Straße und schlängelte sich durch die Reihen wartender Autos vor der Ampel, nachdem er abgebogen war, begann die Sirene zu heulen. Die beiden hielten an; über den Zebrastreifen zur Treppe, die auf den Bahnsteig hochführte, konnte sie schlecht mitkommen. In seinem Kopf Schwindel und Leere. Ihre Blicke trafen sich, Neles Augenlider flackerten, ein ebenmäßiges Gesicht voller Sehnsucht und Trotz.

»Übersetzt du mir was?«

Als hätte jemand anders gesprochen. Als würde man seiner eigenen Stimme zuhören.

Sie hob die Schultern.

»Italienisch.«

»Aus dem Italienischen?« fragte sie tonlos.

Christian nickte.

»Du redest manchmal so leise.«

Er räusperte sich. »Ein, zwei Zeitungsartikel.«

Sekunden, die Nele verstreichen ließ, für ihn war es eine Ewigkeit. Während durch ihren Kopf zehntausend ungeordnete Gedanken schossen.

»Klar. Warum nicht?«

»Darf ich dir die schicken?«

»Du darfst«, sagte sie und strich sich mit dem Handrücken über die schweißglänzende Stirn, grüne Blitze verschleudernd.

Herzklopfend holte Christian das Notizbuch und einen Kuli aus seiner Jacke.

»Schreibst du mir auf?«

»Wenn du das Fahrrad nimmst.«

Als sie ihm Notizbuch und Kuli zurückgab, war auf einer leeren Seite in Druckbuchstaben zu lesen: nfridrichat-gmx.net.

»Dein Nachname ist Fridrich.«

»Aber ohne i-e.«

»Ohne i-e.«

Sie stieg auf ihr Rad, die Penny-Tüte am Lenker.

»Tschüss.«

Bevor er etwas sagen konnte, fuhr sie auch schon die Wiener Straße hinunter.

Einige Augenblicke sah Christian ihr nach, dann wandte er sich um zur Hochbahn. Was war das, die Begegnung mit einem Phantom? Er schlug sein Notizbuch auf und vergewisserte sich, dass dort in ihrer Schrift ihr Name stand, Nele Fridrich. Er fragte sich, ob er ihr nicht etwas hätte anbieten müssen, ein Essen pro Übersetzung, denn es sollte ja nicht umsonst sein, sie sollte ja nichts umsonst für ihn tun. Dass sie denkt, er würde sie irgendwie ausnutzen, weil sich kein anderer gefunden hat. Denkt, er hätte lediglich nach einer Gelegenheit gesucht, um den Kontakt aufrechtzuerhalten, um sie wiedersehen zu können... aber genau darum handelt es sich, du Holzkopf, und falls sie das nicht mitgekriegt hat, war sowieso alles vergeblich. Als die Fußgängerampel auf Grün sprang, überquerte er die Skalitzer Straße, kaufte sich am Kiosk eine Zeitung für die Fahrt und lief beschwingt die Treppe zu den Gleisen hinauf.

Fünfter Todestag. Walter Zechbauer wusste aus langjähriger Erfahrung, wie das Publikum einer Lesung zu packen war, der Teil, der wegen des Autors, und der Teil, der seinetwegen in einem der Literaturhäuser zwischen Kiel und München saß. Neugierig auf jemanden, der als Deutscher in Tinseltown und Cinecittà gearbeitet hatte, noch mit Peckinpah und Fellini. Und sei es nur in Fernsehproduktionen gewesen, völlig unwichtig. Er hatte rares Filmmaterial aufgetrieben, das er zwischen den Textblöcken zeigen wollte, private Super-8-Streifen aus dem Garten, dem Haus vor den Toren New Yorks, das der Meister sich in der Werbebranche, als Redenschreiber für CEOs, mit Industriebroschüren zusammenverdient hatte. Nicht mit seinen vier Büchern, die allein hätten ihn ruiniert, vier Romane, die das Leben in der modernen Welt erschöpfend schilderten. Bis zur Erschöpfung, Business, Sex, Religion, Law. Frontalangriff im Radio und auf der Bühne, um einen jener Schriftsteller zu pushen, die er verehrte, *ladies and gentlemen, the presiding genius of postwar american fiction, the incredible William Gaddis.* Wie ihm seine erwachsene Tochter auf dem Rasen lachend die Haare schneidet, sein Sohn die Szene skeptisch beobachtet, wacklige Bilder, die einem elisabethanischen Königsdrama zu entstammen scheinen.

Wenn er ebensoalt würde, rechnete sich Zechbauer an seinem Stehpult aus, hätte er noch zwanzig Jahre, zweihundervierzig Monate, die es bis zum letzten Tag zu genießen galt. Zu genießen mit den Menschen und Dingen, die es wert waren, und das hieß für ihn, die einem in dem ganzen Müll der Gegenwart Erkenntnisse schenkten, Schönheit, Witz, Originalität. Die Schönheit des Erkennens, selbst des Schrecklichsten, in einer Geste, einem Blick, einer Zeile, einem Lied. In den Zeichnungen eines Comics so gut wie in der Strenge eines Angelopoulos, das eine gegen das andere auszuspielen nichts als Ressentiment. Zweihundert mal dreißig gleich sechstausend, mal vierundzwanzig gleich, er schloss die Augen, gleich einhundertvierundvierzigtausend Stunden, um sich mit dem zu beschäftigen, was den Glauben an die Gattung nicht restlos unterminiert. Die Hoffnung nährt, dass sie sich einen Funken des Göttlichen bewahrt hat.

Das Gezwitscher eines einzelnen Vogels drang durch die bodenlangen weißen Vorhänge, durch die angelehnte Balkontür in sein Arbeitszimmer, eine Amsel, dachte er, vielleicht die eine Amsel, die abends immer zu uns auf die Terrasse hüpft. In erstaunlichem Zutrauen, als wüsste sie, dass sie hier nichts zu befürchten hat. Er öffnete die Augen und beugte sich über ein dickes, in der Mitte aufgeschlagenes Buch, *JR*. Die Geschichte eines Zwölfjährigen, der sich am Telefon seiner High School ein Firmenimperium erspekuliert, verkrachte Lehrer, die ihm dabei behilflich sind, unzählige andere Personen in einem tausendseitigen Netz von Stimmen. Börsenmakler und Sekretärinnen, Erbtanten und Büroboten, deren Sprechweisen sie unverwechselbar charakterisieren. Gesäusel, Erpressungen, Liebesschwüre, das impertinente Nölen dieses frühreifen Lümmels. Ein Huckleberry Finn der Warenwelt, die mit prophetischem Gespür ad absurdum geführt wird – wie später das Rechtswesen in der *Letzten Instanz*. Ein Kapitel aus dem und eines aus dem vortragen, *nein, die Aktien, Anne, die Aktien, wir haben ihn gebeten, unsere Telefonaktien zu verkaufen,* grandioser Irrsinn. Nehmt es an als Geschenk, dachte Walter Zechbauer, mehr kann ich wirklich nicht für euch tun.

Jede Gesellschaft hat die Feinde, die sie verdient. Braucht sie auch, wie der menschliche Körper bestimmte Viren braucht, um das Immunsystem auf Trab zu halten. Als Bedrohung, die sie dazu zwingt, sich täglich auf ihre Wurzeln zu besinnen, und nicht nur in existentiellen Gefährdungssituationen. Zu warten, bis ein Hochhaus einstürzt, das falsche Prinzip. Als würde ein Sportler sein Training einstellen, weil er schon länger keinen Wettkampf gehabt hat. Ein Zeitfaktor, den man in der Öffentlichkeit gern ignoriert, trügerische Ruhe, die jeder Wehrhaftigkeit abträglich ist. Wer naiv glaubt, in Vollnarkose ließe es sich dauerhaft leben, begeht einen Irrtum, der in der Regel teuer bezahlt werden muss. Ohne Schmerzen, die dich warnen, bricht dir der Blinddarm durch, und du bist erledigt.

Klaus Witzke fuhr die Heerstraße hinunter, der kleine Yachthafen an der Scharfen Lanke war sein Ziel; im Sommer nach Dienstschluss das Boot aufzutakeln und zwei, drei Stunden über die Havel zu kreuzen, die beste Entspannung, die er sich denken konnte. Im Clubhaus etwas essen und trinken, unverfängliche Gespräche, zu Hause dann eine DVD, um einzuschlafen. Am Telefon hatte man ihm gesagt, dass der Wind zum Segeln reiche, dass es sich lohnen würde, rauszukommen. Er genoss es, unabhängig zu sein, seit seiner Scheidung niemandem mehr rechenschaftspflichtig, frei von Groll oder Reue. Er ging mit seiner Exfrau sogar wieder in die Oper, und den ersten Feiertag hatten sie alle zusammen verbracht, Tochter, Sohn, Enkelkinder in ihrer Wohnung unter einem prächtig geschmückten Tannenbaum. Was früher Stress gewesen wäre, gestaltete sich heute harmonisch, eine seltsame Pointe, ein Treppenwitz nach Jahren, Jahrzehnten enervierender Streitereien und Sticheleien.

Links die Abzweigung zum britischen Soldatenfriedhof, British War Cemetery, den sie in der siebten Klasse besucht hatten, mit anschließender opulenter Verköstigung in der Naafi-Kantine am Theodor-Heuss-Platz, 1956 noch Reichskanzlerplatz. Mit den Engländern lief die Arbeit vorbildlich, ein paar Operationen in den Siebzigern, die sich um die Verbindung von RAF und IRA drehten, Waffenverstecke im Tegeler Forst. Leute aus den eigenen Reihen, die man eingeschleust hatte, führten sie heran, Erreger, gegen die der Organismus seine Abwehrkräfte mobilisiert. Wie die Kinder am gesündesten sind, die im Dreck spielen dürfen, man muss sie abends bloß gründlich abduschen. Binsenweisheiten, trotzdem nicht weniger richtig. Witzke schaltete die Klimaanlage seines Toyota auf Stufe eins und betätigte den Fensterheber. Zuviel Hitze, die ins Innere wehte, auf dem Wasser draußen würde es kühler sein. Abkühlung am Ende des Tages.

Constanze Erdinger stand hinter dem Tisch mit der Acrylglasplatte und telefonierte. Hochgeschlossenes Oberteil, schwarzer Rock. Außer ihr schien niemand in der Galerie anwesend, vielleicht im zweiten Raum, wer weiß. Sie machte eine Armbewegung, die sehr entschieden wirkte, hören Sie, wir hatten eine Verabredung. Daumen und Zeigefinger bildeten ein O, das sie in die Luft stieß, die anderen Finger starr gespreizt. Unbestreitbar war sie im Recht, auf ihrer Wange kräuselte sich eine aschblonde Locke. Bevor sie sich zum Schaufenster drehen und ihn entdecken konnte, setzte Christian seinen Weg fort – kurz hatte er mit dem Gedanken gespielt, zu ihr reinzugehen und die Reise nach Venedig abzusagen, oder jedenfalls die Einladung zu einer gemeinsamen Gondelfahrt zu relativieren; oder was er da letzte Woche erzählt hatte, wie ein Kasper. Sein Handy teilte ihm vibrierend mit, dass eine SMS eingetroffen war, Jens Schillings, der fragte, wie es *bzgl. Lucia* sei. *bin übermorgen früh in deinem büro,* antwortete Christian, ist übermorgen Donnerstag? Was *früh* bedeute, wollte Jens wissen, *10 h, ok.*

Im Minimal auf der Schönhauser Allee kaufte er sich eine Pizza, Bier, zwei Schokoriegel, und marschierte nach Hause. Was man so zu Hause nennt. Er hatte das Gefühl, in seinem Roman heute weiterzukommen, schreiben zu können, ohne jedes Wort auf die Goldwaage legen zu müssen. Die ganze Nacht durch, wenn's sein musste.

Vor seinem Bildschirm David Tremmel, vor elektronischen Kontoauszügen. Sein persönliches Verlangen war das sicher nicht.

Über der Hasenheide (Neuköllner festliche Tage) explodierte ein Feuerwerk, Fächer von grünen und roten und gelben und silbernen Sternchen zerstoben am kobaltblauen Himmel.

Im Radio die Mamas & Papas: *Birds are singing in the sycamore tree,* Mama Cass an einem Sandwich erstickt (tatsächlich, sagte der Moderator, war es eine Herzattacke): *Sing a little song for me.*

Vera Sellmann saß an einer Bar und trank.

In den Depots der Stadtreinigung wurden Wasser und Reinigungsmittel in die Tanks der Kehrmaschinen gefüllt, Mechaniker tauschten alte Bürsten aus.

Einen Mann, der mit dem Spruch: Na, auch allein ... heranrückte, verscheuchte sie mit einem Blick, vor dem ein Nashorn eingeknickt wäre.

Das Geräusch aufs Pflaster knallender Bretter, Dieselmotoren. Am Landwehrkanal errichteten Arbeiter die Stände des Wochenmarkts, sich mit lauten Zurufen in türkisch und deutsch verständigend, zum Schluss warfen sie feste Ölplanen über die Holzstangen. Enten und Schwäne, die auf dem grünen Wasser trieben.

Ein älterer Patient, in Bademantel und Schlafanzug, spazierte an der Uferböschung vor dem Urbankrankenhaus rauchend auf und ab. Leere Bier- und Weinflaschen um die Bänke herum, zerknüllte Holzkohlepackungen.

Zerrissene Träume, an die er sich nicht genau zu erinnern vermochte. Ein Mann, der sich irgendwie an einer Balkonbrüstung hochzuziehen versucht, ein Junge stemmt sich gegen die Tür, die Mutter ist bei der Arbeit. Das alte Lied, dachte Christian, als er mit einer Tasse Espresso ins hintere Zimmer zu seinem Computer ging. Der Bildschirmschoner ließ bunte Kreise über den Monitor tanzen, weil er den Sony im Morgengrauen nicht heruntergefahren hatte – fünf Minuten ausruhen, und dann war er auf dem Futon eingeschlafen. Christian speicherte den Text der Nacht, ohne ihn noch einmal zu lesen, trank einen Schluck Espresso, zündete sich eine Zigarette an. Die Untertasse neben dem Notebook quoll von Stummeln und Asche über, er musste Kette geraucht haben, am Rand des Tapeziertisches die ausgetrunkenen Flaschen Budweiser. Ein schwacher Kopfschmerz, der aber auf der Stelle verflog, als er seinen Account öffnete: *Lieber Christian, Du warst ja schnell mit Deiner Mail, also antworte ich schnell. Die Artikel sind nicht schwer zu verstehen, die Headlines reißerisch wie immer in der italienischen Presse. Mit dieser Blumigkeit, die sie für Poesie halten, fernab von jeder Objektivität. Selbst in Repubblica, die unter den bürgerlichen Zeitungen eine der seriöseren ist. Die anderen gehören alle Fiat oder Berlusconi. Beziehungsweise halten sie das gar nicht für Poesie, sondern denken so. Verquirlt. Was interessiert Dich am Thema, an der Auslieferungsgeschichte? Herzliche Grüße, Nele.*

liebe nele, mich interessieren die menschen hinter der geschichte, hinter einer zeitungsmeldung, im vorliegenden fall auch die offensichtlichkeit, mit der man sie zu den spielfiguren in einer abgekarteten partie macht. sie zu zwecken benutzt, die mit den eigentlichen vor-

würfen gegen sie nichts zu tun haben. persönlich und historisch, wobei sich die beiden bereiche vermengen und kaum zu entwirren sind in den linien des sogenannten bewaffneten kampfes der 70er & 80er jahre. aber primär eben, was es heißt, wieder gejagt zu werden, nachdem man sich eingerichtet hatte in einer durchschnittlichen existenz, die bis aufs haar anderen mittelstandsexistenzen gleicht. es würde mich reizen, eine/n von ihnen zu interviewen, dazu muss es mir nur gelingen, an sie heranzukommen, was allerdings (naturgemäß) einen rattenschwanz von problemen aufwirft. derzeit sammle ich so viele informationen wie möglich, da ich kein italienisch kann, bleiben mir jedoch bestimmte interne einschätzungen und analysen verschlossen, obwohl im netz in den verschiedensten sprachen reichlich zu finden ist. wenn wir den inhalt (tenor) der artikel einmal erörtern könnten, wäre das schön. herzliche grüße zurück, christian. ps: und vielen dank für deine mühe, sag mir, wann du zeit hast, ich würde mich sehr freuen.

Zu reserviert? Zu wenig Nachdruck? Ihr die Initiative überlassen zu haben, dachte Christian, während er den Weinmeisterweg herunterrollte, war nicht ideal, klüger wäre es gewesen, er hätte (so zwanglos wie verbindlich) schon einen Termin, einen originellen Ort für ein nächstes Treffen vorgeschlagen, für ein Gespräch über, sagen wir, die politischen Verhältnisse in Italien. Oder? Meldet sie sich nicht, innerhalb von drei, nein, von zwei Tagen, werde *ich* ihr schreiben, schreiben müssen, daran beißt keine Maus einen Faden ab. Gewissheiten aus der Praxis, Eingebungen.

Er bremste, weil ihm die Fahrt zu rasant wurde, auf dem Rad zwischen Autos und Straßenbahnschienen das Gefälle vom Prenzlauer Berg (Berg!) nach Mitte herunter, in den Eingängen des Parks auf seiner Seite Gruppen arabischer Dealer, die jedem Passanten ungebeten ihre Warenpalette zuzischelten (es war kein Flüstern), Tag und Nacht, außer eine Razzia hatte sie für Stunden vertrieben, dann folgten Tisch an Tisch Cafés und Snackbars bis zum Rosenthaler Platz, ein Weltfragment aus Latte macchiato und kambodschanischen Reisgerichten, Essen vor Spiegelwänden, in denen sich einsame Gesichter beim geübten Hantieren mit den Plastikstäbchen zuguckten. Bin ich das? Wahrscheinlich, keine Ahnung.

Kurz vor dem Hackeschen Markt bog er in die Passage zum Central, der einzigen Passage weit und breit, die von Renovierungsarbeiten verschont geblieben war, bröckelnder Putz, Brandmauern, graue, zerschossene Fassaden, und also ein Lichtblick inmitten der Tourismushölle ringsum, Blechskulpturen im zweiten Hof, wo ein Club und das Kino dem Renditekartell hatten widerstehen können. Auf den Gitterstufen ins Foyer hockte der dicke Bruno mit einer Eistüte, neben sich die Fototasche (Digitalkamera drin?), in Gesundheitssandalen und braunem Leinenanzug (geschneidert von einem Studio, das den bekloppten Namen Diabolus trug), unrasiert, beinahe vollbärtig – was in merkwürdigem Kontrast zu seinem wuchtigen, frischgeschorenen Schädel stand, der Prior des Dokumentarfilms, nicht zu korrumpieren. Wie James Benning und Chris Marker, Stan Brakhage und Jonas Mekas, seine Helden.

Als hätte er Christian erwartet (konnte nicht sein), stemmte sich Bruno an einer Sprosse des Geländers hoch und reichte ihm die Hand.

»Sind wir die ersten oder die letzten?«

»Marietta«, sagte Bruno, und die Intonation erlaubte zuverlässige Rückschlüsse auf das gegenwärtige Stadium ihrer Beziehung: ein gedehntes e, ein eher gehauchtes a in seiner durch einen starken Südtiroler Akzent gefärbten Ausdrucksweise; man würde sich im Saal mehrere Reihen vor oder hinter sie setzen. So geschah es, Dunkelheit, über drei Köpfen die Strahlenbündel des Projektors, die sich auf der Leinwand in Schrift verwandelten, das Verleihzeichen, eine Frau in einem Sommerkleid, der ein Mann hinterherspioniert, der sich als ihr Geliebter entpuppen wird. *Die Gefangene,* Band fünf der *Recherche,* ins Paris der Jetztzeit verpflanzt. Während des Films machte Christian sich Notizen auf der Rückseite des Pressehefts, das ihnen an der Kasse von einem übellaunigen Vorführer in die Hand gedrückt worden war, Bruno stoisch wie ein Buddha, Marietta vorne tief in den Sessel gerutscht. Als nach den Titeln das Licht wieder anging, verschwand sie grußlos – selbst Christian als ein alter Kollege war für Marietta in Begleitung Brunos nur Luft.

»Trinken wir was?«

»Hackbarths, sonst fällt mir nichts Zivilisiertes in der Nähe ein.«

»Von mir aus«, sagte Bruno und begann Christian eine haarsträubende Geschichte zu erzählen, dass ihm nämlich ein Sender einen Steuerbeleg zugesandt habe (spätabends hatten sie einen seiner Filme noch einmal ins Programm genommen), auf dem in sämtlichen Rubriken die Zahl Null stand, Autorenhonorar und Urheberrechte und Nebenrechte und Aufwandsentschädigung und Materialkosten, als säße in den Redaktionen oder in der Finanzbuchhaltung eine Person (wie er das Wort Person aussprach), die zur Verhöhnung der künstlerischen Mitarbeiter abkommandiert war, die ihnen durch Briefe wie den besagten amtlich zu bestätigen hatte, dass sie in den Augen der TV-Beamten ein Dreck waren, der froh sein durfte, überhaupt je einen Cent für eine Ausstrahlung empfangen zu haben.

»Klingt das nach Klage?«

»Ein bisschen.«

»Falsch. Das klingt nach Littleton, nach Pumpgun, nach Ohrenabschneiden.«

»Wenn du dir zutraust, die richtigen zu erwischen.«

»Ich hab' den Brief meinem Sachbearbeiter gezeigt, das hat sein Herz gerührt.«

»Heißt?«

»Stütze für drei Monate, ohne mich zwischendurch melden zu müssen. Spuren von Mitleid und Erbarmen im Gesicht von Herrn Eisenhart.«

»Das ist nicht wahr.«

»Doch. Eisenhart im Sozialamt Friedrichshain.«

Sie bestellten am Tresen, ein Tisch auf dem schmalen Bürgersteig.

Bruno Dusini war einer der Menschen, denen Christian gern zuhörte, seinem Geraunze über die Verfassung der Welt, den Arabesken seiner Erlebnisse, aberwitzigen Projekten, die er mit beneidenswerter Ausdauer realisierte. Zu Fuß von Eberswalde nach Deutsch Wusterhausen, und jeden Kilometer einen Schwenk um 360 Grad, Begegnungen mit Dorfbewohnern, die er in Gespräche verwickelte, das Porträt eines Wanderzirkusartisten, den er am Straßenrand getroffen hatte, in einem anderen Film. Dass Bruno bei allen seinen Arbeiten draufzahlte, war die Regel, die Summe, die er in Kalkulationen für sich vorsah, äußerst gering (immerhin einen Anzug vom Schneider, den leistete er sich). Auf Christians Frage, warum er zu der Pressevorführung gekommen war, gab er zur Antwort: erstens kein Eintritt, zweitens kein Publikum, drittens Akerman. Und hob zu einem detailreichen Vortrag über die belgische Regisseurin an, der ihn beschämte, eigentlich hätte Bruno die Kritik schreiben sollen. Wenn er nicht mit der Hälfte der Journalisten des Landes verkracht gewesen wäre. Nach einem Weizenbier und einer weiteren, genüsslich ausgeschmückten Geschichte aus dem Innern des Apparats verabschiedete er sich (das bodenlose Unwissen eines neuen Fernsehredakteurs, der weder Carmelo Bene noch Ken Jacobs kannte, folglich niemanden), das Presseheft in der Jackentasche, Bruno Dusini aus Furlan in Alto Adige, Dokumentarist. Einer der Guten.

Allons enfants, murmelte Christian und holte seine Notizen hervor, um zu überfliegen, was er sich während der Vorstellung aufgeschrieben hatte. Anscheinend waren Marietta und er die beiden einzigen, die den Film besprechen würden, zwei Zeitungen unter einem Dutzend, die Akerman den Platz einräumten, der ihr gebührte. Das Gesetz des Marktes, das Gesetz des Masse. Seifenopern. Er skizzierte eine Gliederung, die um die Begriffe Obsession, Gefangenschaft, Verrat kreiste, und fing zu formulieren an, mit gedämpfter Stimme Sätze zu bilden, Teile von Sätzen, kurze zusammenhängende Stücke aus Subjekten und Prädikaten; den ersten Eindruck in Worte fassen, nicht zu lange nachdenken, Feinheiten später zu Hause. Am Abend müsste der Artikel fertig sein, das nahm er sich vor, nicht morgen und nicht übermorgen. Er würde heute alles nach Hamburg mailen, einen Titelvorschlag und seine Bankverbindung – falls Antje sie aus irgendwelchen Gründen nicht mehr hatte. Er drehte sich zum Tresen und rief:

»Ich möchte ein Beck's.«

Die Barfrau nickte.

Also? Ein Dreiklang: *Liebe in Zeiten der Diskursanalyse, eines verschlissenen Alltags, prekärer Verhältnisse.* Nicht übel. Und dann? *Glaubt man den Bildern des Kinos der letzten zehn Jahre, von Laetitia Masson bis Wong Kar-Wei, sind ihre Insignien* (der Liebe) *Mobiltelefone und flackerndes Neonlicht, ihre Orte schäbige Hotels und Schnellrestaurants, ist Sex eine hektische Verrichtung zwischen Tür und Angel.* So geht's. Im nächsten Satz *Fluchtlinie* unterbringen, *Begehren und Gegenwart. Fluchtlinien der Gegenwart, die das Begehren durchkreuzen und mit sich fortreißen.*

»Dein Bier.«

»Danke.«

Besser ist: *Als würden die Fluchtlinien der Gegenwart zwangsläufig jede Beziehung durchkreuzen und mit sich fortreißen* – doch da blieb das Begehren auf der Strecke. Von vorn. Wieder von vorn. Und jetzt? *Liebe in Zeiten der Diskursanalyse, eines verschlissenen Alltags, prekärer Verhältnisse. Glaubt man den Bildern des Kinos der letzten zehn Jahre, von Laetitia Masson bis Wong Kar-Wei, sind ihre Insignien Mobiltelefone und flackerndes Neonlicht, ihre Orte schäbige Hotels und Schnellrestaurants, wird Sex zu einer hektischen Verrichtung zwischen Tür und Angel. Wobei es fast schon gleichgültig ist, mit wem, als fände das Begehren kein Objekt mehr, an das es sich zu binden vermag, als würden die Fluchtlinien der Gegenwart zwangsläufig jede Beziehung durchkreuzen und schnell mit sich fortreißen.*

Hinter *Beziehung* noch *vom ersten Augenblick an,* dachte Christian und trank das Glas halb aus. Die Wirkung des Alkohols ließ nicht auf sich warten, er spürte, wie es ihm in den Kopf schoss, ein Schwindelgefühl, das in warmen Wellen zwischen seinen Schläfen pulsierte. Sich dem nicht ganz zu überlassen (warum tust du das?), war eine echte Herausforderung, Stunden vor der selbstgesetzten Zeit.

hast du deine meinung geändert
da ist nachts keiner
das weißt du nicht
da ist niemand drin
trotzdem
die kriegen einen verbraten
wie viele hast du fertig
zwei
ich bin dagegen
so gebäude haben sprinkler

farbe ist auch symbolisch
es gibt abstufungen
wo bist du
zlb
rufst du mich mal an
ich bin im lesesaal
dann geh raus mein daumen fällt ab
ich komm zu dir
ich bin bei n
die ist dafür
stimmt nicht
komm her
ok
lösch die liste
ich bin ja nicht du

Lieber Christian, was heißt Mittelstandsexistenz, sind wir im Westen nicht alle Mittelstand, und zwar einer, der sich parasitär von den Ressourcen der Erde ernährt? Wo verläuft die Grenze, sozial, geographisch, ideologisch (obwohl ich das Wort für verblendend halte, man will, was man will, man wünscht, was man wünscht, falsches Bewusstsein ist DIE ideologische Kategorie überhaupt), und wie wäre sie aufzuheben? Ein unsichtbares Proletariat (!), das unsichtbar (unbenennbar) zu bleiben hat, in einem beweglichen Zentrum, das seine Peripherien (sowohl geographisch als auch juristisch) jeden Tag neu definiert, umdefiniert (siehe die weltweite Frage der Migration), wie es gerade am profitabelsten erscheint. Dass das Prozesse sind, die niemanden (von uns, dem Mittelstand) verschonen werden, ist so klar wie Kloßbrühe, noch braucht man wohl, in Deutschland wie anderswo, New Labour, Sozialdemokraten und Grüne dazu, aber diese Mohren (stricte sensu shakespearisch) haben bald ihre Schuldigkeit getan. Hören wir also auf, vom Mittelstand zu reden, der ist erledigt. Aber ich finde Deinen Plan gut, es darf sich nur nicht darum handeln, Beichten abzulegen oder zu verlangen, sondern Erfahrungen zu schildern, aus denen man etwas lernen kann. Fehler und Irrtümer sind sowieso die einzige Produktivkraft (oder?), Erfolg macht fett. Eine bestimmte Art von Erfolg. Ich habe nichts gegen Erfolg. Den wünscht dir herzlich, Nele.

Zweiundzwanzig Uhr achtzehn, und sie wünscht mir Erfolg.

liebe nele, natürlich bin ich mittelstand, bist du mittelstand, doch neigt der mensch zu einem privaten blick, der ihm eine offenere perspektive mitunter verstellt. ich bestreite nichts von dem, was du schreibst, und das letzte, um was es mir bei einem gespräch ginge, wären gesten der entschuldigung oder unterwerfung (unter die macht, die praktisch dieselbe ist wie vor 30 jahren). ich meinte mit mittelstand eine fallhöhe, die in meinen augen etwas absurdes oder exemplarisches hat, je nachdem, welchen standpunkt man wählt. gerechtigkeit ist keine sache von gerichtsprozessen, vor allem nicht historische. (wer sagte das noch mal zu seinen richtern: sie können mich verurteilen, aber die geschichte wird mich freisprechen, che guevara, lenin?) ich gestehe, dass ich nicht genau weiß, auf was ich eigentlich hinauswill, vielleicht könntest du mir da unter die arme greifen, vielleicht hast du ideen, die mir weiterhelfen oder mir aspekte erschließen könnten, auf die ich bisher nicht gekommen bin. ich bin absolut nicht sensationsgierig, eher ist es so, dass mich dinge fesseln, an denen etwas ersichtlich wird über einzelne schicksale hinaus (jetzt nagel mich nicht auf das wort schicksal fest). es ist das schnelle vergessen, das gesellschaften ruiniert, diskreditiert, moralisch aushöhlt (ein Benjamin-Zitat würde hier passen; wenn man eins parat hätte), *jenseits der politischen oder ökonomischen dimension. geschichte als geschichte, verstehst du, das allgemeine im konkreten, etwas anderes kann ein gespräch im prinzip nicht leisten. herzliche grüße, christian.*

Ein abruptes Ende, und wieder nicht den Punkt getroffen.

Lieber Christian, ich verstehe (bin gar nicht so schwer von Begriff), und es interessiert mich, was Du vorhast (das mit dem ›Freispruch vor der Geschichte‹ stammt übrigens von Fidel Castro – google dich klug: »Verurteilt mich; das hat nichts zu bedeuten; die Geschichte wird mich freisprechen.« Man beachte den Pluralis majestatis). Was hältst du von Freitag? Um 14 Uhr vor dem Eingang zum Görlitzer Park an der Hähnchenbude, Skalitzer Straße, weißt du wo? Sag mir Bescheid, Nele.

Mit Vergnügen. Aller-, allergrößtem Vergügen.

Mindestens vier- oder fünfmal so groß, dachte Christian, als er Carl Brenners Büro mit dem Jakobs verglich, doch der Vergleich hinkte, da der Raum, in dem Jakob seine Tage zubrachte, ein Verschlag war, zwar mit Fenstern, aber eben ein Verschlag, was schon sprachlich eine niedere Gattung darstellte. Äpfel und Birnen, nicht zu vergleichende Klassen. An der einen Längswand ein Bücherregal vom Boden bis zur Decke, gegenüber ein schwarzes Sideboard mit breiten Schubladen, auf dem wiederum Bücher standen, Aktenordner, Folianten, Magisterarbeiten in dieser typischen Copyshop-Bindung, in der Ecke eine genoppte Bauhausliege zum Ausruhen von der Dante-Forschung neben einer Stehlampe mit Reispapierschirm, und vor dem Regal ein Office-Schreibtisch, der auch einem Manager gefallen hätte, plus dazugehörigem, ergonomischem Ledersessel. Im Weltall erprobt, im Cockpit eines Space-shuttle. Papierstöße und ein Computer befanden sich in Griffweite auf einem schlichten eleganten Tisch mit Stahlrohrbeinen – so ließ es sich arbeiten.

Allein Carls Aussehen, seine Kleidung, das ausgeleierte,

ausgewaschene Sweatshirt, der graue Zopf und die grauen Bartstoppeln fügten sich nicht recht in die Umgebung ein; als hätte man ihn ins Bild kopiert, wie auf einer Collage Max Ernsts. Erwartungen, die man hat, wenn man jemanden in einer ranzigen Bier-Bar unter Bedingungen näher kennenlernt, die alle und alles über einen Kamm scheren, im Vollrausch. Mehr oder weniger Vollrausch, dachte Christian, nachdem er sich von seiner Überraschung erholt und vor Carls Schreibtisch Platz genommen hatte. Das war eine Viertelstunde her, und es gelang ihm einfach nicht, ihren Small talk in die gewünschte Richtung zu lenken. Und Carl machte keinerlei Anstalten, ihm behilflich zu sein. Sein zu wollen, obwohl sie beide wussten, warum er vor ihm saß. Bis eine Pause eintrat, die Carl, zurückgelehnt in seinem Sessel wippend, plötzlich mit der Frage beendete:

»Hast du eine Zeitung, die das drucken würde?«

»Am besten wäre ein Magazin«, sagte Christian.

»Mit Fotos wirst du nicht dienen können.«

»Ich besitze keine Kamera.«

»Jedes Handy hat heute eine Kamera, sogar meins.«

»Es gibt Kameras, deren Objektive sind nicht größer als eine Erbse. Sehr teuer.«

»Wie teuer?«

»Tausend Euro, zweitausend Euro.«

Carl verschränkte die Arme im Nacken und atmete, deutlich hörbar, aus.

»Es ist ein Irrglaube, dass Bebilderung einer Geschichte Prägnanz verleiht. Als würde erst ein Bild die Echtheit eines Ereignisses bescheinigen, es hat stattgefunden, es war real. Wie ein amtliches Dokument bei einer Kontrolle, ha'm wir Bilder davon? Für mich funktioniert die Welt immer noch anders.«

Glaubt er das? Es ist aber die Wahrheit.

»Demnächst werden die Leute Fotos von ihren Fotos aufnehmen, um sich zu vergewissern, dass sie etwas gesehen haben, oder Fotos von Dias, die sie irgendwo bei einem Straßenhändler gekauft haben, oder sie fangen an, ihre Bildschirme zu fotografieren.«

»Ausdruck eines Ausdrucks.«

»Ausdruck eines Eindrucks, beziehungsweise umgekehrt.«

»Du«, Carl zögerte, dann beugte er sich vor und legte seine Unterarme mit gefalteten Händen auf den Schreibtisch. »Du bist fest entschlossen.«

»Ich muss dir nicht sagen, von was meine Entschlossenheit abhängt. Von Voraussetzungen, die sich meinem Einfluss entziehen. Keine Kameras, keine Ortsangaben, keine Psychonummern. Nur, wozu man von sich aus bereit ist.«

»Was versprichst du dir?«

»Ich hab' keine These zu beweisen, ich hab' keine vorgefasste Meinung, die ich mir bestätigen lassen will. Ich würde sämtliche Bedingungen akzeptieren.«

»Du springst.«

Ja, dachte Christian, es war eine Prüfung, zudem in einem Professorenbüro mit allen Hoheitszeichen des Professoralen, den zahllosen Büchern, in denen Zettel steckten, den Jahrgängen einer Fachzeitschrift, deren identische Rücken ein ganzes Regalbord einnahmen. Band eins bis hundert.

»Die Frage ist doch, ob man mir vertrauen kann. Oder bin ich ein sensationshungriger, pff, ich weiß nicht was.«

»Die Frage ist, bist du sauber?« Als hätte er zuviel verraten, schob Carl rasch nach: »Wäre die entscheidende Frage für jemanden, der generell einem Plan wie dem deinen zustimmt. Der das sinnvoll fände, politisch.«

»Fünfundzwanzig Jahre her«, sagte Christian, »und so

fern wie der Mond. Wie das Mittelalter mit seinen Glaubenskriegen und Häretikern, ohne dass die Öffentlichkeit noch einen Begriff davon hätte, um was es einmal gegangen ist. Was die schweigende Mehrheit dachte, lautstarke Minderheiten, komplett verschwunden. Zum Beispiel Fassbinder, der hat in einem Text geschrieben, mmh, wo Gewalt herrscht, hilft nur Gewalt, also der Gedanke, dass unsere Gesellschaft etwas mit Gewalt zu tun hat. Ich meine damit nicht eine Rechtfertigung von Gewalt, sondern das Wissen, dass der Kapitalismus grundsätzlich nicht friedlich ist, friedensliebend und so weiter. Wer sich erlaubt, das System abschaffen zu wollen, nicht bloß zu reparieren, sieht sich automatisch mit dem Vorwurf konfrontiert, verrückt zu sein, ein Fall für die Psychiatrie, ich glaube, das war früher, vor zwei, drei Jahrzehnten, anders, das meinte ich mit Verhältnissen. Als sei der Osten die einzige Alternative gewesen. Als sei mit der Erledigung des Ostblocks endgültig auch jede Vision eines anderen Lebens von der Tagesordnung verschwunden. Und dafür benötigt man die, die sich am radikalsten vom Konsens wegbewegt hatten, selbst wenn schon längst keine Gefahr mehr von deren Seite aus droht.«

»Kann sein«, sagte Carl. »Ich weiß keine Alternative.«

»So ist das. Weil bestimmte Gedanken undenkbar geworden sind.«

»Man hat Fehler begangen. Fehler auf Ebenen, die ich nicht als gedanklich bezeichnen würde.«

»Wie denn, moralisch?«

»In jeder Handlung steckt ein Konzept von Moral, eine praktische Moral, die oft bedeutsamer ist als die Praxis an sich.«

»Als Botschaft, die man aussendet?«

»Eher als Grenze, die man nie aus dem Auge verlieren sollte.«

Ist der Gebrauch von Waffen die Grenze? Die Bereitschaft, Tote in Kauf zu nehmen, oder der Vorsatz, gezielt zu töten, Steinwürfe, zerschlagene Fensterscheiben? Christian versuchte, sich Carl Brenner als jungen Mann vorzustellen, in ihm jenen Studenten, jenen Doktoranden zu erkennen, der in Perugia in Untergrundaktivitäten verstrickt ist (hat er erzählt), sich an verbotenen Demonstrationen beteiligt und nächtelang den Kopf heißredet über einem Gemisch aus Solidarität und Militanz. Ohne graue Haare und Bart, in den Startlöchern einer Laufbahn, die ihm höchste akademische Ehren einbringen würde. Es gibt Zeitungsfotos und Filmbilder, Flugblätter und Polizeiprotokolle, die in den Archiven der Mikroelektronik in unendlicher Vervielfältigung gespeichert sind. ›Schweine mit Flügeln‹ hießen die Gruppen oder ›I nomadi della città‹, oder sie gaben ihren Zusammenschlüssen banal brutal eine dieser rätselhaft gewordenen Abkürzungen aus Anfangsbuchstaben, Majuskeln eines zukünftigen Aufstandes, der Revolution. Man sieht sie diskutieren, Transparente bemalen, Dieselöl und Benzin in Flaschen füllen, die mit einem Stoffetzen verschlossen werden, sieht Streikende auf den Dächern von Fabriken, Fahnen an den Schornsteinen ausgedehnter Industriekomplexe, sieht Barrikaden und aufgerissenes Pflaster, brennende Autos und Schwaden von Rauch und Tränengas zwischen den Prachtbauten historischer Innenstädte. Welche Grenzen? Wie dachte der junge Mann, der er war, über das alles, in Turnschuhen neben einer Straßenbahn herlaufend, die er zum Anhalten zwingen will. Eine umgekippte Straßenbahn als Hindernis, als Schutzwall, gegen ihre gepanzerten Fahrzeuge, die Jeeps und Wasserwerfer.

»Zumal ich aus Deutschland komme«, sagte Christian, »ich arbeite jetzt nicht italienische Geschichte auf.«

»Es geht dir um eine Story.«

»Story ist zuwenig. Story hört sich nach *human touch* an, nach irgendwas Spektakulärem. Das ist nicht meine Schiene.«

»Ein Interview?«

»Was man für wichtig hält. Was ich für wichtig halte, was sie für wichtig halten. Erfahrungen.«

»Warum bist du hier?«

Er will es hören, dachte Christian, ich soll es aussprechen. Als wüssten wir es nicht beide.

»Weil ich glaube, dass du mir einen Kontakt vermitteln kannst. Weil du das als einziger könntest. Und weil die Sache für mich gegessen ist, schlicht und ergreifend, wenn du ablehnst.«

Zwanzig, vierundzwanzig Jahre, die uns trennen, dachte Christian, während sie sich reglos in die Augen sahen, er vor, Carl hinter seinem Managerschreibtisch. Das war früher ein halbes Leben, statistisch betrachtet. Statistischer Mittelwert. Ein Kriegskind, das in den Trümmern eines Verbrechens aufwuchs, für das sich niemand verantwortlich fühlte, Kreide, Schwamm und Schiefertafel im Tornister. Die Bremer Stadtmusikanten, die Heinzelmännchen von Köln. Nichts als Verlogenheit, die man dem eigenen Nachwuchs ersparen wollte. Nachts auf Radio Hilversum Rock'n'Roll gehört, Negermusik, die so verpönt war wie jedes Sprechen über das Grauen. Sartre und Camus, Günter Anders und Theodor W. Adorno (der aber leider von populärer Musik nichts verstand). Die Suche nach einer Sprache, die ausdrückt, was einen bewegt. Nicht die Sprache der Altvorderen, gebellter Schulhofkommandos und beflissener Seminararbeiten über das Versmaß des Rolandslieds, sondern eine Sprache des Eingriffs und der Bedürfnisse. Des unterdrückten Unbewussten, der betrogenen Massen (Raubdrucke, die man begierig verschlang, Namen von Emigranten, die an der Universität nicht fielen). Ein Leben ohne Herrschaft und Zwang. Dann kamen die Drogen. Die Bewaffnung, die Morde, die Niederlage. Ein Weitermachen mit Dante und Leopardi, mit den *Verlobten* Manzonis und den bürgerlichen Aufsteigern Vergas. Wieviel Schönheit (und Trost) fand man in einer Zeile Stendhal, einer Zeile Baudelaire, den ästhetischen Prinzipalen der Restauration.

»Schreib mir deine Handynummer auf«, sagte Carl und riss einen der farbigen Zettel von einem viereckigen Memoblock.

Als Christian ihm den Zettel wieder zuschob, sagte er:

»Vielleicht ruft dich jemand an.«

»Ich bin immer zu erreichen.«

»Unter Umständen.«

»Danke. So oder so.«

»Rauchst du eigentlich?«

Christian nickte.

»Dann gib mir eine Zigarette.«

»Ich kann dir auch zwei geben.«

»Und Feuer, bitte.«

Als sei es ein schlechter (oder gelungener) Scherz – dachte Christian beim Verlassen des Gebäudes –, war das Institut für Romanistik in einem Bürohaus untergebracht, das auf der Dorotheenstraße eingeklemmt zwischen der verbarrikadierten amerikanischen Botschaft (Sackgasse) und einem neuen Hotelpalast lag, in dessen Fassade (ein Raster aus Fenstern und schwarzem Marmor) sich die ganze Umgebung verschwommen spiegelte, davor eine pompöse überdachte Auffahrt mit Fahnenmasten und livrierten Pagen, die den Gästen die Limousinentüren öffneten und sich um ihr Gepäck kümmerten. Käppis schief auf dem Kopf, goldene Knöpfe an den Jäckchen. Ein Schützenpanzer der Polizei (oder ist das Bundesgrenzschutz?) stand vor den Betonbarrieren und Gittern, die hinten an der Botschaft die Straße sperrten und nur einen schmalen Durchgang für Fußgänger freiließen. *Aus Gründen der Sicherheit,* hieß es rot gestanzt auf einem weißen Schild, *ist es verboten, Fahrzeuge jeglicher Art, auch Fahrräder, in die Sicherheitszone zu bringen. Der Senator des Inneren.* Wieso Fahrräder, fragte er sich, als er zur Friedrichstraße lief, hat man jemals von Fahrradbombern gehört? Nicht in der westlichen Welt, bisher nicht bekannt. Dass die Pagen in ihren Uniformen, wie er auf der Höhe des Hotels registrierte, zum Teil erwachsene Männer waren, empfand Christian als ausgesprochen erniedrigend, die Pillendosen mit einem Riemen unter dem Kinn festgezurrt. Das geht doch nicht, dachte er, das sieht doch aus, als würden sie eine Strafe verbüßen. Oder versteckte Kamera, aber nicht die Realität.

Auf der Friedrichstraße dröhnte der Verkehr, über den rekonstruierten Arkaden hing ein großes Werbebanner: *Cosmopolitan Offices,* ohne Adresse oder Telefonnummer. Ob sie *Metropolitan* gemeint hatten? Eine Verwechslung im Eifer des Gefechts, im Kampf um den Quadratmeter? Sich in diese Köpfe hineinzuversetzen war unmöglich. Dunkle Materie, deren Struktur unser Verständnis von Zeit und Raum einfach sprengt.

Wohin nun? Gleich zur U-Bahn oder noch durch Dussmann schlendern? Wenigstens das Lesen kostete da nichts. In einer der Sitzecken nachdenken über die nächsten Tage; und vorher irgendwo einen Espresso trinken. Eine Tram rasselte an seiner Nasenspitze vorbei und raubte ihm den Blick, auf der anderen Straßenseite hatte er Cafés gesehen, eine Filiale von Starbucks. Wenn schon, ich allein kann den Regenwald auch nicht retten. Oder was sie umweltmäßig so zerstörten, Schweinelöhne für die Angestellten, die den Gewinn des Konzerns ins Sagenhafte steigerten. Eine klimatisierte Goldgrube, ein Gewimmel von Menschen, in dem der einzelne verschwand. Sei es Chicago, sei es Berlin, sei es Amsterdam, Gesichtslosigkeit, die manch einer außerordentlich schätzte. Die ihm und seiner Arbeit zupass kam, du verlässt das Lokal und erinnerst dich an nichts mehr, wer neben dir saß und was er tat, in der Zeitung blättern, in einem Travel-guide, Studenten an ihren Computern. Zufällig gerät man mit einem vom Nachbartisch ins Gespräch, nichts als eine unschuldige Plauderei. Ein Geplänkel unter Gästen, die sich nie zuvor begegnet sind und nach ein paar Minuten wieder ihrer Wege gehen werden, jeder für sich.

»Ich bin im Keller gewesen«, sagte der Indio, dessen Schulter die von Andreas Klosters fast berührte. Zwei bequeme Sessel, die in verschiedene Richtungen gedreht waren.

»Ein alter Küchenschrank, in dem sie alles aufbewahren, Batterien, Kabel, in Trapezform zugeschnittene Pappen. Luftdicht verschlossene Plastiktüten, ich vermute mit Natriumchlorat, Motorenöl.«

»Wie?«

Der Indio kicherte. Was für ein Psycho, dachte Klosters.

»Vom Nebenkeller aus, kinderleicht.«

»Da wohnt Holger, nicht?«

»Er und seine Freundin, die kriegt ein Kind.«

»Ernsthaft?«

»Jetzt ist es offiziell.«

Klosters faltete den Tagesspiegel in seinem Schoß zusammen und legte ihn auf das Tischchen vor sich. Du machst keine Fortschritte.

»Ich fahre mit nach Zürich. Die Planung läuft.«

Komm aus der Hüfte, Junge.

»Das wird ziemlich groß, es gibt eine Zelle, die den

Grenzübertritt koordiniert. Ich weiß, dass sie Mollis haben, Zwillen. Dieser Jan war letzte Woche in der Schweiz.«

Mein Gott, sensationell.

»Und dann …«, der Indio nippte an seinem Becher und schniefte, »dann bin ich gefragt worden …«

Klosters band sich einen Schuh zu. Kühle Luft strich über seinen verschwitzten Rücken, das an der Haut klebende Hemd.

»Holger will ein Treffen. Mit mir allein.«

Er streckte die Beine aus und kreuzte seine Arme. Na also.

»Ich glaube … ich bin dabei.«

Klosters blieb ruhig. Als hätte er nicht seit Wochen auf die Nachricht gewartet. Eine Etappe, dachte er, die wir bewältigt haben, jetzt beginnt die Arbeit.

»Was das bedeutet, wissen Sie selber.«

Der Indio schneuzte sich und warf das Papiertaschentuch auf die Zeitung.

»Step by step.«

»Klar«, sagte der Indio und zupfte am Ausschnitt seines T-Shirts. »Auf keinen Fall drängen.«

»Die Dinge müssen sich organisch entwickeln.«

»Natürlich.«

»Wir setzen auf Sie«, sagte Klosters (besorg uns den Stoff). »Sie sind der Mann.«

Er zog ein Couvert aus der Brusttasche seines karierten Hemds und legte es (wie nebenbei, brauch' ich nicht mehr) auf die Sessellehne; der andere nach einem Moment seinen Ellbogen darüber.

»Wann treffen Sie den?«

»Bald.«

»Eine SMS.«

»Ja, ja«, sagte der Indio.

Als Klosters gegangen war, riss er (gegen jede Abmachung) den Umschlag auf und spähte hinein. Immerhin zählte er das Geld nicht mitten im Starbucks nach.

Eine hohe Mauer aus ockerfarbenen Backsteinen umschloss das Gelände des alten Görlitzer Bahnhofs. Ein riesiges Rechteck, das von den Mietskasernen am Rand der Gleise wie von steil abfallenden Felswänden überragt wurde. Die Gleise waren verschwunden, die kathedralenartige Bahnhofshalle, nur die Mauer, die stand noch, und begrenzte heute den größten Park, den die Stadt im Südosten zu bieten hatte.

Die Steine waren heiß, so heiß, dass man sich die Finger verbrannte, wenn man sie länger als eine Sekunde berührte; mit der Mauer im Rücken verstohlen nach ihr Ausschau haltend, auf und ab gehend zwischen den Plakattafeln an der Ecke zum Spreewaldplatz und der Hähnchenbraterei Ecke Görlitzer (Kalitenin Adı), einer Imbissbude mit Stehtischen, denen ein aufgeklapptes Vordach notdürftig Schatten spendete. Woher würde sie kommen? Von links, von rechts, oder plötzlich aus dem Durchbruch treten, der in den Park führte? Unter der Hochbahn auftauchen? Auch möglich, Hauptsache, man erweckt nicht den Eindruck, überpünktlich gewesen zu sein, weil man irrige Hoffnungen hat. Sieben nach zwei.

Christian holte ein Reclamheft aus seiner Hosentasche und gab sich den Anschein, er läse darin. Als hätte er, um sich die Zeit zu vertreiben, immer etwas zu lesen dabei – indes ihm die Sonne den Kopf versengte. Die Buchstaben flimmerten vor seinen Augen, und seine Haare fühlten sich an wie trockenes Stroh. Neun nach zwei. Er verstaute das Heft wieder und sah Richtung Spreewaldplatz, dann rechts runter zum Imbiss, geradeaus zur Hochbahn, doch nichts, kein blonder Schopf zu entdecken. Nicht der. Er zog das Reclamheft erneut hervor und warf einen flüchtigen Blick auf den Titel. Zurück in die Tasche, in der er es einrollte und zusammenpresste. Eine Frau ist das, bei der sich gute Nerven empfehlen, Nerven wie Drahtseile, armdick. Noch fünf Minuten, und mich ereilt ein Hitzschlag, hingestreckt *in the dirt of the gutter.* Lauf ein, Nele, oder mir wird schwarz vor Augen.

Und kaum hatte er es gedacht, kam sie von links (wo sich das indische Restaurant befand, vor dem sie stehengeblieben waren) mit einer Wolldecke unter dem Arm und einem halbgeschulterten Lederrucksack angelaufen und winkte ihm zu, lachend, prustend, atemlos, als sie ihn erreichte.

»Der Türke«, keuchte sie, »der hat ...«

Sie ließ den Rucksack fallen und stützte sich kurz auf ihre Knie.

»Was hat der Türke?«

»Im Geschäft«, rote Flecken waren auf ihrer Stirn und ihren Wangen, »ich hab' Orangen gekauft, und der hatte eine Leitung.«

»Lang und länger.«

»Die Waage ein Welträtsel, und dann klingelt sein Handy.«

»Man will nicht unfreundlich sein.«

»Will man nicht.«

Christian hob den Rucksack vom Pflaster.

»Ich kauf' was zu trinken.«

»Nur zu.«

»Magst du Ayran?«

»Gerne. Und Mineralwasser.«

Sie nahm ihm den Rucksack ab, und Christian ging zu der Bude, um alles zu besorgen und sich in zwei dünne Tüten packen zu lassen.

»Kennst du eine schöne Stelle?«

»Wir suchen eine«, sagte sie.

»Dann los.«

Vom Sportplatz am Kanal drangen Rufe zu ihnen, das dumpf knallende Geräusch von Lederbällen, ein nachhallendes Scheppern, wenn sie die Aluminiumstangen des Tores trafen. Manchmal zerriss ein lauter Pfiff das Training, neue Übung.

»Hast du Hunger?«

»Nein.«

Ich auch nicht, dachte Christian und drehte sich auf den Rücken. Sie hatten während des Nachmittags die Orangen gegessen und den Ayran getrunken, das reichte. Im Schatten des Baumes, den sie am Ende des Parks gewählt hatten, um darunter Neles Decke auszubreiten, weit genug von den nächsten Leuten entfernt. Auf dem verbrannten Gras lagen ihre Sandalen und seine Schuhe, neben Orangenschalen und leeren Bechern, in einer der Flaschen war noch ein Rest Wasser. Nele saß im Schneidersitz am Rand der Decke und las in einem Buch, das sie im Rucksack hatte, einem Band Jean Paul voller Anmerkungen, Ausrufezeichen und sich über die Seiten kringelnder Linien. *Die Vorschule der Ästhetik*. Sie hatte ihm von ihrer Magisterarbeit erzählt, nachdem sie mit den Zeitungsartikeln (in ihrer fließenden Übersetzung) durch waren, hatte ihm freimütig gestanden, dass Jean Paul, der Berserker, ihr absoluter Lieblingsautor sei, den sie allen Lebenden und Toten vorziehe, den Geheimräten und Regimentsärzten, den Regierungssprechern und Parteisängern. Christian musste gestehen, nie eine Zeile von ihm gelesen zu haben, musste versprechen, diese Lücke (oh, ein Krater) unverzüglich zu schließen, sonst... hör zu, jeder vernünftige Mensch liebt Jean Paul, frag mal Jakob.

Er schloss die Augen. Eine schwarze Bluse, der orangefarbene Rock, den er schon kannte. Am Mittelfinger trug sie einen Ring mit einem Mondstein, und sie hatte eine Silberkette um den Hals, deren Anhänger sie ständig in den Ausschnitt ihrer Bluse zurücksteckte. Ihr Kinn war rund, ein geschwungenes rundes Kinn, das ihm heute erst richtig aufgefallen war und ihr Gesicht für ihn perfekt machte, sie ist schön, dachte er, und weiß es selber nicht. Benahm sich nie so, als sei es ihr bewusst, ihr Aussehen nichts, was sie jemals einsetzen würde für dies oder das. Oder was sie davon abhielte, in Rage zu geraten, wenn ihr eine Meinung, ein politischer Standpunkt, ein Geschmacksurteil gegen den Strich ging. Darüber kann man nicht streiten, hatte er gesagt, als sie elektronische Musik in Bausch und Bogen verdammte, ein Schlenker im Gespräch, der sie auf das Thema brachte, und sie hatte zugestimmt, kann man nicht, nicht jetzt, wahrscheinlich, weil ihr gerade nicht danach war.

Der Nachmittag war schnell vergangen, sie hatten in einem fort geredet (das Hundertste und das Tausendste), bis Nele sagte, sie sei müde, sie müsse nun einen Augenblick schweigen. Und zu schweigen hieß für sie, das Buch aus ihrem Rucksack zu holen und darin zu lesen, Gelesenes wieder zu lesen, als seien die verschwurbelten Aufsätze eines deutschen Romantikers ideal zur Entspannung. Der Eigensinn einer berückenden Frau. Die, als er sie beim Übersetzen der Artikel fragte, auch nichts über die Roten Brigaden wusste, nicht mehr als das, was im Lexikon stand, ich war damals noch gar nicht auf der Welt, sagte sie (lächelnd, blinzelnd), in dem Jahr der Entführung haben meine Eltern geheiratet, in Neustrelitz, der Horror, *this town rips the skin off your bones*. Und schon waren sie woanders, sprachen über Kleinstädte (die sind das Schlimmste), über evangelische Jugendheime (zu Tode gelangweilt), über Urlaubsreisen in den

Süden, von denen man mit sechzehn nicht heimkehren wollte. Stunde um Stunde, den Ayran trinkend, Orangen schälend, in einem Gespräch, das ganz leicht war, so selbstverständlich wie zu atmen. Nicht einmal geraucht hatte er.

Während sie unaufhörlich geredet hatten, einander zugehört hatten, ohne sich vor Blößen zu scheuen. Davor, etwas Falsches zu sagen, zuviel oder zuwenig, von Vorlieben und Abneigungen, Interessen und Plänen. Wie man sich zu orientieren versucht. Dass Nele (wie Jakob) von Foucault *(Das Leben der infamen Menschen)* und Deleuze *(Kritik und Klinik)* begeistert war, verhehlte sie nicht, und Christian gab sich erst gar keine Mühe, zu verschleiern, dass er das alles (wenn überhaupt) nur oberflächlich gelesen hatte, eher reingeguckt als gelesen, du siehst jemanden vor dir, der praktisch nur aus Kratern besteht. Sie lachte, ist kein Problem für mich, Krater sind dazu da, dass man sie auffüllt. Bitte, sagte er, fang an. Wo muss ich anfangen? Kurz nach Adam und Eva, Grundkurs eins, die Logik des Sinns. Tatsächlich? Ungefähr. Ein andermal, sagte sie, ich glaube, wir sollten vorher einen Einstufungstest machen. Ich bin bereit. Gut.

Als Christian ihr gestand, dass er (Und daneben?) einen Roman schreibe (Wie alle, oder?), wurde sie hartnäckig und fragte nach, um was geht es, welche Form, seit wann? Um mich nicht, antwortete er, und die Sprache, na ja, es handele sich um Stimmen, Stimmen aus allen Bereichen, oben, unten, die in wechselnden Tonlagen ein Alltagspanorama, Alltäglichkeit in allen ihren Facetten, entwerfen würden, wobei sich die einzelnen Geschichten durchaus überschneiden könnten, also, die überschnitten sich auch, weil sie ab und zu eine Sache, einen Gegenstand, aus verschiedenen Blickwinkeln aufrollten, zwei Stimmen, die von demselben Ereignis berichteten, Verkehrsunfall, Wohnungsräumung, was wisse er, eine Begegnung auf der Straße.

»Wie in *Manhattan Transfer?*«

»Anonymer. Als hätte Dos Passos vorher Kafka gelesen.«

Die Idee sei reizvoll, sagte sie (das Wort reizvoll), als Programm zur Entidentifizierung, um dann eine Theorie aus dem Handgelenk zu schütteln, die dem Post der Moderne ein weiteres Post hinzufügte, zwei, drei Gedankenpirouetten, die sie sicher zur Landung brachte. Es war ein schieres Vergnügen, ihr zuzuhören, ihr dabei zuzusehen, wie sie gestikulierte, mit ihren flackernden grünen Augen, ihren strähnigen blonden Haaren, wie ihr nervöser breiter Mund die Silben formte, als würden sie nach irgendwas schmekken, etwas Köstlichem, das sie sehr genoss. Die Lust, zu denken, die Lust am Geistesblitz, an den Kurzschlüssen eines stetig wachsenden, sich ins Unendliche fortpflanzenden Wissens.

Er habe nie, erzählte er ihr, im Hinblick auf eine Veröffentlichung geschrieben, aber bei dem, woran er sitze, könne er es sich vorstellen, das sei sein Ziel, ein Buch, nenne man es getrost einen Roman, in einem regulären Verlag; wenn er mal fertig werde, Jakob (außer ihm – und jetzt dir – weiß es keiner) ziehe ihn schon dauernd damit auf. Ich könnte ihm ein paar pfeffern, wenn er sich wieder mit seinem Professorengrinsen nach meiner Arbeit erkundigt oder ob ich was zu lesen für ihn habe.

»Hast du was?«

»Der kriegt nichts von mir zu lesen.«

»Und ich?«

»Willst du denn?«

Ein angedeutetes Nicken (und ein Lächeln), das so scheu und so zärtlich war, so neugierig und so fragend, dass der hartgesottenste, der abgebrühteste unter allen Agenten der Welt seine Geheimpapiere herausgerückt hätte. *Next date.*

Er könne ihr etwas ausdrucken, hatte Christian gesagt,

herzklopfend, ein Kapitel, das vorläufig soweit sei, vielleicht den Anfang, die ersten zwanzig Seiten.

»Oder die ersten dreißig«, sagte Nele, unwiderstehlich.

Oder die ersten vierzig, hatte er gedacht, das ganze Manuskript, Entwürfe, Notizbücher, Schmierzettel, bekritzelte Blöcke aus Lokalen, die Gliederung, die Liste der Figuren, der Stimmen, den Stadtplan mit ihren aufgezeichneten Wegen. Ist es dein Wunsch, muss ich's dir geben.

Er hörte, wie sie geräuschvoll den Jean Paul zuklappte, hörte und spürte, wie sie sich neben ihn legte. Sich auf den Bauch drehte. Den Kopf auf ihre Arme bettete. Ob sie ihn ansah?

Ein lauter Pfiff ertönte, der das Training beendete. Jedenfalls setzte das Knallen der Lederbälle aus, das Scheppern der Aluminiumgehäuse, keine Rufe mehr über den Platz.

Das dünne Klick-klack von Tischtennis auf einer der festmontierten Stahlplatten vor den Klettergerüsten und dem Sandkasten.

Autos, die über die Schlesische Straße nach Treptow fuhren, Vorgärten und Hollywoodschaukeln. Das synthetische Blau aufblasbarer Kinderschwimmbecken.

Schläfrig rutschte der Nachmittag in einen Sommerabend, dessen Dämmerung noch zwei oder drei Stunden auf sich warten lassen würde. Christians Hände fühlten sich klebrig an, sein Hals, die Brust. Wie Neles Hals, dachte er, Neles Brust, bei ihr wird es dasselbe sein. Ein Salzgeschmack, der ein bisschen bitter wäre. Er drehte den Kopf, sie schloss die Augen, doch nicht schnell genug; er hat es gesehen, dachte sie, auch egal. Feine Äderchen durchzogen ihre Augenlider.

»Ich habe Durst.«

»Was Kaltes«, sagte sie und blickte ihn an. Ein Pochen auf ihrer Schläfe.

»Wir könnten zur Spree.«

»Ist die kalt?«

»Wir finden was.«

»Garantiert«, sagte Nele leise und machte die Augen wieder zu. Zeit, die einem nicht davonläuft, alle Zeit des Sonnensystems. Tage, Wochen, Jahre. Ewigkeit.

Sie waren zum Flutgraben zwischen Fluss und Kanal gegangen, er mit ihrer Decke über dem Arm. Da gab es die Stege und Bootshäuser und offenen Unterstände eines Fischereivereins, der sich aufgelöst hatte wie der Staat, der ihn einst subventionierte, die neuen Betreiber hatten in einen ehemaligen Lagerraum mit Schiebetür eine Theke zur Selbstbedienung hineingebaut, an die Wand gegenüber eine winzige Bühne mit Plattenspielern und Mischpult. Draußen auf den Holzplanken verteilten sich alte Sessel, Sofas, Bänke ohne Rückenlehne, bedacht von den tief herabhängenden Zweigen einiger Weiden, deren krumme Wurzeln sich in die Uferböschung krallten. Eisgekühlter Apfelsaft in großen Gläsern, für die ein Euro Pfand zu berappen war, Nele und Christian saßen nebeneinander auf einem Zweiersofa, in dessen abgewetzten (floral gemusterten) Polstern sie beide tief versanken; beherzt erobert, nachdem Christian die freien Plätze schon von der Brücke aus entdeckt hatte.

»Ich komm alleine klar«, sagte Nele.

»Das hab' ich nicht bezweifelt.«

»Du hast gesagt …«

»Was?«

»Du hast gesagt«, ihr Kopf lag fast auf seiner Schulter (die Sprungfedern waren völlig ausgeleiert), »es sei normal …«

»Das Wort normal würde ich nie verwenden.«

»Unterbrich mich nicht. Du unterbrichst mich permanent.«

»Stimmt nicht.«

»Doch.«

Die nackten Füße aufs Sofa stellen und sich den Rock über die Knie ziehen war eins, dann nahm sie ihr Glas von der Balustrade und trank es leer. Reste von Eiswürfeln, die sie zum Klimpern brachte. Fischte mit spitzen Fingern einen heraus und lutschte darauf herum. Im Schatten der Bäume war es inzwischen dunkel geworden.

»Ich habe nur bestritten, dass man immer jemanden braucht.«

»Und ich, dass man im Prinzip niemanden braucht.«

»Die Katze beißt sich in den Schwanz.«

»Rhetorisch vielleicht.«

»Okay, es gibt Bedürfnisse, für die benötigt man jemanden«, sagte Nele und umfasste mit beiden Armen ihre Beine. »Aber selbst das ist von Mensch zu Mensch unterschiedlich.«

»Das Wort normal existiert in meinem Speicher gar nicht.«

»Um so besser.«

Welche Bedürfnisse, dachte Christian, sprechen wir über Sex? Als wollte sie ihm weismachen, dass es sich lediglich um ein technisches Problem handelt. Um Biologie, eine Art hygienischer Praxis. Diese Aufschneiderin.

Er beobachtete sie aus den Augenwinkeln, sie ihn – beide fest im Glauben, der andere würde es nicht bemerken. Jazzmusik (Brad Mehldau) pulsierte durch die warme Luft, irgendwann sagte Christian:

»Ich hol noch was.«

»Ich möchte ein Bier«, sagte Nele. »Wenn sie tschechisches haben ...«

»Staropramen.«

»Das ist wunderbar.«

»Ich gehe.«

Zerfließende gelbliche Streifen auf dem Wasser, der zukkende Widerschein kleiner Fackeln, die sie in der nobleren Bar am jenseitigen Ufer angesteckt hatten. In der Düsternis darüber zerstreute sich das Blau der Aral-Tankstelle, Bänder aus gleißendem blauen Neon, die ein Stück der Schlesischen Straße hinter der Brücke taghell erleuchteten. Jedes Plätzchen war besetzt, jede Ecke, Kante, Lehne, dicht an dicht saß man auf den Eingangsstufen, auf der Holzbalustrade zum Flutgraben hin; dass niemand das Gleichgewicht verlor und ins Wasser fiel, grenzte an ein Wunder, die Kunst der Äquilibristik nach Alkohol. Ein paarmal donnerte es, doch kein Tropfen Regen war vom Himmel gekommen. Nele hatte ihn angeschaut und die Schultern hochgezogen, als prassele schon ein Gewittersturm auf sie nieder, und Christian hatte einen Moment daran gedacht, den Arm um sie zu legen; es unterlassen, da eine Sekunde zu lang gezögert. Und sie redeten weiter, wie sie den ganzen Nachmittag und Abend geredet hatten, ohne Anstrengung, Wichtigtuerei, keine Differenzen, die man hätte verfolgen müssen. Nicht an so einem schönen, so gelungenen Tag. In Gesellschaft eines Wesens, das ihm überirdisch erschien. Irgendwann sah Nele auf die Uhr.

»Spät?«

»Mitternacht.«

Sie beugte sich vor, um sich ihre Sandalen zu schnüren.

»Du gehst?«

»Ich muss ins Bett«, sagte sie und schulterte den Rucksack.

»Schade.«

»Bleibst du?«

Was glaubt sie denn?

»Ich gehe auch.«

»Dann ...«

Schweigend liefen sie Seite an Seite bis zur Cuvrystraße, vor der Kreuzung nahm Nele ihm ihre Wolldecke ab. Sorgsam.

»Ich …«

»Es ist wirklich spät«, sagte Christian.

»Und ich bin wirklich müde.«

»Ich unterbreche dich immer.«

»Ja«, sagte Nele und berührte mit der flachen Hand seine Brust. »Ich muss links.«

Er nickte, schluckte.

»Ich wohn' da vorne.«

Christian legte seine Hand auf ihre.

»Sehen wir uns wieder?«

»Wir sehen uns wieder«, sagte sie und trat zurück. Als könne man ins Innere eines Menschen gucken, mit solchen Augen.

Sie drehte sich entschlossen um und ging. Wurde rasch von der Dunkelheit verschluckt, nur ihr orangefarbener Rock. Ein orangefarbener, mit jedem Schritt blasser werdender Fleck, dem er hinterherblickte, bis nichts mehr von ihm übrig war. Nele Fridrich, flüsterte er, Nele, Nele, Nele Fridrich, flüsterte den Namen noch, als er nach einer halben Stunde auf der Eberswalder Straße aus der U-Bahn stieg.

»Hör mal gerade«, sagte Christian und hob seinen Kopf über den Rand des Notebooks. »Italienische Küche vom Feinsten. Wen die rustikal schlichte Einrichtung des Il Fornello nicht abschreckt, ist alsbald im siebten Himmel toskanischer Kochkunst. Ob geschmorte Lammkeule mit Polentatarte nach einem Geheimrezept von Mama Rosa oder einfach eine krosse Pizza aus dem Steinofen, hier wird alles mit frischen Zutaten und viel Liebe zubereitet. Padrone Gianni Lisato am Herd hat die Rezepte für seine Köstlichkeiten in den Dörfern der Heimat gesammelt, um sie in modernisierter Form den Berliner Gästen zu kredenzen, warte, kredenzen ist Bullshit, aufzutischen oder, ähm, zu servieren.«

»Servieren«, sagte Jens Schillings, der ihm am Schreibtisch gegenübersaß, »aufzutischen klingt wie 'ne Drohung.«

»Und sonst?«

»Ich würde versuchen, positiver zu sein. *Abschreckt* kannst du nicht schreiben.«

»Guck dir die Fotos von dem Laden an.«

»Was interessieren uns Fotos, die kann man im Zweifelsfall retuschieren.«

Wo er recht hat, hat er recht, aus dem Il Fornello am Computer das Restaurant im Adlon machen, Lüster und Damast statt Funzeln und rotweiß kariert. Die Speisekarte war so umfangreich wie ein Kursbuch, Pizza und Nudelgerichte zuhauf. *Geheimrezept* hatte ich schon, dachte Christian, und *Küche vom Feinsten* kann man auch nicht oft verwenden. Wie arbeitet Schillings, mit Cut & Paste? *Spitzenküche, Edelküche, bodenständige Küche in lauschiger familiärer Atmosphäre. Seit Jahrzehnten eine feste Größe in der Schöneberger Gastronomie. Allein wegen des Ambientes lohnt es sich, im* Gran Sasso *zu speisen. Das Fischangebot ist exzellent und zu vernünftigen Preisen zu haben. Ein stilvolles Haus, das keine Wünsche offenlässt.*

Ihn ansprechen, dachte er, bei der erstbesten Gelegenheit. Barauszahlung, käsch in die Täsch. Muss flotter gehen, um sich zu rechnen, die Ökonomie des Schwindels. Bevor man in den Wahnsinn abgleitet oder sich wieder die Birne zulötet, weil trocken nicht zu ertragen. Fünfzehnhundert in fünfzehn Tagen, wenn man sein Tempo schafft. Schillings haute in die Tasten, als schriebe er auf einer Reiseschreibmaschine, Yaksteak und gesalzener Milchtee in nachgebauten mongolischen Jurten. Wie das klackert in diesem kahlen Raum, wo außer einem Kalender in Postergröße nichts an den Wänden war. Abgabetermine, Bildredaktion. *Spezialität des* Fornello *sind die frischen Garnelen vom Grill und die frischen Ravioli mit frischem Spinat und frischem Ricotta, nach denen sich alle Menschen des Universums die frischgewaschenen Finger schlecken.*

So haben wir nicht gewettet, Herr Eich, kennen Sie, ja, genau Sie meine ich, kennen Sie das Wort überhaupt?

»Ich geh eine rauchen«, sagte Christian und stand auf.

Das Wort heißt seriös, tätowieren Sie sich's hinter die Ohren.

Die Parterrewohnung hatte ursprünglich ein Kunstbuchverlag gemietet, der infolge eingebrochenen Umsatzes Räume untervermietete, an zwei Doktorandinnen der Geschichte, eine ambulante Altenpflege und an Schillings mit seinem Fressführer. Geraucht werden durfte nur im Garten oder auf der Straße, das riss jetzt überall ein; selbst am weitgeöffneten Fenster erntete man vorwurfsvolle Blicke, wenn nicht harschen Tadel. Nikotinfrei gleich Aufschwung, die Kapillare der Biopolitik. Gesündere Armut hat dieses Europa nie gesehen.

Vor dem Haus war eine Bank, auf die er sich setzte, rechts die Danziger, links der Kollwitzplatz. Der es definitiv hinter sich hatte, Zaun drum rum und Eintritt verlangen. Wegziehen, dachte er, den Stadtteil verlassen, als sein Handy in der Jackentasche klingelte. Keine Nummer auf dem Display, Anrufer unbekannt.

»Eich.«

Nichts.

»Hier ist Eich, hallo ...«

»Sind Sie Christian Eich?« (Als sei es eine digitale Stimme, abgehackt.)

»Bist du das, Martin (spontane Eingebung, einer seiner blöden Scherze), sag.«

»Am elften um zehn Uhr.«

»Bitte?«

Teilnehmer hat das Gespräch beendet.

Am elften um zehn Uhr, was soll da sein? Und wo? Er wählte Martins Nummer, aber niemand meldete sich. Er hatte Datum und Uhrzeit genannt, fehlte noch der Ort, an dem etwas geschehen würde. Zwei Achsen, zwei Bewegungen, die ohne eine dritte keinen Treffpunkt im Raum bildeten. Die dritte Information müsste nachgeliefert werden. Und würde erst kurz vor zehn nachgeliefert werden, um das Terrain zu sichern, Überwachung im voraus zu vermeiden. Vielleicht ruft man dich an, hatte Carl gesagt, und das war der Anruf. War der Kontakt, von dem alles abhing. Ihre Methoden, bewährte Mechanismen der Kontrolle. Ist das der Untergrund, funktioniert er so? Christian schnippte die Kippe in den Rinnstein und zündete sich eine neue Zigarette an, sein Arm mit dem Feuerzeug zitterte.

Ein Fehler, dass sie mitgekommen war. Dass sie sich von Zechbauer bei der Arbeit hatte überreden lassen, dass sie in seinem Wagen in die Stadt zurückgefahren war, dass sie ihn nach der Lesung, die den Saal bis auf den letzten Platz füllte, noch in das Restaurant begleitet hatte. Sie saß auf heißen Kohlen, eingezwängt zwischen dem schnauzbärtigen Veranstalter und einem beflissenen jungen Mann, der ihr als sein Assistent vorgestellt worden war. Grotesk, dachte sie, und ein anderes Wort fiel ihr nicht ein, eine groteske Situation, in die sie sich hatte hineinziehen lassen. Als sei es ihr unmöglich gewesen, abzulehnen, zu sagen, danke für die Einladung, aber ich habe schon etwas vor, leider. Zumindest nach Ende des öffentlichen Teils, der Lesung (irre Texte, er hatte nicht zuviel versprochen), den alten, grobkörnigen Filmen aus Gaddis' Familienarchiv, die er mit einem Beamer an die Stirnwand des Saales im ersten Stock projiziert hatte. Und wie er die Stimmen verkörpert hatte, als seien es Rollen, die er auf einer Bühne spielte, Charaktere, die mit ihren Macken und Manien durch seine Vortragsweise greifbar plastisch wurden. Ein Schauspieler eben, großer Beifall; selbst Pfiffe, wie nach einem Konzert.

Mehrfach versuchte der junge Mann, ein Gespräch zu beginnen, aber er traf auf jemanden, der mit seinen Gedanken nicht präsent war. Ja und nein, am Colaglas nippen, sich fragen, worin jetzt und hier die Schwierigkeit besteht, sich zu verabschieden (bis nächsten Dienstag dann) und zu gehen. Obwohl sie noch Zeit hatte, das war es nicht. Auch nicht Furcht vor der Aktion, oder etwas ähnliches. Feigheit vor dem Feind, die man mit theoretischen Konstruktionen bemäntelte. Und trotzdem, als klebte sie auf ihrem Stuhl fest, inmitten von Leuten, die ihr schnuppe waren. Countdown, dachte sie, drei Minuten abwärts. Zechbauer schrieb ein Autogramm in das Booklet einer CD, die eine Verehrerin ihm hinhielt, dem Veranstalter wurde das Essen serviert. Er ächzte vernehmlich, als er die Serviette entfaltete und auf seinem Schoß drapierte, vor dem ersten Bissen spülte er sich den Mund mit seinem Rotwein aus. Kauen und schmecken, abermals ächzend schnitt er das Rumpsteak an. Einundzwanzig Euro, ohne Beilage. Tschüss, sagte sie zu dem jungen Mann und ging um den langen Tisch zu Walter Zechbauer.

»Sie wollen uns verlassen?«

Nele setzte ein Lächeln auf und nickte.

»Sie sind natürlich eingeladen«, sagte er und gab ihr die Hand.

»Danke.«

»Ich bitte Sie.«

»Dann bis Dienstag«, sagte Nele und machte, dass sie wegkam.

Gesichter waren aus dieser Perspektive nicht zu erkennen. Ihre Vermummung mit Sturmhauben und Nylonstrümpfen, Halstüchern über Mund und Nase. Zu hoch, zu weit entfernt. Es hatte etwas von Zeichentrick an sich, von einem Modell, durch das sich animierte Plastilinfigürchen leicht ruckhaft bewegen. Fast Sprünge, als sie rannten, zwei zum Kurfürstendamm, zwei zum Ausgang der Passage auf die Kantstraße. Wie bei Podcasts im Internet, eine Verzögerung zwischen Ton und Bild, nur dass es hier keinen Ton gab. Ein Paar schlendert an den Schaufenstern vorbei, bleibt stehen, um sich zu umarmen (zu küssen?), von hinten taucht händchenhaltend ein anderes auf, das sich ihm langsam nähert. Paar eins geht weiter, bis die vier zeitgleich vor dem Foyer der Fluggesellschaft sind. Im Licht, das aus den Geschäften fällt, im Schein der futuristischen Lampensträuße alle zehn Meter, ist die Szene deutlich zu verfolgen. Keine Details, aber im Überblick. Der ganze Ablauf. Wie sie Dinge aus ihren Taschen holen und damit vor den Scheiben herumfuchteln, wie eine der Gestalten mit ausgreifenden Armbewegungen, hin- und herschnellend, etwas am Glas macht, irgendeine Sachbeschädigung. Nach kaum einer Minute rennen sie davon, zwei links runter, zwei rechts. In weißen Ziffern tickte unten auf dem Monitor die Uhrzeit, die Zehntelsekunden in verwischender Geschwindigkeit.

»Noch mal?«

»Unergiebig.«

»Das zweite Band ist von direkt gegenüber«, sagte Oliver Damm und wechselte die Kassetten in Seidenhuts Rekorder, der auf einem Rolltischchen neben dem Fernseher stand. »Von der Kamera an diesem e-plus-Shop.« Er richtete die Fernbedienung auf das Gerät und drückte

Leere. Ein leerer, weitgehend schattenloser Raum in abgestuften Grautönen, kein richtiges Schwarz, kein richtiges

Weiß. Als Dekoration im Hintergrund große, von innen erhellte Fenster (mit dem Logo der Airline), vor denen ein Stück gepflasterter Boden sichtbar ist wie eine Bühne. Bühne für eine Meditation in nächtlicher Ausgestorbenheit. Bis plötzlich Gespensterwesen hereinbrechen, bewaffnet mit Spraydosen, Schablonen, Schraubenziehern, maskiert mit Skimützen und im Nacken geknoteten Tüchern, die sie bis zu den Augen hochgezogen haben, in Jeansjacken und Anoraks, wie sie die Läden der Passage täglich in rauhen Mengen verkaufen.

»Zwei Männer, zwei Frauen«, sagte Damm, »ist für mich eindeutig.«

»Sehe ich auch so«, bestätigte ihm Eberhard Seidenhut, obwohl er sich nicht sicher war. Zu hektisch die Bewegungen. Als würden sie rasend die Scheiben putzen und nicht demolieren, ein Wischen mit den Armen von links nach rechts, ein Sichrecken, In-die-Hocke-Gehen, Kratzen und Schaben mit einem länglichen metallischen Gegenstand. Nein, keine Reinigung, sondern Zeichen, die sie auf dem Glas hinterließen, Buchstaben, Worte, Symbole. Dunkle Lettern auf einer fragilen, silbrig schimmernden Leinwand, die jetzt ruiniert ist, zerschrammt und besudelt, und ausgetauscht werden muss. Ein Versicherungsfall.

»Stop bitte«, sagte Seidenhut, nachdem die vier wieder verschwunden waren, wie ein Spuk aus dem Bild, das sich zurückverwandelte in eine eingefrorene Fläche aus Grauschattierungen (Anthrazit, Sepia, Schiefer, Blei), deren kühle Geometrie, gerade Linien, rechte Winkel, nun empfindlich gestört war durch ihre asymmetrischen Schmierereien.

»Was steht da?«

Oliver Damm kniete sich neben den Apparat und las vor, indem er mit seinem Zeigefinger die Worte unterstrich:

»Mörderhansa. *First class deportation class.* Togo: Flug in den Tod. Und hier, äh, was ich umkreise, ist der Kranich mit einem Sensenmann drauf, das ist wohl eine ausgesprayte Schablone.«

»Wie auf den Flyern.«

»Identisch. Sofort Schluss mit den Abschiebungen.«

»Andere Kameras?«

»Zwei, drei andere Positionen, aber ohne Erkenntnisgewinn. Die Aufnahmen, die wir gesehen haben, sind die besten.«

»Und der Wachschutz schläft.«

»Man hat den Schaden erst eine halbe Stunde später entdeckt. Bei einem routinemäßigen Rundgang.«

»Die pennen, ja?«

Damm legte die Fernbedienung auf den Couchtisch und setzte sich in einen der Sessel.

»Normalerweise«, sagte er, »hätte die Alarmanlage anspringen müssen, also, wenn man derartig massiv die Scheiben bearbeitet. Die ist nachts auf relativ schwachen Druck eingestellt.«

»Das könnten dieselben sein«, sagte Seidenhut.

Ein Ton, der wie ein Schnarchlaut klang, Klaus Witzke hatte kräftig durch die trockene Nase ausgeatmet. Seit ich ihn kenne, dachte Eberhard Seidenhut, eine eher unappetitliche Angewohnheit.

»Könnten«, sagte Witzke, »genausogut auch nicht.«

»Eine Möglichkeit wäre, sich die Bänder der letzten Tage anzugucken. Auf begründeten Verdacht hin.«

Damm wusste, dass sein Vorschlag nicht praktikabel war, aber Witzke nervte ihn. Diese kontinuierliche Krittelei an seinen Methoden, an jeder Form technischer Analyse. Ein Auslaufmodell.

»Wer kommt in Frage?«

Seidenhut blickte die beiden nacheinander an. Die Vorzüge des einen gegen die Fähigkeiten des anderen abwägend. Gefahren am eigenen Leib, die der Jüngere nie erlebt hatte, Bedrohungen, die für ihn nur Sätze, halbvergessene Sätze aus einem Geschichtsbuch waren.

Damm nahm einen der Flyer zur Hand, die am Tatort gefunden worden waren. Optisch einwandfrei, die Message zentral unter dem Logo mit dem fliegenden Tod plaziert. Und kein ellenlanger Text, den sowieso niemand liest (außer uns), sondern kurz und präzise, warum es notwendig und gerechtfertigt ist, gegen die *Asylpraxis der Regierung und ihrer Helfershelfer* Widerstand zu leisten. Sprachvergleich mit ähnlichen Flugblättern, elektronischen Rundbriefen, Aufrufen, die v.i.S.d.P. gezeichnet sind. Semantische Dubletten, die das Programm markiert.

Er sah über den Tisch zu Seidenhut und zuckte mit den Schultern. Ich hab' Ihnen heute morgen unter vier Augen alles gesagt, dem ist nichts hinzuzufügen. Nicht in Anwesenheit von dem, unsere nächsten Schritte. Dass Berghain seine liebe Not mit der Entschlüsselung der Adressen hatte, war bedauerlich (oder neu), aber kein Beinbruch. Dann eben morgen, die laufen uns nicht weg. Als hätte man jemanden umzingelt, ohne ihn identifiziert zu haben, ohne Gesicht und Statur. Wie man im Hotel die Fickgeräusche aus dem Nebenzimmer einem Paar im Frühstücksraum zuzuordnen versucht. Erfahrung und Vorstellungskraft. Ich kriege sie, dachte er, und ich krieg' sie ohne die schäbigen Tricks eines Klaus Witzke. Der den Leuten ihre Gesinnung einflüstert.

»Wir beobachten den Flüchtlingsrat«, sagte Witzke. Was daraus folgte, sagte er nicht, so wenig er eine Erklärung lieferte, was er (oder wen er mit ›wir‹ meinte) sich davon versprach. Dass es für ihn Zeitverschwendung war, ein paar Vermummte beim Beschmieren eines Fensters zu betrachten, behielt er für sich, auch das. Damm konnte einem lästig werden mit seinen Aufgeregtheiten, und Eberhard ließ sich allzu bereitwillig von ihm anstecken. Als sei er ein Novize im Gewerbe, ein Frischling, der nicht die Spur einer Ahnung besitzt, wo der Bartel seinen Most holt. Nicht am Computer, in den Rastern eines theoretischen Ausschlussverfahrens. Zumal die Aufgabe, die sie hatten, woanders lag.

»Danke«, sagte Seidenhut. Bringt nichts, dachte er, mit Damm und Klaus zusammen, und Klaus war das größere Problem. Sein Gerede vom Beobachten, das er vorschützte, wenn er keine Auskunft geben wollte. Wir beobachten dies, wir beobachten das. Ihn beschlich das Gefühl, dass sich ihre Wege trennen würden, dass Witzkes Zeit unwiderruflich abgelaufen war. Eine glorreiche, eine siegreiche Epoche. Der Kalte Krieg, die Zone, die RAF. Gemeinsamkeiten, denen nachzutrauern keine Zukunft hatte. Einer von uns beiden, dachte er, und ich, Klaus, ich bin es nicht. Noch längst nicht.

Lieber Christian, der Text ist stark. Ich habe mir eine unwesentliche Korrektur erlaubt (Verlangen statt Begehren, das kommt zu oft vor), sonst ist alles druckreif. Wie immer. Was machst Du so? Wir sollten uns unbedingt mal wieder sehen. Da Johanna jetzt einen Job in B. hat, werde ich wahrscheinlich häufiger in der Stadt sein. Ich hoffe, es geht Dir gut, mit herzlichen Grüßen, Deine Antje. PS: Das Geld habe ich angewiesen.

Sie mochte ihn nicht. Hatte ihn nie gemocht, würde ihn nie mögen. Vom ersten Moment an, das war das eine. Das andere war Holgers Vorschlag, ihn in die Gruppe aufzunehmen, dagegen hatte sie heftig protestiert. Nicht mit mir, hatte sie gesagt, es eine Zumutung genannt, die sie veranlassen würde, auszusteigen. Argumente und Gegenargumente, bis sie es instinktiv auf den entscheidenden Punkt brachte:

Ich vertraue ihm nicht. Und wenn er, Holger, ihm vertraue oder vertrauen wolle, bitte, ihr persönlich sei der Typ ungeheuer, es sei für sie schon mehr als genug, ihn bei den offenen Treffen ertragen zu müssen. Wo er Dinge hören könne, bereits da, die in fremden Ohren nichts zu suchen hätten. Zum Beispiel die Sache in Zürich, wäre Zürich nicht ein gefundenes Fressen für die Polizei in Deutschland und der Schweiz? Ratzfatz schnappt die Falle zu, und du sitzt drin.

Als Nele ihn (dieser penetrante Mensch, schoss es ihr durch den Kopf) am Märchenbrunnen sah, wo sie verabredet waren, musste sie sich zusammenreißen, um ihre Laune nicht vollends zu verlieren; so, wie sie im Augenblick in ihrer Arbeit war, empfand sie jede Unterbrechung als extrem störend. Sie hatte zugesagt, und sie war gekommen, aber sie würde keine Sekunde länger bleiben als nötig. Eine Pflicht, die sie akzeptierte, der Gegenwart dieses Ekelpakets zum Trotz. Heute noch, die Weltbanktagung noch – was dann, und ob überhaupt weiter –, sie tappte gänzlich im Dunkeln.

Auf einer Wiese am Fuß des Trümmerbergs hatte Jan seinen Stadtplan entfaltet und ihnen die behördlich genehmigte Route des Demonstrationszuges erläutert, Nebenwege, Fluchtwege, vermutliche Pole der Auseinandersetzungen. Die Hotels, in denen sie wohnten, Stoßrichtungen der Angriffe, absehbare Taktiken der Einsatzkräfte. Bahnhof, Fluss, See, ein Gewirr von Gassen. Das *Baur au Lac* am Bürkliplatz, das *Eden au Lac* an der Uferpromenade. Gestaffelte Anfahrt ein bis drei Tage vorher, Einweisung durch die Schweizer, die Depots in der Stadt präpariert hatten. Keine Adressbücher, keine Telefonlisten. Namen und Nummern von Anwälten würden in Zürich verteilt, wer wo schlafe, sei bekannt. Nachdem sie beschlossen hatten, dass Holger und Jan in Problemlagen das Kommando haben sollten, gingen Paul und Jenny zum Kiosk am Schönbrunn, um Getränke zu kaufen, Nele streckte sich im Gras aus und starrte ins blendende Blau des Himmels. Als sie die Lider schloss, tanzten kleine Blitze und Sterne über ihre Netzhaut, wie der Funkenregen einer erlöschenden Wunderkerze. Kinder lärmten durch den Volkspark, ihre hellen hohen Stimmen schienen überall zu sein, schienen von überall zu ihr herzuwehen. Wie schön das klingt, dachte sie, wie rein, wie beruhigend. Sphärenmusik. Die sie – und sie wollte es nicht – zu Tränen rührte, die ihr aus den Augenwinkeln warm über die Schläfen liefen. Dabei ist es auch damals nicht einfach gewesen, ist es nie einfach, ist es eine Illusion. Der Traum davon, wie es sein könnte.

Sie wischte sich mit den Handballen die Augen trocken und richtete sich auf. Blinzelnd sah sie Holger an. Zeit, zu gehen. Er nickte. Als sie stand, kam er zu ihr und küsste sie links und rechts und umarmte sie. Und sie ihn. Dann lief sie quer über die Wiese zu ihrem Rad, so schluchzend, dass es ihr spitz in die Brust stach.

»Hallo Christian, mit meinem Account ist irgendwas los, der streikt, deswegen spreche ich jetzt einfach auf den AB. Zu deiner Post wäre natürlich einiges zu sagen, aber das mail ich dir. Sonst quatsch ich dir nur das Band voll (Lachen). Und dein Kinovorschlag, ja, einverstanden, hast du schon einen Film ausgesucht? Also, mmh, ciao.«

»Hier ist Christian, du bist nicht zu Hause, ähm, ich versuch es später wieder, Kino, ich meine, am besten suchen wir zusammen einen Film aus, oder, äh, ich guck mal ins Programm, und dann ruf ich dich wieder an, tschüss.«

»Hi.«

»Ich erkenn deine Stimme.«

»Nele.«

»Eindeutig.«

»Ich hoffe.«

»Wie geht's?«

»Mein Mailaccount verschluckt plötzlich Briefe. Ich weiß auch nicht.«

»Hunger.«

»Ich find's weniger lustig.«

»Sorry.«

»Ich würde *gern* ins Kino. Was läuft im International?«

»Keine Ahnung.«

»Wolltest du nicht ins Programm gucken? Ich erinnere mich, du hättest so was gesagt.«

»Ich mich auch.«

»Na, Gott sei Dank.«

»Ich bin gleich auf der Seite, Sekunde.«

»Ist mein Lieblingskino. Dieser Glitzervorhang und das Foyer mit den Riesenscheiben, und dann der Ausblick, nachts, auf die Karl-Marx, die Lichter, der Fernsehturm … ich mag das sehr.«

»Heute abend?«

»…«

»Hab' ich nicht verstanden.«

»Ja.«

»Es gibt um zehn … einmal die Woche, Lieblingsfilme der Mitarbeiter, ähm, *Rocco und seine Brüder.*«

»Nein!«

»Sollen wir?«

»Klar, was denkst du denn.«

»Kennst du den?«

»Und wenn schon.«

»Würde ich auch sagen.«

»Um Viertel vor zehn.«

»An der Kasse. Ich trag' eine Brille.«

»Mittellange Haare?«

»Genau.«

»Ich werd' dich ansprechen.«

»Lass mich mal.«

»Bitte.«

Während Christian mit links das Fahrrad weiterschob, kam Nele hinten herum auf seine rechte Seite. Seitdem sie das Kino verlassen hatten, waren nicht mehr Worte gefallen. Standen nach der Vorstellung auf der Karl-Marx-Allee und blickten sich betreten an, obwohl sie doch beide gewusst hatten, was sie erwartet. Diese herzzerreißende Szene mit Annie Girardot und Alain Delon auf dem Dach des Mailänder Doms, und sie wird später von seinem eifersüchtigen Bruder ermordet. Aber das war nicht der wirkliche Grund für die eigenartige Stimmung, die sie erfasst hatte, Nele erfasst hatte und ihn erfasst hatte. Als sei in den letzten drei Stunden etwas zwischen sie getreten, das sie verunsicherte. Eine Ratlosigkeit, für die nicht der Film verantwortlich zu machen war.

Auf einem der langgestreckten Gebäuderiegel gegenüber leuchtete das Wort *balkancarpodem,* große blaue Buchstaben, die im zehnten oder zwölften Stock an einem Metallgestänge befestigt waren. Darunter in kleineren Buchstaben: BULGARIEN, rechts erstrahlten stilisierte Vögel in einem blauen Neonkreis. Als flögen sie längs der breiten Achse von den Hausgebirgen am Strausberger Platz in die andere Richtung auf den schlanken Turm des Forum-Hotels zu; Hotel, Fernsehturm mit Kugel und blitzender Antenne, und dazwischen ein dunkler Würfel, in dem der Kaufhof war – wie aus einem Kasten auf ein Spielbrett geschüttete Klötze, deren Silhouetten sich gestochen scharf von einem tintenblauen Nachthimmel abhoben. Die grellen Farben einer Sharp-Reklame, die wieder und wieder die Fläche einer gigantischen Bildwand an der nächsten Ecke fluteten, umlagert von buntflackernden Schriftzügen, weit oben das rote und weiße Blinken eines unsichtbaren Flugzeugs.

Sie hatten die zehn Fahrbahnen der Straße und die Parkbuchten in ihrer Mitte überquert, ohne sich auf ein Ziel zu verständigen, ohne dass einer gefragt hätte, ob man noch ins Café Moskau soll, in die Bar in dem Glaspavillon vor dem Nachbarhaus, in irgendein Lokal, sondern waren schweigend nebeneinander hergegangen bis zum Kreisverkehr am Strausberger Platz. Und schweigend in die Lichtenberger Straße abgebogen, als sei der Weg nach Kreuzberg der einzige, den sie wählen könnten. Warum heißt die Straße eigentlich Lichtenberger, dachte Christian, und nicht Kreuzberger, wenn sie nach Süden und nicht nach Osten führt, doch bevor er Nele die Frage stellte (der ungeschickte Versuch, ein Gespräch zu beginnen), fiel ihm ein, dass es sich in der DDR wahrscheinlich schräg angehört hätte, eine Straße nach einem Westberliner Stadtteil zu benennen, der gleich hinter der Grenze lag, hinter der Spree, auf die sie in einem leichten Bogen zulief. Gesäumt von vielgeschossigen Neubauten für die ehemalige Arbeiterelite des ehemaligen Staates, mit Bädern und Heizungen, und zu beiden Seiten begrünt von Schösslingen, die nun so hoch gewachsen waren, dass ihre Kronen ein geschlossenes Dach bildeten, unter dem sie – kleine Schattenrisse in einer überdimensionalen Landschaft aus erloschenen Fensterfronten und bleichen Satellitenschüsseln – stumm einherschritten. Nele schob ihr Rad, Christian, der mit der U-Bahn zum Kino gefahren war, mit seinen Händen in den Taschen daneben. Was könnte man jetzt sagen, was wäre jetzt richtig?

»Lass mich mal.«

»Bitte.«

Als Nele um das Fahrrad herum war, bemerkte er, dass die unteren Knöpfe ihrer schwarzen Bluse offenstanden, nur noch ein Knopf, der praktisch alles zusammenhielt.

»Deine Bluse ist auf.«

Sie blickte an sich herunter.

»Und zwar völlig.«

»Stört dich das?«

»Vielleicht dich.«

»Vielleicht stört mich das«, sagte sie und machte zwei Knöpfe zu. Dann streifte sie sich ihre Sandalen ab und ging mit nackten Füßen weiter.

Vor der Brücke über den Fluss lösten sich die Konturen dreier Bürohäuser aus der Dunkelheit, deren Traufen (wie Heiligenscheine) von grünen Leuchtstoffröhren umrandet waren. Ein giftiges künstliches Grün, das sich im Wasser spiegelte. Sie waren wortlos auf der Brücke stehengeblieben und beugten sich über das Geländer. Ihre Ellbogen berührten sich, ihre Oberarme, als sie beide das Gewicht aufs andere Bein verlagerten. Schemenhafte Bewegungen am Ufer, wo die Bootsgaragen der Grenztruppen waren. Unter einer Girlande funzeliger bunter Glühbirnen.

»Warst du da mal?«

»Sollen wir hingehen?«

»Ich möchte nirgendwohin«, sagte Nele. Als sie sich schüchtern ansahen, zaghaft, als befürchteten sie jeder das gleiche, mussten sie lächeln, Nele kopfschüttelnd mit hochgezogenen Achseln.

»Sind wir soweit?«

»Ich hab' genug ins Wasser geguckt.«

Verwilderte Grundstücke, Maschendraht, eine düstere Industrieruine mit ausgebrannten schwarzen Fensterhöhlen, Plakatwände. Vor ihnen die Kuppel der Michaelkirche inmitten einer neuerlichen Siedlung von Plattenbauten, rechts die zwei silberhäutigen, wie eine Skulptur von unten angestrahlten Schornsteinkolosse des Heizkraftwerks Mitte, ein Gitterzaun um den gesamten Block, Videokameras. Dampf trat aus, eine behäbig quellende, im Licht der starken Scheinwerfer weißer als weiß glänzende Wolkenmasse, die nach außen hin langsam zerfaserte. Ein Schauspiel, das sie für ein paar Schritte in seinen Bann zog. Als sie an einer Reihe geparkter Lieferwagen vorbeikamen, deren Aufbauten die Aussicht verstellten und den Bürgersteig in ein tieferes Dunkel tauchten, genau da, in diesem Moment, ergriff Nele plötzlich Christians Hand, ergriff sie vorsichtig, ergriff sie wie selbstverständlich, ohne Druck, eine warme, leicht verschwitzte Hand, um die sie behutsam die ihre schloss.

Christian hatte das Fahrrad die Stufen in den Park heruntergetragen, den man in der Vertiefung eines alten Kanalbeckens hinter der Kirche angelegt hatte, Laubengänge an den Backsteinmauern, Kieswege, Blumenrabatten, und jetzt saßen sie auf einer der Bänke, die in den von Efeu und Weinlaub dicht umrankten Gängen standen, das Rad gegen die nächste Stütze gelehnt. Wäre es heller gewesen, hätte er den Schweißfilm auf ihrem Hals und ihrem Gesicht sehen können, die Schweißflecken unter ihren Armen, ihre nackten Füße scharrten leise über den Kies, die Sandalen hatte sie auf dem Gepäckträger eingeklemmt. Was ist mit dir? Sie nahm ihre Brille ab und legte sie an den Rand der Bank. Nele, du Schöne. Ihr Kopf, der mit einem Mal auf seine Schulter sank und sich dann zu ihm hob. Ihre Haare kitzelten ihn an der Wange, auf seiner Stirn, er spürte, wie eine lose Strähne über seine Augenbrauen und seine geschlossenen Lider strich. Ihre Haut war ganz heiß, blieb immer wieder an seiner kleben, geöffnete Lippen, eine gewölbte Unterlippe, eine Weichheit, die sein Kinn ertastete, verschlang, kratzige Bartstoppeln, Schweiß, den sie ableckte, seine Nase, seine Schläfen, die Stirn, zitternde Hände, die ihm die Brille abzogen und ins Gras fallen ließen, um ihn dann an sich zu drücken, ihre Hände an seinem Kopf, umfassten seinen Kopf, kämmten durch seine Haare, während ein Bein über seinen Schoß kroch, bis sie auf ihm kniete, ein reißendes Geräusch, als risse ihr Rock ein, fest gespannt an ihren Schenkeln, riss ein, rutschte hoch, ihre Bluse, unter der seine Hände ihre Hüften und ihren Rücken streichelten, sprang auf, sprang weg, und Nele befreite ihn von seinem Hemd, zerrte es ihm über den Kopf und sank, stürzte, fiel auf ihn herab, ihn umarmend, ihn an ihre Brust pressend, keuchend, lauter keuchend, wie Christian keuchte, als er die Träger ihres BHs herunterstreifte, das elastische Material der Schalen, sich in den Ärmeln ihrer Bluse verheddernd, ihre nackten Schultern dann, ihre schwere Brust, die sich an ihm, an seiner Brust quetschte, rieb, Lippen, die an Lippen saugten, Spucke, Spuckefäden, Feuchtigkeit von Zungen, heftig schluckend, alle beide.

Sie nahm es in die Hand, dass er in sie hineinrutschte, ihn führend, während sie das gespannte Gummi ihrer Unterhose beiseite zog, ein Scheuern an seinem Fleisch, ein schmatzender Ton, mit dem es geschah, und ein Innehalten, ein Zucken in ihrem Innern, bevor sie sacht vor und zurück schaukelten, anfingen, langsam vor und zurück und hin und her zu schaukeln, sie mit ihren Armen um seinen Hals und seine Schultern. Und er mit seinen Armen um sie, aneinander geklammert, wie man sich nur fest aneinanderklammern kann, die ersten und die letzten Menschen, erste und letzte

Atemzüge, seufzend, nach Luft schnappend, Bäuche, Bekken, Schambeine, die voreinanderstießen, sich aneinanderrieben in der Finsternis dieses Laubengangs, ein Gleiten und Glitschen, sich aufbäumende und wieder zusammenstürzende Bewegungen, einknickende und sich wieder aufrichtende Leiber. Neles in den Nacken gelegter Kopf entblößte ihm ihre Kehle, die zum Zerreißen angespannten Sehnen ihres Halses, die er mit seiner Zunge ertastete, eine ihrer Brüste unter seiner Handfläche, zwischen der weitgeöffneten Spanne seiner Finger und seines Daumens, dessen Kuppe einen harten, in unfassliche Weichheit eingebetteten Punkt streichelte, umkreiste, mit der anderen Hand ihren Hintern stützend, ohne die Freiheiten ihrer Lust einzuschränken, ein Sichdrehen auf ihm, fast ein Röcheln, in das sie verfiel, nach und nach stärker, lauter, bevor es dann plötzlich abbrach, nur noch die Geräusche seines Atems und sekundenlang die eines glitschigen Schabens und Saugens, dem er sich entgegenstreckte, ihren Druck erwidernd, sonst nichts, den Druck, den sie brauchte, für sich, an ihm, bis es soweit war, jetzt, jetzt, und Christian spürte mit allen Fasern, wie sie sich um ihn schloss und öffnete und wieder schloss, noch fester schloss, aufschluchzend, als würde sie einen Anfall haben, einen Krampf, der sie in seinen Armen durchschüttelte, während er, nicht mehr anders könnend, Nele nun mit beiden Händen packte, um in sie hineinzustoßen, unkontrollierte Laute aus seiner Brust, ein hochkochendes Reißen, das sich bald in Schüben in sie ergoss und ergoss und ergoss, aus ihr rauslief, überall zwischen ihren Beinen war, auf ihnen, der Bank, auf der sie sich zitternd aneinanderklammerten, für Minuten umklammert hielten, indes Nele den geöffneten Mund, die weichen vollen Lippen tonlos an seine Wange presste, ihr warmer Atem auf seiner Haut.

Sie lagen auf der Bank, ein Bein hatte sie ausgestreckt, das andere lag angewinkelt über seiner Hüfte. Neles Kopf lag auf seinem nackten Oberarm, Haarsträhnen fielen ihr ins Gesicht, verklebte Haare auf ihrer hohen Stirn. Sie lächelte Christian mit ihren blinzelnden Augen an, und Christian lächelte zurück. Stille um sie herum, nirgendwo Licht oder Bewegung, nicht im Park und nicht in den Häusern, die sich auf Straßenebene oberhalb der Laubengänge und Backsteinmauern befanden. Nele rückte so nah an ihn heran, dass sich ihre Lippen berührten, aber sie küssten sich nicht. Sie biss ihn, und er hörte sie kichern. Dann flüsterte sie:

»Vorsichtig war das gerade nicht.«

»No.«

»Das war sehr unvorsichtig.«

»Yes.«

»Sag wenigstens *my dear.*«

»My dear.«

»Carino.«

»Darf ich meine Hand auf deinen Hintern legen?«

»Ja. Bitte.«

»So?«

»Fass mich richtig an.«

»So?«

»So ist gut.«

Jetzt küssten sie sich, ihre Köpfe beide auf seinem Arm, ein langsames, endloses Küssen voll gestillter Lust, mit dem ihre Zungen ihre Münder träge erforschten.

Später, nachdem sie aufgestanden waren, ihre Brillen wieder trugen, sagte Nele:

»Ich bin total verklebt.«

»Tut das weh?«

»Das ziept an meinen Haaren.«

»Schlimm?«

»Gar nicht schlimm«, sagte sie und ging zu ihrem Rad, um sich die Sandalen anzuziehen. Christian steckte nachlässig sein Hemd in die Hose, hinten blieb es zerknittert draußen hängen. Knöpfe abgerissen, wie Knöpfe an ihrer Bluse abgerissen waren, die sich nur deshalb noch schließen ließ, weil Nele sie zusammenraffte und die Enden in ihren Rockbund stopfte. So gingen sie nebeneinander über die Köpenicker Straße. Am Himmel über der Warschauer Brücke, über den Lagerhäusern und Kränen des Osthafens die Morgendämmerung als dünner, rötlicher Streifen. In die erleuchtete Bahnhofshalle fuhr ein gelber Zug ein, vier Uhr vorbei, erster Personennahverkehr. Nele legte eine Hand auf Christians Schulter und drehte ihn zu sich. Ihr Mund bewegte sich nervös, als würde sie Probe sprechen.

»Von hier …«

»Ich weiß es.«

»Von hier gehe ich allein weiter.«

Christian klappte den Ständer herunter und stellte das Fahrrad ab.

Sie starrten sich schweigend an, Nele mit mahlenden Kiefern, bis sie:

»Ich will dich wiedersehen«, sagte und schluckte.

Sie fixierte die Stelle an seinem Hals und hob dann abrupt ihren Blick.

Für Dritte sicher ein seltsames Bild, wie die beiden dastanden und sich auf ihre Unterlippen bissen.

Fast, als würde sie ihn anspringen, umarmte sie Christian und küsste ihn leidenschaftlich, so ungestüm, dass ihre Zähne gegeneinanderschlugen.

Sie entwand sich seinen Armen.

»Guck nicht so.«

»Ich gucke überhaupt nicht«, sagte er. Auf seiner Zunge war Blut.

»Guck mir nicht nach, wenn ich wegfahre.«

Sie stieg auf ihr Fahrrad. Ergriff mit ausgestrecktem Arm eine seiner Hände, um die Handfläche zu küssen und dann an ihre Wange zu halten.

»Ich gucke nicht. Wenn du mir das sagst, werde ich das tun.«

Er wandte ihr den Rücken zu.

»Bleib so.«

»Natürlich.«

»Egal, was ist, du drehst dich auf keinen Fall um.«

»Yes, my dear.«

Er hörte, wie sie ihre Nase hochzog.

»Ich fahre jetzt.«

»Gut.«

»Auf keinen Fall.«

»Auf keinen Fall.«

»Das war wunderschön.«

Christian nickte, ohne etwas erwidern zu können. Er zündete sich die einzige Zigarette an, die nicht zerknickt war, und rauchte sie unter den Gleisen zu Ende, bevor er (Minuten später) die Treppen zum Bahnhof hochstieg.

Moschino, Louis Vuitton, Commes des Garçons, Yohji Yamamoto, Dries van Noten, Etro, Celine, Strenesse, Donna Karan, die Sockel und Fensterumrandungen der Geschäfte waren aus schwarzem Marmor, in einheitlichen Goldlettern die Namen der Firmen, deren Produkte man sich hier zulegen konnte. Oder nur bestaunen, Touristenschwärme, Freundinnen auf Einkaufstour mit stabilen, edel gestalteten Tüten über den Armen, von Auslage zu Auslage schlendernde Teenager. Riemchenstilettos, gepiercte Bauchnäbel, Sneakers, die auf dem Rautenmuster der glänzend polierten, schwarzweißen Fliesen quietschende Geräusche von sich gaben. Drei Etagen, drei Galerien, ein großzügiger Lichthof, den Treppen und Rolltreppen wie auf einem der Bilder von Maurits Escher durchkreuzten. Im Untergeschoss war ein offenes Café mit einem aufgeklappten Flügel neben einer der Schrägen, wo von morgens bis abends ein Pianist (der Diensthabende) in Anzug und Krawatte saß und gedämpft vor sich hin klimperte. Eine ausgeklügelte Dramaturgie, die sich in Raum verwandelt hatte. Harmonische, nach wissenschaftlichen Erkenntnissen verbummelte Stunden.

Die Ein- und Ausgänge der Mall wurden von Männern in zweireihigen, fliederfarbenen Jacketts überwacht, die so unauffällig und dröge waren wie sie selbst; je einer an jeder der vierflügeligen Türen, je einer auf jedem der Galeriebalkone, die um die Leere des Atriums kreisten – wie man es zuvor bei verschiedenen Besuchen beobachtet hatte. Reinkommen kein Problem, sich verteilen, von oben nach unten und kreuz und quer dann laute Gespräche führen, als ob man sich nach Ewigkeiten wieder einmal begegnet sei und nun erstaunt auf die merkwürdigen Entdeckungen hinweise, die man soeben gemacht habe. Launige Karnevalsmasken vorm Gesicht, ein Regen wirbelnder Flugblätter mit den nötigen Informationen und mit Fotos der kleinen, schwarzverglasten Halbkugeln an den Decken, in denen die Kameras versteckt waren, Optiken eines digitalen Kreislaufs über Dutzende von Monitoren und Speicherdateien. *Wollen Sie das? Hat man Sie gefragt? Wissen Sie, wer Sie filmt?*

Weil es einem stinkt, wie sie die Stadt umgestalten, und weil man legal nichts mehr dagegen unternehmen kann, als in der Öffentlichkeit Alarm zu schlagen. Erlaubte Zonen, verbotene Zonen, Einschränkung der Bewegungsfreiheit. Nichts anfassen, nichts zerstören, keine Vorwände für nichts bieten, ein Spaß im Auge des Betrachters. Ob man in einer

Festung leben will, einem Fort, das die Indianer der Armut belagern, oder in der Gleichheit des Widerspruchs. Schwer zu ertragen, aber unumgänglich, wenn man unter Menschenwürde mehr versteht, als in Ruhe zu shoppen. Lasst sie die Polizei holen, man wird sich ja wohl noch über die Stockwerke eines Einkaufszentrums hinweg unterhalten dürfen. Oder ist das verboten? Die Zettel werden eingesammelt, wenn's der Ordnung dient, wir beabsichtigen nicht, schlechtbezahlten Putzkolonnen überflüssige Arbeit zu bescheren.

Aber irgend etwas war heute schief, war unvorhergesehen aus dem Ruder gelaufen. Ein Schmerzensschrei, eine Maske, die in die Knie ging, eine junge Frau wurde getreten. Reizgas durch die Augenschlitze ihres Joan-Landor-Konterfeis aus versteifter Pappe, was sie zusammensacken ließ, halb ohnmächtig den Angriffen eines der Männer in den fliederfarbenen Jacketts ausgesetzt. In seinen Vorschriften stand das nicht, die rechtliche Situation. Die anderen Masken hasteten über Treppen und Rolltreppen und Geländer ihr zu Hilfe, andere Bedienstete des Wachschutzes machten sich in gleicher Weise auf den Weg, fliegende Rockschöße, gezückte Handys. Die erste Maske, die den Ort der Misshandlung erreichte, sprang dem Mann mit ausgestrecktem Bein in die Seite, so dass er umfiel und über die Fliesen kugelte, man versuchte, die Verletzte aufzurichten und ins Freie zu bringen. Sich ängstlich zurückziehende Passanten, die damit nichts zu schaffen haben wollten, Schreck am Vormittag. Eine Schläge und Tritte austeilende Menschentraube, die sich einem der Ausgänge zuschob, ein Pflanzenkübel stürzte um, Gebrüll, Drohungen, wehe … In den Türen der Luxusgeschäfte Verkäufer und Verkäuferinnen, Kunden und Kundinnen, die etwas zu erzählen haben würden. Eine unbedeutende Meldung.

Auf der Friedrichstraße ertönten Polizeisirenen, Ende des Hausrechts, an der Gebäudekante erlosch der Versicherungsvertrag. Man löste sich voneinander, die fünf vom Sicherheitsdienst kamen nicht über die Schwelle hinaus. Mission erfüllt. Flüche und Verwünschungen, die ihnen von außen achtfach entgegengeschleudert wurden, die junge Frau, der man das Reizgas in die Augen gesprayt hatte (die Maske hatte sie leidlich geschützt), kauerte würgend und hustend auf dem Pflaster. Zwei Polizeiwagen jagten vorbei, die waren es nicht, die man gerufen hatte. Durch den schmalen, schnurgeraden Abgrund aus vorgehängten Fassaden wälzte sich der Verkehr, Sonnenlicht zersplitterte irisierend an der Glasfront des Lafayette. Sofort hielten Taxis an, eins, zwei, drei, scharf auf jede sich bietende Fuhre. Und rein und ab und schon erinnerte nichts mehr an das, was hier durch engagiertes Eingreifen vereitelt worden war.

Benommen öffnete Christian die Tür; er hatte das Telefon abgehoben, und das war ein Fehler gewesen. Sie sei in Berlin, in der Nähe, ob er? Eine Ausrede war ihm nicht eingefallen, der Anruf hatte ihn mitten aus dem Schlaf gerissen, ihn erwischt, als er weit weg von allen Worten war. Stammelnd hatte er zugesagt, war in Hemd und Hose vom Vorabend gesprungen, und hatte sich im Bad zwei Hände Wasser ins Gesicht geschüttet und gekämmt, zumindest das.

»Habe ich dich geweckt?«

»Unsinn. Komm rein.«

Sie trug ein luftiges, ausgeschnittenes Sommerkleid, eine große schwarze Ledertasche mit Schnürgriffen über der nackten Schulter, eine Sonnenbrille im Haar. Sie küsste ihn links und rechts und betrat die Wohnung. Die sie gekauft hatte, die ihr gehörte, in die sie nach dem Umbau im Herbst einziehen würde. Sie gingen in das Erkerzimmer mit der rubinroten Decke, Carolin sah kopfschüttelnd hoch, blickte sich flüchtig um. Abspachteln, rausreißen, alles neu von A bis Z.

»Ich wusste nicht, dass du in Berlin bist.«

»Wie hättest du das wissen können«, sagte Carolin und stellte ihre Tasche aufs Parkett, wellig aufgequollen zu den Fenstern hin. Auch das müsste gemacht werden.

»Ich glaube, ich kann dir nichts anbieten.«

»Nicht mal eine Sitzgelegenheit.«

»Willst du dich setzen?«

»Aufs Bett?«

»Vielleicht besser nicht«, sagte Christian. »Hast du eine Zigarette?«

»Nein.«

Carolin ging in den Erker, und Christian folgte ihr, er auf der einen, sie auf der anderen Seite sich gegen eine Fensterbank lehnend, vorher hatte Carolin mit der flachen Hand über das Holz gewischt. Ein Filter aus Regenschlieren.

»Brauchst du Geld?«

Christian verschränkte die Arme.

»Her damit.«

»Her damit ist zuviel.«

»Ich brauch' kein Geld, danke.«

»Ich könnte dir eine Bürgschaft vorstrecken.«

»Wann fangen die mit Renovieren an, August, September?«

»Würde sich für dich etwas ändern, wenn ich's dir sage? Wenn ich sagen würde: am zehnten August, am dritten September?«

»Du übertreibst.«

Carolin stützte sich hinten auf der Fensterbank ab und kreuzte die Füße. Safrangelbe Leinenschuhe.

»Christian, das geht so nicht mehr.« (Eine klingelnde

Straßenbahn unten vor dem Haus) »Nicht für mich.« (Mit einer Fußspitze tastete sie Unebenheiten des Bodens ab, eine lose Diele.) »Entschuldige, ich bin per Zufall in der Gegend gewesen, aber... *du* kämst von allein *nie* auf die Idee.«

»Wann soll ich ausziehen?«

»Wir telefonieren, ich sage ja, vorübergehend, sicher, wenn dich das alles nicht stört, hol dir die Schlüssel von der Hausverwaltung, und dann«, sie nahm die Sonnenbrille aus ihrem Haar, »Funkstille. Du hast, was du willst, sonst kümmert dich wenig. Was andere denken, ob das für andere, und damit meine ich mich, für andere genauso selbstverständlich ist... jenseits deines Horizonts. Wie gehabt. Du glaubst doch nicht im Ernst, dass ich ein Gespräch führe, noch einmal ein Gespräch, das wir, bitte, du musst jetzt nicht den Kopf schütteln, das du und ich schon bis zum Überdruss geführt haben, vor drei Jahren, vor fünf Jahren, vor sechs. Irrtum.«

»Wäre der erste August akzeptabel?«

Ein Blick, als rechnete sie nach, dachte er, ungerechtfertigt, ein Monat Zeit.

»Was erwartest du von mir?«

»Oder früher, ich bin an einer Wohnung dran.«

War es das, was sie hatte scheitern lassen, eine Geringschätzung von Verbindlichkeiten, Übereinkünften, immer nur als vorläufig betrachtete Absprachen? Die Unfähigkeit, sich wie der Rest der Welt auf ein Ziel festlegen zu können, normales Glück. Freunde, Kinder, die ehernen Schätze von Gleichmaß und jährlichen Wiederholungen. Als hätte man es einem bereits in der Wiege ausgetrieben.

Carolin schaute auf die Straße, einen Brillenbügel im Mund. Sie war die Stärkere, war es immer gewesen, würde es immer sein. Nach ihren Träumen hatte er sie nie gefragt, sie nie nach seinen. Vermutungen, die beide für sich behalten, Mängel, die sie voreinander verschwiegen hatten. Beflissentlich.

»Am fünften kommen Leute, um die Wand hinten rauszustemmen.«

»Am fünften bin ich weg.«

»Am ersten.«

»Erster August«, sagte Christian und beugte sich zu dem dreibeinigen, mit bunten Scherben gekachelten Tisch herunter, um Portemonnaie und Schlüssel einzustecken.

»Trinken wir irgendwo einen Kaffee?«

»Mensch, Christian.«

Sie sahen sich quer durch das Zimmer an, einstige und zukünftige Beletage. Ihm ins Gewissen zu reden war nicht ihre, war nicht Carolin Jägers Sache. Nicht mehr. Und dabei hätte es so weniger Dinge bedurft, um all die Vorwürfe zu vermeiden. Diese Stummheit.

»Gehen wir ins Schwarzsauer, ich muss auch was frühstücken.«

»Ich hab' einen Termin.«

»Komm, Carolin.«

»Mit dir ist es zwecklos.«

»Ins Café zu gehen?«

Sie schob sich die Sonnenbrille in ihr kurzgeschnittenes braunes Haar und ging zu ihrer Tasche; warf einen Blick auf ihren BlackBerry – und nickte.

»Wenn du mir erzählst«, sagte sie dann, süffisant, »woher du den Biss da am Hals hast.«

Christian strich mit beiden Händen über seine Haut, aber fühlen ließ sich nichts, ein Kranz geröteter Zahnabdrücke.

»Scheiße.«

»So Scheiße kann das nicht gewesen sein.«

»Hab' ich nicht behauptet.«

»Bist du verliebt?«

»Lass uns ins Café.«

»Bist du?«

»Erster August«, sagte Christian. Eine unerklärliche Traurigkeit, die in ihm aufstieg. Sich um seine Kehle legte. Hilflos, als bezichtige man ihn mit Macht eines Vergehens, an dem er nicht die geringste Schuld trug.

Carolin hängte sich ihre Tasche über die Schulter.

»Entschuldige, ich glaube, ich muss allein sein.«

»So arg.«

»Ich befürchte«, sagte er. »Tut mir leid, Carolin.«

»Kein Grund. Meldest du dich bitte bei mir, wenn es soweit ist.«

»Klar.«

»Pass auf dich auf«, sagte sie und ging. Ging ohne eine Spur des Bedauerns. Zwei Leben, die nichts mehr miteinander verband als eine von Tag zu Tag undeutlicher und zerrissener werdende Rückblende.

Nele sagte, sie habe zu arbeiten, stecke mitten in ihrer Arbeit, in einer bestimmten Phase, und Ablenkungen – er möge, nein, das müsse er verstehen – würden sie völlig aus dem Konzept bringen, es bereite ihr immer solche Schwierigkeiten – er schreibe doch selbst –, sich zu konzentrieren, sich wieder in ihren Text zu vertiefen, weshalb, verstehst du, morgen und übermorgen nicht, am Samstag, ja, sie werde anrufen.

Christian gab die Worte *vom Feinsten* in die Maske und ersetzte dann jeden dritten Treffer durch Synonyme aus dem Duden; was manchmal nicht ganz passte und weitergehende Umformulierungen nach sich zog, neue Halbsätze. *Delikat, köstlich, reizvoll, vielsagend, äußerst schmackhaft, ungeahnte Ge-*

nüsse, schwingt sich auf zu einem unvergleichlichen Höhepunkt, Spitzenleistung, traumwandlerisch, deliziös wie nie. Herrlich. Ungefähr dreißig Kurzkritiken aus der Sektion Italien hatte er fertig, er war schneller, als er gedacht hatte, Osterien, Trattorien, Cucina casalinga – *nach Art des Hauses* als ein besonderes Gütesiegel, das unbedingt zu erwähnen ist. Und wenn sie es wollen, kriegen sie es, Spezialität, exklusiv bei ›Mario e Laura‹, eigens für dieses Gericht aus Apulien importiert. *And fuck it.*

Schillings arbeitete unverdrossen vor sich hin, Sushi und Tempura. Er hatte sich auf eine wöchentliche Barauszahlung eingelassen, murrend, aber ihm war nichts anderes übriggeblieben, Termine und Verpflichtungen, die ohne Hilfe nicht zu bewältigen waren. Wer am längeren Hebel sitzt, der gewinnt, so lautete das unschöne Gesetz.

Christian sah auf sein Handy, keine SMS, kein umgeleiteter Anruf, nichts in der Mailbox. Er müsste etwas vorschlagen, das für sie ohne großes Brimborium zu akzeptieren wäre. Eine Pause, zwei Stunden Entspannung. Wenn sie Lust habe, schrieb er ihr, würde er eine Kleinigkeit zu essen besorgen *(Magst du japanisch?)*, zu trinken *(Tee, Sake?)*, und sie käme mal vom Schreibtisch weg, es seien maximal hundert Meter vom Bahnhof Eberswalder Straße bis zu seiner Wohnung. Das Haus neben dem Klamottenladen, erster Stock. Auf der Klingel stünde nichts, die unterste, *falls du diese Mail überhaupt liest. 18 h?*

»Tori Amos?«

»Strange little girls.«

»Kenn ich nicht.«

»Coverversionen.«

»Nie gehört.«

»Joe Jackson und John Lennon. *Happiness is a warm gun.*«

»Die Stimmen …«

»Sind reingesampelt. Aus einer Rede an die Nation.«

»Der amerikanische Präsident. Welches Stück war das davor?«

»*Rattlesnakes.* Lloyd Cole in den Achtzigern.«

»Da kam ich gerade erst auf die Schule.«

»Für mich kein Spaß.«

»Wahrscheinlich bist du faul gewesen.«

»Ich war verwirrt. Vielleicht ein bisschen mehr als die anderen, als Jakob. Der hat in jedem Kurs neben mir gesessen.«

»Deutsch und Sozialkunde.«

»Wolltest du nie Musik studieren?«

»Nein.«

»Pardon, das war nur 'ne Frage.«

»Die ich somit beantwortet habe.«

»Sagen wir mal, meine Erinnerungen sind nicht die besten.«

Nele hob den Kopf und blickte in seine Augen.

»Hast du Kinder?«

»Wie kommst du jetzt auf die Idee? Und im Plural.«

»Jakob hat zwei.«

»Jakob ist Jakob. Wenn ich Jakob wäre, wäre ich nicht hier.«

»Das hat eine gewisse Logik.«

»Wegen meines Alters?«

»Als du angefangen hast zu studieren, bin ich in die Pioniere. Und dann war's schon vorbei.«

»Bedauerst du's?«

»Erzählungen dieser Art kann man nicht bedauern, man kann sich höchstens von ihnen rühren lassen. Wenn man rührselig ist. Unkritisch beschriftete Oberflächen, die es in Wirklichkeit nie gab und nie geben wird.«

»Alle Erzählungen.«

»Phantasmen.«

Als höre man Jakob zu, dachte Christian. Seminarnüchternheiten.

»Vielleicht brauchen die Menschen im Leben ein Quantum Traum, ein Traum ist keine Lüge.«

»Aber auch nicht die Wahrheit. Ich glaube, Menschen brauchen Wünsche, die richtigen Wünsche. Insofern habe ich nichts gegen Erzählungen. Es handelt sich bloß darum, in welche Gefüge man sie einbaut. Todesmaschine oder Zukunftsmaschine.«

»Und Jean Paul?«

»Von der Macht nicht zu vereinnahmen. Als sei Deutsch eine Fremdsprache für ihn, die er auf vertrautem Territorium plötzlich entdeckt. Er katapultiert dich in den Kosmos, nämlich dahin, wo es jenseits von Stoff und Inhalt interessant wird.«

»Manche Leute ziehen es vor, auf der Erde zu bleiben.«

»Pech gehabt.«

...

»Was machst du da?«

»Sagte ich, Pressekonferenz.«

»Wo liegt Kassel genau?«

»Sollen wir mal hinfahren?«

»Warum nicht. Wenn die Ausstellung ist.«

»Das dauert noch.«

»Warten wir eben solange.«

...

»Hört sich kompliziert an.«

»Ich treffe mich demnächst mit jemandem, der mir weiterhilft, unter Umständen.«

»Das ist alles?«

»Ich werd' es dir erzählen.«

...

Lichter von der Straße drangen in das halbdunkle Zimmer, Autoscheinwerfer huschten über die rote Decke, in den Erkerfenstern ein unscharfer Abglanz roter und grüner Reklametafeln, Döner-Imbiss, Sparkasse. Nele streckte einen Arm aus und grabbelte auf dem Tisch nach ihrer Brille. Plastikverpackungen mit Resten von mariniertem Ingwer und Reis, eine leere Flasche Mineralwasser, die umkippte und über den Boden rollte. Sie setzte sich auf und schloss den Knopf an ihrer Hose, zog sich ihr T-Shirt zurecht. Ihre Sandalen standen unter dem Futon, zwischen Christians Schuhen, die er abgestreift hatte, ohne die Schnürsenkel zu öffnen, als sie sich nach dem Essen nebeneinander hingelegt hatten. Nicht, hatte sie gesagt, lass uns einfach nur liegen, mehr nicht. Sie hatte sein Hemd aufgeknöpft und ihren Kopf auf seine Brust gebettet, er hatte ihren Rücken gestreichelt, ihren Hals, ihre Wangen, ihre Schläfen, ihre Stirn. Flakkernde, dünnhäutige Augenlider.

Dass sie hergekommen war.

Dass sie gleich eine Mail zurückgeschickt hatte, *Sushi gerne, aber kein Alkohol.* Wasser wäre gut, für sie würde es auch Leitungswasser tun.

Als sei damit kaum zu rechnen gewesen, ein Gefühl, das ihn nie verließ. Er verdiene es nicht, er sei es nicht wert.

»Fast zehn«, sagte sie und sah Christian über die Schulter an.

»Du arbeitest wieder.«

»Yep.«

»Respekt.«

»Ich hab' noch nicht so viel geschafft. Mir ist es oft zu heiß tagsüber.«

»Ich bring dich zur U-Bahn.«

»Da sag ich nicht nein.«

»Ich muss nur«, er fummelte an den verknoteten Bändern herum, »diese Dinger hier…«

»Aufbinden, bevor man sie auszieht.«

Christian blickte unwirsch hoch, Nele lächelte, schnitt ihm ein Gesicht.

Severine und Jakob saßen auf der schwarzen Ledercouch in ihrem Wohnzimmer und nähten, Severine kürzte eine neue Hose, Jakob beschäftigte sich (weniger kunstfertig) mit einem löchrigen Laken. Sie in der einen Ecke, er ihr gegenüber, so dass sich ihre nackten Füße auf dem Polster berührten. Sich kitzelten, aneinander entlangfuhren, ein tastendes Spiel von Zehen und Sohlen. Leise lief Musik, etwas Uraltes von Scott Walker. Seit der Geburtstagsparty – und die Partynacht war eigentlich die erste gewesen – hatte Mathieu keine Kolik mehr gehabt, dasselbe Phänomen wie damals bei Catherine, unbegreiflich, von einem Tag auf den anderen; sie mochten es beide noch nicht so recht glauben, aber es schien vorbei zu sein. Diese Stunden mit einem schreienden Bündel auf dem Arm, diese Hilflosigkeit, die Gereiztheit, mit der sie sich begegnet waren, als würde er oder als würde sie irgendeine Schuld daran tragen. Selbst zu nähen (dachte Jakob, oder zu stopfen: »Ich hab's dir gezeigt, du weißt, wie man das macht.«) konnte zu einem himmlischen Zeitvertreib werden – ohne die nervöse Anspannung, ob das Schreien von vorne losgeht. Dass es losgeht, und kein Sex, nicht einmal Zärtlichkeit, sondern Stress in Reinform. Wie ein Schlafwandler durchs Institut getapert, geraucht, an einer Rede herumgedoktert, als hätte man alles verlernt.

Als das Telefon klingelte, sahen sie sich fragend an. Wer um diese Uhrzeit? Severine packte das Nähzeug beiseite und schwang sich von der Couch.

»Lass doch«, sagte Jakob, aber da war sie schon am Apparat, der in der langen Bücherwand auf einem Regalbrett stand.

»Hallo?«

Sie öffnete den Mund (unhörbares Ausatmen), die Augenbrauen gehoben in einem Ausdruck von Ungehaltenheit. Beinah empört.

»Falsch verbunden«, sagte sie, »nein, Schluss«, und legte den Hörer auf.

»Wer war das?«

»Ein Spinner«, sie trat zu ihm, »jemand, der vor sich hin redete«, sie griff nach dem Laken und warf es samt Nadel und Faden in die andere Ecke, »ist der Platz hier frei?«

»Möglicherweise«, sagte Jakob und nahm ein Bein von der Couch. »Wenn Sie es versuchen wollen.«

Severine setzte sich schräg auf die Kante, Waden und Knie züchtig geschlossen.

»So?«

»Haben Sie keine Scheu, Madame, ich bin ungefährlich.«

»So?«

»Ja, Sie können sich auch anlehnen, ja, lehnen Sie sich zurück.«

»Darf ich meinen Kopf ... so?«

»Ich bitte darum.«

»Mir ist ganz warm, dieser Sommer ...«

»Sie sagen es, mir ist extrem warm.«

»Wo?«

»Überall, Madame, erlauben Sie?«

»Aber ja, Monsieur.«

»Ich wage es nicht.«

»Vielleicht da.«

»Da auch, ja.«

»Und da?«

»Was … was machen Sie denn?«

Erneut klingelte das Telefon.

»Merde!«

»Lass es jetzt«, sagte Jakob und drehte Severine sacht wieder zu sich. »Wir sind nicht zu Hause.«

Nach dem zehnten Klingelton sprang der Anrufbeantworter an: »Wir sind leider nicht zu Hause …«

Es piepte, gehetzter Atem.

»Du bist mein Zeuge, bevor alles zu spät ist. Sie waren in meiner Wohnung, weil sie es wissen. Man hat mich verraten, es ist … es ist eine … hör gut zu, ihre Zentrale, hörst du, in der Pförtnerloge, das Mikrophon …«

»Mist«, rief Jakob und lief zum Telefon. »Martin? Martin, ich bin dran, hier spricht Jakob.«

»Ich hab' die Beweise sicher versteckt, die findet niemand von denen …«

»Martin! Jakob ist hier, Ja-kob.«

Es knackte, und das Gespräch war beendet.

Jakob wählte die Nummer auf dem Display, doch nichts, keiner hob ab.

»Das war der von vorhin«, sagte Severine, »kennst du den etwa?«

»Martin«, sagte Jakob. »Er ist in der alten Wohnung mal zum Essen gewesen, mit Christian und Carolin. Erinnerst du dich?«

»Der Schauspieler. Ich habe die Stimme überhaupt nicht erkannt.«

»Ich wollte ihm eine Mail schreiben.«

»Und deswegen ruft er abends an, total besoffen?«

»Einfach vergessen.«

»Ja und? Komm her.«

»Man müsste was unternehmen«, sagte Jakob und atmete durch.

»Er muss zu einem Nervenarzt«, sagte Severine. »Oder?«

»In eine Klinik.«

»Vielleicht weiß Christian was.«

»Ich werd' ihn anrufen.«

»Aber nicht jetzt... komm.«

Morgen, dachte Jakob, die nächsten Tage, während er sich bückte und ein paar Bücher unten aus dem Regal holte, in die Lücke spähte. Er sollte mit dem Theater aufhören, mit einem Betrieb, dem er nicht gewachsen ist. Alle zwei Jahre ein Zusammenbruch, und dann den Leuten den vorletzten Nerv rauben, den sie selber dringend nötig haben. Ausgerechnet heute, Beweise, die er versteckt hat. Wie die ganzen Jägermeisterflaschen in seiner Küche, ein Glaslager, das Christian und er entsorgt hatten. Papierberge. Was zuviel ist, ist zuviel, was man Freunden, die man sonst praktisch nie kontaktiert, wie ein Erbrecht abverlangen kann. Hier, hier ist er. Jakob zog den Telefonstecker aus der Wand und ging zu Severine auf die Couch zurück.

Baumärkte, Lebensmittelmärkte, Gartencenter, Tankstellen, Drive-ins von McDonald's und Burger King, schäbige Bürogebäude, Baracken, in denen Autowerkstätten waren, Unfallgutachter, mehrere Lackierereien, Media-Markt und Metro, eine Firma für Pressluftflaschen und Generatoren, Brennstoffe, Heizöl, Lastwagenreifen, Pit-Stop, und dazwischen immer wieder Grundstücksmauern, geschlossene Tore, Häuser mit vernagelten Fenstern, die die breite Ausfallstraße Richtung Südosten säumten. Plakatwände, Parkplätze.

In der Dämmerung flammten Leuchtstoffröhren auf, die Buchstaben und Logos bildeten, Warenzeichen, Abkürzungen, die an hohen Masten befestigt waren. OBI, Pizza Hut, Esso. Großflächige Transparente mit Sonderangeboten hingen an den Fassaden der schnell errichteten Hallen, in die Länge gezogene Schuhkartons, silbrige Abluftröhren unter der Decke, vollgepackt mit Pflanzen, Möbeln, Rasenmähern, tiefgefrorenem Fleisch, Rehkeulen, Lammbraten, Einkaufswagen, Aktionsständen. Familien, die sich durch die Gänge schoben, Heimwerker, Softeis, Softdrinks, Hobbygärtner, junge Paare mit Ausstattungsbedarf. Klimatisiert und beschallt, da ein Radiosender, dort Endlosschlaufen präparierter Musik knapp unterhalb der Bewusstseinsschwelle. Werte, die in aufwendigen Testreihen ermittelt worden waren.

Nach Kilometern kam eine Jet-Tankstelle, nicht zu verfehlen im Schein der roten und blauen Farben, in die ihre Zapfsäulen getaucht waren, der Pavillon eines Burger-Restaurants, die Ampel, an der man links abbiegen musste. Hinter der Ampel ein Verwaltungsgebäude (oder eine Schule) aus der Gründerzeit, eines dieser Bauwerke, die jeden Besucher bereits beim Eintritt einen Kopf kleiner machen. Vorbeifahren, auch an dem Friseurgeschäft (Hair Comet), und man war in einer Seitenstraße, im Prinzip eine Sackgasse, da sie direkt auf die Spree zulief, am Ufer eine Bauhaussiedlung, Mietshäuser, umgeben von verlassenem Industriegelände, Rost, Gestrüpp, Scherben, abblätternder Putz, Löcher in den Mauern, Schutthaufen. Die Wohnanlagen für die Arbeiter waren erst in jüngster Zeit gestrichen worden. Teilweise mit Blick auf den Fluss und, Achtung, offenbar vollzählig vermietet. Etliche der Fenster gingen auf das Amt hinaus, das in einer großen Villa gegenüber untergebracht war. Das Grundstück war nur durch einen Zaun geschützt, hinter dem Zaun die Phalanx der Dienstwagen. Zwischen zwei und drei Uhr nachts würde es am dunkelsten sein, für den Weg aus der Stadt auf Motorrädern hätte man etwa dreißig Minuten einzukalkulieren, wenn man sich strikt an die Geschwindigkeitsbegrenzung hielt. Und das war anzuraten, keine Frage.

Er hatte sie nach seiner Rückkehr aus Kassel sofort angerufen (Zug hin, Zug her), aber Nele war sehr reserviert gewesen. Hatte ihm am Telefon nicht den Eindruck vermittelt, vor Freude zu platzen. Von ihm zu hören, mit ihm zu sprechen, sich berichten zu lassen. Obwohl Christian nicht gedrängt hatte, nicht gesagt hatte, er wolle sie sehen, oder gefragt, wie es mit Kino, Theater, Café sei, morgen, übermorgen, Montag. Als wäre sie in Gedanken, in schwer zugänglichen Regionen, die sie weitaus mehr beschäftigten als er. Ob sie mit ihrer Arbeit vorankomme – ja, doch, ob sie es als unangenehm empfinde, als Einmischung, wenn man sich danach erkundige – nein, nein, gar nicht, ob er es später noch einmal versuchen solle – ja, vielleicht, sei vielleicht besser.

Er schluckte seine Enttäuschung herunter (man kann's probieren) und setzte sich an seinen Tapeziertisch. Der Roman, Kapitel neun. Wie schreiben in einem Ansturm von Bildern, die nichts mit der Handlung zu tun haben, mit dem Plan an der Wand, den letzten Zeilen in der geöffneten Datei? (Fixer am Kottbusser Tor reinigt sich mit einem Schraubenzieher die Zähne. Aufgeschnappte Dialogfetzen, Zufallsbeobachtungen.) Er sah den CD-Stapel durch, unfähig, sich für eine Platte zu entscheiden. Las sich laut vor, was auf dem Bildschirm stand, Page up, Page down, fing schließlich an, Karten zu spielen. Zwecklos, ihr Gesicht, ihr Mund, dieser Blick waren nicht wegzukriegen, der Abend am Kanal, die Nacht im Park. Als Christian zu Mine sweeper wechselte, klingelte sein Handy. Er sah ohne jede Erwartung auf die Anzeige, und es riss ihn vom Stuhl hoch, ein großes N, ihr N, N wie Nele, wie Heiserkeit, N wie plötzlich ein Problem mit der Stimme haben und nur noch flüstern können, hallo.

»Ich, ich bin's«, sagte sie, zaghaft.

»Ja.«

»Ich … das war blöd vorhin.«

»Ach. Quatsch.«

»Nein, war blöd von mir. Ich war so …«

»Ich hab' dich beim Arbeiten gestört.«

»Du hast … nein, trotzdem.«

»Wollte ich nicht.«

»Was machst du?«

»Gerade? Ich mache nichts, ich …«

»Ehrlich?«

»Ganz ehrlich.«

»Ich meine, kannst du … kommst du zu mir?«

»Ich … ich könnte, welche Nummer wohnst du?«

»Sechsundvierzig.«

»Mit der U-Bahn …«

»Links im Gartenhaus.«

»Eine halbe Stunde.«

»Im zweiten Stock.«

»Höchstens.«

»Ja.«

»Ich bin …«

»Fahr los.«

Die Wohnungstür war angelehnt gewesen, als Christian sie schloss, trat Nele aus dem Zimmer im Hintergrund (wo Musik erklang) und umarmte ihn auf der Stelle, küsste ihn, und Christian küsste Nele, sie an sich drückend (wie sie ihn an sich drückte), Nele irgendwann auf einem Bein, weil sie das andere bis zu seiner Hüfte hoch gewinkelt hatte, er umfasste ihren Hintern, den sie ihm entgegenpresste, ihre

Haare in seinem Gesicht, ihren Geschmack auf den Lippen, im Mund, Spuckesüße, ein dreibeiniges Schwanken, dem die Flurwand dann Halt bot, einem Zerren und Ziehen von Schwerkraft und Lust, an Hosen und Hemden, Trägern und Bündchen, die als Knäuel von Kleidung zurückblieben auf dem Weg in das Zimmer, über kratzigen Teppichboden, Bücher, zerstreute Papiere, Kissen, Laken, in eine sich taumelig drehende Welt mit dem Gewicht ihres Körpers auf seiner Brust, seinem eingeklemmten Arm, und seinem Körper auf ihr, einem ihrer Beine, das andere abgespreizt, Fingerkuppen, Fingernägel, Bäuche, Hauterhebungen, nasse Zungen, Schleimhäute.

Zeit ohne Zeit, seine Hand in ihrem Nacken über der Bettkante, ihre Fäuste auf seinen Schultern, im Sitzen verschränkte Ls, die zur Seite kippten, aufs neue zusammenkamen, sich wenig später trennten, seufzend, um ihm ein Gummi überzustreifen, das Nele aus einem Holzkästchen auf dem Boden holte; machten weiter, doch nicht lange, denn sie hörten mittendrin auf, sich zu bewegen, und sahen sich an, sahen sich (wie auf ein Zeichen hin) reglos an in einem durch Schleier von Schweiß zerfließenden Blick aus Verwunderung und Entsetzen, Panik und Gier – die Augen nicht mehr voneinander abwendend bei dem, was sie nun taten, Christian mit Nele und Nele mit Christian, bis sie es beide nicht mehr aushielten, er nicht und sie nicht, und ihre Erregung zu einer Folge sinnloser Silben wurde, Neles Name, Christians Name, ein Gestammel, das allmählich in Koseworte überging, als könnten sie es einander nicht oft genug sagen, wie schön sie sei, mein Liebster zwei zitternd auf durchgeweichter Bettwäsche liegende, sich mit Armen und Beinen umschlingende Körper. Plötzlich mussten sie beide grinsen; als er etwas sagen wollte, nahm sie seine Lippen zwischen die Zähne. Also griff er schweigend nach unten und schloss seine Faust um das Gummi. Das noch einigermaßen fest saß, noch nichts herausgelaufen.

»Brav«, sagte sie, kichernd.

»Das will ich meinen.«

»Lass ihn drin.«

»Solange es geht.«

»Geht's?«

»Nicht mehr lange.«

»Ich hab' Hunger.«

Mit der flachen Hand strich sie sich Haare aus der Stirn. Sie hatte sich halb auf ihn gedreht, ihr plattgedrückter Busen weich auf seinen Rippen.

»Aii ...«

Christian zog seinen Arm hervor und warf das Kondom neben das Bett.

»Was hast du anzubieten?«

Als würde sie nachdenken, mit einem schmollenden Mund.

»Tiefkühlpizza?«

»Mein Lieblingsessen.«

»Hab' ich geraten.«

»Die entscheidende Frage ist, wer sie in den Ofen schiebt.«

»Du?«

»Dann komm ich von dieser Matratze hoch. Ist das eine Matratze, oder ist das ein Brett?«

»Erstens sind harte Unterlagen ideal für den Rücken, und zweitens gehen wir gemeinsam. Kochen.«

»Ja, gehen wir eine Pizza kochen«, sagte Christian.

Nele küsste sein Schlüsselbein. Stand auf und streckte ihm eine Hand entgegen: »Komm.«

Ein Stück Wand grenzte im hinteren Teil des Zimmers einen schmalen Raum zum Schlafen ab, darin Platz für ein

Bett und einen Kleiderschrank von Ikea, auf der Erde eine gelesene Tageszeitung, ein paar Bücher, ein Tablett mit verkrümeltem Teller, Marmeladenglas und Kaffeebecher. Das Zimmer war nicht sehr groß und nur mit dem Nötigsten ausgestattet, unter den Fenstern zum Hof ein älterer Holzschreibtisch, auf dem Papierstöße um einen Laptop herumlagen, offene Bücher, ein Kopfhörer, gegenüber zwei Clubsessel aus den sechziger Jahren und ein niedriger Couchtisch (auch hier Kaffeebecher und leerer Teller), links ein mit Büchern und anderem Zeug vollgestopftes Regal, rechts eine Serie von Fotos, die sie mit Stecknadeln an die weiße Wand gepinnt hatte.

Hand in Hand stiegen sie auf der Türschwelle über einen Klumpen Kleidung, Hemden, ihr Büstenhalter, und gingen in den Flur, wo sie in einer Nische für den Gas- und den Stromzähler ihre Brillen wiederfanden und sich aufsetzten. Nackt mit Brille. Mit Brille wär' das nicht passiert, dachte Christian, aber ihm fiel nicht mehr ein, woher der Spruch stammte. Sagte man so was früher? Und was wäre nicht passiert? Nele (nackt mit Brille) befreite eine Pizza von ihrer Verpackung und beförderte sie in den Backofen, danach erst stellte sie die Temperatur ein. Und hockte sich rücklings auf Christian, der auf einem der beiden schwarzen Klappstühle Platz genommen hatte. Er umfasste sie von hinten, ihr Busen leicht gestaucht auf seinen Unterarmen. Ein Aroma von Schweiß und von Sekret, von Anstrengung und Hingabe, unbeschreiblich gut, wie sie roch.

Metallisch knackende Töne, das war der Herd. Knackte und ächzte, als würde er bald seinen Geist aufgeben, die letzte Pizza, und dann ist Schluss.

»Hast du das gesehen?«

»Sonst hätt' ich's mir kaum hingehängt«, sagte Nele.

Eine Inszenierung der Volksbühne, das schwarzweiße

Bild eines von innen erleuchteten Bungalows, Schemen im Innern, der *Idiot.* Neben dem Plakat, über einer Arbeitsplatte, hingen Postkarten, Ansichten von Städten, die Berge, Ozean und Strand. Wer schreibt ihr? Und was schreibt man ihr? Liebe Nele, ich vermisse dich hier in Rom, liebe Nele, weißt du, dass du mich verrückt machst, liebe Nele, allerherzlichste Grüße aus dem schönen Engadin sendet dir Robert(a). Er küsste sie in den Nacken, sie neigte ihren Kopf. Liebe Nele, Sex mit dir ist echt geil, ich kann es nicht erwarten, bis wir wieder zusammen sind. Wo du willst. Dumme Gedanken, die man nicht denken sollte, genausowenig wie jemals Briefe oder Karten eines anderen lesen; ein Grundsatz, den Christian immer befolgt hatte, viele besaß er nicht.

»Ich glaube, die ist fertig«, sagte Nele.

»Gehen wir ins Bett zurück?«

»Aber mit Pizza.«

»Natürlich.«

Sie lehnte ihren Kopf auf seine Schulter, und die beiden fingen an, sich zu küssen, vorsichtig, wie absichtslos – keine zwei Sekunden, und es überfiel sie, Nele konnte gerade noch den Herd ausschalten.

Ob er etwa bezweifle, dass sie die Wahrheit sage, ob seine Miene zum Ausdruck bringen wolle, dass er ihr nicht glaube, dass sie flunkere, was das Segeln betreffe, raus mit der Sprache. Ich glaube dir *alles,* hatte Christian geantwortet, doch Nele war aus dem Bett gesprungen und hatte aus einer Blechdose im Schrank einige Fotografien geholt, da, das sei sie, mit Schwimmweste im Boot, Regatta, Siegerehrung, und auf dem Bild, schau, mit Pokal vor der Jolle.

»Das Ding ist ja größer als du.«

Ein blondes Mädchen in Jeans und Segelschuhen, das mit

einem versilberten Ungetüm im Arm stolz in die Kamera blickte.

»War ich zwölf. Oder dreizehn, Bezirksvizemeisterin.«

»Und warum nicht Meisterin?«

»Ahh... weil die andere bei den Wenden nicht zu schlagen war.«

Tausend Seen gebe es, und deshalb segele man halt, in der Kinder- und Jugendklasse. Dass sie aufgehört hatte, weil es sich mit dem Cellospielen nicht mehr vereinbaren ließ, verschwieg Nele ihm, eine unabgeschlossene Geschichte. Er hatte auch nicht gefragt.

Wie waren sie darauf gekommen? Nicht mehr nachzuvollziehen, mäanderndes Reden, nachdem man sich geliebt hat, zweimal geliebt hat, eine pappige Pizza gegessen, Mineralwasser getrunken, während aus dem Zimmer Musik zu ihnen ans Bett wehte, die seltsam flach klang, soweit heruntergedreht – Limp Bizkit, tätowierte Muskelmänner. Möge sie eben, ob er ein Problem damit habe. Habe er nicht, ob es verboten sei, sich zu erkundigen. Sei es nicht, gar nichts sei verboten.

Der Wecker neben den verringelten Gummis zeigte halb drei.

Nele hatte ihre Arme unter dem Kopf und sah zur Decke.

Christian streichelte ihre Achseln. Nachgewachsener dunkelblonder Flaum.

»Soll ich gehen?«

Neles Augenlider flatterten.

»Ich fahre ein paar Tage weg.«

Ohne ihn anzusehen.

»Lange?«

»Ein paar Tage, sagte ich. Ich besuche eine Freundin.«

Sie wirkte bedrückt, aber ihr Tonfall unterband jeden Versuch einer Nachfrage; das hatte er inzwischen kapiert.

Sie wandte sich ihm zu und lächelte (als würden ihre Gedanken und Gefühle Achterbahn fahren, ein Looping nach dem anderen).

»Ich schmeiß dich jetzt raus.«

Ganz zärtlich sagte sie das.

»Rufst du mich an, wenn du wieder da bist?«

»Du kannst mich auch anrufen.«

»Ein paar Tage.«

»Richtig.«

Christian kniete sich auf die harte Matratze. (Ideal für den Rücken.)

»Küsst du mich zum Abschied?«

Das Wort erschreckte ihn, solche Worte gebraucht man nicht.

»Für heute.«

Ganz sanft.

»Für heute«, sagte er, herzklopfend, und beugte sich über sie.

Die Stimme schickte ihn seit zehn Uhr durch die Gegend, abgehackt, elektronisch verfremdet, ohne dass ihm einleuchtete, welchen Zweck sie verfolgte. Handy aus, Handy an, sein Standort, neues Ziel. Als hätte er nicht ein zweites Telefon dabeihaben können, andere Möglichkeiten, ihre Anweisungen weiterzugeben. Außer, dachte er im Fußgängertunnel am S-Bahnhof Charlottenburg, sie beschatten ihn schon, sein Ankommen und Abfahren, oder ob er mit jemandem spricht. Botschaften auf Zeitungsrändern, die man unauffällig in einen Müllkorb wirft, wo sie von den Kollegen vom Staatsschutz gefunden werden.

Richtung Ostkreuz warteten oben drei Fahrgäste, drei Japaner, die mehr als offenkundig nur Touristen waren. Stiegen in der Mitte in den Zug ein, nicht in den ersten Waggon, wie es Christian von Beginn an aufgetragen worden war. Um Punkt zehn hatte sich die Stimme gemeldet und ihn bündig instruiert, Tageskarte, immer vorne, jede halbe Stunde Kontakt. Als sollte er einmal das Gesamtnetz der Berliner Verkehrsbetriebe kennenlernen und stille, unbelebte Straßen in der aufziehenden Hitze dieses Sommertages. Mittlerweile knallte die Sonne vom Himmel, und er saß wieder in einer S-Bahn, in zehn Minuten würde er sein Handy einschalten und sich wieder irgendwo hinbestellen lassen – seine Aufregung vom Morgen war einem Unmut gewichen, der an ihm nagte, seiner Bereitschaft für alles, dieser wurmstichigen Hoffnung auf ein Interview. Hirngespinst, hatte Jakob gesagt und den Kopf geschüttelt, wen interessiert das? Und wer finanziert's dir? Ein eher trübes Privatvergnügen.

Die Innenstadt zog am Fenster vorbei, nach der im Westen und dem Grün des Tiergartens (mit den voluminösen Regierungsneubauten) die im Osten, Staatsoper, Museen, das Gedränge am Hackeschen Markt, die Betonröhre des Fernsehturms. Als sie in den Bahnhof Alexanderplatz einfuhren, sah Christian aufs Zifferblatt seiner Armbanduhr und machte das Telefon an, auf dem Display erschien der gelbe Briefumschlag, doch in der Mailbox war nichts, keine Nachricht: War er zu spät dran? Stunden herumgurken und dann den letzten Anruf verpassen, undenkbar. Die Bahnsteiguhr gab ihm recht, er lag in der vorgeschriebenen Zeit. Menschentrauben zwängten sich durch die Eingänge, vorwurfsvolle Blicke in den glänzenden Gesichtern, meine Güte, ist das rücksichtslos, ein keilförmiges Schieben von Ellbogen und Hüften. *Der* Sitz gehört mir: eine größere Reisegruppe im Kampf mit den Ureinwohnern. Es piepte, rote Lämpchen blinkten auf, das Geräusch synchron zuschnappender Türen. Ein Ruck, ruckende Köpfe wie die von zusammengepferchten Gliederpuppen, und im selben Moment, wie könnte es anders sein, klingelte sein Handy. Das siebte oder achte Gespräch, das er entgegennahm, Anrufer unbekannt.

»Eich.«

»Ostkreuz aussteigen und warten.«

»Wo?«

Kein Wo, denk dir dein Wo, irgendwo im Niemandsland der Station zwischen den sich kreuzenden Linien und den beiden separaten Bahnhöfen. Sie müssen es wissen, sagte sich Christian, nicht ich, ohne ein verabredetes Erkennungszeichen.

An der Jannowitzbrücke leerte sich der Wagen; als würde die Reisegruppe das Bauloch des Einkaufszentrums besichtigen wollen, eine längs der Gleise tief in den Untergrund gebaggerte Grube. Imposant wie ein Meteoritenkrater und nachts, mit den starken Scheinwerfern, wie eine Szene aus 2001. Das Sirren des schwarzen Monolithen.

Ostbahnhof, Warschauer Straße, Ostkreuz. Bitte, da sind wir.

Alte Bahnsteigdächer aus Holz, graugestrichene Träger, Bauzäune in Betonquadern, Stufen, offene Gewölbe, eine Baracke mit einer öffentlichen Toilette, an der ein WC-Schild brannte, ein Zeitungskiosk aus Fertigteilen. Jenseits der Anlage ragte ein Wasserturm in die Höhe, rußgeschwärzt inmitten einer Brache aus Abriss und Niedergang, tote Fabriken, verkohlte Schwellen. Christian drehte sich einmal im Kreis – Leute, die auf ihren Zug warteten, Leute, die umstiegen und über eine Treppe zu den Gleisen der anderen Linien hasteten. Ein Stück entfernt war da noch eine zweite Treppe, die zu einer geschlossenen, spitzgedeckten Brücke führte, die das ganze Gelände nach Friedrichshain, zur bewohnten Welt hin, überspannte – ein in Jahrzehnten der Improvisation zusammengehauenes Etwas, das in seiner Planlosigkeit vollkommen unübersichtlich war.

Warten hieß was? Auf und ab gehen, bis. Unbemerkt die Passanten beobachten, bis. An das Fenster der Schnellbäckerei herangewunken werden. Das Telefon anstarren. Auskundschaften, welche Optionen es überhaupt gibt und wofür? Eine Kontaktaufnahme von Angesicht zu Angesicht. Fragen, die man beantwortet, bevor man weitergereicht wird. Mir ist niemand auf den Fersen, ich bin allein. Nach einigen Minuten entschied er sich, über die Brücke zum Eingang zu schlendern, einem einstöckigen weißgetünchten Torbau, in dem Punks herumlungerten und bettelten, draußen eine gemauerte Unterführung in das Stadtviertel, ein mit Brettern vernageltes Häuschen (Blumen), das über und über mit Graffiti besprayt war, ein Gitterzaun, an den Fahrräder gekettet waren. Hinter dem Zaun zertretener sandiger Rasen, die Ruine eines Backsteingebäudes. Nichts, was darauf hindeutete, irgend jemand erwarte ihn, Blicke, die Eingeweihte austauschten. Unschlüssig, wie er sich verhalten sollte, folgte Christian einem asphaltierten Fußweg, der an einem Mäuerchen entlang auf einen Treppenaufgang in der Böschung zulief, oben die Haltestelle der Ringbahn. Nach zwanzig Metern blieb er stehen und sah sich um. *Rien.* Er setzte sich auf das bröckelnde Mäuerchen und zündete sich in der Gluthitze des Mittags eine Zigarette an.

Weichkochen, dachte er, das ist der Begriff. Als handele es sich um einen Test, eine Prüfung in Sachen Willensstärke. Hartnäckigkeit. Er schnippte die heruntergerauchte Zigarette in die flimmernde Luft und wischte sich mit dem Hemdsärmel Schweiß von der Stirn. Blickte nach links, blickte nach rechts, zählte mit zusammengekniffenen Augen die Speichen eines Fahrrads.

»Herr Eich?«

Eine elektrische Ladung schoss in Christians Glieder und brachte ihn auf die Beine.

Geblendet sah er sein Gegenüber an, Verunsicherung erfasste ihn. Der, der ihn angesprochen hatte, war... war einer der Punks vom Eingang in dem Torhaus, ein selbstgefärbtes T-Shirt, Springerstiefel. Und nicht älter als achtzehn.

»Ja?«

»Wir fahren«, sagte er.

»Wohin?«

Eine verneinende Kopfbewegung.

»Du schweigst.«

Er nickte.

Sie gingen zur Ringbahn und stiegen die Treppe hoch, zum Gleis der Züge im Uhrzeigersinn. Süden, Westen, Norden, jede Station könnte es sein.

Aber es war nur eine, am Treptower Park verließen sie auf eine Geste des Jungen hin den Zug und liefen an der S-Bahn zurück – was streicht er dafür ein, ein Besäufnis mit den Kumpels? Auf der anderen Straßenseite erhob sich der gläserne Allianz-Tower über den dröhnenden Verkehr, dahinter ein Kamm von schuppigen Glasriegeln am Flussufer. Eine hünenhafte Stahlskulptur stand im Wasser, marschierender Mann. Marschierende Männer, dachte Christian, haben welches gemeinsame Ziel? Er bot seinem Begleiter eine Marlboro an, doch der lehnte ab. Alles geregelt, kein Sterbenswort, kein geldwerter Vorteil, hast du mal was zu rauchen? Hier sind fünfzig Euro, zwanzig sofort, und die restlichen dreißig, wenn du ihn abgeliefert hast. Sollte der Typ zu telefonieren oder irgendwie mit einem zu quatschen versuchen, kratzt du die Kurve. (Nimm den Kleinen, der scheint von denen am nüchternsten zu sein.)

Als sie die Spree überquert hatten, streckte der Junge (wie beim Trampen) seinen Daumen rechts raus, und Christian wurde klar, wohin es ging. Sie betraten den Tunnel, der auf die Stralauer Insel führte, über ihnen der Bahndamm, vor ihnen dann die Ödnis eines großen, eingeebneten Areals, auf dem in einiger Entfernung noch zwei einsame Gebäude zu sehen waren; der Punk wies auf das hintere und machte sich unverzüglich dünn. Sauber, dachte Christian, sauber eingefädelt, keine hundert Meter von einer viel befahrenen Straße weg, und schon steht man allein in der Landschaft. Wer immer nachkommen wird und sich umschaut, gerät unter Verdacht, Perfektionisten, die sich jederzeit in die andere Richtung, in den Schutz der Wohnblocks, die dort in den vergangenen Jahren errichtet worden waren, zurückziehen konnten.

Es war eine Fabrikhalle, der er sich näherte, ohne Tore, mit kaputten Scheiben, Betonrampen, Eisentüren, rostigen Geländern, an manchen Stellen Kopfsteinpflaster, in dem sich Schienen verzweigten. Die Backsteinmauern waren wüst verschmiert, innen wie außen, Schichten von Graffiti, Tags oder einfach nur Klecksereien, bunte Linien, Farbpunkte. Um das Gitter eines Fahrstuhlschachts hing eine schwere Kette, Flaschenscherben am Boden, verbeulte Regenrohre. Im Dämmerlicht des hohen Raumes, in den er sich Schritt für Schritt weiter hineinbewegte, war es merklich kühler als im Freien, von wo ein hellbrennendes Weiß durch die an den Seiten nicht mehr vorhandenen Tore fiel. Nirgends ein Zeichen zu entdecken für die Anwesenheit eines Zweiten, ein Rascheln, ein Pfiff, der Schatten eines Körpers, der sich plötzlich über einen legt. Er kletterte auf eine Rampe und ging in die Hocke. Aus Rissen im Beton wuchsen Grashalme empor, Moos, flechtenartiges grünes Zeug, das sich ganz weich anfühlte. Als er den Kopf wieder hob, sah er im Gegenlicht einen Mann, der draußen vor der Rampe stand, reglos, als würde er ihm seit Minuten zugucken. Muss wohl so sein, dachte Christian, unweigerlich, sich von seinem Schreck erholend. Alle Bedingungen erfüllt, oder? Täusche ich mich?

»Sie haben die Farben von Juve an.«

»Ich bin Christian. Eich.«

»Ich weiß.«

Christian sprang auf den Boden neben den Mann, seine Größe, einige Jahre älter. Nicht leicht zu schätzen.

»Bei dem Wetter fährt niemand gern S-Bahn.«

»Nach ein paar Stunden gewöhnt man sich fast daran. In New York sind die Züge klimatisiert.«

»Kennst du New York?«

»Ich hab' da einen Freund, den ich manchmal besuche. Wenn ich flüssig bin.«

»Wann zuletzt?«

»Vor zwei Jahren. Kurz vor dem Anschlag.«

»Ich war mal in Kanada. Schön.«

Er hätte vierzig sein können oder auch fünfundvierzig, hellblond, Bauchansatz über dem Hosenbund. Sein Jackett trug er im Arm.

»Ich könnte mir vorstellen, in Kanada zu leben. Obwohl ich mir aus Natur eigentlich nichts mache.«

»Montreal«, sagte Christian, »es gibt bestimmte Namen, die man mit etwas verbindet. *Beautiful Losers.*«

Der Mann, der einen Schnurrbart hatte, sah ihn erstaunt an, Verlierer, nicht schön ...

»Ein Roman, der in Montreal spielt. Von Leonard Cohen.«

»Hat der Romane geschrieben?«

»Früher. Und *Beautiful Losers* ist wirklich gut.«

»Sollte man vielleicht mal lesen.« Einen gepflegten

Schnurrbart, den er über die Mundwinkel hatte wachsen lassen – eine von der Zeit versiegelte Mode aus einem anderen Jahrzehnt. »Deine Artikel gefallen mir.«

Darauf wusste Christian nichts zu sagen, was sagt man dazu?

»Wo hast du gelebt?«

»In Berlin. Seitdem ich zwanzig bin, ungefähr. Im Prinzip bin ich sesshaft.«

Der Mann nickte. Was ist das für ein Gespräch?

»Vorne ist Schatten.«

Sie gingen zu einer Treppe auf die Rampe, einem Betonsockel, der tief in die leere Halle hineinreichte. Das Geländer eisengrau, abgeplatzte Farbe, Rostporen.

»Das war eine Glasfabrik«, sagte der Mann. »Industrieglas.«

»Hier ist nichts gewesen«, sagte Christian und deutete auf die neuen Häuser am Ufer hinten. (Wo man gegrillt hatte, einen Sommer lang.)

»Die Aufnahme wird man dir später schicken. Mit welchem Gerät arbeitest du?«

»Minidisc-Rekorder.«

»Wieviel passt da drauf?«

»Zwei Stunden …«

»Je größer die Zeitung, desto besser. Dein Name bekommt selbst in Deutschland einen gewissen Glanz.«

»Die Situation ist im Grunde absurd. Als würden zwei Zeitebenen ineinandergeschoben, zwei Skalen, die verschiedene Nullpunkte haben. Moralische Empörung, um Geschichte zu entsorgen. Es geht nicht um Schuld oder Unschuld, sondern es handelt sich um den Versuch, das Eingeständnis zu erzwingen, dass alles falsch war und ist, was auch nur von fern die gegenwärtige Ordnung in Frage stellt. Als dürfe im Haus des Konkursverwalters auf keinen Fall das Wort Konkurs ausgesprochen werden. Tust du es trotzdem, bist du schnell Terrorist und, das ist der Effekt fürs Publikum, die unschlagbare PR-Nummer, wir kriegen dich sowieso, selbst wenn wir zwanzig Jahre dafür brauchen.«

»Das war noch nie anders«, sagte der Mann, während er auf sein Handy sah.

»Außerdem«, sagte Christian (Was macht er von Beruf, woher kennt ihn Carl?), »interessieren mich die Leute.«

Er ließ den Apparat in die Jackentasche gleiten.

»Du richtest dir in einem Netzcafé einen Account ein, von dem aus du eine Mail, die an deine reguläre Adresse gegangen ist, beantwortest. Die zweite Mail schreibst du von einem neuen Account in einem neuen Café, nachdem du den ersten gelöscht und abgemeldet hast. Und so weiter.«

»Ein Account pro Mail.«

»Eine Mail pro Account. Du kriegst eine, löschst alles und schreibst die Antwort unter einer neuen Adresse.«

Als würde man Schwarzgeld von Konto zu Konto schieben, lag Christian auf der Zunge, aber er hütete sich.

Der Mann warf einen Blick auf seine Uhr. Fünfundvierzig, dachte Christian, Dickere sehen meistens jünger aus, als sie sind. Auch im Schatten war es heiß.

»Eine Mail aus jedem Café. In Berlin dürfte das kein Problem sein.«

Was meinte er, wäre es in einer anderen Stadt eines? In welcher?

»Ich glaube, wir verabschieden uns jetzt.«

Das Sicherste waren inzwischen wieder Briefe mit der Post, niemand mehr da, der sie über Wasserdampf öffnet und liest.

»Es kann relativ kurzfristig werden.«

»Logisch«, sagte Christian (nichts logisch, was heißt logisch?), »ich bin mobil.«

Jakobs altes Auto?

»Okay, dann ...«

Dass er sich entfernen sollte, auf demselben Weg, auf dem er gekommen war, verstand Christian erst mit einer kleinen Verzögerung. Natürlich, so läuft das. Schüttelt man sich die Hand? Scheinbar nein. Als könnte DNA an einem hängenbleiben, Moleküle, die einen identifizieren. Nach einem Kopfnicken drehte er sich auf dem Absatz um und ging los, über die weite leere Fläche zu der Unterführung zurück. Er hatte erwartet, Erklärungen abliefern zu müssen, nach seinen Motiven befragt zu werden, doch nichts von alledem. Als hätte Carl ihnen schon das Wesentliche berichtet, für seine Lauterkeit gebürgt mit dem Ansehen, das er aufgrund seiner Vergangenheit in ihren Kreisen genoss. Man kann es riskieren, startet einen Testlauf, meinem Gefühl nach ist er absolut clean. Die Möglichkeit eines Publizitätsfensters, Raum für Debatten, *who knows.* Eine Entscheidung, die sie intern getroffen hatten, sie würden es durchziehen, sämtliche Vorkehrungen. Das Aufnahmegerät verbliebe in ihrer Obhut, bis. Bis er wieder in Berlin war – sollten sie ihn tatsächlich zu einem Interview nach Frankreich bestellen. Paris, Bordeaux, Marseille, irgendwohin. Fragen, die man sich noch genauer ausdenken muss, Gruppenzugehörigkeiten, Tatvorwürfe, Familienleben, globale Einschätzungen. Ins Lexikon gucken. *Lutte des classes. Strategie hégémoniale. Lutte armée.* Heute hatte es sich darum gehandelt, einen persönlichen Eindruck zu gewinnen und ihm die Modalitäten der Kommunikation zu erläutern, wasserdichte Verbindungen. Zehn Minuten nach einer stundenlangen Jagd durch die Stadt, um das eigene Misstrauen zu verringern. Erfahrungen, die man gemacht hatte, Leben ohne Traum. Christian überquerte die Straße am Ende des Platzes und betrat den Fußgängertunnel. *Silvi liebt Matthias* hatten Kinder mit

Kreide auf die Steine geschrieben, *Tina liebt Marco, Marco lügt, stimmt nicht.*

Die Tage vergingen.

Keine Nachricht von Nele.

Christian telefonierte von Redaktion zu Redaktion, aber es fand sich niemand, der soviel Interesse an der Geschichte aufgebracht hätte, um wenigstens einen Teil der Reisekosten zu übernehmen; nicht einmal Fotos konnte er versprechen (es war ihm sonderbar zuwider, die Unwahrheit zu sagen), eine bebilderte Agentenstory, deren Aktualität die Leserschaft bereits von allein fesseln würde. Zu klein, zu historisch. Wenn's Deutsche wären – samma, sind da welche noch auf der Flucht?

Immerhin gelang es ihm, diesen Gregor Conrad zu erwischen und einen Besichtigungstermin für das Zimmer zu verabreden (Vera hat mir von dir erzählt) – nächste Woche, im Augenblick bin ich ziemlich unterwegs. Sagte er.

Von Schillings hatte es Geld gegeben, Bargeld in einem Umschlag, mit dessen restlicher Hälfte er zu David ging. Paradigmenwechsel. David verzog seinen Mund.

»Echt, eh.«

»Sonst verschwindet es.«

»Und ich zahle das auf unser Konto ein?«

»Du würdest mir einen Gefallen tun.«

David knickte den Umschlag und packte ihn in seine Hosentasche. Fuhr mit der Arbeit fort, als sei nichts gewesen, innerlich kochend, man spürte es. Einfach unfähig, seine Wut rauszulassen.

Er rief bei Nele an, sprach auf ihren AB – hi, ich dachte, du wärst schon zurück, ist nicht so, schade.

Bodegas und Pubs, Tapas und Fusion Food.

Fünfmal täglich sah er ins Netz, doch kein Lebenszeichen, auch der Unbekannte meldete sich nicht. Ein dicklicher Mann mit Schnurrbart, der die Schnittstelle war, der Torwächter, Türöffner, farblos wie ein Sachbearbeiter in einer Behörde (was für 'ne Behörde denn?).

Er brütete eine Nacht über seinem Roman, ohne etwas schreiben zu können, drei Worte, und sein Denken hatte sich festgefressen. Das unerbittliche Geschrei der Vögel im Hof. Er wälzte sich hin und her und setzte sich wieder an seinen Computer. Die Krise der Rentenversicherung, schwere Krawalle in Zürich. Eine Demonstrantin rang mit dem Tod, ein gepanzertes Fahrzeug hatte sie gegen eine Wand gedrückt, ein Unglücksfall, ein Mordversuch, wie Sprecher der verschiedenen Seiten das Ereignis bewerteten. Bilder von brennenden Autos, Vermummte, Polizeiketten am Seeufer. Andere Konferenzen, Hochwasser, Prominente auf roten Teppichen. Betrunkene Stars, klick dich durch die Galerien, Obszönitäten und Verheißungen.

Nicht zu fassen. Christian musste sich eingestehen, dass er seit Stunden nur an sie dachte, dass er sich nach ihr sehnte, dass es nicht auszuhalten war. Und kein persönliches Ding, kein Gegenstand, der sich hätte betrachten oder berühren lassen, nichts von ihr befand sich in seinem Besitz, eine Postkarte, ein Automatenfoto, etwas Wirkliches, das ihre Gegenwart hätte heraufbeschwören können. Er las ihre Mails, schaute sich in seinem Notizbuch die Adresse an, die Nele ihm aufgeschrieben hatte, ihre Hand, ihre Schrift, bis ihm endlich der Gedanke kam, den Anrufbeantworter mit ihrer Stimme abzuspielen: »Hallo Christian, mit meinem Account ist irgendwas los, der streikt, deswegen spreche ich jetzt einfach auf den AB. Zu deiner Post wäre natürlich einiges zu sagen, aber das mail ich dir. Sonst quatsch ich dir nur das Band voll (ihr Lachen, sie lachte). Und dein Kinovorschlag, ja, einverstanden, hast du schon einen Film ausgesucht? Also, mmh, ciao.« Er hörte sich die Ansage noch einmal an und noch einmal – als würde ihm jemand die Luft abdrücken.

Um sieben Uhr morgens saß er unter dem vergitterten Fenster an seinem Esstisch, rauchend und Mineralwasser trinkend, und wusste nicht, was er mit sich anfangen sollte. Als er die Schublade öffnete, fiel sein Blick auf den Brief von happyCredit®, der sichere und faire Kredit für Deutschland, auf der Website war ein Fragebogen, den er zügig ausfüllte. Wunschsumme: 5000 Euro – mehr als ihm das Geld zu verweigern, konnten sie auch nicht, und Schulden hatte er praktisch keine, eine Registrierung als Kreditsünder. Er kreuzte die Erklärung zum Geldwäschegesetz an: Ja, ich handele *für eigene Rechnung,* und sandte den Antrag ab.

Er wählte ihre Nummer, niemand ging ran.

Ihr Gesicht, ihr Profil aus dem Gedächtnis zu zeichnen misslang gründlich, Künstler müsste man dafür sein.

Love is an angel disguised with lust.

Das nervöse Flattern ihrer Augenlider, schrieb er auf ein Blatt Papier, wie Insektenflügel, dünnhäutig, von fast unsichtbaren Äderchen durchzogen, als könne sie durch ihre geschlossenen Augen hindurchsehen, als entginge ihr nichts, könne man ihr nichts vormachen, die breiten blassroten Lippen und das runde Kinn, ihr glatter Bauch, ihre blonden Haare mit den dunkleren Strähnen, Nele, NELE ... er zerriss das Blatt und steckte die Schnipsel in seine Jacke.

Bevor einer der anderen eintraf, verließ Christian den Laden. Während er im Letscho einen Espresso trank, rief ihn Jakob an (hoffentlich habe ich dich nicht geweckt) und lud ihn zu einer Buchpräsentation ein – heute abend, gehen wir da hin? Ihn zu fragen, ob er etwas über ihren Verbleib wisse – Nele Fridrich, deine Studentin, die wollte einen Artikel von mir haben –, versagte er sich, keine spöttischen Bemerkungen aus dem Mund des Herrn Privatdozenten.

Es war Jakobs Kollege Timo, der eine Anthologie zusammengestellt hatte über Kriminal- und Agentenfilme aus der DDR, hyperakademisch und zugleich voller Insiderwitze, die bei einigen große Heiterkeit hervorriefen, Schenkelklopfen, Jakob hatte sich mit den ersten Folgen des *Polizeirufs 110* beschäftigt (wovon er Christian nichts erzählt hatte) und durch die Mühle der Diskurstheorie gedreht, Redeweisen von Kommissaren und Verdächtigen, Verhörtaktiken, ideologische Fundamente; stürmischer Applaus und fachkundige Zurufe, als ein paar Szenen gezeigt wurden.

Hinterher versammelten sich alle in der nächstgelegenen Kneipe, Alkohol auf Kosten Timos bis zum Abwinken, Christian und Vera Sellmann (die Buchhändlerin war eine alte Freundin von ihr) rückten mit jedem Getränk, jedem Wein näher aneinander heran. Trostbedürftig, irgend so ein Thomas, so ein Bayer, der sich als Gestörter entpuppt hatte – kann's mir'ma sag'n, warum's dauernd mich trifft, issoch nich normal.

Als er (mit fiesen Kopfschmerzen) erwachte, war er zum Glück allein, auf seinem Futon in der Eberswalder Straße, obwohl sie zum Schluss ... sich ihrer unverbrüchlichen (Lachanfälle) gegenseitigen Zuneigung versichernd, Geknutsche ... aber ganz gewiss nichts Heftigeres, eindeutig, sonst wäre er nicht hier (oder Vera läge neben ihm) ... Hämmern im Kopf, Herzrasen, und dann noch sich selber zum Kotzen finden, kann man einen Tag überhaupt gelungener beginnen?

Er kaufte sich eine CD von Limp Bizkit, *chocolate starfish and the hot dog flavored water,* mit dem Aufdruck: PARENTAL ADVISORY EXPLICIT CONTENT, hörte sich *take a look around* so laut (zehnmal, zwanzigmal) an, wie es auf seinem Laptop nur ging.

Im Spreewaldbad. Er schwamm in dem Becken, in dem sie geschwommen war, sah sich um, die Kacheln, die Drehkreuze, die Duschen, als würde er ihr auf diese Weise nah sein können. Könne sein Blick mit ihrem verschmelzen.

Er kam nach Hause, und der Anrufbeantworter blinkte, atemlos drückte Christian auf den blauen Knopf:

»Ich bin's ... ich ... also, ich bin noch unterwegs, ich muss ... es ist so, dass ich im Moment für mich, noch für mich sein muss ... es ist ... also, ich, ich lese auch gerade keine Mails, ich ruf dich an, weil ... also, ruf mich nicht an, das hat nichts mit dir zu tun, ich bin bald ... in ein paar Tagen bin ich wahrscheinlich zurück, ich ... ich umarme dich.«

Als sie zu Ende war, saß er auf dem Parkett, die Ansage hatte ihn von den Beinen geholt. Von ihr zu hören, so zu hören – es ging ihr nicht gut, und sie wollte sich nicht helfen lassen, das hat nichts mit dir zu tun, ruf mich nicht an. Er spielte sich ihre Stimme von neuem vor, es ist so, dass ich im Moment für mich sein muss, keine Mails, das hat nichts mit dir zu tun. Mit uns, mit dem, was zwischen uns war und ist.

Auf dem Display eine unbekannte Vorwahl und eine vierstellige Nummer, Land, Norden, er gab Waren in das Suchfeld der Telefonauskunft ein, den Namen Fridrich, ohne e, und hatte im Bruchteil einer Sekunde die Bestätigung, Federower Weg 12, sie war bei ihren Eltern, oder wer immer Fridrich hieß und in Waren wohnte. Ruf mich nicht an, in ein paar Tagen bin ich wahrscheinlich zurück.

Und er war nicht dagewesen, hatte sie verpasst. Als es nötig gewesen wäre, ein Wort mit ihr zu wechseln. *Talk to me talk to me little sparrow on the tree.*

Warten, bis sie sich meldet, etwas anderes konnte er nicht tun, ich ruf dich an, ihr Wille unumstößliches Gebot.

Es ist so, dass ich im Moment noch für mich sein muss.

In der Zentralbibliothek am Halleschen Tor standen zig Bildbände mit Anschauungsmaterial, die norddeutsche Backsteingotik, traumhafte Müritz, mit dem Boot von Berlin an die Ostsee. Güstrow und Greifswald, Hünengräber, Schleusen und Weizenfelder. Stadtpläne, der Hafen von Waren, man sah Cafés, Sonnenschirme, einen Halbkreis restaurierter Häuser, etwas abseits ein Strandbad. Wo wird sie jetzt sein? Von hohem Schilfgras geschützte Buchten, Angelhütten, in denen man seine Ruhe hat, ein altersschwacher Steg ins Wasser, den außer ihr niemand kennt. In jedem Band ähnliche Fotografien, denen er an diesem Nachmittag bereitwillig glaubte. Zu glauben bereit war. Dass es sich bei den Abbildungen um die Welt ihrer Kindheit handelte, schöne Kindheit, etwas, das ihn traurig machte, weit trauriger, als er ohnehin schon war. Er besorgte sich für zehn Euro einen Leseausweis und nahm zwei der Bücher mit.

Das hektische Blinken des Anrufbeantworters. Sie hat ihre Meinung geändert? Doch nicht Nele, sondern eine Männerstimme, die kaum verständliches Zeug lallte. Ein komatös betrunkener Martin Pretzel, der den Speicher restlos zumüllte, nicht einhielt, bis die Maschine sich abschaltete. Und wenn sie angerufen hätte? Wäre nicht der geringste Platz übrig gewesen, spinnt der, ist der total von Sinnen?

Christian wählte Martins Nummer und brüllte: Arschloch in den Hörer, du Penner, es reicht. Obwohl niemand abhob und auch keine Maschine ansprang. Hast du verstanden, das machst du nicht noch mal mit mir.

Als er auf der anderen Seite der Rosenthaler Straße eine Frau entdeckte, die von hinten wie Nele aussah, Figur, Haare, Gang, lief er ihr quer durch den dichten Feierabendverkehr nach und rief: Nele ... Nele ... aber sie war es nicht.

Spätabends, nachts, folgte er einem Paar, das aus dem Café Maurer trat, eng umschlungen, eine blonde Frau, die eine Brille trug. Folgte den beiden von Eingang zu Eingang, weil er es nicht wagte, sie zu überholen und sich Gewissheit zu verschaffen. Vor einem Haus blieben sie stehen, küssten sich, dann schloss der Mann die Tür auf. Ein gewaltiger, ein alpengroßer Stein, der ihm vom Herzen fiel, hundert Prozent nicht Nele.

Er wurde wach und lauschte als erstes ihren Worten, ein ums andere Mal. In ein paar Tagen bin ich wahrscheinlich zurück, ich ... ich umarme dich.

Ein Knacken, das sie seit Tagen, seit dem Abend, nicht aus dem Kopf bekam. Es ist viel zu laut gewesen, sagte sie sich, ich kann das gar nicht gehört haben, das widerspricht jeder Erfahrung. Gebrüll, Sirenen, immer wieder Steine, die auf gepanzerte Polizeiwagen herabprasselten. Sie hatten sie in die Enge getrieben, in der Gasse ein einziges Chaos von flackernden Blaulichtern, Knüppeln, Schildern, Helmen, aufgerissenem Pflaster, Italienisch, Deutsch, Schweizerdeutsch, Französisch. Vorbei, hatte sie gedacht, entweder wir ergeben uns, oder die bringen uns um. Holger und ein Schweizer, die plötzlich mit Zwillen zum Gegenangriff übergingen, Lücken taten sich in den Reihen der Polizisten auf, die Deckung hinter ihren Fahrzeugen suchten, Kilometer von dem Tagungshotel entfernt. Über Funk mussten sie dann einen Befehl erhalten haben, mussten sich über Funk verständigt haben, diese Panzerdinger in Bewegung zu setzen, sie auf sie losrasen zu lassen. In der von einem blauen Zucken erhellten Dunkelheit direkt auf sie zu, mit aufgedrehten Scheinwerfern, die fürchterlich blendeten, wie Blendgranaten, das Mädchen neben ihr, von dem sie nicht einmal den Namen wusste, hatte keine Chance, nicht den Hauch einer Chance mehr, zur Seite zu springen.

Als hätte sie das Knacken seines Brustkorbs hören können, als hätte dieses Knacken lauter sein können als die Motoren, die Sirenen, ihre eigenen Schreie. Polizisten rissen sie weg, als sie sich, trotz ihres Schocks, wie ein Automat, um die Ohnmächtige kümmern wollte, prügelten vor der Mauer des Gebäudes einen Raum um sie frei, sie sah noch, wie Blut aus ihrem Mund lief, das von Blut verklebte Halstuch, aus beiden Nasenlöchern Blut. In dem Durcheinander gelangte sie aus dem Trichter heraus, lief mit anderen mit, weil sie völlig die Orientierung verloren hatte. Irgendwann lag sie ausgestreckt auf einem Stück Rasen, einer Verkehrinsel, die Beine verweigerten ihr den Dienst, sie zitterte am ganzen Körper.

Mich hätte es genausogut treffen können, dachte Nele, Zentimeter, die über die Zukunft entscheiden. Und für was? Sie saß vor dem geöffneten Fenster ihres Dachzimmers und blickte auf den See. Für eine falsche Taktik, für etwas, das sie Holger gegenüber blind genannt hatte, gewollt, ein leeres Zeichen. Als würde man sich an sich selber berauschen, Siege feiern, die bei Licht besehen die Gefahr nicht lohnen. Nur Effekte ohne größere Nachwirkung. Was ist wirklich materiell? Eine Minderheit in der Gruppe, die im Moment nur aus ihr bestand, sie müsste daraus die Konsequenzen ziehen. Eine Politik, die falsch war – als würde man auf einen Sandsack einprügeln und sich wundern, warum er nicht kaputtgeht. Wenn schon, sticht man mit dem Messer rein.

Sie setzte sich auf die breite Fensterbank in die Sonne. Im Garten tobten die Kinder ihrer Schwester, das Wasser glitzerte wie toll. Am Horizont der Ausflugsdampfer nach Röbel, ein Schiffchen, das sich nicht von der Stelle zu bewegen schien. Als würde man eine dünne Latte durchbrechen, so hatte es sich angehört, Blut, das ihr aus der Nase lief. Wie kann man die Wucht eines solchen Aufpralls überleben, wie kann man jemanden einfach so über den Haufen fahren? Dass sie es in dem Inferno gehört hatte, war eigentlich unmöglich, es muss ein anderes Geräusch gewesen sein, im selben Augenblick. Moritz entdeckte sie oben und winkte ihr zu. Und nun auch sein kleinerer Bruder, Philipp, dem älteren nacheifernd, und Nele, Nele winkte ihnen lächelnd zurück. Dann schlug sie das Buch in ihrem Schoß auf, um einzelne Worte zu markieren, die sie vorher vom Anfang einer Seite an abzählte.

Dritter Teil

Schaulustige jeden Alters in Bademänteln und Trainingsanzügen, nicht wenige mit Hausschuhen und Flipflops an den nackten Füßen. Ein Zeuge berichtete, er habe etwa um drei Uhr einen Knall gehört, seinem Empfinden nach ein dumpfer Knall, eine Art Verpuffung, nur sehr viel lauter, woraufhin er ans Fenster gegangen sei und dann gleich die Feuerwehr alarmiert habe. Ein zweiter Mann bestätigte die Aussage, auch er sei ans Fenster und habe bei der Feuerwehr angerufen, gegenüber schon eine Flammenwand, wie solle er sagen, hochlodernde Flammen, die das Gelände taghell erleuchteten. Gottlob wären die Tanks nicht explodiert, schließlich müsse da ja Benzin dringewesen sein, nicht auszudenken, so eine Explosion.

Die beiden Beamten (die Poloshirts und Blousons trugen) nickten und drängten sich durch die Menge zu einem mit blauen Plastikbändern abgesperrten Karree zurück, über dem Rauch und Dampf in der Luft hing, der leicht ätzende Geruch von geschmolzenem Gummi, eingeschmolzenem Lack, dem versengten Kunststoff der Sitzbezüge, Polster und Armaturen. Die Motorhauben der ausgebrannten Autos waren aufgeklappt, Feuerwehrleute rollten Schläuche zusammen, inspizierten mit Taschenlampen das Innere der verzogenen Karosserien; an ihren Schutzjacken neongrüne Streifen, die sie weithin sichtbar machten, dazwischen Ermittler, Spezialisten der Kriminaltechnik mit Schaufeln, Tüten, Handfeger und Kehrblech. Alles deutete darauf hin, dass ganz profan mit Benzin aus einem Kanister gearbeitet worden war, ausgegossen und angesteckt, zumindest auf den ersten Blick keine Indizien für Brandsätze, weder Wecker noch Drähte, Reste von Ummantelungen unter den Fahrgestellen, Birnchen oder Batterien. Und selbst wenn, dann sicher Dutzendware aus dem Kaufhaus.

Ein Bekennerschreiben war bis jetzt nicht gefunden worden, verquaste Begründungen, warum sie das Ordnungsamt in Treptow zum Ziel gewählt hatten, vier funkelnagelneue, silbern gespritzte Dienstwagen der Marke VW Polo. Schrottreif, Felgen ohne Pneus, geplatzte Front- und Seitenscheiben, verklumpte Zylinderblöcke. Ein Racheakt konnte vermutlich ausgeschlossen werden, Ärger über Strafzettel, wegen Falschparkens oder ähnliche Lappalien, dafür war der Schaden, war der Aufwand, den sie betrieben hatten, zu groß. Höchstwahrscheinlich aus der Stadt gekommen, zu zweit, zu dritt die Strecke am Sowjetischen Ehrenmal vorbei über die schnurgerade Ausfallstraße bis zu der Jet-Tankstelle, und dann in die Sackgasse gebogen, an deren Ende die Villa lag, ein villenartiges Gebäude an der Spree, dessen Hof nicht anders gesichert war als durch einen Gitterzaun – keine Kameras, keine Garagen.

Während es dämmerte, sich die Leute langsam wieder in der Siedlung zerstreuten (geht man noch einmal ins Bett?), suchten Uniformierte das Grundstück nach Spuren ab, sahen in die Sträucher, kontrollierten den Zaun auf Löcher, auf herausgeschnittene Stäbe. Fehlanzeige, die waren wohl drübergeklettert, möglicherweise hinten bei den Fabriken, einer ausgedehnten Landschaft überflüssiger Schornsteine und Produktionshallen. Einer der Beamten hatte einen Plan in der Hand, mit dessen Hilfe er die Zugangswege zum Tatort abzugleichen versuchte, ein Fußweg am Wasser, die Straße mit den renovierten Wohnhäusern, kopfsteingepflasterte Nebenstraßen, die durch das aufgelassene Industriegebiet führten. Sollten sie den Brandbeschleuniger in einem Kanister transportiert haben, hatten sie ihn vielleicht irgendwo entsorgt, man müsste mit dem Auto ein paar Runden drehen und Ausschau halten, am besten, bevor der morgendliche Verkehr einsetzt. Die Routen abfahren, die zurück in die Stadt in Frage kämen; statt auf gerader Linie auch Alternativen, über Britz und Neukölln.

Hier zum Beispiel, dachte er, als sie an der Kreuzung nach der Tankstelle darauf warteten, dass es grün wurde (Baumarkt, Gartencenter, ALDI), hier links die S-Bahn unterqueren und die Abzweigung Richtung Nordwesten nehmen, ein kurzer Blickkontakt, ein Nicken bestätigten ihm, dass der Kollege auf dem Beifahrersitz (sozusagen) denselben Gedanken hatte, nachvollziehend, was im Kopf (in den Herzen) der Flüchtenden um drei Uhr zwanzig vor sich gegangen sein mochte.

Triumphgefühle, die einen leichtsinnig machen, oder Eiseskälte, das Bewusstsein, im Dienst einer höheren Sache zu stehen, eines unumkehrbaren Prozesses? Aus der mondlosen Dunkelheit tauchend wie Gespenster, die genau wissen, was sie tun. Und warum sie es tun, flammend gegen die Ordnung, die das Amt repräsentiert, getrieben von Unduldsamkeit und moralischer Arroganz. Als wenn man als Beamter, als Polizist, ein Schwein sei und nicht jemand, der sich penibel an die Buchstaben des Gesetzes hält. Nicht anders kann und beide Augen zudrückt, wenn es nur eben möglich ist.

Ein Friedhof, dem längs der vierspurig ausgebauten Straße Kleingartenkolonien folgten, irgendwelches Gewerbe in Schuppen und Flachbauten, die Brücke über den (laut Karte) Britzer Verbindungskanal. In weitem Umkreis kein Mensch (oder etwa ein weggeschmissener Benzinkanister), erst als sie den Rand von Gropiusstadt erreichten, sah man Frühaufsteher, die aus den Hochhäusern zu ihren Autos und zu den Bussen liefen. Falls die Täter sich für diese Strecke entschieden hatten bei ihrer Entfernung vom Ort des Geschehens, wären sie jetzt wieder in der Deckung des gewöhnlichen Lebens gewesen, städtischer Bebauung und Gleichgültigkeit – keine gesteigerte Witterung mehr für einsame Fahrzeuge auf Schleichwegen durch die Nacht. Zwecklos, es in umgekehrter Richtung erneut zu versuchen, Beweisstücke. Als ob sie keine Handschuhe angehabt hätten. Als ob sich rekonstruieren ließe, wer was wann in welchem Geschäft gekauft hat.

Wir vergeuden Zeit, die wir nicht haben. Wir nicht. Soll sich der Staatsschutz darum kümmern, eindeutig ein politisch motiviertes Verbrechen. Bildung einer terroristischen Vereinigung (129a) mit dem Vorsatz und der Begehung einer schweren Brandstiftung (306a), in der Kombination sind das locker drei Jahre ohne Rabatt.

Gerd Berghain, Groß Beh, der Dicke, wie sie ihn hinter seinem Rücken nannten, hatte die ganze Nacht geschuftet, Server auseinandergenommen und wieder zusammengesetzt, sich durch Haufen von IPs und Datenbänke gefressen, bis er da war, wo er schon vor Tagen sein wollte, bei den Festnetznummern der Leute, die sich so munter über brisante Dinge austauschten, als hockten sie im stillen Kämmerlein, unbegreiflich. Sechs Namen und sechs Adressen in Berlin, auf einem Zettel untereinander notiert. Es war für ihn eine Frage des Ehrgeizes gewesen, wenn man will, reizte ihn auch die wissenschaftliche Herausforderung. Zu hacken, was es zu hacken gibt, ohne eine Fährte zu hinterlassen, elektronische Fußspuren, die zu seinen Computern im Amt zurückführten. Was fatal wäre, ihm aber nicht passieren würde, dessen war er sich sicher, und darin bestand die Wissenschaft. Informatik für Fortgeschrittene in praktischer Anwendung, erschöpft und zufrieden streckte er die Beine aus und aß die letzten, weich und kalt gewordenen Pommes aus der Tüte neben seinem Keyboard.

Durch die Jalousien fiel kein Licht, die Lamellen waren nach oben gedreht, um Spiegelungen zu vermeiden, Kontrastschwächen, eine künstliche, nur von einem Punktstrahler und dem Schein der Monitore aufgehellte Dunkelheit, in der er die meisten seiner Tage (die Nächte sowieso) zubrachte. Ein Traumjob, eine Lebensstellung, Dienstzeiten nach Bedarf und Dringlichkeit. Niemand, der ihm reinredete, niemand, der ihm täglich Vorschriften machte und Druck auf ihn ausübte wie in all den IT-Klitschen, in denen er (viel zu lange) gearbeitet hatte. Marktreife und Optimierungsstrategien bis zum jeweiligen Bankrott. Er zerknüllte die Tüte und warf sie in den Papierkorb zu den Styroporbechern Cola und den Aspirinverpackungen. Kurz vor neun, um neun würde er gehen, nine to nine. Berghain faltete den Zettel und steckte ihn in einen Briefumschlag. Dann blickte er auf die Zahlenkolonnen, die er vom Bildschirm abgeschrieben hatte, um sie zu Hause mit den anderen zu vergleichen, Folgen von Ziffern, die sie regelmäßig in ihren Mails verwendeten, 11,4 – 486,7 – 95,2,4, mal über drei, mal über fünf Zeilen hinweg. Dass es sich um einen Code handelte, lag auf der Hand, dass seine Programme keinen Schlüssel für den Klartext fanden, wurmte ihn. Sehr. Der einzige Anhaltspunkt war die Tatsache, dass Zahlen mit zwei Kommas (12,4,6) nie isoliert vorkamen, eingerahmt von Einkommazahlen (237,8), als bildeten sie Einheiten, die sich durch irgendeine Besonderheit auszeichneten, eine grammatikalische Qualität, die sie im Kern ihres Wesens von den anderen unterschied. Warum man sich nicht ausschließlich dieser Chiffrierung bediente, musste einen Grund haben, er tippte auf fehlende Schnelligkeit, auf eine manuelle Übertragung der Botschaften in ihre kryptische Form, die ohne Software, die das schematisch erledigen würde, Zeit kostete, gut ausgedacht, bloß umständlich bis zum Gehtnichtmehr. Reserviert für das Geheime im Geheimen, den inneren Zirkel, der eingeweiht war und über das Wissen verfügte, die Priester der Revolution.

Er verschloss den Raum und fuhr mit dem Aufzug in die dritte Etage. Ein langer Gang mit Reihen von Türen und Türschildern, auf denen nicht immer das stand, was sich dahinter verbarg, Abteilungen, Personen. Ein bisschen lachhaft, er klopfte, und man bat ihn, einzutreten.

»Du hast sie«, sagte Oliver Damm. (Nein, platzte zur Begrüßung aus ihm heraus.)

»Guten Morgen.«

»Ich seh' es dir an.«

»Kreuzberg, Friedrichshain, Mitte.«

»Magst du einen Kaffee?«

Berghain legte das Couvert auf Damms Schreibtisch.

»Setz dich wenigstens.«

»Ich muss an die Luft, richtig was frühstücken.«

»Kommst du heute noch mal zurück?«

»Glaub ich nicht, ich mach' Feierabend.«

»Beh, du bist ein Genie.«

»Lass stecken«, sagte Berghain, »drei Frauen, drei Männer.«

»Ist die Gleichstellungstante aber glücklich.«

»Quote erfüllt.«

»Trinken wir morgen abend was zusammen?«

»Sicher«, sagte Berghain und griff nach der Klinke von Damms Tür. »Bis morgen.«

Sie haben ihn nicht gefunden, sie werden ihn nicht finden. Auch wenn sie in seine Wohnung eindringen, Beschatter auf ihn hetzen. Er hatte sie gestern abgeschüttelt, zwei Männer in der Fußgängerzone, die miteinander telefonierten. Als hielten sie ihn für taub und blind. Als hätte er nicht hören können, dass sie über ihn sprachen, über seine Erkenntnisse. Es waren ja nicht allein die Mikrophone, das Hauptmikrophon und die ganzen anderen, mit denen sie aufnahmen, was er von sich gab, jeden Ton, es war ja ebenso die Strahlung, die von der Antenne auf dem Nachbardach ausgesandt wurde. Funknetz, hatte die Hausverwaltung ihm gesagt, aber er spürte es selbst im Schlaf, erwachte schweißgebadet, als wäre er in der Sauna. Wellen, die durch seinen Körper hindurchgingen, bestimmte atomare Frequenzen. Seitdem er nicht mehr zu Hause schlief, seit einigen Tagen, war das nächtliche Schwitzen verschwunden, ist das Beweis genug? Skizzen, die er in einem Schließfach deponiert hatte, Stöße von Zeichnungen, die das Wichtigste dokumentierten. Ein Krebs, den sie auf vielerlei Wegen zu erzeugen versuchten, durch Hall, durch Strahlung, akustisch zermürbte Widerstandskraft. Verzerrungen, Rückkopplungen, als sei man ein Doppel-Ich, ein Ich aus verschiedenen Teilen. Im buchstäblich letzten Moment, dachte er, bevor sie den Sieg davongetragen hätten. Ihn vernichtet hätten, wie es ihr Plan war. Er holte ein Heft aus seiner Umhängetasche, einen Kugelschreiber und setzte sich unter einen Straßenbaum. Ein Brief an die Welt. Damit würden sie nicht rechnen, nicht damit, dass er noch in der Lage ist, die Wahrheit zu verkünden.

Keine Zeile von Nele, keine Post des Unbekannten, Anweisungen, eine Checkliste. *Dos and don'ts.* Als hätte die Begegnung nie stattgefunden, ein Spuk am frühen Nachmittag. Und was hieß kurzfristig, dass es kurzfristig werden kann? Abreise innerhalb eines Tages, weniger Stunden, sofort? Unbedingt müsste er eine Liste derjenigen erstellen, die inzwischen wieder im Untergrund lebten, und zwar mit den Vorwürfen, die sich (im Einzelfall) gegen sie richteten, und den Gruppen, denen sie einstmals angehört hatten. Herkunft und Konzept, die Entfesselung eines allgemeinen Volkskrieges oder gezielte Attacken auf die Vertreter der Macht, des Staates, der Gesellschaft. Um es in petto zu haben, wenn er in ihrem Versteck wäre, wenn es nicht gänzlich anonym ablaufen würde, Kapuze über dem Kopf, verbundene Augen. Wonach fragt man? Stehen Sie zu Ihren Taten, wie ordnen Sie die Situation der siebziger Jahre historisch ein, was ist das spezifisch Italienische? Lehren, die sich ziehen lassen, Analysen, die unzutreffend waren, der Optimismus von Träumen, die sich in Alpträume verwandelten. Wann, glauben Sie, ist der Einsatz von Gewalt gerechtfertigt, je?

Nicht zu vergessen ihr Alter, mit fünfzig oder sechzig die Radikalität der eigenen Jugend um die Ohren gehauen zu bekommen, wie es einem sonst im Leben nicht widerfährt, das müsste ein Thema sein, Gefrierschnitt durch die Biographie, analoge Erinnerungen in einem digitalisierten Kosmos. Sich in den Kampf stürzen als Slogan für eine Fitness-Studiokette, absolute Bedeutungsverschiebungen vom Pathos des politischen Inhalts zur augenzwinkernden Ironie eines Werbebanners. Dass niemand mehr etwas über die Zeit weiß, das Wagnis, die Atmosphäre, und das Feld beherrscht wird von denen, die sich den Medien andienen als Geläuterte. Worin lag der Irrtum, nur in den Methoden oder schon im begrifflichen Rahmen, falschen Theorien im falschen Augenblick, im richtigen Augenblick, kann man in diesem Zusammenhang (einer Revolte, *you name it*) überhaupt von richtig oder falsch sprechen? Spielt Moral eine Rolle, welche Moral, woher nimmt (nahm) man die Maßstäbe?

Christian druckte die Seite aus und überflog die Stichworte, die er sich aufgeschrieben hatte, dann öffnete er noch einmal seinen Account, obwohl nichts eingetroffen sein konnte, ihm kein Glöckchen und kein aufpoppendes Symbol das Gegenteil signalisiert hätten. Schließen.

»Ich bin weg«, sagte er.

»Für immer?«

»Freu dich nicht zu früh.«

»Du hast einen Außentermin.«

»Ich dachte, wir vertragen uns wieder.«

»Doch«, sagte Vera, die an ihrem Tisch ein Joghurt aß. »Tun wir.«

»Nach meinem Verständnis.«

»Es war ... eine Art von Versöhnung.«

»Meine ich auch.«

»Hast du am Abend schon was vor?«

»Ich muss mir was ansehen«, sagte Christian, »was lesen.« Bücher, die er sich ausleihen wollte, Informationen.

»Wenn du Hilfe brauchst ...«

»Ich denk' dran«, sagte Christian, schickte ihr einen flüchtigen Kuss.

»Spinner«, sagte Vera. »Lügner.«

»Der Stand der Dinge ist, wir vertragen uns.«

»Stand der Dinge«, sagte sie und winkte ihm mit ihrem Löffel zu.

Groß Neuendorf, Kienitz, Sophiental – nach den Fotos und nach den Karten zu urteilen, käme jeder Ort in Frage; kein Bahnanschluss in der Nähe, bequem zu Fuß an die Oder, irgendwo auf freiem Feld vielleicht zweimal am Tag ein Bus. Halbverfallene Ställe, Scheunen, Wirtschaftsgebäude, aber die Häuser alle intakt, Land dabei, Gärten – was von den überwucherten Bauerngärten auf den Bildern noch zu erkennen war. Begehrte Objekte, die von Monat zu Monat teurer wurden. Und er nicht jünger, ein paar Jahre müsste man einkalkulieren. Carl Brenner reichte den Katalog mit den Klarsichthüllen dem Makler zurück und zeigte auf die aufgeschlagene Seite. Ein weitläufiger quadratischer Hof, ein weißverputztes Wohnhaus mit Fachwerk und Fensterläden, Obstbäume inmitten von hochgeschossenem Gras und wilden Büschen, umgeben von Stallungen fürs Vieh in der für die Gegend typischen Bauweise aus gebrannten Ziegeln, lädierte Dächer, schief in den Angeln hängende Türen. Sogar ein Brunnen, das gemauerte Viereck da hinten schien ihm ein Brunnen zu sein.

»Was Sie suchen«, sagte der Makler. »Echte Einzellage und«, er wendete die Seite um, »knapp ein Hektar Grund. Von innen ist das tadellos, Strom, Wasser, Kamine. Den Deich, hier auf dem Plan, gucken Sie«, Carl beugte sich vor, »haben sie dieses Frühjahr verstärkt, die ganze Gemarkung, ähm, Kienitz, nee, Sophiental, ist überschwemmungssicher. Hundert, hundertfünfzig Meter bis zum Fluss, Luftlinie, maximal.«

Während Carl den Katalog (eine dicke Mappe mit abgehefteten Fotografien und Messtischblättern) aus den Händen des Maklers wieder entgegennahm, bemerkte er, wie dessen Blick ihn taxierte, Sakko, Sweatshirt, die ergrauten, zu einem Pferdeschwanz gebundenen Haare. Als würde sein Äußeres jede Vorstellung des Mannes von einem ordentlichen Professor durchkreuzen, Vorstellungen, die das Anschreiben auf Universitätspapier (der Doppelkopf der Humboldt-Brüder), ein Telefonat mit Gerlinde (»Institut für Romanische Philologie, was kann ich für Sie tun?«) wahrscheinlich wachgerufen hatte, Besoldungsstufe und Reputation, ein Geflecht von Vorurteilen, denen er so offenkundig nicht entsprach. Statusbewusstsein, das sich in einschlägiger Garderobe manifestiert, Outfitbesessenheit. Die real gewordene Wertlosigkeit des Körpers, über die man sich bei H & M hinwegtäuscht, mit Gewichten, die man stemmt, Marathons bis zum Herzversagen. Tod auf dem Schlachtfeld der Konkurrenz, gestählte Armeen, die sich selbst und nicht mehr den Feind bekämpfen. Gut für den Feind, wer ist euer Feind?

Carl drehte die Folie, in der das Foto des Hauses steckte, ein wenig zu sich, und die störenden Lichtreflexe verschwanden, es gefiel ihm, war wie für ihn geschaffen, möglichst nah an der Oder, hatte er geschrieben, abgelegen, mit Garten, und als einziger Voraussetzung, dass am Wohngebäude keine Basisreparaturen nötig sein dürften (Fenster, Dachstuhl, ggf. Treppen). Eine Stunde mit dem Auto, und man war aus der Welt, oder mit der Bahn nach Wriezen und eine Dreiviertelstunde auf dem Fahrrad, ohne jemandem zu begegnen, die Morgensonne über den Flussauen, keine anderen Geräusche als Wind und Vogellaute. Geraschel von Zweigen, Regen an den Scheiben. Fäll endlich eine Entscheidung, hatte er sich beim letzten Ausflug gesagt, entweder jetzt, dieses Jahr noch (vor dem Herbst), oder du wirst es nie mehr geregelt kriegen.

Der große Innenhof – wäre genau der nicht ideal für ein Sommerfest, zu dem man alle Freunde einladen könnte, ein Wochenende im August, an dem man sich sehen, zwei, drei Tage lang reden würde, essen, trinken, tanzen, draußen schlafen, wer mag, in Zelten, die Alten im Haus, Platz für die Kinder (die, die Lust haben, mitzukommen), aus Italien, Frankreich, Bernardo und Isa aus der Schweiz, ein Klassentreffen, dachte er (schmunzelnd), hat uns das nicht gefehlt, zerstreut in Europa, wie wir heute sind? Zeit, die einem davonläuft, uneinholbar, ist doch keine schlechte Idee.

»Bezugsfertig«, sagte der Makler. »Eine Stunde für'n Elektriker, und Sie haben, was Sie brauchen. Ein wirklich schönes Anwesen.«

»Hier steht kein Preis.«

»Sechzigtausend. Plus der üblichen Courtage.«

Schneller kann man nicht antworten, dachte Carl, meint der, ich mache bei der Summe einen Rückzieher? Oder fange an zu schlucken? Was mir vorschwebt, das bezahle ich, Abgeschiedenheit. Unbehelligt von Nachbarn, dem ganzen Lärm, Sitzungen und Reformen, Reformen und Sitzungen.

»Sehr schön«, sagte er, »ein Hektar?«

»Rundum«, sagte der Makler, »hauptsächlich Wiese und Acker.«

Cordon sanitaire, dachte Carl, was willst du noch?

»Ich würde mir das gerne mal anschauen.«

»Kann man«, der Mann zögerte einen Moment, Geschäftssinn und Vorurteil im Widerstreit, ein Kunde, der nicht darauf aus ist, zu handeln, »natürlich, die Schlüssel, ähm, Sie könnten sich die Schlüssel in Kienitz holen.«

»Die sind da hinterlegt?«

»Ich geb' Ihnen die Adresse.«

»Und ich geb' Ihnen meine Visitenkarte«, sagte Carl, »ich bin tagsüber fast immer im Institut zu erreichen.«

Nie eine Immobilie gekauft, bisher nie im Leben etwas in der Größenordnung.

Als lerne der Makler seinen Namen und seine Titel auf dem Kärtchen auswendig, die feine Adresse auf der Dorotheenstraße. Er nickte kaum merklich, schien in seinem Weltbild eine Nische freizuräumen.

»Müssen wir … schriftlich irgendwie …«

»Wenn Sie die Schlüssel zurückbringen, zeichnen Sie nur kurz ab, dass Sie das Objekt gesehen haben, das genügt.«

Genügt, und es ist meins, dachte Carl, ein Haus an der

Oder mit einem verwilderten Garten, Sonnenblumen, Rhabarber, Weißdornhecken, einem Ziehbrunnen. Wie ein Versteck, in das man hineingeht nach Belieben und das man nach Belieben wieder verlässt. Wo man atmen kann, lesen, wo einen niemand bedrängt. Um Freunde zu beherbergen, um allein zu sein. Unterschlupf für jeden, der eines Unterschlupfes bedarf, sich ausruhen, Abstand gewinnen. Was zu tun bleibt, was zu schreiben bliebe, was man noch einmal anpacken möchte. Sich zutraut. So viele Jahre sind es nicht mehr, sieh den Tatsachen in die Augen. *Für alle hat der Tod einen Blick, stumm werden wir in den Abgrund steigen.*

»Moritz, Philipp, bitte!«

»Ist doch egal«, sagte Nele.

Ein herrenloser Gepäckwagen, mit dem der Ältere den Jüngeren über den Bahnsteig kutschierte.

»Isses nicht«, sagte Hannah, »die machen nicht, was sie wollen.«

Sie pfiff auf zwei Fingern, ein schriller Pfiff, nach dem sich alle umdrehten.

»Die hätten die Frau da vorne beinah schon umgefahren.«

»Haben sie aber nicht.«

»Phillip … von dem Wagen runter.«

»Oberschenkelhalsbruch«, sagte Nele und sah ihre Schwester (herausfordernd) an.

»Nimm sie mit«, sagte Hannah, »wenn du es besser weißt.«

»Ich hab' keinen Platz.«

»Gilt nicht.« Hannah lächelte. »Andere Ausrede.«

»Ich würde sie ja mitnehmen. Nächstes Jahr.«

»Überforder dich nicht.«

Das hatte sie gestern beim Kaffee auch gesagt, sagte sie, soweit sich Nele erinnern konnte. Im Scherz oder besorgt, ihr Pragmatismus, ihr Menschenverstand, ihre mütterliche Ader. Anstrengungen, die es nicht wert sind, nichts dümmer als die Furcht, sein Gesicht zu verlieren. Weil man nämlich ein Gesicht nicht verlieren kann, Nase, Augen, Mund und Ohren.

»Wollt ihr mitkommen?«

Begeisterungsstürme, ja, ja, ja, Moritz der Wortführer (eher der Schreiführer), Phillip in reinem Genuss am Krach, der Lautstärke, die sein Bruder vorgab.

Nele grinste Hannah an und hob den Kleinen auf ihren Arm.

»Kommst du mit mir mit?«

Philipp nickte, lachte, dann sah er zu Hannah (Nele, Hannah) und hörte auf zu nicken, sein Lachen wurde Verlegenheit, was hat das zu bedeuten, ohne Hannah?

»Nächstes Jahr fahren wir alle zusammen«, sagte Nele, »wenn du groß bist. So groß wie Moritz.«

»Ich fahr mit Nele«, sagte Moritz, »Mama, bitte ...«

Phillip streckte seine Arme aus, wollte zu seiner Mutter, klammerte sich an ihr fest.

»Bald«, sagte Nele und zerzauste Moritz' Haare.

»Mama, bitte.«

»Denkst du daran, bei Tante Grit anzurufen? Wenigstens an ihrem Geburtstag.«

»Wann war das?«

»Mensch, Nele, am siebenundzwanzigsten, du hast es dir aufgeschrieben.«

»Ja, i-ah, ich mach mir einen Knoten in den Kalender.«

»Das ist unfair«, Hannah blickte kopfschüttelnd über die Schulter ihrer Schwester, »rich-tig unfair.«

»Entschuldigung... Hannah, Entschuldigung.«

»Du bist schön aus dem Schuss, lässt alles an mir hängen. Für mich ist das… das ist auch kein Vergnügen.«

»Ich weiß. Entschuldigung, ja?«

Wenn Hannah nicht wäre. Wenn Hannah nicht gewesen wäre. Nele reute es (und nicht zum ersten Mal), dass sie ihrer Schwester gegenüber die Zunge nicht im Zaum behalten hatte, bei einer Nebensächlichkeit, die man abnickt, ohne sich herausgefordert zu fühlen. Fühlen zu müssen, nicht von ihr, nicht willentlich.

Blechern kündigte eine Durchsage aus einem megaphonartigen Lautsprecher unter dem Bahnsteigdach den Interregio nach Berlin an.

»Ich fahre mit«, sagte Moritz und drückte sich an Nele.

»Du bleibst hier«, sagte Hannah in einem Ton, der jeden Widerspruch verbindlich ausschloss.

»Hier ist es klasse«, sagte Nele und knuddelte ihn, »nächstes Jahr nehme ich euch beide mit, versprochen.«

»Pass mit deinen Versprechungen auf«, sagte Hannah und zog sie an sich. »Meine Kleine.«

»Meine Große«, sagte Nele und küsste sie. Und Phillip, der sich mit seiner Faust ein Auge rieb, ganz mittagsschläfrig.

Quietschend kam der Zug hinter ihnen zum Halt, quietschend öffneten sich die Türen. Nele ließ anderen Reisenden den Vortritt, dann stand sie mit ihrer Sporttasche auf der Stufe des Waggons.

»Grüß Reiner von mir.«

»Klar«, sagte Hannah, »was denkst du denn?«

Ein Schaffner lief am Zug entlang, rote Krawatte, Pfeife und Kelle.

Hast du mal was von Papa gehört?

Fragen, die man nicht in der letzten Sekunde stellt, nachdem man sie über eine Woche vor sich hergeschoben hat;

auch wenn Hannah nein gesagt hätte, und Reiner nein gesagt hätte, und Tante Grit nein gesagt hätte, und Oma nein gesagt hätte, also jeder, der irgend etwas mit ihm hätte zu tun haben können; das eine Grundstück verkaufen, den Pachtvertrag auflösen, Nießbrauch und Rücklagen, folglich irgend etwas mit Geld, mit Verträgen, mit Scheiße. Und ändern, wirklich ändern würde sich sowieso nichts mehr, in diesem Universum von Waren.

Nele stieg rückwärts einen Schritt höher. Die drei auf dem Bahnsteig winkten schon, und Nele winkte ihnen durch die noch offene Tür zurück. Dann schlug der Schaffner die Tür zu, ein Pfiff ertönte, und das Bild geriet ruckend und ächzend in Bewegung: Hannah mit einem ungelenk winkenden Phillip auf dem Arm und einem wie verrückt winkenden und springenden Moritz an der Hand.

Als die Schwester und die Neffen aus dem länglichen Rechteck der Scheibe verschwunden waren, klemmte sich Nele ihre Tasche unter den Arm und machte sich auf die Suche nach einem leeren Abteil.

Das war die Bank, seit den sechziger Jahren dieselbe, dasselbe Holz (zwei-, dreimal gestrichen inzwischen), gusseiserne Füße in einem Kiesbett, und davor der Spazierweg um den kleinen See. Auf einer Metallplatte an der Lehne stand: In Erinnerung an Rosa und Walter Plock, nichts weiter, vielleicht ein Ehepaar aus dem Viertel, das man verschleppt hatte. Wer von ihnen auf den Einfall mit der Bank gekommen war, dieser Bank, wusste Seidenhut nicht mehr, aber der Ort war gut gewählt, damals so gut wie heute. Im Schatten tief herabhängender Weidenzweige ein gepflegter Grünstreifen am Wasser, Jogger und Rentner mit Hunden. (Früher ist niemand gejoggt, ein Irrer, dem man mitleidig nachblickte, als würde er an einer seltenen Krankheit leiden,

1975. Plötzlich tauchten im Foyer des Amtes Plakate auf, überall, die dafür warben, laufen zu gehen, Fernsehspots, in denen Prominente die Turnschuhe schnürten: Trimm-Trab. Daneben vom Pförtner mit Filzstift durchgestrichene Fahndungsfotos, Achtung, gefährliche Terroristen.)

Auf der anderen Seite die verglaste Terrasse des Hotels Seehof, Apartmenthäuser, großbürgerlicher Stuckluxus, über den ein neumodischer Kirchturm aus Beton hinausragte, ein Glockenturm im Büßergewand, dessen schmutziges Grau einen beschämen sollte. Die Selbstkasteiung von Besiegten, die sich in derartigen Bauwerken zum Ausdruck brachte. Aberdutzende hätte Seidenhut aufzählen können, vor allem Kirchen, der unselige Bunker, in dem seine älteste Tochter konfirmiert worden war. Ein Essen im Gasthaus Schildhorn an der Havelchaussee, zu dem er auch Klaus (noch mit oder bereits ohne Frau?) eingeladen hatte, Annäherung auf privater Ebene, eine Vermischung der Ebenen, deren Motive ihm mittlerweile unverständlich waren. Ein sentimentaler Impuls, eine vom Professionellen her nicht vertretbare Schwäche.

Politik und operatives Geschäft, parlamentarische Richtlinien und der Schmutz, um den man sich auch zu kümmern hatte. Vertrauen gegen Vertrauen, ich halte dir den Rücken frei, du startest keine heiklen Aktionen, ohne mich zu informieren. Bündnisse muss man aufkündigen, wenn die Zeit über sie hinweg ist; wenn man Tendenzen zum Größenwahn entdeckt, Schrankenlosigkeit.

Alleinstellungsmerkmale aus vergangenen Jahrzehnten, inzwischen gab es neue Bedrohungen, die Umstrukturierungen erzwangen, personelle Verschiebungen. Eberhard Seidenhut hatte den Verdacht, dass leitende Mitarbeiter die Fakten vorsätzlich ignorierten, insbesondere dass ein Referatsleiter sich mit dem Bedeutungsverlust seiner Rolle

(Kenntnisse etc.) nicht abfinden konnte. Jahr für Jahr sank die Zahl der Gewaltdelikte aus dem linken Spektrum, und die Stadt war nicht mehr das Dorado von einst, ein vermauertes Laboratorium, in dem man risikofreudig mit Hypothesen aus Handbüchern experimentierte. Die Szene infiltrierte, um sie unbedacht werden zu lassen und an die Oberfläche zu spülen, anfüttern und abfischen. Trauert Klaus dem nach? Als man hier und da kontrollierte Feuer entfachte, die den Ausbruch des großen Brandes verhindern sollten. Organigramme, um die Übersicht nicht zu verlieren, Basisgruppen, Zellen, Parteien en masse, die sich schnell bildeten und schnell wieder zerfielen, Kommunisten, Trotzkisten, Anarchisten, Syndikalisten in sämtlichen Stadien des Zusammenschlusses und der Zersplitterung. Kein plausibler Grund, mit den Methoden von gestern Probleme von heute zu bekämpfen. Kleinere Schwelbrände links, die man zügig austrat, und fertig.

»Darf ich?«

»Bitte.«

Klaus Witzke setzte sich, kreuzte die Arme vor seiner Brust und schlug die Beine übereinander. Geflochtene Slipper ohne Strümpfe.

Wie in einem Lehrfilm wahrten sie die Form, hatten sie immer gewahrt seit ihrem ersten Treffen auf dieser Bank vor dreißig, fünfunddreißig Jahren. Klaus als Haschrebell, mit so einer Fellweste und Jesuslatschen.

»Hast du heute die Zeitungen gesehen?«

»Der mit den großen Buchstaben war kaum auszuweichen.«

»Fotos auf der Titelseite.«

»Können sie sich an die Wand hängen.«

»Das werden sie schon getan haben.«

Würdest du am liebsten wohl auch, dachte Seidenhut, in

deinem Wohnzimmer über der Couchgarnitur. *Woher kommt der Hass?*

Witzke zog sein Hosenbein an der Falte ein Stück hoch. Dann betrachtete er seinen Schuh, dessen Spitze er auf und ab bewegte.

»Mehr ist nicht zu verlangen.«

»Für wen?«

»Ich glaube nicht, dass das Einzeltäter sind.«

»Wenn du mir den Begriff Einzeltäter erläutern könntest ...«

»Ich spreche nicht von Vernetzung, aber der Boden ist bereitet, auf dem so was zu sprießen beginnt. Für mich ist es bloß eine Frage der Zeit, bis sie in einer Nacht mal an verschiedenen Stellen zuschlagen. Bis sich das alles häufen wird.«

»Von wie vielen Leuten redest du? Zehn? Zwanzig?«

»Zahlen sagen nichts aus. Da ist eine Opposition im Entstehen, für die niederschwellige Geschichten zum normalen Repertoire gehören.«

»Demolierte Fahrzeuge von sechzig- oder siebzigtausend Euro und Seite eins sind nicht niederschwellig.«

»Bislang keine Gefährdung von Menschenleben. Symbolische Sachbeschädigungen, die allgemein wahrgenommen werden. Was würdest du denn tun?«

Was ich tun würde? Ist doch nicht dein Ernst. Seidenhut lehnte sich zurück und sah Witzke an, der mit verschränkten Armen seinen auf und ab wippenden Schuh betrachtete.

»Wenn du jung wärst, unzufrieden darüber, wie die Welt ist, empört über Armut und Hunger, grassierende Arbeitslosigkeit, und es dir dämmert, dass du eigentlich keine legalen Mittel hast, etwas zu verändern. Keine Massenbewegung, keine Partei, der du dich anschließen kannst. Statt dessen Mauscheleien der Politiker mit denen, die du für verantwortlich hältst, Bankiers, die im Monat so viel verdienen wie eine Million Afrikaner im Jahr. Das radikalisiert dich von allein.«

Wünschst du es dir? Ein harmonischer Gleichklang der Interessen.

»Du fängst mit Autos und Fensterscheiben an, registrierst, wie wirkungslos das im Prinzip ist, und landest irgendwann, sehr folgerichtig, bei Anschlägen auf die vermeintlichen Urheber des Elends. Ein Kreislauf, den wir kennen.«

Kennen wir, ja, danke für die Auffrischung.

»Was heißt Prävention?«

»Es geht im Augenblick nur darum, eine Gruppe auszuheben, und zwar rasch. Nicht darum, eine aufzubauen.«

Prävention heißt nicht, diesem oder jenem eine Straftat nachzuweisen.

»Natürlich«, sagte Witzke (geschmeidig, dachte Seidenhut). »Kein Widerspruch.«

»Ich weiß gerade nicht, ob ich mich deutlich genug ausdrücke?«

»Du bist der Amtsleiter.«

»Um es unmissverständlich zu sagen, ich teile deine Einschätzung ganz und gar nicht. Ich sehe atmosphärisch weder ein Aufflackern von, nenn es, wie du willst, bewaffnetem Kampf, noch sehe ich die Art von Militanz, die, ähm, die du konstatierst. Ich sehe einzelne Täter, drei, fünf, eine kleine Gruppe, meinetwegen zwei, die wir mittelfristig am Wickel haben werden. Oder auch nicht, die aber keinesfalls einen größeren Apparat erfordern. Anwerbungen in größerem Stil, Personalaufstockung, mehr Bargeld für deine Leute.«

»Ich kann mich nicht erinnern, dich um etwas gebeten zu haben.«

»Von wo droht dieser Gesellschaft Gefahr, wo sind unsere Mittel zu konzentrieren, wie definiert sich Staatsschutz, polizeilicher Staatsschutz, nach den Septemberereignissen?«

»Fragst du mich das?«

»Mittel zu konzentrieren bei feststehendem Etat.«

Stell drei neue Dolmetscher ein, lass sie durchs Internet surfen.

Klaus, du tanzt mir nicht auf der Nase herum.

Es handelt sich um naturwüchsige Entwicklungen, die sich wiederholen, dachte Witzke. Sendungsbewusstsein und Abenteuerlust.

»Einzelfälle, die wir nicht aufbauschen wollen. Die keinen Anlass bieten. Und die nicht zu vergleichen sind mit der Situation in den, sagen wir, siebziger Jahren.«

»Sollen wir unsere Arbeit beenden?«

Diese Arbeit, ja. Die Arbeit, die *du* meinst.

»Wir beobachten die Szene, ich denke, wir wissen ganz gut Bescheid.«

Gestatte, dass ich lache: *Ihr* beobachtet die Szene. Oliver Damm etwa, das Jüngelchen mit seinen Analysepapieren, der fette Berghain an seinen Computern, deine Videotrupps auf irgendwelchen läppischen Demonstrationen? Erzähl das, wem du magst, deinen Parlamentariern.

»Von Arbeit beenden spricht niemand.«

Witzkes Nicken war für Seidenhut nicht zu deuten. Keineswegs Einsicht, unter Umständen eine Art von taktischem Rückzug. Abwägung von Möglichkeiten und Einflusssphären.

»Wir verstehen uns.«

Ich bin nicht dein Laufbursche, Eberhard.

»Wie immer.«

Und wenn es nicht anders geht, werde ich dich in den vorgezogenen Ruhestand schicken.

Noch zwei Jahre, dachte Witzke, bis dahin muss Klosters soweit sein.

»Wir sind nicht mehr die Jüngsten«, sagte Seidenhut.

»Wo du recht hast«, Witzke wandte sich ihm (maskenhaft lächelnd) zu, »hast du recht.«

Ein Bericht über die umherschweifenden Haschrebellen, auf dieser Bank. Lietzensee in Charlottenburg, hatte er Seidenhut vorgeschlagen, außer Omas mit ihren Dackeln ist vormittags kein Mensch in dem Park, kennst du den, so ein Grünstreifen am Wasser.

»Na denn.« Er rutschte an den Rand der Bank und stemmte seine Hände auf die Oberschenkel.

»Alles klar.« Seidenhut nahm eine Tageszeitung zur Hand, die neben ihm lag. Tradition. Er hörte, wie Witzke sich über den feinen Kies nach rechts entfernte, das leise Rauschen des Verkehrs auf der Kantstraße. Zum letzten Mal, unter diesen Bedingungen, in dieser Konstellation, war seine Vermutung. Hatte er gesagt, was er sagen wollte? Was zu sagen war, so wenig durch die Blume, wie es die Verhältnisse, ihr Verhältnis, erlaubte. Es würde ihn überraschen, von Damms Erfolg zu erfahren, vielleicht schockieren. Nein, nicht schockieren, das falsche Wort, Klaus schockierte nichts – ärgern, reizen, ihn mit den Zähnen knirschen lassen. Ein Mann am Rechner, und du hast ihre Namen und Adressen wie aus dem öffentlichen Telefonbuch. Beweismittel, Selbstbezichtigungen, Wutgeheul. Soviel Leichtsinn konnte Eberhard Seidenhut nach fast vierzig Dienstjahren immer noch in Erstaunen versetzen.

In einem Buch über die Geschichte der Roten Brigaden fand er auf einer Doppelseite eine Grafik, die Ähnlichkeit mit einem Flussdelta hatte, einem Delta jedoch, das in keinen Ozean mündete, sondern dessen Hauptstrom sich in verschiedenen Becken sammelte, um daraus in Form zahlreicher Arme, Gräben, Kanäle im Trockenen (leerem weißen Papier) zu versickern. Wie in einem Atlas waren die Becken und Abflüsse mit Namen versehen, mitten in dem größten, dem zentralen Bassin stand fettgedruckt: 77er Bewegung. Gespeist aus Reservoirs, die Lotta Continua, Potere Operaio und Democrazia Proletaria hießen, besaß die Wasserfläche der 77er Bewegung mehrere Buchten mit den Bezeichnungen Autonome Kollektive, Stadtindianer, Organisierte Autonomie [Negri etc.] und einen toten Arm, der »Terrorismo diffuso« benannt war und sich in Rinnsalen verlief. Darunter die Pools der härteren Gruppen, Prima Linea (vorderste Front, sagte das Lexikon), Nuclei Armati Proletari (bewaffnete proletarische Kerne) und als Quelle von allem die BR, sich zerteilend in die Kolonne Walter Alasia, die Kolonnen Neapel, Rom, Venetien, die Guerillapartei, die BR/PCC, UCC und zwei Nebenflüsse namens 1. Position und 2. Position, die im Jahr 88 von einem Damm gestoppt wurden, anscheinend das Ende ihrer Aktivitäten.

Wie soll man sich das merken, fragte sich Christian auf dem Futon im Wohnzimmer, das können sie selber doch nicht auseinandergehalten haben. Eine Wissenschaft für sich, ideologische Nuancen wie die Atomgewichte im Periodensystem. Eine Tabelle hinten im Buch klärte ihn über die wesentlichen Differenzen auf, interne Streitereien, Entschiedenheiten, Führungskräfte – bis man sie verhaftete oder erschoss. Revolution, Subversion, Massenbewegung (ja, nein), herrschende Klasse. In den Text waren Fotografien gestreut, von denen er einige im Netz gesehen hatte, Entführte, Ermordete, Angeklagte, Generäle, Landbesetzer in Sizilien, eine Fabrikhalle bei Fiat, ältere Männer und Frauen auf einer Wahlkundgebung der Kommunistischen Partei, die

Schiffchen und Golfhütchen mit Hammer-und-Sichel-Emblem trugen, Sommerhitze, schlaffe Fahnen.

Als er aus einem kurzen Schlaf erwachte, war es fünf Uhr morgens, Zettel, auf denen er sich Notizen gemacht hatte, um ihn herum, die Vögel schrien, er war durstig. Er zog sich sein Hemd an und ging über die Straße in den türkischen Imbiss, dessen gelbe Neonreklame sich die ganze Nacht in den Scheiben des Erkers spiegelte. Trink ich ein Bier? Trink ich eins, kann ich hinterher wieder schlafen, eine Flasche Radeberger, die er sich aus dem mannshohen Kühlschrank holte. Zündete sich eine Zigarette an und las an einem der Stehtische weiter in dem Buch, das er mitgenommen hatte. Trank ein zweites Bier, steckte einen Euro in den Spielautomaten (ohne etwas zu gewinnen, wäre ja noch schöner gewesen) und ging ziemlich beduselt zurück in die Wohnung. Nicht von ihr träumen und sich morgen daran erinnern müssen.

Klick. »Hi, ich dachte, du wärst schon zurück, ist nicht so, schade.« Klick. »Jetzt sprech ich doch noch mal auf diese Maschine, wo bist du denn abgeblieben, meld dich bei mir.« Klick. Klick. »Ähm, hier ist Christian, du scheinst noch unterwegs zu sein, willkommen in Berlin, also, ich, mmh, ich hab' dich vermisst.«

Und acht, neun Anrufe, ohne dass er etwas gesagt hätte, 9:11 und 22:02, nur nicht nachts, oder früher. »... also, ich, mmh, ich hab' dich vermisst.« Ich dich auch, dachte Nele (gestand sie sich ein), sehr, aber es war nicht anders zu machen. Gewesen.

Gestern abend hatte sie den AB schon zweimal abgehört, vor dem Einkaufen und danach, nicht in der Lage, seine Nummer zu wählen. Etwas zu erklären, ihre verworrenen Gefühle, den Grund für ihren Aufenthalt in Waren, das schreckliche Erlebnis von Zürich. Als die Rippen des Mädchens brachen, ein Geräusch, das sie gar nicht gehört haben konnte.

Nele setzte sich an ihren Schreibtisch vor den ausgeschalteten Computer, den blinden, gräulich grünen Bildschirm. Ein Stapel Bücher über Jean Paul, Schnellhefter, der Karteikasten mit ihrer Zitatensammlung. Ein Sprung in dem roten Plastik, hingefallen. Durch das geöffnete Fenster drang Gezwitscher ins Zimmer, die Vögel auf den beiden Bäumen im Hof, Spatzen, Amseln, irgendeine Sorte Finken. Der Himmel über dem Hausdach war strahlend blau – im Sommer die beste Zeit des Tages; bevor die Hitze kommt und alle Farben ausbleicht, wie in einer Lauge, dachte sie; ein paar Minuten nach sieben, beim letzten Blick auf den Wecker war es Punkt sieben gewesen. Sie trank einen Schluck Tee aus dem Becher, den sie schon die ganze Zeit mit sich herumtrug, nahm das Telefon aus der Ladestation und stellte es zurück. Viel zu früh.

Sie duschte, aß ein Knäckebrot, hörte ein wenig Radio. Unsinn. Sie begab sich wieder an ihren Tisch und schlug den obersten Schnellhefter auf, um zu lesen, was sie aus einer Untersuchung über das Leben Jean Pauls als Lehrer in der Provinz kopiert hatte. Unbrauchbar, sie riss die Seiten heraus und warf sie in den Papierkorb. Viertel vor acht.

Der nächste Text, Jean Paul als Journalist. Was soll ich damit, hat überhaupt nichts mit meinem Thema zu tun, Übereifer.

Sie machte den Computer an und zog den Vorhang halb vors Fenster. Die Datei zur Einbildungskraft, Kant und Spinoza, Kommentare Jakobs, die er ihr vor zwei Wochen gemailt hatte. Nele spürte, wie ihr Herz klopfte, ist ja lächerlich. Raste, als hätte sie Kammerflimmern. Sie räusperte sich, hustete leise in ihre Faust. Nach ein paar Zeilen merkte sie, dass sie nichts von dem Gelesenen behielt, das war kein Lesen, sondern ein Fliegen über Buchstaben, über Worte, die sich in ihrem Kopf zu keinen Sätzen zusammenfügten.

Wie alt bist du eigentlich?

Sie atmete tief durch, nahm das Telefon zur Hand und tippte sich durch das Verzeichnis. *Chr.* Räusperte sich noch einmal und drückte auf die Wähltaste.

Das Verb war *credere,* erste Person Singular hieß im Präsens *credo,* ich glaube. Andere Bedeutungen von *credere* waren ausleihen, borgen, anvertrauen, als sei beides eng verknüpft, Glauben und Schulden – woran man sich erinnert nach Jahren eines qualvollen Unterrichts, dessen Nützlichkeitsfaktor einer Halluzination entsprang. Catull, Tibull, Properz, das Dreigestirn des Schreckens mit seinen unbegreiflichen Versen, die Verschwörung des Catalina als eine einzige, eine verzweifelte Suche nach Sinn und Zusammenhang in absatzlosen Bandwurmsätzen. *Credo,* ich glaube, *creditum,* das Geglaubte, das Anvertraute, Verwendungszweck und Rückzahlungskonditionen. Auf der linken Seite der Waage die Ehrlichkeit als Voraussetzung des Ganzen, auf der rechten die Schuld (weil du einen bestimmten Geldbetrag bekommen haben wirst), die zu büßen ist. Das heißt, zu tilgen.

So wären Zinsen auch als prozentuale Quote zu verstehen, die Glaubensirritationen dämpfen soll. Schlechte Gläubiger und gute, Bonitäten am Rand des Zusammenbruchs und stabile, stabil wie die Pyramiden von Gizeh, wie eine Stelle im öffentlichen Dienst. (»Hört sich interessant an.«) Schuldfähigkeit gleich Kreditwürdigkeit. Je größer die Organisation, desto schwächer das Gefühl der Verpflichtung, anonyme Prozesse, die sich in maschinengeschriebenen Briefen zum Ausdruck bringen. Hochachtungsvoll. Hochachtungsvoll zurück. Unbekannt verzogen.

Und was schließen wir, was schließt du daraus? Mitten auf der Straße, an einem kochenden Junitag zu Beginn des neuen Jahrtausends, einen paragraphenreichen Vertrag in der Tasche. Na, Glück muss man haben, verdammt viel Glück, mal einen Lauf, eine Strähne in seinem unerheblichen kleinen Leben.

Der Absender war AEC-1, die Frage lautete: *Hast du Zeit?* Die dritte elektrisierende Nachricht heute, eine Delle im Raum, alle Planeten in einer Reihe. Lesen, löschen, aus einem Netzcafé eine Antwort schreiben, nachdem man sich einen neuen Account eingerichtet hat, das war das Programm, waren seine Anweisungen. Denn wer sonst sollte es sein, ihn fragen, ob er Zeit hätte. Ein Spaßvogel, jemand, der ihn gut kennt. Schräg gegenüber ist ein Café, dachte Christian, sogar mit Macs, ein Euro für eine Stunde.

Er verstaute die Papiere von happyCredit® in der Schublade unter anderen und drehte sich auf seinem Stuhl in den Raum. Auf Veras Tisch eine Partie der frisch ausgelieferten Kataloge, Ruinen/Zeichen, sie las in einem, die Beine von sich gestreckt. Ein Jahr Arbeit, war sie zufrieden?

An der Wand ein altes Plakat, Gerhard Richter, seit Jahren, als hätte man vergessen, es abzuhängen, Frau in verwischtem Schwarzweiß, die eine Treppe heruntergeht. Ein Apothekenkalender mit einem kitschigen Bergpanorama, ein paar gelbe, aufgebogene Merkzettel, ein Streifen Fotos aus einem Automaten, auf dem sie alle fünf zu sehen waren, David, Vera, Stefan, Katja und er. Kurz nach dem Einzug, David hatte von Synergien gesprochen, Veras kritische Miene, Stefans Hemdsärmeligkeit. Katja und ihre Festivals. Ich und mein Mangel, es neigte sich dem Ende zu. Hoffentlich keiner mit Schrecken. Christian stand auf und rollte den Stuhl unter seinen Tisch, Büroschluss.

»Kann sein, dass ich eine Zeitlang nicht da bin.«

»Ab jetzt?«

»Dass du dich nicht wunderst.«

»Oder mir Sorgen machen würde«, sagte Vera, ohne ihre Haltung, bequem ausgestreckt lesend, zu ändern.

»Würdest du?«

»Dich als vermisst melden? Ich versteh' das auch nicht, ganz plötzlich.«

»Menschen sind so.«

Eine Art Lachen durch die Nase, prusten, absichtsvoll.

Sie blätterte um, als liefe das Gespräch wie nebenher, Umweltgeräusch, *departed and finally gone.*

»Mach's gut.«

Sie hob ihre Hand und winkte ihm über ihre Schulter müde zu.

Stefan und David saßen vorn im Laden, beide mit wulstigen Kopfhörern und beide im Takt nickend. Kaum denkbar, dass sie dieselbe Musik hörten, Material von David, offenbar aber doch. Man dürfte von einem Wunder sprechen. Dass er ging, bemerkten sie nicht.

Weil er nicht mehr wusste, ob sie etwas verabredet hatten, wählte Christian *Donny 5* als Name: *Ich habe Zeit.* Warum Donny 5, warum nicht? Er fragte sich, ob er auf eine Antwort warten sollte, wie sich überhaupt ein dauerhafter, ein kontinuierlicher Kontakt auf diese Weise herstellen ließe. Alle drei Stunden die Post checken, egal wo er sein wird, wo sie ihn hinlotsen werden?

Als er sich am Tresen einen Espresso holen wollte, läutete sein Telefon, grußlos trug ihm eine fremde männliche Stimme auf, zum Alex zu fahren und den Bahnhof durch den mittleren Ausgang Richtung Kaufhof zu verlassen. Das also bedeutet für sie: Zeit haben – Verfügbarkeit, in jedem

Moment bereit, ihren Anordnungen Folge zu leisten. Als hätte er nichts Besseres zu tun, nichts, was wichtiger wäre und einträglicher, als sich mit ihnen zu treffen, vielleicht noch nach Stunden des Herumgerennes von Pontius zu Pilatus. Steig aus, steig ein. Für eine Geschichte im Konjunktiv, Fiktion, die bisher die Grenzen zur Wirklichkeit nicht übersprungen hatte, höchstens berührt. Christian verzichtete auf den Kaffee, zahlte den Euro (kein Verhandlungsspielraum, dabei war er nur fünf Minuten im Netz gewesen) und lief zur U8 am Rosenthaler Platz.

Aus dem großflächigen, hellgrün gekachelten Zwischengeschoss, dem sich eine unterirdische Ladenpassage anschloss, beförderte ihn eine Rolltreppe zu der Shopping-Mall auf Straßenniveau, Gedränge und Geschiebe, in das sich der Schwanz einer Kundenschlange vor der *Wiener Feinbäckerei* hineinwand, ein Pappschild über der Auslage versprach 2 Stck. Blechkuchen = 0,99 – als sei es das Angebot des Jahres, für das sie sich die Beine in den Bauch standen, am Rand des Ameisenpfads das Getrappel eiliger Schritte zu den Gleisen der S-Bahn in der Halle oben, flache blaue Monitore an der Decke, Durchsagen für Fahrgäste, die das schweigsame Brausen der Menge alle dreißig Sekunden zerhackten.

Wie es ihm gesagt worden war, trat Christian am Kaufhof ins Freie – behelmte Bauarbeiter, mit Planen verkleidete Gerüste um das Gebäude, der Lärm von Presslufthämmern, in dem ein Wurstverkäufer, der sich den halbrunden Grill vor seinen Leib geschnallt hatte, hin und her wandelte. Auf seinem Kopf war ein kleiner Sonnenschirm befestigt, völlig grotesk. Eine Losbude, weiter hinten vor dem Saturn-Markt ein sprudelnder, mit Blumenmosaiken verzierter und von Menschentrauben umlagerter Brunnen, ein Hetzen von links nach rechts und kreuz und quer, an das sich die Augen erst gewöhnen mussten. Straßenbahnen glitten durchs Bild, jugendliche Aktivisten in einheitlichen roten T-Shirts verteilten Flugblätter: Schützt unsere Tiere! An den Imbisspavillons roch es nach »Chinapfanne« und »Futtern wie bei Muttern«, nicht sehr einladend.

Ziellos trieb Christian über den nach drei Seiten ausfransenden, in der Ferne von x-spurigen Magistralen und Straßentunneln gesäumten Platz, umkreiste mehrmals die Metallkonstruktion des Brunnens, ließ seinen Blick schweifen, ohne Vorstellung, was oder wen er suchte. Unzählige Passanten, Fielmann, Burger King. Als er sich dafür entschied (wieso, weshalb, warum – wer nicht fragt, bleibt dumm), zur Weltzeituhr zu schlendern, Lissabon, Rangun, Hanoi, hörte er neben sich eine Stimme, die:

»Gehen wir rüber zur Uhr« sagte.

Der Unbekannte von der Stralauer Insel. Als ob er Gedanken lesen könnte.

»Hallo«, sagte Christian.

»Ein schönes Buch übrigens«, sagte der Mann, während sie sich in Bewegung setzten, »hat mir ausnehmend gut gefallen.«

»Die beiden anderen sind auch nicht schlecht.«

»Mal sehen.«

Aus dem Nichts aufzutauchen schien seine Spezialität zu sein, mit schütteren blonden Haaren, dem gestutzten Schnurrbart über den Mundwinkeln, in einem blendend weißen Hemd, dessen Manschetten akkurat umgeschlagen waren. Anzughose und schwarze polierte Lederschuhe; als hinge sein Jackett an einem Bügel in seiner Limousine. Fünfundvierzig, dachte Christian, wenn nicht älter, womöglich ein Rechtsanwalt. (Er hatte keine Erfahrung mit Rechtsanwälten, hatte nie mit einem zu tun gehabt, wie ungewöhnlich war das mit sechsunddreißig?)

Seine Lektüre des Romans auf literarischen Enthusiasmus zurückzuführen wäre wahrscheinlich zu kurz gegriffen, vielleicht hatte er geglaubt, hinter dem Titel, den *Beautiful Losers,* oder in irgendeinem der Kapitel verberge sich etwas, eine Botschaft, ein Hinweis, den er ihm geben wollte. Sollte es so laufen, wer weiß.

»Du sprichst französisch?«

»Ich bin früher oft in Frankreich gewesen, Südfrankreich. Ganz passabel, denk ich.«

Ein Wort, das er nie benutzte, entsprach der Wahrheit.

»Kennst du Manchette?«

Christian verneinte.

»Lies mal was von dem.«

Doch ein Enthusiast, oder wie haben wir das jetzt zu verstehen? Empfehlungen unter Connaisseuren.

Als sie zu dem Stahlpfosten mit der Uhr kamen, unter dem man ein wenig Schatten fand, tupfte sich der Mann mit einem Stofftaschentuch Schweißperlen von der Stirn, anmutig, dachte Christian, diese Geste mit diesen fleischigen Fingern.

»Hast du ein Auto?«

Jakob hatte ein Auto, der Audi seines Großvaters, Baujahr 85.

»Hab' ich«, sagte er.

»Das ist gut«, sagte der andere wie zu sich selbst, als ginge er im Kopf einen Plan durch.

Er hätte alles sein können, dachte Christian, Rechtsanwalt, Consultant, Business head. Nur der Bart wirkte störend. Eine Marotte, eine Markierung, die ihn noch unverwechselbarer machte. In Lichtbilddateien.

»Auf dem Boulevard Garibaldi lässt sich problemlos parken. Außerdem gibt's da einen günstigen bewachten Parkplatz.«

Robert de Niro vor dem Spiegel in seinem zugemüllten Zimmer: Sprichst du mit mir? Also, ich seh' hier sonst niemanden.

»Garibaldi?«

Ein Schnaufer, ein Lächeln, wie nach einer gelungenen Anekdote.

»Die Straße heißt so, Zufall.«

»In Paris?«

Irgendwas falsch an der Frage, dachte Christian, oder warum das reflexartige Zucken in seinen Augenwinkeln.

»Andere Straßen heißen Stalingrad oder Sewastopol. Nach verlorenen Schlachten benennt man nichts.«

Er zupfte sich mit Daumen und Zeigefinger an der Nasenspitze.

»Komisch, aber das ist mir bis gerade nie bewusst gewesen.«

Christian hielt ihm das Päckchen Zigaretten hin, er lehnte kopfschüttelnd ab.

»Wir haben ja schon lange nichts mehr gewonnen«, sagte er dann, »Allee der Befreiung von Priština klingt auch nicht prickelnd.«

»Nicht wirklich.«

»Unsexy.«

Über beider Gesichter huschte ein Schmunzeln, d'accord.

»Du bist am sechsundzwanzigsten im Hôtel Roby an der Rezeption ...«

»Auf diesem Boulevard?«

Er nickte

»Am nächsten Morgen gehst du um elf irgendwo ins Internet, dann um fünf, und dann am nächsten Tag das gleiche.«

»Wie lange?«

»Oder man ruft dich an, am besten, du nimmst immer deinen Rekorder mit.«

»Der Boulevard Garibaldi ist in Paris?«

»Montparnasse. Du beziehst dein Zimmer und wartest.«

Wann zuletzt? Mit Jakob ein Besuch bei Severine, und vorher mehrere Zwischenstops auf den Rückfahrten von Collioure, nie mit Carolin, obwohl sie es öfter erwogen hatten, ein Wochenende, dafür waren sie in Barcelona und London und Istanbul gewesen. Städtereisen nach Prospekt, Sehenswürdigkeiten und Clubs, nichts Aufsehenerregendes. Ein paar Galerien und Museen, Kulturtourismus und Shopping.

»Im siebten«, sagte der Unbekannte, er meint das Arrondissement, dachte Christian, als würde ich eine Karte mit numerierten Bezirken vor Augen haben; Montparnasse lag auf dem linken Ufer, soviel wusste er noch, südwestlich.

»Schalt das Handy nie aus, auch nachts nicht.«

Ich werde neben dem Apparat schlafen, ich werde rund um die Uhr erreichbar sein. Um nichts anderes handelte es sich doch.

»Es gibt das Gespräch, sofern es zustande kommt, darüberhinaus keinen Artikel, keinen Bericht, keine Reportage.«

Christian hob beschwichtigend seine geöffneten Hände, wie wollt ihr das sanktionieren? Loyalität zu Carl.

»Der sechsundzwanzigste ist nächsten Mittwoch.«

»Hôtel Roby.«

»Mit Ypsilon«, sagte er und tupfte sich erneut über die Stirn. Ein Klingelton, eine schmissige Melodie, der Mann sah auf das Display seines Telefons und stellte es stumm. *Seargent Pepper's Loneley Hearts Clubband,* was wiederum zu seinem Schnurrbart passte, und für einen Moment dachte Christian: alles fake, jeder hat's kapiert, nur ich nicht.

Ein Bauarbeiter ging mit einer Schale Pommes frites nah an ihnen vorbei, Hammer und Trinkflasche in seinem Werkzeuggürtel, ein Sprechfunkgerät, aus dem es knisterte. Der Unbekannte blickte ihm mit zusammengekniffenen Augen nach und setzte sich eine Sonnenbrille auf, die in der Brusttasche seines Hemds gesteckt hatte.

»Ich würde es mit Manchette versuchen«, sagte er. »Aber im Original.«

Christian hatte den Namen des Autors nie gehört, war das eine Mitteilung?

»Wir ... verabschieden uns«, sagte der andere, als sei es noch ein wenig fraglich. Allerletzte Gelegenheit, etwaige Unstimmigkeiten auszuräumen.

»Sechsundzwanzigster, Hôtel Roby.«

Der Mann wies zu einem Gebäudeblock an der Verlängerung der Leipziger, einer Fassade aus hellem Sandstein mit Reihen von Sprossenfenstern von Etage zu Etage. Landesbank Berlin oder Berliner Bankgesellschaft, eines dieser berühmten Schuldeninstitute.

»Alsdann«, sagte Christian (als müsse er etwas sagen, bevor er sich auf den Weg machte, den sie für ihn ausgeguckt hatten). »Ich bin da.«

Keine Reaktion, kein Handschlag, natürlich, hatten wir auch nicht erwartet.

Er ging auf die linke Seite des Gebäudes zu, um nach einem weiten Bogen um den Platz an der Karl-Liebknecht-Straße in die U-Bahn zu steigen. Auf den Eingang der Bank waren von beiden Seiten Videokameras gerichtet, Videokameras in einiger Höhe an den Hausecken, Überwachungsterritorium ohne toten Winkel, unbeobachteten Raum. Wie vor dem Bahnhof, wie unter Garantie die gesamte Fläche mit Brunnen und Weltzeituhr Tag und Nacht aufgenommen wurde, elektromagnetisches Panoptikum. Und ausgerechnet hier treffen sie sich mit ihm, Bänder, die man vor- und zurückspult, um ein Gesicht zu identifizieren. Erst in einer menschenleeren Ruine und dann inmitten eines unaufhörlich abgefilmten Gewühls. Entweder halten sie sich für unantastbar, dachte Christian, oder sie sind sich vollkommen sicher, dass er kein Spitzel ist, Lockvogel, V-Mann. Dass niemand an ihm dranhängt – glaubst du doch selber nicht, der schmale Grad zwischen echtem Verfolgungswahn und Restspuren von Wahrscheinlichkeit. Verdrehte Überlegungen, die zu nichts führten. Zu rein gar nichts, dir schlägt nur die Hitze aufs Gehirn, kauf dir was Kaltes zu trinken. Das tat er auch, eine eisige Sprite an einem der Kioske in der U-Bahn.

»Ich hab' keinen Bruder«, sagte Nele, »nur Hannah und ich.«

Als sei die Frage schon zuviel gewesen, dachte Christian, ob sie in Waren bei ihren Eltern gewesen sei, nein, bei ihrer Schwester.

Sie lagen einander zugewandt auf Neles Bett in dem abgetrennten Stück Raum, nachdem sie sich im Flur, im Zimmer, lange umarmt hatten, stehend und gehend, als hätten sie sich Wochen und Monate nicht gesehen, in der Wildnis verschollen und glücklich wiedergefunden, obwohl die Hoffnung mit jedem Tag geringer geworden war. Nicht geküsst, als könne man sich nicht einfach so küssen, würde die Größe des Ereignisses, ihre Überwältigung, das nicht zulassen; sich bloß fest gedrückt, ja, kein Zweifel, sie ist es, er ist es. Sie hatten sich schweigend angeschaut, gelacht, und dann wieder mit ernsten Mienen geschwiegen, ihre Gesichter erforscht, ihre Augen, ihre schmalen Brauen, Neles Mund, Christians Mund, ihr betorender Geruch.

Fast kleinlaut hatte die Stimme geklungen, brüchig, als er am Morgen das Telefon zur Hand genommen und verschlafen, ohne auf die Anzeige zu achten: Eich gemurmelt hatte – ich bin's, ist zu früh, oder? Nele, rief er und schoss hoch, nie, was sagst du, wo bist du? Zurück in Berlin, sehen wir uns heute? Wann? Kommst du zu mir, um sechs, ich, ich muss, ich arbeite bis dahin.

Er hatte keine Erklärung verlangt, hatte nicht gefragt, wie es bei ihrer Freundin gewesen und warum sie anschließend nach Waren gefahren sei, hatte nicht verraten, dass er von ihrem Abstecher in den Norden bereits wusste, dass er die Adresse im Telefonbuch nachgeschlagen hatte, sie erzählte es ihm von sich aus, ich bin noch in Waren gewesen, nein, bei Hannah, Hannah ist meine Schwester.

»Ich hab' keine Geschwister«, sagte Christian. »Ich glaube, ich hab' mir auch nie welche erträumt.«

»Hannah«, sagte Nele, stockend, als überlege sie, was sie ihm anvertrauen soll, »Hannah ist älter als ich, zehn Jahre.«

Christian streichelte ihre Haare, ihre Zehenspitzen berührten sich, allmählich, ganz sacht, schoben sich ihre Füße ineinander.

»Und es gibt Moritz und Phillip, das sind meine Neffen.«

»Dann bist du Tante.«

»Bin ich«, sagte Nele (wie er dieses Grinsen liebte), »ich bin Tante Nele aus Berlin.«

»Sagen die Tante zu dir?«

»Quatsch.«

Wenn es Moritz und Phillip gab, dachte Christian, müsste da auch ein Schwager sein, ein Vater, ein Mann von Hannah, wenigstens einer. Frag lieber nicht, dachte er, nicht weiter.

»Die beiden sind herzig«, sagte Nele, »zum Auffressen.«

»Herzig.«

»Wenn meine Kinder so wären, ich würde mich nicht beklagen.«

»Dazu braucht es immer zwei.«

Nele schlug ihre Augen auf, aufreizend langsam, zarte, von feinen Äderchen durchwebte Schleier.

»Willst du keine Kinder?«

»Man fängt mit einem an. Meistens. Bis jetzt war, ich meine ... man mag jemanden, wirklich, und dann ... passiert es eben.«

Passiert auch aus anderen Gründen, dachte Nele, schneller als die Polizei erlaubt, sei nicht naiv.

»Macht dir der Gedanke angst?«

Er schnalzte leise mit der Zunge, hob die Augenbrauen.

»Ich will Kinder haben«, sagte Nele, »wenn ich bei Moritz und Phillip war, auf der Stelle.«

Zu Kindern gehören Eltern, wären wir die Eltern, die sich Kinder wünschen? Nicht schwach, nicht desolat, einsichtige Eltern, die ihren eigenen Bedürfnissen keine übermäßige Aufmerksamkeit schenkten.

»Bist du geschwommen?«

»Einmal bin ich morgens mit Reiner. Der geht im Sommer oft vor der Arbeit, schwimmt im See.«

Die Erwähnung des Namens, eines Mannes, weckte in ihm ein Gefühl von Eifersucht, wie ein plötzlicher Schreck, ein Druck in der Kehle; dass sie etwas mit einem anderen teilt, das ihm einzigartig erschien – mit einem anderen im See geschwommen und nicht mit ihm, sich am Ufer abgetrocknet, gelacht, eine Vertrautheit, Blicke, die er niemandem sonst zugestehen wollte.

»Der hat abends gestichelt, bis ich musste.«

»Man muss nichts.«

»Das konnte ich nicht auf mir sitzen lassen.«

»Um sechs Uhr morgens.«

»Um sieben. Wenn es windstill ist ... das Wasser kommt dir dann wie ein Spiegel vor, in den du eintauchst.«

»Kaltes klares Wasser.«

»Kalt nicht, nur im ersten Moment.«

Sag mir sofort, wer dieser Reiner ist.

»Moritz lernt gerade schwimmen. Im Garten haben Hannah und Reiner ein Becken, so ein rundes, so halbhoch, für die Kinder.«

»Reiner ist der Vater …«

»Ist der Freund von Hannah, aber schon immer.«

»Die sind nicht verheiratet?«

Nele runzelte die Stirn, als verstehe sie nicht, was die Frage soll, aus welcher Sprache er das Wort hat. Als würde sie angestrengt über die Verbindung nachsinnen, die zwischen den Dingen existieren könnte.

»Ich bin nicht neugierig, Entschuldigung.«

»Ich vermute, die beiden sind so lange zusammen, dass sie da gar nicht mehr dran denken.«

»Unnötig.«

Nele biss sich auf die Unterlippe.

»Würdest du mich heiraten?«

Ihr Gesicht war ernst, *mich* hatte sie betont, nicht *heiraten*. Dass für sie das eine zu wissen wichtiger war als das andere, ein formeller Akt, zwei Unterschriften auf einem amtlichen Vordruck, warme Worte des Standesbeamten. Wie bei Jakobs Trauung, der Mann hatte einen solchen Stuss geredet, eine launig gemeinte, jeden Tag fünf- bis achtmal heruntergespulte Ansprache. Woran zweifelst du?

»Klar.«

»Das sagt sich leicht.«

»Ich besorg' die Papiere. Oder wie das geht.«

»Lassen wir uns noch eine Woche Zeit«, sagte Nele, breit lächelnd, »zur Probe«, und legte ihre Hand auf seine Schläfe (ohne Brille hatte sie ihn an der Tür begrüßt, wie entblößt, seine lag neben dem Bett).

Christian schloss die Augen.

»Wie war's in Berlin?«

»Willst du die Wahrheit hören?«

»Mmh.«

»In einem kahlen Büro sitzen und Unsinn verzapfen. Genauer, sich Lügen aus den Fingern saugen und darauf hoffen, dass es keiner merkt. Was Journalisten in der Regel halt so machen.«

»Manche.«

»Mit Jakob trinken gewesen.«

»Was für Lügen?«

»Zwischen Schönfärberei und Lüge ist der Übergang fließend. Von glatter Lüge kann man eigentlich erst sprechen, wenn man die Wahrheit im Detail kennt. Und vor der Lüge haben wir die Fälschung, wobei offenbleibt, in welche Richtung man fälscht, positiv oder negativ, verbessert oder verschlechtert.«

»Optimierung.«

»Nenn es optimieren, ich (Teil der Wahrheit) überarbeite einen Restaurantführer, mit einem Bekannten.«

»Wenigstens gut bezahlt?«

Soviel Milde. Hätte er nicht erwartet.

»Mit einem Bekannten übrigens, den ich wiedergetroffen habe, als man mir grundlos einen Ellbogen ins Kreuz gerammt hat, nachts auf der Schönhauser.«

»Grundlos ist was anderes.«

»Ach ja?«

»Freundlich, wie ich bin, habe ich zweimal *dürfte ich durch* gesagt. *Bitte.*«

»Vielleicht geflüstert.«

»Notwehr. Und von wegen gerammt.«

»Soll ich dir mal zeigen, wie sich deine Notwehr anfühlt.«

»Versuch's doch.«

Christian sah sie an und umfasste ihr Handgelenk.

»Dreh doch.«

Auf Neles Gesicht Hochspannung, er spürte den Widerstand in ihrem Arm. Drückte ein bisschen, sie hielt dagegen.

»Na?«

»Ist das schon alles?«

Er drückte stärker, sie begann, ihren Arm hin und her zu winden, um ihn aus seinem Griff zu befreien. Energischer, als er nicht nachgab, in einer fuchtigen Kraftanstrengung, die ihre Lippen zum Zittern brachte. Christian musste sich auf der harten Matratze abstützen, sich aufrichten, um seine Position zu behaupten. Neles Füße scharrten über das Laken, herausgepresster Atem. Er hatte sie jetzt so fest gepackt, wie er konnte, tausend Stecknadeln, die in ihr Fleisch stachen. Sie riss und zerrte, bis sie mit herumwirbelnden Haaren neben ihm kniete, dann – er ließ nicht locker – stürzte sie sich auf ihn. Zwei ausgestreckte Arme, der eine in der Gewalt des anderen, sich umklammernde Beine, eine Hand unter seinem Kinn, die wegzuschieben ihm mit einiger Not gelang. Manöver eines Ringkampfs, auf beiden Seiten zunehmende Verbissenheit. Irgendwann stieß Nele ihren Kopf vor seine Brust, schlug nach dem Knie, das über ihren Hüften war. Er schlug zurück, und ihre Fäuste prallten heftig gegeneinander. Aiii, stöhnte sie, und schüttelte ihre freie Hand, Christian schüttelte hinter ihrem Rücken die seine, aua, keuchte er und löste seinen Griff um ihr Gelenk.

»Das tut weh«, sagte Nele, während sie ihre Finger ein paarmal in die Luft spreizte.

Christian pustete auf seine Knöchel, auf ihre. Dann zog er sie zu sich herab, strich durch ihre blonden verbrannten Strähnen.

»Ich bin müde.«

»Ich auch.«

»Wo waren wir stehengeblieben?«

»Bei der Wahrheit«, sagte er.

»Hast du Fortschritte gemacht?«

»Bis sich die Balken biegen.«

»In Sachen Frankreich.«

»Kommt in die Gänge«, sagte Christian, schwankend, was (und ob) er ihr von dem Treffen berichten sollte. Wie um einen Ausgleich für ihre Zögerlichkeit zu schaffen, ihre Art des Ausweichens, die ihn kränkte. Irgendwie. Als würde sie verhört werden, seine Frage nach dem Instrument, das sie gelernt habe, und sie ziert sich, zu antworten, spinnt ein Geheimnis darum wie um Waren, ihre namenlose Freundin. Er würde ihr alles erzählen, wenn sie es wissen wollte. Fast alles, keine Beichten.

»Klappt das mit dem Interview?«

»Sieht nicht übel aus. Man räumt Hindernisse beiseite, klärt die Bedingungen.«

Wie abwesend, ihre Augen fielen zu.

»Ich habe jemanden, der mich an sie vermittelt.«

Sie schmiegte sich an ihn, ein Bein über seinen Hüften, Christian stopfte sich ein Kissen in den Nacken.

»Wo wohnt deine Freundin?«

»In der Schweiz«, sagte Nele leise. Ich war da, dachte sie, eine Komponente der Wahrheit. Wenn ich Zürich sage, vergrößert sie sich. Form und Inhalt, der äußere Rahmen und die Einzelheiten. Die Geschichte wäre zu lang, zu ausufernd, um sie von Anfang an zu schildern, jetzt, heute. Eines Tages.

»Wir kennen uns seit … ewig.«

Das Schweigen als Lüge, das bodenlose Erfinden, das Ausschmücken. Vorzugeben, diese nichtexistierende Freundin hätte ihr helfen können, helfen bei einer Arbeit, die ihr über den Kopf zu wachsen drohte, ihr Anspruch an sich selbst. Halbe Wahrheiten in Ausflüchten, die falsch sind. Das wusste sie, und auch, dass er das Recht hatte, die ganze Wahrheit zu erfahren.

Freunde und Feinde und Verbündete, Politik. Was denkt Christian darüber, was tut er?

»Ich glaube, ich schlafe beinahe schon, wieviel Uhr ist es?«

»Schlaf ruhig«, sagte Christian. »Ich pass auf dich auf.«

Sie nickte mit geschlossenen Augen, ihr angewinkelter Arm auf seiner Schulter. Er wagte nicht, sich zu bewegen, sich zur Seite zu beugen und eines der Bücher vom Boden zu nehmen, die dort neben- und übereinanderlagen. Taschenbücher mit verknickten Einbänden, Bücher aus einer Bibliothek, ein Buch mit farbigem Umschlag, das noch eingeschweißt war. Er neigte seinen Kopf, um den Titel zu lesen, nicht möglich, verdeckt. Die dreiviertel Trennwand verschattete das Licht, das aus dem Hoffenster hereinfiel, dämmrig war es in der Nische, nur vorn am Durchbruch ein Streifen Helligkeit. Abendhelligkeit, die überdies vom dichten Laubwerk der Bäume gefiltert wurde. Zweiter Stock in einem Gartenhaus, aufblitzende Erinnerungen.

Nele war eingeschlafen, er hörte es an ihrem Atmen, einer regelmäßigen Folge leiser kehliger Laute. Zum ersten Mal hörte er sie so, sah sie zum ersten Mal im Schlaf, ohne das winzigste Flackern ihrer Lider. Wie schön sie ist, dachte er, wie unbegreiflich.

Als Nele sich reckte, wurde auch Christian wieder wach. Er blickte sie schlaftrunken an, sie ihn, kaum zu erkennen ihr Gesicht in der Dunkelheit, die inzwischen hereingebrochen war.

»Wie spät?«

»Kannst du Licht machen?«

Sie knipste ein Schirmlämpchen an, das neben dem Bett stand, zuckte mit zusammengekniffenen Augen und einem Ton des Unmuts zurück.

»Nach elf«, sagte er.

»Ich könnte sofort weiterschlafen.«

Muss ich nun gehen, dachte er, ist es Zeit?

Sie sagte etwas, das er nicht verstand, weniger als geflüstert.

»Sag's mir ins Ohr.«

»Zieh mich aus.«

Nele streckte die Arme über den Kopf, dann lag sie regungslos da. Ihr Begehr, willst du Widerstand leisten? Christian knöpfte ihre Hose auf und zog sie mit dem Slip herunter bis zu den Knien, dann von unten über die Füße, und warf das Knäuel auf den Boden. Vorsichtig das T-Shirt, damit es sich nicht in ihren Haaren verfing. Auf gleiche Weise verfuhr er mit dem BH, streifte ihn über Neles Kopf, weil sie keine Anstalten machte, ihm behilflich zu sein und sich ein bisschen zu drehen. Ihre Brüste schwer und flach auf ihren Rippen, ihre Brustwarzen wie zur Seite verrutscht.

»Was sagst du?«

Auf seinen Fersen sitzend, bückte er sich zu ihr hinab.

»Willst du dich nicht ausziehen?«

Als er ausgezogen neben ihr lag, umarmte sie ihn; ihre Beine verhakten sich.

»Das Licht«, sagte Nele, und Christian tastete nach dem Schalter des Lämpchens.

»Bist du auch so müde?« fragte sie ins Dunkel hinein.

»Ja«, flüsterte er.

»Du ...«

Er spürte ihren aufgeregten Atem an seinem Hals.

»Was?«

Ein Keuchen, das sie nicht zu unterdrücken vermochte.

»Was ist denn?«

Als würde sie nach Luft schnappen, Luft für ihre nächsten Worte. Sie schluckte.

»Du darfst mich nie verlassen.«

Christian schreckte zusammen.

»Hörst du, nie.«

Sein Herz begann wild zu klopfen, er zog sie näher an sich heran, ganz nah.

»Nein, nie.«

»Schwör es mir.«

»Ja.«

»Sag es.«

»Ich werde dich niemals verlassen.«

Nele umklammerte Christians Schultern und presste ihre Lippen auf seinen Mund.

Die letzten fünf Sätze für heute. Fünf Sätze, bevor sie ihn erschießen. Aber das wäre noch nicht das Ende, nur seines, eine halbe Stunde vor Schluss. Die Verfolgungsjagd mit der Geisel bliebe ihm zum Glück erspart, Nachtarbeit, Außenaufnahmen in einer Kiesgrube. Schon tot. Walter Zechbauer sah zu Karen hinüber, die ihre Füße auf den Schminktisch gelegt hatte und SMS schrieb, jedenfalls tippte sie seit geraumer Zeit auf ihrem Handy herum. Sonst war niemand in dem Wohnwagen, sie am Schminktisch, er in dem bequemen Sessel mit verstellbarer Rückenlehne, den er sich ausbedungen hatte, wie immer, sein Agent. So einen will ich auch, hatte Karen gesagt, als sie ihn nach ihrer Ankunft vor ein paar Tagen darin sitzen sah, hast du das in deinem Vertrag stehen? Hatte er, und sie hätte sich erinnern können, im vergangenen Jahr dieselbe Frage und dieselbe Antwort, ist natürlich deiner, wenn ich nicht da bin.

Fünf Sätze, austauschbare Sätze, Zechbauer-Sätze: Was weißt du? (mit schneidender Stimme) Yvette (diabolisch lächelnd), Yvette ist sehr, sehr weit weggefahren. Dumme Yvette (kopfschüttelnd), bist du genauso dumm? Schafft sie fort. Raus hier, was... (Schüsse, zusammensacken, schmerzverzerrtes Gesicht), wo ist... das Geld... (röcheln, sein Kopf sinkt auf seine Brust). Um welches Geld es sich handeln sollte, das Lösegeld oder die Beute aus dem Überfall auf die Bundesbank, und warum er es überhaupt kurz vor seinem Ableben erwähnen musste, war ihm unbekannt, er hatte lediglich seine Dialoge gelesen und gelernt, und zwangsläufig die Repliken der Kollegen. Karen als Gefangene seiner Organisation in der folgenden Kellerszene: Ich weiß nichts, frag doch Yvette. Nein (ein Schrei), ihr Schweine. Yvette (schluchzend), das hab' ich nicht gewollt (sie hatte wohl angenommen, ihre Freundin Yvette sei mittlerweile in Sicherheit, trotzdem etwas unverständlich). Nicht das Lösegeld, dachte Zechbauer, das andere wahrscheinlich, das er in dem riesigen Heizungskessel versteckt hatte. Ausgerechnet im Heizungskessel, was für eine Idiotie, was für Idioten.

»Gedichte?«

»Cummings«, sagte Walter Zechbauer und ließ das Buch sinken. »Edward Estlin.«

»Lies mir eins vor.«

»Das ist schweinisch.«

»Gerne.«

»Die Übersetzung ist gut.«

»Los, erste Strophe.«

»Okay. Die Jungs dahier sind gar nicht fein, sie gehn mit Gören weps- und krötig. Sie geben keinen Fick auf Glück, sie bumsen dreizehnmal am Stück.«

Karen schmunzelte.

»Mehr.«

»Der eine hängt die Mütz an ihre Zitz, der andre ritzt ein Kreuz ihr hinten rein. Sie geben keinen Schiet auf Witz, die Jungs dahier sind gar nicht fein. Die Jungs dahier sind gar nicht fein, sie haben keinen Bock auf höheres Wissen. Sie haben keine Brunst für Kunst und killen so wie andre pissen.«

»Reizend.«

»Brunst und Kunst.«

»Gehst du später mit mir essen?«

»Tête-à-tête?«

»Walter.«

»Tu einem alten Mann nicht weh.«

Sie ergriff ein Wattepad und warf es nach Zechbauer, der sich in seinem Sessel zu einer eleganten Abwehrgeste verbog. Doch schon auf halbem Weg erlahmte der Schwung ihres Geschosses, und es trudelte herunter.

»In der Nähe vom Hotel ist ein bezauberndes Restaurant.«

»Wenn du mich einlädst.«

»Karen.«

»Tête-à-tête hat seinen Preis.«

»Hätte«, Zechbauer zwinkerte, »Konjunktiv.«

Es klopfte an der Tür des Wohnwagens, und eine Stimme, die beide als die des Aufnahmeleiters erkannten, rief:

»Frau Werner, Herr Zechbauer, wir können jetzt.«

»Kommt die Maske nicht noch mal?« rief Karen über ihre Schulter zurück.

»Maske ist draußen. Beim Licht.«

Sie stand auf und glättete ihr Kleid, betrachtete sich dann von links und rechts im Spiegel über dem Tisch. Walter Zechbauer legte das Buch auf den Sessel und zog den Knoten seiner Krawatte zu. Nie ohne Krawatte, als Herr des Verbrechens in Filmen wie diesem. Fernsehgerechter Tod auf dem gekachelten Boden eines Heizungskellers, danach die Werbepause. Wird die Gefangene gerettet werden? Wenn Karen sie spielt, unbedingt, alles andere wäre dramaturgischer Selbstmord. Quoten-Selbstmord. Er strich über das Ziertuch in der Brusttasche des Jacketts und faltete die Hände auf dem Rücken. Feiner Stoff, der einem Paten angemessen war. Brando in Zeitlupe von Kugeln durchlöchert, keinen Bock auf höheres Wissen.

»Bist du soweit?«

»Das Traumpaar.«

»Ich bin gleich tot. Solltest du's verdrängt haben.«

»Ja, schade«, sagte Karen und kam zu ihm an die Tür. »Wir haben aber noch zwei Drehtage.«

»Deshalb gehen wir heute abend schön essen.«

»Zur Vorbereitung, was?«

»Der Vorschlag stammt von dir.«

»Ohne jeden Hintergedanken.«

»Das will ich meinen«, sagte Zechbauer und öffnete den Wohnwagen.

»Du zuerst.«

»Darf ich dich einladen?«

»Zum Essen. Walter.«

Er schloss das Jackett, klopfte sich mit den Handflächen einmal auf die Brust und trat ins Freie, wo ein Gewimmel von Leuten mit technischen Arbeiten beschäftigt war. Basecaps und Sonnenbrillen.

Christian kniete über einem neuen Falkplan, den er auf dem Parkett des Erkerzimmers ausgebreitet hatte. Straßennamen, Namen von Stadtvierteln, Gebäuden, Monumenten, die ihm etwas sagten, ohne dass er eine ausgeprägte, eine persönliche Vorstellung mit ihnen verband. Er war nie länger in Paris gewesen. Nicht im Louvre und nicht auf dem Eiffelturm. Aber das Centre Pompidou hatte er einmal besucht, war in einer durchsichtigen Rolltreppenröhre zur Moderne hochgefahren, hatte viel Geld in dem Café auf der Galerie gelassen; abstrus viel Geld für ein Sandwich und ein Bier. Und überall Touristenbusse und Postkartenständer, Massen, die sich von Fotomotiv zu Fotomotiv schoben. Von dem anderen Paris wusste man nur aus dem Kino, von dieser fremden unerbittlichen Stadt in *La Haine,* in *Oublie-moi,* wo die liebeskranke Valeria Bruni Tedeschi durch abgelegene Metrostationen und verwahrloste Treppenhäuser hastet, bis sie fast den Verstand verliert.

Er fuhr mit dem Finger den Autobahnring entlang zur Porte de Sèvres, dann die schnurgerade Rue Lecourbe, die auf die Place Henri Queuille mündete, von der links der Boulevard Garibaldi abzweigte. Das wäre kein Problem, leicht zu finden, oberhalb eines dunkelrot eingefärbten Areals, das die Aufschrift UNESCO trug. Der Invalidendom war fünf Zentimeter entfernt, eine Handspanne die Seine, der Jardin du Luxembourg, die Sehenswürdigkeiten der Innenstadt. Tuilerien, Notre Dame. (Charles Laughton als Glöckner, der den Notabeln und dem Mob, die die Herausgabe Esmeraldas verlangen, von einem Balkon der Kirche: Asylrecht, Asylrecht entgegenbrüllt, Steinbrocken und Bauholz auf sie herunterschleudert.) Es schellte.

Was Christian, der kurz den Kopf gehoben hatte, ignorierte, auch ein zweites und drittes, ein Stakkato auf dem Klingelknopf. Unverfroren, dachte er, es ist nicht mal zehn, und wandte sich wieder dem Plan zu. Wo ist der Maßstab? Ein Zentimeter auf dem Papier ... sind knapp zweihundert Meter in real, alles war vom Hotel, vom Boulevard Garibaldi aus ohne Schwierigkeit zu Fuß zu erreichen. Doch was bedeutete ›alles‹? Und was ›ohne Schwierigkeit‹? Er kam nicht als jemand, der sich nach dem Frühstück zu einem Spaziergang aufmachen würde, um eine Liste aus seinem Reiseführer abzuhaken, Panthéon und Place des Vosges, sondern würde als erstes ein Netzcafé suchen, um in die Post zu gucken. Am besten, er hätte verschiedene in petto, hätte einige Adressen vorsichtshalber in seinem Notizbuch stehen. Sollten sie ihm häufiger schreiben und Antworten haben wollen, Standorte, irgendwelche dringenden Fragen. Was für Fragen? Er hatte keine Idee, es gab wahrlich praktischere Formen der Kommunikation. Sein Handy klingelte, ein schnarrender, den großen Raum ausfüllender Ton, der nicht auf Anhieb zu lokalisieren war. Wo ist das Ding?

Auf der Fensterbank, er nannte seinen Namen.

»Wieso drückst du nicht auf, wenn du zu Hause bist? Verrat mir das.«

In Jakobs Stimme überwog Enttäuschung, wenn nicht Verzweiflung, den Ärger, den man in diesem Augenblick von ihm hätte erwarten können, garniert mit einem Fluch.

»Wo bist du?«

»Im Zeitungsladen an der Ecke, ich hab' kein Telefon bei mir.«

»Warum hast du kein Telefon ...«

»Mensch, lass mich rein.«

Nicht zu Späßchen aufgelegt, nicht einmal dazu, laut zu werden. Ein Unbehagen, das Christian plötzlich empfand, was treibt ihn um zehn in die Gegend hier?

Furcht, als Jakob auf der Türschwelle verharrte und schwieg. Als lähme ihn sein Anblick, die ganze Situation, wie versteinert.

Christian bat ihn mit einer Kopfbewegung herein, zog ihn am Ärmel seines Hemds in die Wohnung, weil er sich einfach nicht rührte. Etwas Schlimmes war geschehen, und es ließ sich nur von Angesicht zu Angesicht sagen. Nur so. Jakob holte tief Luft, o nein, er seufzte. Sie sahen sich stumm an. Und jetzt ahnte es Christian, wusste es, noch bevor er die drei Worte aus dem Mund des Freundes hörte.

»Martin ist tot.«

Sein Oberkörper knickte unwillkürlich ein, im Hals ein trockenes Würgen, als würde sich eine Faust in seinen Magen bohren. Er stützte sich gegen die Wand, seine Knie, seine Beine zitterten. Jakob sah in die andere Richtung, Tränen in den Augen.

»Das ist nicht wahr.«

Jakob wischte sich mit dem Handrücken die Nase.

»Gestern schon.«

Christian fasste ihn beim Arm, suchte seinen Blick.

»Komm ins Zimmer.«

»Scheiße«, sagte Jakob, mit gesenkter Stimme, dann atmete er schwer aus.

»Setz dich.«

Er wollte keine Zigarette, Christian zündete sich im Stehen ungeschickt eine an und sog den Rauch in schnellen, fahrigen Zügen ein. Jakob hatte seinen Kopf auf dem zusammengeschobenen Futon in den Nacken gelegt.

»Wie?«

Zu Beginn – als fiele es ihm so leichter, zu reden – sprach er zur Decke hoch.

»Vorhin hat mich Martins Vater angerufen. Die Polizei hatte ihn«, er stockte, »hatte die Leiche erst am Abend freigegeben.«

Martins Stiefvater, er erinnerte sich dunkel. (Kein schlechter Typ.)

»In seiner Hosentasche war ein Zettel mit Telefonnummern, meine, deine ... deshalb. Der dachte, einer von uns hätte, ich oder du hätte ... Kontakt, in den letzten Tagen Kontakt zu ihm gehabt.«

Verdammte. Scheiße.

»Und könnte ihm irgend etwas sagen.«

»War es ein Unfall?«

Während Jakob den Kopf schüttelte, rutschte er an den Rand des Futons und starrte über seine verknoteten Hände auf den Boden.

»Ich hab' den Mann nicht ausgefragt, aber«, er stieß mit geblähten Backen Luft aus, es ist kaum zu glauben, es ist grauenhaft, »gestern... vorgestern haben Arbeiter, ich weiß nicht, Schnürboden, Hängeboden, wie heißt das?«

»Plattformen«, Christian zuckte mit den Achseln, »oben über der Bühne...«

»Es war eine Probe angesetzt, und Bühnenarbeiter sind da hoch, um zu arbeiten, morgens, ganz normal, und...«

Jakob schaute auf, begreifst du?

Nein, Christian begriff es noch nicht.

»Die sind da hochgestiegen und haben ihn entdeckt.«

»Tot?«

Jakob blickte an ihm vorbei zum Erker und nickte.

»Martin«, er stöhnte leise, »Martin hat sich aufgehängt.«

Christian wurde es flau, er ging in die Hocke.

»Der hat sich einfach im Theater aufgehängt.«

Eingetrocknete Wasserflecken, die das Parkett verschandelten, Schmutz und Staub in den Lücken zwischen den Dielen.

Auf dem Schnürboden aufgehängt, dachte Christian, auf dem Hängeboden, Seilzüge, Rollen, Hebel.

»Hängeboden«, sagte Jakob. »Völlig bizarr.«

Bis zum Schluss, Martin.

»Er ist vor zwei Wochen verschwunden, und die haben ihn vermisst gemeldet, vom Theater. Aber die Bullen machen ja nix, mmh, ja, und erledigt. Martin muss nachts, die haben bei ihm Briefe und so anderen wirren Schriftkram gefunden, muss nachts mehrmals im Theater gewesen sein, um, ähm, Mikrophone, Sender, der hatte eine, einen akuten Schub. Er würde verfolgt, ausgehorcht mit Mikrophonen, die in den Wänden, überall, unter den Sitzen, versteckt seien. Und gesoffen. Schnapsflaschen in der Garderobe, das alte, altbekannte Programm.«

»Ich hab' versucht, ihn anzurufen.«

Ich habe es vergessen, dachte Jakob, ein Telefongespräch, eine Mail.

Christian ging vor ihm hin und her. Dann sagte er:

»Was hat die Polizei damit zu tun?«

»Weil es ein unnatürlicher Tod war. Die beschlagnahmen die Leiche.«

»Beschlagnahmen.«

»Konfiszieren, willst du auf einem Wort rumreiten? In Verwahrung, bis die Ursachen geklärt sind. Was in Martins Fall eindeutig ... er hat ... Suizid.«

Die Einsamkeit des Sprungs, das Brechen des Genicks als letzter Ton von dieser Welt. Der Darm entleert sich, die Blase, und man hängt über dem eigenen Dreck. Bilder, an die man nicht denken möchte, jetzt nicht, nicht im Zusammenhang mit Martin. Seine Besessenheit und sein Können, seine Sucht, die peinigenden Selbstvorwürfe und die rauschhaften Momente auf der Bühne, in denen sich alles verwandelte, er alles verwandeln konnte zu etwas Magischem, zu einer jähen Erkenntnis, dass einem die Augen aufgingen. In den Blutbädern des Titus Andronicus, als Friedrich Prinz von Homburg, General der Reiterei, ein anderer Mensch, ein zweites Ich, das einem in der Gestalt von Martin da begegnete, Verkörperungen. Er war es, und er war es nicht.

»Wann ist die Beerdigung?«

In Jakobs Gesicht Erstaunen, als sei die Frage unangebracht. Eine Pietätlosigkeit, unter dem Eindruck der Nachricht, zu früh. Man sieht ihn ja noch lebendig vor sich.

»Hat der Vater nichts gesagt?«

»Doch«, wie ertappt bei einer Unterschlagung, alles nicht erbaulich, »also, nächsten Mittwoch möglicherweise … hat er gesagt.«

»Der nächste Mittwoch ist der sechsundzwanzigste.«

»Und?«

»Was, und? Da fahren wir zusammen hin.«

Jakob blickte wieder zu Boden, betreten, knetete seine Finger.

Das ist nicht dein Ernst, dachte Christian, nicht wirklich. Er lief zu den Fenstern und sah hinaus, eine Straßenbahn hielt, auf dem Glas Regenspuren, die aus Myriaden von Teilchen bestanden. Im blendenden Schein des Gegenlichts. Er stupfte die Kippe auf der Fensterbank aus.

»Könntest du mir das laut sagen?«

Gemeinsam durchfeierte Nächte, Gespräche zu dritt bis in den Vormittag hinein, Hollywood, Philosophie, *Erkundigungen für die Präzisierung des Gefühls für einen Aufstand.* Martin, dessen Vorrat an Morgenstern-Gedichten unerschöpflich war, betrunken und auf Pille. Man kringelte sich, kugelte mitten in der Stadt übers Pflaster. Was glotzt ihr denn so, ihr Spießer?

Rück mit der Sprache raus, das geht nicht. Jakob zog geräuschvoll die Nase hoch und schneuzte sich, Christian blickte nach wie vor auf die Straße. Eine Tram am Wartehäuschen vor dem türkischen Imbiss, vierundzwanzig Stunden Börek und billiges Bier.

»Ich höre.«

Christian schloss seine Hand um den Fenstergriff. Keineswegs.

»Kommst du mit«, ohne den Griff loszulassen, drehte er sich zu Jakob, der sich von seinem Platz auf dem Futon erhob, »oder kommst du nicht mit?«

»Das Datum«, Jakob sah auf den ausgebreiteten Plan herunter, »könnte auch ein anderer Tag sein. Der Vater von Martin ...«

»Kommst du mit?«

»Es ist so ...«

»Kommst du mit?« brüllte Christian.

»Ich kann nicht«, brüllte Jakob zurück und trat vor das Straßenverzeichnis, das Papier riss ein. »Ich hab' ein Scheiß-Vorsingen am sechsundzwanzigsten«, ihm nicht geschrieben, nicht angerufen, vielleicht hätte es etwas bewirkt, »in dem Scheiß-Regensburg.«

Christians Fußsohlen klebten auf dem Parkett, er krümmte seine Zehen, eine Hand in der Hosentasche.

»Dann verschieb es«, murmelte er nach einer Weile, den Kopf geneigt, das sind wir ihm schuldig, das muss ich dir nicht sagen.

Mit knarzenden Schritten kam Jakob quer durchs Zimmer auf ihn zu.

»Das kann man nicht verschieben.«

Er legte einen Arm um Christians Schulter.

»Die warten nicht auf mich. Die Kommission.«

Jetzt ist es zu spät, um etwas nachzuholen. Das, was wir alle versäumt haben, nicht am offenen Grab. Wenn ihm zu helfen gewesen wäre. Du lebst, hörst du, ich lebe, Severine und Mathieu und Catherine leben, meine Frau, meine Kinder, mach dir das bewusst.

»Verstehst du?«

»Du erzählst mir überhaupt nichts mehr.«

»Fass dich an die eigene Nase«, sagte Jakob, verhalten, und umarmte ihn.

»Warum hat er das getan? So ein Wahnsinn.«

»Komm«, sagte Jakob und löste sich von ihm. »Fahr für mich mit dahin.«

Christian nahm einen Zipfel seines aus der Hose hängenden Hemds und rieb sich die Augen. *The day the music died.*

»Dieser Idiot.«

»Martin hat das nicht gemacht, um uns zu ärgern.«

»Er ist nie ans Telefon. Kein AB, nichts.«

»Wahrscheinlich hätte er schon vor Wochen in eine Klinik gemusst«, sagte Jakob und beugte sich zu dem Stadtplan hinunter, um den Riss zu begutachten. »Stationär behandelt werden. Weiß man das?«

Du hast ihn damals nicht besucht, dachte Christian, in Meinerzhagen, nachdem wir seine Wohnung aufgeräumt hatten, ein Krankenhaus im Wald, das bis unters Dach mit den Ruinen der Leistungsgesellschaft voll war, Trainingsanzüge und selbstgedrehte Zigaretten, wie im Knast ein Fernsehraum, ein Tischtennisraum, funktionale Möbel, Hydrokulturen im Eingangsbereich. AOK-Doppelzimmer, zerlesene Exemplare der Bild-Zeitung auf Stahlrohrtischen.

»Vielleicht.«

»Man kann sich auch in einer Klinik umbringen«, sagte Jakob, den Plan sorgsam zusammenfaltend. »Wenn man es vorhat.«

An jedem Ort der Welt, ein Zeichen, das sich ins Gedächtnis einbrennt. Rache an der eigenen Person und an den anderen, für die Ewigkeit. Der Schock des Bühnenarbeiters, der ihn gefunden hat über seinen Ausscheidungen, keine helle Freude.

»Hast du Tesafilm?«

»Was?«

»Ich hab' den Plan hier … das muss man kleben.«

»Hab' ich nicht«, sagte Christian, »gehen wir raus.«

»Du erzählst mir auch nichts mehr.«

»Meinst du, das ist der richtige Augenblick?«

»Es ist Scheiße, ja, aber es ist, wie es ist.«

»Ich werde da hinfahren«, sagte Christian, »zur Beerdigung und dann gleich weiter.«

»Regensburg sieht gut aus«, sagte Jakob und warf den Plan auf den Futon.

»Herzlichen Glückwunsch.«

»Christian, bitte. Das ist nicht meine Schuld. Nicht unsere. Was hätten wir denn tun sollen, sag mir das.«

»Ich brauch' ein Auto.«

»Kannst du haben, natürlich.«

»Es ist einiges passiert«, sagte Christian und steckte Schlüssel, Handy und Zigaretten ein. »Gehen wir irgendwohin.«

»Hat Carl dich schon angerufen?«

Als er seine Skepsis sah, Christians fragende, zwischen Misstrauen und Verdächtigung schwebende Miene, fügte er rasch hinzu: »Wegen der Tour am Wochenende.«

»Wir haben uns gegenseitig was zu erzählen.«

»Scheint so.«

Ihr redet über mich, dachte Christian, der Unbekannte redet mit Carl und Carl mit dir, wollt ihr mich zum Narren halten?

»Es war meine Idee, beruhigt dich das?«

»Ich weiß nicht, welche Ideen du hast.«

»Wir gucken uns ein Haus an.«

»Warum?«

»Lass uns was trinken gehen.«

Christian nickte.

»Trinken wir ein Glas auf ihn.«

»Ja«, sagte Christian, »das müssen wir jetzt«, und zog sich die Schuhe an.

Andreas Klosters sah auf seine Uhr. Er hatte die Rückenlehne zurückgestellt, in der Halterung am Armaturenbrett ein großer Becher Cola mit Strohhalm. Elf Uhr siebenundvierzig, über die Gneisenaustraße floss ein dichter Strom von Fahrzeugen an ihm vorbei. Im Schatten der Häuser und der Bäume war es schummrig im Wagen, nur einzelne Lichtflecken, die das Innere – die Fahrgastzelle, dachte er, ein seltsamer Ausdruck – regellos punktierten. Er wählte die Memofunktion des Handys und senkte sein Kinn auf die Brust. Als sei die Freisprechanlage eingeschaltet, einer von diesen auf der Autobahn ins Leere quatschenden Reisevertretern. Erstens, das Geld, zweitens, die Anschläge, drittens, die Geschichte mit dem Buch. Seine Vermutung, der Indio hätte Drogen genommen, aufgedreht, fast hüpfend, als sie um den Friedhof geschlendert waren, später im Durchgang des Schulzentrums kurz auf einer Bank gesessen hatten, während er sich (mit zittrigen Fingern) eine Zigarette drehte. Tag, Monat, Jahr.

»Der Kontakt gestaltete sich schwierig. Erst nach mehrfacher Versicherung meinerseits, seinen Geldforderungen bei den ... bei den zuständigen Stellen Gehör zu verschaffen, er sprach von erhöhtem Risiko und der Qualität seiner Informationen, gelang es ... es gelang, ein Gespräch anzuknüpfen, das allerdings immer wieder unterbrochen wurde durch die Frage, ob ich ... im wesentlichen ... es handelt sich um hundert Euro, die er als eine Art Erfolgsprämie dazuhaben will.«

Klosters trank einen Schluck, rührte in dem kleingestoßenen Eis am Boden des Bechers. Mit einem Papiertaschentuch tupfte er sich Schweißperlen von der Oberlippe.

»Indio bestätigte die Vermutung bezüglich des Anschlags in Treptow und auf das Lufthansabüro, Täter, Tatbeteiligte, auch, was die Demo in Zürich betrifft ...«

Das war wichtig, dachte er und zündete sich eine Dunhill an.

»Zwei Mitglieder der Gruppe scheinen nach den Ereignissen... die Gruppe zu beabsichtigen... verlassen zu wollen, es gab wohl eine Grundsatz... eine grundsätzliche Auseinandersetzung, von der er aber lediglich gehört hat, da er sich im Anschluss der Fahrt in die Schweiz in Süddeutschland aufgehalten hat, wo seine Eltern wohnen. Der Rest der Gruppe, vier plus eins, steht in Planungen...«

Ob sie bereits definitiv ausgestiegen waren, war unklar geblieben, er hatte nicht nachgefragt; als er endlich ins Reden kam.

»Man plant, eine Großküche im Wedding, in der Fertiggerichte für Asylanten, für Asylbewerberheime zubereitet werden, in Brand zu setzen oder irgendwie anders so erheblich zu beschädigen, dass man, zumindest vorübergehend, die Arbeit dort einstellen muss. Es fand schon eine Ausspähung statt, in der nächsten Zeit will man versuchen, in die Betriebsräume einzudringen, um sich mit der Lokalität näher vertraut zu machen. Eindringen heißt, er sagte, tagsüber die wunden Punkte der Anlage erkunden, man plant intern anscheinend eine Brandstiftung schwer ... schwerwiegenden Ausmaßes.«

Sein Verlangen nach Sprengstoff, Größenwahn, der zu bremsen ist. Oder was?

»Die Rolle, die er dabei spielt, in der Gruppenhierarchie, ist nicht ohne weiteres einzuschätzen, da er zu Übertreibungen neigt und... sein Drang, sich selbst im Vordergrund zu sehen.«

Als treibende Kraft, als der Erfahrenste.

»Drittens.«

Wie sagt man dazu, Codierung? Verschlüsselung?

»In den Mails, die sie untereinander austauschen, bedient

sich die Kerngruppe einer speziellen Form der Verschlüsselung, die er folgendermaßen beschrieb.«

Klosters holte einen Zettel aus seiner Hemdtasche, er hatte sich Titel und Autor auf der Straße notiert.

»Jedes Wort entspricht einer Zahl mit Komma, wobei die Zahl links vom Komma die Seite, und die rechts die Position dieses Wortes auf dieser Seite ist... man zählt von links oben herunter. Zwei Kommas markieren einen einzelnen Buchstaben, Seite aufschlagen, bis zu dem Wort zählen, fünfter Buchstabe. Das Buch, das sie im Augenblick dazu verwenden... das Buch heißt *Sylvie und Bruno*... und stammt von einem Lewis Carroll.«

Wie soll das gehen, was für ein Aufwand.

»Dauer des Treffens von elf Uhr bis elf Uhr zwanzig, Mehringdamm, Baruther Straße, Spaziergang.«

Die Cola war warm geworden und wässrig. Warme wässrige Cola, das geschmolzene Eis, widerwärtig. Andreas Klosters ließ das Seitenfenster herunter und schmiss die Zigarette auf die Straße. Er hatte Hunger. Zurückgehen und einen Burger essen? Warum nicht. Er steckte das Handy ein, nahm den Becher aus der Halterung und fuhr das Fenster wieder hoch. Einen schönen saftigen Burger, und dann zurück ins Büro.

»Wir sind allein. Fakt.«

»In Zürich waren wir nicht allein.«

»So meine ich das nicht.«

»Das ist keine Sache der Quantität.«

»Die Frage stellt sich.«

»Wer hätte sonst von der Tagung Notiz genommen? Ad eins. Und ad zwei, das Bewusstsein vermitteln, dass sie ihre Schweinereien nicht mehr in aller Heimlichkeit aushecken können.«

»Ich will auf was anderes hinaus.«

»Dieses Gefühl absoluter Sicherheit durchkreuzen.«

»Auf das Verhältnis von Qualität und Quantität. Und was Qualität bedeutet.«

»In Zürich waren fünfzigtausend.«

»Aus ganz Europa.«

»Fünfzigtausend sind nicht wenig.«

»Ich mache Qualität nicht an einer Zahl fest, bitte. Auch die Praxis der Intervention nicht. Aber ich weigere mich, beides losgelöst voneinander zu betrachten. Es geht darum, über Verbindungslinien nachzudenken, über Wirkungen, die nicht innerhalb von zwei oder drei Tagen verpuffen.«

»Ich glaube, du hast einen Begriff von Unmittelbarkeit, der falsch ist. Außerdem höre ich da immer didaktische Untertöne raus, doch, ja. So ein: ab jetzt. So eine Art mathematisch soziales Modell mit klar definierten Variablen und Lösungsmenge. Revolution nächsten September.«

»Das Wort würde ich nie in den Mund nehmen, du wirst polemisch.«

»Für dich geht es um Verbindungslinien, für mich darum, einem bestimmten hegemonialen Konsens etwas entgegenzusetzen, hier und jetzt, ohne dass ich darauf schiele, ob man mir massenhaft applaudiert.«

»Das gleiche gilt für dieses Wort, Masse.«

»Deine Zielvorstellung. Was du unter Subjekt und Objekt des Widerstands verstehst.«

»Zeichen werden zu leeren Zeichen, wenn sie keine Konsequenzen haben, wenn aus ihnen nichts folgt als: hat ja mal wieder gut geklappt.«

»Liest du keine Zeitung?«

»Entweder ist etwas Subjekt oder Objekt, und Objekt des Widerstands ist der herrschende Block. Ganz unmodern.«

»Frau Doktor Gramsci hat gesprochen.«

»Im übrigen, ich habe keinen Begriff von Unmittelbarkeit, der falsch sein könnte, sondern einen sehr realistischen Begriff von dem, was nötig wäre, um überhaupt etwas in Bewegung zu bringen. Perspektivisch. Alles andere ist Selbstbefriedigung.«

»Nichts gegen Selbstbefriedigung.«

»Und keine soziale Praxis. Die sich lohnen würde.«

»Wir kommen zum Eigentlichen.«

»Keine Ahnung, was du damit meinst. Gehört ebenfalls nicht zu meinem Wortschatz. Allerdings ist es kontraproduktiv, die Frage zu vermeiden, notorisch zu vermeiden, in was das alles münden soll, einen Volksaufstand, oder was?«

»In meinem Wortschatz fehlt das Volk.«

»Repräsentation.«

»Irrelevante Ausdrucksformen.«

»Wer vertritt welche Interessen, wer erkennt, dass er im herrschenden Block nichts verloren hat. Dass es noch etwas Sinnvolleres gibt als Glotze und Niedertracht.«

»Darüber befinden wir nicht. Ich nicht.«

»Und warum dann?«

Holger hob die Schultern. Du pädagogisierst, dachte er, das ist Moral und nicht materialistisch.

»Weil man irgendwann einen Strich ziehen muss. Vielleicht nur darum.«

»Und vielleicht ist das nicht genug.«

»Das entscheidest du allein für dich.«

Sie schwiegen eine Zeitlang.

»Ich muss jetzt weiter.«

»Ja«, sagte er und stand mit ihr auf. Sie umarmten sich.

»Sei vorsichtig.«

»Ich bin vorsichtig«, sagte Holger, »keine Bange.«

»Wirklich.«

Bin ich, dachte er, kannst du dich drauf verlassen, ihr

nachblickend, bis sie durch die Tür des Cafés ins grelle Mittagslicht der Frankfurter Allee trat.

Vom Bahnhof in Küstrin auf der deutschen Seite waren es laut Plan etwa zwanzig Kilometer. Keine Landstraße, sondern ein geteerter Weg oben auf dem Deich. Deichkrone, fiel ihm ein, so sagt man dazu. Am anderen Ufer noch die Ausläufer von Kostrzyn, ein paar Wohnhäuser, kleinere Fabriken, Silos, Schornsteine, und dann nichts mehr als Natur in prangendem Grün, Bäume, Sträucher, Schilfrohr um Landzungen, Altwasserarme, mit Blumen übersäte Wiesen links und rechts des gemächlich dahintreibenden, dahinstrudelnden Flusses. Oder, Odra, ab und zu ein schwarzrotgold bemalter Grenzpfosten, ein viereckiges rotweißes Schild, das die Strömung anwies. Strömungsanweiser, sagte Carl, als Jakob ihn bei einer Rast nach der Bedeutung dieser Tafeln fragte. Sie lagerten im weichen Gras einer der Auen neben ihren Rädern, tranken Bier aus einer Kühltasche, die Carl auf dem Gepäckträger mitgenommen hatte (und das einem in der Hitze sofort in den Kopf stieg), saßen und lagen da in einem Summen von Grillen und Wespen und Bienen, von Bremsen und einzelnen Libellen, die durch die flirrende Luft rotierten. Die violetten Dolden, das war Knabenkraut (eine Orchideenart, er kannte sich aus wie ein Botaniker), das Gelb (Dottergelb) das von Trollblumen, die roten und samtblauen Einsprengsel in der Wiese waren Mohn, Klatschmohn, sagte Jakob, das weiß selbst ich.

Hast du Samstag Zeit, hatte ihn Carl am Telefon gefragt (Jakob hat dir eventuell schon davon erzählt), Zeit und Lust auf einen kleinen Ausflug nach Kienitz (nördlich von Küstrin, 'ne Stunde oder zwei mit dem Fahrrad), er wolle sich was ansehen, und man könne sich unterhalten (falls er Interesse habe), für Getränke und einen Imbiss sei gesorgt. Ein

Haus, das er sich kaufen wolle, auf den Fotos des Maklers, sagte Carl, einen Schwarm fliegender Pünktchen verscheuchend, habe das (das Objekt, in der Sprache des Immobilienhandels) ihm spontan gefallen, richtig gut, phantastisch, als hätte es die ganzen Jahre nur auf ihn gewartet. Auf den Augenblick, da er in die Klasse der Grundeigentümer wechsele, Stallungen, etwas ramponiert, Tenne (ein Unterstand, den er als Tenne bezeichne), ein Garten, Kräutergarten, ein Brunnen, Fachwerk, das er kunstgerecht erneuern werde. Mit fast sechzig, wer ihm dabei zur Hand gehe am Wochenende, erwerbe sich den Anspruch auf ein Zimmer unterm Dach.

»Latifundist.«

»In Selbstleistung, Herr Kollege«, Carl trug mal kein Sweatshirt, sondern über den verwaschenen Hosen ein kurzärmliges blaues Hemd, »es ist komisch, aber ich habe noch nie etwas besessen. Irgendwas zum Vererben, Wohnung oder so.«

Bist du nicht der einzige, dachte Christian, es soll Menschen geben, die nicht in einem Eigenheim groß geworden sind, Reihenhaus, Einfamilienhaus, Villa am Stadtrand. Und das in den siebziger Jahren, in den Achtzigern, wo im Prinzip doch ... alle, auf diese Steine Wüstenrot.

»Wenn ich euch, hin und wieder, begrüßen dürfte, würde mich das freuen. Ein bisschen Sandschippen, jeder nach seinen Fähigkeiten. Und zu essen und zu trinken wird da sein.«

»Das ist ein Angebot«, sagte Jakob. »Praktisch eine Einladung.«

»Der Wille zählt.«

»Ich bin ohne Vorkenntnisse«, sagte Christian. Er sah zu Carl, und es kam ihm vor, als könnte der seine Gedanken erraten, Milieus. »Bautechnisch.«

»Schauen wir uns das zuerst an. Bilder können trügen.«

»Ein Reiher«, Jakob streckte seinen Arm zu einem langbeinigen Vogel auf einer Sandbank aus. »Ist ein Fischreiher, nicht?«

»Unter allen denkbaren Umständen.«

»Vögel, die lange Beine haben«, sagte Christian. »Fische, Frösche, Wasser.«

»Ich schätze, ihr seid beide keine Naturfreunde. Aus tiefstem Herzen.«

»Würde ich nicht sagen. Er hatte mit dreizehn noch einen Hamster.«

»Während Jakob schon dafür bekannt war, zum Frühstück Benzin zu trinken.«

»Kerosin. Passend zum Stachelhalsband.«

»Und als Betthupferl zwei Seiten Heiner Müller.«

»Daher hatte er das«, sagte Christian und knöpfte sich sein Oberhemd bis zum Bauchnabel auf. »Sollen wir schwimmen gehen?«

»Ich schlage vor, wenn wir angekommen sind«, sagte Carl. »Ich bin sehr neugierig.«

»Es ist Viertel nach zwölf.«

»Dann lasst uns ...«

»Ich bin halb betrunken«, sagte Christian. »Ich vertrag das gar nicht.«

»Wir helfen dir«, sagte Carl und zog ihn von der Wiese hoch. Er verstaute die leeren Flaschen in der Kühlbox und ging voran, sein Rad über einen Trampelpfad zurück auf den Deich schiebend.

Er hatte nicht gesagt, über was man sich unterhalten könne – ob er ihm etwas mitzuteilen hatte oder etwas von ihm wissen wollte (als sei der Unbekannte auch für ihn ein gänzlich Unbekannter), und Christian hatte nicht weiter nachgefragt, sondern sofort zugestimmt, mit Jakob zusammen die Oder entlang, Landschaft wie aus dem Bilderbuch (vom Kauf eines alten Gehöfts war da noch nicht die Rede gewesen), man treffe sich Samstag am Alex, auf dem Bahnsteig.

Märchenbuch, dachte er benommen (nicht wanken beim Fahren, schön in Linie bleiben), die Illustration eines Traums, einer versunkenen Welt, die kein Industrieprinz mehr wachküssen wird zu irgendeiner Geschäftigkeit. Vergessen und bis heute von niemandem vermisst, manchmal ein oder zwei beieinanderstehende Häuser hinter der Böschung, die noch bewohnt waren, ein Kirchturm in der dunstigen Ferne, dann wieder Ruinen mit herausgebrochenen Fenstern und freiliegendem Dachgebälk, umhüllt von Grün, Urwaldgrün, an brückenlosen Ufern verendende Straßen, links (Westen) auf dem Territorium einer deutschen demokratischen, rechts (Osten) dem einer Volksrepublik, die inzwischen zu Geschichte geworden waren, deren Überbleibsel sich Pflanzen und Tiere in vegetativem Gleichmut zurückerobert hatten.

Nach einigen Kilometern ging es ihm besser, alles ausgeschwitzt, jedenfalls das meiste, vor ihm der bullige Rükken Carls, das blaue Hemd, auf dem sich ein riesiger dunkler Fleck abzeichnete. Einmal stoppten sie, um einen Blick in die Karte zu werfen (an welcher Stelle des Flusses sie waren), eine Dreiviertelstunde später hatten sie den Schlüssel in Kienitz geholt und fuhren über das rissige Betonpflaster einer Pappelallee an den grauen Eternitbaracken einer verödeten LPG vorbei wieder Richtung Oder, genau wie es ihnen der Mann in der Tür seines älteren, noch mit Ostmaterial errichteten Bungalows beschrieben hatte.

»Wow«, rief Jakob, als sie das Tor aufgestoßen hatten und den von hohem Gras überwachsenen Innenhof betraten, quadratisch und beinah ein halbes Fußballfeld groß, eingerahmt von einem Wohnhaus mit geschlossenen Fensterläden und zwei langgestreckten Flügeln einstöckiger Nebengebäude, die vierte Seite offen, Obstbäume, Büsche, eine seit Jahren nicht mehr gestutzte Hecke. Und dahinter ein Holzmast, auf dem oben eine runde Plattform war, ein Gewirr von Zweigen, aus dem Schnäbel hervorragten, diese typischen Schnäbel – ein Storchenpaar, echte Störche, unglaublich.

»Das sind ja Störche«, sagte Christian, seine Augen mit der flachen Hand beschirmend, und Jakob: »Du hast hier Störche, das gibt's nicht.«

»Gibt es aber. Die Kinder müsst ihr mitbringen.«

»Machen wir«, sagte Jakob, während sich Carl, schweißgebadet, zur Tür wandte.

Das Haus war leer, Küche mit Steinfliesen und vier Zimmer, kein Bad, ein staubiger heißer Dachboden mit einer geschwungenen Gaube, die voller Spinnweben hing, in den Ställen und Verschlägen, die zum Teil fensterlos waren, fand sich Gerümpel, in einem Schweinetrog eine Pflugschar, Zahnräder von irgendwelchen Maschinen, in einem der Räume in der Ecke ein gemauerter Backofen. Eine Waschküche, ein kleiner kühler Vorratskeller, an dessen Wänden Regale standen, wie man im Schein von Carls Taschenlampe erkennen konnte.

Christian und Jakob ließen ihn allein, setzten sich auf die ausgetretenen Eingangsstufen ins Haus.

»Störche«, sagte Jakob.

»Das erste Mal, dass ich Störche in freier Wildbahn sehe.«

»Weil du nie aus der Stadt rauskommst.«

»Heute.«

»Ab heute.«

Als Carl wieder auftauchte, rückten sie ein Stück zur Seite, und er nahm neben ihnen Platz. Er löste seinen Zopf und band ihn neu, nachdem er die langen grauen Haare mit beiden Händen gepackt und im Nacken straffgezogen hatte. Jerry Garcia, dachte Christian, an den erinnerte er ihn, schon die ganze Zeit. *American Beauty,* Gitarrenläufe für Landkommunarden rund um den Globus. Ein Windhauch strich durch das kniehohe Gras, ein lautes Klappern, das von den Störchen auf dem Mast zu ihnen herunterdrang. Die klappern tatsächlich, eine Klappersprache. Der Himmel war hoch und weit, darunter einzelne quellende Wolkenhaufen, die sich nicht zu bewegen schienen. Stille, Insekten, irgendwo raschelte es. Als würde sich jedes Geräusch von allein verdoppeln, aus größter Entfernung nachhallen. Das Blubbern eines Treckermotors, ein Faden Musik aus der Ätherunendlichkeit.

»Kofferradio«, sagte Carl. »Auch ein Wort, das verschwunden ist.«

»Ghettoblaster.«

»Früher ging man mit dem Kofferradio unterm Arm auf die Straße. Die Jungs mit den Ententollen.«

»Du?«

»Wir waren Jazzer. Rollkragen und Wildlederboots. Ornette Coleman. Und der Meister... Coltrane, *live at the Village Vanguard.*«

»Wurde im Radio nicht gespielt«, sagte Jakob (Christian rauchte schweigend). »Vermute ich mal.«

»Darauf«, Carl nickte, »kannst du wetten. Herbert von Karajan oder, ähm, wie hieß er, Junge, komm bald wieder...«

»Freddy.«

»Freddy, der Seemann. Und dann Connie... zwei kleine Italiener, die träumen von Napoli. Sonntags standen die immer am Bahnhof rum, weil es«, er schüttelte den Kopf, »es gab nichts für sie, Cafés, Bars... doch, Eisdiele Capri, Eisdiele«, er verschluckte lachend die Silben, »und die *waren* klein, kleingewachsene Männer mit schwarzen Bartschatten und schwarzen Augen. Sizilianer, aus Apulien, möglicherweise sogar Neapel. Gruppen von Italienern, oder Spanier, oder … vielleicht Portugiesen, die sich Sonntag für Sonntag auf dem Bahnhofsvorplatz versammelten … eigentlich hochsymbolisch, ein … ein brennendes Gefühl von Transit, und wir … das hat keiner mitgekriegt, mit sechzehn, siebzehn, was mit denen los war, das waren zwei vollkommen, zwei getrennte Welten. Niemand wusste, wo die wohnten, wohin die abends gingen, Trauben von Männern, die sich in fremden Sprachen unterhielten, in Wolken von Qualm, ja … warum fällt mir das jetzt ein?«

»Kofferradio.«

»Blaupunkt und Nordmende, das waren die Marken.«

Die Musik, dieses dünne Wehen, war verstummt, wie das Geräusch des Traktors, Zugmaschine, dachte Christian, landwirtschaftliche Zugmaschine.

Alle drei in derselben Haltung, mit ihren Ellbogen auf den Knien.

Nachdem Christian die Zigarette an der Stufe ausgedrückt hatte, zerbröselte er sie zwischen den Fingern und steckte den Filter in die Hosentasche. Als könne man eine Kippe hier nicht einfach wegwerfen.

»Soll ich den Hof kaufen?«

»Kaufen«, sagte Christian leise, bestimmt.

»Ich müsste …«

»Eine Hochzeitsfeier mit hundert Leuten. Unter freiem Himmel.«

Carl beugte sich vor, um Christian – an Jakob vorbei – anzusehen.

Jakob richtete sich auf und blickte von oben auf den Freund herab. Und auf Carl, der Christian zulächelte, als gäbe es zwischen den beiden eine telepathische Verbindung. Was denken die, was hat der plötzlich für Ideen?

»Hundert kriegen wir zusammen, locker.«

»Da in dem Unterstand Essen, das Gras mähen, die Anlage in die Waschküchentür, und schlafen kann man auf den Speichern. Oder draußen, im Schlafsack.«

»Millionen Sterne.«

»Im August wäre gut.«

»Ferragosto, wann sonst?«

»Wer heiratet?«

Jakob sah von einem zum anderen, Christian öffnete in einer Geste des Nicht-Wissens die Hände, während Carl auf einmal ernst wurde.

»Ich heirate. Und hier«, sein Arm beschrieb einen Halbkreis, »wird eine Riesenparty gefeiert.«

»Glückwunsch«, sagte Christian.

»Du heiratest? Wen heiratest du?«

»Gerlinde ist sehr dafür, dass ich was kaufe, aber ich muss sie fragen. Ob *ihr* der Hof gefällt. So wie mir.«

»Überrasch sie«, sagte Christian.

»Meinst du?«

»Unbedingt.«

Carl strahlte, als hätte er die Bestätigung gebraucht. Als hätte er bereits seit geraumer Zeit darüber nachgedacht, ohne Ergebnis.

»Bring sie mit verbundenen Augen hierher. Ich würde, weiß nicht, als Hochzeitsgeschenk... ich würde wahrscheinlich, sagen wir, heulen.«

»Gerlinde ist doch, entschuldige«, Jakob erholte sich langsam von seiner Sprachlosigkeit, »du hast mir nie erzählt... dass ihr...«

»Gerlinde war schon mal verheiratet, das hat sie mir voraus. Erfahrungen mit Anwälten. Lange genug her, um sich zu einem zweiten Versuch überreden zu lassen. Man arbeitet Jahre zusammen, sieht sich fast täglich, bis man was merkt. Bis man den Mut zu einem Geständnis findet. Um genau zu sein, im letzten Herbst, eines Morgens, als ich ins Büro komme und sie an ihrem Schreibtisch sitzen sehe, das war reziprok sozusagen. Ich hab' da nie dran gedacht, sie auch nicht. Keine Avancen gemacht, nichts, was über den allerharmlosesten Flirt hinausgegangen wäre. Warum dann nicht heiraten? Wenn's soweit ist. Außerdem, glaubt ihr, wir schenken dem Staat meine Pension? Sollte ich unter'n Auto laufen, sollte mich der Schlag beim Betonmischen treffen. Gerlinde ist vier, fünf Jahre jünger, da kann sie dann als lustige, als einigermaßen wohlhabende Witwe kann sie das Geld verbraten, mit wem sie will.«

»Achtzig Prozent aller Paare lernen sich bei der Arbeit kennen. Wenn man welche hat.«

Ein Seitenblick Carls zu Jakob, der ausgesprochen lehrerhaft war. Auch etwas Arrogantes hatte, als würde sich ein gewisser Verdacht bestätigen, würden sich gerade gewisse Bedenken, die man schon immer mit sich herumtrug, als richtig erweisen.

»Sie schmeißt das Institut«, sagte er. »Wenn es sich nicht so paternalistisch anhören würde, würde ich sagen, dass sie meine linke und meine rechte Hand ist. Dass die romanische Philologie ihr mehr verdankt als diesem oder jenem Kollegen.«

»Deine erste Ehe?«

»Erste Eheschließung, erster Hauskauf, erstes Testament.«

»Keine Kinder.«

»Gerlinde hat eine erwachsene Tochter. Es scheint, als würde ich mit meiner Heirat sofort zum Opa werden. Ich überspringe eine Generation.«

»Herzlichen Glückwunsch«, sagte Jakob. Und es klang herzlich, wie er es sagte, als hätte sich seine Irritation gelegt, hätte sich der Anfall von Kleingeistigkeit, der ihn kurz heimgesucht hatte, erledigt.

»Danke.« Carl klopfte ihm auf den Rücken. »Ab in die Fluten. Und dann Picknick.«

Sie waren am Deich den Fluss hochgegangen und hatten sich in der Nähe des Ufers heruntertreiben lassen, gegen die Strömung anschwimmend, sich drehend, untertauchend, paddelnd, bis ihre Kleider wieder in Sicht kamen, auf einer Betonrampe, die eingebrochen war, als hätte sie ein titanischer Handkantenschlag gespalten. Ein alter Fähranleger (oder so etwas), auf den sie sich setzten, in der Sonne trocknend, ihre Unterhosen, weil keiner von ihnen Badesachen mitgenommen hatte. Auf der polnischen Seite stieg vor einem grünen Wall aus Gesträuch und Bäumen eine gräuliche Rauchfahne in die Luft, ein Auto mit aufgeklapptem Kofferraum, ein Grill, an dem man sich zu schaffen machte, Köpfe im Wasser, Rockmusik, das waren ... die Smashin' Pumpkins. Hundertfünfzig Meter.

Mit den langen nassen Haaren, die über seine Schultern fielen, sah Carl wie ein Häuptling aus, ein Schamane mit Bauch, am Oberarm hatte er eine Tätowierung, die unter dem Hemd verborgen geblieben war; wie selbstgestochen, im Lauf der Jahre unscharf gewordene Konturen, nicht größer als ein aus dem Verkehr gezogenes Fünfmarkstück. Als Christian ihn danach fragte, sagte er, dass es zu seiner Zeit in Italien Mode gewesen sei, na ja, Mode, schränkte er lächelnd ein, in einer Mischung aus Langeweile und Liebesbeweis habe man sich das damals – sagen wir – zugefügt, Stecknadel, Asche und Füllertinte; Sternchen, Mickymäuse. Dass man nicht mehr erkennen könne, was er mit sich herumtrage, sei beruhigend, schließlich sei er 1972 auch schon nicht mehr Student gewesen, ein Promotionsstipendiat, der in einer Wohngemeinschaft in Florenz ein Zimmer gefunden hatte, Lavinia Lezzi, die habe ihm das eines Kerzenscheinabends appliziert.

»Schieb die Verantwortung nicht ab«, sagte Christian. »Nicht auf eine Frau.«

»Ich war chancenlos«, sagte Carl und blickte auf das Mal, »chancenlos, wie ihr bei Lavinia gewesen wärt, wer etwas anderes behauptet, weiß nicht, wovon er spricht.«

Drüben spielten sie jetzt Dinosaur jr., ein zweites Auto, das gekommen war.

»Mir wird's bald zu heiß«, sagte Jakob.

»Und ich habe Hunger.«

»Ich könnte auch was vertragen«, sagte Christian.

»Du Hering.«

»Alles Muskeln.«

»Bei mir«, Carl klopfte sich auf den Bauch, »leider vorbei, endgültig.«

Sie kleideten sich an und liefen zurück, hängten auf dem Hof die Unterhosen in die Zweige der Hecke, um sie ganz zu trocknen. Unter einem der Obstbäume breiteten sie eine Decke aus, die Jakob in einer seiner Fahrradtaschen mitgebracht hatte, dazu Salami, Brot, Oliven, Wein und Trauben, und Carl hatte in seiner Kühlbox (außer dem Bier) noch Käse, Schinken und hartgekochte Eier, Tomaten, eine Schale Erdbeeren, drei Birnen.

»Ich habe nicht einmal ein Messer eingepackt«, sagte Christian. »Von wegen, dass ich was vertragen könnte.«

»Das war so verabredet«, sagte Carl. »Bedien dich.«

Manchmal kreuzten sich ihre Blicke, als erwarte jeder etwas vom anderen, eine Auskunft, eine Erklärung, Informationen, die man selber nicht hat. Pfandzeichen.

Was weiß Jakob? Wie eng befreundet sind die beiden überhaupt?

»Der Wein ist gut«, sagte Carl und sah auf das Etikett, die Flasche weit von sich haltend. »Ein leichter Roter aus (er kniff die Augen zusammen) Anjou, perfekt.«

Christian nippte nur, keine Rotwein-Turbulenzen in der brütenden Hitze.

Immer wieder hörte man die Störche klappern, einer der Vögel hatte sich auf seine langen dünnen Beine erhoben und streckte den Schnabel mit zurückgelegtem Kopf gegen das Blau des Himmels. Unbewegte Wolkenhaufen. Im Schatten war es erträglich, ein Apfelbaum, voll mit unreifen Früchten.

»Trinkst du keinen Wein?«

»Nach dem Essen.«

»Wenn dann noch was da ist.«

»Moment«, sagte Jakob und griff in die Fahrradtasche hinter ihm. Eine zweite Flasche von derselben Sorte, die er zwischen das hohe Gras an den Baumstamm lehnte.

»Dann könnte noch was dasein.«

Während Carl eine Birne schälte, anscheinend ganz in die Arbeit des Schälens vertieft, sagte er:

»Lavinia war spontan bis zur Sprunghaftigkeit, die hat... auf einer Demonstration in Bologna (in seinem Kopfschütteln, seinem Tonfall drückten sich auch jetzt noch, in gleichem Maße, Missbilligung und Respekt aus), da hat sie einem Carabiniere die gezückte Pistole entrissen, eine Beretta, die lag in Florenz dann tagelang in ihrem Zimmer herum. Total unberechenbar, das hat mich, glaube ich, hat mich, in der Ausprägung, schlicht und ergreifend überfordert.«

»Immerhin durfte sie dich tätowieren.«

»Die Nadel in eine Füllerpatrone getunkt.«

»Und heute?«

»Lavinia?« Carl sah auf und leckte sich Birnensaft von den Fingern, Christian nickte. »Rechtsanwältin. (Ein glucksender Buddha in seinem offenen Hemd) Aber frag mich nicht, wie sie das macht, wie sie vor Gericht auftritt. Dem Vorsitzenden an die Gurgel gehen, ich hab' sie nie als Anwältin erlebt.«

Nachdem er ein Viertel Birne gegessen hatte, wischte er sich den Mund ab, trank und reichte die Flasche an Christian weiter. Unvermeidlich, ein kräftiger Schluck.

»Seinsdifferenzen«, sagte Carl. »Lavinias Vater war Partisan gewesen, war Parteimitglied, im Tiefbauamt der Kommune, für den war seine Tochter, das war in seinen Augen unverantwortlicher Linksradikalismus, beziehungsweise umgekehrt, für sie war er, bei aller Liebe, eine Stütze des Systems, antirevolutionär. Wir waren mal zusammen ein paar Tage bei denen auf dem Land, die beiden brüllten sich an wie ... Papa (mit gesenkter Stimme ihr Schreien nachahmend), kapierst du das nicht, das ist Revisionismus, habt ihr dafür gekämpft, dafür ... was ihn völlig außer sich brachte, ich dachte, die fangen sich an zu prügeln. Jeden Abend.«

»Partisanen«, sagte Jakob, kauend, »gab es bei uns weniger.«

»Du hattest keine Schwierigkeiten mit dem?«

»Meinst du, weil ich aus Deutschland kam? (Carl in einer Art Schneidersitz) Um es möglichst unpathetisch zu sagen, aber ... der Mann war Kommunist, ein Kommunist im öffentlichen Dienst, für den zählte deine politische Einstellung, nicht deine Nationalität.«

Noch ein Schluck, angenehme Wärme im Magen und im Kopf, gefährlich. Zerfließender Brie am Messer, Brot, Trauben. Ein Zirpen ringsum.

»Haben wir eigentlich Wasser?«

»Wir hätten Wasser«, sagte Carl, »wenn das Ding da ein Brunnen wäre und jemand einen Eimer und eine Schnur besorgt. Wenn da Wasser drin ist und man das trinken kann.«

»Irgendwo ein Laden in der Nähe?« fragte Jakob.

»Ich habe auf der Hinfahrt keinen gesehen. In Sophiental vielleicht. Das ist (Carl wies in die eine, dann in die entgegengesetzte Richtung) da runter.«

»Trinken wir zum Durstlöschen Bier.«

»In der Kühltasche bleibt es schön kalt.«

»Bevor wir dehydrieren.«

»Ich dehydriere nicht«, sagte Carl. »Früher ist niemand dehydriert.«

»Früher«, sagte Christian, nicht ohne Spott. »*Ganz ganz* früher.«

»Hast du je von einem dehydrierten Beduinen gehört? Ich nicht.«

»Iss eine Birne«, sagte Christian zu Jakob. »Ich ess jetzt eine Birne.«

»Saft von den Erdbeeren«, sagte Carl und biss eine durch. »Am besten halb matschig. Mir kann man so was andrehen.«

»Weil du als Verbraucher nicht kritisch genug bist. Du guckst nicht hin.«

»Seinsdifferenzen«, sein Gesicht begann sich zu röten, »die hatten wir bereits.«

»War das normal, Demonstrationen mit gezückten Pistolen?«

Von wem auch immer gezückt.

»Was heißt schon normal? Von heute aus betrachtet.«

Ob die Skalen so verschieden seien, ob es für ihn keine allgemeingültigen Standards gebe.

Allgemeingültigkeit sei ein schillernder Begriff, antwortete Carl. Wenn man einen Militärputsch vorbereite und täglich im Fernsehen die Gegenseite zu Gewaltfreiheit aufrufe, bestünde da ein Ungleichgewicht, das sich nicht mit dem Hinweis auf zivilisierte Umgangsformen aus der Welt schaffen lasse.

»Aber ich will nichts rechtfertigen. Im nachhinein.«

»Jeder Erklärungsversuch ist eine Art Rechtfertigung.«

Carl trank und widersprach. Man müsse ein Ereignis, ein politisches, ein historisches in die Bedingungen seiner Zeit stellen, sonst komme man über Paragraphen nicht hinaus. Abstrakte Überlegungen.

»Relativismus.«

»Anders geht es nicht.«

Jakob nahm von Carl die Flasche entgegen, hielt sie gegens Licht (nicht mehr viel drin) und sagte: »Das war Mitte der siebziger Jahre?«

Carl stieß Christian an und deutete auf die zweite Weinflasche, die unten am Baumstamm lehnte.

»Eine unlenkbare autonome Masse, die jede Forderung, sich von den bewaffneten Gruppen zu distanzieren, als Unterwerfung empfand. Sehr viele Leute, Hunderttausende.«

»Die 77er-Bewegung«, sagte Christian und händigte ihm Flasche und Korkenzieher aus.

»Du hast recherchiert.«

»Natürlich. Mein Beruf.«

»Ich war wieder in Deutschland, ich habe Zeitung gelesen.«

Ausflucht, dachte Christian, als ob du nicht telefoniert, Briefe geschrieben, alte Genossen werweißwo getroffen hättest. Ein Schlussstrich für Fragen. Gut möglich, dass Carl den Unbekannten noch nie zu Gesicht bekommen hat, gut möglich, dass es sein bester Freund ist; der Notar, der den Hauskauf beurkunden wird. Ebenen der Vermittlung, die nicht aufgeklärt werden müssen. Wessen Knarren damals aus welchen Gründen vergraben worden sind.

Plop, und Carl seufzte erleichtert; befreite den Korkenzieher vom Korken, den er hinter sich ins hohe Gras warf.

»Hier.«

Sei's drum. Den Durst löschen wir dann mit dem Bier.

»Der Schinken«, sagte Carl, »ist … ein Gedicht«, während er eine Scheibe zusammenklaubte und sich in den Mund steckte.

Christians Schläfen pochten, er war müde. Über was wollte er sich mit mir unterhalten? Am liebsten hätte er sich flach auf den Rücken gelegt.

Sie aßen und tranken schweigend, beobachteten die Störche, Schwalben, die in rasenden Sturzflügen ein Nest an einem der Nebengebäude anzielten, wischten sich Schweiß von den Stirnen. Zum Nachtisch die Erdbeeren, die zweite Flasche war auch schon fast leer, schneller als die erste.

»Wer serviert uns jetzt einen Kaffee?« sagte Carl.

»Ich schau nach dem Kellner«, sagte Jakob und stand auf. Um sich in die Büsche zu schlagen, vermutlich.

Christian zündete sich eine Zigarette an.

»Schenkst du mir eine?«

Er gab Carl Feuer, der den Rauch, ohne zu inhalieren, aus Mund und Nase treten ließ. Sein Kopf war mittlerweile knallrot, hypertonisch.

»Hast du Geld für Paris?«

Brauchst du Geld, hast du Geld – innerhalb zweier Wochen zwei ähnliche Fragen aus sehr unterschiedlichen Motiven. Verschwinde, kann ich dir helfen, ja, ja. Er nickte.

»Fahr mal nach Château Rouge. Da ist jeden Tag ein afrikanischer Markt.«

»Wenn ich Zeit habe.«

»Das weiß man vorher nie.«

»Ich will ins Palais de Tokyo. Im Musée Maillol ist eine Basquiat-Retrospektive. Was uns das Internet mitteilt.«

»Halt dich einfach an die Anweisungen.«

Du kennst ihn, bist über jeden Schritt informiert. Ein binnen Stunden zu aktivierendes Netzwerk, Botengänge aus alter Freundschaft, in den Küchen und Betten von Wohngemeinschaften und klandestinen Apartments nächtelang geschmiedete Strukturen. Oder wie haben wir uns das vorzustellen?

»Was ein Irrtum ist, begreift man oft zu spät. Aber sich den Lügen der Sieger zu beugen wäre Verrat an der Geschichte. Nicht nur der eigenen.«

»Gras darüber wachsen lassen.«

»Die Toten sind nicht tot, das ist ein anderer Irrtum. Weder die noch die. Definitionsmacht und Wahrheit sind nie ein und dasselbe. Das Schweigen, das ist der Tod.«

Nach einer kleinen Pause fügte er hinzu: »Zum Schweigen verdammt zu sein. Nur noch die gegnerische Seite zu hören. Das ist auch eine Art von Inferno.«

Jakob kam zurück.

»Ich schwanke«, sagte er und ließ sich ins Gras fallen.

»Ich stehe vorsichtshalber erst gar nicht auf«, sagte Christian. Carls Worte sortierend, Bindeglieder zwischen den Sätzen, Abkürzungen.

»Ich muss mich dringend ausruhen, bevor wir wieder nach Küstrin fahren. Ausnüchtern.«

»Zum Bahnhof in Wriezen ist es etwas kürzer«, sagte Carl. »Querfeldein.«

»Ein Mittagsschlaf unter freiem Himmel.«

»Du rennst bei mir offene Türen ein«, sagte Carl. »Ich schlafe jetzt eine Runde.«

»Ein Nachmittagsschläfchen.«

»Jeder einen Baum für sich. Sind genug Bäume da.«

Christian verschränkte seine Arme im Nacken und sah über die Hecke hinaus in den Himmel. Man lag weich im hohen Gras, es roch paradiesisch. So riecht es in der Natur, dachte er, Blumen und Pflanzen, dieses Zirpen überall, das Tschilpen eines Vogels. Tschilpen und Zirpen, das Geklapper der Störche. Ab und zu. Wolken, die sich nicht vom Fleck zu rühren schienen. Ab und zu, ab und zu. Keinen Millimeter vom Fleck. Dann schlief er ein.

»Ich komme mit«, sagte Nele.

Das Zimmer gefiel ihm. Zu teuer, aber Geld hatte er ja. Im Augenblick. Eine Maisonettewohnung auf der Metzer Straße, im oberen Stockwerk zur gemeinsamen Nutzung ein großer, sehr großer Raum mit Küchenzeile und Jumbo-Fernseher und Regalen, in denen Hunderte Schallplatten und CDs standen. Eine Couch, eine Anlage. Er könne nächste Woche einziehen, sagte Gregor Conrad, der so umgänglich war, wie Vera ihn geschildert hatte. (Kein Fünkchen Beziehungspotential.) Auf Anhieb sympathisch, man hatte nicht lange reden müssen. Sag mir Bescheid, wenn du aus Paris zurück bist, ich lasse in der Zwischenzeit einen Schlüssel machen. Ein Mann, ein Wort, Papierkram überflüssig.

Christian fuhr, Nele stützte ihre nackten Füße gegen das Armaturenbrett. Wenn wir uns auf keine Musik einigen können, hatte er schon bei Beelitz gesagt, hören wir Radio. Vorschläge und Alternativvorschläge, Bright Eyes, *The Story is in the Soil, Keep Your Ear to the Ground* ließ sie durchgehen, fürs erste. Bevor wir was von mir einlegen. Sie war am Abend mit einer kleinen Reisetasche zu ihm gekommen, hatte bei ihm geschlafen (der weichste Futon der Welt), und nach einem Croissant im Letscho, um elf, waren sie aufgebrochen. Rostlaube, sagte Nele auf dem Parkplatz des Jahnstadions, aber mit CD-Player, erwiderte Christian, was willst du? Sonst wäre ich auch zu Hause geblieben, sagte sie und blitzte ihn aus ihren grünen, ihren leuchtenden türkisgrünen Augen an.

Sie las Zeitung, blätterte im *Titan* (ich nehme so dicke Bücher mit, wie ich mag), fotografierte hin und wieder mit Christians neuem Apparat durch das halb heruntergedrehte Fenster. Christian fragte nicht, was, warum, irgendwelche Gebäude, blaue Autobahnschilder, zersiedelte Landschaft. Porta Westfalica, sagte er, als sie auf ein Denkmal zeigte, das an einem Hang jenseits des Weserberglands aufragte, oder das Hermannsdenkmal, er wisse es nicht. Eine Steinfigur in einem kathedralengroßen Säulenrund – beim Vorbeifahren immer der Vorsatz, im Lexikon nachzuschlagen, um es einen Kilometer weiter bereits vergessen zu haben. Varusschlacht, damit habe das Elend begonnen, fünf Seiten Tacitus und dir schwane, wieso. Ob er Tacitus gelesen habe. In der Schule, gezwungenermaßen.

»Kannst du noch Latein?«

»Rudimente von Rudimenten.«

»Wie lange hast du das gelernt?«

»Sieben Jahre zuviel.«

Als sie die Kuppe eines Anstiegs erklettert hatten (Jakobs Audi brachte es nicht mehr, eingekeilt von Lastwagen), erblickte man über dem dichten Grün des Tals ein Kraftwerk, Hochtemperaturreaktor, beantwortete Christian ihre Frage, aber der eine Kühlturm, ein gigantischer, konkav geschwungener Betonzylinder, sei verschwunden, ob man das stillgelegt habe, ob sie das vielleicht wisse. Oder ob sie ihm erklären könne, wie so ein Ding funktioniere, rein zufällig. Hochtemperatur, Leichtwasser, Kernspaltung.

»Nein. Fährst du bei der nächsten Raststätte mal raus?«

Sie saßen in der Picknickzone nebeneinander auf einer festgeschraubten Bank an einem festgeschraubten Tisch und aßen die Baguettes (ich Käse), die Christian, während sie auf der Toilette war, am Kiosk gekauft hatte, Cola (für mich light) und Schokoriegel (Lion, bitte). Noch zwei Stunden, sagte er, also sechs Stunden insgesamt, rechnete Nele nach einem Blick auf ihre Uhr zusammen, für ihn im Profil.

»Und was machen wir heute abend?«

»Wir gehen ins Hotel.«

»Und danach?«

»Check-in, das Wort ist genial. Einchecken, auschecken, das klingt im ärgsten Kaff, als sei man in Dubai.«

»Danach, danach, danach.«

»Rumlaufen?«

»Ich will dich fotografieren. Setz dich dorthin.«

Christian auf der anderen Seite des Tisches, von links, von rechts, grimmig schauend, lachend.

»Und jetzt ich dich.«

Als Nele zögerte, nahm er ihr die Kamera aus der Hand. Sie kreuzte die Arme vor der Brust.

»Du musst nicht freundlich gucken. Nicht nötig. Kein Lächeln, nicht für den.«

Sie streckte ihm die Zunge heraus, aber dann ... ihr Grinsen. Das er liebte.

Als sie, Stoßstange an Stoßstange, über eine Brücke rollten, las Nele laut das Schild neben der Fahrbahn vor: Gute-Hoffnungsbrücke. In gespielter Verblüffung – was haben die sich *dabei* gedacht – zog sie die Mundwinkel nach unten.

»Über diese Brücke gibt's... gab's ein Gedicht von mir.«

»Du? Schreibst Gedichte?«

»Schrieb. Mit achtzehn ist man doch gewöhnlich Dichter, ich war... zwei, drei Jahre. Was siehst du?«

»Draußen?«

Christian nickte.

»Ich sehe ... große Öltanks, mmh, Raffinerie, Kohlehalden ... die zum Teil begrünt sind, noch mehr begrünte Halden, ein Werk, Röhren, Rohre, ein Chemiewerk, am Horizont Fabriken, andere Fabriken, Schornsteine, Flutlichtmasten, Tribüne, Siedlungen, Häuser, ein... scheint ein Rangierbahnhof zu sein, Gleise, herausgerissene Gleise, ja ... genug?«

»Reicht. Daraus bestand das Gedicht.«

»Aus einer Aufzählung?«

»Das Gerippe des Realen.«

»Sehr poetisch, muss ich sagen. Sind wir bald da?«

»Halbe Stunde.«

Die Abfahrt schraubte sich auf Betonstelzen nach links hoch über die Autobahn, über eine zweite, die ein Stück parallel verlief, um sich dann in einer langgezogenen Kurve zu einer dritten herabzusenken, die sie in zwanzig Minuten bis zur Stadtgrenze brachte. Sie fuhren durch ein Gewerbegebiet, einen Wald, eine Villengegend, bis sie zu einer breiteren Straße mit Schienen und Oberleitungen kamen, in die Christian einbog. Zwei- und dreigeschossige Backsteinbauten, deren Vorgärten schmiedeeiserne Gitter umzäunten, vereinzelt Geschäfte (Bäckerei, Metzgerei, Feinkost, Juwelier, die Nele durch die offenen Wagenfenster fotografierte), und terrassenartige Häuser, die lange, mit Sichtblenden versehene Balkons hatten, eine gepflegte Grünanlage, Trauerweiden, abendliche Jogger, ein Pavillon. Zum Botanischen Garten. Christian fuhr langsamer und sah nach links. Trog ihn seine Erinnerung? War es eine Ecke weiter, etwa auf der anderen Seite?

»Da ist ein Hotel«, sagte Nele. »Und was für eins.«

»Das isses«, sagte er und betätigte den Blinker.

Hotel im Park stand in verschnörkelten Lettern auf einer Leuchttafel in Augenhöhe, ein Pfeil wies ihnen durch eine Allee aus alten Bäumen den Weg zum Parkplatz. Dunkelblaue und silberfarbene Limousinen, BMW, Mercedes, Jaguar, ein dunkelblauer Phaeton. Glänzend, dachte Christian, als bildeten die Worte Limousine und glänzend eine untrennbare Einheit. Nele blickte über ihre Schulter zum Eingang eines eleganten, fünf- oder sechsgeschossigen Neubaus aus den achtziger Jahren, wo Pagen unter einem Baldachin auf Gäste warteten.

»Sind wir hier richtig?«

»Goldrichtig.«

Sie war so überrascht, dass sie sich von einem der Pagen die Reisetasche widerstandslos abnehmen ließ.

Nein, eine Kreditkarte habe er nicht, sagte Christian dem Empfangschef in seinem schwarzen Anzug, nur eine Bankcard, aber er würde das bestellte Zimmer auch sofort bar bezahlen. Wenn's sein müsse. Nein, müsse nicht, den Ausweis. Währenddessen sah sich Nele in der Lobby um, die sich an einer Seite ins Freie auftat, durch eine Glasfront in den Park hinaus auf eine leicht abfallende Rasenfläche, überall Ledersofas und Perserteppiche. Chinateppiche. Moderne Kunst.

An der Tür steckte der Page die Chipkarte in die Vorrichtung, und eine grüne Diode blinkte hektisch auf. Christian gab ihm einen Euro. So macht man das. Oder macht man das nicht so? Wieviel ist üblich?

»Ich frage dich besser nicht, woher du das Geld dafür hast.«

Im Bad war ein Waschtisch aus schwarzem Marmor mit zwei Becken, in dem sich, wie in den schwarzen Kacheln, das Licht der Deckenstrahler blendend spiegelte. In den vergoldeten Hähnen, in der Scheibe der Dusche. Auf einem Marmorbord lagen flauschige weiße Handtücher, und an Kleiderbügeln hingen Bademäntel, auf deren Brusttasche der Name des Hotels in diesen verschnörkelten Lettern geschrieben stand, Hotel im Park. Nele streifte einen über und betrachtete sich in dem wandgroßen Spiegel am Waschtisch. Die vom Wind zerzausten Haare. Der fehlende Knopf an ihrer zu weit geöffneten Bluse. Der Anhänger von Mama. Sie zog ihren Ring ab, die Kette und ging im Bademantel zurück ins Zimmer. Christian hatte sich auf das Bett gelegt, Kingsize, hatte er gedacht, und alle viere von sich gestreckt.

»Der ist wie für dich gemacht.«

»Was kostet das?«

»Wenn dein Steuerberater gut ist, kostet dich das nichts.«

Sie tippte das Bett mit ihrem Fuß an.

»Hast du schon mal ... in so einem teuren ...«

»Was, geschlafen?«

Sie lächelte.

»Oder es getrieben?«

Sie hob die bebademantelten Schultern und grinste.

»Ich nicht. Womit ... womit sollte ich anfangen?«

Sie hörten Autoradio. *Downtown,* sagte die Moderatorin, Petula Clark, die größten Hits der Achtziger, Neunziger und das Beste von früher. *Everything is waiting for you.* Hinter einem hohen Staketenzaun ein verlassenes Kasernengelände, verrammelte Tore, eingeschlagene Fenster. Christian fuhr auf Neles Wunsch im Schrittempo, sie fotografierte in die Dämmerung hinein, Reste von Tageslicht. Ob überhaupt noch etwas auf dem Display zu erkennen sei, doch, doch. Speicherkapazität über dreihundert Bilder, Antiwackelmechanismus. Sie kamen von dem Schulzentrum, das er und Jakob und Martin besucht hatten. Nele hatte es sehen wollen, und er konnte es ihr nicht abschlagen. Zwischen den duftenden Laken dieses Luxusbetts, jählings von einer Traurigkeit eingeholt, die ihn ratlos machte. Hilflos. Meinetwegen.

Auf einer Umgehungsstraße um die halbe Stadt zu einem ausgedehnten Komplex mit Sportanlagen und Schwimmhalle – den er sich weigerte zu betreten. Schwing dich über den Zaun, ich warte im Auto. Nach etwa zwanzig Minuten war sie wieder da, sagte okay, was zeigst du mir jetzt? Man sei nicht auf Sightseeing-Tour, sagte Christian, er jedenfalls nicht. Gastfreundschaft, sagte Nele, und er: Ich bin hier auch zu Gast. Hotelgast, Gast auf einer Beerdigung, wenn man so was Gastsein nenne. Als hätte er sie mit seiner Stimmung angesteckt, hatte Nele geschwiegen, bis sie die Kaserne erreichten und sie ihn bat, die Geschwindigkeit zu verringern, damit sie alles fotografieren könne, ein Dutzend leerer Gebäude. Und warum? Christian hielt an. Damals waren sie nach der Schule gleich gucken gefahren.

»Die IRA ...«

Sie drehte sich zu ihm um, Haarsträhnen im Gesicht.

»Die IRA hat mal versucht, das in die Luft zu blasen.«

»Die Kaserne?«

»Da sind Engländer dringewesen.«

»Und?«

»Die haben nachts ein paar Bomben gezündet. Das war ... die Sensation.«

»Ist jemand zu Tode gekommen?«

Er stutzte einen Moment, ihn erstaunte ihre Formulierung.

»Ich glaube, selbst der Sachschaden war relativ gering. Mehr Marke Eigenbau.«

»Was soll das heißen?«

»Nichts. Ist mir gerade eingefallen.«

Sie sahen sich lange in die Augen, fast dunkel draußen.

»Man vermutete, dass es die IRA gewesen sei.«

»Essen wir was?«

»Worauf hast du Lust?«

»Eigentlich hab' ich keinen Hunger.«

»Gehen wir ein bisschen durch die Stadt?«

Sie nickte.

Die Fußgängerzone war ausgestorben, nirgends ein Passant, nur kurz eine Gruppe Jugendlicher, die auf einem Platz lärmend ihren Weg kreuzte. Bänke aus Drahtgeflecht und Papierkörbe und Betonblumenwannen im Schein kugeliger Leuchten, kugelförmiger Lampengehäuse, die in Sträußen an zehn oder zwölf Stahlmasten hingen. Sie hatten jeder eine Flasche Bier in der Hand, die sie in einem Imbiss gekauft hatten, sonst war nichts offen gewesen. Kein Döner, kein Börek, kein Lahmacun. Nele verlangte keine Erklärungen, wie sie selber keine gab. Sie für sich, er für sich, keine Nachfragen, versiegelte Geschichten. Ob man nicht jemanden besuchen müsse, wenn man schon einmal da sei, warum das teuerste Hotel weit und breit. Wie lange bist du nicht hiergewesen? Warum, warum, warum. Filmschnipsel, die man nicht zusammenkleben wollte, ein tieferer Sinn, Anamnese. Als könnte man eine Person dann besser verstehen, als sei man nichts anderes als eine zwanzig, dreißig, hundert Jahre zurückliegende Vergangenheit. Ein privater Schatten.

Sie setzten sich auf die Lehne einer der Bänke und blickten zu den Schaufenstern des Kaufhofs, dessen Bau eine Ecke des Platzes beherrschte. Nele hatte die Flasche oben am Hals zwischen Zeige- und Mittelfinger genommen, ließ sie hin und her pendeln. Trank und ließ sie wieder pendeln. Christian rauchte, seit dem Tag im Café hatte sie sein Rauchen nicht mehr kommentiert, für sie, dachte er, würde er es drangeben. Versprechungen, die man aus Liebe macht, hoffend worauf?

»Was«, sagte sie plötzlich, sah ihn nicht an, »würdest du von folgendem Mann halten?«

Welchem Mann?

Sie trank und trocknete sich mit dem Handrücken ihre Lippen.

»Der Mann hat eine Frau und zwei Kinder, das eine Kind ist noch nicht so alt, sagen wir mal, acht. Sie wohnen alle in einem großen Haus, das die Frau von ihren Eltern geerbt hat, eine normale Familie. Kann man sagen, keine schwerwiegenden Probleme. Eines Tages verspürt die Frau eine Taubheit in ihrem Arm, Sehstörungen, Schwindelgefühle, und sie geht zum Arzt. Der Arzt am Ort kennt sich nicht aus und schickt sie in eine Klinik, sagen wir Güstrow. Oder in die Universitätsklinik nach Rostock, egal. Die wissen schnell, was mit ihr los ist, sie hat MS. Du weißt, was ...«

»Eine Nervenlähmung.«

»Die Verlaufsformen sind sehr unterschiedlich, von halbwegs gutartig bis tödlich in wenigen Jahren. Tremor, allgemeine Lähmungen, Augenmuskellähmungen, Depressionen, Luftröhrenschnitt, künstliche Beatmung. Man kommuniziert über die Augen, wenn man sie noch bewegen kann. So, das hat man bei der Frau festgestellt und ... dass das wahrscheinlich die schlimmere Form ist. Ein paar Monate oder vielleicht, vielleicht fünf Jahre. Anfangs kümmert sich der Mann um sie, soweit es eben geht, er hat ein Geschäft aufgemacht, und die ältere Tochter, und die Schwester der Frau, und ein Pflegedienst. Das zahlt die Krankenkasse, die zahlen das bei so extremen Pflegefällen.«

Ein Schluck, die Lippen wischen.

»Eines Tages sagt der Mann, dass er jemanden kennengelernt hat. Das kommt vor, aber ... er sagt es nicht mal, sondern bleibt abends immer öfter aus. Bis man ihn, das hat dann die eine Tochter gemacht, zur Rede stellt. Die hat das gemacht, weil die Frau schon sehr, schon ziemlich ... obwohl sie noch zwei Jahre gelebt hat. So.«

Nele kratzte sich im Nacken.

»Obwohl es also völlig absehbar war, zwei Jahre hin oder her, dass die Frau bald sterben würde, hat sich der Mann nicht zusammenreißen können, um ihr die Zeit so gut wie möglich ... nach ungefähr, ungefähr zwanzig Ehejahren. Aber nicht nur das, er ist dann sogar ausgezogen, aus der Stadt in eine Nachbarstadt gezogen, wo seine, seine Geliebte wohnte. Als er anrief, er war abends die erste Nacht nicht nach Hause gekommen, hat die eine Tochter, die schon volljährig war, gleich aufgelegt, zu fertig, die konnte noch nicht einmal mehr einen Fluch loswerden. Hat sie später dem jüngeren Kind erzählt. Das die Vorgänge damals noch nicht richtig begreifen konnte, man hat das vor ihr zu verbergen versucht, obwohl ... das war natürlich vergeblich, weil die Fakten so klar waren. Im Grunde auch keine Rücksicht auf sie genommen, als man dem Mann jede weitere Kontaktaufnahme untersagte. Über ihren Kopf hinweg. Es hat Jahre gedauert, bis in diesem Haus wieder der Name des Mannes fiel, Erbschaftsangelegenheiten und so weiter. Bis es überhaupt wieder erlaubt war, von ihm zu reden.«

Sie streckte ein Bein auf der Sitzfläche aus, drückte ihren Rücken durch.

»Aber das sind Details, die von der eigentlichen Geschichte wegführen. Kannst du dir das vorstellen, so jemanden? So was Ungeniertes? Was... was hältst du von so einem Mann?«

»Ein Lump«, sagte Christian.

»Ja«, sagte Nele, »das meine ich auch.«

Sie leerte die Flasche und warf sie in hohem Bogen auf den Platz, wo sie laut zersplitterte.

Das Fernsehbild erhellte spärlich das große Hotelzimmer. Christian saß gegen ein Kissen gelehnt im Bett und wechselte von Kanal zu Kanal, stumme Sänger, Wokverkäufer, Sexreklame, Dokumentationen in Schwarzweiß. Es war nach drei, und er konnte immer noch nicht schlafen. Nele auf dem Bauch neben ihm, ihr Atmen das einzige Geräusch, das zu hören war.

Als hätte er sich ganz in sein Inneres zurückgezogen, tiefere Regionen seines Selbst. Schon morgens beim Frühstück (ein Extratisch für japanische Gäste mit Reis und Suppe und Seetang), beim Rumblättern in einer der Zeitungen, die da stapelweise herumlagen. Noch tiefer während der Zeremonien auf dem Friedhof, bei den beiden Ansprachen, als sie dann schweigend zum Grab gingen. Vater und Mutter und Großmutter in der ersten Reihe, jammervoll.

Sie hatte darauf bestanden, ihn zu begleiten, keine Frage, sie käme mit. Beobachtete Christian, ohne dass es ihm auffiel, vom Eintritt in die Aussegnungshalle bis zum Schluss, als er die Schaufel nahm und Erde auf den Sarg hinunterwarf, den Angehörigen die Hand drückte, mein Beileid murmelte. Jemanden mit einem Kopfnicken zurückgrüßte, dessen Geste (wir treffen uns gleich am Ausgang) er ignorierte. Wieder völlig in sich versunken, ein Kern von Erinnerungen und Gefühlen. Mit sich allein. Wie allein ist man?

Nachdem alles vorüber war, hatte er ihre Hand ergriffen und: Lass uns hier abhauen gesagt, als sie am Auto waren: Willst du mal fahren? Fahr du lieber, hatte sie geantwortet, ich möchte fotografieren.

Die Stoßenergie beträgt drei Tonnen. Ein massiver Stahlzylinder, der einen scheibenförmigen Aufsatz hat, in der Regel schwarz, sechzehn Kilo schwer. Ein aufgesetzter Handgriff mit Splitterschutz, hinten eine Halterung, die wie die

Schulterstütze eines automatischen Gewehrs aussieht. Die Wucht des Aufpralls sprengt jedes Schloss, zerbricht jedes Furnier, zerschmettert selbst von innen verbarrikadierte Türen; Altbautüren, die aus dem Rahmen fliegen wie ein Stück fester Pappe, wenn sie von der Kraft einer solchen Ramme getroffen werden.

Der Chef der Truppe hebt den Arm und sieht sich nach seinen Leuten um – auf den Stufen, auf dem Treppenabsatz, links und rechts des Eingangs. Der Mann ganz vorne atmet ein und hält die Luft an, um sie in einem gebündelten Ausbruch von Energie herauszustoßen. Er hat die Knie leicht gebeugt, die schwere Ramme fest in seinen Fäusten. Der Arm fällt herunter und – Zugriff.

Eberhard Seidenhut, der mit Oliver Damm unten im Hausflur stand, kannte die Abläufe. Er blickte auf seine Uhr, Sekunden nach sechs, als unvermittelt ein monströses Krachen ertönte, das Damm an seiner Seite zusammenzucken ließ, sie stürmten. Kreuzweise durch die Tür, die Positionen der Gegner ausmachen (die in diesem Fall wahrscheinlich schliefen – man wusste es nicht), Möbel und andere Hindernisse aus dem Weg räumen (wegtreten, umstürzen), Sichtbehinderungen (wie etwa Vorhänge) herunterreißen, des Schockeffektes wegen laut brüllen. Keine Bewegung (auf den Boden, Schnauze). In ihrer Ausrüstung sahen die Beamten wie mittelalterliche Ritter aus, Titanhelme, geschosshemmende Visiere aus Polykarbonat, unter denen sie schwarze Hauben trugen, die Kevlarwesten, die durch Einschubplatten über den Unterleib hinaus verlängert waren (Sackschutz). P 7 von Heckler & Koch, Funk im Helm, wenn nötig Reizgas, möglichst kein Schusswaffengebrauch. Heute aller Voraussicht nach sowieso nicht, die werden unter Kontrolle sein, bevor sie Piep sagen können.

Es schepperte, Schreie, die undeutlich zu ihnen herunterdrangen, dann schwere Schritte auf den Stufen. Polizei, bleiben Sie in Ihren Wohnungen. Man meldete ihnen, dass das Objekt gesichert sei, zwei Verdächtige in Gewahrsam.

»Gehen wir rauf«, sagte Seidenhut, »und sehen uns das an.«

Beweismittel, dachte Damm, Festplatten, Papiere, Notizbücher, Ordner, Handys, die man in einen Bulli laden und zum Amt bringen wird.

Neben einem flachen, anscheinend selbstgezimmerten Bett lagen in Unterwäsche ein Mann und eine Frau, deren Hände mit Plastikfesseln auf den Rücken gebunden waren, der Mann brüllte unablässig: Losbinden, bindet sie los, aufhören, schwanger, sie ist schwanger, die Frau schluchzte stumm. Man stellte sie auf die Beine, die Frau knickte ein, aber sie fing sich wieder. Es wimmelte von Männern in diesem martialischen Aufzug, einige hatten die Visiere hochgeschoben, Sprechfunk knisterte aus den Helmen, die Verwüstung in den beiden Zimmern war ernorm. Für die Zeit enorm, dachte Oliver Damm, höchstens ein, zwei Minuten. Man transportierte sie ab, der Mann versuchte sich zu wehren, wand sich hin und her – was ihm allerdings nichts half, gefesselt und in der Obhut von Spezialisten.

Händeschütteln, ein Scherzwort Eberhard Seidenhuts, und um sechs Uhr dreißig begann Oliver Damm oben mit seiner Arbeit.

Im Keller andere, die den Holzverschlag mit dem alten Küchenschrank aufstemmten. Luftdicht verpackte Chemikalien, Drahtrollen, ein ausgeleerter Feuerlöscher. Wie kann man bloß so leichtsinnig sein, dachte Seidenhut, als er sich von den Einsatzkräften verabschiedete, um ins Büro zu fahren.

Nele hatte den halb zusammengefalteten Stadtplan auf ihren Knien und lotste ihn. Das müsste die Rue Lecourbe, sagte sie, nach einem Straßenschild Ausschau haltend, ist die Rue Lecourbe, wenn ein Platz kommt, biegst du links ab. Sie hob den Plan und drehte ihn. Verdrehte ihren Kopf und ihren Oberkörper in dieselbe Richtung und sah dann wieder nach vorn. Als würde sie sich den Verlauf der Strecke, ein abstraktes Muster aus Geraden und Kurven, physisch einprägen wollen, die Härchen ihres Gleichgewichtssinns vorjustieren. Scharf nach links, sagte sie, unter Umständen auch ein Kreisverkehr, da sind verschiedene Einmündungen. Als am Ende einer breiten Allee ein weißes, kirchenartiges Gebäude mit einer hohen Kuppel durchs Bild huschte, rief sie: Invalidendom, jetzt links, links, links, links, und sie bogen auf eine Straße, in deren Mitte Hochbahngleise verliefen, der Boulevard Garibaldi, den auf der anderen Seite eine Reihe von Hotels säumte, Neonschilder, da drüben, sie streckte nach kaum hundert Metern ihren Arm über das Lenkrad, da ist es, Roby.

Der Afrikaner an der Rezeption schien überrascht zu sein, als Christian seinen Namen nannte, auf Nele und sich deutete und sagte, dass ab heute ein Zimmer für sie bestellt sei. Ist nicht? Monsieur Eich, der junge Mann runzelte die Stirn, sah ihn an, sah Nele an, aber dann nickte er und nahm einen Schlüssel von dem Brett in seinem Rücken. Einen Schlüssel mit einem dreieckigen Metallanhänger, auf dem die Zimmernummer stand, quarante-deux, im vierten Stock, der Aufzug befinde sich ums Eck. Meldezettel, dachte Christian, füllt man hier keinen aus? Offenbar nicht.

Eng, alles war eng und verwinkelt, der Lift gerade groß genug für zwei Leute, der Flur so schmal, dass sie gezwungen waren, bis zur Zimmertür hintereinander herzugehen.

»Willst du aufschließen?«

»Mach.«

Doch es war nicht verschlossen, rechts an der Wand ein Bett, gegenüber zwei Fenster und daneben ein Bad, freundlich hell gekachelt, sogar mit Badewanne. Nicht übel.

Nele schmiss ihre Reisetasche aufs Bett und öffnete eins der Fenster, die unten Gitter hatten, niedrige Gitterbalustraden, wie sie die Fenster von Hotelzimmern in Paris haben müssen. Christian legte einen Arm um ihre Hüfte.

»Was siehst du?«

»Ich sehe Häuser … Häuser mit Mansarden und Kaminen, Kaminsysteme … Bäume, viele Bäume, eine S-Bahnbrücke mit Bögen, eisernen Bögen, die eine Kreuzung überspannen … und einen blauen Himmel, nein, schon abendlich, nicht mehr wirklich blau, und dann sehe ich … das ist wie auf 'ner Postkarte, oder?«

»Das muss so sein.«

»Über den flachen Dächern sehe ich den Eiffelturm, in einem echten Pariser Hotelzimmer den echten Pariser Eiffelturm. Eine Kulisse. Keine Kulisse.«

Das Telefon läutete. Christian setzte sich aufs Bett und hob ab – *oui.* Er schüttelte den Kopf.

»Das hatte man mir nicht gesagt.«

Er schaute zu Nele, die vom Fenster zurückgetreten war und ihn beobachtete.

»Die Dame … das ist meine Frau.«

Sie lächelte und stieß ihn sacht mit dem Fuß an.

Er sagte noch einmal *oui* und legte auf.

»Idioten.«

»Die haben gefragt, wer ich bin.«

Die stecken alle unter einer Decke, Standleitungen ins Hauptquartier.

»Du solltest allein kommen.«

»Bin ich aber nicht.«

»Und jetzt?«

»Entweder sie akzeptieren das, oder wir waren mal in Paris.«

»Eiffelturm vor dem Fenster«, sagte Nele. »Wie es sich gehört.«

»Mein Vorschlag ist, wir suchen für morgen ein paar Netzcafés. Essen was.«

»Sehr einverstanden. Hoch mit dir.«

Nach einem Blick auf den Plan hatten sie sich dafür entschieden, den Boulevard Montparnassse hinunterzugehen, waren an der Grünlage vorbeigekommen, die sich vor dem Invalidendom erstreckte (das sind Platanen, sagte Nele), auf der Rue de Sèvres an einem Betonklotz, der ein Krankenhaus beherbergte, Hôpital Necker, Enfants Malades, bis sie schließlich, Hand in Hand, vom Krach und vom Geschiebe des Boulevards (der natürlich so breit war, wie man es als Tourist erwartet) umfangen wurden. Sie hatten Bistros gesehen, Supermärkte, Parkhäuser, einen Blechschaden vor einer Ampel, aber kein Netzcafé, nichts, was dem ähnlich war, was sie aus Berlin kannten. Jede Zeitungsbude in Kreuzberg habe einen Anschluss, sagte Nele, eine Frage des Lebensstils.

»Je reicher die Stadt, je wohlhabender das Viertel, desto weniger solcher Cafés gibt es«, sagte Christian, das glaube er, bourgeoise Nicht-Öffentlichkeit, man gehe im Büro ins Internet oder Flatrate zu Hause.

»Wir versuchen es morgen früh an der Universität. Wo Studenten sind, sind Computer, sind Verbindungen.«

»An der Sorbonne oder was?«

»Um die Sorbonne herum.«

»Wollen wir da rauffahren?« sagte Christian und wies über die Straße. »Auf so was kann man immer rauffahren.«

Jenseits eines Vorplatzes stand dort ein turmhohes Gebäude, ein Wolkenkratzer, der die Dächer der anderen Häuser verhältnislos überstieg, ein dunkler Monolith mit einer von unzähligen Fenstern durchbrochenen Fassade.

Nele schlug den Stadtplan auf, Tour Montparnasse, las sie vor, das sei bestimmt teuer.

»Werden wir sehen.«

Zur Kasse ging es durch ein Einkaufszentrum, Galeries Lafayette, einmal Expresslift in die neunundfünfzigste Etage kostete acht Euro. Und so gut wie keine Warteschlange.

»Ich hab' Geld«, sagte Christian.

»Woher eigentlich? Wenn ich jetzt fragen dürfte.«

»Worauf beruht der Kapitalismus? Auf Schuld. Schuld, dass man am Leben ist, Schuld, dass man was zum Leben braucht. Bewegungsgesetz Nummer eins. Bewegungsgesetz Nummer zwei, dass man Schuld akkumuliert, möglichst viel, so dass man nie mehr runterkommt. Rabotti, rabotti bis in die Grube. Wer keine reale Arbeit hat, leistet spirituelle Arbeit bei der täglichen Lektüre der Gossenpresse. Elektronische Andachten im Container. Wer zu der geringsten Hoffnung Anlass gibt, wird heiß umworben. Keine Erbkrankheiten, gewaschen, leistungswillig, und man drückt dir relativ rasch die Kohle rein. Auf dass auch du Teil der internationalen Glaubensgemeinschaft wirst. Der Defizitklasse der Welt. So in etwa.«

»Dann zahl mal«, sagte sie.

Der Eiffelturm wirkte klein von hier oben, verschwindend klein die dahinterliegenden Blöcke von La Defense, die ganze Stadt ringsum wie das Spielzeugmodell einer Stadt, fast so, als würde man aus einem Flugzeug auf die Häuser und Straßen hinabblicken. Linien aus Licht von Laternen und Autoscheinwerfern, zwischen denen rote Pünktchen aufglühten, am westlichen Himmel ein zerfaserndes orangefarbenes Band, das den vergehenden Tag von der hereinbrechenden Nacht noch trennte. Es war windig auf der offenen Terrasse, obwohl unten kein Hauch zu spüren gewesen war. Leichtere Turbulenzen in höheren Schichten.

»Wo wohnen wir?« fragte Nele, die beide Arme um ihn geschlungen hatte.

»Da«, sagte Christian, »oder da oder da oder da.«

»Schön, nicht?«

»Außerordentlich.«

»So über der Welt.«

»Auf halbem Weg ins Universum.«

»Was wollen wir morgen machen? Ich meine, wenn sie sich nicht bei dir melden.«

»Im Musée Maillol ist eine Basquiat-Retrospektive. Rumlaufen. In Château Rouge ist ein afrikanischer Markt. Ins Palais de Tokyo.«

»Wer ist Basquiat?«

»Ein Maler. Ein toter Maler. *Live fast, die young.* Ich mag den. Oder wir gucken uns das übermorgen an.«

»Oder überübermorgen.«

»Was würdest du denn gern unternehmen?«

»Weiß nicht«, sagte Nele (ist das Totenschändung, wenn man zu dem Haus geht, aus dem er sich gestürzt hat, Voyeurismus?), »ich lauf gern rum.«

»Kannst du haben, wir laufen morgen, bis wir ein verdammtes Netzcafé gefunden haben.«

»Hast du die Kamera?«

»Im Hotel vergessen, Mist.«

»Guck mal.«

»Ich seh es.«

Ein Gewitter aus bunten Blitzen sprang den Eiffelturm rauf und runter, zeichnete blitzend und funkelnd die Dreiecksform des Gestänges in der Dämmerung nach, minutenlang.

»Was soll jetzt noch passieren?«

»Weiß nicht«, wiederholte Nele und küsste ihn.

Im Frühstücksraum, der eine schlichte Blümchentapete hatte, Tische mit Stahlrohrbeinen und grünen Papierdekken, waren sie die einzigen Weißen, die anderen Gäste zumeist Frauen in farbenprächtigen Kleidern, die auf englisch und französisch und in afrikanischen Sprachen miteinander redeten, Aktenmappen und Laptops zu ihren Füßen, wie man verstand, waren sie Delegierte einer Konferenz der UNESCO, deren rotmarkierte Gebäude auf dem Stadtplan einen Straßenzug weiter südlich lagen. Wie schnell man in die Minderheit gerät, wie in dem Bus, der auf dem Weg nach Harlem Haltestelle für Haltestelle seine weißen Passagiere verliert, bis man am Nordende des Central Park der letzte ist. Während sie ihre Hörnchen aßen, erzählte er Nele die Geschichte dieser Busfahrt, von der Angst, die er beim ersten Mal bekam, obwohl sein Freund Paul ihm versichert hatte, dass es harmlos sei, ungefährlich, nichts als Zuschreibungen und Projektionen.

Paul sei Slawist.

Wieso er keinen Slawisten in New York kennen solle.

Sei nur eine Frage gewesen.

Auf dem Boulevard St. Michel, in der Nähe der Universität, nach einem Marsch von einer Dreiviertelstunde, entdeckten sie kurz vor elf endlich, was sie suchten, es war eine Filiale dieser von innen und außen lachsfarbenen Easy-Internet-Kette, Nele fotografierte Christian an einem der Terminals – keine Botschaft.

Auf dem Weg hatte sich Christian ein paarmal diskret umgesehen, doch war ihm nichts aufgefallen, niemand, der ihm als Verfolger ins Auge gestochen wäre. Aber wahrscheinlich hätte er es sowieso nicht bemerkt, Heimspiel für sie.

»Welche Optionen haben wir?«

»Museum oder erst Château Rouge. Eine Empfehlung von Herrn Professor Brenner.«

»Lassen wir uns das empfehlen.«

»Vorne ist eine Metro.«

Neben dem Metro-Eingang am Boulevard St. Germain war ein großer Comicladen, in den Nele ihm widerstrebend folgte, ich dachte, wir fahren auf den Markt, was heißt das für dich, nur mal eben gucken? Unwirsch zwischen den Regalen, während Christian in Alben blätterte, bis sie:

»Wenn du nicht mitkommst, fahr ich allein«, sagte, sehr entschieden.

»Entschuldigung.«

»Um fünf musst du wieder ins Netz.«

»Das schaffen wir.«

»Heute ist der siebenundzwanzigste, oder?«

»Zumindest dem Kalender nach.«

»Moment«, sagte Nele und holte aus der kleinen Ledertasche, die sie an einem Riemen quer über der Brust trug, ihr Handy. Sie wählte und drehte sich ein wenig zur Seite. Trotz des Verkehrs an der Kreuzung kriegte er mit, was sie sagte, es war eine Tante, der sie zum Geburtstag gratulierte. Die Schwester der Frau. Ja, sagte Nele, feiert schön, ich kann jetzt nicht so lange. Ja, tschüss.

Sie standen in einem einfachen Café am Tresen und tranken Espresso und Orangina. Vor der offenen Tür in einer schmalen Straße mit niedrigen Häusern der Markt, eine lautstarke Behendigkeit des Kaufens und Handelns an überquellenden Obst- und Gemüse- und Gewürzständen, Im-

und Exportgeschäfte, Billigelektronik, als sei man unterirdisch aus dem Zentrum eines Themenparks, der als Paris versilbert wurde, auf einen anderen Kontinent gefahren, arabische Gesichter, Afrikaner, ein verrauchter Raum mit Kartenspielern, Lesern von Zeitungen in unbekannten Schriften (kambodschanisch?), älteren Männern, die unbewegt vor sich hin starrten, einem Betrunkenen, dessen Kopf auf die Tischplatte gesunken war. Sägemehl auf dem Boden, zerrissene Zuckertütchen.

»Hast du nie geraucht?«

»So dumm war ich nie«, sagte Nele und nippte an dem Espresso. Der wird kalt, wenn du ihn so langsam trinkst.

»Weißt du, was Co-Abhängigkeit ist?«

Sie verneinte.

Eine Geschichte, die er ihr seit dem Abend in der Fußgängerzone, das war vorgestern abend gewesen, erzählen wollte, aber plötzlich nicht mehr konnte. Als er die Frage gestellt hatte. Ein Mann, eine Frau, ein Kind.

»Was ist das?«

Sachen, die durchs geschlossene Fenster auf die Straße fliegen. In der Gegend war das auch egal.

»Ich hatte nur so eine Idee.«

»Man hat nicht *nur so* Ideen.«

»Ich schon. Eine Idee taucht auf, und sofort ist sie wieder verschwunden.«

»Das nennt man Gedankenflucht und muss behandelt werden.«

»Das nennt man Einfallsreichtum, und Einfallsreichtum ist keine Krankheit.«

»Hast du deinen Roman weitergeschrieben?«

»Nicht wirklich.«

»Du hast mir immer noch nichts zu lesen gegeben. Obwohl du es versprochen hast.«

»Ich halte meine Versprechungen.«

Der Beweis steht noch aus, dachte Nele, Versprechungen, bei denen es ums Ganze geht. Nichts anderes hatte Bedeutung, wahre, echte, tiefe Bedeutung.

»Wenn wir zurück in Berlin sind, schick ich dir alle Dateien.«

»Ich warte.«

»Am selben Tag.«

»Ich warte.«

Ob sie noch etwas haben wollten, fragte der Barmann. Nein, sie nicht, sagte Nele und lächelte höflich. Der Arm des Betrunkenen hing schlaff unter der Tischplatte. Am Tisch nebenan wurde Backgammon gespielt.

»Wollten wir nicht ins Palais de Tokyo?«

Sie zog den Plan aus der Tasche, in die nicht mehr reinpasste als ein Stadtplan, ein Handy, eine Packung Taschentücher. Lose Geldscheine.

Die Linien verliefen krumm und schief, als hätte eine zittrige Hand sie über das Straßennetz gezeichnet. Kein System zu erkennen, keine Rechtwinkligkeit. Als sollte Fremden die Orientierung erschwert werden, Knicks, damit sich die Strecken knapp verfehlten. Der schnellste Weg als Denksportaufgabe, im Land des Rationalismus.

Drei Gebäudeflügel um einen mit hellgrauen Steinplatten gepflasterten Innenhof, von dem zu einer Straße am Seineufer Treppen hinunterführten, die ein paar Skater mit ihren Boards wieder und wieder zu überspringen versuchten. Man hörte innen das Geräusch der Rollen, das Klacken der Landung, einen schleifenden Ton, wenn sie hinfielen und ihre Bretter über den Bürgersteig rutschten. Sich aufrappeln und an den deckenhohen Fenstern der Cafeteria vorbei zurück an den Start. Deckenhoch hieß zehn Meter hoch, dieser Monumentalklassizismus der dreißiger Jahre (des vorigen Jahrhunderts), graublaue Marmorböden, eckige Säulen, wuchtige Brüstungen, in denen das Licht von Neonröhren widerschien, die unter den heute freigelegten Betondecken hingen, freiliegende Versorgungsrohre, Gas- und Stromleitungen. Alles entkernt für die Präsentation von Gegenwartskunst, das profane Skelett einer architektonischen Einschüchterung.

Während sie durch die Ausstellung gegangen waren *(Alors, la Chine?)*, hatte Christian gespürt, wie Nele abweisender und abweisender wurde, eine Spannung ihres Körpers, die nichts als wachsende Gereiztheit ausdrückte. Fotografien waren zu sehen, Installationen und Videos. Mit Wanderarbeitern überfüllte Züge, Baustellen in Shanghai, Bergwerke in Mondlandschaften, Prostituierte in einem Nachtclub, ein langer Glaskasten, in dem Orden und Ehrenzeichen und Devotionalien und Kinderspielzeug aus der Maozeit zu Metallklumpen arrangiert und mit Kerzenwachs und Farbe beträufelt waren. Menschenmassen in Bahnhöfen, die ihr Hab und Gut in riesigen Bündeln auf dem Rücken schleppten, hundertzwanzig Millionen, wie ein Text erläuterte, seltsame Gemälde mit überdimensionalen Körperteilen und einige Skulpturen aus Plüschtieren und Abfall, die, wie alles übrige, von Absolventen der Pekinger Kunstakademie stammten, kaum einer älter als dreißig.

Sie saßen sich in der Cafeteria auf Plastikhockern gegenüber und schwiegen. Nele stierte durch die großen Fenster nach draußen, wo die Skater unermüdlich zu ihren Sprüngen über die Treppenstufen Anlauf nahmen. Was ist, dachte Christian, wer hat dir was getan? Ich? Weil ich es war, der hier in die Ausstellung wollte, oder wer sonst, die Welt, die Verhältnisse in China, diese Art von Kunst, die Räume, die Leute, das schöne Wetter, sag's mir. Aber Nele sagte nichts, ein Bein über dem anderen, die Arme vor der Brust verschränkt. Schon in Château Rouge, dachte er, erste Anzeichen für ein Umschlagen ihrer Stimmung. Als sei es ein Naturgesetz bei Reisen zu zweit, Carolins Laune in Istanbul, als sie aus dem Topkapi-Palast kamen. Ein falsches Wort.

»Nein«, sagte Nele (fauchte sie beinahe), als er sie fragte, ob er ihr etwas vom Büffet mitbringen solle, Christian holte für sich eine Cola und einen Muffin.

Weil er ihr den Roman nicht geschickt und sie sich vorhin daran erinnert hatte? Was sie vielleicht als Untreue verstand, als hätte man einen Schwur gebrochen. Ja war für sie ja, und nein war nein, tut mir leid, habe ich in der Aufregung der letzten Wochen total verschwitzt. Sie öffnete einen Reißverschluss an ihrer Tasche und zog aus einem Seitenfach ein flaches Notizbuch mit Stoffeinband hervor, einen Minikugelschreiber, und notierte sich etwas. Las etwas, das in dem Büchlein stand, und packte es mit dem Kugelschreiber wieder weg. Ein Signalton, laut genug, um ihn als eingegangene SMS zu identifizieren. Nele tippte sich in den Posteingang des Speichers, und Christian bemerkte, wie sie zu zittern begann. Wie sie für einen Augenblick auf dem Hocker zusammensank, als schockiere sie die Nachricht über die Maßen, sie blickte hoch, las den Text noch einmal und schaltete dann das Handy aus. Verstaute es in ihrer Tasche, die sie anschließend energisch zurechtrückte. Als könne man ihr nichts. Ihre Hände um den Riemen geklammert, schien sie sich zu fangen, Farbe kehrte in ihr Gesicht zurück. Aber ihre Bewegungen blieben fahrig, hin und her schauen, sich die Haare hinter die Ohren streichen, die Tasche öffnen und das Handy wieder einschalten. Ob man gehen solle, fragte Christian.

»Ich will ins Hotel«, sagte Nele.

Sie wisse, dass er noch ins Netz müsste, es war bald vier.

»Ich fahre vor.«

Das Café von heute morgen liege auf dem Weg, er komme nach.

Nele saß mit angezogenen Beinen auf dem Bett, die Fenster waren weit offen.

»Nichts«, sagte Christian. *»No message no cry.«*

Ihr Handy lag auf dem Nachttisch.

Er zog seine Jacke aus und hängte sie in den Kleiderschrank neben der Zimmertür. Nele umklammerte ihre Knie. Er setzte sich an den Rand der Matratze. Nicht anfassen.

»Ich komme mit«, sagte sie leise.

Obwohl er wusste, was sie meinte (oh, Nele), fragte Christian:

»Wohin kommst du mit?«

»Zu diesem Interview.«

»Ich glaube ...«

»Was?«

»Du kannst nicht mitkommen.«

Sie schaukelte vor und zurück, die Matratze (er) geriet leicht ins Wippen.

»Nele, bitte.«

»Nele bitte, Nele bitte.« Sie schaukelte stärker, Christian stand auf und ging an eins der Fenster. »Ich komme mit.«

»Du spinnst.«

»Warum beleidigst du mich?«

»Ich beleidige dich überhaupt nicht. Es gibt Abmachungen. Falls dir das nicht bekannt sein sollte.«

»Was bist du fur ein ...«

»Arsch?«

»Viel schlimmer. Ein berufsmäßiger Faktenverdreher.«

»Bevor ich sie verdrehen kann, muss ich sie erst mal gefunden haben. Erfinden und verdrehen sind zwei … sind verschiedene Dinge.«

»Noch viel schlimmer«, schaukelnd mit umklammerten Knien, »du saugst Leute aus. Und das verkaufst du dann als Geschichte.«

»Manche Leute lassen sich ganz gern aussaugen. Die liefern ihr Blut freiwillig bei mir ab.«

»Weil sie nicht anders können. Weil man sie in die Enge getrieben hat.«

»Erstens, ich habe niemanden in die Enge getrieben. Zweitens, ich treibe niemanden in die Enge. Drittens handelt es sich darum …«, Christian klopfte eine Zigarette aus dem Päckchen, das er in seiner Hosentasche hatte, zündete sie an und blies den Rauch zum Fenster hinaus, »drittens … was ist der Vorwurf?«

Ein Tropfen (welcher Tropfen?), der ein Fass (was für ein Fass?) zum Überlaufen bringt. Ein Tag in Paris, Bilder von Wanderarbeitern, der Gedanke an eine nicht versandte Datei. Neles Fußsohlen berührten sich, sie strich den Rock über ihren flachliegenden Oberschenkeln glatt; steckte den Anhänger in ihr T-Shirt; schüttelte den Kopf, als verstehe sie nicht. Warum ist das so schwer? Bin ich die einzige, die noch was merkt?

»Niemand ist gezwungen worden, sich mit mir zu treffen. Ich nutze niemanden aus. Ich arbeite zu Bedingungen, die man *mir* stellt, das weißt du so gut wie ich.«

»Und dann auf Wiedersehen, und die Sache ist erledigt. Was aus all den Leuten wird, kümmert euch einen Dreck.«

»*All die Leute* sind Leute, die wissen, was sie tun, was sie getan haben und warum. Sie haben mich nicht um Hilfe gebeten, folglich kann ich sie nicht im Stich lassen. Oder verraten, oder auspressen. Oder was dir sonst noch einfallen könnte.«

Sie sah ihn zornig an.

»Blas den Rauch nicht ins Zimmer.«

»Ich blas den hier zum Fenster raus.«

»Ich riech das.«

Christian schmiss die brennende Zigarette auf die Straße, Nele wedelte sich mit den Fingerspitzen Luft zu.

»Übertreib nicht.«

Sie hielt mitten in der Bewegung inne, senkte dann (in Zeitlupe) ihren Arm.

»Leute, die was riskiert haben«, sagte sie ruhig. »Was riskierst du denn, du und deinesgleichen?«

»Ich weiß nicht, was ich riskieren sollte. Aber ... ich ahne ...«

»Du ahnst was, ist ja schön.«

»Es ist also verboten, jemanden zu interviewen?«

»Wie ... wie die ganzen Künstler, alles ein und dasselbe.«

»Es ist also verboten ...«

»Nichts ist verboten«, schrie sie. »Ich verbiete niemandem etwas.«

»Darauf läuft das hinaus, was du sagst. Bilderverbote, Darstellungsverbote, haben wir zur Genüge schon gehabt, danke.«

Nele rutschte auf geballten Fäusten an die Bettkante und steckte die Zehen in die Riemen ihrer Sandalen.

»Demnächst hängen Künstler Schildchen an ihre Arbeiten: Achtung Missstand, bin ich dagegen, echt furchtbar, schrecklich.«

»Du bist ein solcher Arsch.«

Sie legte die Stirn in ihre Handflächen.

»Was wirfst du mir eigentlich vor?«

Sie schnürte sich die Sandalenbänder um ihre Knöchel.

Als er neben ihr Platz nehmen wollte, stieß Nele ihn von sich.

»Sprechen wir über Praxis? Probleme der praktischen Arbeit?«

Sie hob den Kopf und sah ihn (mitleidig, dachte Christian) an.

»Du hast doch keinen Schimmer, was Praxis ist. Du kommst hinterher... hinterher und saugst deinen Honig aus den Leuten.«

»Nach fünfundzwanzig Jahren, klar.«

Sie stand jetzt vor ihm, eine Armlänge entfernt.

»Es geht nicht, Nele.«

»Man macht sich nicht die Finger schmutzig.«

»Ungern«, sagte Christian, Spott in der Stimme, als lege er es darauf an, sie zu verletzen, »Dummköpfe machen sich die Finger schmutzig.«

Sie fixierte die Stelle an seinem Hals, ihre Kiefer mahlten aufeinander, man sah es überdeutlich.

»Ob Künstler oder Journalisten. Jeder sucht sich seine Opfer. Wichtig ist nur, dass sie es nicht zu früh merken.«

Ihr Schlag kam so schnell, dass er nicht mehr richtig ausweichen konnte, ihre Hand traf ihn seitlich am Kopf. Er schubste sie aufs Bett, schlag mich doch, brüllte sie und trat nach ihm, Tränen der Wut in den Augen.

»Material«, sagte er. »Für Geschichten, die einem selber nicht einfallen. Rohmaterial, Knetmasse, das ist noch nie anders gewesen. Bloß, dass Heldenepen heute selten geworden sind, man muss lernen, mit seinen und den Niederlagen der anderen zu leben.«

Nele sprang auf, lief ins Bad und knallte die Tür hinter sich zu. Er hörte, wie sie den Schlüssel umdrehte. Nach einem Augenblick folgte ihr Christian und klopfte an die Tür. Keine Reaktion.

»Ich hab' das nicht so gemeint. Nele.«

Er lauschte, nichts.

»Komm wieder raus, es tut mir leid.«

Sie riss Toilettenpapier von der Rolle und schneuzte sich.

»Komm bitte raus, das war gerade ... das war Scheiße.«

»Hau ab.«

Christian ging ans Fenster und versuchte vornübergebeugt, einen Blick in das Bad zu werfen, vergebens. Er zündete sich eine Zigarette an und blies den Rauch ins Freie. Dann setzte er sich mit ausgestreckten Beinen aufs Bett.

»Nele«, rief er, »komm raus.«

»Lass mich in Ruhe.«

Sie blieb im Bad, seit einer halben Stunde. Schon einmal hatte er ihr Handy vom Nachttisch genommen, es aber wieder weggelegt. Jetzt drückte er auf das Briefkastensymbol, auf SMS, auf Posteingang, auf Jan: *wo bist du? polizei hat alles durchsucht. bleib weg, kein telefon.* Christian blickte zur Tür, hinter der sie sich verbarg. Er legte das Handy zurück, stand auf und klopfte erneut.

»Wollen wir nicht reden?«

Keine Antwort.

»Kann ich dir helfen?«

Was hat die Polizei durchsucht, warum soll sie wegbleiben?

»Möchtest du allein sein?«

Er verstand sie nicht.

»Ich hab' dich nicht verstanden.«

»Lass mich ein paar Stunden allein.«

Nele, erzähl mir die Geschichte, lass mich dir helfen.

»Soll ich etwas mitbringen? Zu essen oder so.«

»Nein.«

»Dann geh ich jetzt.«

Kein Telefon, bleib weg.

Als er am Abend zurückkam, lag sie wie eine Mumie in das Laken gewickelt und schlief. Tat so, als würde sie schlafen, aber ihre Lider bewegten sich im matten Licht einer Birne, die Christian auf seiner Bettseite angeknipst hatte. Er sprach sie nicht mehr an, deckte sich halb mit der Wolldecke zu, die Nele ihm gelassen hatte. Bleib weg, kein Telefon, Polizei. Was hat das zu bedeuten? Er löschte das Licht und sah zum offenen Fenster hinaus. Drei, vier Silhouetten, die sich in einer Mansarde gegenüber bewegten. Die illuminierte Spitze des Eiffelturms über den Dächern.

Nele wollte noch weiterschlafen (grummelte sie), Christian fuhr allein nach unten, um im Frühstücksraum einen Espresso zu trinken. Einen kleinen Schuss Milch, danke. Am Nebentisch vor einem aufgeklappten Laptop drei Frauen, drei Delegierte, eine von ihnen trug ein schillerndes buntes Tuch in etlichen Lagen hoch um ihren Kopf geschlagen. Es dauerte nicht lange, bis der Portier in der Tür erschien und ihn herauswinkte. Auf dem Tresen der Rezeption ein Telefonhörer, *Monsieur Eich, oui.* Er möge in die Grünanlage vor dem Invalidendom kommen, jetzt, keine Verzögerung. Es geht los. Christian fuhr nach oben und weckte Nele, die wieder eingeschlafen war. Sie bleibe im Hotel, sie wisse nicht, sie sei müde. Er steckte seinen Rekorder ein und machte sich auf den Weg.

Das sind Platanen, hatte sie gesagt, zwei Reihen Platanen, die eine langgestreckte Rasenfläche flankierten, an deren Ende sich der Dom erhob, kein Dom, dachte Christian, das Grab Napoleons, oder doch eine Kirche? Eine Zeitlang ging er auf einem der Fußwege am Rand des Rasen auf und ab, als nichts geschah, setzte er sich auf eine Bank, zehn Minuten, zwanzig Minuten. Ob sie ihn beobachteten, aus einem der Häuser links und rechts? Ob er allein sei, wieviel Geduld er habe. Ohne zwischendurch zu telefonieren, sich bei wem zu melden, sich bei Nele zu melden und ihr zu versichern, dass es ihm leid tue, dass er den Streit bedaure (was alles hat die Polizei durchsucht?), dass er sie ... dass er sie liebe. Er wurde nervös, eine merkwürdige Unruhe, die nicht vom Warten herrührte, dehnte sich immer weiter in ihm aus. Nach einer Dreiviertelstunde klingelte sein Handy, man teilte ihm kurz und bündig mit, dass er sich binnen einer Stunde in einem Café in Belleville einzufinden habe, Rue du Temple, Le Jean Bart. Das Gerät aus und nicht mehr einschalten. Nele. Ihn befiel die Angst, dass sie verschwunden sein könnte, panische Angst, dass sie nicht mehr dasein würde, wenn er mit dem Interview fertig wäre. Dass sie sich nie mehr sehen würden. Er rannte den halben Kilometer ins Hotel zurück – Nele saß im Frühstücksraum und unterhielt sich mit einer der Afrikanerinnen. Nein, sie wisse immer noch nicht, wie sie den Tag verbringen werde, vielleicht gehe sie in eine Ausstellung, vielleicht woandershin, meinetwegen, sagte sie dann, treffen wir uns um fünf in diesem Café. Er schrieb die Straße, die sie ihm genannt hatten, auf eine Seite in seinem Notizbuch, den Namen des Cafés, und riss sie heraus. Ob sie auch kommen werde, natürlich, sagte Nele, das verabredeten sie ja gerade.

Bevor er in die Metro gestiegen war, hatte sich Christian an einem Kiosk einen Stadtplan gekauft und die Rue du Temple gesucht. Station Belleville, dort fing sie an und endete an der Place de la République. Die nicht sehr breite Straße war überfüllt mit Menschen und Autos, mit Dingen, mit Waren, die aus den Geschäften auf die Bürgersteige herausquollen. Libre service, Sonderangebote, Wühltische, um die sich Kundschaft drängelte, auf den Schildern arabische und chinesische Schrift, Schriftzeichen, Kohinoor Textiles (Stoffe für Saris), Boucherie Tizi Ouzou, Shalimar Bazar. Das Café hatte eine rote Markise, auf der in gelblichen Großbuchstaben Le Jean Bart stand, auf der Fensterfront zur Straße klebte in roten und blauen Lettern das Wort LOTO, daneben SALLE CLIMATISEE.

Rapido Live hieß das Spiel auf den beiden Bildschirmen unter der Decke, zu denen viele Gäste hochschauten, die Spielscheine steckten in Plastikspendern am Tabaktresen und an der Bar (cochez 8 numéros, wohl eine Art Bingo, anzukreuzende Zahlenfelder), der Boden des Cafés war übersät mit diesen Scheinen. Christian fand einen freien Tisch, imitierte Holzpaneele an den Wänden, und neben einem Spiegel eine auffällige Tafel mit dem Aufdruck: *Etablissement protégé par système de vidéo surveillance.* Er sah sich um, aber Kameras waren nicht zu entdecken, man sollte es glauben, möglicherweise nötig hier. Hinter dem Tabakstand eine alte Vietnamesin, die eine Jacke mit Paspelierungen aus Goldbrokat trug, am Kragen, an der Knopfleiste, an den Ärmeln, die beiden Kellner waren mittelalte Araber, schwer unrasiert, bei dem, der ihm über mehrere Tisch hinweg *»Monsieur?«* zugerufen hatte, bestellte er (rufend) einen Café crème und ein Croissant. Am Nebentisch saßen zwei ältere arabische Frauen, die gebannt die Vorgänge auf den Monitoren verfolgten, so stark geschminkt, dass es wie ins Gesicht gespachtelt wirkte, an einem Geländer, das den Raum teilte, lehnten ein paar schwarze Jugendliche mit Kapuzenpullis, rauchend, flüchtige Blicke zwischen den Bildschirmen und den Spielscheinen in ihren Händen wechselnd.

Und wieder warten, dachte Christian, als er die erste Zigarette ausdrückte, ärgerte sich, dass er keine Zeitung mitgenommen hatte. Anscheinend ein amtliches Schreiben, das am Nebentisch links die Runde machte, von einem der

Männer auf arabisch kommentiert. *Etablissement protégé,* und ich mittendrin, was soll da noch passieren? Die Monitore waren stumm, keine Ansage, die die gezogenen Zahlen bekanntgab. Bingo dich reich, man müsste sich mal einen Schein holen. Wie funktioniert das, gegen Vorkasse? Als er sich aus Langeweile die nächste Zigarette anzünden wollte, trat einer der Kellner an seinen Tisch und sagte, dass er ans Telefon kommen solle, hinten im Gang bei den Toiletten.

Im Halbdunkel hing ein altertümlicher Münzapparat, der Hörer lag auf der Gabel. Christian hob ab, aber nichts, die Leitung war tot. Er öffnete das Herrenklo, leer, die Damenkabine war abgeschlossen. Ein unbehaglicher Gang, gekachelt, verschmutzt, was jetzt? Er drehte sich einmal um die eigene Achse. Eine dritte Tür war da noch, eine Stahltür *(Sortie de secours)* – die sich plötzlich auftat, und sichtbar wurde: der Unbekannte aus Berlin. Zuwenig Zeit, um länger überrascht zu sein, mit einem Kopfnicken legte der Mann eine Hand auf Christians Rücken und schob ihn mit sich hinaus, im Hof stand ein Lieferwagen mit geöffneter Schiebetür, durch die sie beide einstiegen.

»Halt dich gut fest«, sagte er, »das rumpelt ganz ordentlich beim Fahren.«

Fratzen, Strichmännchen, krakelige Schrift. Manchmal überwogen die Buchstaben und Symbole auf den Leinwänden, manchmal die Farben, Farbkleckse, die wirren Pinselstriche, dann wieder rückten Gegenstände und Figuren in den Vordergrund, Basketball- und Footballspieler in verzerrten Umrissen, ein Drachen mit goldenem Kamm, Spitzhacke, Hämmer, Monster, Teufel. Voodoo, dachte Nele, eine Voodoo-Mona-Lisa vor tropfender gelber Farbe, wie von einem bösen Kind gemalt, das über ihrem durchgestrichenen Kopf mit noch ungeübter Hand die Worte *Federal*

Reservenote hingeschmiert hatte. Sinnlose Zahlenfolgen, Pseudo-Kyrillisch.

Im Eingangsbereich der Ausstellung hingen Fotos von Basquiat, seinen Freunden, seiner haitianischpuertoricanischen Familie. Vater, Mutter, Schwester, Andy Warhol und Madonna, Nachtclubs und Trümmergelände in New York, auf denen er mit Spraydosen in der Hand posierte, ein immer lachender, gutaussehender junger Mann, der kurze Dreadlocks hatte. *Né à Brooklyn, le 22 décembre 1960, le 12 août 1988, Basquiat est retrouvé mort dans son appartement de Great Jones Street, décès certainement dû à une overdose d'heroïne.* Nach der Zahl der Bilder zu schließen, dachte sie, muss er in seinem kurzen Leben wie verrückt gearbeitet haben, große Tafeln voller Zeichen und Dämonen, vor denen sich an diesem Vormittag erst ein Dutzend Betrachter eingefunden hatten. Nie zuvor von ihm gehört, ein magisches Universum, Frequenzen jenseits der Wirklichkeit. THE KANGAROO WOMAN THAT MAKES THE RAIN, Hubschrauber und Hochhäuser als grobe Raster in Schwarzweiß, eine zwei mal zwei Meter umfassende Phantasmagorie. Schön, schön, schön.

Nele drückte ihren Rücken durch, in der Nacht hatte sie Schmerzen gehabt, von denen sie erwacht war. Eine Matratze aus Schaumstoff, aus Watte, unerträglich. Christian hatte davon nichts bemerkt, einen Arm über dem Kopf, hatte er tief und fest geschlafen, Christian. Sie war ins Bad gegangen, hatte Wasser getrunken und sich wieder in das Laken eingerollt. Die Polizei hat alles durchsucht, bleib weg. Bei mir auch, fragte sie sich, woher haben sie die Adressen gehabt, wer ist der Verräter? Der Widerling, wer sonst, das Knacken der Rippen des Mädchens. Sie steckte die Hände in die Hosentaschen und ging zur Garderobe, um ihre Reisetasche zu holen. Hatte gesehen, was sie sehen wollte, für was er sich interessierte. Schön, gefiel ihr auch, na und?

Als sie in einem Café ein Glas Tee trank, fasste sie den Entschluss, hinzugehen. Der Barmann hatte ein neues Telefonbuch, in dem unter D die Adresse eingetragen war, im Unterschied zu der Auskunft im Netz stand da aber nur noch der Vorname seiner Frau, Fanny, die Anschrift war gleichgeblieben, Boulevard Arago, was bedeuten musste, dass sie nach seinem Freitod nicht aus der Wohnung ausgezogen war; das schien logisch zu sein. Sie schlug den Stadtplan auf, eine lange Straße, die nächste Metrostation an dem einen Ende war Denfert Rochereau, laufe ich halt, dachte sie, im Zweifelsfall einmal ganz runter.

Arago (1786–1853), Astronome, Homme politique.

Was ist Philosophie? Der eine Satz.

Eine Doppelreihe Bäume bildete ein Dach über dem breiten Bürgersteig, vor einem Büro der *Agence National pour l'emploi* warteten einige Arbeitslose, ein bärtiger Typ in Armeehosen, der auf der Fensterbank des Büros im Parterre saß, dann war sie allein auf dem Boulevard, praktisch keine anderen Passanten mehr, eine alte Frau mit Kinderwagen. Die Hausnummern sagten ihr, dass die Station am entgegengesetzten Ende günstiger gewesen wäre, das Kontingenzproblem in der Praxis. Was hatte er gestern von Praxis geredet, keine Ahnung.

Auf der rechten Seite eine hohe, grobverputzte Mauer, über der ein Gebäude aufragte, dessen Fenster einheitlich dunkel waren, als sie genauer hinsah, stellte sie fest, dass es sich um Fliegendraht handelte, ein Knast, der Stadtplan gab ihr recht, die Santé. Wohnte er also, falls er hier wohnte, gewohnt hatte, in unmittelbarer Nachbarschaft zu einem Gefängnis, Institutionen, die zu bekämpfen waren. Tagtäglicher Anschauungsunterricht.

Ein uraltes eingeschossiges Eckhaus, von dem der Putz abblätterte, die Fakultät für Evangelische Theologie.

In der Tat, eine lange Straße.

Nach einer halben Stunde näherte sie sich der Nummer, da war es.

Ein, sie zählte, elfstöckiges Haus, ein Apartmentblock in nüchtern funktionaler Bauweise, außen kleine, in der Mitte, vor großen Scheibentüren, längere Balkone, nirgendwo Blumen, im Erdgeschoss waren Geschäfte, ein Immobilienmakler, ein Citroënhändler. Sie holte die Kamera heraus und begann das Haus von links nach rechts zu fotografieren, als wollte sie es später aus den Einzelbildern wieder zusammensetzen. Eine unheilbare Lungenkrankheit, das Ringen um Luft. Man beendet das, das entscheidet jeder für sich allein.

»Warum fotografierst du das Haus?«

Sie fuhr herum und stand vor einem Jungen in zerknittertem braunem Anzug, der einen zusammengebundenen Schlafsack auf dem Rücken hatte. Jünger als sie.

»Ist das verboten?«

Zerzauste Haare, ein enges Lederbändchen mit einem durchbohrten Stein um den Hals.

»Keineswegs. Ich bin Hervé.«

Er hielt ihr die Hand hin und sah sie ernst an. Nele schlug ein.

»Ich heiße Nele.«

»Bist du aus Deutschland?«

Sie nickte.

»Das ist das Haus, nicht?«

»Vielleicht.«

Er streckte scheu den Arm aus. »Trinken wir da was?«

Nele drehte sich um. Eine rote Neonleuchtschrift, die trotz des Tageslichts brannte, genau wie die rote Neonspirale über der Markise, Café Marijan, Korbstühle auf dem Trottoir.

»Okay.«

Sie nahm ihre Reisetasche, und die beiden gingen hinein, nicht draußen, hatte Hervé gebeten.

Er war seit ein paar Tagen in Paris, hatte in Parks geschlafen, mal hier, mal da, kam aus La Rochelle, war neunzehn und hatte gerade die Schule hinter sich gebracht. Scheiße, sagte er, Schule. Er hatte ein zerlesenes Exemplar von *Was ist Philosophie?* bei sich, er verstünde das nicht richtig, gestand er, aber er habe es schon so oft gelesen. Es gab Sätze darin, die verstand jeder Mensch. Wer die nicht verstand, war schon tot. Da, da war der Satz auf französisch, ein dünnes Bleistiftkreuzchen am Rand: Wir fühlen uns nicht außerhalb unserer Epoche; wir schließen unablässig schändliche Kompromisse mit ihr. Dieses Schamgefühl ist eines der mächtigsten Motive der Philosophie. Wir sind nicht für die Opfer verantwortlich, vielmehr vor den Opfern. *Les victimes. Responsable.*

Was sie machen würde, jetzt?

Nele zuckte mit den Schultern.

Ob sie mit ihm wohin fahren würde, er wolle heute aus Paris wieder weg. Denke er.

Wohin?

Sie könnten zur Gare du Nord, oder zur Gare de l'Est, und gucken, er habe ein bisschen Geld.

Nele starrte auf den Tisch, auf die Biergläser. Bleib weg.

»Gut«, sagte sie dann, ohne den Kopf zu heben, »gucken wir mal.«

Marseille?

Bordeaux?

In Nancy wohne ein Kumpel von ihm, sagte Hervé, der hätte nichts dagegen, wenn man käme.

Lyon wäre auch nicht schlecht, die Szene.

Nele fühlte sich schwindlig, der große Platz vor dem Bahnhof, das Verkehrsgewühl, der Lärm. Hôtel Terminus Nord. Es war heiß. Als hätte sie den ganzen Tag nicht gespürt, wie heiß. Die Tasche in ihrer Hand wog nun einiges, schwer wie ein Koffer, so kam es ihr vor. Als sie in einem McDonald's Milchshakes tranken, sah sie auf ihre Uhr.

Wie es mit Marseille sei, fragte er, ob sie schon einmal in Marseille gewesen sei?

Nele schüttelte den Kopf. Ihr war übel. Scheiß Milchshake.

Ob sie schon einmal mit dem TGV gefahren sei?

»Ich muss«, sagte sie und putzte sich die Nase. »Ich muss vorher noch mal weg.«

Er warte, sagte Hervé, kein Problem, der Zug nach Marseille fahre erst um sieben.

»Bis dann«, sagte Nele, »auf dem Bahnsteig«, nahm ihre Tasche und ging.

Belleville

An der Rückseite der Fahrerkabine war eine Metallkiste befestigt, auf der sie nebeneinandersaßen. Der Unbekannte in Anzug und Krawatte, mit einer Krawattennadel, Manschettenknöpfen, als sei er irgendwo eingeladen. In besserer Gesellschaft. Wenn der Wagen abbog, umklammerten sie beide die Kanten der Kiste, stemmten ihre Füße Schulter an Schulter gegen die Rillen im Boden. An der Decke des Laderaums brannte eine flache runde Lampe, keine Fenster, selbstverständlich, durch die man draußen etwas hätte erkennen können. Die Hinfahrt war ihm kürzer vorgekommen, aber Christian riskierte es nicht, auf seine Uhr zu schauen. Es durch eine Geste, die falsch verstanden werden könnte, im letzten Augenblick scheitern zu lassen. Den Rekorder würden sie ihm später schicken, zusammen mit einer autorisierten Abschrift des Interviews. Eine Haustür, eine Treppe, eine geöffnete Wohnungstür im ersten Stock, mehr hatte er nicht gesehen. Ein Haus ohne Concierge – gab es die überhaupt noch, außer in Filmen? Er hatte erwartet, abgetastet zu werden (wie man sich das eben vorstellt), doch nichts dergleichen, ein Sender am Körper, um den Unterschlupf zu peilen. Als hätten die Behörden heute nichts Dringlicheres zu tun, als sie mit allem Aufwand zu jagen wie vor einem Vierteljahrhundert. Energieverschwendung.

»*Schöne Verlierer* ist der beste Roman«, sagte der Unbekannte (nach geschätzten zehn Minuten). »Die anderen sind nicht so gut.«

»Ich fand *Lieblingsspiel* auch ganz in Ordnung.«

»Ganz in Ordnung, ja.«

Dann schwiegen sie wieder, während der Wagen um zahllose Ecken fuhr. Es war unmöglich, sich die dauernden Richtungsänderungen zu merken. Links oder rechts, zweimal hintereinander links, ein längeres Stück geradeaus. Geräusche wie von einer breiten belebten Straße, eine Sirene, ein beschleunigendes Motorrad. Irgendwann wurde von vorne geklopft, der Unbekannte klopfte zurück. Kurze Zeit später hielten sie an, und er deutete auf die Schiebetür.

»Du steigst aus und drehst dich nicht um.«

Er verließ den Laderaum als erster, Christian folgte ihm, man hörte, wie sich der Transporter entfernte. Sie standen neben einem Metroeingang, der kein Stationsschild hatte, nicht zu identifizieren. Ein beliebiger Boulevard mit fließendem Verkehr.

»Du gehst einfach immer weiter da runter«, er machte eine Kopfbewegung, »du drehst dich nicht um, bis ich dich nicht mehr sehen kann.«

Er wird in der U-Bahn verschwunden sein, dachte Christian, bevor ich zehn Meter weg bin. Ein Kompagnon, der meine Beschattung übernimmt.

»Dann geh' ich.«

»Natürlich.«

Er zählte seine Schritte, als er bei hundertfünfzig war, entschied er, dass es reichte, dass die Bedingungen erfüllt waren. Er fragte einen Passanten nach der Straße (diese?), der Boulevard de la Villette, fragte, wie er am schnellsten von hier nach Belleville käme, woraufhin der Mann amüsiert seinen Kopf schüttelte.

»Aber Sie sind in Belleville, mein Herr.«

Christian holte den Stadtplan heraus, die Rue du Temple müsste an einer der nächsten Kreuzungen sein. Durchaus möglich, dass die Wohnung im Viertel lag, dass sie die ganze Zeit nur um zwei oder drei Blocks gekreist waren, auf der Spur des Unendlichkeitszeichens.

Er versuchte Nele anzurufen, ihr Handy war ausgeschaltet. Vielleicht war sie noch in einem Museum, sah sich die Bilder eines toten amerikanischen Malers an. In welche Aktivitäten, dachte er, ist sie verstrickt, dass sie per SMS eine Warnung erhält, irgendwo wegzubleiben? Bei sich zu Hause, etwa eine Razzia? Dass man sich nachdrücklich, fast schon verzweifelt erkundigt, wo sie im Augenblick sei. Er entschloss sich, ihr ein Geschenk zu kaufen und sie um Entschuldigung zu bitten – dafür, was er gestern abend im Streit von den Opfern gesagt hatte, die sich jeder für seine Zwecke suche.

In der Rue du Temple Straßenhändler vor Campingtischen mit Feuerzeugen, Zigaretten, Anhängern, Gürteln, Stapeln von Papiertaschentüchern. Boucherie Musulmane, ein brausendes Durcheinander von Autos und Mopeds auf dem Kopfsteinpflaster, Menschenmassen, die auf den schmalen Trottoirs von Geschäft zu Geschäft, von Angebot zu Angebot drängten. Er schwitzte, fand nichts. Billigen Goldschmuck, nachgemachte Markenwaren. Getrocknete Datteln aus Algerien. Die Angst, die er am Morgen empfunden hatte, kehrte zurück, wurde von Minute zu Minute stärker, als hinge alles von einem Geschenk ab. Etwas, das er ihr überreichen könnte. Er kaufte einen Strauß Blumen, der in einer Klarsichtfolie verpackt war, und ging damit ins Le Jean Bart, zu der alten Vietnamesin hinter ihrem Tabakstand und den Bingospielern, die mit erhobenen Köpfen das Geschehen auf den beiden Monitoren unter der Decke verfolgten. Als hätte sich seit dem Vormittag nichts geändert.

Er versuchte wieder, sie anzurufen. Mailbox. Es war kurz vor fünf, er starrte zur Tür, sah auf die Uhr, zur Tür. Wo er saß, müsste Nele ihn schon von der Straße aus entdecken können, durch die Glasfront, ohne das Café betreten zu haben. Er wählte ihre Nummer, nichts, fünf nach fünf. Ob sie es nicht fand, eine Station zu weit gefahren war, sich mit der Entfernung verschätzt hatte? Bereits da war, und er hatte es nicht bemerkt? Er schaute sich um, stand von seinem Platz auf, um über die Köpfe der Gäste zu blicken. Keine Frau ihres Aussehens, selbst von weitem nicht, ob er noch etwas zu trinken haben wolle, fragte einer der Kellner quer durch den Raum, *une bière*. Er sprach auf ihre Mailbox, beschrieb, wie man nach Belleville komme, wo genau das Lokal auf der Rue du Temple sei. Neben Kohinoor Textiles, Stoffe für Saris, auf den Fensterscheiben stehe groß das Wort Loto, eine rote Markise, ich sitze so in der Mitte.

Es war zwanzig nach fünf. Zwanzig Minuten sind nichts, redete er sich ein, ganz ruhig. Kein Anruf, keine Kurznachricht. Er nippte an dem Bier, dessen Schaum schon ganz vergangen war, stellte das Glas zurück vor den eingeschweißten Blumenstrauß. Er bückte sich, um einen Spielschein vom Boden aufzuheben, 2 CHANCES TOUTES LES 5 MINUTES, den er dann in kleine Stücke zerriss und in den Aschenbecher warf. Das Gefühl, den eigenen Körper nicht mehr spüren, nur noch einen Gedanken fassen zu können, keinen Gedanken mehr.

Steh nicht in der Tür rum.

Bist du bescheuert?

Sind sie wenigstens zu was nutze, Bücher.

Christian wühlte seine Taschen durch, Jacke, Hose, irgendwo müsste noch das Kärtchen sein, das er heute morgen während des Telefonats an der Rezeption eingesteckt hatte, es war im Portemonnaie, Hôtel Roby, er sei der Gast von quarante-deux, das Zimmer, bitte, nun mach schon, er ließ es klingeln und klingeln, aber niemand hob ab.

Ein erneuter Anruf, die Frau von quarante-deux, ob sie zufälligerweise im Foyer sei, das Hotel verlassen habe, eine blonde Frau mit einer Brille, mein Gott, das kriegt man doch mit, nein, eine Deutsche, ich bin ihr Mann, rutsch mir den Buckel runter, Augenblick, könnten Sie ihr ausrichten, sie soll mich sofort anrufen, wenn sie kommt, danke, halt, und rufen Sie unbedingt mich an, wenn Sie die Frau sehen, meine Nummer, ja, das ist eine deutsche Nummer, Nummer in Deutschland, Herr im Himmel, ich zahle Ihnen das ja, es ist, c'est très urgente.

Die Zahlen auf den Monitoren sprangen um, nächste Runde, Spielscheine wurden ausgefüllt. Alle fünf Minuten zwei Möglichkeiten.

Du darfst mich nie verlassen.

Es war bald sechs, Christian legte Geld auf den Tisch, nahm die Blumen und kaufte bei der Alten ein Päckchen Zigaretten, bevor er auf die Straße ging. Kehrte um und beschrieb Nele einem der Kellner, trug ihm auf, ihr zu bestellen, sie möge auf ihn warten, er sei in spätestens zwei Stunden zurück.

Zuerst die Rue du Temple, dann systematisch alle Seitenstraßen, Sackgassen, Passagen, er sah auf den Stadtplan, blickte hoch – ein Getümmel von Fahrzeugen, von Menschen, von Gesichtern, die ineinanderzufließen schienen.

Das war wunderschön.

Er hielt eine Hand über den Blumenstrauß, damit er nicht zerdrückt würde, schob sich seitlich durch die Menge voran. Frauen mit Plastiktüten links und rechts, mit Kinderwagen, auf die sie ihre Einkäufe getürmt hatten, Gruppen herumstromernder Jugendlicher, gebratene Enten im Fenster eines vietnamesischen Restaurants.

Anflüge von Panik, von Entsetzen, vollkommene Gelassenheit.

Man sieht ein Gesicht und hat es im selben Moment schon wieder für immer vergessen.

Das Gesicht der jungen schwarzen Frau gerade vor dem Kleidergeschäft, nicht mehr zu beschreiben.

Keine Aufnahme, die er von ihr besaß, nur die Mailadresse im Notizbuch, ohne i-e.

Haben Sie diese Person vielleicht gesehen?

Nele hatte ihre Reisetasche über der Schulter, die Kamera in der Hand. Seine Kamera, deren Speicherchip inzwischen halbvoll war. In der Ausstellung durfte man nicht fotografieren, sie hatte es trotzdem getan, heimlich, THE WOMAN THAT MAKES THE RAIN; einige Meter von der Wand entfernt, um das Gemälde auf dem Display ganz zu erfassen. Als sie an einem Lastwagen vorbeikam, der entladen wurde, blieb sie stehen und machte ein paar Bilder. Männer in verdreckten weißen Kitteln schleppten Säcke in einen düsteren Hausflur, durchsichtige Plastiksäcke, in denen nichts als Füße waren, Schweinefüße, Schweinebäuche, Ringelschwänze, Gekröse. Supermarché Ruixin, Chinesisch. Sie wich der Menschentraube vor einer Reihe von Wühltischen auf die Straße aus, wo ein Motorroller sie beinah streifte, der in hoher Geschwindigkeit am Rand des sich stauenden Verkehrs entlangfuhr. Idiot, rief Nele ihm nach, pass doch auf. In einem Durchgang brannte violettes Licht, heruntergelassene Rolläden, ein Telecafé, ein verschnörkeltes Aufzuggitter, das mit einer Kette verschlossen war. La Java stand darüber auf einem Schild. Zwei Fotos. Im Gehen draußen ein Foto von einer jungen schwarzen dicken Frau, die in die Auslage eines Kleidergeschäfts versunken war, aus dem Handgelenk aufgenommen, so dass es auf dem Bild aussah, als würden die Häuser über ihrem Kopf steil zur Erde stürzen. Sie hatte sich auf ein Geländer gesetzt und scrollte sich durch den Speicher der Kamera, Gute Hoffnungsbrücke, was siehst du?

Es war längst nach fünf, das wusste sie, ohne auf die Uhr zu schauen. Sich einfach an irgendeinen Ort bestellen zu lassen, das lief nicht. Sie hatte noch genügend Geld, um zu fahren, wohin sie wollte, dieser Hervé wartete auf sie im McDonald's am Gare du Nord. Zurück könnte sie nicht ohne weiteres, sie müsste vorher den Rechtsanwalt anrufen, dessen Nummer Holger ihr einmal gegeben hatte. Die Beschuldigungen, die man gegen sie erheben würde. Würden immer für den Hundertneunundzwanzig reichen, Bewährung ausgeschlossen, ob sie nun in Treptow mit dabei war oder nicht. Spielte gar keine Rolle, nicht in ihrem Sinn. Sich herausreden, irgendetwas Mieses. Was hältst du von so einem Mann? Das meine ich auch.

Was man meint, sagt man, schändliche Kompromisse.

Die Straße jetzt überqueren oder nicht, es ewig hinauszuzögern war keine Lösung. Auf dem Display der Kamera erschien eine rote Markise, die spiegelnde Glasfront eines Cafés, vor der sich Leute hin und her bewegten, die meisten mit Einkäufen bepackt, Tüten, Kartons, Jungs in Kapuzenpullis, für die es viel zu heiß war. Trotz des abendlichen Lärms war das Geräusch des Auslösers deutlich zu hören. Kam ihr so vor. Sie hatte Durst, sie sprang aufs Pflaster und ging bis zur nächsten Ecke, wo sie eine Bar gesehen hatte, Le Relais de Belleville. Neben der Tür eine zerschabte grüne Wand, unter der ein blauer Anstrich hervortrat. Sie holte sich an der Theke ein kleines Glas Weißwein und setzte sich zu einem Mann an den Tisch, der Spielscheine vor sich ausgebreitet hatte. An einer Säule hing ein Fernsehgerät, auf dem sich Zahlenfolgen abwechselten. Der Mann, der ihr Großvater hätte sein können, lächelte sie an, ihm fehlte ein Schneidezahn.

»Wo kommen Sie her?« sagte Nele.

»Elfenbeinküste.«

»Was ist das für ein Spiel?«

»Rapido«, sagte er, als würde es nicht mehr zu erklären geben.

Verstreut im Lokal andere Gäste, die gebannt auf den Bildschirm blickten, ältere Araber und Afrikaner.

»Und, gewinnen Sie?«

Der Mann lachte, es schüttelte ihn regelrecht. Dann zog er die Nase hoch und sagte:

»Hunderttausend Euro.«

»Haben Sie schon etwas gewonnen?«

»Früher«, sagte er, »geben Sie mir eine Zigarette?«

Nele stand auf, schnorrte am Tresen eine und brachte sie ihm.

Der Mann steckte sich die Zigarette hinters Ohr.

Ohne noch einmal Platz zu nehmen, sagte sie: *»Au revoir.«*

Er nickte und wandte sich wieder dem Monitor zu.

Nele trank ihr Glas aus; auf der Straße spürte sie den Alkohol, ein Gefühl, als würde sie schwanken.

Er hatte sich in einem Dutzend Cafés umgesehen, die Kellner gefragt, ob sie vor kurzem eine junge blonde Frau mit Brille bedient hätten, so groß, am Mittelfinger einen Ring mit einem Mondstein und um den Hals einen Silberanhänger. Hatte Kopfschütteln geerntet, Schulterzucken, mitleidige Blicke auf den Blumenstrauß in seiner Hand. Er war in die Metrostation gegangen und hatte an den Drehkreuzen die Leute betrachtet, die Gesichter der Ankommenden, Rücken und Hinterköpfe der Belleville Verlassenden. Beladen, eilig, erschöpft.

Er war sich sicher, dass Nele irgendwo in der Nähe war,

dass sie jeden Augenblick aus dem Gewusel auftauchen könnte.

Er dachte kurz daran, ins Hotel zu fahren, aber natürlich würde sie nicht im Hotel sein und dort auf ihn warten. Als käme er von der Arbeit nach Hause.

Ich komme mit.

Ist doch egal, was geschehen ist, nichts, das wir nicht gemeinsam lösen könnten.

Er schlug in seinem Notizbuch die Seite mit ihrem Namen auf. Du redest manchmal so leise, hatte sie gesagt, und er hatte Neles Fahrrad gehalten, als sie ihm vor dem U-Bahn-Eingang ihre Adresse aufschrieb.

Er trieb durch die Straßen, trank in einer Bar einen Cognac, ließ sich von der Menge mitziehen von einem PRIX K.O. zum nächsten. Vielleicht sieht sie das, dachte Christian, ein zum Schutz vor dem Gedränge in die Luft gereckter Blumenstrauß – als wolle der Typ auf sich aufmerksam machen.

Er widerstand der Versuchung, noch einen Cognac zu trinken und noch einen, ein sabbernder Mann auf allen vieren in der Küche.

In einer Passage, in der violettes Licht brannte (wie UV-Licht), drückte er die Wiederholtaste seines Handys, nur um bestätigt zu bekommen, dass Neles Apparat nach wie vor ausgeschaltet war ... Sie haben aber die Möglichkeit, eine Nachricht zu hinterlassen.

Aufs neue die Rue du Temple, die er in den letzten zwei Stunden diverse Male gekreuzt hatte. Supermärkte, Ramschläden, eine kambodschanische Videothek. Länger herumzulaufen war sinnlos, was also tun? Christian wusste es nicht. Als er zum dritten Mal an diesem Tag das Le Jean Bart betrat, schnürte eine immense Traurigkeit seine Kehle zu.

An der Treppe in die Metro machte sie kehrt und wechselte die Straßenseite. Fliegende Händler, die in der Hocke vor ihren Artikeln saßen, Holzfiguren, Amulette, Lederbeutel mit eingeprägten Ornamenten. Nele sah alles auf dem Display der Kamera, die sie in Brusthöhe leicht von sich gestreckt hielt. Auch beim Gehen, als folge sie den Bildern des kleinen Monitors, einer elektronischen Wegbeschreibung. Bilder, die für Sekunden einfroren, wenn sie fotografierte. Die grünen und blauen Neonbuchstaben der Pharmacie du Faubourg, das flackernde grüne Neonkreuz darüber. Vorbeieilende, plötzlich erstarrende Passanten. Sie wurde angerempelt, stieß selber gegen Leute, ihren Blick nicht auf die Straße, sondern die Anzeige gerichtet. Flüssigkristalle, ein silbrig glänzendes Gehäuse.

Als jenseits der Fahrbahn die Front des Cafés im Suchfeld auftauchte, schaltete sie die Kamera aus und steckte sie in ihre Reisetasche.

Vertraust du mir? Soll ich dir denn vertrauen?

Sie spürte, dass Tränen durch ihr Gesicht liefen, während sie zwischen dahinkriechenden Autos die Straße überquerte. Einfach so, und das schon von dem Augenblick an, als sie nicht in die Metro gestiegen war.

Jetzt stand sie vor den spiegelnden Fenstern. Sie beschirmte mit beiden Händen ihre Augen und legte die Stirn ans Glas. Er rauchte. Sah wie andere Gäste zu einem der beiden Fernseher unter der Decke hoch, die Telelotterie. Vor ihm auf dem Tisch eine Tasse Café crème und ein großer Blumenstrauß. Ohne Brille, als würde er die Zahlen, die gezogen wurden, gar nicht erkennen wollen. Nele wischte sich die Tränen von den Wangen und atmete laut ein und aus, fast ein Stöhnen. Ach Christian.

Dann ging sie hinein.

Ulrich Peltzer

»Alle oder keiner«

Roman

248 Seiten. Gebunden

ISBN 978-3-250-10408-7

Erinnere dich mal‹, sagte Christine eines Nachmittags, als wir auf ihrem Bett saßen, ›und erzähl' mir, das dürfte doch nicht so kompliziert sein, wie geht die Geschichte?‹«

Ein Mann, Diplompsychologe, Ende Dreißig. Er lebt im Berlin der neunziger Jahre und schreibt an einem neuen Handbuch der forensischen Psychologie. Im Rahmen dieser Arbeit untersucht er auch Tatverdächtige auf ihre Schuldfähigkeit. Nicht zuletzt durch die Begegnung mit Christine wird ihm klar, daß sein Leben die Richtung ändern wird.

Aber wie immer bei Ulrich Peltzer überholt die Intensität der Beschreibungen den Plot der Geschichte. Alle oder keiner – mit eben dieser Ausschließlichkeit und Konsequenz schafft er ein Patchwork der Wahrnehmung, das in der zeitgenössischen Literatur ihresgleichen sucht.

»Ein Glücksfall für die Literatur.«

Ursula März, Frankfurter Rundschau

Ammann Verlag

Ulrich Peltzer

Bryant Park

Erzählung
160 Seiten. Leinen
ISBN 978-3-250-60035-0
Meridiane 35

Nachmittag in Manhattan. Im Bryant Park laufen die Vorbereitungen fürs Open air-Kino; ein Mann sitzt in der Public Library und durchforstet Namensregister, seine Gedanken schweifen ab. In der 36. Straße stürzt ein Gerüst zusammen. Ausnahmezustand. Katastrophenmeldungen, live und in Farbe, stoßen Erinnerungen an weiter zurückliegende, selbst erlebte Geschichten an: ein gescheiterter Drogendeal in Neapel, der allmähliche Verfall und Tod des Vaters. Und sie verweisen auf das, was an Brüchen noch kommen wird.

In einer atemberaubend klaren Sprache macht Ulrich Peltzer sinnlich nachvollziehbar, wie Wirklichkeit entsteht und auf welch schwankendem Boden sich Lebensläufe aufbauen.

»Ulrich Peltzer ist mit *Bryant Park* ein literarisches Kunstwerk gelungen.« *Jörg Magenau, Frankfurter Allgemeine Zeitung*

Platz 1 der SWR-Bestenliste
Buch des Monats der Darmstädter Jury

Ammann Verlag

Ulrich Peltzer

Stefan Martinez

Roman

576 Seiten. Gebunden

ISBN 978-3-250-10270-0

Zwei Tage im Leben eines junge Mannes, der seine Stadt mit all ihren Möglichkeiten bewohnt – Berlin bei Tag, Berlin bei Nacht –, und wenn er mit seinen Freunden durch die Gegend zieht, blitzt aus den Fassaden *Berlin Alexanderplatz* durch.

Der Roman weitet sich aus zur Geschichte der heute Vierzigjährigen, ein Generationen-Cinemascope des jüngst Vergangenen, wie es uns nur das Erzählen bewahrt. Stefan Martinez ist auch ein Roman über und bis hin zu den physischen Grenzen der Wahrnehmung.

»Ulrich Peltzer kann diskret und so genau erzählen, daß man darüber vergißt, daß man liest.« *Elke Schmitter, Süddeutsche Zeitung*

Ammann Verlag